경주김씨(慶州金氏) 판도판서공파

김민태 시문집

悔 회 窩 와 集 집

회와 김민태 효자 정문

회와 김민태 지묘

회와 김민태 선생 생가터

판도판서 중시조 김장유 지묘

세덕사 정문

조상의 덕을 기리기 위한 춘 · 추제(세덕사)

종산 전경

회와 김민태 고향(종곡리) 풍경

판도판서 후손 서당 모현암

고향을 지키고 계신 22세손 김홍원 선생

慶州金氏 版圖判書公派 族譜 木板

유형ㅣ유물
시대ㅣ조선후기
성격ㅣ유물, 목판
소장처ㅣ충청북도 보은군 보은읍 성주길 94
제작시기ㅣ1685년(숙종 11) 경
수량ㅣ23매
재질ㅣ나무
크기(높이, 길이, 두께, 너비)ㅣ28.6×45×2.8㎝
소유자ㅣ경주김씨 판도판서공파 종중
문화재 지정번호ㅣ충청북도 유형문화재 제314호
문화재 지정일ㅣ2009년 12월 4일
출처ㅣ한국민족문화대백과, 한국학중앙연구원

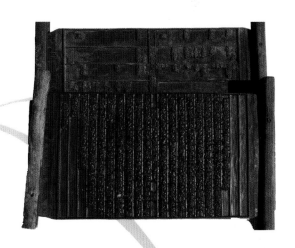

경주김씨 판도판서공파 족보 목판, 1685,
23매(총 40매), 충청북도 유형문화재 제
314호, 경주김씨 판도판서공파 종중. 1648
년 완성한 무자보(戊子譜)를 1685년에 판
각한 것이다. 17세기 족보 간행과 목판인쇄
술을 알 수 있는 자료이다.

版圖判書公派 分派圖
【판도판서공파 분파도】

1世_將有(장유)
|　　版圖判書(판도판서)/中始祖(중시조)
2世_仲南(중남)
|
3世_乙湜(을식)
|
4世_諤(호)
|
5世_處庸(처용)
|
6世_曾孫(증손)
|
7世_碧 (벽)
|
8世_天宇(천우)-典翰公派(전한공파)
|
9世_可宗(가종)
|
10世_滌(척)
|
11世_再哲(재철)
|
12世_太望(태망)
|
13世_志雲(지운)
|
14世_複燦(복찬)
|
15世_商亨(상형)
|
16世_基大(기대)
|

17世_玟泰(민태)
字 文玉一字 土希 号 悔渦 孝行光武甲辰 命旌
자 문옥일자 토희 호 회와 효행광무갑진 명정

18世_秀瀅(수형)
|
19世_昌熙(창희)
|
20世_敎契(교설)
|
21世_漢九(한구)
|
22世_洪字(홍자)
|
23世_植字(식자)
|
24世_應字(응자)
|
25世_圭字(규자)

회 와 집 (悔窩集)

회와부군집(悔窩府君集)

김 민 태

국학자료원

간 행 사

우리는 문화유산의 보존과 가치 창출을 21세기 시대정신의 하나로 보고 있다. 문화유산은 조상의 유, 무형적인 특별한 삶의 결과물로 당대 사회상과 삶의 흔적이 깃들어 있는 공적자산이다. 그러므로 이것은 그 가치에 대한 후손의 바른 이해와 노력을 통해 미래를 보다 창조적으로 열어가고 변화, 발전시키는 동력이 될 수 있다.

본서는 회와(悔窩) 김민태(金玟泰)공의 한문으로 쓰여 진 유고(遺稿) 시문집을 우리말로 번역한 것이다. 본서의 저본(底本)은 저자 사후, 중자(仲子) 수용(秀溶)이 편집한 것으로 1979년 인쇄한 복사본이다. 원본은 회와(悔窩) 문중 어른의 말씀에 의하면 종가에서 소장, 보존되어 오던 중, 다른 서적들과 함께 안타깝게도 도난(1979년 인쇄 이후)을 당하였다. 당시 농촌에는 고물(古物)을 사러 다니는 고물상(古物商)들이 있었는데 본 종가에도 수시로 들러 이러한 물건 팔기를 종용했다는 것이다. 그나마 인쇄한 복사본이 있어 이제라도 한글 번역본 간행이 가능한 것은 매우 다행이라 할 수 있다.

그동안 공의 종중(宗中)에서는 회와집(悔窩集) 원본을 찾기 위해 여러 대학도서관을 직접 방문하는 등 부단히 노력 했으나 모두 허사였다. 이제라도 원본보유자가 본래 주인인 회와 (悔窩) 종중(宗中)에 그것을 돌려주기만을 간절히 바라고 있다. 차후라도 본서의 원본을 찾는 경우, 이에 대한 소유권은 그것을 양도하거나 판매, 기부한바가 없으며, 분실한 것이므로 당연히 경주김씨 판도판서공파 종중(宗中)에 있다. 이런 연유로 이후 본서에 대한 연구서 발간 시 본 종중과 상의하기를 원한다.

공의 유고 ≪회와집(悔窩集)≫은 그동안 표기수단이 한문으로 쓰여 그 내용을 알지 못한 채 귀중한 조상의 유품으로만 간직해 왔다. 그런데 조상의 행적에 대해 관심을 갖고 이를 기억하는 후손들이 대부분 운명(殞命)을 달리함에 따라 ≪회와집(悔窩集)≫의 가치가 사장(死藏)될 수 있다고 보고, 2015년 본인이 한글 번역본 발간의 필요성을 종중에 제기한 것이다. 이후 종중에서는 번역본 발간 추진위원회가 결성되었으며 오늘에서야 한글 번역본 김민태 ≪회와집(悔窩集) ≫을 출간하였다.

공은 경주김씨(慶州金氏) 판도판서공파 17세손으로 휘(諱)는 민태(玫泰), 자(字)는 문옥(文玉)이다. 순묘(純廟)계미년 (1823, 순조 23)에 현(現) 보은군 보은읍 종곡리 삼성골에서 탄생하였으며, 1887년 65세로 선종하였다.

공의 중시조(中始祖)는 고려 말 판도판서(版圖判書)를 지낸 휘 장유(將有)로 당시정치가 어지럽게 되자 이를 피해 충북 보은(報恩)에 은거(隱居)하였다. 이후 후손들은 자손 대대로 이곳에서 경주김씨 집성촌을 이루며 살았다. 조선왕조 중엽 휘 천우(天宇)가 과거에 급제, 의정부 사인(議政府 舍人), 홍문관 전한(弘文館 典翰)의 벼슬을 거쳐 부제학(副提學)에 증직되었다. 공은 종숙인 충암(沖庵) 문간공(文簡公)을 스승으로 모시고 학문을 익혔고, 그의 삶과 학문에 영향을 준 한학자 대곡(大谷)성운(成運) 이 있다. 대곡(大谷)은 시문에 능하였으나 형이 을사사화로 화를 입게 되자 보은 속리산에 은거한다. 여기서 서경덕(徐敬德), 조식(曺植), 이지함(李之菡) 등과 교류하면서 학문에 정진하였다.

공의 후손을 살펴보면, 20세손 교설(教挈)은 호남의 대학자로 추앙받았으며 생전에 후학을 가르쳤다. 또 21세손 호는 해석(海石) 휘 한구(漢九)는 1895년 을미년 회와(悔窩)의 고향인 종곡리에서 출생하였다. 해석(海石)공은 한말 국운이 쇠퇴하던 시기 약관의 나이에 이를 깊이 한하던 중, 재경 청년 장석철(長錫哲)과 더불어 세계정세와 시국 형편에 대한 토론을 자주한 후 격렬한 의기를 이루었다. 3년여 의논 끝에 종곡리 및 중동리 전답 일만 삼천 평을 보은읍 일인(日人) 上田未松에게 저당한 전액으로 개성에서 인삼을 매입하였다. 이후 회령에서 삭발하고 상해로 직행하여 임시정부의 김구선생을 만나 인삼매도자금을 헌납하였다. 다시 도일(渡日)하여 욱(旭)이라 가명 처신했고 귀향 즉시 지방청년들을 독려하여 풍취리(風吹里) 매봉산에 올라 봉화(烽火)의 신호로 독립만세를 불렀다. 그 후 상경하여 죽림동지회(竹林同知會) 통신전달대 19명을 조직하고 경기, 충청, 전라 각 지방을 필묵상(筆墨商)을 가장 순회하며 학자 (志士) 청년들에게 독립 정신을 고취했다. 1922년 도일 피신하여 히로시마(廣島)와 농촌을 선전하면서도 막내아우인 신구(先儿)를 불러 중학(中學)을 졸업하게 하였다. 1929년 망명 청산 후 귀가하여 홀로계신 부친께 극진 효도하며 자손을 열성적으로 교육하였다. 또 종곡초등학교(국민) 설립 시 설립추진위원장을 맡아 교지(校地)와 자재(資材)를 희사하여 지방교육의 육성과 문화 창달에 공헌하였다.

위 내용은 본서 발간을 계기로 후손에게 해석(海石)공의 행적을 알리기 위해 문중의 생존 최고령자인 김홍원(金洪原)선생과 상의 후 최초로 공문화(公文化)한 것이다. 이런 연유로 고증을 위해 종곡리 선산에 위치한 해석(海石) 공의 한문 비문(碑文)의 내용을 한글로 번역, 원문 형태를 유지하여 정리하였다. 위와 같은 해석(海石)공의 우국충정과 효, 교육사업의 행적은 조상 중 회와(悔窩) 공의 영향이 컸다고 본다. 현재 종중 가계(家系)는 25세손에 이르고 있다.

공은 7세부터는 백부(伯父) 성와공(省窩公)으로부터 ≪사서삼경(四書三經)≫ 등을 가르침 받으며 성장 한다. 성인이 되어서는 성리학(性理學), ≪대학강의(大學講義)≫, ≪의례수집(儀禮修輯)≫등을 탐구한다. 또 공은 ≪심경 (心經)≫, ≪근사록(近思錄)≫, ≪주서(朱書)≫ 등에서 44조목을 뽑아 가까이 두고 심신을 경계 반성하며 스스로 덕을 쌓는 지침으로 삼고 있다. 중년 이후엔 여러 차례 과거에 응시했으나 뜻을 이루지 못하며, 노년에 들어서는 그동안 평생 익힌 학문을 통해 자신을 수행하고, 달마다 강학을 열어 후학을 가르치는데 이바지함으로써 학자로서 품격 있는 삶의 모습을 보여준다. 이 같은 공의 학문에 대한 집념과 열정은 본서 행록(行錄)편에서 '≪서경(書經)≫을 일천 번 읽으니 전체 내용을 통달'하였다는 부분에서도 그 일면을 엿볼 수 있다. 또 본서의 시문학과 다양한 형태의 산문들이 상당한 수준의 학문적 소양을 바탕으로 쓰여진 데서도 확인가능하다.

≪회와집(悔窩集)≫을 통해 드러난 공의 성품은 '온화하되 굳세어 범하기 어려운 기운'이 있으며, 사람을 대할 때는 '겸손하고 공손함'을, 자신에게는 '지조와 행실의 독실

함과 자신을 단속하는 엄정함'을 법도로 하였다. 공은 학문의 가치를 높이 보고 평생 동안 이것을 갈고 닦는 일을 게을리 하지 않았으며, 끊임없이 자식들에게도 학문 닦기를 권고하였다. 일상에서도 덕망 있는 학자로서 배운 바를 몸소 실천하고, 주위의 친족들과 돈독한 우애를 나누며 그들을 바르게 계도하고자 노력하였다. 말년엔 유생(儒生)으로서 가난하지만 평생 동안 부모님을 향한 공경으로 효행을 실천함으로써 고을의 유생들이 세 번이나 조정에 공의 공적을 천거하였다. 그 내용은 '문학과 진실한 학문, 효행' 등이다. 마침내 공의 이러한 행적은 사후 광무 8년(1904년 4월 19일) 에 정효문(旌孝門)을 하사받게 된다. 이후 이것은 경주김씨 판도판서공파 후손에게 문집≪회와집(悔窩集)≫과 함께 영예로운 문화유산이 되었다.

공의 한글 번역본≪회와집(悔窩集)≫의 구성을 대략적으로 살펴보면 다음과 같다. 제1부 天·2부 地·3부 人과 제4부 공과 관련한 문헌을 기록한 부록, 영인본으로 구성되어 있다. 제1부 천(天)은 시285수를 수록한 것으로 본 저서의 핵심 부분에 해당한다. 시적 소재는 삶에 대한 성찰, 학문, 자연과 계절에 대한 감회, 지인·선후배와의 친교·자식, 친인척과 관련한 사건이나 우애 등 매우 다양하다. 시적 특성은 솔직 담백한 시어로 현장감을 살리고 있으며, 은유 등 비유법을 활용하거나 독서를 통해 터득한 중국의 다양한 고서(古書)의 내용을 활용하여 시작(詩作) 하고 있다.

제2부 지(地)는 산문양식으로 소(疏), 책(策), 묘표(墓表) 각 1편, 서(書)12편 , 서(序)6편, 기(記) 12편, 제문(祭文) 7편, 축문(祝文) 1편, 행장(行狀) 3편 등이다. 이 부분 소(疏), 책(策)에서는 백성으로서 국가 정책에 대한 견해, 우국안민의식이 강조되고 있다. 서(序)는 공이 자신의 학문적 경지를 비판적, 분석적, 비유적인 방식으로 보여주고 있다. 또 묘표(墓表), 서(書), 제문(祭文), 행장(行狀), 기(記), 축문(祝文)을 통해 공의 유학사상과 사유세계, 사회상, 풍속, 삶의 철학 등이 자연스럽게 드러난다.

제3부 인(人)은 상량문 1편 , 부 (賦) 1편 , 통고하는 글인 백장통문(白場通文) 과 전

례를 다룬 다수의 단자(單子) 잡저 12편이 수록되어 있다. 이외에 주자의 저서≪심경 (心經)≫,≪근사록(近思錄)≫중 핵심 내용을 44조로 정리한 심사초 총목(心思抄總目) 이 있다. 이것은 공이 후손에게 가까이 두고 삶의 지침으로 삼도록 간단명료하게 정리 한 것이다.

제4부는 부록(附錄)으로 잡저(雜著)로 분류되고 있다. 영대주옹문답(靈臺主翁問答) 은 자신의 마음과 이야기를 주고받는 형식의 글이며, 팔고조록(八高祖錄) 은 본인의 부모부터 윗대 8분에 대한 기록이다. 향천(鄕薦) 은 고을의 유생들이 공을 천거하여 조 정에 올린 글과, 답서인 수의 제음(繡衣題音), 장례원 제음(掌禮院題音) ,다수의 제문 (祭文) 과 행록이 수록되어 있다. 그중 공의 둘째 아들 수미가 작성한 선부군행록(先府 君行錄) 은 부(父)의 행적을 기록한 것으로 공의 일대기 면면을 살피는 중요한 자료적 가치를 지닌다. 이 부분은 본인 발간사 작성 시 참조하였다.

본서의 내용 중 자작문(自作文)이 아닌 것도 상당수가 있다. 그럼에도 이를 회와(悔 窩)집으로 칭하는 것은, 공의 사후 후손이나 제자들이 쓴 행장을 제외하고는 공의 친 필로 기록한 것이고, 내용의 선별, 선택이 공의 의식과 의지의 반영으로 볼 수 있기 때 문이다. 영인본은 후배들의 연구에 도움을 주고자 수록하였다.

오늘날 현대인의 삶의 형태가 글로벌화, 개인주의 경향이 강화되면서 차츰 국가나 조상, 종중에 대한 관심이 약화되고 있는 게 사실이다. 그러므로 본저를 접한 후손과 독자들이 공의 고귀한 선비정신을 본받아 보다 가치 있는 삶을 지향하고, 시대적 사명 감과 가계(家系)에 대한 공동체의식을 고취시킬 수 있다는데 본저 발간의 의의를 두고 자 한다. 또 공의 안민의식과 우국충절의 기개, 높은 학식과 덕행, 명철하고 지적이며 유려한 필치로 쓴 시문학의 세계를 공유함으로써, 인생을 더욱 깊이 사유하며, 사려 깊고 충만하게 살아갈 수 있기를 기대한다.

본서에서 공은 유언을 통해 부(富)는 모두가 지향하는 바지만 후손이 '부지런하고 검소하게' 살아갈 것을 당부하고 있다. 이것은 공이 일생동안 삶의 가치를 물질이 아닌 깨어있는 의식으로 인간다운 삶을 사는데 두었음을 의미한다. 공의 이러한 선비정신은 앞에서 언급한 바와 같이 학문의 결핍에 대한 갈증을 끊임없는 노력으로 채워가려 했으며, 배운 바를 후손에게 열성을 다해 가르친 행적을 통해 보여주고 있다. 따라서 이 유언은 자족(自足)을 모르고 삶의 방향마저 상실한 채 물질의 노예가 되어 살아가는 현대인에게 자성(自省)과 성찰(省察)의 계기도 될 수 있다고 본다. 이러한 의미에서 우리는 훌륭한 문화유산을 후손에게 물려준 회와(悔窩) 김민태(金玟泰)공께 감사하는 마음을 갖고 '나는 후손에게 과연 무엇을 유산으로 물려줄 것인가'를 자문해 보았으면 한다.

살펴본바, 본인은 김민태≪회와집(悔窩集) ≫이 학문적으로 논의될 가치가 충분하다고 보았으며, 이후 다양하고 깊이 있게 연구되어 공의 문학적 역량과 다양한 가치가 제대로 평가되기를 기대한다.

끝으로 본서가 발간되기까지 많은 분들이 도움을 주셨다. 먼저 오랜 기간 남다른 학문적 소양과 학식으로 훌륭한 번역을 해주신 김우철 국사편찬위원회 편사부장님께 깊이 감사드린다. 물심양면으로 후원해준 종친들과 회와(悔窩)종중회장 김해식님, 총무 김현모님께 고마움을 전하며 좋은 책을 만들어주신 출판사 국학자료원 정구형 사장님께도 깊은 감사를 드린다.

2018년 9월

경주김씨 판도판서 장유공파 22세손 번역서 발간추진위원장 김 홍 두
경주김씨 판도판서 장유공파 22세손부 문학박사 신 현 순

차례

회와부군집(悔窩府君集) 천(天)

회와시 悔窩詩

학문은 고금을 통달 못해 마소에 옷 입혀 놓은 격이고	學無通古馬牛襟
마흔 되도록 먹고 입기만 하니 그저 금수에 가깝다네	飽暖四旬卽近禽
천지간에 꿈틀거리는 벌레보다 어리석은데	動在乾坤愚莫蠢
어느덧 세월만 말 달리듯 흘러갔으니	居然歲月走如駸
속진에 물든 몸 다시 정밀한 감식 닦으려 해도	汚塵欲復磨精鑑
땅이 다하도록 아직도 깨달음의 공부 더디구나	極地猶遲下頂針
몸에 허물 있을 때마다 늘 다짐을 해야 하니	身每有愆心每立
몸을 닦는 것은 마음 공손함에서 비롯된다네	此身修自此心欽

엄남에게 두 수를 드리다 김재각 呈广南二首 金在珏

시 짓는 솜씨 마흔에도 일가 이루지 못하고	詩工四十未成家
하물며 다시금 바자울에 버려진 신세	況復從今棄在笆
돌아와 농부 되니 들판에서 괴롭기만 하네	返作農夫田野苦
억지로 시인을 석봉으로 끌고 갔네	强爲詞客石峰拏
신묘한 경지에서 점점이 가득한 문장 감히 바라보며	入神敢望篇盈點
병을 아는 것이 구절 아래 마침만 못하고	知病不如句下了
한 자 한 자 바라건대 높은 안목을 거쳐서	字字願經高眼目
바람과 우레처럼 빠른 글 솜씨 보탤 말이 없도다	風霆捷筆莫辭加

수장 같은 우리 형님 보타를 이루었고[1]	繡臟吾兄寶唾成

---

1) 수장……이루었고 : 수장(繡臟)은 금수(錦繡)로 된 창자란 뜻으로, 오장육부에 아름다운 시가 가득하다는 의미이다. 당(唐)나라 이백(李白)의 <동일우용문송종제영문지회남근성서(冬日于龍門送從弟令問之淮南觀省序)>에 "영문(令問)이 술 취하여 나에게 묻기를 '형은 심장과 간장, 및 오장(五臟)이 모두 금수로 되어 있소? 그렇지 않다면 어찌하여 입을 열면 글을 이루고 붓을 휘두르면 안개가 흩어지듯 글이 써지시오?' 하였다." 한 데서 온 말이다. 수장은 상대방인 김재각(金在珏)을 가리킨다. 보타(寶唾)는 보석 같은 침이라는 뜻으로 타인의 빼어난 시문을 일컫는 말이다. ≪장자(莊子)≫ <추수(秋水)>에 "그대는 저 튀어 나오는 침들을 보지 못했는가? 한번 재채기라도 하면 큰 것은 마치 구슬과 같고 작은 것은 안개처럼 부서져 내리는걸. [子不見夫唾

종소리 같은 시 한 수로 맞이한 의원 꾸짖네 　　鏗鏗一首罵醫迎

늙은 나이에도 왕성한 운율 기이한 격식이 많고 　　老年勃律多奇格

종일토록 노래하며 감히 졸작으로 화답해 잇네 　　盡日歌唫敢拙賡

메추리는 바다를 나는 대붕을 좇기 어렵고 　　尺鷃難從鵬擧海

둔마는 천리마의 발길에 미치지 못하지 　　厩駑莫及驥登程

어제 오늘 두 수의 시 연달아 들어보았는가 　　兩題今昨連聞否

시흥이 아직도 남아 만 개의 구멍2)에서 싹트네 　　詩興猶餘萬竅萌

정 돈와 어른의 환갑잔치에 차운하여 두 수를 짓다

이름은 정각, 본관은 하동 次呈鄭遯窩丈晬宴韻二首 名珏河東人

문장도 덕행도 예순에 다 갖추었으니 　　有文有德六旬全

각각 헤아리면 백년 하고도 이십년이라 　　各計百兼二十年

의젓하게 견포 차려입고 엄숙하게 앉았네 　　儼着繭袍淸肅座

새로 지은 자개무늬 비단 오래도록 전하리 　　新成貝錦壽傳篇

시골에서 달존3)은 나이가 최고 　　在鄉尊達無如齒

늙어서도 강녕하니 신선이 멀지 않네 　　至老康寧不遠仙

늘그막에 기린아를 하늘이 안아 보냈나 　　晩節麒麟天抱送

술잔 바치는 이날은 색동옷 입고 춤추는4) 잔치 　　獻盃此日舞斑筵

者乎 噴則大者如珠 小者如霧]"라고 한 말에서 유래하였다.

2) 만 개의 구멍 : ≪장자(莊子)≫는 <제물론(齊物論)>에서 만물의 변화를 만 개의 구멍에서 나
오는 바람 소리로 비유하면서 "큰 땅덩어리가 숨을 내뿜는 것을 바람이라 하는데, 가만히 있으
면 모르지만 일단 일어났다고 하면 만 개의 구멍이 노하여 부르짖기 시작한다. [夫大塊噫氣 其
名爲風 是唯無作 作則萬竅怒號]"라고 하였다.

3) 달존 : 맹자(孟子)가 제(齊)나라 왕을 만나지 않는 것에 대해 경자(景子)가 따지자 맹자가 답한
내용에, "천하에 달존(達尊)이 세 가지인데, 관작(官爵)과 나이와 덕(德)이다. 조정에서는 관작
만한 것이 없고, 고을에서는 나이만한 것이 없고, 세상을 보도(輔導)하고 백성을 기르는 데는
덕만한 것이 없다." 하였다. ≪孟子 公孫丑下≫

4) 색동옷 입고 춤추는 : 춘추 시대 초(楚)나라의 은사(隱士)인 노래자(老萊子)가 나이 70에도 어버
이의 마음을 기쁘게 해 드리려고 색동옷을 입고서 춤을 추었다는 고사가 전한다. ≪初學記 卷
17 孝子傳≫

삼달존은 나이와 덕을 모두 갖춤만 못하지	三達莫如齒德全
계년를 만났으니 바로 회갑인 해라네	癸逢年是甲回年
누런 띠풀은 멀리 남쪽 하늘 극신성5)을 헤아리고	黃芒遠計南天極
강현 노인6)은 좌씨전에서 남은 나이 셈하였지	絳縣餘籌左氏篇
태평성대 날은 길어 태어나서 또 늙었고	化國日長生且老
장수 기원하는 술잔 노을에 띄워 신선처럼 마시네	壽盃霞泛飮如仙
문장 잘하는 집안에 문장 잘하는 자식	文章家裡文章子
무릎에 앉아 색동옷 입고 기쁘게 춤추는 잔치	繞膝斑衣喜舞筵

공부를 마치며 운을 맞추다 아래 3수는 아이 대신 지음 罷硏韻 下三首代兒作

다행히 마음 같이하여 속마음 환히 비추리	幸與同心照鑑丹
술 따라라 바가지에 밥 담아라 대그릇에	酒兮匏酌食兮簞
시 읊는 밤 밝은 달빛 계수나무에 어리고	詩吟夜月光生桂
가을 등불에 읽은 『예기』 「단궁」7)이 기억나네	禮讀秋燈記在檀
묵정밭 잡초 베느라 격조 얻기 어려워라	芟穢陳田難得格
향에 섞여 방에 드니 오랫동안 난초 내음	襍香入室久聞蘭
현인 만난 오늘 어찌 부끄럽지 않으리	遇賢今日寧無愧
속으로 평범한 재주 탓하나 소박한 삶이 편안해라	內咎庸才素履安

글을 지으며 맛보기 힘든 붉은 점을 찍는 일	做字難嘗點下丹
옛 풍취의 붓으로는 목동의 대그릇이 부끄러워라	古風筆愧牧兒簞
길게 많은 가장귀머리 구절구절 모두 곧은 줄기요	長丫句句皆貞幹

---

5) 극신성(極辰星) : 장수를 주관하는 별인 남극노인성을 가리킨다. 전하여 앙모하는 이를 비유하는 말로도 쓰인다

6) 강현 노인 : 평생토록 험한 일만 하며 대우를 받지 못한 채 늙어 온 나이 많은 노인을 뜻한다. 춘추 시대 진(晉) 나라 강현(絳縣) 출신의 73세 된 노인이 성을 쌓는 공사에 동원되자 조맹(趙孟)이 불쌍하게 여기면서 사죄했던 고사에서 유래한 것이다. ≪春秋左傳 襄公 30年≫

7) 『예기』 「단궁」 : 『예기(禮記)』는 유교의 경전인 오경(五經)의 하나이다. 「단궁(檀弓)」은 그 편명(篇名)의 하나로, 상·하로 구성되어 있다.

큰 몽둥이 매일 아침 박달나무 면치 못해라 　　　　大杖朝朝未免檀

도리어 나는 오히려 똥내 나는 글 지은 줄 알겠고 　　反我猶知生糞藁

이웃사람 참다못해 난초 향주머니 옆에 찼네 　　　傍人不耐佩香蘭

문장은 어느 날에 진정한 품격 이룰까 　　　　　文章何日成眞格

아버님 마음 먼저 즐겁게 하니 자식 또한 편안구나 　先樂父心子亦安

하얀 바가지로 술 마시고 붉은 수박 쪼개네 　　　飮匏樽白剖苽丹

오늘 점심은 대그릇 하나 보다 많았지 　　　　　今日點心勝一簞

주옥같은 멋진 시가 종이에 가득하더라도 　　　縱有吐珠題滿楮

국수 먹고 단(檀)을 마련 못해 아쉬워라 　　　　恨無食麵造成檀

등불 걸고 다시 읽으며 대나무 창을 여니 　　　懸燈更讀牕開竹

함께 공부하며 사귄 정은 교칠 같고 금란 같네8) 　同硏交情漆幷蘭

우리가 만난 스승께 좋은 가르침 받았으니 　　　吾値吾師蒙善擊

스승님께 오직 하나 바라는 건 평안하소서 　　　函筵一願教承安

공부를 시작할 때부터 모란꽃이 피었지 　　　　設接時從發牧丹

여름 석 달 왕래하며 대그릇 밥 점심드네 　　　往來三夏點心簞

강의 시작한 서쪽 마을은 지금의 행단9)이고 　　講開西里今壇杏

태어나 자란 우리나라는 예전의 단군 나라 　　生長東國古方檀

이별 임한 양쪽 마음에 저 멀리 나무를 품고 　臨別兩情含遠樹

다시 만날 훗날 약속 향란10)에 결의하네 　　　更逢後約結香蘭

---

8) 교칠……같네 : 교칠(膠漆)은 아교와 옻을 말하는데, 아교와 옻을 합하면 매우 견고하게 결합한다.
　후한(後漢) 때 뇌의(雷義)와 진중(陳重)의 우정이 매우 두터우니, 당시 사람들이 말하기를 "아교
　(阿膠)와 옻 [漆]을 섞으면 굳게 붙는다지만, 그래도 뇌의와 진중 두 사람의 우정만큼 굳지는 못
　하다. [膠漆自謂堅, 不如雷與陳]" 하였다. 금란(金蘭)도 매우 두터운 우정을 뜻한다. ≪주역≫
　<계사전 상(繫辭傳上)>에 "두 사람이 마음을 같이하니 그 예리함이 쇠를 끊는다. 마음을 같이
　하는 말은 그 향기가 난초와 같다. [二人同心 其利斷金 同心之言 其臭如蘭]"라고 하였다.

9) 행단(杏壇) : 학문을 닦는 곳을 이르는 말이다. 공자가 은행나무 단에서 제자를 가르쳤다는 고
　사에서 유래한다.

10) 향란(香蘭) : 깊은 골짜기에 핀 향기로운 난초처럼 훌륭한 덕을 가진 군자가 세상에 쓰이지 못
　하고 은둔해 사는 것을 비유한다. 공자가 위나라에서 노나라로 돌아온 뒤 남들이 모르는 깊은

고상한 품격은 맑은 날 매미의 백배나 되니[11]　　　　　高風百倍蟬淸日

편안히 모셔 함께 보답할 길 날마다 잊지 않으리　　　　日日不忘共報安

일가 영인에게 주다 贈永仁宗人

인산과 성악은 동서로 떨어져 있고　　　　　　　　　　仁山省嶽隔東西

꽃나무와 봄바람은 각자 깃들어 있네　　　　　　　　　花樹春風各自棲

아름다운 시구 다행히 몸을 던져 고운 종이 가득 채우고　麗藻幸投盈紙玉

상서로운 붓끝은 증험을 보여 화려한 문장에 떨어졌네　　祥芒有驗墮華奎

공부 시작한 한자리 내년을 바라고　　　　　　　　　　研開一席來年願

석 잔 술은 부족하여 이리로 이리로 이끄니　　　　　　酒乏三盃此此携

두 마음 서로 비춤이 마치 거울을 대하듯　　　　　　　相照兩心如對鏡

만날 때는 또렷한데 헤어질 때는 아득해라　　　　　　逢時有瑩別時迷

사물에 침범 받아 고생 많아도 도리어 스스로 편하구나 苦多侵物反自安之

태어나서 어떤 사물이 봄맞이도 못했을까　　　　　　自生何物不逢春

좋은 뜻으로 바라보니 모두 사람에 이로운걸　　　　好底意看摠利人

밤새도록 천둥 같은 모기 소리 두 귀를 밝게 하고　　終夜蚊雷明兩耳

아침이 되니 파리 자국이 온 몸을 보호하고 있네　　及朝蠅陳護全身

피부에 혈기가 더함은 벼룩의 덕이요　　　　　　　皮增血氣跳蟲賴

몸이 갑절이나 살이 찐 건 전갈과 친해서이지　　　　體倍肉肥啄蝎親

골짜기에 핀 향란을 보고는 스스로 때를 만나지 못했음을 마음 아프게 여겨 <의란조(猗蘭操)>라는 금곡(琴曲)을 지었는데, 당나라 한유(韓愈)가 이를 모방하여 지은 <의란조(猗蘭操)>에 "……눈과 서리가 질펀한데, 냉이와 보리 무성하네. 공자께서 상심치 않았던들, 나는 너를 보지 않았으리. 냉이와 보리 무성하니, 냉이와 보리의 고유한 성질일세. 군자가 상심할 만한 시절에도, 군자는 홀로 지키도다. [雪霜貿貿 薺麥之茂 子如不傷 我不爾覯 薺麥之茂 薺麥之有 君子之傷 君子之守]"라고 하였다. ≪樂府詩集 琴曲歌辭二 猗蘭操≫

11) 고상한……되니 : 매미는 이슬만 먹어서 배가 깨끗이 비어 있다고 여겨져, 선복(蟬腹)이라고 하면 고결한 몸을 비유하는 의미로 쓰인다.

이 마음을 미루어 넓혀서 만사에 임하여　推擴此心臨萬事
눈썹 한번 찡그리지 않고 본성에 맡기리　創無一皺任天眞

용담에서 묵으며 젊은이들과 주고받다 아래 3수도 같음 宿龍潭與諸少唱和 下三首同

관동에서 우린 갔고 길동에서 왔다지　寬洞我行吉洞來
한나절 바람 맞으며 산대를 지났네　冒風半日過山臺
만났을 때 기뻐서 은근히 소매를 붙잡고　逢時喜把慇懃袂
이르는 곳마다 묘리 담은 술잔 없어 한스럽네　到處恨無妙理杯
불꽃 비추는 하늘은 붉은 채소 그득한 듯하고　火照天如紅菜爛
눈발 날리는 봄은 마치 하얀 배꽃 핀 듯한데　雪飛春似白梨開
복숭아나무 곁에서 집 떠난 괴로움 정녕 깨닫고　桃邊儘覺離家惱
밤 깊도록 물소리는 나그네 마음 재촉하네　永夜水聲客意催

남쪽 손님 처음으로 북쪽 은대에 오르더니　南客始登北隱臺
강산에 글의 기염 그 가운데로 떠오르네　江山文焰箇中浮
새벽에 열린 서실에서 고수를 만드셨나　早開書室成高手
두루 들여온 시 무더기에서 으뜸으로 솟았네　遍入詩叢出上頭
대책 품고 이치 행하는 곳은 충청 좌도 마을이고　抱策理行湖左里
다리에 글 쓰고 맹세하며 건넜던[12] 곳은 낙양이지　題橋誓渡洛陽洲
오늘 그대를 축하하며 나는 떠나려하오　賀君此日吾將發
술 생각 나니 집으로 돌아가 아내와 의논해야지　酒意還家媍與謀

경치가 옛날과 달라 사람을 놀라게 하니　景光異昔使人警

---

12) 다리에……건넜던 : 촉군(蜀郡) 성도(成都) 사람 사마상여(司馬相如)가 일찍이 촉군을 떠나 장안(長安)으로 가는 길에 성도의 성 북쪽에 있는 승선교(昇仙橋)에 이르러 그 다리 기둥에 "고거사마를 타지 않고서는 다시 이 다리를 건너지 않겠다. [不乘駟馬高車 不復過此橋]"라고 써서 기필코 공명을 이루겠다는 자신의 포부를 밝혔는데, 뒤에 그의 뛰어난 문장 실력을 한 무제(漢武帝)에게 인정받고 출세한 고사가 진(晉)나라 상거(常璩)의 ≪화양국지(華陽國志)≫에 전한다.

이곳에 다녀 간 지 세 해나 흘렀구나 歲色三周此地行
안개와 구름에 잠겨 옛 산을 감추고 煙接雲邊藏古山
물이 돌고 -원문 2자 판독 불능- 높은 성을 지었네13) 廻水▨▨作高城
주인님 호감 드는 얼굴이 봄처럼 따뜻한데 主筵好面春似暖
여행 길 관심사는 이틀 동안 개이지 않는 날씨라네 客路關心兩未晴
시 읊을 재료 술이 없는데 어떻게 하라고 詩料其於無酒奈
억지로 짧은 구 지어 참신한 시에 화답하네 强題短句和新聲

용담의 옛 달 주변을 천천히 걸어 緩踏龍潭古月邊
주객이 기쁘게 마주하며 정다운 자리 만드네 主賓喜對有情筵
선비 기개 따라 비 내리니 풍년을 점치고 雨從士氣占豊降
바람에 부딪치는 물소리가 멀리서 들려오네 風激水聲自遠傳
집집마다 책을 가까이하니 많은 선비가 나오고 屋比書隣多出士
땅이 감춘 신령스런 장소는 반쯤 신선을 이루었네 地慳靈境半成僊
꽃 가꾸는 여인은 유람하려는 생각 미처 풀지 못하였는데 花姑未解耽遊意
이월 그믐날 하늘에 눈이 두터이 쌓이네 雪厚仲春晦日天

비홍에 묵다 2수 宿飛鴻 二首

종산에서 짚신 신고 비홍에 찾아 오니 鍾巒芒屨訪鴻來
북으로 나는 봄새 대여섯 마리 애처롭게 울고 飛北春聲五六哀
도중에 만나 반갑게 은근히 소매를 부여잡으며 逢中欣把慇懃袂
시 읊고 미소 짓고 신묘한 술잔 나누네 吟後笑傾妙理盃
산과 강 얼마나 겪고 오신 나그네인가 山水幾經行客旆
꽃 핀 숲은 멀리서 일민대를 둘렀네 花林遠繞逸民臺
맹세하며 건넌 낙양 기둥에 글씨 쓴 길14) 誓渡洛陽題柱路

---

13) 물이……지었네 : 원문은 廻水▨▨作高城'인데 판독할 수 없는 두 글자는 번역하지 않았다.
14) 맹세하며……길 : 앞의 시에 나오는 사마상여의 고사이다.

그대 문장 뭇 재주 보다 뛰어남을 축하하네	賀君文藻出羣材
깊은 숲을 돌아서 주인집을 만났네	逢廻林邃主人家
느릿느릿 걸은 건 석양빛을 찾으려	懶步欲尋夕照斜
봄 바람 부는 행단엔 천 길 높이의 은행나무	壇杏春風千尺杏
평평한 냇물에 비와 이슬 몇 두둑의 삼밭	川平雨露數畽麻
억지로 읊은 시는 기이한 옥처럼 다듬지 못했고	强吟詩不磨奇玉
목말라 들이킨 술은 신선 궁전 여울과 같아라	渴吸酒如瀨紫霞
떠돌아다니다 한번 만나 다시 애틋하게 이별하고	萍草一逢還惜別
돌아가는 길 밤에 달빛 비추는 모래를 건너네	歸筇夜渡月中沙

처음으로 돌아가는 운자를 쓰다[15] 回頭韻

사람은 어찌 순을 두려워하고 순은 어떤 사람인가[16]	人何舜畏舜何人
새롭게 또 나날이 새롭게 하고 나날이 또 새롭게 하라[17]	新又日新日又新
선은 나부터 먼저하고 내가 스스로 선하게	善自吾先吾自善
인을 그에게 행한 뒤 그도 인을 행하리라	仁行彼後彼行仁
임금이 백성의 뜻을 품으면 백성이 임금을 품고	上懷民意民懷上
어버이가 자식 마음을 사랑하면 자식도 어버이 사랑하리	親愛子心子愛親
배움은 부지런함으로 이루니 부지런히 배우세	學以勤成勤以學
나를 위해 수신[18]하면 수신을 이루리라	身修爲我爲修身

---

15) 처음으로……쓰다 : 이 시는 첫 구부터 끝 구까지 처음 시작한 글자로 마지막 글자를 삼고 있다. 또 구절 앞부분의 어순을 뒷부분에서 뒤집어서 사용하고 있다. 즉 첫 구에서 '人何舜畏舜何人'처럼 '人'으로 시작하여 '人'으로 맺고 있으며, '人何舜'과 '舜何人'처럼 같은 글자가 반복되어 있는데, 이후 모든 구절이 그러하다.

16) 순은 어떤 사람인가 : 이 구절은 ≪맹자(孟子)≫에 나오는 구절을 인용하였다. 안연(顔淵)이 말하기를 "순(舜)임금은 어떤 사람이며 나는 어떤 사람인가? 순임금이 되려고 노력하는 자는 또한 순임금같이 될 것이다. [舜何人也 予何人也 有爲者亦若是]"라고 하였는데, 성현의 경지에 오를 것이라고 다짐하여 뜻을 세우는 말이다.

17) 새롭게……하라 : 은(殷)나라 탕왕(湯王)의 <반명(盤銘)>에 "나날이 새롭게 하고 또 나날이 새롭게 하라. [日日新 又日新]"는 잠언이 새겨져 있었다고 한다. ≪大學≫

서당에 나가는 아이 형[19]에게 주며 차운하다 寄澄兒出接韻

부모 떠남이 어찌 자식 기다리며 탄식함만 하리	離闈何似倚閭嘆
인편 있으면 자주 각각 안부나 전하자	有便頻頻各報安
공부는 요즘이 귀하니 올해가 작년보다 낫고	工貴比年今勝昨
경계는 시간을 아끼는 데 있으니 가볍게 어려움을 견디거라	戒存惜日易堪難
오래 엿보다 점점 통달하면 바늘이 구멍과 같고	久覘漸達針如孔
전념하여 기약하면 돌도 뚫을 수 있으리	專意要期石亦鑽
이를 어기면 어찌 아비를 속이는 죄가 없겠는가	違此寧無欺父罪
더욱 의당 네 마음을 속이지 말도록 하여라	尤宜勿自汝心謾

임술년[20] 가을 7월 보름에

전적벽부[21]의 글자를 써서 다른 사람 대신 지음 壬戌秋七月旣望 代人作用前赤壁賦字

산을 오르며 어찌 강에 배 띄움을 부러워하리	登山何羨泛江壬
나무꾼이 화답해 노래하는 소리가 끊이지 않네	樵客和歌不絶音
달이 뜨면 이윽고 씻은 술잔 채우리	有月少焉盈洗酌
바람 몰아 그친 곳에 흉금 터놓고 앉으니	馭風所止坐淸襟
신선이 되었다는[22] 적벽은 천 년 전에 떠났고	化仙赤壁千秋逝

---

18) 수신 : ≪대학(大學)≫의 8조목의 하나이다. 격물(格物)·치지(致知)·성의(誠意)·정심(正心)·수신(修身)·제가(齊家)·치국(治國)·평천하(平天下)가 8조목인데, 수신(修身)은 '몸을 바르게 닦아 수양하는 것'으로, 제가(齊家)·치국(治國)·평천하(平天下)의 근본이 되는 덕목이다.

19) 아이 형 : 회와(悔窩)의 맏아들인 김수형(金秀瀅, 1840~1885)을 가리킨다. 자(字)는 원오(元五)이다.

20) 임술년 : 1862년(철종13)으로 회와가 41세 때이다.

21) 전적벽부(前赤壁賦) : 중국 북송(北宋) 때의 문인인 소식(蘇軾), 즉 소동파(蘇東坡)가 유배지인 호북성(湖北省) 황주(黃州)의 장강(長江)에 배를 띄워 놓고 적벽(赤壁)에서 유람하며 지은 글이다. 1082년 임술년 음력 7월에 지은 <전적벽부(前赤壁賦)>와 음력 10월에 읊은 <후적벽부(後赤壁賦)>가 있다. 전편은 적벽에서 벌어졌던 삼국시대의 고사를 생각하고 덧없는 인생에서 벗어나 자연과의 합일을 노래한 것이고 후편은 적벽야유의 즐거움을 구가한 것이다. 소동파 문학의 대표적인 걸작품으로 많은 사람들에게 애송된 중국의 명문장 가운데 하나이다. 회와가 이 시를 지은 것도 소동파가 <전적벽부>를 지었던 임술년 7월을 맞아, 그 운자(韻字)에 맞추어 지은 것이다.

서쪽의 미인을 바라보니23) 한결같은 덕24)이 임하네 　　　　　望美西方一德臨

하늘과 땅의 중간에서 조물주를 살피자니 　　　　　　　　天地中間觀造物

옛사람 놀며 즐기던 것 다시 지금 세상에서 한다오 　　　　前人遊樂更斯今

울타리 안의 차가운 샘 籬內寒泉

겨울엔 어찌 따뜻하고 여름엔 어찌 차가운가 　　　　　　　冬何溫也夏何寒

땅이 감춘 음양의 조화를 볼 수 있네 　　　　　　　　　　地伏陰陽造化觀

이끼 그림자 잠기고 구름 속 달이 서려있으며 　　　　　　苔蘚影沈雲月磐25)

녹로26) 소리 바쁘니 밤새도록 난간에 감도네 　　　　　　轆轤聲急暮朝檻

도둑질과 탐욕은 늘 미워하나 마음에 따라 변하고 　　　盜貪每惡心隨變

청렴과 결백에 모쪼록 힘쓰면 뜻이 절로 편안하리 　　　廉潔要須志自安

깊이 파면 맑은 것이 나올 줄 누가 알겠나 　　　　　　　深掘誰能淸者出

옛사람이 학문을 비유한 것에 오늘 사람이 탄식하네 　　古人喩學今人嘆

포도 葡萄

직방 품종이 다섯에 대완이 셋이네27) 　　　　　　　　　直方品五大宛三

---

22) 신선이 되었다는 : <전적벽부>의 내용 중에 "날개가 돋아 신선이 되어 오르는 듯하였다 [羽化而登仙]"라는 구절이 있다.

23) 서쪽의 미인을 바라보니 : <전적벽부>의 내용 중에 "나의 마음 아득하고 아득하게, 하늘 한쪽의 미인을 바라보도다. [望美人兮天一方]"라는 구절이 있다.

24) 한결같은 덕 : 순일(純一)한 덕으로, 곧 마음을 뜻한다. ≪서경(書經)≫<함유일덕(咸有一德)>에 이윤(伊尹)이 "저는 몸소 탕왕(湯王)과 더불어 모두 한결같은 덕을 소유하여 능히 천심(天心)에 합당하여 하늘의 밝은 명(命)을 받아서 구주(九州)의 무리를 소유하여 이에 하(夏)나라의 정삭(正朔)을 바꾸었습니다. [惟尹躬暨湯 咸有一德 克享天心 受天明命 以有九有之師 爰革夏正]" 하였다.

25) 磐 : 원문의 글자가 명확하지 않은데, 문맥으로 보아 '磐'으로 보아 번역하였다.

26) 녹로(轆轤) : 우물 위에 설치하여 물을 길어 올리는 도르래 장치를 가리키는데, 그 속에서 회전 장치를 하는 둥근 나무를 이르기도 한다.

27) 직방이……셋이네 : 직방(直方)과 대완(大宛)은 문맥으로 보아 모두 포도의 품종을 가리키는 것으로 보인다. 대완은 서역(西域)의 지명인데, 포도와 한혈마(汗血馬)라는 명마의 산지로 특히 유명하다. 한 무제(漢武帝) 때에 장건(張騫)이 서역에 사신으로 갈 때 제일 먼저 들른 나라

내가 사는 작은 집 남쪽에 섞어 심었지 　　　　　兼種吾居小屋南

뻗은 마디는 도리어 가시나무와 칡을 덮은 듯 　　誕節還如蒙楚葛

품은 향기는 어찌 대보름 밀감28)이 부러우랴 　　蘊香何羨上元柑

탱글탱글 꿰인 옥구슬 검푸르게 빛나고 　　　　團團貫玉光青黑

알알이 맺힌 환이 너무나 단 맛이 나네 　　　　箇箇成丸味烈甘

마유와 용수29)는 사랑할 만하니 　　　　　　馬乳龍鬚堪可愛

반드시 아름다운 손님과 고상한 이야기 나누리 　會須嘉客和清談

문간공30)의 유허비를 지나며 過文簡公遺墟碑

하늘이 선생을 낳은 것이 우연이 아닌 줄 알겠네 　天生夫子知非偶

옛 성인의 가르침 능히 전하게 하려 함이지 　　要使能傳古聖猷

태평성대 정치에 종사하여 충절이 지극하였네 　從政明時忠節至

실질의 공부에 힘써 도심이 아름답지 　　　　着工實地道心休

천추의 기상은 높은 산에 남아있고 　　　　　千秋氣像高山在

한 줄기 연원은 영원히 살아 흐르리 　　　　一脈淵源活永流

손으로 비석 어루만지며 새겨진 아름다움 노래하고 手拊貞珉歌勒美

가 이 나라이며, 대완의 말을 구하기 위하여 정벌하는 군사를 일으킨 일까지 있다. 포도는 장
건이 서역에 다녀오면서 종자를 가져 왔다. ≪史記 卷123 大宛列傳≫

28) 대보름 밀감 : 옛날 중국에서는 대보름 밤에 오색 천으로 꾸민 등불을 매달았다. 또 북송(北宋)
에서는 대보름 밤에 궁중에서 근신(近臣)들에게 잔치를 베풀었는데, 이때 귀척(貴戚)과 궁인
(宮人)들이 밀감을 서로 건넸다고 한다.

29) 마유와 용수 : 마유(馬乳)는 말의 젖이라는 뜻이고 용수(龍鬚)는 용의 수염이라는 뜻으로 모두
포도의 별칭이다. 한유(韓愈)의 <포도(葡萄)>라는 시에 "쟁반 가득 마유를 쌓고 싶은 생각이
면, 용수가 뻗어가게 대를 보태 이어야지. [若欲滿盤堆馬乳 莫辭添竹引龍鬚]" 하였다.

30) 문간공(文簡公) : 조선전기의 문신이자 학자인 김정(金淨, 1486~1521)의 시호이다. 본관은 경
주(慶州), 자는 원충(元冲), 호는 충암(冲庵)·고봉(孤峯)이다. 1507년(중종2)에 문과에 장원하
고, 부제학과 도승지를 거쳐 성균관 대사성과 예문관 제학을 지냈다. 조광조(趙光祖) 등과 함
께 미신 타파와 향약의 전국적 시행을 위하여 힘썼다. 1521년(중종16) 신사무옥(辛巳誣獄)에
연관되어 사사(賜死)되었다. 1545년(인종 1) 복관되었고, 1646년(인조 24) 영의정에 추증되었
다. 충북 보은읍 성족리(聲足里)에 유허비(遺墟碑)가 있다. 회와선생의 11대조가 김증손(金曾
孫)이고, 그 아우가 김효정(金孝貞)인데, 문간공 김정선생은 김효정의 차자이다.

서성거리며 온갖 생각에 저절로 끝이 없다네 　　徘徊萬念自悠悠

단오 端午

일년에 가장 좋은 천중절	一年最勝天中節
다양한 놀이도 이날 많다네	無限戲遊此日多
강의 여인은 난향에 목욕하러 물에 들어가고31)	江女浴蘭香人水
들의 아이는 푸른 풀로 싸움하며 언덕에 뛰어드네32)	野兒鬪草綠添坡
봉황은 그림에 이어져 처음으로 부채에 오르고33)	鳳緣圖畫初登扇
꾀꼬리는 그네를 피해 북에 잠깐 머무네34)	鶯避鞦韆暫止梭
누구와 좋은 풍물 함께 찾을까	誰與共探風物好
채소국에 쑥술 마시며 맑은 노래 부른다오	菜羹艾酒和淸歌

---

31) 난향에……들어가고 : 난향(蘭香)은 향기로운 난초를 가리킨다. 이것을 넣어서 끓인 물이 난탕(蘭湯)이다. 《대대례기(大戴禮記)》 <하소정(夏小正)>에 "단오일에 난탕으로 목욕을 한다.[午日以蘭湯沐浴]"라고 하였고, 왕우옥의 <부인각첩(夫人閣帖)>에 "푸른 난초싹이 가마에 끓네.[蘭芽翠釜湯]"라고 하였다. 《古今事文類聚 卷9 浴蘭湯》

32) 푸른……뛰어드네 : 풀싸움은 단오에 주로 아이들이 하던 중국의 세시 놀이로, 여러 가지 풀을 뜯어다가 서로 비교하여, 다양한 풀들을 많이 뜯은 사람이 이기는 놀이이다. 구양수의 시 <부인각(夫人閣)>에 "오늘 아침 함께 모여 다투느라, 소매 가득 담은 온갖 풀이 향기롭네.[共鬪今朝勝 盈禮百草香]" 하였다. 《古今事文類聚 卷9 鬪草戲》

33) 봉황은……오르고 : 단오에는 사악한 기운을 떨쳐내기 위해 부채를 만들어, 임금은 신하에게 하사하고 신하는 임금에게 선물했던 풍속이 있다. 이 때문에 장간공(章簡公)의 시에 "교인이 비단으로 짠 부채에 봉황의 무늬 수놓았네.[團扇鮫綃畫鳳文]"라고 노래하였다. 《古今事文類聚 卷9 桃印符》

34) 꾀꼬리는……머무네 : 우리나라에서는 일찍이 고려시대 이전부터 단오에 그네를 탔던 기록이 있다. 고려 때 송(宋)나라의 사신으로 왔던 서긍(徐兢)의 《고려도경(高麗圖經)》에 "고려에서는 단오날에 그네 놀이가 있다."라고 하였다. 《견한잡록(遣閑雜錄)》에서는 "중국에서는 한식(寒食)에 그네를 타는데 우리는 단오에 그네를 탄다."고 기록하기도 하였다. 북 [梭]은 베틀에서, 날실의 틈으로 왔다 갔다 하면서 씨실을 푸는 기구이다. 《동국이상국집(東國李相國集)》에서는 그네 뛰는 모습을 묘사하면서 "선녀가 하늘에서 내려온다 말을 마소. 베 짜는 북처럼 왔다 갔다 하네.[莫言仙女下從天 來往如梭定不然]"라고 하였다.

헌납공35)이 석천서재에 지은 시에 차운하다 次獻納公題石泉書齋韻

샘과 돌이 엄연히 삼백 년을 지키고 있으니	泉石居然三百歲
선현의 지난 행적 산신령에게 묻노라	先賢往蹟問山靈
땅이 흐르는 물을 필요로 하나 바위와 구름에 잠겼고	地要流水岩雲鎖
사람이 맑고 밝으려 하나 물과 달이 차구나	人欲淸昭水月冷
뛰어난 경치는 참으로 고상한 선비의 즐거움이고	勝景眞爲高士樂
남기신 기풍은 능히 후생을 깨우치게 한다네	遺風能使後生醒
이렇게 오늘 노니니 다시 감정이 풍부해져	此遊今日還多感
난간에 기대 저도 모르게 눈물이 저절로 흐르네	不覺倚欄淚自零

최석근 집안의 분황제36) 뒤에 모인 손님이 읊은 시에 다른 사람을 대신하여 차운하다 代人次崔奭根家焚黃祭後會賓韻

어진 하늘의 비와 이슬 같은 은혜 받았네	最荷仁天雨露恩
저승에 빛이 나니 존귀한 사헌부 벼슬이라	泉坮生色柏坮尊
찬혜당에서 시작하여 현명함 변치 않고	纘蹊堂緖賢靡替
적교37)하는 벼슬의 영예, 길이 효심으로 사모하네38)	迪敎官榮孝永言
어느 시댄들 까마귀 모여드는39) 상서로운 징조 없었던가	何代無徵烏集瑞

---

35) 헌납공(獻納公) : 조선 후기의 문신이자 학자인 김상(金鏛, 1486~1521)이다. 회와선생의 9대 조가 김천우(金天宇)이고, 그 형이 김천부(金天富)인데, 헌납공 김상선생은 김천부의 증손이다.

36) 분황제 : 조선 시대에, 관직이 추증(追贈)될 때에 그 자손이 추증된 이의 무덤 앞에 나아가 이를 고하고 사령장의 부본(副本)인 누런 종이를 불태우던 일을 분황(焚黃)이라고 하였다. 분황제(焚黃祭)는 분황하며 지내는 제사를 가리킨다.

37) 적교 : 적교(迪敎)는 적이교(迪彝敎)의 준말로, 떳떳한 가르침으로 백성들을 이끌어 준다는 뜻인데, ≪서경(書經)≫ <군석(君奭)>에 나온다.

38) 길이 효심으로 사모하네 : ≪시경(詩經)≫ <하무(下武)>에 "길이 효심으로 사모하니 효심으로 사모하는 것이 곧 법칙이 되니라. [永言孝思 孝思維則]"라 하였다.

39) 까마귀 모여드는 : 까마귀와 잣나무는 어사대(御史臺)를 상징하는 말인데, 우리나라에서는 사헌부(司憲府)를 가리키는 말로 쓰인다. 옛날 한나라 때 어사부(御史府)에 잣나무를 심었는데, 그 위에 까마귀가 깃들어 있었으므로 어사부를 백대(柏臺) 또는 오대(烏臺)라고 하였다. 앞의 두 번째 구절에서도 백대(柏坮)라 하여 사헌부로 번역하였는데, 아마도 최석근 집안에 사헌부

주인은 붉은 옥새 찍힌 교지에 기쁘다네 主人有喜紫泥痕

때맞추어 아름다운 모임에 참석하지 못하고 趁時縱未參佳會

멀리서 덕망 높은 집안 기리며 어진 자손 이어 지었네 遠頌德門繼肖孫

계축년 9월 2일 난정기의 글자를 모아 잔을 띄운 자리에서 다른 사람을 대신하여 차운하다[40] 칠언 근체시 1수는 여기에 있고, 오언 절구 2수와 오언 근체시 2수는 아래에 보인다

癸丑九月二日代人次流觴韻集蘭亭記字 七言近體一首在此五言絶句二首五言近體二首見下

계축년 봄날을 기약하지 못했지만[41] 癸年雖未期春日

이 유람 즐길 만하니 현인이 죄다 모였네 可樂此遊賢至畢

흐르는 물은 숲을 끼고 굽이굽이 길게 흐르고 流水帶林曲曲長

피리와 어울린 맑은 문장 사람마다 지었다네 淸文和管人人述

즐거운 마음 예나 지금의 정자 어찌 다를까 娛懷豈異古今亭

하늘을 우러르고 땅을 굽어보아도 끝이 없다네 俯仰無終天地室

느낌의 길고 짧음은 마음대로 되지 않고 爲感短脩不自由

갖가지 그윽한 정 서로 간에 털어놓네 幽情於萬相陳一

의 관직이 추증된 것으로 보인다.

40) 계축년……차운하다 : 계축년은 1853년(철종4)으로 회와가 32세때이다. 난정기(蘭亭記)는 중국의 동진(東晉)의 명필 왕희지(王羲之)가 353년 계축년 늦봄에 회계(會稽)의 난정(蘭亭)에서 열린 연회에 참석하여 지은 글이다. 이 자리에서 개울 위에 술잔을 띄워 놓고, 술잔이 자기 앞에 오는 동안 시를 읊는 풍류를 즐겼다.

41) 계축년……못했지만 : 왕희지가 난정기를 지은 해는 계축년(353년)이었고, 회와가 시를 지은 해도 계축년(1853)이었다. 다만 왕희지의 모임은 늦봄이었고, 회와의 모임은 9월이었다. 그래서 이런 표현을 한 것이다.

묵와가 용담에 가서 간병할 때 지은 시에 차운하다 次黙窩往龍潭看病時韻

후덕한 사람이 후덕한 사람을 만나	厚德人逢厚德人
영호남 백리 길을 오가던 몸이라네	嶺湖百里去來身
대승기탕[42]은 여름 석 달 지내기에 요긴하고	大承氣甚經三夏
익지종[43]은 봄 한철 되돌리기에 필요하지	益智粽要返一春
제멋대로 좋은 주인 찾지 마시게	莫向任他尋好主
또 응당 가까이에서 아름다운 손님 모셔야지	且應從近侍佳賓
다행히 우리 양쪽에서 인척이 되었으니	幸吾兩處參芘葛
애써 사귀어 온 정으로 진심을 토로하네	爲勉交情語吐眞

묵와의 시에 차운하여 바치다 次呈黙窩韻

흰칠한 소년이 경년[44]에 태어나	白皙少年降自庚
반평생 교우하며 맑은 기운 생겼네	交遊半世氣生淸
풍류는 매양 충청의 손님이 되었고	風流每作湖西客
가업은 오랫동안 경상우도 백성이네	家業久爲嶺右氓
손으로 책봉 조서 어루만지며 장수를 기약하고	手鍊金册期世壽
가슴에 아름다운 시문을 품고 사람을 놀래키네	胸藏錦繡使人警
국화주 한 잔에 화려한 시 만발하고	一杯菊酒詩華發
내가 마주치는 곳마다 정이 매우 두텁구나	逢處於吾最厚情

---

42) 대승기탕 : 대승기탕(大承氣湯)은 대황(大黃), 후박(厚朴), 지실(枳實), 망초(芒硝)를 넣어서 달여 만드는 탕약이다. 열이 몹시 나고 헛배가 부르며 뜬뜬하고 아프면서, 헛소리를 하며 대변을 누지 못하는 데 쓴다.

43) 익지종 : 익지종(益智粽)은 익지(益智)로 만든 떡이다. 익지는 중국 남부 지방에서 나는 풀로 잎은 뾰족하고 길며, 봄에 엷은 홍색 꽃이 피고 열매는 대추 모양으로 여름에 익는데, 씨를 빼서 꿀에 재어 먹는다.

44) 경년 : 간지가 경(庚)으로 시작하는 어느 해로 보이나 확실하지는 않다. 회와의 생년인 1823년 가까운 경년은 경진년(1820)이나 경인년(1830)이 된다.

성 생원 환갑잔치에 운을 맞추다 成生員晬宴韻

사시[45]의 처음은 만물에 앞서는데	四始之初萬物先
이 사람 이 날은 한 해를 시험하네	此人此日試周年
그림 같은 옛 노인은 맑은 호수에 붓을 들고	圖成古老淸湖筆
거문고로 바뀐 한가한 신선 기나긴 밤 현을 타네	琴換閑仙永夜絃
인수의 영역[46] 북극성 비추는 별에 멀리 이어지고	壽域遠連星照極
회갑 잔칫상은 술에서 나는 연꽃에 길이 본떴네	晬盤長擬酒生蓮
짧은 시로 축하하며 큰 복 받으시길 바라는	短詞願賀兼遐福
형제 자손 숙질이 참석한 잔치라네	兄弟子孫叔侄筵

벗과 마주하여 술 마시며 화답하다

병진년[47] 7월 16일 밤 與友對飮而和 丙辰七月十六夜

억지로 막걸리 들이켜고 또 소금을 먹네	强吸濁醪且食鹽
구름이 달을 반쯤 삼키니 마치 낫과 같구나	雲呑月半宛如鎌
벗과 사귐이 더욱 두터워 마음을 서로 비추고	友交益厚心相照
시가 점점 긴밀해지니 입이 저절로 잠기네	詩到漸緊口自鉗
시절은 마침 옛 사람이 적벽에서 노닐던 때	時適古人遊赤壁
밤은 길고 이웃 여인은 붉은 경대 마주하네	夜長隣女對紅匲
빗소리 잠시 그치니 바람 소리 들리고	雨聲初歇風聲至
문밖 산봉우리 빛은 안개 속에 뾰족 솟았구나	戶外峯光霧裡尖

---

45) 사시(四始) : 그해, 그달, 그날, 그때의 네 가지가 모두 처음이라는 뜻으로, 정월 초하룻날의 새벽을 이르는 말이다.

46) 인수의 영역 : 인수(仁壽)는 《논어(論語)》<옹야(雍也)>의 "인을 좋아하는 사람은 장수를 한다. [仁者壽]"라는 말에서 나온 것으로, 누구나 천수(天壽)를 다하며 편안하게 살 수 있는 태평성대를 뜻한다. 또 참고로 《한서(漢書)》<예악지(禮樂志)>에 "한 세상의 백성들을 몰아서 인수의 영역으로 인도한다면, 풍속이 어찌 성강(成康) 때처럼 되지 않을 것이며, 수명이 어찌 고종(高宗) 때처럼 되지 않겠는가."라는 말이 나온다.

47) 병진년 : 1856년(철종7)으로 회와가 34세 때이다.

아버님 명으로 충주의 일가 형님 환갑잔치에 차운하다

무오년[48] 3월 13일 父主命次忠州族兄晬宴韻 戊午三月十三日

형님 먼저 제가 뒤로 올해 회갑 맞았으니[49]	君先我後甲今回
태평성대 함께 만나 인수의 영역 열었소	共値明時壽域開
어린 나이 같은 마을 살며 놀았는데	早歲之遊同里處
늘그막에 또 이 고을에 오니 기쁘구려	晚年亦喜此鄕來
노성은 멀리서 민성의 분야를 비추고[50]	老星遠照民星野
삼월에 다시 사월의 술잔을 기약하네	三月更期四月盃
아드님 정성 깊으니 영원히 복을 누리시기를	賢允誠深鄆永福
색동옷 입고 슬하에서 노니니[51] 참으로 아름답소	斑衣繞膝正佳哉

어머님 병환에 다녀가신 문촌장이 사운시를 지어 보내셨으므로 차운하여 답하다

경신년[52] 겨울 以慈患度了文村丈製送四韻故次答 庚申冬

간병하며 마음대로 한 적이 없었거늘	侍病不任意所之
하늘 감동시킨 효성 다했는지 다시 치매 더하네	格天孝匱更加痴
7년 묵은 병에 3년 묵은 약쑥 구하듯 하나[53]	七年求艾三年久
하루도 회복되지 않으니 며칠이나 지체될까	一日未蘇幾日遲
쌓인 눈으로 겨울에는 온기 전하기 어려우니	積雪難移冬溫氣

---

48) 무오년 : 1858년(철종9)으로 회와가 36세 때이다.

49) 형님……맞았네 : 이 시는 회와가 선친 김기대(金基大, 1798~1864)을 대신하여, 선친의 친척 형님의 회갑연에 지은 시이다. 이 시의 주인공과 회와의 선친은 모두 무오년(1798) 동갑이었다.

50) 노성은……비추고 : 노성(老星)은 노인성(老人星)의 약칭으로, 인간의 수명을 관장한다는 남극성(南極星)을 가리킨다. 민성(民星)은 사민성(司民星)의 약칭으로, 사람의 생사를 맡는 별이다.

51) 색동옷……노니니 : 춘추 시대 초(楚)나라의 효자인 노래자(老萊子)가 나이 70에 어린애처럼 색동옷을 입고 부모 앞에서 새 새끼를 가지고 장난을 하여 부모를 즐겁게 했던 고사에서 온 말이다.

52) 경신년 : 1860년(철종11)으로 회와가 38세때이다.

53) 7년……하나 : 맹자가 이르기를, "지금 천하에 왕을 하려는 것은 마치 7년 묵은 병에 3년 묵은 약쑥을 구하기와 같으니, 이제부터라도 미리 약쑥을 저축해 두지 않으면 종신토록 얻지 못할 것이다." 한 데서 온 말로, 모든 일을 사전에 미리 준비해야 함을 이른 말이다. ≪孟子 離婁上≫

봄이 돌아오기를 새해의 기약과 함께 바라네 　　　　　　回春願與歲新期

이로 인해 저승으로 돌아가는 길 전별 마시오 　　　　　緣斯莫餞西歸路

고개 넘어 이 몸은 서글피 바라볼 때라오 　　　　　　　隔嶺此身悵望時

입춘 立春

봄의 문을 활짝 열고 성군이 임하시니 　　　　　　　　門闢青陽苻聖君

붉은 명협 상서로운 잎이 옛 해와 새해를 나누네[54] 　　丹莢瑞葉舊新分

만물의 생동은 차가운 눈을 녹이면서부터이지 　　　　物生動自消寒雪

가는 해는 의연히 흰 구름을 보내누나 　　　　　　　歲色居然送白雲

즐거움은 다른 해의 갑절이니 성가신 생각 사라지고 　樂倍他辰除累意

시 짓기는 이 저녁 좋으니 맑은 문장 토해내네 　　　詩宜此夕吐清文

좋은 명절에 좋은 벗 만나니 얼마나 다행인가 　　　幸何佳節逢良友

석 잔 술 마시니 대번에 취하더라 　　　　　　　　酒挹三盃卽一醺

더러 나를 칭찬하는 자가 있어서 이를 지어 헛된 명예에 외람되게 들어감을 드러내다 或有譽己者作此以著其濫入虛譽

배부르고 등 따습고 편안히 지내니 곧 금수에 가깝고 　飽暖逸居卽近禽

마흔에 고작 마소의 고삐를 당길 뿐이네 　　　　　　四旬徒曳馬牛衿

명예를 구함은 먼저 자기를 위함이 아니고 　　　　　求譽非是先爲己

실속 없음도 많으니 내심 부끄러워라 　　　　　　　無實亦多內愧心

걸음 딛기 어려움은 험한 산에 이른 듯하고 　　　　進步難須山到峻

처신하기 두려움은 깊은 물에 임한 듯하네 　　　　　置身畏若水臨深

자네 지금 듣기 좋은 칭찬은 얼마나 그릇된가 　　　君今稱美斯何誤

---

54) 붉은……나누네 : 명협(蓂莢)은 중국 요(堯) 임금 때 났었다는 전설상의 상서로운 풀이다. 초
　하루부터 보름까지 하루에 한 잎씩 돋아났다가 열엿새부터 그믐까지 하루에 한 잎씩 떨어지
　고, 작은달에는 마지막 한 잎이 시들기만 하고 떨어지지 않았다고 한다. 달력풀 또는 책력풀
　이라고도 한다. ≪竹書紀年 卷上 帝堯陶唐氏≫

물러나 웅크리고 서성이며 침묵해야 하리라 　　　　　退縮逡巡宜黙沈

바둑에 차운하다 次圍碁韻

바둑판 옮겨놓고 오리 무늬 수놓으니 　　　　　紋楸移得繡紋鳧

흰 돌은 갈매기 같고 검은 돌은 까마귀라 　　　　　白子如鷗黑子烏

점점이 늘어선 중에 별 모양이 나타나고 　　　　　點點列中星出象

때때로 뒤돌아보니 새벽 여우가 아닌지 　　　　　時時顧後曉疑狐

형세는 승패를 나누니 개미처럼 미세하게 겨루고 　　　　　勢分勝敗相援螘

도리는 가로 세로에 있으니 가는 거미줄을 토하네 　　　　　道有縱橫細吐蛛

돌연 포위가 무너져 남쪽으로 나오던 밤에 　　　　　倏爾圍潰南出夜

어린 말이 신령스런 말인지 누가 알까 　　　　　誰知稚馬是神駒

석천암을 이건하여 낙성한데 차운하다 次石泉庵移建落成韻

선생께서 강학한 해 돌이켜 추억하니 　　　　　回憶先生講道年

열 그루 푸른 나무 강당 앞 휘감았고 　　　　　十青青繞一堂前

들보는 어찌 꺾였나, 지금의 수사인데[55] 　　　　　樑何摧矣今洙泗

기둥은 의연하니 예전의 석천이라 　　　　　棟亦居然古石泉

후일을 기다려 오랜 세월 더 계획하여 지으니 　　　　　待後加營經歲久

후손이 기꺼이 집을 짓고[56] 가문이 계승해 전하네 　　　　　有孫肯構繼家傳

---

55) 들보는……수사인데 : 들보가 꺾였다는 것은 선생을 잃은 슬픔을 말한다. 공자(孔子)가 장차 자신의 죽음을 예견하고 "태산이 무너지고 대들보가 꺾이고 철인이 쓰러질 것이다."라고 하자 자공(子貢)이 듣고 "장차 누구를 우러를 것이며 장차 누구를 본받을 것인가."라고 한 고사에서 유래한다. 여기에서는 석천(石泉)의 죽음을 가리킨다. 수사(洙泗)는 수수(洙水)와 사수(泗水)를 가리키는 말이다. 두 강은 모두 공자(孔子)의 고향 곡부(曲阜) 근처를 흐른다. 따라서 흔히 공자의 학문 또는 유학의 근원을 가리킨다. ≪禮記 檀弓上≫

56) 후손이……짓고 : ≪서경(書經)≫ <대고(大誥)>에, "만약 아버지가 집을 지으려 작정하여 이미 그 규모를 정했는데도 그 아들이 기꺼이 당기(堂基)를 마련하지 않는데 하물며 기꺼이 집을 지으랴."라고 하였다. 자손이 선대의 유업을 잘 계승하는 것을 뜻하는 말이다.

옛 문미를 옮겨서 새 처마에 내거니   舊楣移揭新簷外

가을달 차가운 못에 다시 넉넉히 비추네   秋月寒潭更照圓

문의의 벗 류와 신강에 가서 화답해 운을 맞추다

계해년[57] 늦봄 與文義柳友往新江和韻 癸亥暮春

소년의 문채가 기묘하고 뛰어나니   少年文藻絶奇奇

덕의 기반을 닦은 주인을 칭송하네   攢頌主人種德基

속세 손님 꽃이 산 손님 소매에 스미고   俗客花侵山客袂

시 짓는 벗의 붓이 술친구의 두려움 물들이네   詩朋筆染酒朋危

정을 누르고 풀을 밟으니 늦봄의 대지이고   闌情踏草陽敍地

멋진 자리 난정보다 나으니[58] 저녁때의 경치라네   勝會拔蘭景晚時

이별하는 길 맑은 강의 버드나무 참으로 많으니   別路儘多淸渭柳

두세 개의 가지 꺾어 서로 주어 보내구나   持將相贈兩三枝

신천에 가서 벗 박의 운자에 화답하다 계해년 3월 往新川和朴友韻 癸亥三月

아홉 구비 화양동의 한 줄기 깊으니   九曲華陽一脈深

가장 가까운 신천에 구름 낀 숲[59]이 둘렀네   新川最近繞雲林

보면 볼수록 옛 유인[60]의 얼굴이요   看看有舊幽人面

걸음걸음 진리 찾는 먼 길 나그네 마음이네   步步尋眞遠客心

움켜쥔 풀은 늦봄 향기가 사향보다 진하고   掬草春餘香過麝

대에 오르니 오랜 세월에 글자는 새가 되었네   登垈歲久字成禽

---

57) 계해년 : 1863년(철종14)으로 회와가 41세때이다.

58) 멋진……나으니 : 여기에서 난정은 앞에도 언급했던 왕희지(王羲之)의 난정 모임을 가리키는 것으로 보인다. 중국의 동진(東晉)의 명필 왕희지(王羲之)가 353년 계축년 늦봄에 회계(會稽)의 난정(蘭亭)에서 열린 연회에 참석하여 글을 지었는데, 이것이 난정기(蘭亭記)이다.

59) 구름 낀 숲 : 원문의 운림(雲林)은 구름이 끼어 있는 숲이라는 뜻으로, 처사(處士)가 은둔하고 있는 곳을 말한다.

60) 유인(幽人) : 어지러운 세상을 피하여 조용한 곳에 숨어 사는 사람을 가리킨다.

유순[61]에 만났다 헤어지며 부평초 신세를 한탄하고 　　　　由旬逢別嗟萍水

호탕한 벗의 뛰어난 곡조에 억지로 화답하여 읊노라 　　　　强和豪朋絶調吟

속리산에 가서 더덕을 캐다 往俗離採沙蔘

머리에 황관[62] 쓰고 등에 삼태기 지고 　　　　頂戴黃冠背負籠

표주박 물 대그릇 밥 지니고 두셋이 동행했지 　　　　匏漿簞食兩三同

소녀는 신천의 북쪽에서 웃음 짓지 않고 　　　　少娥非笑新川北

늙은 중은 옛 절의 동쪽에서 맞이하지 않네 　　　　老釋不迎古寺東

약초 캐는 손은 험한 돌에 상처 많고 　　　　採藥手多傷險石

숲을 휘젓는 머리털은 밀림에 자주 걸리네 　　　　穿林髮幾掛深叢

이 마음은 어려움을 겪은 뒤 깨닫기 쉬운데 　　　　此心易覺經難後

세상길이 모두 그러하니 다시 몸을 움츠리네 　　　　世路皆然更縮躬

호인당에 차운하다 大好忍堂韻

날마다 깊은 공부엔 참는 것이 가장 어렵고 　　　　日用深工忍最難

좋아하기는 어려움을 좋아하는 것이 그 중에 완벽하리 　　　　好難好者箇中完

신 맛을 옮겨 맛보면 쓴 맛을 볼 수 있고 　　　　移嘗酸味能嘗苦

더위 견디는 마음을 미루면 또한 추위도 견디리 　　　　推耐熱心亦耐寒

나를 마주해 헐뜯어도 성내지 말고 　　　　對我毁訾無忿懥

편벽되고 성급한 사람 만나도 관용을 보이라 　　　　當人偏急示容寬

참을 인 자 백 번 쓴 현재의 장씨 집인데[63] 　　　　書成百忍今張宅

---

61) 유순(由旬) : 유순은 제왕(帝王)이 하룻동안 행군(行軍)하는 거리를 뜻하는 불교 용어이다. 이
　　(里)로 환산한 거리가 일정하지 않고 여러 가지 설이 있는데, ≪유마경(維摩經)≫의 주에는 상
　　유순(上由旬)은 60리, 중유순(中由旬)은 50리, 하유순(下由旬)은 40리라고 하였다.

62) 황관(黃冠) : 풀로 만든 평민의 관이라는 뜻으로, 벼슬하지 못한 사람이 썼다.

63) 참을……집인데 : 당(唐)나라 때 장공예(張公藝)의 집안은 9대(代)가 한집에서 살았다. 고종(高
　　宗)이 그 연유를 물으니, 장공예는 지필(紙筆)을 청한 뒤 단지 참을 '인(忍)' 자만 백여 차례 쓰
　　자 고종이 눈물을 흘리며 비단을 하사하였다 한다. 그 뜻은 백 번 참는 것이 한집에서 대가족

임금님 포상 난간에 거는 일이 아직도 지체되네　　　　　　天褒尙遲揭畫欄

조 명부[64]에게 두 수를 올리다 정묘년[65] 上趙明府二首 丁卯

동각[66]의 문장은 해와 달처럼 빛나고	東閣文章日月懸
풍류를 즐기는 여가에 주인과 손님 잔치라오	風流剩暇主賓筵
백리를 누워 다스려도[67] 속되지 않고	臥治百里無爲俗
삼산[68] 앉아서 대하니 신선에 멀지 않네	坐對三山不遠仙
나무에 빠른 땅의 갈대는 정사 어디에 있으며[69]	樹敏地蒲何有政
금슬은 대나무 누각에 마땅하니 다시 현가를 듣네[70]	琴宜樓竹復聽絃

이 다투지 않고 살아가는 비결이라는 것이다.≪資治通鑑 唐紀≫

64) 조 명부 : 명부(明府)는 지방관에 대한 존칭이니, 보은 군수(報恩郡守)를 가리키는 것으로 보인다.
　1867년에 조동순(趙東淳)이 보은 군수에 제수된 기록이 있다.≪承政院日記 高宗 4年 5月 14日≫

65) 정묘년 : 1867년(고종4)으로 회와가 45세때이다.

66) 동각(東閣) : 동각은 지방 수령의 관아를 뜻한다. 남조(南朝) 양(梁)나라 하손(何遜)이 건안왕
　(建安王)의 수조관(水曹官)으로 양주(楊州)에 있을 때 관청 뜰에 매화 한 그루가 있어서 매일같
　이 그 나무 아래서 시를 읊곤 하였다. 뒤에 낙양(洛陽)에 돌아갔다가 그 매화가 그리워서 다시
　양주로 발령해 주길 청하여 양주에 당도하니 매화가 한창 피었기에 매화나무 아래서 종일토
　록 서성거렸다. 두보(杜甫)의 <화배적등촉주동정송객봉조매상억견기(和裴迪登蜀州東亭送
　客逢早梅相憶見記)>에 "동각의 관매가 시흥을 움직이니, 도리어 하손이 양주에 있을 때 같구
　나. [東閣官梅動詩興 還如何遜在楊州]"라고 하였다. ≪杜少陵詩集 卷9≫

67) 백리를 누워 다스려도 : 한(漢)나라 급암(汲黯)이 동해 태수(東海太守)가 되었을 때에 문밖에 나
　가지 않고 누워서 다스렸는데도, 1년이 넘어 고을이 크게 잘 다스려졌다.≪漢書 卷50 汲黯傳≫

68) 삼산(三山) : 보은의 신라(新羅) 때 지명이 '삼년산군(三年山郡)' 혹은 '삼년(三年)'이었고, '삼산
　(三山)'이라고도 하였다. 한편 삼신산(三神山)이라 하여 진 시황(秦始皇)과 한 무제(漢武帝)가
　불로불사약을 구하기 위하여 동남동녀 수천 명을 보냈다고 하는 전설상의 산을 가리키기도
　한다. 봉래산(蓬萊山)·방장산(方丈山)·영주산(瀛洲山)을 삼신산이라 하는데, 우리나라에서는
　이를 각각 금강산·지리산·한라산을 삼신산에 비기기도 하였다. 여기에서는 이 두 가지 의미를
　중의적으로 사용한 것으로 보인다.≪興地圖書 忠淸道 報恩≫

69) 나무에……있으며 : ≪중용(中庸)≫에 "사람의 도(道)는 정사에 빠르게 나타나고, 땅의 도(道)
　는 나무에 빠르게 나타나니, 정사의 신속한 효험은 쉽게 자라는 갈대와 같다."라고 하였다. 사
　람으로서 정사를 세움은 마치 땅에다가 나무를 심는 것과 같아, 그 이루어짐이 빠르며, 갈대
　는 또 쉽게 자라는 물건이어서 그 이루어짐이 더욱 빠르다. 훌륭한 사람이 있으면 정사가 거
　행됨이 그 쉬움이 이와 같음을 의미하는 것이다.

70) 금슬은……듣네 : 현가(絃歌)는 금슬(琴瑟)을 연주하며 노래하는 것으로, 예악(禮樂)을 가지고

구름 덮인 산 열둘이 새로 겹겹이 열리고　　　　　雲屛十二開新疊

넓은 노을에서 나온 그림처럼 별세계 이어지네　　畵出廣霞別境緣

아침햇살 저녁등불에 봉화인 줄 놀라고　　　　　朝暾夕燈警似烽

글 읽을 겨울에 세월 헛되이 보냈네　　　　　　年光虛度讀書冬

마음은 몹시 긴장되어 조용한 침묵을 찾고　　　　心從極緊探玄默

몸은 넉넉함이 부족하여 소봉[71]에 부끄럽네　　身乏瞻華愧素封

다행히 선정비를 만나 입에서 전해지니　　　　　幸値政碑傳口誦

모쪼록 장수하시길 축원한다네　　　　　　　　要將壽斗祝眉供

명륜당에서 편히 쉬면서 감히 말하노니　　　　　敢言遊息明倫地

즐거운 생애는 농사일에 숨어 있다오　　　　　　也樂生涯隱在農

산방에 글공부하러 아이 미[72]를 보내며 혼자서 회포를 읊다

무진년[73] 가을 送渼兒讀山房而聊自詠懷 戊辰秋

내 몸을 사랑하고 또 내 오두막을 사랑하네　　　愛吾身亦愛吾廬

더구나 선조 때부터 여기 자리 잡고 살았지　　　矧復自先卜此居

세태에서 깨고 싶으니 술을 따르고　　　　　　世態欲醒斟酌酒

과업 공부 소화하기 어려우니 경서를 전하네　　課工難喫傳經書

누런 국화 이슬에 젖어 향기를 맛볼 만하고　　黃花露濕香堪啜

백성들을 교화하는 것을 뜻한다. 노(魯)나라의 자유(子遊)가 무성(武城)의 수령으로 있으면서
예악으로 가르쳤으므로 고을 사람들이 모두 현가하였다고 한다. 《論語 陽貨》

71) 소봉(素封) : 벼슬살이를 하지 않는 사람이 전원에서 수확하는 이익이 많아 왕후에 봉해진 것
　　이나 다름없이 풍족한 생활을 누리는 것을 말한다. 《사기(史記)》<화식열전(貨殖列傳)>에
　　이르기를 "요즈음 관직의 녹봉도 없고 작읍(爵邑)의 수입도 없으면서 즐거움이 관직과 작읍
　　이 있는 사람과 비등한 자들이 있는데, 그들을 이름하여 소봉이라 한다." 하였다.

72) 아이 미 : 회와(悔窩)의 둘째 아들인 김수미(金秀渼, 1851~1922)를 가리킨다. 계부(季父)인 김
　　유태(金愈泰)에게 출계(出系)하였다. 호(號)는 검제(儉齊), 자(字)는 겸오(兼五)이다. 일명 수용
　　(秀溶)이다. 이하 같은 형태로 나올 경우 '아이 수미'라고 쓴다.

73) 무진년 : 1868년(고종5)으로 회와가 46세때이다.

늙은 나무 가을이 되니 그림자 더욱 성기네　　　　　老木秋生影益疎

네게 권하노니 산방에서 오늘 학문에 힘써　　　　　勉汝山房今進學

갈 때 비었던 것을 올 때 채워 오거라　　　　　　　歸時以實往時虛

산방의 여러 벗에게 화답하다 和山房諸益

낱낱이 주옥같은 기이한 시편 가득하니　　　　　　瓊琚箇箇滿箋奇

여러분 일찍 통달함을 일어나 경하하오　　　　　　起賀諸君達早時

진유의 붉은 동이 글자를 충분히 연구하고[74]　　　熟講眞儒丹甕字

묘기의 흰 비단에 쓴 시 얼마나 읊조렸나[75]　　　幾題妙妓白紈詩

암자의 안개 지혜로운 부처님 아스라이 휘감았고　　庵烟細繞金仙慧

계곡의 달빛 한길 높이 위태로운 바위에 남았네[76]　澗月留明丈石危

어느 글에 마음을 두었는지 다시 묻노니　　　　　　更問何書勤着意

꽃나무 숲 새벽에 축축한 이슬 가지에 맺혔네　　　葩林曉濕露團枝

산에 놀러온 나그네 충주의 성 선비에게 주다 무진년 10월 贈遊山客忠州成雅 戊辰十月

지팡이 짚은 나그네 멀리 해동 땅을 밟더니　　　　客節遠踏海之東

---

74) 진유의……연구하고 : 진유(眞儒)는 유학의 진리를 터득한 참된 선비를 가리키는 말이다. 여
　　기에서 진유가 누구이고, '붉은 동이'가 무엇을 가리키는지 명확하지 않다. 다만 ≪예기≫
　　<유행(儒行)>에 "선비는 가로세로 각각 10보(步) 이내의 담장 안에서 거주한다. 좁은 방은
　　사방에 벽만 서 있을 뿐이다. 대를 쪼개어 엮은 사립문을 매달고, 문 옆으로 홀(笏) 모양의 쪽
　　문을 낸다. 쑥대를 엮은 문을 통해서 방을 출입하고, 깨진 동이 구멍의 창문을 통해서 밖을 내
　　다본다."라는 말이 있다. 또 마영경(馬永卿)이 지은 ≪난진자(嬾眞子)≫에 소옹(邵雍)의 일을
　　기록하기를, "낙양(洛陽)의 소옹 선생은 술법이 높은 데다 지모도 남보다 뛰어났다. 거처하는
　　곳에 '홀 모양의 구멍'과 '동이 창문'이 있었는데, 홀 모양의 구멍은 벽에 문을 뚫되 위는 뾰족
　　하고 아래는 네모나게 하여 홀 모양으로 만든 것이고, 동이 창문은 깨진 동이의 입구를 방의
　　동서쪽 벽에 박고 붉은색 종이와 흰색 종이를 발라 해와 달을 상징한 것이다. 그 거처를 안락
　　와(安樂窩)라고 하였다." 하였다.

75) 묘기의……읊조렸나 : 묘기(妙妓)는 얼굴이 예쁘고 기예(技藝)가 능숙한 기생을 가리킨다. 여기
　　에서 가리키는 묘기가 누구이고, '흰 비단에 쓴 시'가 어떤 고사를 가리키는지 명확하지 않다.

76) 계곡의……남았네 : 원문은 '澗月畱明丈石危'인데 '畱'는 문맥을 살펴 '留'로 바로잡아 번역하였다.

천리 길 민간의 노래 차이를 판별하더라 　千里俗謠辨異同

차고 더운 기운 온몸 위로 덮치고 　寒暑氣侵全體上

강산의 그림자가 두 눈동자에 서렸네 　江山影帶兩眸中

길을 나서니 갓을 적시는 비가 안타깝고 　登程可惜沾冠雨

여관에선 소매에 가득한 바람이 불어대네 　逆旅得噓滿袖風

행여 오늘밤은 청량한 경지를 만났으니 　幸接今宵淸意味

고향으로 돌아가 궁핍한 신세 면하기를 권하네 　勸歸鄕里免身窮

서당에서 모여 노닐다 무진년 7월 會遊書堂 戊辰七月

산방의 운탑은 선경을 떠나지 않았고[77] 　山房雲榻不離仙

노자 석가 술잔 돌리니 취하여 별천지라네 　老釋行盃醉別天

더위 피해 서늘한 누각에서 복날 개를 삶는데 　避暑涼棚烹伏狗

먼 나무에서 우는 가을 매미소리 더욱 맑구나 　益淸遠樹悵秋蟬

새로 내린 비에 젖은 작은 잎에 시를 짓고 　題詩小葉沾新雨

앞마을에 점점이 피는 연기가 그림 같구나 　如畵前村起點烟

이별하며 돌아가는 길에 당신과 나는 마땅히 　分袂歸程君我宜

이날 잔치처럼 훗날 만나자 약속 남겨야지 　異時留約此時筵

서당에서 글 읽는 여러 선비에게 주다 무진년 9월 與書堂讀書諸雅 戊辰九月

요즘 사람 강학하는 곳은 옛사람의 집이지 　今人講學古人堂

천년 세월 그윽한 숲에 도 닦는 기상 길다네 　千載幽林道氣長

조용히 앉아 훈도[78]하며 능히 천성을 기르고 　靜坐薰陶能養性

오랫동안 난실[79]에 머무니 향기도 느끼지 못하네 　久留蘭室不聞香

---

77) 산방의……않았고 : 운탑(雲榻)은 출가한 사람이 거처하던 장소를 가리키는 말이다. 선경(仙境)은 신선이 산다는 곳 또는 경치가 신비스럽고 그윽한 곳을 비유적으로 이르는 말이다.

78) 훈도(薰陶) : 덕(德)으로써 사람의 품성이나 도덕 따위를 가르치고 길러 선으로 나아가게 하는 것 말한다.

갈대밭 가을 이슬은 누가 희게 하였는가　　　　　　蒹葭秋露爲誰白

소나무 잣나무는 날이 추워도 홀로 푸르구나[80]　　松栢歲寒也獨蒼

바라건대 여러 현인이 학문을 닦던 겨를에　　　　　願得諸賢磨濯暇

반야[81]의 절집에서 석잔 술에 취했으면 하네　　　僧家般若醉三觴

두루미 鶴

선인과 도사가 함께 무리를 지었으니　　　　　　　仙人道士與爲羣

기를 서로 구하는데 호칭은 달라졌네　　　　　　　氣以相求號以分

옥처럼 희고 고결한 깃털 먼저 이슬을 경계하고[82]　玉白潔翎先警露

단사를 머리 옆에 달고[83] 멀리 구름을 엿보네　　砂丹側頂遠窺雲

몇 해를 위나라 의탁했나 책을 능히 찾아보고[84]　幾年寄衛書能檢

밝은 달은 일찍이 효자 났다는 소식 알려주네　　　明月報曾孝有聞

푸른 바다 푸른 산 천리를 나는 날개로　　　　　　碧海靑山千里翮

지초 밭[85]을 날아 내려와 향기로운 풀을 희롱하네　芝田飛下戱菲芬

---

79) 난실(蘭室) : 난실은 지란지실(芝蘭之室), 즉 지초와 난초가 있는 방이란 뜻이다. ≪공자가어(孔子家語)≫에 "선(善)한 사람과 함께 지내면 마치 지란(芝蘭)의 방에 들어간 것과 같아 그 향기는 못 맡더라도 오래 지나면 동화된다." 하였다.

80) 소나무와……푸르구나 : ≪논어(論語)≫ 자한(子罕)에 "날씨가 추워진 뒤에야 소나무와 잣나무가 뒤늦게 시드는 것을 알 수가 있다." 하였다.

81) 반야(般若) : 산스크리트어의 음역(音譯)으로 이것을 번역하면 지혜(智慧)·밝음 [明] 등의 여러 뜻이 있다. 대승 불교에서, 만물의 참다운 실상을 깨닫고 불법을 꿰뚫는 지혜를 가리키며, 온갖 분별과 망상에서 벗어나 존재의 참모습을 앎으로써 성불에 이르게 되는 마음의 작용을 이른다.

82) 먼저 이슬을 경계하고 : 8월이 되어 이슬이 내리면 학이 소리를 내어 울면서 살기 좋은 다른 곳으로 옮겨 가라고 서로 경계한다고 한다. ≪藝文類聚 卷90≫

83) 단사를……달고 : 단사(丹砂)는 붉은색이 나는 안료나 약재로 쓰는 광물을 가리킨다. 머리꼭대기에 붉은 피부가 드러나 있어 두루미를 단정학(丹頂鶴)이라고도 한다.

84) 몇……찾아보고 : 정확한 의미가 드러나지 않는다. 다만 중국 춘추시대에 위(衛)나라 의공(懿公)이 학을 좋아하여 3백 마리를 기르면서, 대부가 타는 수레에 항상 태우고 다녔다는 고사가 있다. ≪春秋左氏傳 閔公2年≫

85) 지초 밭 : 지초(芝草)는 신선이 먹는 좋은 풀로서 장생불사하는 풀이라고 한다. 진(晉)나라 왕가(王嘉)의 ≪습유기(拾遺記)≫<곤륜산(崑崙山)>에 "제9층은 산의 형태가 점점 협소해진다. 그 아래에 지초 밭과 향초 밭이 모두 수백 경 있는데, 신선들이 씨 뿌리고 가꾼 것이다."라는 말이 나온다.

향교에서 재숙[86]하다 정묘년 9월 齋宿鄕校 丁卯九月

몇 길 높이 성인 학궁에 들어가길 바라노니	願入聖人數仞宮
천오백 년 유풍이 아직도 남아있네	尙餘千五百年風
태산의 꿈 무너지니 은나라의 영전이고[87]	泰山夢頹殷楹奠
활수의 맥 맑으니 노나라 사수에 통하네[88]	活水脈淸魯泗通
본래부터 선왕의 관광을 설교했으니[89]	自是先王觀說敎
드디어 준걸에게 공부를 익혀 이루게 하였네	遂令俊士習成工
늘그막 재숙하던 밤에 감회가 있으니	晩生有感齊居夜
차가운 못에 비친 가을달 그림자 하늘과 같더라	秋月寒潭影若空

회인의 김 선비에 화답하다 和懷仁金雅

어질어 산을 좋아하는 자가[90] 또 글도 잘하네	仁山樂者又能文
젊은 나이 기이한 명성 일찍이 소문났었지	年少奇名早有聞
바둑판이 어찌 한가한 선비만의 취향이겠나	碁局何須閒士趣
주옥같은 시편 가장 좋으니 귀중히 보내 준 듯 기쁘네	瓊琚寔勝錫朋欣

---

86) 재숙(齋宿) : 재숙은 제관(祭官)이 재소(齋所)에서 밤을 지내던 일을 가리킨다.

87) 태산의……영전이고 : 스승의 죽음을 의미한다. 태산(泰山)은 중국 산동(山東)에 있는 산으로, 곧 공자의 고향이다. 영전(楹奠)의 영(楹)은 양영(兩楹)의 준말로 천자의 어전(御殿) 앞에 세워진 두 기둥이며, 전(奠)은 자리를 잡고 앉는다는 뜻이다. 은(殷)나라 사람들은 두 기둥 사이에 빈소를 차렸는데, 공자가 어느 날 밤 두 기둥 사이에 앉아 있는 꿈을 꾸고 나서 7일 동안 앓다가 세상을 떠났다고 한다. ≪禮記 檀弓上≫

88) 활수의……통하네 : 활수(活水)는 땅속에서 콸콸 쏟아져 나와서 흘러가는 물을 이른다. 주자(朱子)의 시 <관서유감(觀書有感)>에 "묻노니 이 못은 어이 이렇게 맑은가. 근원에서 활수가 흘러오기 때문이네."라고 하여 활수로써 깨끗한 마음을 비유한 바가 있다. 노(魯)나라 곡부(曲阜)는 공자의 고향으로, 이곳에 수수(洙水)와 사수(泗水)의 두 강이 있다. 공자가 이 지역에서 제자들을 가르쳤으므로, 수수와 사수 혹은 수사(洙泗)라고 하면 곧 유학을 가리킨다.

89) 본래부터……설교했으니 : 제(齊)나라 경공(景公)이 안자(晏子)에게 "내가 어떻게 수양해야 선왕들의 관광에 견줄 수 있겠습니까?"라고 물으니, 안자가 순수(巡狩)와 술직(述職)의 의미에 대해 설명하면서 백성의 농사를 살피고 그들의 부족한 것을 도와주는 것이 진정한 임금의 관광이라고 조언하였다. ≪孟子 梁惠王下≫

90) 어질어……자가 : 공자(孔子)가 이르기를 "지혜로운 자는 물을 좋아하고, 어진 자는 산을 좋아한다."라고 하였다. ≪論語 雍也≫

담백한 교제 종일토록 밝은 물에 임하고　　　　　　淡交終日臨淸水

슬프게 헤어지며 먼 하늘의 흰 구름을 보내네　　　　恨別遠天送白雲

정월을 한번 지내며 자리에 화답해 노래하고　　　　一關陽春歌和席

남미주91) 나누어 마시니 입술이 향기롭네　　　　　酒分藍尾兩脣薀

회포를 읊다 詠懷

은거하며 스스로 큼직하고 너그럽길 생각하니　　　　隱居自擬碩大寬

강산의 어부와 나무꾼은 늘 편안한 곳을 밟지92)　　山水漁樵素履安

베개에 기대어 편안히 나른한 봄꿈을 이루고　　　　欹枕穩成春夢懶

책을 읽다 문득 늘그막의 즐거운 심정 찾았네　　　　看書暫得老情歡

매화 아내93)는 눈을 견디며 하얗게 단장하여 엉겼고　梅妻耐雪粧凝白

계수 노파94)는 시름겨운 구름 그림자가 붉은 빛 가렸네　桂姥愁雲影掩丹

세월은 이리도 나를 재촉하는가　　　　　　　　　歲月因何於我促

공부에 힘쓰다 하루 세 번 막힘이 오히려 아깝네　　勉工猶惜日三干

---

91) 남미주(藍尾酒) : 남미주는 다른 말로 남미주(婪尾酒) 또는 도소주(屠蘇酒)라고도 한다. 산초
　　와 잣 등을 넣어 만든 술로, 설날에 이 술을 마시면 사악한 기운을 물리칠 수 있다고 한다.

92) 늘……밟지 : 어떤 사람이 송(宋)나라 이천(伊川) 정이(程頤)를 위로하며 "선생은 4, 5십 년 동
　　안 삼가 예(禮)를 지키며 사셨으니 몹시 노고가 크셨겠습니다." 하니 정이가 "나는 날마다 편
　　안한 곳을 밟으니, 무슨 노고가 있었겠는가. 다른 사람들은 날마다 위태한 곳을 밟으니 그것
　　이 곧 노고이지." 하였다. 《心經 卷2》

93) 매화 아내 : 원문에 '매처(梅妻)'로 되어 있으니, 곧 매화(梅花)를 가리키는 말이다. 송(宋) 나라
　　전당(錢塘) 사람 임포(林逋)는 어려서 아버지를 여의고 배움에 힘썼다. 행서(行書)를 잘 썼으
　　며 시를 짓기 좋아했다. 장가 들지 않아 자식이 없이, 항상 자기 집에 매화를 심고 학을 길렀으
　　므로 남들이 그것으로 인하여 매화가 아내이고 학이 자식이라 하여 매처(梅妻)·학자(鶴子)라
　　일렀다. 《宋史 列傳 隱逸 上》

94) 계수 노파: 원문에 '계로(桂姥)'로 되어 있으니, '계수나무 노파' '계수나무 할멈' 정도로 번역될
　　수 있겠다. 전거가 될 만한 고사는 없지만, 앞의 구절 '매화 아내 [梅妻]'의 대구(對句)로서 '계
　　수 노파 [桂姥]'라고 한 것으로 보인다.

경칩 驚蟄

추위 두려운 성품 오래된 연못에서 겨울잠 자다가	物性畏寒蟄古塘
우수 때부터는 긴긴 봄날 따스해라	自從雨水暖春長
사또 되어 꽃밭의 울음소리 처음으로 들으니	爲官始聽鳴華苑
부엌에 물이 차고 진양에서 태어나 얼마나 남았나[95]	沈竈幾餘産晉陽
몇 달 동안 입 다물고 아무 말 하지 않으며	積月口緘言若黙
혀 놀릴 때를 기다리니 믿음을 잊을 수 없네	待時舌掉信無忘
불쌍한 그는 무슨 죄로 세상에서 용납되지 못하나	憐渠何罪難容世
놀란 눈으로 가슴 헐떡이며 거친 풀밭에 숨는다네	瞠眼喘胸隱草荒

자리를 짜다 織席

부상과 약목[96]이 서에서 동으로 서고	扶桑若木立西東
만 리의 겹무지개 허공에 걸쳤네	萬里重虹亘半空
번개는 섬광처럼 하늘의 북을 울리고	電似閃光天鼓動
빗물은 각주처럼 땅의 밧줄을 막았네	雨如注脚地維窮
망치 머리 벼락처럼 쌍으로 표격하고	椎頭霹靂雙標擊
바늘 입은 뱀과 용처럼 모든 씨줄에 통하네	針口蛇龍萬緯通
천손[97]이 베틀 위에서 짜는 것에 양보 못하니	不讓天孫機上織
두 신선의 조화가 손 안에서 교묘하도다	兩仙造化手中工

---

95) 부엌에……남았나 : 춘추시대(春秋時代)의 고사이다. 지백(智伯)이 수공(水攻)으로 조양자(趙襄子)의 진양(晉陽)을 공격하여 성이 물에 잠겨 부엌에 개구리가 생길 정도였으나 백성들이 배반할 뜻이 없어 마침내 조양자가 적을 크게 무찌르고 지백을 죽였다. ≪通鑑節要 卷1≫ ≪戰國策 趙策1≫ ≪國語 晉語9≫

96) 부상과 약목 : 부상(扶桑)은 중국 전설에서 해가 뜨는 동쪽 바닷속에 있다고 하는 상상의 나무로, 해가 뜰 때 이 나뭇가지를 떨치고서 솟구쳐 올라온다고 한다. 또는 그 나무가 있다는 곳을 가리키는데, 이에 따라 해가 뜨는 동쪽 바다를 이르기도 한다. 약목(若木)도 해 뜨는 동쪽 바다에 있다는 상상(想像)의 신목(神木)인데 그 꽃이 광적색(光赤色)으로 땅을 비춘다고 한다. 부상(扶桑)과 같은 의미로 쓰인다.

97) 천손(天孫) : 천제(天帝)의 손녀라는 뜻으로, 직녀성(織女星)의 별칭이다. 곧 직녀(織女)를 가리킨다.

미원의 벗 홍에 화답하다 和米院洪友

좋은 벗 의관 갖추는 좋은 시절 돌아오고	好朋襟帶好時回
정담 나누며 해질녘 비올 때 술잔 기울이네	情話日晡雨接杯
땅에 가득 온통 생생한 풀이요	滿地一般生意草
이전부터 만 섬의 향기로운 매실을 저장했지	先天萬斛貯香梅
여기서 손님 대접하며 청안을 씻으니[98]	賓筵於此青眸拭
공의 말씀 어찌하여 백발을 재촉하시나	公道其何白髮催
흐르는 물 높은 산에 맑게 노니는 즐거움	流水高山清遊樂
다시 3월의 광하대[99]를 기약하네	更期三月廣霞坮

지난 계해년에 내 나이가 부동심이 되었지만[100] 학업이 성취되지 않음을 한탄하여 추후에 뉘우쳐 율시 한 수를 짓고 이어서 나 자신의 호로 삼았다.[101] 지금에 이르러 이순[102]이 되기까지 겨우 3년이 남았는데, 나의 학업을 돌아보면 또한 전날보다 나아진 것이 없으니 '추후에 뉘우쳤'고 한 것은 헛된 명분을 빌린 것에 불과할 뿐이다. 마음에 몹시 스스로 부끄럽던 중이었는데, 향사당에서 식

---

98) 청안을 씻으니: 반가워하는 눈빛을 의미한다. 진(晉)나라 완적(阮籍)이 달갑지 않은 사람에게는 백안(白眼)을 보이고 반가운 사람에게는 청안(青眼)을 보였던 고사에서 유래한 것이다. ≪晉書 阮籍傳≫

99) 광하대 : 무엇을 말하는지 확실하지 않다. 광하(廣霞)는 광한(廣寒)과 같은 용례로 쓰인다. 광한은 항아(姮娥)가 산다는 달나라의 궁전인 광한궁(廣寒宮)을 가리키기도 하고, 도가(道家)에서 이야기하는 북방의 선궁(仙宮)을 가리키기도 하며, 또 산의 이름이기도 하다. 우리나라에도 남원(南原)에 광한루(廣寒樓)가 있는데, 광한궁의 누각이라는 의미로 대궐을 가리키기도 한다. 이렇듯 여러 가지 의미로 해석이 될 수 있다.

100) 지난……되었지만 : 계해년은 1863년(철종14)으로 회와가 41세때이다. 부동심(不動心)은 마음이 외부의 충동에도 흔들리거나 움직이지 아니하는 상태를 가리키는 말로, 맹자(孟子)는 40의 나이를 부동심(不動心)이라고 하였다.≪孟子 公孫丑上≫

101) 율시……삼았다 : 이때 뉘우치고 자신의 호를 '회와(悔窩)'로 하였다는 의미이다. 율시는 맨 앞의 회와시(悔窩詩)를 가리킨다.

102) 이순(耳順) : 이순은 예순 살을 달리 이르는 말이다. 공자가 예순 살부터 생각하는 것이 원만하여 어떤 일을 들으면 곧 이해가 된다고 한 데서 나온 말이다.≪論語 爲政≫

년 연속으로 나를 천거한 것이 서너 번에 이르렀으니, 곁에서 보는 식견 있는 사람이 모두 비웃는다. 다시 이전의 운자를 써서 스스로 읊조리며, 앞으로의 일은 바로잡을 수 있음에 더욱 노력한다.

기묘년103) 설날에 이를 지으며 이해의 공부를 시작한다 粵在癸亥余年及不動心而歎學業未進成追悔韻一律因以爲號矣迄于今耳順之期纔餘三歲而顧我學業亦未有加於前日則其曰追悔者不過借虛名而已心切自怩中鄕射堂之連式薦我至三至四尤爲傍觀之有識見者共嗤也更用前韻以自諷詠而益勉來者之可追云爾 己卯正朝述此以始是年之工耳

근심스럽고 두려운 것은 바로 나의 예순의 마음이니	惕然正我六旬襟
마음에 절실히 경계로 삼은 것은 바로 짐승이 될까봐	戒切心箴乃獸禽
순임금 닭 울음 듣기 기다리며104) 한밤중에 일어나고	聽待舜鷄中夜起
안생이 기미에 달라붙듯105) 먼 길을 달려왔네	附遲顔驥遠程駸
더구나 지금 두건이 인방의 두병으로 돌았으니106)	況今斗建旋寅柄
훗날에 번거가 지남거 될까 두려워라107)	恐後車翻正午針
세 식년을 어찌하여 네 번이나 이름이 천거되었나	三式緣何名四薦
형편없는 나를 다시 더 높이니 뉘우침이 더하구나	悔曾無似更加欽

---

103) 기묘년 : 1879년(고종16)으로 회와가 57세때이다.

104) 순임금……기다리며 : 맹자(孟子)가 이르기를 "닭이 울면 일어나서 부지런히 부지런히 선행(善行)을 하는 자는 순(舜)임금의 무리요."라고 하였다.≪孟子 盡心上≫

105) 안생(顔生)이 기미(驥尾)에 달라붙듯 : 좋은 스승을 만나 공부가 더욱 진전됨을 뜻한다. 안생은 공자의 제자 안연(顔淵)을 말하고, 기미는 파리가 기마(驥馬) 꼬리에 붙어서 천리를 가는 것이니 안연이 비록 재질이 훌륭하였지만 공자를 만났기 때문에 더욱 대성하였다는 말이다.

106) 두건이……돌았으니 : 두건(斗建)은 두병(斗柄)이 가리키는 방향으로, 두병은 북두칠성의 별 가운데 자루에 해당하는 세 개의 별인 옥형(玉衡)·개양(開陽)·요광(搖光)을 이른다. 두병이 정월에는 북동쪽인 인방(寅方)을 가리킨다.

107) 번거가……두려워라 : 진(晉)나라 부현(傅玄)이 삼국시대 위(魏)나라 마균(馬鈞)을 뛰어난 재주라고 일컬었는데, 마균이 만든 세 가지의 특이한 것, 즉 지남거(指南車)와 번거(翻車)와 목조완우(木雕玩偶)를 천하제일로 꼽았다. 번거는 물을 퍼 올리는 수차(水車)로 하루 종일 스스로 회전하는 것이다. 지남거는 진대(晉代) 이후에 황제가 행차할 때 전도(前導)의 역할로 많이 쓰였다.≪三國志 卷29 魏書 杜夔傳 裴松之註≫

을해년에 향천에 들고 짓다[108] 乙亥入鄕薦作

고을 사람들이 늙은 농부 이름 세 차례 천거하니	鄕人三薦老農名
소식 듣고 실정에 지나침이 다시 부끄러워라	聞聲還羞過本情
지금 공부는 당신들 생각하는 실질이 없으니	到地工無恁地實
하늘 속이니 참으로 하늘 밝을까 두려워라	欺天信有畏天明
개중에 법도를 잘 지킴은 평생의 일인데	箇中謹節平生事
분수에 넘치는 칭찬은 반평생 영광이네	分外稱譽半世榮
공손히 여생을 점치니 재앙의 조짐은 없는데	祇卜餘年無咎兆
아침마다 일어나 앉아 마음을 맑게 씻노라	朝朝起坐洗心淸

이연종(李繽鍾)이 위의 시를 보고 서(序)를 지어 이르기를,

"효도는 양지(養志)[109]보다 큰 것이 없고, 학문은 수신(修身)[110]보다 중요한 것이 없다. 지금 나의 뉘우침은 무엇인가. 김 선생은 양지와 수신을 실제로 행하는 것을 겸하였다. 이렇게 주군(州郡)에서 현인을 천거하는 날을 맞아서 여러 차례 그 천거를 받고 또 어사(御史)의 포상 대상자에 올랐으니, 일상적인 심정으로 헤아리면 기쁘고 아름답다고 하겠다. 내가 비록 어리석고 하찮지만, 선생의 평소 뜻을 보면 명성이 세상에 알려지는

---

108) 을해년……짓다 : 을해년은 1875년(고종12)으로 회와가 53세때이다. 향천(鄕薦)은 원래 각 도(道)에서 식년(式年)마다 연초에 명성이 있는 도내의 선비를 천거하여 올리면 참봉(參奉)에 의망하였던 절차를 가리킨다. 여기에서는 그 전 단계로 각 고을에서 도에 추천하는 단계를 말하는 것으로 보인다. 앞의 시에서 언급했던 것처럼, 회와는 세 식년 연속 네 차례 향천을 받았다.≪承政院日記 英祖 1年 5月 20日≫

109) 양지(養志) : 부모님을 모시는 태도 가운데 뜻을 봉양하는 양지(養志)와 신체를 봉양하는 양체(養體), 두 가지가 있다. 양지는 어버이의 마음을 흡족하게 해 드리는 것이고, 양체는 물질적으로 생활에 불편함이 없게 해 드리는 것인데, 양지를 효의 본질에 가깝다고 여겼다. ≪孟子 離婁上≫

110) 수신(修身) : ≪대학(大學)≫의 3강은 명명덕(明明德), 신민(新民), 지어지선(至於至善)이고, 8목은 격물(格物), 치지(致知), 성의(誠意), 정심(正心), 수신(修身), 제가(齊家), 치국(治國), 평천하(平天下)이다. 수신은 몸을 닦는다는 뜻으로, ≪대학≫의 <정심(正心)> 장에 이르기를 "이른 바 수신이 그 마음을 바르게 하는데 있다는 것은 마음에 성내는 바가 있으면 그 바름을 얻지 못하며, 두려워하는 바가 있으면 그 바름을 얻지 못하며, 좋아하고 즐기는 바가 있으면 그 바름을 얻지 못하며, 우환하는 바가 있으면 그 바름을 얻지 못한다. 마음이 있지 않으면 보아도 보이지 않으며, 들어도 들리지 않으며, 먹어도 그 맛을 알지 못한다."라고 하였다.

것을 구하지 않음이 세상일을 잊음보다 더하였으니 천거 여부는 우리 선생에게는 손해도 이익도 되지 않는다. 평생의 공부를 '겸(謙)'과 '퇴(退)' 두 글자에 전념하였으니, 이번에 고을 사람들이 천거했다는 소식을 듣고는 기쁘게 여기지 않고 새로운 시를 읊으며 그의 뜻을 스스로 말하였다. 선생이 지키던 바를 더욱 깨달았으니, 절개가 돌과 같고 맑기가 물과 같다. 나는 이에 더욱 공경하여 보고 느낀 바를 대충 지었다. 이 말이 혹시 선생의 탁월한 뜻을 더럽히는 점은 없는가. 이어 시를 지어 노래하며 찬미한다.

고을에서 현인의 이름을 천거했으니	有賢十室薦其名
학문은 몸을 다스리고 효행은 뜻을 봉양하네	學以治身孝養情
자리 가득 봄바람에 기운 화창하고	滿座春風和氣暢
차가운 못 가을 달에 도심이 밝구나	寒潭秋月道心明
숲속에서 수신제가하는 선비 오래 알아왔으니	久知林下修齊士
속세의 부귀영화에 흔들리지 않았다네	不動塵間富貴榮
어질고 지혜롭게 평생 의리를 행하며 은거했으니	仁智平生行義隱
백년의 강산이 사람의 마음을 비추네	百年山水照人情"

라고 하였다.

엄남의 유무시에 차운하다 次广南無有詩韻

형이 어찌 하는 것이 없소 실제는 하는 것이 있는데	兄豈無爲實有爲
하는 일마다 시속에 맞지 않은 것이 없구나　爲爲無處有違時	
모친 받들고 형님 모시며 부지런함 그치지 않으며	奉慈事伯勤無已
아들 낳아 손자에 미치니 보전할 것이 있다네	生子貽孫保有之
무수한 여러 아이 모두 가르침이 있고	無數諸兒皆有教
정을 지니고 사귄 벗과 어찌 시가 없을까	有情交友詎無詩
세상에 모르는 자 오직 나만 있으니	世無知者惟吾有
있든 없든 모두 허락한다네	爲有爲無摠許爲

속리 사적비를 중수한 뒤 계회에 운을 맞추다

무인년[111] 10월 俗離事蹟碑重修后禊會韻 戊寅十月

도의 기운 더욱 높은 이 산을 우러르니	道氣彌高仰此山
비석에 새로운 비각 동천[112] 사이에 있다네	貞珉新閣洞天間
백년 천년 뒤에 선생의 자취는	百千年後先生蹟
오십 명 가운데 태수의 얼굴에 있네	五十人中太守顔
무지개다리 앞길에서 소식을 묻고	消息虹橋前路問
가로와 세로 과두와 전주[113] 옛 흔적이 아롱지네	縱橫蚪篆舊痕斑
우리 유학의 정통 학맥 현인을 숭상하는 계회에서	吾儒正脈崇賢禊
가을 달 차가운 못에서 함께 씻고 돌아오네	秋月寒潭共洗還

한 편으로 능히 만고의 산하를 말하니	一片能言萬古山
노니는 이는 영남 호남 사이에서 귀에 익더라	遊人慣耳嶺湖間
다행히 어진 사또의 손을 빌려 중수하고	葺修幸借賢侯手
대로[114]의 얼굴 만나 뵌 듯 흠모한다네	欽慕如承大老顔
두루미는 빙빙 돌아 소나무 위에 앉고	仙鶴翩躚松蓋偃
늙은 거북이 아롱진 무늬의 돌을 삼켰다 뱉어내지	老龜吞吐石文斑
잘 갖추어져 흥기한 이 고을의 선비들은	彬彬興起玆州士
올겨울부터 멋진 자리 계회로 돌아왔네	禊自今冬勝會還

다른 사람을 대신하여 지음

---

111) 무인년 : 무인년은 1878년(고종15)으로 회와가 56세때이다.

112) 동천(洞天) : 산천으로 둘러싸인 경치 좋은 곳을 가리키는 말이다.

113) 과두와 전주 : 둘 다 서체를 가리키는 말이다. 과두(蝌蚪)는 올챙이라는 뜻으로 고대 중국에서 쓰였던 한자 서체의 하나이다. 필묵이 쓰이기 전에 쪼갠 대나무 같은 것으로 옻을 묻혀 썼다. 글자 모양이 머리는 굵고 끝이 가늘어서 올챙이를 닮았기 때문에 붙여진 이름이다. 전주(篆籀)는 주문(籀文)이라고도 하며, 중국 주(周)나라 선왕(宣王) 때에, 태사(太史)였던 주(籀)가 창작한 한자의 자체(字體)이다. 소전(小篆)의 전신으로 대전(大篆)이라고도 한다.

114) 대로(大老) : 세상에서 존경받는 어진 노인을 뜻한다. 여기에서는 사적비의 주인공을 가리키는 말이다.

호서 좌도 제일가는 저녁노을 드리운 산에 左湖第一落霞山

빛나는 비석이 이 사이에 세워졌다네 生色貞珉立此間

양정115)이 일찍이 아름다운 사적을 남기셨고 兩正曾遣專美蹟

여러 현인 죄다 모여 낯빛을 가지런히 하지 羣賢畢集整齊顔

49일 기다렸던 성대한 계회 자리는 期留四九華筵稧

공사 마친 단청에 그림과 글씨 아롱지네 工了丹靑畫筆斑

익숙하게 다시 새 문미116)에 사또가 기록하고 熟復新楣明府記

구름 밟으며 함께 머뭇대다 석양에 돌아가네 共遲雲履夕陽還

다른 사람을 대신하여 지음

한가히 지내다 우연히 읊다 閑居偶吟

천지간을 아득히 우러르고 굽어보며 杳然俯仰兩儀間

뜻이 있어 도리산에 깊이 거처하네 有志深棲道理山

초가집이 가난한 선비 형편에 무슨 문제인가 白屋何妨寒士態

책을 보니 마치 옛 현인의 얼굴을 대하는 듯 靑編如對古賢顔

변방에서 말을 잃고 누가 얻었다고 하던가117) 塞邊失馬誰云得

고요한 중 새소리 들으니 나 스스로 한가하네 靜裡聽禽我自閒

천지는 무궁하여 인의 뜻이니 天地無窮仁意思

사철은 다시 돌아 봄을 맞았네118) 四時更値一春還

---

115) 양정(兩正) : 이 사적비의 주인공이 누구인지 확실하지 않으나 아마도 송시열(宋時烈)이 관
련된 것으로 보인다. 양정(兩正)이라고 한 것으로 보아 시호(諡號)가 문정(文正)인 두 인물,
즉 송시열과 송준길(宋浚吉)을 지칭하는 것으로 보인다.

116) 문미(門楣) : 창문 위에 가로 댄 나무이다. 그 윗부분 벽의 무게를 받쳐 준다.

117) 변방에서……하던가 : 새옹지마(塞翁之馬)의 고사를 가리킨다. 옛날에 새옹이 기르던 말이
오랑캐 땅으로 달아나서 노인이 낙심하였는데, 그 후에 달아났던 말이 준마를 한 필 끌고 와
서 그 덕분에 훌륭한 말을 얻게 되었으나 아들이 그 준마를 타다가 떨어져서 다리가 부러졌
으므로 노인이 다시 낙심하였는데, 그로 인하여 아들이 전쟁에 끌려 나가지 아니하고 죽음
을 면할 수 있었다는 이야기에서 유래한다.≪淮南子 人間訓≫

118) 천지는……맞았네 : 사람의 본성인 인(仁)·의(義)·예(禮)·지(智) 가운데, 인(仁)이 계절로는 봄
에 해당한다.

종산 鍾山

조물주가 큰 손으로 종을 주조하여	化翁大手鑄金青
남쪽 하늘 산맥이 멈춘 곳에 걸어두었지	懸在南天一脈停
파선이 기록 남기길 기다리지 않아도[119]	不待坡仙餘石記
또 배를 탄 손님 따라 옛 성 소식 들었네	且從船客古城聆
소리 중에 부딪치는 세 갈래 강물 울리고	聲中激水鳴三派
뗏목 끝에 돌아가는 구름 그림 같은 구병산[120]	桴末歸雲畵九屏
-원문 2자 결락- 어찌 밤에 놀라는가[121]	□老同□何夜警
마음 공부하다 나 또한 꿈에서 막 깨어난 듯	心工我亦夢初醒

벗 신 활산과 벗 김 명곡의 운자에 화답하다 和活山申友與鳴谷金友韻

늙었니 젊었니 나이 다르다 말을 마시게	休言老少不齊年
운수[122]의 남은 회포 애달프게 바라보네	雲樹餘懷悵望邊
흉금이 깨끗하니 풍정[123]이 속되지 않고	衿灑風情非野俗
마음에 쌓인 티끌 없으니 바로 신선이라네	心無塵累卽神仙
산 동쪽에서 유람하는 길손 서로 비올까 걱정하고	山東遊客相愁雨
문미 위의 문장은 기꺼이 세속의 기운 머금었네	楣上文章肯食烟
혼연하게 유유히 세상 근심을 잊고	渾是悠悠忘世慮

---

119) 파선이……않아도 : 파선(坡仙)은 동파(東坡) 소식(蘇軾)을 가리키는 말이다. 인간 세계에 귀양 온 사람이란 뜻으로 문재(文才)가 세상에 뛰어난 사람을 적선(謫仙)이라 칭하는데, 특히 이백(李白)과 소식을 적선이라 한 데서 온 말이다.

120) 구병산(九屏山) : 충청북도 보은군에 있는 산으로 내속리면과 경북 상주시 화남면 일대까지 뻗어 있다.

121) 어찌 밤에 놀라는가 : 원문은 '□老同□何夜警'인데, '老同'도 결락된 글자와의 관계를 알 수 없어 번역하지 않았다.

122) 운수(雲樹) : 벗을 그리워하는 마음을 뜻하는 말이다. 두보(杜甫)의 <춘일억이백(春日憶李白)>이라는 시의 "위수 북쪽엔 봄 하늘에 우뚝 선 나무, 강 동쪽엔 저문 날 구름 [渭北春天樹江東日暮雲]"라는 구절에서 유래한다.

123) 풍정(風情) : 정서와 회포를 자아내는 풍치나 경치를 가리킨다.

산창의 대낮에 주인 영감 잠들었네 　　　　　　　　　　　　　　　山牕晝日主翁眠

기사년[124] 유월 여러 벗이 도발하여 운자를 부른 것에 감회를 부치다
己巳流月爲諸益之所挑呼韻寓感

행단 마을 서쪽에 처사의 대가 있지	壇杏村西處士垗
두세 해 공부 처음 시작하던 곳이네	兩三年所硏初開
매미 울음 괴로운 비도 높은 나무에 멈추고	蟬歌惱雨停高樹
석양에 나무 피리소리 낙매곡[125]을 듣는구나	木篴斜陽聽落梅
어린 손자 가르치길 공부에 스스로 독실하거라	爲敎稚孫工自篤
늘그막에 지은 시는 쇠잔한 말이 많을 밖에	作時晩節語多衰
여러분 부질없이 시름하며 술 사오지 마시오	諸君莫謾愁沽酒
내 마음의 요체는 한잔 마시는데 있지 않다오	非我心要在飮杯

여름비 이내 개니 들 빛도 곱구나	夏雨初晴野色佳
궤부와 위약[126]으로 아침저녁 거리를 맞네	蕢桴葦籥暮朝街
삼농[127]의 사업은 평생의 즐거움이고	三農事業平生樂
팔대[128]하는 시편은 늙을수록 생각나네	八對詩篇老去懷
소나무 위의 두루미 하루걸러 기쁘게 맞고	間日喜迎松上鶴
풀숲 개구리 소리 밤새 질리도록 들었네	達宵厭聽草中蛙

---

124) 기사년 : 기사년은 1869(고종6)으로 회와가 47세때이다.

125) 낙매곡(落梅曲) : 낙매곡은 즉 <매화락(梅花落)> 또는 <관산낙매곡(關山落梅曲)>이라고
　　도 하는 악곡(樂曲)으로, 중국 한(漢)나라 때 피리로 연주하던 악곡의 이름이다.

126) 궤부와 위약 : 궤부(蕢桴)는 흙으로 빚어서 만든 북채이고 위약(葦籥)은 갈대로 만든 피리로
　　모두 상고 시대의 악기이다. ≪예기(禮記)≫ 명당위(明堂位)에, "토고(土鼓)·궤부·위약은 이
　　기씨(伊耆氏)의 악(樂)이다."라는 말이 보인다. 상고(上古) 시대의 순박한 삶을 나타낸다.

127) 삼농(三農) : 봄갈이, 여름 갈이, 추수로 이루어진 세 단계의 농사를 가리킨다.

128) 팔대(八對) : 시체(詩體)에 있는 여덟 가지의 격식을 가리킨다. 위(魏)나라 문제(文帝)의 ≪시
　　격(詩格)≫에서는 팔대로 정명(正名), 격구(隔句), 쌍성(雙聲), 첩운(疊韻), 연금(連綿), 이류(異
　　類), 회문(回文), 쌍의(雙擬)를 소개하고 있다.

산속 집 재미는 새로운 물건이 많은 것	山家滋味多新物
박 잎에 더덕이 파랗게 섬돌을 둘렀네	匏葉沙蔘碧繞階

꿈속마저 붓끝에서 꽃이 피지 못하니[129]	夢中未得筆生花
헛되이 늙은 인생에 흰 머리가 성성하네	虛老人間白髮斜
일찍이 재주 품지 못하여 버려진 물건이니	曾不抱才惟棄物
지금 어찌 덕을 닦아 가장 존귀하게 되겠는가	今何修德最尊家
옷 끼어 입어도 괴로운 건 아침에 이슬이 많고	添衣自苦多朝露
손을 저어도 가려진 저녁놀을 열지 못하네	揮手莫開翳日霞
사물마다 천지의 기운을 얻어 생생하고	物物得生天地氣
푸른 산과 초록들에 눈앞이 사치스럽네	山靑野綠眼前奢

내 연못에 반 이랑의 밭을 만들었는데	開我方塘半畝田
종자는 군자의 옛 골짜기 연에서 왔지[130]	種來君子古溪蓮
무심결에 아침 내내 시 잘 읊기 어렵고	無心難妙終朝詠
유사시에 밤이 되니 어찌 달게 잠자리	有事寧甘入夜眠
난간 밖에선 바람 탄 처음에 열자로 돌아오고[131]	欄外御風初返列
방 안에선 달을 맞으니 신선과 다르지 않구나	房中迎月不離仙
글 읽다 다시 밭 갈고 밭 갈다 다시 글 읽고	讀而復耕耕復讀
두 가지 생애를 겸하노니 이치가 본래 그렇더라	兼兩生涯理固然

---

129) 꿈속마저……못하니 : 문재(文才)가 뛰어나지 못하다는 뜻의 겸사이다. 이백(李白)이
소싯적에 꿈을 꾸니 붓끝에서 꽃이 피어나고 있었는데, 그 뒤로 천재성이 유감없이 발
휘되어 천하에 이름을 떨치게 되었다는 '몽필생화(夢筆生花)'의 고사가 있다. ≪開元天
寶遺事 夢筆頭生花≫

130) 군자의……왔지 : 이중적인 의미로 쓰인 듯하다. 중국 송(宋)나라의 유학자인 주돈이(周敦
頤, 1017~1073)의 호가 염계(濂溪)인데, 염계의 연꽃이 유명하였다.

131) 바람……돌아오고 : ≪장자(莊子)≫<소요유(逍遙遊)>에, 열자(列子)가 "바람을 타고 하늘
위로 올라가서 가뿐하게 보름 동안쯤 마음대로 돌아다니다가 땅 위로 내려오곤 하였다."라
는 말이 나온다.

마를 심다 埋麻

가로 세로 산 이랑에 봄 마를 심네	橫縱山畝藝春麻
흰 이슬에 젖은 가지는 벨 필요도 없지	時斬不須白露茄
불에 익히면 쿵쾅쿵쾅 우레가 땅을 흔들 듯	火熟殷殷雷動地
물에 담그면 뽀얀 것이 달빛 비친 모래여라	水漚皎皎月明沙
길쌈은 우공에 올랐으니 섬과 훈은 예주이고[132]	績登禹貢纖纁豫
공적은 잠총에 견주니 직과 백은 파촉이네[133]	功比蠶叢織帛巴
종일 일곱 번 자리 옮긴 베틀 위의 여인은[134]	終日七襄機上女
화장하고 은하수에서 수레 만나길 좋아하네[135]	粧成銀漢好逢車

외딴 곳에서 거처하며 홀로 즐거워하다 幽居獨樂

지인[136]의 사업은 예나 지금이 같다네	至人事業古猶今
속세에 물들어 더럽혀지지 않은 상쾌한 심정	塵染無汚灑落襟
공허하게 강산을 비치며 바람과 달을 읊고	虛影江山風月字
묵묵히 천지를 살펴보니 일산과 수레의 마음	黙觀天地蓋輿心
강절의 세 사발 술을 홀로 따르니[137]	獨斟康節三甌酒

---

132) 길쌈은……예주이고 : 우공(禹貢)> 중국 구주(九州)의 지리와 산물에 대하여 기술한 고대의
   지리서로, ≪서경≫ <하서(夏書)>의 편명(篇名)이기도 하다. 섬(纖)은 올이 가는 비단, 훈(纁)
   은 분홍빛 비단이다. 예주(豫州)는 형산(荊山)과 황하(黃河) 지역에 있는 중국 구주의 하나이다.

133) 공적은……파촉이네 : 잠총(蠶叢)은 파촉(巴蜀) 땅의 다른 이름이다. 촉왕(蜀王)의 선조 가운
   데 백성에게 잠상(蠶桑)을 가르친 잠총이라는 이가 있었기 때문에 붙여진 별명이다. 직(織)
   은 물들인 실로 짠 비단이고, 백(帛)은 예물로 쓰이던 비단이다.≪揚雄 蜀王本紀≫

134) 종일……여인은 : ≪시경(詩經)≫<소아(小雅) 대동(大東)>에, "발돋움하는 저 직녀(織女)가,
   종일토록 자리를 일곱 번 옮기도다." 한 데서 온 말이다. 직녀가 일곱 번 베틀을 옮겨서 베를
   짠다고 하였다. 직녀는 별 이름인 직녀성(織女星)을 가리키기도 한다.

135) 화장하고……좋아하네 : 7월 칠석(七夕)에 견우(牽牛)와 직녀가 은하수(銀河水)의 오작교(烏
   鵲橋)에서 만난다는 이야기를 가리킨다.

136) 지인(至人) : 더없이 덕(德)이 높은 사람을 가리킨다.

137) 강절의……따르니 : 강절(康節)은 중국 송(宋)나라 때의 학자이면서 시인인 소옹(邵雍)의 시
   호이다. 자는 요부(堯夫), 호는 안락 선생(安樂先生)으로, '소강절(邵康節)'이라고 많이 불린

백아의 거문고 곡조를 누가 알리오138)　　　　　誰識伯牙一閣琴

한가한 자취 세상에 노출될까 두려워　　　　　復恐閒蹤城市露

일부러 나무 심어 마을 깊이 둘렀네　　　　　故敎種樹繞邨深

우연히 읊다 偶唫

성인 증자는 깊이 공부하여 하루 세 번 살폈는데139)　　曾聖深工日省三

땅 이름도 우연히 북두의 남쪽에 부합하네　　　　地名偶合斗墟南

사람 마음 나아가고 물러남에 추위 더위 많으며　　人情進退多寒暑

세상맛 뱉고 머금음에 쓴맛 단맛 맛보네　　　　世味吐含閱苦甘

가운데의 핵은 왕과 재상의 자두에 더러 없고　　中核或無王相李

겉의 금빛은 월주 항주의 감귤에서 누가 팔았나140)　外金誰賣越杭柑

아주 가난해도 이목을 내 어찌 한탄하랴　　　　全貧耳目吾何恨

또한 즐거움은 영계기 일찍이 남자를 노래함이지141)　且樂榮期早賦男

다. 도가사상의 영향을 받고 유교의 역철학(易哲學)을 발전시켜 독특한 수리철학(數理哲學)을 만들었다. 소옹의 <수미음(首尾吟)>이라는 시에서 "요·순(堯舜)이 사양한 것은 석 잔 술이고, 탕·무(湯武)가 싸운 것은 한 판 바둑이다."라고 하였다.≪擊壤集 卷20 首尾吟≫

138) 백아의……알리오 : 백아(伯牙)는 중국 춘추시대에 거문고를 잘 탔던 명인으로, 그의 재능을 잘 알아주던 지음(知音) 종자기(鍾子期)와의 고사가 유명하다. 백아가 높은 산에 뜻을 두고 연주하면, 친구인 종자기가 "멋지다, 마치 태산(泰山)처럼 높기도 하구나."라고 평하였고, 흐르는 물에 뜻을 두고 연주하면 "멋지구나, 마치 강하(江河)처럼 넘실대는구나."라고 평했다는 고사가 있다.≪列子 湯問≫

139) 성인……살폈는데 : 증자(曾子)는 중국 노(魯)나라의 유학자로, 본명은 증삼(曾參), 자는 자여(子輿)이다. 공자의 덕행과 사상을 조술(祖述)하여 공자의 손자인 자사(子思)에게 전하였다. 후세 사람이 높여 증자(曾子)라고 일컬었으며, 저서에 ≪증자(曾子)≫≪효경(孝經)≫ 등이 있다. 증자가 말하기를, "나는 날마다 세 가지로 내 몸을 살피나니, '남을 위하여 도모함에 마음을 다하지 못했는가? 벗과 사귐에 미덥지 못했는가? 스승에게 배운 것을 익히지 못했는가?'라는 것이다." 하였다. 증자는 이 세 가지로 날마다 자신을 살펴 다스렸다고 한다. ≪論語 學而≫

140) 월주 항주 : 월주(越州)와 항주(杭州)는 모두 중국의 지명이다.

141) 또한……노래함이지 : 옛날 영계기(榮啓期)는 춘추시대의 은사(隱士)였는데, 공자(孔子)가 일찍이 태산(泰山)을 유람하다가, 영계기가 사슴 털 갖옷에 새끼줄을 허리에 띠고 거문고를 타면서 노래하는 것을 보고 그에게 묻기를 "선생이 즐거워하는 것은 무엇인가?"라고 하자,

장맛비 潦雨

삼복에 혹심한 더위 없어 이상하더니	三伏怪無酷熱炎
게다가 차가운 장마가 수십 일 계속되네	又重寒潦數旬兼
돌풍은 별안간 한밤중에 문을 열고	急風忽闢中宵戶
날마다 수많은 처마 마를 날이 없네	逐日未乾近千簷
온갖 곡식 장마에 더러 죽으니 괴롭고	百穀惱霖間有死
적송자 비를 내림이 너무 염치가 없네[142]	赤松行雨太無廉
나무꾼 보이지 않고 장사치도 끊어져	樵人不見商人絶
누군 땔감 떨어지고 누군 소금 없다네	或乏炊薪或乏鹽

삼십 일 장맛비는 하늘을 가려서	三旬霖雨蔽乾文
한공의 -원문 1자 판독 불능- 얻기 어렵네[143]	難得韓公手▨分
밭에는 김매지 못하니 사내종 절로 게을러지고	田未草除奴自懈
부엌엔 불 지피기 어려워 계집종 예쁠 일 없네	廚艱薪爇婢無欣
시 읊음을 사랑하니 지금의 강절이고	詩吟是愛今康節
글 이해에 어찌 꼭 후세의 자운 기다리랴[144]	書解何須後子雲
아이가 처음 시를 읊고 손자가 글자 모았으니	兒始詠歌孫集字
성취의 비결은 오직 아침저녁 부지런함에 있다네	進成惟在暮朝勤

영계기가 대답하기를 "하늘이 만물을 낸 가운데 오직 사람이 가장 귀한 것인데 나는 사람이 되었으니 이것이 한 가지 즐거움이요, 남자는 높고 여자는 낮은데 나는 남자가 되었으니 이 것이 두 가지 즐거움이요, 사람이 태어나서 포대기를 면치 못하고 죽는 아이도 있는데 나는 아흔다섯 살이 되도록 살았으니 이것이 세 가지 즐거움이다." 하였다.

142) 적송자……없네 : 적송자(赤松子)는 신농씨(神農氏) 때에, 비를 다스렸다는 신선의 이름이다.

143) 한공의……지었네 : 원문은 '難得韓公手▨分'인데, '手'와 '分'도 판독할 수 없는 글자와의 관계를 알 수 없어 번역하지 않았다.

144) 글……기다리랴 : 자운(子雲)은 전한(前漢)의 문학가 양웅(揚雄)의 자(字)이다. 보통 당대(當代)에는 알아줄 사람이 없는 것을 표현할 때, 후세의 자운(子雲)이나 요부(堯夫)를 기다릴 수 밖에 없다는 표현을 많이 쓴다. 자운은 한(漢)나라 양웅(揚雄)의 자(字)이고, 요부는 송(宋)나라 소옹(邵雍)의 자이다. 소옹은 바로 앞 구절 강절(康節)의 본명이다. 여기에서는 자기를 속속들이 아는 지기(知己)가 있다는 의미로 쓰였다.

회포를 서술하다 述懷

마흔 일곱 해 잘못된 줄 비로소 알았지	始知四十七年非
강론하던 나무 봄 하늘엔 새가 날기를 익히네	講樹春空習鳥飛
흰 머리에 다시 기꺼이 삿갓을 들고	白首還甘擡野笠
중년 시절을 유생 차림하고 헛되이 보내네	中身虛送着儒衣
새옹은 말을 잃고 먼저 복을 점쳤고[145]	塞翁失馬先推福
강절은 나귀 울음 듣고 몰래 기미를 살폈네[146]	康節聞驢暗察機
세상일 들쭉날쭉 분주하고 복잡한 일 많아	世事參差多悾惚
예와 지금 한바탕 꿈이니 꿈처럼 아련하네	古今一夢夢依依

작은 시냇물 휘감아 도니 옛날의 심강[147] 같고	小溪繞似古潯江
처사는 맑은 바람 맞으며 북쪽 창가에 누웠네	處士淸風臥北牕
외딴 곳에 뜻을 의탁하니 나 홀로 즐겁고	托志幽間吾樂獨
우활하고 졸렬하게 지닌 마음 세상에 둘도 없네	持心迂拙世稀雙
번화한 봄뜻은 둥지의 제비를 몰아대고	繁華春意驅巢鷰
밤에 짖어대는 소리에 늙은 삽살개 경계하네	喧吠夜聲戒老狵
자기 집에 감추지 못하는 호탕하고 뛰어난 기운은	不掩自家豪邁氣
푸른 산 흰 구름 맘껏 밟으며 지낸다오	靑山任踏白雲跫

---

145) 새옹은……점쳤고 : 앞에 나온 새옹지마(塞翁之馬)의 고사를 가리키다.

146) 강절은……살폈네 : 강절은 앞에 나온 송(宋)나라 때의 학자 소옹(邵雍)을 가리킨다. 여기서 나귀는 두견새의 오기로 보인다. 소옹이 낙양(洛陽)에 있을 때, 손님과 함께 달밤에 산보하다가 천진교(天津橋) 위에서 두견새 우는 소리를 듣고는 자못 걱정되는 기색을 지었다. 손님이 그 까닭을 물으니, 대답하기를, "예전에는 낙양에 두견새가 없었는데, 지금 비로소 두견새가 왔으니, 앞으로 몇 년 안 가서 임금이 남쪽 인사를 재상(宰相)으로 등용하면 남쪽 사람을 많이 끌어 들여 오로지 변경을 일삼게 됨으로써 천하가 이때부터 일이 많아지게 될 것이다. 천하가 다스려지려면 지기(地氣)가 북(北)에서 남(南)으로 내려가는 것이고, 장차 어지러워지려면 지기가 남에서 북으로 올라가는 것인데, 지금 남방(南方)에 지기가 이르렀다. 조류(鳥類)가 가장 지기를 먼저 받는 것이다."라고 하였다. ≪宋史 卷427 邵雍列傳≫

147) 심강(潯江) : 심강은 심양강(潯陽江)으로, 중국 장강(長江)의 지류이다. 강서성(江西省) 북부 구강(九江) 부근을 흐르는데, 동진(東晉)의 시인 도연명(陶淵明) 즉 도잠(陶潛)의 고향이 심양(潯陽)이다.

주포의 벗 송에 화답하다 和舟浦宋友

세상맛 둥글고 싶지 모나고 싶지 않아서	世味欲圓不欲方
생애의 반을 넘게 농사와 양잠에 기울였네	生涯強半付農桑
정을 갖고 마주하니 도리어 말이 필요 없고	有情相對還無語
만나기 어려움 추억하니 떠나는 걸 만류하지	回憶難逢故挽裝
닭은 낮 그림자 알리며 높이 화답해 울고	鷄報午陰高唱和
매미는 가을 기운 타고 시원한 소리 전하네	蟬乘秋氣引聲凉
마을에 새로 잔치 연다는 기쁜 소식 들리니	喜聽村社新開宴
남미주 아직도 더디니 막걸리 잔을 보내네	藍尾尙遲送濁觴

가을의 흥취 秋興

천지에 소리 있으니 온갖 의로운 기운 넘치고	天地有聲義百氣
한 해 한번 짧은 순간 토란의 신선이네[148]	年一瞬小芋頭仙
삼신산[149]의 가을 세상은 어디에 있는가	乎安在三山秋界
가는 것이 이와 같이 만 리의 물가라네[150]	逝者如斯萬里洲
근래에 기쁘게 반가운 손님을 맞으니	近日欣欣嘉客接
두메 마을에는 일마다 주인이 그윽하네	峽村事事主人幽

---

148) 한 해……신선이네 : 우두(芋頭)는 토란을 가리킨다. 기(氣)와 관련하여 토란을 언급하는 경우가 간혹 있는데, 우리나라에서는 정조(正祖)가 관련된 기록을 몇 차례 남겼다. 주자(朱子)의 시에 화답한 시구 중에 "조의 낱알 큰 토란에 묘리가 담겼어라 [粟顆芋頭涵理妙]"라는 구절이 있고, 또 유생(儒生)들에 대한 과거 시험의 책문(策問) 내용 중에 "대우두(大芋頭)와 소우두(小芋頭)의 설은 지적한 것이 어떤 물체이며, 사태극(死太極)과 생태극(生太極)의 논은 명변한 것이 무슨 뜻이냐?"라고 하였다.≪弘齋全書 卷7 謹和朱夫子詩≫

149) 삼신산 : 삼신산(三神山)은 중국 전설에 나오는 봉래산, 방장산(方丈山), 영주산을 통틀어 이르는 말이다. 진시황과 한무제가 불로불사약을 구하기 위하여 동남동녀 수천 명을 보냈다고 한다. 이 이름을 본떠 우리나라의 금강산을 봉래산, 지리산을 방장산, 한라산을 영주산이라 이르기도 한다. 한편 원문의 삼산(三山)은 보은의 옛 지명이기도 하다. 즉 중의적인 의미로 쓰인 듯 하다.

150) 가는……물가라네 : 공자(孔子)가 시냇가에 있으면서 "가는 것이 이와 같구나. 밤이고 낮이고 멈추는 법이 없도다. [逝者如斯夫不舍晝夜]"라고 탄식하였다.≪論語 子罕≫

차가운 못의 달은 밝게 마음을 비추고   明明心照寒潭月

달밤에 구름은 반점의 시름도 없어라   月夜雲無半點愁

나부의 벗 이에 화답하다 和羅浮李友

어쩌다 처음 섞인 자리에 노소가 함께 하는데   幸褥初筵小長咸

위엄 있게 검은 삿갓 쓰고 푸른 도포 갖추었네   峩峩緇笠伴靑衫

바다로 노나라 중니[151]의 정신 같은 달이 떠오르고   海登魯仲精神月

산은 추나라 현인[152]의 기상과 같은 바위를 마주하네   山對鄒賢氣像岩

규성의 빛[153]은 새벽까지 부지런히 공부방을 밝히고   奎彩曉明勤讀室

경수의 꽃[154]은 품었던 향함을 새로 토하네   瓊華新吐蘊香函

깊고 묘한 이치 살펴 얻어서 생물을 낳고   玄機覽得生生物

누런 빛 대 울타리의 품격은 보통과 다르네   籬落紫黃品異凡

벗 이가 이웃집에 와서 머무르며 내게 시를 주기에 즉시 답하다

李友來留鄰家寄詩余卽答

이미 7월 지나니 흐르는 대화심성이 붉고[155]   已經七月火流紅

비를 피해 묵어도 오히려 젖으니 용동[156]의 지붕이라   雨宿猶沾屋甬東

두릉은 청련에게 시 짓고 술 마시는 모임을 주었고[157]   杜寄靑蓮詩酒契

---

151) 노나라 중니 : 공자(孔子)를 가리킨다. 노(魯)나라는 공자의 고향이고, 중니(仲尼)는 공자의 자(字)이다.

152) 추나라 현인 : 맹자(孟子)를 가리킨다. 추(鄒)나라는 맹자의 고향이다.

153) 규성의 빛 : 규성(奎星)은 문장 또는 학문을 관장하는 별을 가리킨다.

154) 경수의 꽃 : 경수(瓊樹)는 전설상의 나무로, 그 꽃은 옥가루와 비슷한데 신선들이 이를 복용한다고 한다. 경수는 또 품이 고결한 사람을 비유하기도 한다. 여기에서는 시를 주고받은 상대인 나부(羅浮)의 벗 이(李)를 가리킨다.

155) 이미……붉고 : 대화심성(大火心星)은 음력 7월이 되면 서쪽으로 내려간다. ≪시경(詩經) 칠월(七月)≫에서 "칠월에는 대화심성이 흐르네. [七月流火]"라고 하였다.

156) 용동(甬東) : 춘추시대 중국의 지명이다. 월(越)나라가 오(吳)나라를 멸망시키고 오나라 왕 부차(夫差)에게 사신을 보내 용동(甬東)으로 불렀으나, 부차는 월나라의 신하로 살 수는 없다며 자살하였다. ≪春秋佐氏傳 哀公22年≫

원미지는 백부 찾았으니 기와 심성이 같았네158)　　　　元尋白傅氣心同

강산의 구름은 아침에 돋는 해를 가리고　　　　　　　江山雲翳朝暾日

우주의 가을 슬픔은 저녁에 바람을 일으키니　　　　　宇宙秋悲夕起風

발자국소리 기쁘게 들으며 얼굴 뵙기를 미루고　　　　喜聽跫音稽奉面

울타리 사이로 짧게 지어서 회포를 털어 놓누나　　　　隔籬短述吐懷中

미원의 홍 소년에게 주다 與米院洪少年

재능 있는 젊은 손님 8월 초에 왔는데　　　　　　　　英妙客來八月初

잠깐 나눈 글 이야기로 마음을 모두 알았네　　　　　　文談半晌露心虛

청춘의 문장은 재주 더욱 아름다우니　　　　　　　　　青春筆翰才尤美

여름 석 달 송정에서 지은 것 허술하지 않다네　　　　　三夏松亭做不疎

소호159)에 황금빛으로 물드니 바람은 잎에 있고　　　　少昊金裝風在葉

항아160)의 구름 같은 머리카락에 달이 빗처럼 걸렸네　　嫦娥雲髮月登梳

후학들이 두렵다더니 도로 사랑할 만하거늘　　　　　　後生可畏還爲愛

어찌하여 나는 흰 귀밑머리에 점점 늙어 가는가　　　　奈我白鬚漸老於

---

157) 두릉은……주었고 : 두릉(杜陵)은 당(唐)나라 때의 시인 두보(杜甫)의 별호이고, 청련(青蓮)은
　이백(李白)의 별칭이다. 두보는 <음중팔선가(飮中八仙歌)>를 지었는데, 하지장(賀知章), 여
　양왕 진(汝陽王璡), 이적지(李適之), 최종지(崔宗之), 소진(蘇晉), 이백(李白) 등 8명의 주호(酒
　豪)를 두고 지은 노래이다.

158) 원미지는……같았네 : 원미지(元微之)는 당나라의 시인 원진(元稹)을 가리킨다. 미지(微之)
　는 원진의 자이다. 백부(白傅)는 당나라의 시인 백거이(白居易)의 별칭으로, 만년에 태자 소
　부(太子少傅)를 지냈기 때문에 붙은 이름이다. 원진과 백거이는 교분이 두터워서 시를 서로
　주고받은 것이 매우 많다. 원진과 백거이를 통칭하여 원백(元白)이라 불렀다.

159) 소호 : 소호(少昊)는 중국 태고 때에 있었다는 전설상의 임금이다. 황제(黃帝)의 아들로 성
　(姓)은 기(己), 이름은 지(摯)이다. 오행(五行) 중에 금덕(金德)으로 천하를 다스리게 되었으므
　로 금천씨(金天氏)라고 부른다. 금은 방위로는 서쪽, 계절로는 가을을 가리키므로, 여기에서
　는 가을을 상징하는 의미로 사용되었다.

160) 항아 : 항아(嫦娥)는 일명 상아(嫦娥)라고도 하는 달 속에 사는 선녀이다. 본래 유궁후(有窮后) 예
　(羿)의 부인이었는데, 예가 서왕모(西王母)에게 불사약(不死藥)을 얻어 오자, 상아가 이를 훔쳐 먹
　고 달 속의 광한전으로 들어가서 몸을 숨기고 두꺼비가 되었다고 한다. ≪後漢書 志10 天文上≫

미산 김 선비에 화답하다 和嵋山金雅

먼 산봉우리 구름 걷히니 푸른 하늘이 맑구나	遠峀捲雲碧落晴
등불 가까이하고 한씨의 부독서성남161)을 읽네	燈親韓氏讀書城
석양에 손님 오니 지난봄에 약속했었지	夕陽客到前春約
가을 강물 나의 회포 흰 이슬만 빛나네	秋水我懷白露明
팔월에는 집집마다 제비 손님 하직인사하고	八月家家賓鷰謝
북풍 부니 무리지어 날던 저녁 기러기 놀라네	北風隊隊暮鴻警
누런 국화 대신하여 괴화가 누렇게 피면	黃花有代黃槐發
거자의 행차가 어딘들 바쁘지 않으리162)	何處不忙擧子行
하늘과 땅 일 겁에 상전이 벽해되니163)	乾坤一劫海桑波
예로부터 영웅이 늙으면 어찌하나	從古英雄老奈何
머나먼 시대엔 한구가 대도를 논하였으니164)	世遠韓歐論大道
선비로 태어나 연·조의 비장한 노래에 화답해야지165)	士生燕趙和悲歌

---

161) 한씨의 부독서성남 : 한씨는 당나라의 문인으로 당송팔대가(唐宋八大家) 중의 한 사람인 한유(韓愈. 768~824)이다. <부독서성남(符讀書城南)>은 한유가 아들 부(符)가 고을 남쪽으로 독서하러 가니, 이를 권면하며 지은 글이다.

162) 누런……않으리 : 괴화(槐花)는 회화나무 꽃을 가리킨다. 거자(擧子)는 각종 과거 시험의 응시생을 가리키는 말이다. 회화나무 꽃이 누렇게 되는 때는 곧 과거 시험으로 바쁜 계절을 말한다. 당(唐)나라 이요(李淖)의 《진중세시기(秦中歲時記)》에 "진사(進士)에 낙방하면 당년 7월에 다시 새 글을 올려 초시의 합격을 바라는데, 이를 '괴화가 누렇게 피면 거자가 바쁘다.'고 말한다. [槐花黃 擧子忙]"라고 했다.

163) 하늘과……벽해되니 : 일겁(一劫)은 불교용어로서, 하늘과 땅이 한 번 개벽한 때에서부터 다음 개벽할 때까지의 동안이라는 뜻이다. 즉 무한히 긴 시간을 의미한다. 상전(桑田)은 뽕나무밭, 벽해(碧海)는 푸른 바다라는 뜻이니, 상전벽해는 뽕나무밭이 변하여 푸른 바다가 된다는 의미로 세상일의 변천이 심함을 비유적으로 이르는 말이다.

164) 머나먼……논하였으니 : 한구(韓歐)는 당나라의 문인 한유와 송나라의 문인 구양수(歐陽脩)를 가리킨다. 이기경(李耆卿)의 《문장정의(文章精義)》에 "한유는 바다와 같고, 유종원(柳宗元)은 샘물과 같으며, 구양수는 급한 여울물과 같고, 소식(蘇軾)은 조수(潮水)와 같다. [韓如海 柳如泉 歐如瀾 蘇如潮]"는 말이 나온다. 유종원, 소식을 포함하여 모두 당송팔대가(唐宋八大家)에 속하는 인물이다.

165) 선비로……화답해야지 : 연·조는 전국시대(戰國時代) 연(燕)나라와 조(趙)나라를 가리킨다. 전국시대 때 자객(刺客) 형가(荊軻)가 연나라 태자 단(丹)의 부탁을 받고 진왕(秦王)을 죽이러 떠날 적에, 축(筑)의 명인인 고점리(高漸離)의 반주에 맞추어 <역수한풍(易水寒風)>이라는

골짜기 깊고 그윽한 터에 속세 잊고 앉아서　　　　　　谷深幽址忘機坐

밤이 한 해처럼 깊으니 이별의 상념 많아라　　　　　　夜久如年別念多

인간 세상에서 자기를 알아주는 벗 어찌 얻을까　　　安得人間知己友

괴로움과 즐거움 쓸어버리고 술에 취해본다네　　　　掃除苦樂酒中酡

일가 어른의 환갑잔치에 올리며 운을 맞추다 上宗丈晬宴韻

이만 이천 번 상서로운 날이 밝으니　　　　　　　　　二萬二千瑞日昕

내적으로 사업이 덕과 문을 겸했네　　　　　　　　　於中事業德兼文

보자니 늦은 계절에 국화가 만발했고　　　　　　　　且看晚節黃花發

잘 지낸 세월에 백발이 기쁘다오　　　　　　　　　　最得光陰白髮欣

늙음을 무릅쓰고 뿌리를 캐니 신선 맛에 배부르고　　犯老採根仙味飽

마고할미 보낸 술로[166] 장수를 축원하며 취한다네　　麻姑送酒壽觥醺

아들 문안하고 손자 절하며 색동옷 입혀 춤추고　　　子趙孫拜斑衣舞

은혜로운 하늘 멀리서 바라보니 구름이 담백하네　　　遙望需天淡淡雲

기사년 9월 15일 우시를 보러가서 이튿날을 지나 17일 종장을 마친 뒤 아이 수미를 데리고 공북루(拱北樓)에 올라 감사 민치상(閔致庠)이 지은 시에 차운하다[167]

2수 己巳九月十五日觀光于右試越翼十七日終場後率渼兒登拱北樓次巡相閔公致庠韻 二首

흰 모래 푸른 물에 비단 빛이 흐드러지고　　　　　　沙白水蒼錦耀奢

비장한 노래를 부르고 작별했다는 고사가 유명하다. 이처럼 연나라와 조나라에는 비분강개하는 호걸들이 많이 있었다고 한다.≪戰國策 燕策3≫

166) 마고할미 보낸 술로 : 마고할미는 전설에 나오는 신선 할미로, 새의 발톱같이 긴 손톱을 가지고 있다고 한다. 한편 마고천(麻姑泉)의 샘물로 빚은 술을 마고주(麻姑酒)라고도 한다.

167) 기사년……차운하다 : 기사년은 1869(고종6)으로 회와가 47세때이다. 우시(右試)는 충청 우도(忠淸右道)에서 본 과거 시험을 가리킨다. 당시에는 문과(文科) 시험을 사흘 동안 나누어 보았는데, 마지막 날의 시험장을 종장(終場)이라고 하였다. 이때 회와는 공주(公州)에서 열린 과거에 참석했던 것으로 보인다. 공북루(拱北樓)는 공주 쌍수산성(雙樹山城) 북문의 누각이다. 민치상(閔致庠, 1825~1888)은 조선 말기의 문신으로, 1867년(고종4) 충청 감사가 되었다.

표연히 높이 앉으니 신선의 집인 듯　　　　　飄然高坐似仙家

밤을 기다려 기둥에 기대 밝은 달을 맞이하니　　待宵依楹皎迎月

온 성 가득 사각거리는 단풍빛이 꽃보다 낫구나　滿堞鳴楓紫勝花

화려한 현판에 시인들의 솜씨가 모두 남았네　　華額摠留詩士筆

맑은 노래는 얼마나 무희의 비녀에 올랐나　　　清歌幾上舞姬釵

천년의 웅진에서 도회가 열렸는데[168]　　　　　千年熊鎭開都會

북쪽으로 서울 향한 길은 아득해라　　　　　　北拱洛城一路賒

붉은 단풍 누런 국화 눈앞에 호화롭고　　　　　丹楓黃菊眼前奢

난간 밖 저녁연기 민가에서 점점이 피어오르네　欄外暮烟點點家

북쪽에 기대어 서울 바라보니 별은 북두성을 향하고　依北望京星拱斗

서쪽을 휘감은 금강 펼쳐지고 물결에 꽃이 일렁이네　繞西鋪錦浪生花

늙은 길손 멀리서 오니 비둘기 난간에 와서 울고　老賓遠杖鳩鳴檻

어린 기녀 높은 쪽머리에 봉황이 비녀에 앉았네　少妓高鬟鳳下釵

가을 선비 장대한 광경 오늘이 좋아서　　　　　秋士壯觀今日可

돌아가는 길 모두 잊으니 빗길에 더디네　　　　渾忘歸路雨中賒

미조랑 선산에 갔다 내려오다 상주의 족인[169]을 만나 화답해 운을 맞추다

往彌造郎先墓下逢尙州族人和韻

부평초 뜬 포구에 물이 돌고 권태롭게 모래를 밟는데　萍浦水回倦踏沙

영남 호남 손님을 만나니 해가 지려 하는구나　　嶺湖客邅日將斜

일년에 느낌이 많아 서리와 이슬이 차가운데　　一年多感凄霜露

구월이 가장 빼어나니 나무와 꽃을 즐기네　　　九月最奇樂樹花

---

168) 천년의……열렸는데 : 도회(都會)는 조선시대 지방의 유생(儒生)들에게 학업을 장려하기 위
　　하여 해마다 각도의 계수관(界首官)에 모아 시험을 보이던 일, 또는 그 시험을 가리킨다. 6월
　　에 제술(製述)과 강경(講經)으로 시험을 보이어 성적이 우수한 사람은 생원(生員)·진사시(進士
　　試)의 회시(會試)에 응시할 자격을 주었다. 웅진은 원문에 '熊鎭'이라 되어 있는데, 공주의 옛
　　고을이름인 '熊津'과 '커다란 중진(重鎭)'이라는 뜻의 이중적인 의미로 사용된 것으로 보인다.

169) 족인(族人) : 성과 본이 같은 사람들 가운데 유복친 안에 들지 않는 겨레붙이를 가리키는 말이다.

포부를 품은 중년에 늙어감은 애석하지만 　　　　抱器中身堪惜老

지팡이에 맡기고 내일 저녁 집으로 돌아가니 좋구나 　信筇來夕好還家

갈까 말까 슬픈 기러기 가을에 소리 내어 오열하고 　去留酸鴈秋聲咽

끝내 영문으로 마치며 멀리서 노래를 짓네170) 　　　終闋郢門遠屬歌

산방에서 글을 읽고 돌아오다 서로 함께 화답해 운을 맞추다

山房讀書而歸相與和韻

위엄 있게 검은 삿갓 쓰고 평소에 편안하니 　　　緇笠峨峨素履安

차가운 재에 불을 붙이듯 한 마음은 붉다네 　　　寒灰點火一心丹

책을 보다 한밤중에 촛불 심지 함께 자르고 　　　看書共剪三更燭

한걸음 나가면서 백 척 장대 끝에 비기네171) 　　進步擬窮百尺竿

기나긴 밤 대나무 소리에 비파소리 화답하고 　　永夜竹聲竿瑟唱

하늘 가득 별 그림자 벽규에 뭉치네172) 　　　　滿天星影壁奎團

후생은 선생의 학문 연구하길 바라며 　　　　　後生欲講先生學

옛날의 강단에 오늘 다시 오른다네 　　　　　　今日更登昔日壇

동쪽 남쪽의 큰 새는 아홉 용이 우뚝하고 　　　東南大鳥九龍峨

하늘과 땅이 사람에게 부탁해 백설의 노래173) 지었네 　天地屬人白雪歌

---

170) 끝내……짓네 : 영문(郢門)은 춘추시대 초(楚) 나라 영도(郢都)를 말하는데, 격조가 고아한
　　악곡 또는 시문을 비유한다.

171) 한걸음……비기네 : 초현대사(招賢大師)의 게송(偈頌)에 "백척이나 되는 장대 끝에서 모름지
　　기 한 걸음 더 나아갈 수 있어야 시방세계의 이치가 이 몸에 온전해질 것이라네. [百尺竿頭
　　須進步 十方世界是全身]"라고 하였다. 이미 일정한 경지에 올라 있더라도 보다 더 높은 경지
　　를 향해 부단히 노력해야 함을 뜻하는 말로 인용되고 있다.

172) 벽규에 뭉치네 : 천구(天球)를 황도(黃道)에 따라 스물여덟으로 등분한 구획, 또는 그 구획의
　　별자리를 28수(宿)라 한다. '벽규(壁奎)'는 28수 중 문운(文運)을 관장하는 벽수(壁宿)와 규수
　　(奎宿)를 병칭한 것으로 흔히 '규벽(奎壁)'으로 표기한다. 여기에서는 글을 잘하는 선비들이
　　모인 것을 표현한 것으로 보인다.

173) 백설의 노래 : 백설(白雪)은 춘추시대 초(楚)나라의 가곡 이름으로, 양춘(陽春)과 함께 남이
　　따라 부르기 어려운 고상한 시를 가리킬 때 쓰는 말이다. 춘추 시대 초(楚)나라의 대중가요

경쇠소리 들으며 그윽한 숲 함께 움막에 앉아	聽磬幽林同坐广
학문의 바다에 배를 띄우고 각각 파도 가르네	泛舟學海各分波
마음은 오직 자식 가르치느라 도리어 자기는 잊고	心專敎子還忘己
뜻은 현인 사모함에 있으니 어찌 남에게 맡기랴	志在慕賢豈任他
술 마신 뒤 맑은 시는 때때로 만물을 느끼고	酒後淸詩時物感
시냇가 소나무 정원 대나무 처마를 많이도 둘렀네	澗松園竹繞簷多

대아 윤영욱의 유거에 화답해 운을 맞추다[174] 和尹大雅永郁幽居韻

가는 길 달라도 똑같은 자취로 남쪽으로 돌아가니[175]	殊塗一轍指南歸
하늘이 내린 저명한 문장 이 세상에 드물지	天假鳴文此世稀
이르는 곳마다 봄바람에 화창한 기운이고	到處春風和氣是
애당초 백옥처럼 한 점 하자 없었다네	初無白玉點瑕非
누추한 집에서 깊은 공부하며 한 그릇 밥도 견디고[176]	深工陋巷堪簞食
초당에서 대몽 꾸며 베옷 입고 누웠다네[177]	大夢草堂臥布衣

인 '하리(下里)'와 '파인(巴人)'은 수천 명이 따라 부르더니, 고상한 '백설(白雪)'과 '양춘(陽春)'
의 노래는 너무 어려워서 겨우 수십 명밖에 따라 부르지 못하더라는 이야기가 송옥(宋玉)의
<대초왕문(對楚王問)>에 나온다.≪文選 卷23≫

174) 대아……맞추다 : 대아(大雅)는 나이가 비슷한 친구나 문인에 대해서 존경하는 뜻으로 쓰는
표현이다. 유거(幽居)는 즉 속세를 떠나 외딴 곳에서 사는 일, 또는 그 거처를 말한다. 즉 이
시는 유거하던 윤영욱(尹永郁)이라는 이름을 가진 선비에게 화답하여 지은 시이다. ≪회와
집(悔窩集)≫에는 시의 제목에 '대아(大雅)' 외에 '아(雅)'라는 칭호도 나오는데, 이는 '선비'로
번역하였다.

175) 가는……돌아가니 : ≪주역(周易)≫<계사전 하(繫辭傳下)>에 "세상의 일을 보면 귀결점은
같은데 가는 길이 다르고, 모두 하나로 돌아가는데 생각은 가지각색이다. [天下同歸而殊塗
一致而百慮]"라는 말이 나온다.

176) 누추한……견디고 : 안빈낙도(安貧樂道)의 생활을 가리킨다. 공자(孔子)가 자신의 제자 안회
(顔回)를 가리켜 이르기를, "어질다, 안회여. 한 그릇 밥과 한 표주박 물을 마시며 누추한 집
에 사는 것을 사람들은 근심하며 견뎌 내지 못하는데, 안회는 그 낙을 바꾸지 않으니, 어질
도다, 안회여."라고 하였다.≪論語 雍也≫

177) 초당에서……누웠다네 : 대몽(大夢)은 크게 좋은 일이 생길 징조로 보이는 길한 꿈을 가리킨
다. 촉한(蜀漢)의 유비(劉備)가 제갈량(諸葛亮)을 만나고자 삼고초려(三顧草廬)를 했을 때, 제
갈량이 낮잠을 자고 있어 유비 일행이 오랫동안 기다린 뒤에야 깨어났다.

물고기 잡고 땔나무해도 도량 더욱 가상한데 　　漁樵器抱尤可尙

높은 산 흐르는 물이 둘러싸듯 감도는구나 　　高山流水繞如圍

서당에서의 잡영178) 5수 在書堂雜詠 五首

차가운 창에 그림자 걸린 하늘은 둥글고 　　寒牕影掛上天圓

달빛 가득 금 두꺼비 같고 해는 불 까마귀179) 　　月滿金蟾日火烏

제일가는 산천에 태사공이 노닐고180) 　　第一山川遊太史

공중의 누각에 요부가 누웠네181) 　　空中樓閣臥堯夫

오리와 학이 길고 짧음 다투는데 어찌 관여하리182) 　　短長何預鳧爭鶴

차이를 세분하니 자줏빛이 붉은빛을 어지럽히네183) 　　同異細分紫亂朱

쌀밥 채소국에 호연지기를 보태었으니 　　稻飯菜羹添浩氣

엄숙히 우주에 기대어 빙호를 치리라184) 　　愀依宇宙擊氷壺

---

178) 잡영(雜詠) : 여러 가지 사물을 읊은 시가를 가리킨다.

179) 달빛……불 까마귀 : 금 두꺼비〔金蟾〕는 달의 별칭으로, 상고 시대 후예(后羿)의 아내인 항아 (姮娥)가 서왕모(西王母)의 선약(仙藥)을 훔쳐가지고 월궁(月宮)에 달아나 두꺼비가 되었다는 전설에서 유래하였다. 불 까마귀〔火烏〕는 해의 별칭으로, 사마천(司馬遷)의 ≪사기(史記)≫ 에는, "무왕(武王)이 황하(黃河)를 건너자 불이 위로부터 내려와 왕의 집을 덮더니 변하여 까 마귀가 되었는데, 빛깔은 붉었고 소리는 안정되었다."라고 하였다.

180) 제일가는……노닐고 : 태사공(太史公)은 사마천(司馬遷)을 가리킨다. 20세 무렵부터 중국 전 역을 종횡무진 유력하였다.≪史記 卷130≫

181) 공중의……누웠네 : 요부(堯夫)는 송나라 소옹(邵雍)의 자(字)이고, 시호는 강절(康節)이다. 정 이(程頤)가 소옹을 가리켜 공중누각(空中樓閣)과 같다고 하였는데, ≪주자어류(朱子語類)≫ 의 문답에서 주희(朱熹)는 이를 가리켜 "그의 시야는 사통팔달하기 때문이다. 장자(莊子)도 강 절에 견주면 거의 비슷하다."라고 해석하였다.

182) 오리와……관여하리 : ≪장자(莊子)≫〈변무(騈拇)〉에 "오리의 다리가 비록 짧지만 길게 이 어 주면 걱정거리가 될 것이고, 학의 다리가 비록 길지만 짧게 잘라 주면 슬퍼하게 될 것이 다."라고 하였다.

183) 차이를……어지럽히네 : 논어(論語)≫〈양화(陽貨)〉에 "잡색인 자줏빛이 원색인 붉은빛의 자리를 뺏는 것을 미워하며, 정(鄭)나라의 음란한 음악이 바른 아악(雅樂)을 문란하게 하는 것을 미워하며, 말만 잘하는 입이 나라를 뒤엎는 것을 미워한다."라는 말이 나온다.

184) 엄숙히……치리라 : 빙호(氷壺)는 얼음으로 된 호로병으로, 고결한 인품을 형용한 말이다. 등적(鄧迪)이 주자(朱子)의 스승 연평(延平) 이통(李侗)의 인품을 말하면서 "마치 얼음으로

제자백가 학술도 모두 같지는 않은데	百家者術不同門
한 줄기 우리 유학이 도가 더욱 높다네	一脈吾儒道彌尊
우물 팔 때는 모름지기 맑은 물을 얻어야	掘井要須淸得水
가지 뻗으려면 오직 뿌리를 잘 북돋워야지	達枝惟在好培根
책상에는 이로운 벗들의 지란의 향기185) 맴돌고	榻聯益友芝蘭臭
바위에는 선생의 지팡이와 짚신 흔적 두었네	石帶先生杖屨痕
삼흥186)의 나머지에 놀며 쉴 짬을 내고	剩興三餘遊息暇
육경187)의 은미한 뜻 여러분과 함께 논하네	六經微義與君論
유한188)한데 뜻이 있어 유한을 취하였는데	志幽閒故取幽閑
어떠한 유한을 이 사이에 숨기었는가	何等幽閑隱此間
반곡 이생189)의 옛 자취가 남아있고	盤谷李生留古蹟
연봉 주로190)의 참 모습이 완연하네	蓮峰周老宛眞顔
술법 있어 서서 보니 흐르는 물이 쏟아지고	有術立觀流水瀉

된 호로병에 맑은 가을 달이 담긴 것처럼 티 없이 맑고 깨끗하니 우리들이 미칠 수 없다." 하
였다.≪宋史 卷428 李侗列傳≫

185) 지란의 향기 : 지란(芝蘭)은 지초(芝草)와 난초(蘭草)이다. ≪공자가어(孔子家語)≫에 "선(善)
한 사람과 함께 지내면 마치 지란(芝蘭)이 있는 방에 들어간 것과 같아 그 향기는 못 맡더라
도 오래 지나면 동화된다." 하였다. 이는 어진 벗과 사귀면 자기도 모르는 사이 그 영향으로
어질게 된다는 뜻이다.

186) 삼흥(三興) : ≪대학(大學)≫에서 "한 집안이 인(仁)하면 한 나라가 인(仁)을 흥기(興起)하고,
한 집안이 사양하면 한 나라가 사양함을 흥기(興起)하고, 한 사람이 탐하고 어그러지면 한
나라가 난(亂)을 일으킨다."라고 하였다.

187) 육경(六經) : 중국 춘추시대의 여섯 가지 경서(經書)이다. ≪역경(易經)≫≪서경(書經)≫≪시
경(詩經)≫≪춘추(春秋)≫≪예기(禮記)≫≪악기(樂記)≫를 이르는데,≪악기≫ 대신 ≪주례
(周禮)≫를 넣기도 한다.

188) 유한(幽閒) : 조용하고 그윽함, 그윽하고 한가로움을 가리킨다.

189) 반곡 이생 : 이생(李生)은 한유(韓愈)의 벗인 이원(李愿)이다. 반곡(盤谷)은 이원이 은거했던
지명이다. 이원을 전송한 한유의 글 가운데에 "반곡이 이렇듯 험준하니, 그대의 거소를 누가
와서 다투어 뺏으리요."라고 하였다.≪韓昌黎集 補遺 送李愿歸盤谷序≫

190) 연봉 주로 : 연봉(蓮峯)은 중국 화산(華山)의 별칭인데, 송나라 초기에 진단(陳搏)이 그곳에
은거하였다. 주로(周老)는 송나라의 학자인 주돈이(周敦頤)이다. 진단은 <선천도(先天圖)>
를 그렸는데 이것이 나중에 주돈이의 <태극도(太極圖)>가 되어 송대 성리학자들의 상수학
(象數學)이 그에게서 비롯되었다.≪宋史 卷457 陳搏列傳≫

무심결에 누워 세니 여러 별들이 둘러있네	無心臥數列星環
늙은 나귀 구슬을 마시고 토하는 법 배웠는데	學得老驢珠吸吐
세월이 다하려 하니 결국 잊고 돌아왔다네	年矢欲窮竟忘還

조대[191]의 눈 겨우 까막눈 면했고	措大眼中僅識丁
태평한 우리나라 일개 백성이라네	太平東國一民星
송단의 수학[192]은 맑은 바람에 꿈꾸고	松壇水鶴淸風夢
도부의 금계[193]는 한밤중에 듣는다네	桃府金鷄半夜聆
소자의 몸은 화상의 탑과 친하고[194]	蘇子形親和尙塔
영옹의 이름은 미인의 병풍에서 나왔네[195]	潁翁名出美人屛

---

191) 조대(措大) : 가난하고 뜻을 이루지 못한 선비를 지칭하는 표현이다.

192) 송단의 수학 : 송단(松壇)은 소나무가 우거진 언덕에 만든 단(壇)을 가리킨다. 수학(水鶴)은 두루미, 즉 학(鶴)을 가리키는데, 학이 주로 물에서 먹이를 찾으므로 이렇게 부른다고 한다.

193) 도부의 금계 : 금계(金鷄)는 천상(天上)의 금계성(金鷄星)에 있다는 전설상의 닭이다. 이 닭이 울면 인간 세상의 닭들이 모두 따라서 운다고 한다. ≪神異經≫ 도부(桃府)는 무엇을 가리키는지 명확하지 않다. 앞 구절의 송단(松壇)과 대구를 맞추기 위한 것으로 보이는데, 천년도(千年桃)와 관련 있는 것이 아닌가 한다. 천년도는 선경에 있는 큰 복숭아로, 3천 년 만에 한 번씩 꽃이 피고 열매를 맺는다는 반도(蟠桃)를 가리킨다.

194) 소자의……친하고 : 소자(蘇子)는 북송(北宋) 때의 문인인 소식(蘇軾), 즉 소동파(蘇東坡)이다. 당시의 고승(高僧) 불인 선사(佛印禪師) 요원(了元)은 소식의 방외우(方外友)였는데, 하루는 소식이 불인을 방문하였다. 불인이 말하기를 "학림학사(翰林學士)가 왕림하셨는데, 앉을 곳이 없으니 어찌한단 말이오." 하므로 소식이 장난삼아 "잠시 화상(和尙)의 몸을 빌려서 선상(禪牀)으로 삼고 싶소이." 하였다. 불인이 말하기를, "이 산승(山僧)이 한 마디 전어(轉語)를 발하여 공(公)이 즉시 답변을 하면 산승이 공의 요청을 따를 것이고, 공이 답변을 하지 못하면 이 산승의 요청에 따라서 공의 옥대(玉帶)를 풀어 산문(山門)을 지키도록 하겠소." 하므로 소식이 이를 승낙하자, 불인이 "산승의 몸은 본래 공허(空虛)한 것인데, 학사는 어디에 앉으려는 것이오."라고 물었으나, 소식이 얼른 답변을 하지 못하자 불인이 이에 시자(侍者)를 불러 이르기를, "이 옥대를 가져다가 산문을 지키도록 하라."라고 하므로, 소식이 마침내 웃으면서 옥대를 내주었다고 한다. ≪東坡詩集註 卷21≫

195) 영옹의……나왔네 : 영옹(潁翁)은 소식의 아우인 소철(蘇轍, 1039~1112)을 가리키는 것으로 보인다. 소철의 자는 자유(子由)이고 호는 영빈유로(潁濱遺老)이다. 형인 소식과 함께 이소(二蘇)로, 아버지인 소순(蘇洵)과 함께 삼소(三蘇)로도 불린다. 또 소순·소식·소철을 각각 노소(老蘇)·대소(大蘇)·소소(小蘇)로 구분하여 불렀다. 미인의 병풍과 관련된 고사는 확인되지 않는다.

| 백년을 스스로 지어도 어두워 속되니 | 百年自作昏衢態 |
| 누가 능히 지도하여 어두움 밝혀주려나 | 指燭誰能照不冥 |

거센 바람 창을 부수고 눈이 치마 때리니	風戰破牕雪打裳
주성은 묘성에 속하고 걸음은 당의를 밀어 올리네[196]	周星屬昴步推唐
꿈에 놀라니 예전의 뽕밭이 오늘의 바다가 되고	夢驚今古桑東海
몸을 세상에 의지하니 태창[197]의 쌀이라네	身寄乾坤米太倉
부죽의 독락원은 송나라 군실이고[198]	剖竹樂園君實宋
경전의 해설은 후세의 양 자운이지[199]	解經後世子雲揚
추운 날 집에서 이 밤에 조용히 생각하니	靜言此夜寒天屋
귀밑머리 허옇게 되어 무슨 마음으로 책을 대하나	白鬢何心對卷黃

암자 벽에 지으며 감회를 부치다 題菴壁寓感

| 제자백가 학술도 모두 같지는 않은데 | 百家者術不同門 |
| 한 줄기 우리 유학이 도가 더욱 높다네 | 一脈吾儒道彌尊 |

---

196) 주성은……올리네 : 주성(周星)은 세성(歲星)을 말한다. 세성은 12년을 주기로 하늘을 한 바퀴 돌기 때문에 1주성은 보통 12년의 시간을 가리킨다. 묘성(昴星)은 묘수(昴宿)로 별자리 28수(宿) 중의 하나이다. 당의(唐衣)는 여자들이 저고리 위에 덧입는 한복의 하나이다. 이 구절의 뒷부분인 '步推唐'의 내용이 불분명하다. 앞 구절의 뒷부분 '雪打裳'에 맞추어 이렇게 번역했지만 앞부분과는 호응하지 않는다.

197) 태창의 쌀이라네 : 태창(太倉)은 옛날 중국의 서울에 두었던 큰 창고를 가리킨다. 조선시대에는 광흥창(廣興倉)이 있었는데, 백관(百官)의 녹봉에 관한 사무를 담당하였다.

198) 부죽의……군실이고 : 부죽(剖竹)은 지방 장관을 가리킨다. 한(漢)나라 때 외방에 목민관(牧民官)을 내보낼 적에는 죽부(竹符)를 나눠 주어 신표(信標)를 삼게 하였다. 군실(君實)은 송(宋)나라의 정치가이자 학자인 사마광(司馬光, 1019~1086)의 자이다. 일찍이 왕안석(王安石)의 신법을 반대하다가 뜻대로 되지 않자, 관직에서 물러나 낙양에 독락원(獨樂園)을 짓고 15년 동안 한가로이 지냈다.

199) 경전의……양 자운이지 : 전한(前漢)의 문학가 양웅(揚雄)의 자(字)가 자운(子雲)이다. 보통 당대(當代)에는 알아줄 사람이 없는 것을 표현할 때, 후세의 자운(子雲)이나 요부(堯夫)를 기다릴 수 밖에 없다는 표현을 많이 쓴다. 요부는 송(宋)나라 소옹(邵雍)의 자이다.≪漢書 卷87 上 揚雄傳≫

충청 좌도의 청렴한 명성 지위도 높았고	湖左淸名高地位
그림 속의 심오한 이치에서 천근을 보았네[200]	圖中賾理見天根
대숲 바람은 완연하게 현가[201]의 운을 띠었고	竹風宛帶絃歌韻
이끼 낀 바위는 지팡이와 짚신[202] 흔적을 새긴 듯	苔石如銘杖屨痕
선생께서 일찍이 좋아하던 바를 듣고 싶은데	願聞先生曾所樂
어진 산인지 지혜로운 물인지 모두 말이 없다네[203]	仁山智水摠無言

작별하며 윤영욱 · 이황종에게 주다 贈別尹永郁李潢鍾

용 한 마리 기이하게 변하여 짝 셋을 얻었으니	一龍奇變得三儔
머리와 꼬리 서로 이어져 상서로운 광채 뛰어나네	首尾相連瑞彩優
글은 벽규를 휘감았으니[204] 하늘은 움직이려 하고	文絡壁奎天欲轉
무이의 천석[205]이라 땅은 머무르기 어렵네	武夷泉石地難留

---

200) 천근을 보았네 : 천근(天根)은 월굴(月窟)과 함께 각각 양(陽)과 음(陰)의 이치를 설명할 때 쓰이는 용어이다. 송(宋)나라 소옹(邵雍)이 <관물음(觀物吟)>에서 "이목 총명한 남자의 몸으로 태어났으니, 천지조화가 부여한 것이 빈약하지 않도다. 월굴(月窟)을 찾아야만 물을 알게 되는 법, 천근(天根)을 밟지 않으면 사람을 어떻게 알까. 건괘(乾卦)가 손괘(巽卦)를 만난 때에 월굴을 보고, 지괘(地卦)가 뇌괘(雷卦)를 만난 때에 천근을 보는도다. 천근과 월굴이 한가히 왕래하는 중에, 삼십육궁(三十六宮)이 모두 봄이로구나."라고 읊은 데에서 나온 것이다.

201) 현가(絃歌) : 거문고 따위의 현악기에 맞추어 부르는 노래를 가리킨다. 한편으로 ≪시경(詩經)≫의 시를 의미하는 의미로도 쓰인다.≪사기(史記)≫<공자세가(孔子世家)>에 "시경 삼백 편의 시를 공자가 모두 연주하며 노래 불렀다. [詩三百篇 孔子皆絃歌之]"는 말이 나온다.

202) 지팡이와 짚신 : 원문의 '장구(杖屨)'는 지팡이와 짚신이라는 뜻으로, 이름난 사람이 머물러 있던 자취를 비유적으로 이르는 말이다.

203) 어진……없다네 : 공자(孔子)가 이르기를 "지혜로운 자는 물을 좋아하고, 어진 자는 산을 좋아한다."라고 하였다.≪論語 雍也≫

204) 글은 벽규를 휘감았으니 : 천구(天球)를 황도(黃道)에 따라 스물여덟으로 등분한 구획, 또는 그 구획의 별자리를 28수(宿)라 한다. '벽규(壁奎)'는 28수 중 문운(文運)을 관장하는 벽수(壁宿)와 규수(奎宿)를 병칭한 것으로 흔히 '규벽(奎壁)'으로 표기한다.

205) 무이의 천석 : 송나라 때의 학자 주희(朱熹, 1130~1200)가 복건성(福建省) 무이산(武夷山)에 무이정사(武夷精舍)를 이루고 나서 지은 시 <무이정사잡영(武夷精舍雜詠)> 가운데 <정사(精舍)>라는 제목으로 "거문고와 책을 벗한 사십 년에, 몇 번이나 산중객이 되었던고. 하루에 띳집이 이루어지니, 어느덧 나의 천석이로다. [琴書四十年 幾作山中客 一日茅棟成 居然我泉石]"라고 읊었다.

매화 섬돌에 내린 섣달의 눈을 슬프게 노래하며 　　　　悵歌臘雪梅花砌

연자루에서 봄바람 불면 만나자 약속하면 좋겠네 　　好約春風鷰子樓

높이 걸린 밝은 달밤을 마음으로 그리니 　　　　　　心鑑高懸明月夜

꿈속의 이 모임이 다시 어찌 그윽한가 　　　　　　　夢中此會更何幽

윤영욱에 화답해 운을 맞추다 和尹永郁韻

시 잘 짓는 자네 재주와 기량을 축하하네 　　　　　　賀君才器以詩能

게다가 다시 추위의 해액206)에 올랐으니 　　　　　　矧復秋圍解額登

어찌 진당207)의 품격 높은 선비처럼 현명할까 　　　寧賢晉唐高雅士

평생을 관포208)처럼 마음을 허락한 벗이라네 　　　平生管鮑許心朋

수많은 화려한 말 속에 석 달을 지내니 　　　　　　萬言花裡經三朔

천 길 봉우리보다 한 층이 더 높더라 　　　　　　　千仞峰頭更一層

승선교 기둥에 글을 쓰며 맹세했던209) 　　　　　　題柱昇仙橋上誓

사마상여 문장은 예로부터 지금껏 칭찬하네 　　　文章司馬古今稱

혹은 거문고로 음률을 알아주고210) 혹은 술로 교분을 맺는데, 지금 나와 형은 문장으로 벗이 되어 여기에서 거듭 마음 편히 쉬게 되었으니 그 어찌 우연이겠는가. 듣건대 어진 자는 사람을 보낼 때에 좋은 말을 준다211)고 하니, 내가 비록 어진 자라는 칭

---

206) 추위의 해액 : 추위(秋圍)는 가을에 치르는 향시(鄕試)를 이르는 말이고, 해액(解額)은 초시(初試)의 급제자 명부를 가리키는 말이다.

207) 진당 : 진당(晉唐)은 중국 진(晉)나라와 당(唐)나라를 가리키는 말이다. 서법(書法)과 시(詩)시에 관한 한 역사적으로 진나라와 당나라 두 시기의 성취가 높다고 일컬어진다.

208) 관포(管鮑) : 중국 춘추시대 제(齊)나라 관중(管仲)과 포숙아(鮑叔牙)를 가리킨다. 관포지교(管鮑之交)라고 할 때 두 사람의 아름다운 우정을 말하는데, 관중이 가난하게 살 적에 포숙아가 물심양면(物心兩面)으로 극진하게 보살펴 준 고사가 있다.≪史記 卷62 管仲列傳≫

209) 승선교……맹세했던 : 앞에 나왔던 사마상여의 고사이다.

210) 음률을 알아주고 : 원문에 '지음(知音)'이라 되어있다. 이는 마음이 서로 통하는 친한 벗을 비유적으로 이르는 말이다. 거문고의 명인 백아(伯牙)가 자기의 소리를 잘 이해해 준 벗 종자기(鍾子期)가 죽자 자신의 거문고 소리를 아는 자가 없다고 하여 거문고 줄을 끊었다는 데서 유래한다.≪열자(列子)≫ <탕문편(湯問篇)>에 나오는 말이다.

호는 얻지 못했다고 하더라도 사람을 보내면서 시를 주는 것 또한 길이 남는 말이 될 수 있을 것이다.

또 서로 화답하다 又相和

시는 다시 잘 못하나 마시는 건 다시 잘하니	詩不復能飮復能
막걸리와 산나물을 소반에 올렸다네	薄醪山菜小盤登
소리 내어 글을 읽던 젊은이들 멈추고	聲聲兀讀停諸少
갖가지 이야기 나누다 벗 하나 얻었지	色色邨談得一朋
옛 시냇물 단단히 얼어 추위 다시 매섭고	古澗氷堅寒更凜
뭇 산에 쌓인 눈은 백 층보다 더하다네	羣山雪積百加層
즐겁다, 다행히도 오늘밤 여유를 얻었으니	樂乎幸得今宵暇
자네도 칭찬하고 나도 칭찬한다네	君亦稱之我亦稱

시간 흘러 지붕 동쪽에 초승달 뜨고	年矢月弦屋角東
세월에 얽매어 어둠 속에 앉아 있네	光陰爲靳坐昏中
겨울새는 기운 얻어 봄을 먼저 알리고	寒禽得氣春先告
원대한 들판은 소리 없이 빈 듯하네	遠大無聲野似空
공정함이 어떠한가 백발에 서리 내리고[212]	公道其何霜髮白
참된 공부 아직도 화살로 심장 꿰뚫지 못했네[213]	眞工猶未箭心紅
이미 오히려 -원문 1자 판독 불능- 노닐 만한데[214]	已乎尙可遊▨藝

---

211) 어진……준다 : 중국 춘추시대에 노자(老子)가 일찍이 공자(孔子)를 전송하면서 "부귀한 자는 사람을 보낼 때에 재물을 주고, 어진 자는 사람을 보낼 때에 좋은 말을 주는 것이다."라고 하였다.≪史記 卷47 孔子世家≫

212) 공정함이……내리고 : 중국 당나라 말기의 시인인 두목(杜牧. 803~852)의 시에 "세간에 공정한 것이 있다면 오직 백발뿐, 귀인의 머리라고 해서 봐준 적이 없다오. [公道世間惟白髮 貴人頭上不曾饒]"라는 구절이 있다.≪樊川詩集 卷4 送隱者≫

213) 참된……못했네 : 당나라 때 설인귀(薛仁貴)가 철륵도행군총관(鐵勒道行軍摠管)이 되어 10여 만의 적병(敵兵)과 대치했을 적에, 손수 화살 세 발을 쏘아서 적의 용맹한 기병(騎兵) 셋을 대번에 죽이자 적군의 사기가 꺾이어 마침내 모두 항복했다고 한다.

214) 이미……만한데 : 원문은 '已乎尙可遊▨藝'인데 '藝'도 판독할 수 없는 글자와의 관계를 알

흐르는 물 높은 산 큰 골짜기에 바람부네 　　　　　流水高山大谷風

병중에 두 수를 짓다 경오년[215] 病中作二首 庚午

앞 내의 꽃과 버들 붉고 푸름 갖추었으니 　　　　　前川花柳翠紅兼

하루 종일 찾았어도 질리지 않은 듯하네 　　　　　盡日訪隨似不廉

경치 찾아 시 지으며 만물을 느끼니 　　　　　　取景成詩羣物感

봄이 되어 생동하는 그림처럼 칠 할을 더하네 　　　　際春活畫七分添

천지 사이의 심정은 산을 겹겹 두르는데 　　　　　天地間情山繞疊

사나이 마음 씀은 조그만 터럭도 없다네 　　　　　男兒用意芥無纖

맑은 바람에 손님은 주인의 두풍을 치유하고[216] 　　　清風客愈頭風主

뛰어난 곡조 듣고 낮에 발을 걷어 올리네 　　　　　絕調聽來捲午簾

쏜살같은 세월이 부싯돌처럼 바뀌네 　　　　　　憐疾光陰石火飜

지팡이 의지해 아침저녁 울타리 한 바퀴 　　　　　信筇朝晝一巡藩

나그네는 벗을 찾는 길에서 꾀꼬리 소리 듣고 　　　遊子聽鶯求友路

주인은 손님과 즐기는 집에서 제비를 맞이하네 　　主人迎鷰樂賓軒

나막신 신고 꽃 밟으니 붉은 봄이 아깝고 　　　　踏花行屐春紅惜

풀을 깔아 자리 만드니 푸른 여름이 한창이네 　　藉草爲茵夏綠繁

늙어가는 생애에 이치와 -원문 1자 결락- 살피니 　老去生涯觀理□

삼신산 해와 달의 백 가구 마을이라네 　　　　　三山日月百家村

수 없어 번역하지 않았다.

215) 경오년 : 경오년은 1870년(고종7)으로 회와가 48세때이다.

216) 맑은……치유하고 : 진림(陳琳, ?~217)은 중국 후한(後漢) 말기 광릉(廣陵) 사람으로, 문장이 뛰어나 일찍이 원소(袁紹)를 위해 조조(曹操)의 죄상을 문책하는 격문을 지었는데, 원소가 패하여 조조에게 돌아가니 조조는 그 재주가 아까워 죄를 주지 않고 기실(記室)을 삼았다 한다. 조조가 평소 두풍(頭風)을 앓아 오다가, 한번은 누워서 진림이 지은 글을 보고는 갑자기 일어나서 말하기를, "이 글이 내 병을 치유해 주었다." 하고, 그에게 후한 상을 자주 내렸다고 한다.≪三國志 卷21 魏書 陳琳傳≫

거미를 읊다 蜘蟵吟

검은 밤에 나와 해 붉으면 들어가지	出以夜玄入日紅
봄가을로 얼마나 많은 실을 왕래했나	春秋况去來鴻絲
누에가 토하는 것처럼 끝이 처음과 같고	如蠶吐相終若始
망에 걸린 벌레는 북동쪽에서 날라왔네	網得虫飛自北東
그늘 속에 깊이 숨어 더위를 피할 수 있고	深伏陰間能避暑
공중에 높이 펼치니 바람도 시름하지 않네	高張天半不愁風
공작은 착실히 소리 없는 곳에서 이루어지고	工夫着在無聲處
배를 채운 경륜은 조화 속에 있다네	滿腹經綸造化中

설날 아침 신미년[217] 元朝 辛未

천지와 사람이 함께 나날이 새로워지고	天地與人此日新
북두성 자루가 인방[218]으로 돌아 해는 신미년	斗旋寅次歲回辛
모든 집에서 터뜨린 폭죽에 아침 연기 자욱하고	萬家爆竹朝烟鎖
석 달 동안 초주[219] 마시는 옛 풍속을 따르네	三朔飮椒古俗循
세배 드리며 누가 어른 공경을 않겠는가	賀拜誰非相敬長
좋은 이 만난 나도 더욱 어버이 그립다네	逢佳我亦倍思親
공부는 나아진 게 없고 한갓 나이만 먹었으니	工無進步徒添齒
다시 이 몸이 본연을 함양하기 힘써야지	更勉是身養本眞

---

217) 신미년 : 신미년은 1871년(고종8)으로 회와가 49세때이다.

218) 인방(寅方) : 이십사방위의 하나로 동북(東北)에서 남으로 15도 방위를 중심으로 한 15도 각 도 안의 방향이다.

219) 초주(椒酒) : 초피나무 열매를 섞어서 빚은 술이다. 새해 아침에 초주와 백주(柏酒)를 가지고 조상에게 제사를 올리고 어른에게 바처 축수(祝壽)하며 하례하는 풍습이 있었다. ≪古今事文類聚 前集 卷6 天時部 春 飮椒柏酒≫

서당의 파적220)에 운을 맞추다 書堂破的韻

산의 병풍은 그림처럼 푸르게 암자를 두르고	山屛如畵繞庵靑
윗자리는 절반이 넘게 백발이 성성하네	上座半多白髮星
고사의 시 이야기는 꽃을 피우는 듯하고	高士詩談花欲吐
선생의 강연은 대나무 향을 남기네	先生講跡竹餘馨
육통221)의 불교는 마음의 탑을 맑게 하고	六通佛敎淸心塔
세 번 씻는 선방222)은 뼛속까지 시원하도다	三洗仙方爽骨汀
칠월의 기이한 유람에 오늘은 말복이지	七月奇遊今末伏
개장국으로 배에 기름칠하니 술이 깬 얼굴이네	狗羹腹潤酒顔醒

벗 이와 석별하다 惜別李友

만남도 기이한데 이별도 기이해라	逢亦可奇別亦奇
기이하게 뒷날에 다시 만나길 기약하네	奇爲他日更逢期
꽃은 더운 여름에 피어 시 짓는 붓에 오르고	花生炎夏題詩筆
별은 새벽하늘에 흩어져 바둑판에 가득하네	星散曉天滿局碁
구름 걸린 나무223) 한낮 가지에서 귀뚜라미 울어대고	雲樹午枝寒蛩咽
시냇가에서 삼십 리 걸리는 길을 말을 타고 간다네	溪程一舍去驂騎
올해는 나아진 것이 전년보다 좋아졌으니	今年有進前年勝
먹고 입으며 공부하는데 어찌 더디다 하는가	喫着工夫豈曰遲

---

220) 파적 : 파적(破的)은 과녁에 적중시키는 것, 또는 요점을 찔러 정확하게 말하는 것을 의미한다.

221) 육통(六通) : 부처와 보살이 정혜(定慧)의 힘에 의해 시현하는 6종의 무애자재(無礙自在)한 묘용(妙用)으로, 육신통(六神通)이라고도 한다. 신족통(神足通), 천이통(天耳通), 타심통(他心通), 숙명통(宿命通), 천안통(天眼通), 누진통(漏盡通)으로 되어 있다.

222) 선방 : 선술(仙術) 즉 신선이 행하는 술법을 가리킨다.

223) 구름 걸린 나무 : 원문은 '운수(雲樹)'인데 이는 벗을 그리워하는 마음을 가리킨다. 두보(杜甫)의 <춘일억이백(春日憶李白)>이라는 시에서 "위수 북쪽엔 봄 하늘에 우뚝 선 나무, 강 동쪽엔 저문 날 구름 [渭北春天樹 江東日暮雲]"라고 한 데서 유래하였다.

우연히 읊다 偶吟

만 리의 구름이 걷혀 하늘의 문이 열리니[224]	雲收萬里開乾門
좋은 달은 오늘밤이 대보름보다 낫구나	好月今宵勝上元
담장 아래 뽕나무 가지는 바람에 뜻을 펴고	墻下桑枝風發意
울타리 가의 박은 빗물의 은혜에 젖는구나	籬邊匏乘雨霑恩
한가로운 갈매기와 훌륭한 노인의 기심 잊은 바위[225]와	鷗閑穎老忘機石
물고기 기른 정공과 채리의 동이라네.[226]	魚養程公蔡理盆
늙어가며 탄식하니 내게는 두터운 덕이 없는데	老去嗟吾無厚德
무슨 방도로 체득하여 대지에 실을 것인가	何由體得載輿坤

몸을 서재에 감추고 마음 편히 쉬면서	身藏書室遊息焉
신미년에 거꾸로 계미년을 미루어보네[227]	辛未逆推癸未年
지금의 세상 인심 옛날이 아니니	今者世情非曾者
이미 그러한 나의 일이 -원문 1자 판독 불능-[228]	已然我事驗▨然
밝은 달을 맞을 때마다 좋은 벗을 생각하니	每迎明月思良友
평온한 꿈 흰 구름에 늙은 신선 누웠더라	穩夢白雲臥老仙
근심 즐거움 치욕 영예 만날 곳이 어디인가	憂樂辱榮逢處可
마음을 속이며 어찌 하늘이 두렵지 않으리	欺心寧不畏皇天

---

224) 열리니 : 원문에는 '閈'로 되어 있는데 확인되지 않는 글자이다. 문맥으로 보아 '開'로 바로잡아 번역했다.

225) 기심 잊은 바위 : 바닷가에 사는 사람이 매일 아침 수백 마리의 물새와 벗하며 어울려 노닐었는데, 그의 부친이 자기가 데리고 놀 수 있도록 잡아 달라고 부탁하자, 그다음 날 아침에는 한 마리도 내려와 앉지 않았다는 이야기가 ≪열자(列子)≫ <황제(黃帝)>에 나온다. 기심(機心)은 자기의 사적인 목적을 이루기 위하여 교묘하게 꾀하는 마음을 말한다.

226) 물고기……동이라네 : 정공(程公)과 채리(蔡理)가 어떤 인물을 가리키는 듯한데, 관련되는 고사가 확인되지 않는다.

227) 신미년에……미루어보네 : 신미년은 1871년(고종8)으로 회와가 49세때이고, 계미년은 1883년(고종20)으로 회와가 회갑이 되는 해이다. 아마도 이 시는 신미년이 지으면서, 다가올 계미년을 미리 미루어본다는 의미인 듯하다.

228) 이미……일이 : 원문은 '已然我事驗▨然'인데 '驗'과 '然'도 판독할 수 없는 글자와의 관계를 알 수 없어 번역하지 않았다.

서양인의 난리 때 짓다 洋亂時

초야 백성은 궁핍 생각보다 나라 걱정이 먼저	野民計乏國憂先
채소 반찬만 오십년인 줄 비로소 깨달았네	始覺素餐五十年
성군께서 무위229)하며 지금 위에 계신데	聖主無爲今在上
먼 곳의 오랑캐는 무슨 일로 감히 변방을 침공하나	遠夷何事敢侵邊
모신들은 북궐에서230) 계책을 논의하고	謀臣北闕紆籌議
전사들은 서강에서 칼을 베고 잠들었네	戰士西江枕釰眠
어떻게 당나라 이광필의 손을 빌려231)	焉得大唐光弼手
유연을 격파하듯232) 서양인의 난리를 쓸어버릴까	掃洋亂若破幽燕

밤비 夜雨

소리는 옥 이슬이 금 쟁반에 떨어지듯	聲如玉露落金盤
시인의 뜻을 만 갈래로 끄집어내네	挑出詩人意萬端
온 땅에 가득 바닷물 소리 밤새도록 들리고	滿地海潮終夜聽
구름 너머 은하수는 어두운 하늘에 보이네	隔雲河漢暗天看
복은 기운을 거두니 삼복의 더위이고	伏爲收氣三庚暑
바람은 권세를 부리니 유월의 추위라네	風與用權六月寒
어찌 기쁜 얼굴로 천하를 가릴 겨를이 있을까233)	豈暇歡顔天下庇

---

229) 무위(無爲) : 유가(儒家)에서, 어진 인재를 등용하여 백성을 덕으로 교화하는 것을 이르는 말이다.

230) 모신들은 북궐에서 : 모신(謀臣)은 국가의 중요한 정책을 결정하는 과정에 참여하는 중신(重臣)들을 가리킨다. 북궐(北闕)은 경복궁(景福宮)을 동궐(東闕)인 창덕궁(昌德宮)과 서궐(西闕)인 경희궁(慶熙宮)에 상대하여 부르는 말이다.

231) 어떻게……빌려 : 이광필(李光弼, 708~764)은 중국 당(唐)나라 때 사람으로, 숙종(肅宗) 때 안녹산(安祿山)·사사명(史思明)의 반란을 평정하여 이름을 날렸다. 함께 공을 세운 곽자의(郭子儀)와 함께 이곽(李郭)으로 불렸다. 여기에서는 중국의 힘을 빌려서라도 양요(洋擾)를 평정하고자 하는 간절한 심정을 표현한 것이다.

232) 유연을 격파하듯 : 유연(幽燕)은 중국의 하북(河北) 및 요동(遼東) 지역을 말한다. 한족(漢族)과 북방 민족과의 싸움이 많았던 곳인데, 바로 안녹산(安祿山)이 이 지역에서 난(亂)을 일으켜 현종(玄宗)이 서쪽으로 피란하였다.

233) 어찌……있을까 : 두보(杜甫)의 <모옥위추풍소파가(茅屋爲秋風所破歌)>에 "팔월이라 한가

| 자기 집이면 일신을 포용하기 충분하다네 | 自家容得一身寬 |

회포를 읊다 詠懷

청구234)는 북으로 백두산에서 나와서	青邱北出白頭峰
남쪽으로 천지가 트여 맑은 기운 모였네	南坼乾坤淑氣鍾
나라의 교화는 단군과 기자로 천년을 이어가고	邦化檀箕千年繼
스승의 계보는 안향과 설총235) 한 근원이 중하네	師門安薛一源重
지금껏 문물은 중화를 칭하지만	尙今文物稱中華
예로부터 민요는 세속이 모범이지	自古風謠範俗容
이 땅에서 이 생애에 헛되이 늙었으니	此地此生虛作老
모두 평소에 마음가짐 나태하기 때문이지	摠由平日做心慵

달을 읊다 詠月

오는 것에 기약이 있다면 가장 쉽게 구하니	來若有期最易求
어찌 꼭 이백이 유주에 내려야할까236)	何須李白下榆州
시장에는 손님 많아 시끌벅적 도로 산을 희롱하니	市多囂客還山弄

을에 바람이 거세게 불어, 우리 지붕 세 겹 띠 이엉을 다 말아 갔네.……침상마다 새어 든 빗물로 마른 곳이 없는데, 삼대 같은 빗줄기는 영 끊이질 않누나. 상란을 겪은 뒤로는 잠이 절로 적어졌으니, 축축한 자리에서 기나긴 밤을 어이 지샐꼬. 어떻게 하면 천만 칸의 너른 집을 얻어, 천하의 한빈한 선비를 다 가려 주어 모두 기쁘게 하고, 비바람에도 끄떡없이 산처럼 안온하게 할꼬. 아 언제나 눈앞에 우뚝 이런 집을 보게 될거나. 내 집이야 부서져 내 얼어 죽어도 만족하리라. [八月秋高風怒號 卷我屋上三重茅……牀牀屋漏無乾處 雨脚如麻未斷絶 自經喪亂小睡眠 長夜沾濕何由徹 安得廣廈千萬間 大庇天下寒士俱歡顔 風雨不動安如山 嗚呼 何時眼前突兀見此屋 吾廬獨破受凍死亦足]"라고 하였다.

234) 청구 : 예전에 중국에서 우리나라를 이르던 말이다. 청구(青邱)는 청구(青丘)로도 표기하는데, 우리나라가 중국의 동쪽에 있고 동방은 오행(五行)에서 청색이기 때문에 이렇게 칭한 것이다.

235) 안향과 설총 : 문묘(文廟)에 공자(孔子)를 주벽(主壁)으로 하여 중국의 성인들과 우리나라의 18현이 종사(宗祀)되고 있는데, 그 중에 설총(薛聰)과 안향(安珦)이 포함되어 있다.

236) 어찌……내려야할까 : 당나라의 시인 이백(李白)의 달과 관련된 고사는 많이 있지만, 유주(榆州)가 무엇을 가리키는지는 확인되지 않는다.

사람들은 내가 적막한 숙소를 비치는 줄 모르지	人不知吾照館幽
밝음은 선생에서 나오니 제나라 바다의 밤이고[237]	明出先生齊海夜
광채는 처사를 높이니 진나라 산의 가을이네	輝揚處士晋山秋
주인은 오늘밤의 즐거움을 한껏 얻었으니	主人最得今宵樂
마을 서쪽 물가 누각 근처에 높이 누웠네	高臥村西近水樓

수박에 운을 맞추다 西苽韻

태극이 나뉘지 않은 태현의 상이라네[238]	太極未分象太玄
지극한 이치는 앉아서 태고 때 거문고를 뜯는 것	至理坐彈太古絃
바람 소리 기다리듯 둥근 덩어리 빌렸으니	擬待鳴風圓塊假
하늘에 매달린 보름달이 이지러질까 두려워	恐虧盈月上天懸
모양은 붉은 열매와 같으니 으뜸임을 알겠고	形如丹實知其覇
빛깔은 푸른 복숭아에서 취했으니 신선이 먹네	色取碧桃食者仙
절하며 우리 임금께 바칠 만큼 참맛을 갖추었으니	拜獻吾王眞味具
비단처럼 이어진 주나라 보록[239]같이 천년을 영원하소서	錦錦周籙永千年

연미시 聯

| 소년 때의 서책을 늙어서 어루만지니 | 少年卷袠老時摩 |

---

237) 밝음은……밤이고 : 중국 전국시대 제(齊)나라의 고사(高士)인 노중련(魯仲連)의 고사이다. 그가 조(趙)나라에 가 있을 때 진(秦)나라 군대가 조나라의 서울인 한단(邯鄲)을 포위했는데, 이때 위(魏)나라가 장군 신원연(新垣衍)을 보내 진나라 임금을 천자로 섬기면 포위를 풀 것이라고 하였다. 이에 노중련이 "진나라가 방자하게 천자를 참칭(僭稱)한다면 나는 동해에 빠져 죽겠다." 하니, 진나라 장군이 이 말을 듣고 군사를 후퇴시켰다 한다. 다음 구절의 진(晉)나라 산과 관련한 고사는 확인되지 않는다.《史記 卷83 魯仲連列傳》

238) 태극이……상이라네 : 태극(太極)은 하늘이 나누어지기 이전 혼돈 상태의 기(氣)를 가리킨다. 태극이 움직여 음양(陰陽)으로 분화하고, 음양이 사상(四象)을 낳음으로서 갖가지 자연현상이 나타난다고 한다. 태현(太玄)은 심오하고 현묘(玄妙)한 도리를 가리킨다.

239) 보록(寶籙) : 전설에 봉황이 전후로 황제(黃帝)와 요제(堯帝)에게 가져다 주었다는 도록(圖籙)을 가리키는 말로, 왕위를 계시(啓示)하는 천명(天命)을 상징한다.

손에서 책을 놓지 않아야 저절로 성취되지	手不釋時自琢磨
돌의 품질은 남방에 바윗돌이 쌓여있고	石品丙丁山骨蓄
밭의 품질은 황백색으로 풍토와 어울리네	田分黃白土風和
삼가고 경계하니 입속을 봉한 금인의 사당이요240)	口中愼戒緘金廟
달빛 아래 물을 거스르니 학문 바다의 물결이네	月下溯流學海波
겉으로는 어미닭 되려하나 마음엔 욕망만 일고	皮欲成鷄心欲抣
곡조 하나에 붙이니 세신의 박랑사241)라네	付之一曲世浪沙

추위를 괴로워하다 惱寒

천지의 눈바람 살갗을 차갑게 찌르는데	天地雪風冷砭肌
양원242)에서 누가 아우가 추운지 모를까	梁園孰不弟寒知
벽에 매단 초동243)에서 소리 나는 밤이요	焦桐懸壁生聲夜
찢어진 창호지 울어대듯 떨어대던 때이지	破紙鳴牕習戰時
대롱의 재244)는 봄철의 화창한 기운을 기다리고	灰管三春和氣待

---

240) 삼가고……사당이요 : 공자(孔子)가 후직(后稷)의 사당에 들어가니 금인(金人)이 있는데 그 입을 세 겹으로 봉했으며, 등 뒤에는 "옛날에 말을 조심하던 사람이다." 라고 새겨 있었다고 한다.

241) 세신의 박랑사 : 세신(世臣)은 여러 대를 중요한 지위에 있으며 왕가를 섬기는 신하를 가리킨다. 장량(張良)은 처음에는 한(韓)나라 사람으로 아버지와 할아버지가 모두 한나라에 5대를 걸쳐 정승을 지낸 세족이었다. 진(秦)나라가 한나라를 멸망하자, 그 원수를 갚으려고 창해역사(滄海力士)라는 힘센 장사를 시켜 진시황이 지방을 순행하면서 박랑사(博浪沙)를 지날 때에, 모래 속에 엎드렸다가 별안간 일어나서 큰 철퇴로 진시황이 탄 마차를 쳐부수었지만 불행히도 그것은 진시황이 탔던 마차가 아니고 수행원의 수레였다. ≪史記 卷55 留侯世家≫

242) 양원 : 양원(梁園)은 한(漢) 나라 양효왕(梁孝王) 유무(劉武)의 정원으로 토원(兎苑)이라고도 한다. 남조(南朝) 송(宋)나라의 사혜련(謝惠連)이 이 정원의 설경을 배경으로 설부(雪賦)를 지으면서부터 설원(雪園)이라는 별칭을 갖게 되었다.≪史記 卷58 梁孝王世家≫

243) 초동 : 초동(焦桐)은 후한(後漢) 채옹(蔡邕)이 만들었다는 거문고의 이름이다. 채옹이 오(吳)나라에 갔을 적에, 어떤 사람이 밥 짓는 부엌에서 오동나무가 타는 소리를 듣고 그것이 좋은 나무라는 것을 알아채고는 타다 남은 나무를 얻어 명금(名琴)을 만들었는데, 이 거문고의 꼬리 부분에 타다 남은 흔적이 있었으므로 당시 사람들이 초미금(焦尾琴)이라고 불렀다는 고사에서 비롯된 것이다.≪後漢書 卷60上 蔡邕列傳≫

244) 대롱의 재 : 옛날에 갈대의 줄기에 있는 얇은 막을 태워서 그 재를 각각 12 율려(律呂)에 해당하는 대롱 [管] 속에 넣은 다음에 밀실(密室)에 놔두고 기후를 점쳤는데, 하나의 시절이 도래

홍로[245] 속 눈 한 점처럼 아름다운 기예를 생각하네 　　洪爐一點美工思

사물 속의 괴로움과 즐거움 사람이 어찌 한탄하리 　　物中苦樂人何恨

사나이 노래 뒤에 노나라 노인[246]을 기약하네 　　男子歌餘魯老期

늙은 살구나무에 운을 맞추다 老杏韻

옛 사람이 이 나무를 심고 이 마을에 살았네 　　古人種此此村居

마릉에 들어가지 않고 깎아서 흰 면에 글씨를 썼지[247] 　　不入馬陵斫白書

꾀꼬리 지저귀며 봄을 부르니 잎이 빽빽이 나고 　　鶯語喚春生葉密

두루미 날며 눈밭을 지나니 늙은 가지가 듬성하네 　　鶴翎過雪老枝疎

마을 깊숙이 절도사 공을 이룬 뒤이고 　　坊深節度成功後

공자님 단을 쌓고 예법을 배우던 초기라네 　　壇築宣尼習禮初

만 팔천년 장수하고 베지 말라 노래했네[248] 　　壽萬八千歌勿伐

하면 그 시절의 율려에 해당하는 대롱 속의 재가 풀썩 일어나며 반응하여 그 계절이 돌아온
것을 알려 주었다고 한다. ≪漢書 卷21上 律曆志上≫

245) 홍로洪鑪 : 홍로는 큰 용광로로 만물을 생성하는 본원을 말한다. ≪장자(莊子)≫ <대종사
(大宗師)>에 "지금 천지를 큰 용광로로 생각하고 조물주를 훌륭한 야금장이라고 생각한다
면 어디를 가든 안 될 것이 있겠는가." 하였다.

246) 노나라 노인 : 춘추시대 노(魯)나라 출신인 공자(孔子)를 가리키는 것으로 보인다.

247) 마릉에……썼지 : 전국시대(戰國時代) 제(齊)나라의 군사(軍師) 손빈(孫臏)이 조(趙)나라를
구원하기 위해 위(魏)나라로 쳐들어가면서 마릉(馬陵)에 이르러 나무를 깎아 하얀 면이 드러
나게 한 다음 그 나무에 "방연(龐涓)이 이 나무 밑에서 죽을 것이다."라는 글을 써 놓고 좌우
에 궁노수(弓弩手)를 매복시켜 두었다. 제가 위로 쳐들어왔다는 소식을 들은 위의 장군 방연
은 조나라 공격을 포기하고 급히 위로 달려와 저물녘에 마릉에 당도하여 나무에 글이 쓰여
있는 것을 보고 불을 비추어 읽으려 하는데 채 읽기도 전에 매복한 궁노수들의 기습을 받아
패사(敗死)하였다. ≪史記 卷65 孫子吳起列傳≫

248) 만 팔천년……노래했네 : ≪십팔사략(十八史略)≫ <태고(太古)> 첫머리에 천황(天皇), 지황
(地皇), 인황(人皇)의 설명이 실렸는데, 원문은 다음과 같다. "천황씨는 목덕(木德)으로 왕이
되어 인월(寅月)로 정월을 삼아 다스림을 베풀지 않고도 저절로 감화되었으니, 형제 12인이
각각 1만 8천 세를 다스렸다. 지황씨는 화덕(火德)으로 왕이 되어 형제 11인이 각각 1만 8천
세를 다스렸다. 인황씨는 형제 9인이 구주를 나누어 다스렸으니, 무릇 150세대에 도합 4만
5600년이다."천황씨는 목덕으로써 왕이 되어 해를 섭제에서 일으키고 백성들은 자연히 교
화되었는데 형제 12인이 각각 1만 8천 세를 누렸다." 한편≪시경(詩經)≫ <소남(召南) 감당
(甘棠)>에서 "무성한 저 감당나무 가지를 자르지 말고 베지 말라. 우리 소백이 초막으로 삼

천황의 목덕은 성대하고도 아름답구나   天皇木德盛猗歟

윤영욱·박원태와 화답해 운을 맞추다 與尹永郁朴源泰和韻

두 손님의 문장은 온 고을보다 낫다네   二客文章一邑加

행단에 있는 주인집을 서로 찾았지   相尋壇杏主人家

하늘의 시샘 더욱 차가워 겨울에 눈도 안 내리고   天嫌尤冷冬無雪

달은 밝음을 더하려 밤안개를 거두네   月欲增明夜捲霞

거친 술이나마 들면서 흉금을 터놓고   雖拙酒因襟意濶

가난하지만 시에서는 미사여구 펼친다네   以貧詩獨錦心奢

이제 자네들과 함께 이 해를 보내지만   今君共與今年去

금옥 같은 그 소리는 다시 멀게 하지 마소서   金玉其音更不遐

뉘우치며 짓다 悔題

나는 천지간에 나서 동방에서 길러졌는데   我生天地養生東

또 밝은 성군을 맞았으니 풀을 눕히는 바람이라   又值聖明偃草風

이따금 신령 내려와 산이 겹겹 푸르고   往往降神山積翠

아침마다 상서로움 맺혀서 붉은 해를 맞이하네   朝朝凝瑞日迎紅

세속의 노래 천리에 사람은 순박하고   俗謠千里人純古

사물의 이치 양단 가운데 선비는 중도를 택하네   物理兩端士執中

이 몸이 이 땅에 사는 것이 스스로 부끄러우니   自媿此身居此土

나이 이제 지극히 늙었는데 학문은 오로지 텅 비었구나   年今至老學專空

으셨던 곳이니라. [蔽芾甘棠 勿翦勿伐 召伯所茇]"라는 구절이 있다. 이 시는 주(周)나라 문왕
(文王)과 무왕(武王) 때의 명재상인 소공(召公)이 지방을 순행하며 정사를 베풀 적에 감당나
무 아래에서 쉬어 갔으므로 백성들이 소공의 선정을 사모하여 소공이 쉬어간 나무도 차마
손상하지 못함을 읊는 것인바, 이후 지방 수령의 선정을 이르는 말로 쓰이게 되었다.

작별하며 천오 박원태에게 주다 贈別泉悟朴源泰

애써 거문고 쥐고 눈 덮인 누각을 오르니	強把瑤琴上雪樓
바다와 산 세 번 겹치니 우뚝 솟아 흐르네	海山三疊峙而流
구름이 돌아가는 길손 따르니 생활이 만족스럽고	雲隨歸客居生足
바위가 사람 전송할 줄 아니 절하며 머리 끄덕이네	石解送人拜點頭
술잔은 함께 즐기던 날에 가장 깊었고	盃酒最深同樂日
문장은 공을 세울 때를 기다린다네	文章留待立功秋
석별의 정으로 만나자는 약속 거듭 맺으니	離情更結重逢約
이월에 봄바람 맞으며 경치 좋은 곳에서 노니세	二月春風勝地遊

글 읽던 젊은이들을 보내다 送讀書諸少

이별의 뜻으로 옥병에 좋은 술 가져왔는데249)	別意玉壺美酒攜
아녀자처럼 불그레한 뺨으로 흐느끼니 도리어 부끄러워	還羞兒女頰紅啼
봄바람의 기상은 일찍이 봉황 거처했던 곳이고	春風氣像居曾鳳
새벽까지 공부하며 순임금의 닭 울음을 들었다네250)	晨夜工夫聽舜鷄
당을 열어 문인들이 석 달 동안 강학을 하였으니	堂闢文人三月講
깊은 산에 처사들이 백 년 동안 머물렀던 곳이라네	山深處士百年樓
좋은 벗을 훗날에 어디에서 얻을까	良朋他日何處得
북도 아니고 동도 아니고 서쪽에 자리 잡으리	非北非東卜在西

섣달 그믐날 밤 除夕

| 신사년251) 보내고 임오년 돌아오니 | 歲辛巳去歲壬歸 |

---

249) 이별의……가져왔는데 : 이백(李白)의 시 광릉증별(廣陵贈別)에 "옥병에 좋은 술을 사서 담아, 몇 리를 배웅하여 가는 그대를 보내네.[玉甁沽美酒 數里送君還]"라고 하였다.

250) 새벽까지……들었다네 : 맹자(孟子)가 이르기를 "닭이 울면 일어나서 부지런히 부지런히 선행(善行)을 하는 자는 순(舜)임금의 무리이다,"라고 하였다.≪孟子 盡心上≫

251) 신사년 : 신사년은 1881년(고종18)으로 회와가 59세때이다.

선천의 역수가 한 차례 돌았다네252)　　　　　　　　曆數先天運一機

폭죽의 옅은 연기 저녁 그림자를 가리고　　　　　　爆竹淡烟迷夕影

동해바다 솟는 새해 아침 햇빛 기다리네　　　　　　扶桑新旭待朝輝

어릴 적 마음은 청춘 다하지 않을 줄 알았는데　　　少時心不靑春盡

공의 머리에 어찌하여 백발이 흩날리나　　　　　　公道頭何白髮飛

마흔 아홉은 지금 갑자기 깨달은 것 아닌데253)　　　四十九非今忽覺

밤새워 백주254) 마시며 반쯤 살짝 취했다네　　　　終宵柏酒半釂微

설날 아침 元朝

책력의 햇수로 임오년255)이 되었으니　　　　　　　曆家年紀在壬午

새벽에 의관 정제하고 바르게 꿇어앉았네　　　　　曉整衣冠跪坐端

만물이 태어나는 봄은 오늘이 시작이지　　　　　　萬物春生今日始

북두성 자루 인방256)이니 하늘을 올려 보네　　　　七杓寅次上天觀

새해 맞으면 본래 아름다운 천명이 이르니　　　　迎新自有休膺至

어르신 공경하고 -원문 1자 판독 불능- 예의가 너그럽지257)　　敬長▨非禮意寬

---

252) 선천의……돌았다네 : 새해인 임오년은 1882년(고종19)으로 회와가 60세가 되는 해이므로
　　이러한 언급을 한 것이다. 역수(曆數)는 천체의 운행과 기후의 변화가 철을 따라서 돌아가는
　　순서를 가리킨다. 일찍이 복희(伏羲)의 선천도(先天圖)와 문왕(文王)의 후천도(後天圖)가 있
　　었는데, 송(宋)나라 상수학자(象數學者) 소옹(邵雍)이 이를 바탕으로 선천 팔괘도(先天八卦
　　圖)와 후천 팔괘도(後天八卦圖)를 그렸다.《皇極經世書 心易發微》

253) 마흔 아홉은……아닌데 : 문맥상 '四十九'를 나이로 보아 이렇게 번역했는데, 이때 회와의 나
　　이는 59세이다. 착오인지 아니면 다른 의미가 있는지 알 수 없다. 한편 뒤에 이어진 시는
　　1882년(고종19) 임오년의 시인데, 이때는 회와가 60세 때이다.

254) 백주(柏酒) : 잣나무의 잎을 담가 우려낸 술로, 백엽주(柏葉酒)라고도 한다. 새해 아침에 조상
　　을 숭배하며 제사를 지내거나 가장(家長)에게 축수(祝壽)할 때 초주(椒酒)와 백주를 올린 고
　　대 풍습이 있었다.

255) 임오년 : 임오년은 1882년(고종19)으로 회와가 60세때이다.

256) 인방(寅方) : 이십사방위의 하나로 동북(東北)에서 남으로 15도 방위를 중심으로 한 15도 각
　　도 안의 방향이다.

257) 어르신……너그럽지 : 원문은 '敬長▨非禮意寬'인데, '非'도 판독할 수 없는 글자와의 관계를
　　알 수 없어 번역하지 않았다.

초화송258)이 넘치고 백엽주를 따르네 　　　　頌溢椒花斟柏葉

다시 점치니 풍년이 들고 이 몸도 편하리라 　　　更占豊樂此身安

벗 양의 환갑잔치에 차운하다 임신년259) 1월 16일 次梁友晬宴韻 壬申正月旣望

명협260) 꺾어 점을 쳐서 처음 태어나 　　　　　折蓂籌得厥初生

2만 1천 6백일이 되었네 　　　　　　　　　二萬一千六百成

상락의 산이 깊으니 신선이 자취 숨겼고261) 　　商洛山深仙跡隱

요구에 해가 뜨니 노인이 노래하며 밭을 가네262) 　堯衢日出老歌耕

때는 정월을 맞았으니 동황263)이 아름답고 　　時迎正月東皇嘉

술은 칠성을 당기니 북두성의 술잔이라 　　　酒挹七星北斗觥

아우 조카 아들 손자가 무엇을 축원할까 　　　弟姪子孫何所祝

구련처럼 장수하며264) 천하태평 기원하지 　　　龜蓮遐壽格天平

---

258) 초화송(椒花頌) : 진(晉) 나라 유진(劉臻)의 처 진씨(陳氏)가 조정에 바친 신년 축하 시를 말하는
데, "하늘이 한 바퀴 돌아, 이제 정월 초하루. 봄날의 광휘(光輝) 흩뿌려지며, 맑은 경물(景物)
새로워라. 빼어나게 아름다운 신령스런 꽃, 따다가 조정에 바치옵니다. 성상의 기용(氣容) 이
꽃에 조응(照應)하여, 길이 만년토록 사시옵소서. [旋穹周廻 三朝肇建 靑陽散輝 澄景載煥 標美
靈葩 爰採爰獻 聖容映之 永壽於萬]"라는 내용으로 되어 있다. ≪晉書 列女傳 劉臻妻陳氏≫

259) 임신년 : 임신년은 1872년(고종9)으로 회와가 50세때이다.

260) 명협(蓂莢) : 중국 요(堯)임금 때 났었다는 전설상의 상서로운 풀이다. 초하루부터 보름까지
하루에 한 잎씩 났다가, 열엿새부터 그믐까지 하루에 한 잎씩 떨어지고, 작은달에는 마지막
한 잎이 시들기만 하고 떨어지지 않았다 한다. 이것으로 날짜를 계산했으므로 역협(曆莢) 즉
달력 풀 또는 책력 풀이라고도 하였다.

261) 상락의……숨겼고 : 산속에서 은거하며 지냈다는 뜻이다. 자지는 자색이 도는 고사리로, 진
(秦)나라 말기에 동원공(東園公), 녹리선생(甪里先生), 기리계(綺里季), 하황공(夏黃公)이 진나
라의 학정을 피하여 상산(商山)에 들어가 숨어 살았는데, 그들이 부른 노래에 이르기를 "아득
하고 아득히 먼 상락 지역에 이르니, 깊고 깊은 산골짜기 길게 뻗었네. 반짝이며 빛을 내는 고
사리 잎새, 굶주린 배 채우기에 충분하다네. [漠漠商洛 深谷威夷 曄曄紫芝 可以療飢]" 하였다.

262) 요구에……가네 : 요구(堯衢)는 요(堯)임금의 강구(康衢)를 뜻한다. 강구는 사통팔달(四通八
達)로 뚫린 큰 거리이다. 요임금이 천하는 잘 다스려지는지, 또 백성들은 자신을 임금으로
모시기를 원하는지 알고 싶어서 미복(微服) 차림으로 강구에 나갔더니, 한 노인이 격양가를
불렀다고 하는데, 그 내용은 이러하다. "해가 뜨면 나가서 일하고 해가 지면 돌아와서 휴식
하며, 우물 파서 물 마시고 밭 갈아서 먹으니, 제왕의 힘이 나와 무슨 상관 있으랴."

263) 동황 : 동황(東皇)은 봄을 관장하는 신을 가리킨다.

나라 이름을 가지고 술회하다²⁶⁵⁾ 以國名述懷

평생토록 한 형주 알기²⁶⁶⁾를 원치 않았지만	平生不願識韓荊
감히 추현이 멀리 양 혜왕 만나보길 바라네²⁶⁷⁾	敢望鄒賢遠見梁
타고 나길 처음부터 재주가 노둔했으며	天賦厥初才莽魯
사람 마음 태반이 황당한 이야기였지	人情太半說荒唐
시경 서경 익히고 진나라 초나라를 거쳤으며	詩書講得經秦楚
충성 공경 아울러 행하며 하나라 상나라 숭상하지	忠敬兼行尙夏商
만고의 스승은 한 사내를 남겼으니	萬古師門餘一漢
지금껏 가을달이 연못 맑게 비춘다네	至今秋月照潭明

이황종이 태인에서 와서 하룻밤 묵으며 6수를 화답해 운을 맞추다

李潢鍾自泰仁來留宿一宵和韻六首

좋은 손님 맞이하여 주인의 대에 올랐으니	好賓迎上主人坮
네 해를 깊이 기약하여 2월에 오셨다네	四歲深期二月來
종악은 소리를 머금고 -원문 1자 판독 불능- 에 걸려있고	鍾嶽含聲懸在▨
시산은 율격을 전하니 구석에 떨어지지 않았네	詩山傳律隔非隈
벗이 즐거우니 봄기운은 꽃을 피우려하는데	樂朋春意花將發
하늘의 마음 당겨 담으니 비가 개지 않네	挽容天心雨不開

---

264) 구련처럼 장수하며 : 송(宋)나라 주희(朱熹)가 어머니의 생신날 축수한 시 <수모생조(壽母生朝)>에서 "구련을 올려 천년의 수를 기원하고 영원히 부조로 하여금 한 집안을 풍요롭게 하게 하네. [願上龜蓮千歲壽 永令鳧藻一家肥]"라고 하였다. 여기에서 '구련'은 천년을 사는 거북이가 연잎 위에서 논다는 뜻으로 장수를 상징한다.

265) 나라……술회하다 : 이 시는 각 구의 마지막 글자를 '荊·梁·魯·唐·楚·商·漢·明' 등 모두 역대 중국의 나라 이름으로 맞추었다. 까닭에 이러한 제목을 붙인 것이다.

266) 한 형주 알기 : 훌륭한 현인을 만난다는 뜻이다. 당(唐)나라 원종(元宗) 때 사람인 한조종(韓朝宗)이 형주 자사(荊州刺史)일 때 이백(李白)이 그에게 보낸 편지에, "살아서 만호후(萬戶侯)에 봉해질 것이 아니라 다만 한 번 한 형주를 알기를 원한다." 한 데서 유래하였다.≪古文眞寶 後集 卷2 與韓荊州書≫

267) 감히……바라네 : 추현(鄒賢)은 추(鄒)나라 출신의 현인인 맹자(孟子)를 가리킨다. 맹자가 양 혜왕(梁惠王)을 만나 의리를 논하는 내용이 ≪맹자(孟子)≫에 나온다.

오성은 어느 밤에 규수의 궤도에 모였나268)　　　五星何夜奎躔聚

술잔 들어 자네의 중후한 재주를 축하하네　　　舉酒賀君蘊藉才

여름 석달 공부는 지금부터 시작이니　　　三夏做工始自今

늙어서도 게을리 않고 경전의 숲에 의탁하네　　　老年不懈托經林

바다와 산 밤에 움직여 사람의 마음을 만나고　　　海山夜動逢人曲

하늘과 땅 봄에 돌아와 사물의 마음을 품었네　　　大地春回孕物心

만고에 밝아지니 달이 비추고　　　萬古明來金鑑照

둘의 마음 기울이니 옥병이 깊어지네　　　兩情傾到玉壺深

동풍 불면 2월에 요부269)가 나오고　　　東風二月堯夫出

곳곳에서 기운 차린 새들이 먼저 우네　　　處處先鳴得氣禽

사물마다 봄의 마음 그림 속에 밝으니　　　物物春心畫裡明

약속했던 시인을 여기에서 밝게 맞네　　　有期詞客此明迎

산수를 걱정하는 이는 시 짓는 흥취를 돋우고　　　憂之山水挑詩興

제호270)를 울리는 이는 술 마시는 정을 아는 구나　　　鳴者醍醐識酒情

세월은 -원문 1자 판독 불능- 바람과 함께 춤추고271)　　　▨柳光陰風與舞

꽃을 아끼는 신세는 비 온 뒤 새로 개었네　　　惜花身世雨新晴

더구나 3월을 맞아 지금 초 9일이니　　　況當三月今初九

천지의 중간에서 나의 삶을 즐기노라　　　天地中間樂我生

---

268) 오성은……모였나 : 상서로운 일들이 한꺼번에 일어나면서 문운(文運)이 열리기 시작했다는
　　말이다. 금(金)·목(木)·수(水)·화(火)·토(土)의 다섯 별이 한 방향으로 동시에 출현하는 천문 현
　　상을 오성 연주(五星連珠)라고 하는데, 옛날에는 이를 대단한 상서(祥瑞)로 받아들였다. 규
　　수(奎宿)는 28수(宿)의 하나로, 문장을 주관하는 별의 상징으로 일컬어졌다.

269) 요부 : 요부(堯夫)는 송나라 소옹(邵雍)의 자(字)이고, 시호는 강절(康節)이다.

270) 제호(醍醐) : 소의 젖을 가공하여 정제하는 과정에서 나오는 가공품에는 유(乳)와 낙(酪)과
　　소(酥)와 제호(醍醐)의 네 단계가 있다. 그러므로 제호는 원래 최고급 수준으로 정제하여 가
　　공한 유제(乳製) 식료품을 가리키는 말이다. 여기에서 불가(佛家)에서 정법(正法)을 비유할
　　때 쓰기도 하고, 술을 의미하기도 한다. 여기에서는 술의 의미로 사용되었다.

271) 세월은……춤추고 : 원문은 '▨柳光陰風與舞'인데, '柳'도 판독할 수 없는 글자와의 관계를
　　알 수 없어 번역하지 않았다.

꽃 숲에서 종일토록 높은 누각에 앉아 葩林終日坐高軒

마디마디 시와 노래 의리를 논한다네 節節詩歌義以論

백부272)의 노래는 늦봄에 모임을 이루고 白傳吟成春暮社

소옹273)은 취해 누워 매일 술을 마시네 邵翁醉臥日哺罇

연못이 열리니 거울처럼 밝게 나를 비추고 方塘開鑑明吾照

앞길 달리는 수레는 더러 뒤집혀 경계 되지 前路驅車戒或飜

들판의 손님 장미, 산의 손님은 살구꽃 野客薔薇山客杏

동풍 부니 꽃들이 깊은 마을 빙 둘렀네 東風花事繞深邨

지팡이 짚고 물을 좇아 깊은 산에 들어오니 短節逐水入山深

속세의 선비가 변하여 도사의 풍모 이루었네 俗士幻成道士襟

나무꾼 노래 주고받으며 저녁노을을 타고 互答樵歌乘夕照

불교의 지관274)은 여전히 승려의 숲이라네 止觀佛敎尙緇林

3월에 새가 우니 맑게 운자에 화답하고 鳥啼三月淸和韻

동풍에 꽃이 피니 마음이 중후해지네 花發東風蘊藉心

늦봄에 한번 모이니 젊은이 늙은이 함께 하고 一禊暮春咸少長

난정에서 남긴 노래275) 모현암에서 읊는다네 蘭亭餘詠慕庵吟

짚신 신고 어제 시 읊던 곳 올라 바라보니 芒履登臨昨日吟

맑은 시냇물 움켜쥐고 속세의 마음을 씻네 掬歸淸澗洗塵心

푸른 솔잎 눈에 맞아 붓을 호호 불어 시를 짓고 蒼髥侵雪呵詩筆

---

272) 백부(白傳) : 만년에 태자 소부(太子少傳)를 지냈던 당(唐)나라 시인 백거이(白居易, 772~846)
의 별칭이다.

273) 소옹(邵翁) : 송(宋)나라의 학자 소옹(邵雍, 1011~1077)을 가리키는 말이다.

274) 지관(止觀) : 지(止)는 모든 번뇌를 끝내는 것이고, 관(觀)은 자기의 천진심(天眞心)을 관찰하
는 것이다. 참선을 통한 깨달음을 뜻한다. 망상을 쉬고 제법(諸法)의 실상(實相)을 관찰하는
불교 수행법으로, ≪법화경(法華經)≫을 소의경전(所依經傳)으로 하는 천태종(天台宗)에서
특히 강조한다.

275) 난정에서 남긴 노래 : 중국의 동진(東晉)의 명필 왕희지(王羲之)가 353년 계축년 늦봄에 회계
(會稽)의 난정(蘭亭)에서 열린 연회에 참석하여 글을 지었는데, 이것이 난정기(蘭亭記)이다.

큰 뱃속은 바람을 잔뜩 먹고 마음에 술을 뿌리네 　大肚飽風灑酒襟

밤비는 신통한 효과로 서맥을 노래하고276) 　夜雨神功歌瑞麥

봄꽃 소식 들리니 양지쪽 숲을 사랑하네277) 　春葩消息愛陽林

모래 주워 속리산 길 모두 세고 싶은데 　拾沙欲算離山路

삼천세계 불법의 바다278) 갈수록 깊어지네 　法海三千去去深

산방의 성대한 모임 기나긴 날을 보내고 　盛會山房永日消

빚을 진 채 침상으로 돌아와 맑은 밤에 앉았네 　債餘歸榻坐淸宵

봄여름 함께 공부하며 남긴 약속 분명하니 　硏同春夏明留約

호남 호서 떨어졌으니 길 얼마나 아득한가 　湖隔西南路幾遙

두견새 아래 나무에 삼월에 꽃이 피고 　三月花開鵑下樹

두루미 깃들 던 가지에 천년의 솔 늙었네 　千秋松老鶴棲梢

지인279)은 아무 일 없이 심오한 도리를 찾고 　至人無事探玄賾

보름 동안 바람을 타고280) 짧은 옷자락 날리네 　旬五御風短袂飄

---

276) 서맥을 노래하고 : 서맥(瑞麥)은 보리 한 대에 여러 이삭이 나오는 것을 말하는데, 태평 시대에 서맥이 생긴다고 한다. 송(宋)나라 진종(眞宗) 때 수주(壽州)에서 서맥을 올렸는데, 한 대에 다섯 이삭이 달려 있었다. 따라서 서맥송(瑞麥頌)이라 하면 태평성대를 칭송하는 뜻으로 쓰인다.

277) 봄꽃……사랑하네 : 중국 건녕부(建寧府) 숭안현(崇安縣)에 있는 무이산(武夷山)에 송(宋)나라의 유학자 주희(朱熹) 즉 주자(朱子)가 무이정사(武夷精舍)라는 강학(講學)의 장소를 조성하고 그 경내에 한서관(寒棲館)을 지었다. 그 곳에서 지은 <반초은조(反招隱操)>에서 "나는야 양지쪽 숲에 봄날의 붉은 꽃을 사랑하고 [我愛陽林春葩畫紅]"라 하였다.≪朱子大全 卷九 武夷精舍雜詠≫

278) 삼천세계 불법의 바다 : 삼천세계는 삼천대천세계(三千大千世界)를 말한다. 삼천대천세계는 경설(經說)에 소천(小千)·중천(中千)·대천(大千)의 구별이 있는데, 사대주(四大洲)·일월제천(日月諸天)을 합하여 하나의 세계가 되어 일천세계는 소천세계(小天世界)라 하고, 소천에 천 배를 더하면 중천세계라 하고, 중천에 천 배를 더하면 대천세계라 이름 한다.≪유마경(維摩經) 불국품(佛國品)≫불법의 바다는 원문에 '법해(法海)'라고 되어있는데, 불법(佛法)이 바다처럼 크다는 의미이다.

279) 지인 : 지인(至人)은 더 없이 덕이 높은 사람이라는 뜻으로, 도교(道敎)에서 이상적인 인간상을 가리킨다.

280) 보름……타고 : 중국의 전국시대(戰國時代)에 열자(列子)가 바람을 타고 돌아다니며 시원하게 잘 지내다가 보름 만에야 돌아왔다고 한다. ≪莊子 逍遙遊≫

천지는 아무 일 없어 텅 빈 누각에 누웠는데	乾坤無事臥空樓
달님과 좋은 벗이 이 밤에 묵는다네	月與好朋此夜留
물을 받아 정신 스스로 깨끗해지길 바라나	取水精神要自潔
꽃 피는 시절에 어찌 홀로 그윽할까	開花時節獨何幽
호서 지방 한쪽 구석에서 나고 자랐는데	生居一片湖西域
바다 밖 섬 속의 삼신산 신선 같네281)	仙似三山海外洲
부귀를 양보하니 도사에 해당하는데	富貴讓頭當道士
한가한 중에 사물 이치 자신을 돌이켜 찾네	閑中物理反身求

밤에 창가에 홀로 앉아 대화할 자 없음을 한탄하고 이어 〈대학〉과 〈동서명〉을 외우고 영대의 주인을 불러 이전 현인의 실학을 묻고 대답하며 이 운자를 이루다

獨坐夜牕歎無對討者因誦大學與東西銘而喚靈臺主人問答前賢之實學成此韻

늙어서 산창을 지키니 밤이 긴 줄 깨닫고	老守山牕覺夜長
온갖 시름 달래며 향을 피우며 앉았다네	遣消千慮坐焚香
말이 없으니 바로 금함처럼 조심하고282)	無言箇是金緘愼
홀로 거처하니 강하거나 질박 어눌이283) 무슨 상관이랴	獨處何妨木訥强
마음으로 장재의 동서명284) 생각하며 이와 기 추구하고	心上張銘推理氣
입으로 증자의 대학285) 외우며 강령과 조목을 정리하네	舌頭曾學統條鋼

---

281) 바다……같네 : 삼신산(三神山)은 봉래산(蓬萊山)·방장산(方丈山)·영주산(瀛洲山)을 말한다. 이 산들은 발해(渤海) 바다 가운데 있는데, 신선들이 살고 불사약(不死藥)이 있으며, 새와 짐 승이 모두 희고 궁궐이 황금으로 지어졌다고 한다.

282) 말이……조심하고 : 금함(金緘)은 쇠로 주조한 인형의 입이 봉함되어 있는 것으로, 입을 다 물고 함부로 말하지 않음을 이른다. ≪공자가어(孔子家語)≫ <관주(觀周)>에 "공자가 주나 라를 구경하실 적에, 마침내 태조(太祖)인 후직(后稷)의 사당에 들어가 보니 사당 오른쪽 섬 돌 앞에 쇠로 주조한 인형이 있는데, 그 입이 세 번 봉함되어 있고 그 등에 '옛날에 말을 조심 한 사람이다.'라고 새겨져 있었다."라고 한 데서 온 말이다.

283) 강하거나 질박 어눌이 : ≪논어(論語)≫ 자로(子路)에 "강하고 굳세고 질박하고 어눌한 것이 인에 가깝다." 하였다.

284) 장재의 동서명 : 중국 송나라의 유학자 장재(張載, 1020~1077)가 지은 좌우명인 동명(東銘) 과 서명(西銘)을 아울러 부르는 이름이다.

한가한 중 예와 오늘의 우리 유학 공부하며　　　　　　閒中今古吾儒事
영대의 주인을 불러서 묻고 대답해 본다네　　　　　　喚主靈坮問答嘗

문산 류 선비에 화답해 두 수의 운을 맞추다 和文山柳雅韻二首

문장에는 양보 못하는 손님 있으니　　　　　　有客於文不讓頭
초면에 묻는 말에 운자 먼저 찾더라　　　　　　初筵問答韻先求
젊은 나이에 들판에 꽃피는 걸 좋아하고　　　　　　少年樂事花開野
삼월이라 좋은 날 누각에서 제비 지저귀네　　　　　　三月佳辰鷰賀樓
호방하게 어부가 부르니 식견도 활달하고　　　　　　放曠漁歌觀亦達
맑고 고결한 시의 품격에 학문도 넉넉히 이루었네　　　　　　淸高詩格學成優
하는 말마다 한가한 늙은이 의욕을 북돋우니　　　　　　言言惹起閒翁意
지난밤부터 오늘 아침까지 소매 붙들며 만류하네　　　　　　前夕今朝挽袖留

늙은 나이에 예전의 홍교를 밟고 싶지만　　　　　　老年欲踏古虹橋
한번 끊인 것이 그 얼마인가 백년이 아득하네286)　　　　　　一斷其何百歲遙
그늘진 비탈에 따뜻한 기운이 꽃을 피워 늘어뜨리고　　　　　　暖氣陰崖花發朶
봄기운 가득 비오는 들판에 곡식 싹이 -원문 1자 누락-　　　　　　春心雨野穀苗□
술 마실 생각 가장 많으나 찻잔으로 대신하고　　　　　　最多酒思茶杯代
억지로 시가로 화답하니 치소와 각소287)라네　　　　　　强和詩歌徵角招
다행히 멋진 손님에 힘입어 깊은 잠에서 깨어　　　　　　幸賴佳賓濃睡覺

---

285) 증자의 대학 : 《대학(大學)》은 유교 경전인 사서(四書)의 하나인데, 공자(孔子)의 유서(遺書)
라는 설과 자사(子思) 또는 증자(曾子)의 저서라는 설이 있다. 명명덕(明明德)·지지선(止至善)·
신민(新民)의 세 강령을 세우고, 그에 이르는 여덟 조목의 수양 순서를 들어서 해설하였다.

286) 늙은……아득하네 : 송(宋)나라 주희(朱熹)의 <무이도가(武夷櫂歌)>에 "홍교가 한 번 끊어
지자 소식이 없으니, 온갖 골짜기와 봉우리가 푸른 연기로 잠겨 있네. [虹橋一斷無消息 萬壑
千峯鎖翠煙]"라고 한 것을 인용한 것이다. 주희의 이 구절에 대해서는 해석이 분분하지만 대
체로 도학의 전승이 끊어진 것을 표현한 것으로 보고 있다.

287) 치소와 각소 : 치소(徵招)와 각소(角招)는 모두 옛날 음악의 이름이다. 《맹자(孟子)》<양혜
왕 하(梁惠王下)>에서 "제 경공(齊景公)이 태사(太師)를 불러, 이 두 가지 군신(君臣)이 서로
즐기는 풍류를 만들라 했다."고 하였다.

초당의 기나긴 날을 서로 마주하여 소일하네   草堂遲日對相消

신계 나 선비에 화답해 두 수의 운을 맞추다 和新溪羅雅韻二首

얼굴 가득 시름겨운 길손은 강산을 좋아하여   客眉滿帶好江山

어린 나이에 유람 위해 마음껏 한가함 누렸지   早歲爲遊任雅閒

눈물로 헤어지며 청파를 건넘이 무슨 상관이랴[288] 淚袂何妨淸灞渡

시 망치로 옛 종 다시 시원하게 부수리   詩椎快碎古鍾還

꾀꼬리 노래하고 제비 지저귀는 윤삼월에   鶯歌鷰語三春閏

구름 나막신 신고 노을 갓 쓰고 백리 사이 누비네 雲屐霞冠百里間

구구절절 널리 표현하는 글 가장 사랑하니   最愛支支文屬博

주인 영감은 굳게 닫힌 마음을 잠시 연다네   主翁暫開意城關

늙은이는 젊은이의 꽃다움을 사랑하니   老年堪愛少年芳

더구나 지은 시가 빛나는 문장임에랴   況復詩工煥有章

글공부에 더욱 힘써 의미를 단단히 찾고   益勉書中緊着味

다시 어른을 찾아 오래도록 향기를 누리네   更要座上久聞香

땅은 신선을 찾으니 삼신산이 떨어지고   地須仙客三山落

하늘은 화고[289]를 빌려주니 윤달에 단장하네   天借花姑一閏粧

돌아가 춘부장께 알리시게, 두터운 사돈 정분 歸告春堂査誼厚

끊임없이 왕래하며 서로 잊지 말자고   源源來往不相忘

---

288) 눈물로……상관이랴 : 청파(淸灞)는 장안(長安)의 남교(南郊)로 흐르는 파수(灞水)를 가리킨 것
 으로, 당나라 때의 한유(韓愈)의 <현재유감(縣齋有感)>에 "서책을 싸 들고 도성을 떠나서, 눈
 물을 머금고 청파를 건넜었네. [懷書出皇都 銜淚渡淸灞]"라고 한 데서 온 말이다. 이 시의 내용
 은 곧 한유가 일찍이 박학굉사과(博學宏詞科)에 합격은 하였으나 쉬 보임이 되지 않자, 당시의
 재상에게 무려 세 차례나 서신을 올려서 보임을 요청해 보았지만 끝내 들어 주지 않으므로, 마
 침내 경사(京師)를 떠나서 하양(河陽)으로 돌아갔던 일을 회상한 것이다.≪韓昌黎集 卷2≫
289) 화고 : 화고(花姑)는 꽃을 잘 가꾸는 여인을 칭찬하여 이르는 말로, 도승을 가리키기도 한다.

두산 신 선비에 화답해 운을 맞추다 和斗山申雅韻

영험한 기운 명승지에 이름난 문인의 땅	毓靈勝地地名文
문장가 많은 가풍이 또한 자네를 내었네	文富家風亦許君
밤을 지난 산봉우리 자락에 달이 걸리고	夜過嵋岑衿帶月
어제 놀던 속리산 발치에 구름이 이네	昨遊離岳足生雲
인척으로 맺은 정분 더욱 두터우니	誼延苽葛情尤厚
마음이 얼음 항아리 비추니290) 더없이 즐겁네	心照氷壺樂莫欣
빗물이 푸른 산 씻으나 세상길에는 먼지 가득	雨洗靑山塵世路
길손은 돌아갈 길 재촉하나 어찌 서로 헤어질까	客催歸旆忍相分

공부를 마치며 운을 맞추다 罷硏韻

교외의 가을 기운 소슬한데	郊墟秋氣入颼蕭
비는 지루하게 하늘에서 떨어지네	一雨支離落九霄
늘그막의 문장은 구슬을 토할 수 없는데	文藻衰年珠莫吐
반 이랑 각진 못에 거울 여전히 밝구나291)	方塘半畝鑑猶昭
대나무 난초 어우러진 섬돌에 가지가지 잎이 피고	竹蘭交砌枝枝葉
꽃과 나무 함께한 자리를 저녁부터 아침까지 하네	花樹同筵暮暮朝
백주에 오이에 신선의 맛을 갖추었으니	白酒靑苽仙味具
고결한 벗 기쁘게 맞아 쌓인 먼지 털어내네	喜迎高友累塵消

---

290) 마음이……비추니 : 등적(鄧迪)이 주자(朱子)의 스승인 연평(延平) 이동(李侗)의 인품을 말하면서 "마치 얼음 항아리와 가을 달과 같아 티 없이 맑고 깨끗하니 우리들이 미칠 수 없다."라고 하였다.《宋史 卷428 李侗列傳》

291) 반……밝구나 : 주희(朱熹)의 <관서유감(觀書有感)>에 "반 이랑 각진 못이 거울처럼 트였는데, 하늘 빛 구름 그림자 그 안에서 배회하네. 묻거니 어이하여 그처럼 해맑을까, 근원에서 생수가 솟아나기 때문일레. [半畝方塘一鑑開 天光雲影共徘徊 問渠那得共如許 爲有源頭活水來]"라고 하였다.《朱子大全 卷2》

향약에서 다섯 수 운을 맞추다 鄕約韻五首

문치가 달라진 커다란 충청 고을에	文治一變大湖鄕
제나라 노나라 남긴 풍습이 갑절이나 빛이 나네	齊魯遺風倍有光
겸손하게 서로 맞으니 손님 대접 아름답고	揖讓相迎賓禮美
번갈아 노래하며 피리 연주 하니 음악소리 길구나	迭歌笙奏樂聲長
사림의 원기는 천년 맥이 이어지니	士林元氣千秋脈
강론하던 나무의 맑은 그늘 팔월의 마당이네	講樹淸陰八月場
엄숙한 태도는 잔치 자리에 가득하고	濟濟儀容毛燕席
차려진 맛난 음식 아직도 향기 남아있네	晬尊嚌肺尙餘香

향음주례 행하는 쉰 세 고을에서292)	五十三州禮飮鄕
관찰사의 다스림이 갑절이나 빛을 발하네	旬宣治化倍生光
남전의 옛 향약293)을 조목조목 나열하여	藍田舊約條條列
율곡이 남긴 유풍294) 대대로 길이 이었네	栗谷遺風世世長

---

292) 향음주례(鄕飮酒禮)……고을에서 : 중국 주(周)나라 때 향학(鄕學)에서 3년의 학업을 마치면, 향대부(鄕大夫)가 그 중 우수한 사람을 제후(諸侯)에게 추천하여 국학(國學)으로 보냈는데, 이때 향대부가 베푸는 송별연(送別宴)을 향음주례라고 한다. ≪周禮 地官 鄕大夫≫ 뒷날 국학으로 추천하는 제도가 없어지면서 이 의례(儀禮)는 향촌에서 존현 양로(尊賢養老)하는 뜻의 행사로 바뀌어 갔고, 이것이 조선(朝鮮) 초기부터 우리나라에도 도입되어 한 고을의 유생(儒生)과 한량(閑良)들이 시를 짓고 활을 쏘는 정례적(定例的)인 행사로 번져갔다. 고을 사람들이 한 자리에 모여서 술을 마시는데, 덕 있고 나이 많은 선비를 주인으로 하고, 빈(賓)을 정하여 서로 읍(揖)하고 절하면서 여러 사람에게 연치(年齒)대로 술을 마시게 하는 예법이다. ≪禮記 鄕飮酒義≫ 쉰 세 고을은 당시 충청도의 고을 수가 53개였으므로, 충청도를 가리키는 말이다.

293) 남전의 옛 향약 : 중국 북송(北宋) 때 향촌을 교화, 선도하기 위해 만들었던 자치적인 규약으로, 여씨향약(呂氏鄕約)이라고 한다. 1076년 섬서성(陝西省) 남전현(藍田縣)의 여씨 (呂氏) 4형제 즉 대충(大忠)·대방(大防)·대균(大勻)·대림(大臨)이 만들었으며, 뒤에 주자(朱子)에 의해 약간의 수정이 가해져 ≪주자여씨향약(朱子呂氏鄕約)≫이 만들어졌다. 주된 강목은 "좋은 일은 서로 권장한다. [德業相勸]", "잘못은 서로 고쳐준다. [過失相規]", "사람을 사귈 때는 서로 예의를 지킨다. [禮俗相交]", "어려움을 당하면 서로 돕는다. [患難相恤]" 등이다. 조선 중종 12년(1517)에 중앙 정부의 명령으로 각 지방관에 의해 전국적으로 시행되었으며, 이를 토대로 이황의 ≪예안향약(禮安鄕約)≫, 이이의 ≪서원향약(西原鄕約)≫이 만들어졌다.

294) 율곡이 남긴 유풍 : ≪주자여씨향약(朱子呂氏鄕約)≫을 바탕으로 하여 조선에서도 1517년(중종12)에 중앙 정부의 명령으로 각 지방관에 의하여 전국적으로 향약이 시행되었다. 율곡

빈과 주가 서로 술 따르며295) 잔을 드는 자리이고 　　賓主相酬揚觶席

스승 제자 마주하여 강론하는 회화나무 그늘진 마당이네 　　師生對講蔭槐場

종산에서 중추절에 성대하게 모였으니 　　鍾山盛會仲秋節

동방에서 삶은 개고기 맛과 향이 가슴에 스미네 　　烹狗東方肺味香

호서 지방 쉰 고을이 향약을 함께 하니 　　同約湖中五十鄉

덕업 닦기를 권장하는 사림이 빛이라네 　　勸修德業士林光

지금부터 남쪽 지방 백성 풍속 두터워질 것이니 　　從今南土民風厚

이에 힘입어 우리나라의 복이 길이길이 이어지리 　　賴是東方國祚長

의관 갖춘 많은 선비 분유사296)에 모였으니 　　濟濟衣冠枌楡社

한 없이 펼쳐진 시와 음악 녹평297)의 마당이네 　　洋洋詩樂鹿苹場

중추절의 향음주례 석양이 저물어가고 　　中秋禮飲斜陽薄

귀한 손님 -원문 1자 누락- 보내니 좌중에 향기가 감도네 　　□送嘉賓座有香

군자의 바람에 풀이 눕는298) 고을이니 　　君子之風草偃鄉

집집마다 덕업이 나날이 새로이 빛나네 　　家家德業日新光

　　(栗谷) 이이(李珥)는 청주 목사(淸州牧使)로 부임하여 ≪서원향약(西原鄉約)≫을, 해주에 머물 때 ≪해주향약(海州鄉約)≫을 각각 제정하였다. 여기에서는 청주에서 만든 서원향약을 가리키는 것으로 보인다.

295) 빈과……따르며 : ≪예기(禮記)≫<향음주의(鄉飲酒義)>에 "향인·사·군자는 방(房)과 호(戶) 사이에 준(尊)을 두니 빈주(賓主)가 이를 공유하는 것이요, 준에 현주(玄酒)가 있으니 그 질박함을 귀하게 여기는 것이다. [鄉人士君子 尊於房戶之間 賓主共之也 尊有玄酒 貴其質也.]"라고 하였다.

296) 분유사(枌楡社) : 분유(枌楡)는 느릅나무라는 뜻으로, 중국 한(漢)나라 고조(高祖) 유방(劉邦)이 고향 땅인 풍(豊)에서 느릅나무 두 그루를 심어 토지의 신(神)으로 삼은 데서 온 말이다. 따라서 분유사라고 할 때에는 일반적으로 고향의 이칭으로 쓰인다.

297) 녹평(鹿苹) : 녹평(鹿苹)은 ≪시경(詩經)≫<소아(小雅) 녹명(鹿鳴)>을 말하는데, 임금이 신하들과 잔치할 때 이 노래를 부른 데서 연유하여 임금이 신하와 함께 잔치하며 노는 것을 뜻하는 말로 쓰인다. <녹명>에 이르기를 "화락하게 우는 사슴의 울음소리여, 들판의 대쑥을 뜯는도다. [呦呦鹿鳴 食野之苹]" 하였다.

298) 군자의……눕는 : 계강자(季康子)가 정치에 대해 묻자 공자가 "군자의 덕은 바람과 같고 소인의 덕은 풀과 같다. 풀 위에 바람이 불면 반드시 눕는다. [君子之德風 小人之德草 草上之風必偃]" 하였다. 이는 백성은 위정자(爲政者)의 덕화에 쉽게 감화된다는 뜻이다. ≪論語 顏淵≫

만년 역사 동국은 어진 하늘이 덮어주고	萬年東國仁天覆
천리 이어진 호서는 흐르는 물이 길구나	千里西湖活水長
효행·우애·신의·충성 윤리 질서의 고장	孝悌信忠倫敍地
가을·겨울·봄·여름 예법이 행하는 마당	秋冬春夏禮行場
삼산군299)의 북쪽 종산 아래에서	三山郡北鍾山下
강안300) 적고 시 짓는 붓에 묵향을 묻히네	講案詩毫染墨香

한강 남쪽 경치 좋은 금강의 남쪽 고을	漢南地勝錦南鄉
촛불 밝힌 저녁 길거리 곳곳이 빛나네	明燭昏衢處處光
남전과 율곡이 남긴 조목은 천년을 계승하고	藍栗餘條千載繼
수초 같은 식물에 민감하니301) 봄 한 철에 자라네	蒲蘆敏樹一春長
예법 행하는 손님과 주인 동서쪽에서 잔을 따르고	禮行賓主東西爵
시와 문장을 겨루면서 으뜸을 다투는 마당일세	詩較文章甲乙場
가장 귀한 각진 못에 보배로운 거울 열리고	最貴方塘開寶鑑
심경 읽는 강학 마치니 낮에도 향기롭다네	心經講罷晝薰香

팔형과 삼물은 주나라 고을의 약속인데302)	八刑三物約周鄉
가르침을 호서에 옮기니 다시 빛이 생겼네	移教湖西復有光

---

299) 삼산군 : 삼산군(三山郡)은 보은의 옛 지명이다. 신라 때 삼년산군(三年山郡)이라고 한 뒤에, 삼년(三年) 혹은 삼산(三山)이라고도 불렀다.≪輿地圖書 忠淸道 報恩≫

300) 강안(講案) : 강학(講學)에 참석한 사람의 명단을 가리킨다.

301) 수초……민감하니 : '식물에 민감하니'라는 것은 ≪중용(中庸)≫의 '인도민정 지도민수(人道敏政 地道敏樹)'에서 인용한 말로서 땅의 정기는 식물에 민감하게 나타난다는 뜻이다.

302) 팔형과……약속인데 : ≪주례(周禮)≫ <지관사도(地官司徒) 대사도(大司徒)>에 "향학(鄉學)의 삼물로 만민을 교화하고, 인재가 있으면 빈객의 예로 우대하면서 천거하여 국학(國學)에 올려보낸다. [以鄉三物教萬民而賓興之]"라는 말이 나오고, 또 "향학의 팔형(八刑)으로 만민을 바로잡는다. [以鄉八刑糾萬民]"라는 말이 나온다. 삼물은 삼사(三事)와 같은 말로, 육덕(六德), 육행(六行), 육예(六藝)를 가리킨다. 육덕은 지(知)·인(仁)·성(聖)·의(義)·충(忠)·화(和)를 말하고, 육예는 예(禮)·악(樂)·사(射)·어(御)·서(書)·수(數)를 가리킨다. 팔형은 8종의 범죄행위에 대해 가해진 형벌을 말하는데, 불효지형(不孝之刑), 불목지형(不睦之刑), 불인지형(不婣之刑), 부제지형(不弟之刑), 불임지형(不任之刑), 불휼지형(不恤之刑) 등 육행에 대한 것과 여기에 조언지형(造言之刑) 및 난민지형(亂民之刑)을 더한 것을 가리킨다.

율곡선생 맑은 풍교 천년을 영원하고	栗谷淸風千載永
창주303)에서 샘솟은 물 근원이 길다네	滄洲活水一源長
이치에 밝은 현인의 말이 경전에 올라 있고	理賢言語經花案
의관을 갖춘 손님과 주인이 향음주례 행하는 마당이네	賓主衣冠禮飮場
우리 유림 흥겨워 일어나 경전을 외며 노래하니	興起吾儒歌誦意
감당304)의 다스린 교화 늙은 회화나무 향기롭네	甘棠治化老槐香

손님이 와서 묵었는데 온돌이 차서 잠을 자지 못하고 갔기 때문에 지었다

有客來宿以突寒所致不寐而去故作

동짓달을 맞아서 날씨가 찬데	天氣今當至月寒
나무꾼 없는 집 밤 아궁이 차다네	家無樵雇夜廚寒
주인은 편히 자며 난방에 신경 쓰지 못하여	主人穩宿非專燠
손님이 밤새도록 추위를 견디지 못했다네	客子通宵不耐寒
아직 얼음 얼지 않았어도 벽에 한기 감도는데	尙未凝氷生壁凜
매서운 눈바람 창을 때리는 추위 다시 어찌하나	復何嚴雪打牕寒
가난한 선비 썰렁한 신세 다시 부끄러우니	還羞寒士蕭條態
가신 뒤에 이 냉골을 말하지 마소서	去後休言此突寒

아내의 환갑에 운을 맞추다 室人晬辰韻

똑같이 오래된 나라 신라의 후손으로305)	同是新羅舊國孫

---

303) 창주(滄洲) : 삼국 시대 위(魏)나라 완적(阮籍)이 지은 <위정충권진왕전(爲鄭沖勸晉王箋)>
의 "창주를 굽어보며 지백에게 사례하고, 기산에 올라가 허유에게 읍을 한다. [臨滄洲而謝支
伯 登箕山而揖許由]"라는 말에서 나온 것으로, 경치 좋은 은자의 거처로 흔히 쓰인다. ≪文
選 卷20≫ 이 이름을 따서 남송(南宋)의 주희(朱熹)가 1194년에 창주정사(滄洲精舍)를 짓고
강학하였으며, 1608년 충청도 옥천(沃川)에 건립한 표충사(表忠祠)는 1682년(숙종8) 창주서
원(滄洲書院)이라는 이름으로 다시 사액(賜額)되었다.

304) 감당(甘棠) : 주(周)나라 소공(召公)이 감당나무 아래서 은혜로운 정사를 행했던 고사가 있다.
여기에서 유래하여 지방관이 정사를 행하는 관소, 혹은 지방관의 교화 등을 의미한다.

여피의 아름다운 예식 어려서 혼례를 치렀네306)　　　儷皮美禮早成婚

몇 해인가 공손히 맞은 혼례상에 금슬이 좋았는데　　餞寅幾歲床琴叶

회갑 맞은 오늘 아침 납주307)가 따뜻하네　　　　　絳甲今朝臘酒溫

동쪽 바다 선녀의 집을 빌릴까 생각하고　　　　　籌借東溟仙女屋

남쪽 끝 노인 마을308)에 가시가 돋을까　　　　　芒生南極老人村

바라건대 장차 이 날의 무강한 복이　　　　　　　願將此日無疆福

대대로 우리 집안 후손에게 전해지길　　　　　　世世吾家錫後昆

스스로 환갑이 되어 운자를 맞추다 계미년309) 3월 9일 自成晬日韻 癸未三月初九日

덕도 없고 어질지도 못한데 회갑을 맞았으니　　　不德不仁晬日當

하늘은 어찌 내게 긴 수명을 내리셨는가　　　　天胡錫我壽期長

부모님 낳아주고 길러주신 은덕에 돌이켜 감격하며　感追父母劬勞室

아들 손자 바치는 축원을 기꺼이 받네　　　　　肯受兒孫獻祝霜

허연 수염이 치우치게 많고 세속에 물들어　　　霜鬂偏多塵俗累

물소리 헛되이 보내니 물결과 모래 빛나네　　　水聲虛送浪沙光

금란과 화수310)가 춘삼월에 모였으니　　　　　金蘭花樹三春會

---

305) 똑같이……후손으로 : 회와의 부인은 함양 박씨(咸陽朴氏)로 1819년(순조19)에 태어나 1900(광무4)에 별세하였다. 두 분의 본관이 경주와 함양이므로 이러한 표현을 하였다.

306) 여피의……치렀네 : 여피(儷皮)는 한 쌍의 사슴 가죽을 뜻한다. 고대에 관례(冠禮)의 선물이나 혼례(婚禮)의 예물로 사용하였다. ≪사기(史記)≫<삼황기(三皇紀)>에 "복희씨(伏羲氏)가 처음으로 시집가고 장가드는 예를 만들어 여피로 예를 이루었다."라고 하였다.

307) 납주(臘酒) : 설에 마시기 위해 섣달에 빚어 놓은 술을 가리킨다.

308) 남쪽……마을 : 장수를 축원하는 말이다. 옛날에 수명과 장수를 맡은 별로 남극노인성군(南極老人星君)이 있는데, 이 별을 세 번 보면 장수한다고 전해졌다. ≪史記 卷27 天官書≫

309) 계미년 : 1883년(고종20)으로 회와가 회갑이 되는 해이다.

310) 금란과 화수 : 금란(金蘭)은 매우 두터운 우정. 혹은 그러한 우정을 지닌 벗끼리의 모임을 뜻한다. ≪주역(周易)≫ <계사전 상(繫辭傳上)>에 "두 사람이 마음을 같이하니 그 예리함이 쇠를 끊는다. 마음을 같이하는 말은 그 향기가 난초와 같다. [二人同心 其利斷金 同心之言 其臭如蘭]"라고 하였다. 화수(花樹)는 친족끼리의 모임을 의미한다. 당(唐)나라 잠삼(岑參)의 <위원외화수가(韋員外花樹歌)>라는 시에 "그대의 집 형제를 당할 수 없나니 열경과 어사 상서랑이 즐비하구나. 조회에서 돌아와서는 늘 꽃나무 아래 모이나니, 꽃이 옥 항아리에 떨어져 봄술이 향기로워라. [唐家兄弟不可當 列卿御使尙書郎 朝回花底恒會客 花撲玉缸春酒香]" 한 데

잔치 베푸는 집에서 잠시 즐거움 얻노라311)　　　　　　暫得懽娛式燕堂

어진 집안이 장수하고 복 받는 건 당연한 이치　　　　　仁門壽福理其當
하늘이 돌보심에 오랜 세월 무엇을 아끼겠는가　　　　　天眷悔何日月長
허연 머리에 건강하고 편안한 첫 번째 잔치 맞아　　　　白首康寧初度宴
색동옷 입고 만수무강 축원하는 잔을 올리네　　　　　　班衣獻祝萬年觴
삼년산에 심은 약초 맛을 보아야 하는데　　　　　　　　三山種藥應嘗味
남극성을 살펴보니 화려하게 빛나는구나　　　　　　　　南極看星爛有光
인간세상 해로하는 즐거움 더욱 경하하니　　　　　　　尤賀人間偕老樂
금슬 좋고 무탈하게 집안에 계신다네　　　　　　　琴瑟無恙312)在堂中

이상 진사 윤영욱 右尹上舍永郁

덕 있는 집안이 장수하는 건 세상에 당연하니　　　　　壽是德門世所當
예천에서 흐르는 물줄기는 발원이 긴 법이지313)　　　　醴泉流派發源長
산 가지는 마고의 바다314)에 올라 세 칸 집을 채우고　　籌騰麻海盈三屋
청송은 주나라 언덕으로 들어가 만년상을 넘치게 하네315)　頌入周崗溢萬觴
문장은 남전에 씨를 뿌려316) 옥의 광채를 잇고　　　　　文種藍田聯玉彩

서 유래하였다. 여기에서는 회와의 회갑을 맞아 친구와 친족이 함께 모인 것을 표현하였다.

311) 잔치……얻노라 : 지금까지가 자신의 회갑을 맞아 지은 회와의 시이고, 이하는 회와의 회갑을 축하하는 지인들이 그 운에 맞추어 지은 시이다.

312) 恙 : 원문은 '蜣'으로 되어 있는데, 문맥으로 보아 '恙'으로 바로잡아 번역하였다.

313) 예천에서……법이지 : 예천(醴泉)은 감미로운 물이 솟아난다는 신비한 샘인데, 훌륭한 자손이 나는 가문에 그 조상의 근원이 있음을 말한다.

314) 마고의 바다 : 마고(麻姑)는 전설에 등장하는 신선할미로 마고할미라고도 한다. 새의 발톱같이 긴 손톱을 가지고 있다고 한다. 마고의 바다란 동해를 가리킨다. 한(漢)나라 때의 신선 왕원(王遠)이 마고를 초청하니, 마고가 봉래산(蓬萊山)에 갔다가 돌아오는 길에 들르겠다고 하였다. 그 뒤에 마고가 와서 스스로 말하기를 "그대를 만난 이래로 동해가 세 번 뽕밭으로 변하는 것을 보았다." 하였다. ≪神仙傳 麻姑≫

315) 청송은……하네 : 주나라 언덕은 ≪시경(詩經)≫에서 나온 말이다. ≪시경≫ <권아(卷阿)>에 "봉황이 우네, 저 높은 언덕에서. 오동이 자라네, 해 뜨는 동쪽에서. [鳳凰鳴矣 于彼高岡 梧桐生矣 于彼朝陽]" 하였다. 만년상(萬年觴)은 만수무강을 기원하며 올리는 술잔을 가리킨다.

316) 문장은……뿌려 : 남전(藍田)은 위에 나온 바와 같이 여씨향약(呂氏鄕約)이 시작된 중국 섬

효성은 조상에 근원하니 옥돌의 빛을 빛내네　　　　　　　孝根楸道耀珉光

신선의 술을 주고받으며 손님과 함께 취하고　　　　　　　仙漿酬酢賓俱醉

새로 지은 시를 경하하며 옛 집을 가득 채우네　　　　　　賀慶新詩滿舊堂

　　　　　　　　　　　　　　　　　　　　　이상 벗 이유회 右李友維會

화갑에 꽃이 피어 회갑이 되었으니　　　　　　　　　　　花開花甲晬辰當

들보의 제비 뜨락의 꾀꼬리 축하 노래 길구나　　　　　　樑鷰園鶯賀語長

동쪽으로 단전을 개척하고 율리317)에 집을 지었으니　　　東闢丹田家栗里

옛 선비는 화려한 붓으로 영광을 노래했지318)　　　　　　昔儒彩筆賦靈光

산골 부엌에선 배가 익어 눈썹에 맞추어 상을 바치고319)　山廚梨熟齊眉案

뜰에 심은 회화나무 그늘에서 만년상을 올리네　　　　　　庭植槐陰願壽觴

길이 번성하게 복을 누릴 좋은 땅에서 즐기며　　　　　　迺福振振湛樂地

멀리서 온 손님 판향320) 올리고 마루에 오르게 되었네　　瓣香遠客許升堂

　　　　　　　　　　　　　　　　　이상 벗321) 한치규 右韓友穉圭

서성(陝西省) 남전현(藍田縣)을 가리킨다. 여기에서는 남전을 씨 뿌리는 밭이라는 중의적인
의미로 사용하였다.

317) 율리 : 율리(栗里)는 진(晉)나라가 송(宋)나라에 의하여 멸망되자, 도연명(陶淵明)이 이름을
도잠(陶潛)으로 고치고 절의를 지켜 송나라에 벼슬하지 않고 은거한 곳이다.

318) 옛……노래했지 : 영광(靈光)은 한(漢)나라 경제(漢景帝)의 아들인 공왕(恭王)이 산동성 곡부
(曲阜)에 건립한 영광전(靈光殿)을 가리킨다. 한(漢)나라 왕연수(王延壽)의 <노영광전부(魯
靈光殿賦)> 서문에, "서경(西京)의 미앙(未央)과 건장(建章) 등 궁전이 모두 파괴되어 허물어
졌는데도, 영광전만은 우뚝 홀로 서 있었다."라는 글이 있다. 여기에서 마지막 남은 원로 석
학(碩學)을 뜻하는 의미로 흔히 쓰인다.

319) 눈썹에……바치고 : : 후한(後漢) 양홍(梁鴻)의 아내인 맹광(孟光)의 고사에서 나온 말로, 부부끼
리 서로 공경하는 것을 의미한다. 학문을 좋아하고 벼슬에 뜻이 없는 남편을 따라 넉넉한 집안
출신임에도 검소하게 지내며 농사와 베 짜기로 생업을 꾸리고, 뒤에 남편이 출사하자 밥상을
낼 때면 언제나 눈썹 높이까지 받들어 공경을 표했다고 한다.≪後漢書 卷113 逸民列傳 梁鴻≫

320) 판향(瓣香) : 꽃 이파리 모양의 향으로, 원래 선승(禪僧)들이 사람을 축복해 줄 때 사용한 것
인데, 뒤에 가서는 존경하는 어른을 흠앙(欽仰)할 때 사용하였다.≪祖庭事苑≫

321) 벗 : 원문에는 '查'로 되어 있는데, 앞의 시를 참조하여 '友'로 바로잡아 번역하였다.

어질고 덕스러워 마땅함을 얻었으니　　　　　　　　　也仁也德得其當

따스히 꽃피는 올봄 경사스런 날은 기네　　　　　　　花暖今春慶日長

삼산에 있는 집 속세를 벗어났으니　　　　　　　　　家在三山超俗地

천세 장수 신선 노인 되소서 잔을 올리네　　　　　　壽傾千歲老仙觴

기러기 높이 날고 꾀꼬리 지저귀니 참 좋은 계절　　　鴈高鶯喚良辰節

두루미 우뚝하고 난새 멈추었으니 경치도 좋구나　　鶴峙鸞停好景光

나처럼 부모 모실 길 없는 이는　　　　　　　　　　如我已焉何怙恃

머리 돌려 부러워하며 장수를 축원하네　　　　　　回頭却羨祝遐堂

이상 족인 김영록 右族人金永祿

작은 숙모의 환갑에 운자를 맞추다 季叔母晬辰韻

육십년이 돌아서 수명이 하늘에 이르렀으니　　　　六十年周壽格天

규방을 비추니 기성 익성322)의 상서로운 궤도 화려하네　照閨箕翼爛祥躔

색동옷 입은 세 아들 장수를 기원하고　　　　　　　斑衣三胤祈眉始

춤추는 여러 손자는 무릎 앞을 감도네　　　　　　　舞袖羣孫繞膝前

깊은 샘물에 신선의 구기자로 술을 빚어　　　　　　酒釀深泉仙狗杞

영원히 장수하도록 쟁반에 상서로운 구련323) 올리네　盤登永歲瑞龜蓮

더구나 작은 며느리가 새로 혼례 올렸으니　　　　　況兼介婦新于禮

해마다 이 해처럼 즐겁길 다시 축원하오　　　　　　更祝年年樂此年

---

322) 기성 익성 : 28수(宿)에 속하는 별들이다. 기성(箕星)은 28수(宿)의 제7절 [夏至節]의 별, 익성
(翼星)은 제27절 [驚蟄節]의 별이다. ≪순자(荀子)≫ <부국(富國)>에 "명예를 위함이 없고
이익을 챙김이 없고 분노함이 없으면 나라가 반석보다 편안하고 기성과 익성보다 장수를 누
릴 것이다."라고 하였다.

323) 구련(龜蓮) : 송(宋) 주희(朱熹)가 어머니의 생신날 축수한 시 <수모생조(壽母生朝)>의 "구
련을 올려 천년의 수를 기원하고 영원히 부조로 하여금 한 집안을 풍요롭게 하게 하네. [願
上龜蓮千歲壽 永令鳧藻一家肥]"라는 구절에서 나온 말로, 천년을 사는 거북이가 연잎 위에
서 논다는 뜻인 '구련'은 장수를 상징한다.

기미년324) 설날의 시와 대동소이하지만 마음에 간직한 것이 이것뿐이라 운자를 바꾸어 다시 읊으니 남은 날의 공부에 스스로 힘쓸 것이다

경진년325) 與己未正朝詩大同小異然存諸心者只此變韻更唫而自勉餘日之工 庚辰

누워서 마음으로 늘그막 나이를 헤아리니	臥運心籌籌暮甲
중년에 팔이 붙어 경진년을 만났네326)	中身添八值庚辰
순임금이 선을 행한 시각은 자시이고327)	舜之爲善時分子
안회가 인을 어기지 않은 달은 건인이네328)	顔不違仁月建寅
번거로 하여금 정남쪽으로 행하도록 기약할 것이니329)	期使飜車行正午
고통스런 바다 어렵사리 건너기를 어찌 꺼리겠는가	何嫌苦海濟艱辛
세상의 영예와 치욕 모두 하늘의 명이니	世間榮辱皆天命
남은 생애 순리대로 더욱 단단히 경계하리	理順餘年戒益申

용호의 벗 한이 와서 함께 마시며 읊다 龍湖韓友來共飮詠

꽃다운 봄에 계사330)를 못하여 한스럽더니	恨未芳春此稧修

324) 기미년 : 1859년(철종10)으로 회와가 37세가 되는 해이다.
325) 경진년 : 1880년(고종17)으로 회와가 58세가 되는 해이다.
326) 중년에……만났네 : 경진년은 1880년(고종17)으로 회와가 58세가 되는 해이니, 8자가 붙은 나이가 되었다는 말이다.
327) 순임금이……자시이고 : ≪맹자≫ <진심 상(盡心上)>에 "닭이 울면 일어나서 부지런히 선행을 닦는 자는 순(舜)임금의 무리요, 닭이 울면 일어나서 부지런히 이익만 생각하는 자는 도척(盜跖)의 무리이다."라는 말이 있다.
328) 안회가……건인이네 : 공자가 "안회(顔回)는 그 마음가짐이 석 달 동안 인(仁)의 도리를 어기지 않는다. 그 밖의 사람들은 하루나 한 달에 한 번쯤 인의 경지에 이를 뿐이다."라고 하였다. ≪論語 雍也≫ 건인(建寅)은 북두성의 자루가 인(寅)을 가리키는 때로, 음력 1월을 가리킨다.
329) 번거로……것이니 : 진(晉)나라 부현(傅玄)이 뛰어난 재주라고 일컬은 삼국 시대 위(魏)나라 마균(馬鈞)을 가리킨다. 부현은 그에 대해서 교사절세(巧思絶世)라고 극찬하고는, 그가 만든 세 가지의 특이한 것, 즉 지남거(指南車)와 번거(飜車)와 목조완우(木雕玩偶)를 천하제일로 꼽았다. ≪三國志 魏書 杜夔傳 裴松之 註≫ 번거는 물을 퍼 올리는 수차(水車)로 하루 종일 스스로 회전한다. 지남거는 수레 위에 신선의 목상(木像)을 얹고, 그 손가락이 달리는 방향과 관계없이 늘 남쪽을 가리키게 만들었다. 지남침을 이용한 것이라고도 한다. 여기에서는 번거를 지남거의 의미로 사용한 것이 아닌가 한다.

하룻밤 우연히 만나니 손님 묵는 게 좋더라 　　　　　　一宵奇會好賓留

소나무는 깃든 두루미와 얽혀 천년을 우뚝하고 　　　　松緣棲鶴千年立

골짜기는 옮겨간 꾀꼬리를 내고 사월에 그윽해라 　　谷出遷鶯四月幽

술을 가지고 산에 오르니 안석의 나막신이요331) 　　携酒登山安石屐

관물음을 사랑한 소옹의 모래톱이라네332) 　　　　　愛吟觀物邵翁洲

깊은 곳의 광하333)에는 신선 신령이 내려왔으니 　　廣霞深處仙靈降

조만간 그대를 기다려 한번 노닐자 약속하네 　　　早晩待君約一遊

함림에 사는 황·김 두 노인이 와서 함께 마시고 서로 화답했으므로 짓다

含林居黃金兩老人來共飮而相和故作

두 손님 맞은 첫 잔치에 술 한 잔 바쳤지만 　　　　二客初筵進一盃

어른 공경에 정성과 신의를 다하지는 못했네 　　　敬尊未至信誠開

인정으로는 봄의 즐거움만한 것이 없는데 　　　　人情莫不三春樂

세월은 어느덧 사월이 왔구나 　　　　　　　　天氣居然四月來

정오에 가까우니 매화 그늘이 섬돌 앞에서 뒤집어지고 午近梅陰前砌覆

바람은 버들가지와 함께 짧은 처마에서 감도네 　　風將柳絮短簷回

학림에서 앞으로 종산의 모임 기약하니 　　　　鶴林後約鍾山會

충분히 바라건대 만 배의 회포를 실어오게 　　　十分願輸萬倍懷

---

330) 계사(禊事) : 옛날 삼월 삼짇날에 냇가에 가서 몸을 씻고 노는 것으로, 이렇게 하면 그해의 액
　　운을 면한다고 한다.

331) 술을……나막신이요 : 안석(安石)은 진(晉)나라 때의 명신(名臣) 사안(謝安)으로, 안석은 자
　　(字)이다. 회계산(會稽山)에 숨어 있을 때 등산하기를 좋아했고, 그 뒤 벼슬에 나아가 부견
　　(苻堅)의 난(亂)을 평정하였다.≪晉書 卷79≫

332) 관물음을……모래톱이라네 : 소옹(邵翁)은 송(宋)나라의 학자 소옹(邵雍)이다. 그는 관물(觀
　　物)을 중요시 하였는데, 사물을 단순히 눈을 통하여 보는 것이 아니라 이치를 통하여 실상을
　　살펴야 한다고 하였다. 이러한 그의 인식론이 드러난 것이 <관물음(觀物吟)>이다.

333) 광하(廣霞) : 광하궁(廣廈宮)을 가리킨다. 광하궁은 북방에 있다는 전설상의 궁전인 선궁(仙
　　宮)으로, 광한궁(廣寒宮)이라고도 한다.

팔도 유생이 왜적을 배척하는 복합 상소334)를 올린다는 소식을 듣고 느낌이 있어서 짓다 聞八域儒生伏閤斥倭疏有感而作

선비의 기개 천지간에 헛되지 않으니	士氣乾坤賴不虛
구름을 가르며 추운 날에 봄을 기다리네	決雲天寒待陽敍
떳떳한 도리는 모두 우리 유교를 지킴이니	彝倫皆秉吾儒敎
외국 책에서 사악한 이야기를 누가 전했나	邪說誰傳外國書
대궐 아래에서 견마지로의 정성을 바치니	闕下懸誠同犬馬
상소에서 의리를 취함이 생선과 웅장을 판별하네335)	箚中取義辨熊魚
미천한 이름이라 상소 말미에도 끼지 못했지만	賤名雖未參疏末
바라건대 섬 오랑캐 시원하게 쓸어 없애기를	願討島夷攴掃除

≪강재집≫을 읽고 〈충장공 우상중 쌍정기〉에 이르러 우연한 감회가 있어서 짓다336) 讀剛齋集至忠壯公禹尙中雙旌記偶感而作

백 세대 지나도록 꽃다운 명성은 오직 우 공 하나	百世芳名一禹公
쌍 정려의 표창을 받았으니 성은이 융숭하였네	雙旌襃褒聖恩隆
불어난 물을 별안간 건너니 원래 하늘이 낸 효성이고337)	漲流忽涉原天孝
한강에서 한갓 의지한 것은 해를 뚫는 충성이네338)	漢水徒憑貫日忠

---

334) 복합 상소 : 나라에 중요한 일이 있을 때에 조신(朝臣)이나 유생이 대궐 문 앞에 엎드려 상소하던 일이다.

335) 상소에서……판별하네 : 맹자(孟子)가 "생선도 내가 바라는 바이고, 웅장(熊掌)도 내가 바라는 바이지만, 이 둘을 다 가질 수 없다면 생선을 버리고 웅장을 취하리라. 삶도 내가 바라는 바이고 의(義)도 내가 바라는 바이지만 이 둘을 다 가질 수 없다면 삶을 버리고 의를 취하겠다."라고 하였다. ≪孟子 告子上≫

336) ≪강재집≫을……짓다 : ≪강재집(剛齋集)≫은 조선후기의 학자 송치규(宋穉圭, 1759~1838)의 시문집이다. 권6에 실려 있는 <충장공 우상중 쌍정려기(忠壯公禹尙中雙旌閭記)>에서는 이괄(李适)의 난 때 공을 세운 우상중(禹尙中, 1590~1652)이 부모에 대한 예를 다하여 충신과 효자로서 두 개의 정려(旌閭)를 받은 일을 기록하였다.

337) 불어난……효성이고 : 우상중이 18세 때 어미가 독한 종기를 앓았다. 강 건너 의원에게 가려 했는데 큰비가 내려 나루터로 가는 길이 막혔다. 우상중이 하늘에 대고 호소한 뒤 어미를 업고 강을 건너려 하니 물이 갑자기 얕아졌다가, 건너자마자 물이 다시 불었다.

의원이 감동하여 침을 놓으니 어미의 병이 나았고	醫感試鍼瘳母疾
호종하여 고개를 넘으며 옥체를 업었다네339)	扈從踰嶺負宸窮
선생의 붓 아래에 자취가 밝고 뚜렷하니	先生筆下昭昭蹟
사람마다 감동하여 풍모를 우러른다네	動得人人激昂風

아이 수미340)의 병을 치료하려고 주성에 있을 때 운자를 맞추다
渼兒以治病次在酒城時韻

자식 아프면 근심뿐인 건 옛 성인의 마음	子疾惟憂古聖心
하물며 여관에 거처한 지 두 달이 지났네	況居旅館六旬深
가장 어렵다는 살갗에 쑥뜸 몇 장 떴던가	最難幾壯燃膚艾
한 방이라도 침 맞는 건 많이 두려워하지	多畏一毫壓氣針
독한 병 걸린 몸 치료하려 오래 걸렸지만	毒癘治身雖積久
대방341)의 술법 있으니 다행히 지금 만났네	大方有術幸逢今
다섯 번째 되기 전에 밤새도록 잠을 잤으니	莫成第五終宵寐
하늘이 필시 그를 고통에서 건지려는 모양	天必於渠下驚陰

석사 남경심과 운자를 맞추다 與南碩士敬心韻

| 청성의 뛰어난 경치에서 주성이 빼어나니342) | 靑城勝界擅朱城 |
| 구름 걸린 나무에 신선이 깃들어 별장을 지었네 | 雲樹仙僑別業營 |

---

338) 한강에서……충성이네 : 이괄의 난 때 인조(仁祖)를 호종(扈從)하여 한강을 건너려하는데, 뱃사공들이 형세를 엿보며 접근하지 않았다. 이에 우상중이 헤엄쳐 가서 뱃사공을 제압하여 데리고 와서 배를 돌려 대도록 하였다.

339) 호종하여……업었다네 : 한강을 건넌 우상중이 전의(全義)에 도착하여, 인조를 업고 고개를 건넜다.

340) 아이 수미 : 회와(悔窩)의 둘째 아들인 김수미(金秀渼, 1851~1922)를 가리킨다.

341) 대방(大方) : 작용이 강한 약을 한 번에 많이 써서 중병을 치료하는 약방문을 가리킨다.

342) 청성의……빼어나니 : 청성(靑城)은 청산현(靑山縣)을 가리키는 것으로 보인다. 주성(朱城)은 청산현의 면(面) 이름이다.

천릿길 남쪽에서 노니며 풍치가 좋으니　　千里南遊風致好

보은의 동쪽 가까이 지형을 이루었네　　三山東近地形成

늙은 물건 사귄 정이 드문 줄 스스로 잊고서　　自忘老物交情薄

고명한 벗 우러를 때마다 우아한 얼굴 맑구나　　每仰高朋雅面淸

하물며 또 못난 자식이 걸린 홍역을 치료하니　　矧又疹治迷息祟

사람 살리는 별이 비추니 새벽하늘 밝아지네　　活人星照曉天明

대아 신효직과 운자를 맞추다 與申大雅孝直韻

하늘이 열어준 복지[343]에서 은거한 처지인데　　天開福地隱居蹤

효도하고 우애하는 가풍에 온화하고 기품 있는 모습이네　　孝悌家風溫雅容

산과 물을 맑게 노래하는 어질고 지혜로운 이　　山水淸衿仁者智

전원에서 홀로 즐기는 선비이면서 농부라네　　田園獨樂士而農

동갑의 교분으로 사귀며 한 해가 저물었으니　　同庚交誼年華暮

겨울 섣달 내리는 눈에 그대 보내며 걱정 끼치네　　送子貽憂臘雪冬

삼십 리 얼음길에 발걸음 내딛기 어려우니　　一舍氷程難進步

정다운 얘기 나누던 꿈에서 깨니 새벽종이 울리네　　夢醒情話警晨鍾

대아 이사준의 환갑잔치에 차운하다 次李大雅士準晬宴韻

남극성[344]이 돌아서 일찍 몸에 내리니　　南極星躔早降身

노년의 기상이 소년의 봄과 같구나　　老年氣像少年春

삼달존[345] 가운데 나이와 덕망이 으뜸이니　　莫如齒德尊三達

---

343) 복지(福地) : 신선들이 사는 곳, 또는 풍수지리에서 집터의 운이 좋아 운수가 트일 땅을 가리
키는 말이다.

344) 남극성(南極星) : 장수를 주관하는 별인 남극노인성을 가리킨다. 전하여 앙모하는 이를 비유
하는 말로도 쓰인다.

345) 삼달존(三達尊) : 맹자(孟子)가 제(齊)나라 왕을 만나지 않는 것에 대해 경자(景子)가 따지자
맹자가 답한 내용에, "천하에 달존(達尊)이 세 가지인데, 관작(官爵)과 나이와 덕(德)이다. 조
정에서는 관작만한 것이 없고, 고을에서는 나이만한 것이 없고, 세상을 보도(輔導)하고 백성

명성을 충분히 얻었지만 평소 가난 즐기기를 기약하네   最得聲期樂素貧

다섯 대 걸쳐 먼 복을 끼쳐온 지 오래되었으니   五世遐祺詒翼舊

신선들의 신기한 술법으로 새로 난 머리카락 갈았네346)   羣仙神術伐毛新

푸른 연못 흐르는 물은 종산에서 나왔으니   碧池流水鍾山出

먹 흔적을 덧보태며 멀리서 생신 축하하네   添寄墨痕遠祝辰

홀로 앉아 우연히 읊다 獨坐偶吟

복사꽃 근원347) 버들 시내에 붉고 푸름 흐드러지고   源桃川柳綻紅靑

비온 뒤의 새로운 빛은 살아있는 병풍일레   雨後新光活畫屛

온 세상에 자기를 알 수 있는 사람 드물지만   擧世人稀能識己

이 몸은 늙었으니 다시 왕성하기 어렵다네   此身年老更難丁

사업하는 마음 중에 세속 밖을 즐기니   事業心中樂物外

중간의 번화함을 귀 밖으로 듣는다네   中間繁華耳外聽

따뜻한 해 길어지니 창 밖에 그림자 내리고   暧日舒長牕下影

풀빛 보기 좋으니 뜰에 난 풀 베지 않는다네   好看草色不除庭

신기의 벗 나씨 형제가 와서 서로 화답하다 新基羅友兄弟來相與和

곤륜산348)의 온 기운은 만 가지 다른 것에서 비롯하여   一氣昆侖稟萬殊

을 기르는 데는 덕만한 것이 없다." 하였다. ≪孟子 公孫丑下≫

346) 새로……갈았네 : 동방삭(東方朔)이 홍몽(鴻濛)의 늪에서 노닐다가 별안간 황미옹을 만났는데, "나는 화식(火食)을 끊고 정기(精氣)를 흡수해 온 지가 이미 9천여 년이 된다. 3천 년 만에 한 차례 뼈를 바꾸고 [反骨] 뇌를 씻었으며 [洗髓], 2천 년 만에 한 차례 뼈를 찌르고 [刺骨] 털을 갈았으니 [伐毛], 나는 태어난 이후로 세 차례 뇌를 씻고 다섯 차례 털을 갈았다." 하였다. ≪西京雜記≫

347) 복사꽃 근원 : 원문에는 '源桃'라고 되어 있는데, 이는 도연명(陶淵明)의 <도화원기(桃花源記)>에 나오는 이른바 무릉도원(武陵桃源)의 전설을 빗댄 것으로 보인다. 진(晉)나라 때 무릉(武陵)의 어부가 복사꽃이 흘러 내려오는 물길을 따라 거슬러 올라갔다가 진(秦)나라의 난리를 피해 들어온 사람들을 만났는데, 그곳이 워낙 선경(仙境)이라서 바깥세상의 변천과 세월의 흐름도 잊고 살았다는 내용으로 되어 있다.

멀리 아득하게 나약한 사내인 내게도 섞여 있다네   渺然參在我懦夫
감히 말하건대 상우349)는 천추의 역사이니   敢言尙友千秋史
팔도의 지도를 볼 때마다 기이한 유람 간절하네   每切奇遊八域圖
은혜로운 비 소리 없이 내리니 만물이 촉촉하고   惠雨無聲凡物潤
봄의 생동하는 기운을 타고 조물주가 함께 했네   乘春活意化翁俱
때때로 좋은 손님과 술 마시며 즐기려고   有時樂與嘉賓飮
큰 술통에 빚었으니 술 살 필요 없다네   釀得深樽不待沽

벗 한치규와 화답하다 與韓友穉圭和

남을 알고 나를 아는 것이 곧 참으로 아는 것   知人知己卽眞知
만나자는 약속 여러 해에 때를 넘긴 적 없었네   逢約多年不越時
난정의 훌륭한 모임 늦봄에 있었고350)   佳會蘭亭春暮節
계전351)의 좋은 약속 달의 정원 가지에 머무네   好期桂殿月園枝
술자리를 어찌 꺼리나, 청주가 성인인데352)   何嫌小酌淸云聖
바라건대 훌륭한 문장가를 빌려 이 감동을 읊기를   願借大方感此詞
전날 밤 남은 회포에 오늘 밤이 짧으니   前夜餘懷今夜短
일어나 별빛 보니 이미 서쪽으로 달리네   起看星色已西馳

---

348) 곤륜산 : 중국 전설상의 높은 산이다. 중국의 서쪽에 있으며, 옥(玉)이 난다고 한다. 전국(戰
      國) 시대 말기부터는 서왕모(西王母)가 살며 불사(不死)의 물이 흐른다고 믿어졌다.
349) 상우(尙友) : 책을 통하여 옛사람을 벗으로 삼는 일이다.
350) 난정의……있었고 : 중국의 동진(東晉)의 명필 왕희지(王羲之)가 353년 계축년 늦봄에 회계
      (會稽)의 난정(蘭亭)에서 열린 연회에 참석하여 글을 지었는데, 이것이 난정기(蘭亭記)이다.
351) 계전(桂殿) : 달 속에 있다는 궁전인 광한전(廣寒殿)을 가리킨다. 달 속에는 계수나무가 있다
      고 하여 이렇게 부른 것이다.
352) 청주가 성인인데 : 청주(淸酒)의 별칭을 성인(聖人)이라고도 한다.

청산의 순제353)에 율시의 운자를 아울러 청산 사람을 대신하여 짓다

青山句題並律韻故代青山人作

매각354) 아래 번거롭게 관아 방울이 울리니	下煩梅閣閤鈴鳴
발길 닿는 곳마다 봄바람에 백리 길을 간다지355)	有脚春風百里行
한강 북쪽에서 임금 근심 나누어 수령 되어 왔으니	漢北分憂來作宰
호서에서 정사로는 최고라는 명성이네	湖西爲政最高名
맑고 깨끗한 백수에는 티끌 그림자 없고	澄淸白水無埃影
나무꾼 목동의 청산에는 칭송소리 가득하네	樵牧靑山滿誦聲
백성들 자연히 화목한 분위기 속에 있으니	自在羣民和氣裡
밝은 얼굴로 분주히 오가며 우리 삶을 즐기네	熙來穰去樂吾生

설날에 짓다 계미년 正朝作 癸未

이만 일천 육백 날이 지나니	二萬一千六百籌
내 머리 위에 햇빛이 흐르네	籌余頭上日光流
다섯 임금 치하에서356) 편안하게 살았고	五朝治下安居化
세 세대의 집안에서 장수하며 길이 쉬었네	三世家中壽永休
호시357)는 일찍이 선친의 뜻 어겼는데	弧矢曾違先考志

---

353) 순제 : 성균관이나 향교에서 열흘마다 보이는 시문(詩文) 시험을 말한다. 여기에서는 청산
　　향교의 순제를 가리킨다.

354) 매각(梅閣) : 매화가 활짝 핀 관아(官衙)를 가리킨다. 남조(南朝) 양(梁)나라의 하손(何遜)이
　　양주(揚州)의 법조(法曹)로 있었는데, 관아의 동쪽 청사에 매화나무 한 그루가 꽃이 만개하
　　였으므로 하손은 그 아래에서 매일 시를 읊곤 하였다. 이후로 동각관매(東閣官梅)라 하여 지
　　방의 관아를 지칭하는 말로 쓰였다.

355) 발길……간다지 : 당(唐)나라의 재상(宰相) 송경(宋璟)이 백성을 사랑하는 정사를 펼치자,
　　"그의 발길이 닿는 곳마다 따뜻한 봄빛이 만물을 비춰 주는 것 같다. [所至之處 如陽春煦物
　　也]"면서 그를 '다리가 달려 걸어 다니는 봄날 [有脚陽春]'이라고 불렀다는 고사가 있다.≪開
　　元天寶遺事 卷下≫

356) 다섯 임금 치하에서 : 회와가 태어난 1823년(순조23)에서 회갑을 맞은 이해 1883년(고종20)
　　까지는 순조, 헌종, 철종, 고종 네 임금인데 이렇게 표현한 이유를 알 수 없다.

357) 호시(弧矢) : 호시는 상호봉시(桑弧蓬矢)의 준말로, 천지 사방을 경륜할 큰 뜻을 말한다. 옛날

기구358)는 후생의 짝에게 어찌 전할까   箕裘何授後生儔

하늘은 내게 몇 년쯤을 빌려주었으니   皇天假我餘年幾

낡은 책에 마음 붙이고 쉬면서 놀면서   擬付殘編息且遊

송호의 벗 송치방의 환갑잔치에 차운하다 次松湖宋友致方晬宴韻

동갑 친구와 나는 계미년 생이니   庚兄與我癸年生

늙어가며 의기투합하여 환히 마음 비추네   老去靈犀照得淸

구석359)의 상에 기대 연달아 장수하고   龜石支床連極宿

송호에서 술 빚으니 신선 술잔과 뒤섞였네   松湖釀酒錯仙觥

뜰 가에서 부모님 모시며 색동옷 입고 춤을 추고360)   承歡庭畔班衣舞

화평하여 즐거운 집 안에 금슬 좋은 소리 들리네   和樂堂中友瑟聲

비록 첫 번째 잔치에 동참하지 못했지만   縱未同參初度宴

멀리서 넘치는 경사 기원하며 깊은 정을 표하네   遠祈溢慶敍深情

에 사내아이가 태어나면 상목(桑木)으로 활을 만들어 문 왼쪽에 걸고 봉초(蓬草)로 화살을
만들어서 사방에 쏘는 시늉을 하며 장차 이처럼 웅비(雄飛)할 것을 기대했던 풍습이 있었다.
≪禮記 內則≫

358) 기구(箕裘) : 기구는 키와 가죽옷이라는 뜻으로, 가업(家業)을 비유하는 말이다. ≪예기(禮記)≫
＜학기(學記)＞의 "훌륭한 대장장이의 아들은 아비의 일을 본받아 응용해서 가죽옷 만드는
것을 익히게 마련이고, 활을 잘 만드는 궁장(弓匠)의 아들은 아비의 일을 본받아 응용해서
키 만드는 것을 익히게 마련이다. [良冶之子 必學爲裘 良弓之子 必學爲箕]"라는 말에서 유래
하였다.

359) 구석(龜石) : 법주사 서쪽 봉우리에 구석(龜石)이 있는데, 천연으로 하늘이 만든 것 같아 그
등에 사람 50명이 앉을 만하고 그 머리는 우뚝하게 서쪽으로 들고 있다. 속세에서 전하기를,
"중국(中國) 술사(術士)가 와서 보고 하는 말이, '중국의 재물과 비단이 날마다 동쪽으로 넘어
오는 것을 나는 무슨 까닭인지 몰랐더니, 이제 알고 보니 이 물건이었구나.' 하고, 그 머리를
잘라 방술(方術)을 하였다." 한다. ≪新增東國輿地勝覽 忠淸道 報恩縣≫

360) 색동옷……추고 : 춘추 시대 초(楚)나라 노래자(老萊子)가 70의 나이에도 불구하고 어버이를
기쁘게 해 드리기 위하여 색동옷을 입고 재롱을 떨었던 '채의오친(綵衣娛親)'의 고사가 있다.
≪藝文類聚 卷20 注≫

을유년[361] 10월 묘막에 가서 벗 임과 만나기로 약속했는데 마주치지 못하고 짓다

乙酉十月往墓幕與任友期會不遇而作

지팡이 짚고 삼십리 길, 나는 동으로 가니	鳴筇一舍我行東
지혜로운 물 어진 산[362] 별세계에 있다네	智水仁山別界中
토질에 적합하여 소나무 회나무 숲을 이루고	宜土成林松檜樹
이웃 나란히 사는 주민은 영호남의 풍습이네	居人接屋嶺湖風
맑은 술은 나의 더러운 내장을 씻고	酒淸洗我汚塵肚
두터운 서리 그대의 무덤을 덮었네	霜厚添君感墓裏
좋은 약속 어긋나고 고명한 선비 만나니	好約嗟違高士遇
돌아오는 길에 헛되이 겸가[363]를 읊는다네	蒹葭歸路浪吟空

병술년[364] 2월 청산 만명에 가서 박 산장을 뵐 때 길에서 짓다

丙戌二月往靑山晩鳴謁朴山丈時路中作

삼달존을 겸하여 성상의 표창 내렸으니	兼三尊達降天褒
우러러 사모하니 이번 행로에 노고 스스로 잊히네	景慕今行自忘勞
강을 건너니 무지개다리 소식이 좋고	渡水虹橋消息好
산을 우러르니 삼태기 흙이 쌓여서 높게 되었네	仰山蕢土積成高
일찍이 담당한 시무에 공업 없으니 부끄럽고	愧無工業曾時務
다행히 현명한 이에 힘입어 같은 시대를 만났네	幸賴賢明並世遭
수수하고 허름한 -원문 1자 누락- 마음이 물욕에 가리니	樸陋之口茅塞意

---

361) 을유년 : 1885년(고종22)으로 회와가 63세가 되는 해이다.

362) 지혜로운……산 : ≪논어(論語)≫<옹야(雍也)>에, "어진 사람은 산을 좋아하고, 지혜로운 사람은 물을 좋아한다. [仁者樂山 知者樂水]"라고 하였다.

363) 겸가(蒹葭) : ≪시경(詩經)≫<진풍(秦風)>에 있는 시 이름이다. 이 시는 만나고 싶은 사람을 만나지 못하게 됨을 애석하게 여긴 시로 "긴 갈대 푸르른데, 흰 이슬이 서리가 되었네. 이른 바 저 사람이 물 저편에 있도다. 물길 거슬러 올라가나, 험한 길이 멀기도 하네. [蒹葭蒼蒼 白露爲霜 所謂伊人 在水一方 遡洄從之 道阻且長]"의 내용으로 되어 있다

364) 병술년 : 1886년(고종23)으로 회와가 64세가 되는 해이다.

바라건대 스승님께 훈도를 받았으면 합니다 　　　　　　　　願從函席得薰陶

정해년[365] 3월 미조랑 보소에서 짓다 丁亥三月彌造郞譜所作

을보[366]의 남은 규례 후손들이 함께하니 　　　　　　乙譜餘規子姓同
신라의 근원과 혈맥 옛 동경이었지 　　　　　　　　新羅源脈古京東
청사의 기록 상고해보면 삼장[367]의 필력이고 　　　汗青夷考三長筆
수염 센 이 대부분 사방의 호연한 풍모 지녔네 　　鬚白人多四浩風
객지 떠나 돌아가려는 마음 가랑비 속에 머금고 　離旅歸心微雨裡
천지의 화락한 기운 늦봄 사이에 감도네 　　　　　乾坤和氣暮春中
한 무더기 꽃나무[368]는 한이 없는 즐거움 　　　一團花樹無窮樂
다행히 오늘 아침을 맞으니 낱낱이 붉구나 　　　幸得今朝箇箇紅

아이 수미가 벗 이 죽남과 화양동에서 노닐고 돌아와 내 시축을 보았으므로 약
간을 차운하다 渼兒與李友竹南遊華陽而還謁余詩軸故若干次之

---

365) 정해년 : 1887년(고종24)으로 회와가 65세가 되는 해이다.

366) 을보 : 을축년(1685, 숙종11)에 만들었던 옛 족보를 가리킨다. 이해인 정해년(1887, 고종24)
에 거의 2백여 년 만에 새로 족보를 편찬하였다.《慶州金氏版圖判書公派大同譜 卷1 丁亥舊
譜序(2013)》

367) 삼장(三長) : 역사가가 되는 데에 필요한 세 가지 장점, 즉 재주, 학문, 식견을 이른다.《구당
서(舊唐書)》<유자현열전(劉子玄列傳)>에 "역사가의 자격으로는 모름지기 세 가지 장점
을 겸비해야 하는데 세상에 그런 사람이 없기 때문에 사가의 자격을 갖춘 이가 드문 것이다.
세 가지 장점은 바로 재주와 학문과 식견이다."라고 하였다.

368) 한 무더기 꽃나무 : 중의적 의미로 사용된 듯하다. 꽃나무의 원문은 화수(花樹)인데, 이는 친
족끼리의 모임을 의미한다. 당(唐)나라 잠삼(岑參)의 <위원외화수가(韋員外花樹歌)>라는
시에 "그대의 집 형제를 당할 수 없나니 열경과 어사 상서랑이 즐비하구나. 조회에서 돌아와
서는 늘 꽃나무 아래 모이나니, 꽃이 옥 항아리에 떨어져 봄술이 향기로워라. [唐家兄弟不可
當 列卿御使尙書郞 朝回花底恒會客 花撲玉缸春酒香]" 한 데서 유래하였다.

황묘369) 皇廟

화양동의 산수를 남몰래 감추어두고	華陽山水祕藏遲
휘황하게 황제께서 내려오길 기다리네	留待煌煌帝降期
초나라의 제문에서 띳집을 시작했으니370)	祭楚儀文茅屋創
주나라를 생각하며 읊으니 열천이 슬프네371)	念周風詠冽泉悲
해와 달이 내리 비추며 신령을 맞이하는 땅에서	雙明下照神迎地
만 번 굽이쳐도 동으로 흐른다고 사당 문미에 걸었네	萬折東流廟揭楣
우암 노선생의 충성과 의리가 장하니	尤老先生忠義壯
지금껏 서서 읍궁시를 읊는 듯하네372)	至今若立泣弓詩

---

369) 황묘(皇廟) : 화양동(華陽洞)의 만동묘(萬東廟)를 가리킨다. 임진왜란 때 도와준 명나라의 신종(神宗)과 의종(毅宗)을 제사하기 위해, 우암(尤庵) 송시열(宋時烈)의 유명(遺命)으로 그의 제자 권상하(權尙夏)가 세웠다. 만동묘의 '만동(萬東)'은 선조(宣祖)가 중국에 보낸 <피무변명주(被誣辨明奏)>에 "일편단심 북신(北辰)을 향하는 정성은 만 번 굽이쳐도 반드시 동으로 흐르는 물과 같습니다."라고 한 데서 온 말로, 이 주문(奏文)은 이정귀(李廷龜)가 지었다. ≪月沙集 卷22 被誣辨明奏≫

370) 초나라의……시작했으니 : 당(唐)나라 때 초(楚)나라 지방 유민(遺民)들이 초나라 소왕(昭王)의 사당에 사사로이 제사를 올렸기 때문에 한유(韓愈)의 시 <제초소왕묘(題楚昭王廟)>에 "아직도 국민들이 옛 덕을 그리워해서, 한 칸 띳집에서 소왕을 제사하네."라고 하였다. 민정중(閔鼎重)이 연경(燕京)에 갔다가 명나라 의종(毅宗)의 '비례부동(非禮不動)'이라는 글씨를 얻어와서 송시열에게 주었고, 송시열은 의종의 어필(御筆)인 '비례부동(非禮不動)'이라는 네 글자를 바위에다 본떠 새긴 뒤에 청주 화양동(華陽洞)의 만동묘(萬東廟) 곁에 있는 환장암(煥章庵)에 보관하였다고 한다. 한편 의종의 이 글씨 아래에 영조(英祖)가 발문(跋文)을 남겼는데, 그 글에서 "'만동(萬東)'이라고 하였으니, 대개 '한 칸의 띳집에서 소왕(昭王)을 제사한다'는 뜻을 취한 것이다. 오호라! 이것은 어찌 성조(聖祖)께서 존주(尊周)하시던 큰 뜻을 본받은 것이 아니겠는가."라 하였다.≪宋子大全 卷147 崇禎皇帝御筆跋≫ ≪열성어제(列聖御製)≫

371) 주나라를……슬프네 : 열천(冽泉)은 ≪시경(詩經)≫ <하천(下泉)>을 가리킨다. <하천>은 임금이 포악하여 백성을 해롭게 하므로 현명한 임금을 사모하여 지은 시이다. 나중에 만동묘가 철거되자 유중교(柳重敎)가 시를 지어 "초(楚)의 들판에는 제사 올릴 띳집 간데없는데, 조(曹)의 백성이 열천의 시를 차마 읽으랴. [楚野因無茅屋享 曹民忍讀冽泉詞]"라는 시구를 지었다.

372) 지금껏……듯하네 : 화양구곡(華陽九曲) 중 제3곡의 이름이 읍궁암(泣弓巖)이다. 효종(孝宗)이 북벌을 이루지 못하고 젊은 나이에 승하한 것을 송시열이 크게 슬퍼하여, 새벽마다 한양을 향하여 활 [弓]처럼 엎드려 통곡하였다고 하여 이러한 이름이 붙여졌다.

경천벽[373] 擎天壁

푸른 하늘 떠받든 벼랑 구만길이나 길고	壁擎靑天九萬長
곁을 가는 해와 달이 크게 밝게 빛나네	傍行日月大明光
결단코 한유의 화려한 문장처럼 희게 빛나고	決如韓子雲章白
공적은 여와씨가 보수한 돌보다 갑절이나 푸르네[374]	功倍媧皇石補蒼
중간에는 선현이 지어 읊은 문장이 있으며	中有先賢題品字
위로는 신선이 즐거이 노닐던 마당이 열렸네	上開仙客樂遊場
이 몸은 우러러 사모할 뜻 다시 간절하여	此身更切瞻仰意
한 구비 맑은 물에 술잔을 띄워 보내네	一曲淸流泛酒觴

파곶[375] 巴串

하늘이 글자 모양을 곶과 파처럼 만들었으니	天作字形串與巴
신묘한 재주 사황[376]의 집에는 빌려주지 않았나	神工未借史皇家
깊은 계곡 아홉 구비에 술잔 흘러보내니	溪深九曲流觴酒
바위는 선현의 빛나는 글씨를 띠고 있네	石帶先賢彩筆花
첩첩 쌓인 산 그림자 거꾸로 비쳐 오고	疊疊鑑來山影倒
환하게 찍어낸 듯 달빛 비스듬히 비치네	昭昭印出月光斜
우리 일행은 어제 물결 도는 것을 보았으니	我行昔日觀回瀾

---

373) 경천벽(擎天壁) : 화양구곡의 제1곡인 높이 치솟은 바위벽으로, 치솟은 바위가 하늘을 떠받들 듯하였다고 하여 이름 붙였다. 한편 단양팔경(丹陽八景)의 하나인 상선암(上仙巖)에 있는 경천벽과는 다른 곳이다. ≪심암유고(心庵遺稿)≫ 권1 <화양동구(華陽洞口)>에 "단양의 경천벽과 화양의 경천벽은, 웅장한 채 위치는 같지 않아도 우뚝하여 명성은 족히 맞수가 되네."라고 하였다.

374) 공적은……푸르네 : 여와씨는 상고 시대 제왕의 이름이다. 그는 일찍이 공공씨(共工氏)가 축융(祝融)과 싸우다가 부러뜨린 천주(天柱)를 오색돌로 보수했다 한다. ≪補史記 三皇本紀≫

375) 파곶(巴串) : 지금의 충청북도 괴산(槐山)에 있는 화양구곡(華陽九曲)의 마지막 절경이다. 파곡(巴谷)·파계(巴溪) 등으로도 불리는데, 송시열이 말년에 이곳에서 강학하면서 스스로 파계옹(巴谿翁)이라 칭하였다.

376) 사황(史皇) : 한자를 발명했다고 전해지는 창힐(蒼頡)을 가리킨다. ≪淮南子 修務訓≫

흐르는 물 근원은 멀리 있지 않다고 하겠네 　　　　　　　　　　　活水源頭謂不遐

봄을 읊다 詠春

봄바람은 호탕한 선비 마음 한껏 돋우고 　　　　　　　　　　春風挑盡士心豪

곳곳에서 푸른빛 싹이 땅을 뚫고 나오네 　　　　　　　　　　處處靑光地出毛

기우의 때를 만나 일찍이 옷 입고 읊었으며[377] 　　　　　　　時値沂雩曾詠服

날이 길어지니 해와 달 굴원 이소[378]에 걸렸네 　　　　　　天長日月屈懸騷

냇가의 구름 담담하니 장차 버들을 따르고 　　　　　　　　川雲淡淡將隨柳

계곡 물 근원이 깊으니 다시 무릉도원 찾을까[379] 　　　　　谷水源源更覓桃

모두 천지가 화락한 기운을 빚은 것이니 　　　　　　　　　都是乾坤和氣釀

늙은 사내 흥과 운치 높게 오르는 듯해라 　　　　　　　　老夫興致若升高

천지의 봄빛이 새로운 그림을 펼치고 　　　　　　　　　　乾坤春色展新圖

사물마다 중간에 병든 몸이 소생하네 　　　　　　　　　　物物中間病骨蘇

갈매기는 기심 잊은 노인처럼 홀로 서 있는데[380] 　　　　鷗似忘機翁獨立

---

377) 기우(沂雩)의……읊었으며 : 기(沂)는 기수(沂水)로서 노(魯)나라 도성 남쪽에 있는 물 이름이고, 우(雩)는 무(舞雩)로서 기우제를 지내던 곳이다. 《논어(論語)》〈선진(先進)〉에 공자(孔子)의 제자 증점(曾點)이 자신의 뜻을 말하라는 공자의 명에 슬(瑟)을 울리다 말고 "늦은 봄날 봄옷이 이루어지거든 어른 대여섯 사람, 동자 예닐곱 사람과 함께 기수에서 목욕하고 무우에서 바람 쏘이고 시 읊으면서 돌아오겠다."라고 한 내용이 나온다.

378) 굴원 이소 : 굴원(屈原)은 전국 시대 초 회왕(楚懷王)의 충신으로, 일찍이 소인의 참소에 의해 조정으로부터 쫓겨나서 우수 유사(憂愁幽思)의 정을 다하여 〈이소(離騷)〉를 지었는데, 이소는 명문으로 후세에 사부(辭賦)의 원조(遠祖)로 일컬어진다. 〈이소〉 중에 "해와 달 홀연히 오래 머물지 못함이여[日月忽其不淹兮]"라는 구절이 있다.

379) 다시 무릉도원 찾을까 : 주희(朱熹)의 〈무이구곡시(武夷九曲詩)〉는 무이산(武夷山)에 정사(精舍)를 짓고 학문을 강론하면서 무이산 구곡의 경치를 읊은 것이다. 끝 장인 열 번째 시에 이르기를 "아홉 굽이 끝날 무렵 눈앞이 환히 열리니, 뽕과 삼은 우로에 젖고 평평한 시내 보이네. 어부가 다시 무릉도원의 길을 찾으니, 여하튼 인간 세상에 별천지가 있다네. [九曲將窮眼豁然 桑麻雨露見平川 漁郎更覓桃源路 除是人間別有天]" 하였다. 《朱子大全 卷9 武夷棹歌》

380) 갈매기는……있고 : 바닷가에 사는 사람이 매일 아침 수백 마리의 물새와 벗하며 어울려 노닐었는데, 그의 부친이 자기가 데리고 놀 수 있도록 잡아 달라고 부탁하자, 그다음 날 아침에는 한 마리도 내려와 앉지 않았다는 이야기가 《열자(列子)》〈황제(黃帝)〉에 나온다. 기

꾀꼬리는 무슨 믿음 있어서 벗들 서로 부르나　　鶯何有信友相呼
뿌리 두 개를 심어 담장에 이웃한 대나무　　根栽二本連墻竹
가지는 팔방을 향하니 상괘의 오동나무라네　　枝向八方象卦梧
산을 두르고 시냇물 돌아 읍내와 떨어졌으니　　山繞溪回城市隔
스스로 세속의 먼지 없으니 마음이 맑아지네　　自家心淸累塵無

봄비에 봄바람에 일마다 봄이고　　春雨春風事事春
한창 봄 생각에 봄 사람을 즐기네　　方春意思樂春人
좋은 꽃 모두 자줏빛 산사람을 꾸미고　　好花皆紫山客餙
보리는 짙푸르니 들 빛이 새로워라　　大麥深靑野色新
세상 누가 빼앗을까 풍부한 문장을　　世孰奪之文以富
사물과 내가 함께 하네 빈약하지 않은 시문　　物吾與也賦無貧
봄옷 이루어지면 한가롭게 노닐기 바라니　　願成春服優遊志
기수의 근원은 길어 만고의 물가라네　　沂水源長萬古濱

죽남을 기다리는데 시축이 먼저 왔으므로 두 수에 차운하다

待竹南而詩軸先至故次二首

나는 종산 서쪽에 있으며 죽남을 기다렸는데　　我在鍾西待竹南
시편이 먼저 와서 고상한 이야기를 다했다네　　詩篇先到盡淸談
풀밭의 경치 좋으니 꽃이 들판 밝히고　　茊頭景好花明野
시축이 먼저 나오니 달이 연못 비추네　　軸面先生月照潭
연후에 나로 하여금 현명한 벗 얻게 하고　　然後令吾賢友得
개중에 사물을 옮겨 늙은이를 찾는다네　　箇中移物老夫探
누워 노니는데 어찌 굳이 강산의 그림일까　　臥遊何必江山畵
노래 마치니 구절구절 즐거움 스스로 견디네　　歌罷章章樂自堪
창을 여니 푸른 산이라 백발은 물러갔는데　　牕闢靑山白髮頹

심(機心)은 자기의 사적인 목적을 이루기 위하여 교묘하게 꾀하는 마음을 말한다.

비오는 중에 아직도 내 벗 돌아옴이 더디네	雨中尙晚我朋回
갈 때에 술잔 나누며 흉금을 토로했는데	去時盃酒襟懷吐
어디서 시 읊으며 삿갓 머리 들어 올릴까	何處詩歌笠頂擡
두루미 날려 손님 맞으니 문 밖에서 알리고381)	放鶴迎賓門外報
꾀꼬리 보내어 벗을 부르니 길가에서 맺어지네	送鶯呼友路邊媒
짧은 율시 먼저 지어 같은 소리로 응하는데	先成短律同聲應
교분은 부족치 않으나 부족한 재주가 부끄러워	非乏交情愧乏才

비 오는 경치를 읊다 雨中卽景

꽃이 피네, 가지 아래 고운 꽃이 밝으니	生花枝下彩花明
하늘보다 먼저 온 봄빛에 화우382)가 개었네	春色先天化雨晴
공부는 개미 새끼 익힘에 견주니383) 그 위에서 춤추고	工比遊蛾其上舞
배움은 새가 나는 것처럼 하니384) 이 사이에서 우네	學如習鳥此間鳴
소옹은 매화점으로 아름다운 조짐을 보았고385)	梅占邵宅觀休兆

---

381) 두루미……알리고 : 은사(隱士)가 사는 곳에 손님이 찾아왔음을 두루미, 즉 학이 알리는 것
이다. 송(宋)나라 때의 은자(隱子) 임포(林逋)가 고산(孤山)에 은거하면서 항상 두 마리의 학
을 길렀다. 임포는 언제나 작은 배를 타고 서호(西湖)에서 노닐었는데, 혹 손이 임포를 찾아
오면 동자(童子)가 학의 우리를 열어 주어 학들이 날아서 임포에게 갔다. 임포가 그것을 보
고서 손님이 온 것을 알고 집으로 돌아오곤 했다는 고사에서 온 말이다. ≪宋史 卷457 隱逸
列傳 林逋≫

382) 화우(化雨) : 제때에 내려 만물을 화육(化育)하는 비라는 뜻으로, ≪맹자(孟子)≫ <진심 상(盡
心上)>의 '시우화지(時雨化之)'라는 말에서 나온 것이다.

383) 공부는……견주니 : 개미 새끼가 어미 개미가 하는 것을 본떠서 쉬지 않고 흙을 운반하여 개
미둑을 쌓는 것과 같이 성현의 가르침을 배워 익혀서 지덕(知德)을 향상시켰다는 뜻이다. ≪
예기(禮記)≫ 학기(學記)에, "개미 새끼는 흙을 물고 다니는 것을 배우기에 게을리하지 않는
다." 하였다.

384) 배움은……하니 : ≪논어(論語)≫ <학이(學而)>의 "배우고 때로 익히면 또한 기쁘지 않은
가. [學而時習之 不亦說乎]"의 주희(朱熹) 주(註)에 "습(習)은 새가 자주 나는 것이니 배움을
그치지 않기를 마치 새가 자주 나는 것처럼 한다. [習鳥數飛 學之不已 如鳥數飛也]" 하였다.

385) 소옹은……보았고 : 매화를 보아 점치는 것은 송나라 때 소옹(邵雍)이 고안했다는 서법(筮
法)이다. 즉 매화수(梅花數)를 관매점(觀梅占)이라 한다. 그 방법은 임의로 한 글자의 획수를
취하여 8획을 제하고 남은 수로 괘(卦)를 얻고, 또 한 글자의 획수를 취하여 6획을 제하고 남

염계의 애련설386)은 실제의 정서를 갖추었네　　　　　　　蓮說周溪備實情

경전의 숲 만 마디 말에 한 떨기 남았으니　　　　　　　　萬語經林餘一朵

내가 가서 또한 감상하며 정서 찾아 노닐리라　　　　　　我行亦賞遊得情

음양의 기가 움직여 천지가 서로 통하니　　　　　　　　陰陽動氣天地交

보슬보슬 비 내리네, 나의 교외로부터　　　　　　　　　雨下濛濛自我郊

꽃봉오리 화급히 함께 움으로 들어가고　　　　　　　　最急花蜂同入穴

저녁 새 태반이 각자 둥지로 돌아가네　　　　　　　　　太半夕鳥各投巢

구름은 밝은 달 싫어해 깊이깊이 감추고　　　　　　　　雲嫌月白深深掩

노을은 푸른 산 시샘하여 첩첩이 둘러싸네　　　　　　　霞妬靑山疊疊包

바로 집집마다 날 갠 뒤의 즐거움이니　　　　　　　　　正是家家晴後樂

들판에 채소가 물고기 안주보다 낫다네　　　　　　　　野蔬菜熟勝魚肴

석역하는 곳에서 저녁에 돌아가면서 연시회에 차운하다 自石役處暮歸次年詩會韻

석양에 배고프고387) 다시 입술 마르니　　　　　　　　夕陽枵腹復焦脣

거듭거듭 고개 넘으며 땀이 수건 적시네　　　　　　　蹜嶺重重汗濕巾

잣나무 봉우리에서 술을 사 나무절구에 기대고　　　　賒酒栢峰憑木臼

가죽나무 재에서 꽃을 뽑아 바위자리에서 쉬네　　　　搴花樗峴憩岩茵

젊은이의 풍치를 듣노니 얼마나 장한가　　　　　　　少年風致聞何壯

늘그막의 시 짓는 유람 흥이 더욱 새롭지　　　　　　晚節詩遊興益新

깊은 밤에 홀로 잠들지 못하고 누워서　　　　　　　也獨深宵無寐臥

붉은 진달래 푸른 술거품 봄 생각이네　　　　　　　鵑紅蟻綠意中春

은 수로 효(爻)를 얻은 다음, 역리(易理)에 의거하여 그 길흉을 판단하는 것이다. 원래는 소옹이 매화 꽃잎이 떨어지는 것을 보고 길흉을 점치는 데서 비롯했다 한다.

386) 염계의 애련설 : 송(宋)나라 주돈이(周敦頤, 1017~1073)는 <애련설(愛蓮說)>에서 "연꽃은 꽃 중의 군자(君子)로, 자신은 연꽃의 고결함을 사랑한다."라고 하였다. 염계(濂溪)는 주돈이의 호이다.

387) 배고프고 : 원문에는 '樗腹'으로 되어 있는데, 문맥을 살펴 '樗'을 '枵'로 바로잡아 번역하였다.

아이들의 시회에 차운하다 次兒輩詩會韻

노년의 가슴 속에는 옛적과 지금이 한가하니	老年胸次古今閑
종소리 울릴 때마다 놀라서 한밤중에 앉았다네	每警鍾聲坐夜間
사람 기척이 드물어 온 세상을 용납할 만하고	人氣迂疎容一世
신선 인연은 아마도 삼신산에 숨은 듯하여라	仙緣庶幾隱三山
생애는 마치 봄바람 꿈에서 깬 듯한데	生涯如覺春風夢
교분은 옛날의 안면이 많지 않구나	交契無多舊日顔
단지 아이 손자들의 글벗 모임이 기쁘니	但喜兒孫文會友
멋진 시구를 바라보다 해질녘에 돌아오네	登臨佳句夕陽還

엄남에게 與广南

동파가 떠난 뒤에 엄남이런가	東坡去後广南乎
미산에서 내려온 뒤 초목이 말랐네	降自嵋山草木枯
옛 시내에 울리는 봄 소리 새 깃든 나무가 듣고	古澗鳴春聞鳥樹
앞 냇물에 시름겨운 빗물 꽃길을 찾아가네	前川愁雨訪花途
문장은 모두 화락하고 조용한 선비이고	文辭共是雍容士
의로운 기개는 아울러 대장부라 칭하지	義氣兼稱大丈夫
벗이 멀리서 오니 나도 역시 즐겁고[388]	朋有遠來吾亦樂
바람 부는 난간 달빛 비치는 발에 밤에도 외롭지 않다네	風欄月箔夜無孤

스스로 비웃다 自嘲

은거하고 있자니 어쩔 방도 없는데	無可奈何托隱居
나이가 벌써 쉰 남짓이 되었네	年光卽謂五旬餘
점점 게을러 의관도 못 차리고 평상에 한가히 기대어	不巾漸懈閑依榻

---

388) 벗이……즐겁고 : 《논어(論語)》〈학이(學而)〉에서 공자가 "벗이 먼 지방으로부터 찾아오
니 즐겁지 않겠는가."라고 하였다.

안경 쓰고 노안에 책보려니 도리어 미워지네 　　　　着鏡還憎老看書

경영에는 서툴러 시 짓고 술 마시는 선비라서 　　　　迂拙經營詩士酒

썰렁한 모습이 시골 사내의 옷차림이네 　　　　　蕭條儀樣野夫裾

옛날에 노래하던 젖먹이가 지금 노래하는 이 몸이니 　古歌孺子今歌我

창랑의 물이 맑건 흐리건389) 스스로 취하기 나름이지 　清濁滄浪自取諸

스스로 자랑하다 自譽

사물에서 찾지 말고 자신을 돌이켜 찾아야지 　　　　勿求諸物反求諸

드넓은 근원의 경지390)에서 상쾌한 차림일세 　　　　昭曠原頭灑落裾

산과 물, 바람과 구름은 지금 내가 관장하니 　　　　山水風雲今我管

탕왕 문왕 주공 공자 옛 사람의 서책이지 　　　　　湯文周孔古人書

청전391)으로 살림 꾸림에 부족함이 없으니 　　　　　青氈排布治無乏

평소의 삶이 평안하고 한가로워 즐거움이 넘치지 　　素履安閑樂有餘

벗들과 배워 익히는 것은 충성뿐이라오 　　　　　與朋傳習忠而已

세 가지로 살피는 증자의 공부392) 오래 전에 터 잡았지 三省曾工舊卜居

---

389) 창랑의……흐리건 : 중국의 전국시대(戰國時代) 초(楚)나라의 굴원(屈原)이 쫓겨나서 강담
　　(江潭)에 노닐 적의 고사이다. 한 어부(漁父)가 굴원이 세상을 불평하는 말을 듣고서 빙그레
　　웃고 뱃전을 두드리며 떠나면서 "창랑의 물 맑으면 내 갓끈을 씻고, 창랑의 물 흐리면 내 발
　　을 씻으리."라고 하였다.≪楚辭 漁父辭≫

390) 드넓은 근원의 경지 : 성리대전(性理大全)≫ 권44에 주자(朱子)가 말하기를, "지금 공부를 해
　　보고자 한다면 우선 모름지기 단정하고 장엄한 자세로 존양을 하여 밝고 드넓은 근원의 경
　　지를 홀로 보도록 하여야 할 것이요, 공부를 허비하여 종이 위의 말만 뚫어지게 쳐다보아서
　　는 안 될 것이다."라고 하였다.

391) 청전(青氈) : 청전은 푸른 모포라는 뜻인데, 선대(先代)로부터 전해진 귀한 유물을 가리킨다.
　　진(晉)나라 왕헌지(王獻之)가 누워 있는 방에 도둑이 들어와서 물건을 모조리 훔쳐 가려 할
　　적에, 그가 "도둑이여, 그 푸른 모포는 우리 집안의 유물이니, 그것만은 두고 가는 것이 좋겠
　　다."라고 하자, 도둑이 질겁하고 도망쳤다는 고사가 있다. ≪晉書 卷80 王羲之列傳 王獻之≫
　　여기에서는 선대로부터 물려받은 유산을 의미하는 것으로 보인다.

392) 세……공부 : ≪논어≫ <학이>에 "나는 매일 세 가지로 내 몸을 살핀다. [吾日三省吾身]"라
　　는 구절이 있는데, 이 말은 증자(曾子)의 말이다.

월안 신교 김 선비에게 화답해 운을 맞추다 和月岸新僑金雅韻

이른바 숙유[393]라는 자가 늙은 농부 되었고　　所謂宿儒作老農

오늘 비가 불었으니 구름 속의 용 덕분인가　　雨滋今日賴雲龍

보리밭 부는 훈풍 가을 농사 풍년이고　　薰風吹麥秋功穫

물을 대어 모 심으니 들 빛이 짙어지네　　漑水移秧野色濃

더위 피해 들밥 광주리 들고 버드나무로 모여들고　　避暑饁筐相聚柳

즐거 시 읊다 베고 잠들려 문득 소나무에 의지하네　　愛吟睡枕乍依松

어둠을 밟고 돌아가 손님 자리에 누워서　　踏昏歸臥諸賓席

주관[394] 크게 읽으며 여름 겨울을 난다네　　大讀周官掌夏冬

하늘과 땅 사물의 이치 자연히 생생하니　　乾坤物理自生生

나 또한 이 안에서 태평하게 즐겁다네　　我亦此中樂太平

늘그막에 한가한 선비의 취향 그대로 칭하니　　晚節仍稱閑士趣

첫 잔치엔 다행히 상석으로 대접 받아 앉았지　　初筵幸接上賓行

맑은 바람 맞고 밤 술 마시며 남긴 시를 외웠는데　　淸風夜洒留題誦

삼복더위 아침에 들으니 성대하게 모여 삶았다네　　伏暑朝聞盛會烹

말석에서는 조금의 탄식도 할 수 없으니　　座末能無嘆少一

밤 새워 농부가 부르고 비 온 뒤에 밭을 갈지　　農歌終夕雨餘耕

칠월 초하루 七月初吉

대나무 발 회화나무 베개 살짝 서늘해지니　　竹簾槐枕動微涼

서남쪽에 은하수 뚜렷이 빛나는구나　　天漢西南卓有章

오동나무 잎은 가을 맞아 지난밤에 떨어지고　　梧葉迎秋前夜落

박꽃은 이슬 머금고 아침 되니 누렇게 되었네　　匏花含露待朝黃

---

393) 숙유(宿儒) : 숙유는 오랜 경험으로 학식과 덕행이 뛰어나 명망이 높은 선비를 가리키는 말이다.

394) 주관(周官) : <주관>은 《서경(書經)》의 편명이다.

늙으면 어찌 대부분 흐르는 물처럼 되는지　　　　　　老何將多至流水

손님은 언덕에 오를 때마다395) 돌아갈 마음 갑절이네　　客倍懷歸每陟岡

다시 손자 아이에게 공부 게을리 말라 하고　　　　　　更敎兒孫工勿怠

푸른 등불에 책 조금 읽자니 서당이라 하겠네　　　　　靑灯稍讀可書堂

용담에 가서 짓다 往龍潭作

아침 내내 빗소리 들으며 손님으로 앉았으니　　　　　終朝客坐雨聲中

온 자리에 술 마신 뒤 훈훈한 바람 불어오네　　　　　一席生薰酒後風

거울 속 머리털은 흰 실이 반인가 다시 의심하고　　　鏡髮還疑絲雪半

얼음 같은 마음 털어놓으니 옥병이 비었구나396)　　　氷心傾倒玉壺空

숲속 초가집은 속세를 벗어나 흰 구름이 깊고　　　　林廬超俗雲深白

꽃 섬돌은 신선 받들어 불그레한 이슬 촉촉하네　　　花砌奉仙露潤紅

만날 때마다 기쁘고 헤어질 때는 서글퍼　　　　　　逢處歡情離處感

흐르는 물 부평초처럼 각각 동쪽 서쪽으로　　　　　浮·萍流水各西東

용호에 가서 밤에 읊다 往龍湖夜吟

북쪽으로 내달린 용호는 기세가 웅장하고　　　　　北走龍湖氣勢雄

나와 함께 문장 겨루는 흰 머리의 늙은이　　　　　爭文與我白頭翁

장맛비 갠 아침 강산은 축축하고　　　　　　　　朝晴潦水江山濕

가을은 왕성한 금에 속하니397) 우주가 비었구나　　秋屬旺金宇宙空

---

395) 언덕에 오를 때마다 : ≪시경(詩經)≫ <척호(陟岵)>는 멀리 부역을 나가서 고향의 가족을
　　잊지 못하는 심정을 노래한 것인데, 그 셋째 장에 "저 언덕에 올라가서 형님 계신 곳을 바라
　　본다 [陟彼岡兮 瞻望兄兮]"라는 말이 나온다.

396) 얼음……비었구나 : 당나라 시인 왕창령(王昌齡)의 시 <부용루송신점(芙蓉樓送辛漸)>에
　　"낙양의 친우가 만약 묻거든, 한 조각 얼음같은 마음 옥병 안에 있다 하게. [洛陽親友如相問
　　一片氷心在玉壺]"라고 하였다. 여기에서는 맑고 깨끗한 마음을 남김없이 다 털어놓으며 대
　　화를 나누었다는 의미로 보인다.

397) 가을은……속하니 : 가을은 오행(五行) 가운데 금(金)에 해당하는 계절이다.

이 밤에 값을 헤아릴 수 없는 달을 함께 샀으니　此夜同賒無價月

몇 해 동안 명성을 들으며 바라고 기다렸다네　幾年願立有聲風

주인의 고상한 운치에 손님들은 즐겁고　　主人高致諸賓樂

남미주398) 잔은 푸르고 얼굴들은 붉다네　　藍尾盃青上面紅

이어서 취하여 읊다 繼以醉吟

산들산들 부는 바람 두 겨드랑이 가벼워지고　翏翏生風兩腋輕

푸른 산에 짚신 신고 구름 밟으러 나간다네　青山芒屬踏雲行

강물은 천리를 흘러 띠처럼 빙 둘러 있고　　江流千里環如帶

석벽은 사방을 둘러싸니 성을 쌓은 듯하네　石壁四圍築以城

달빛 아래 황금과 옥 그림자 떠오르고 잠기고　月下浮沈金璧影

가을이 왔다고 귀뚜라미 소리 마구 울리네　秋來亂動蟋蟲聲

이때에 그 울음 주인은 가운데에 처하여　是時中處其鳴主

깨끗하고 한가함에 흠뻑 빠져 느낌을 노래하네　盡入清閑感詠情

출발하며 운자를 읊다 臨發呼韻

주인의 숨은 자취 연잎 옷을 지었고399)　主人逸跡製荷衣

뭇 산들을 앉아서 헤아리니 아이처럼 벌여있네　坐數羣山列似兒

시 짓는 마음 죄다 털어놓으니 술 마실 마음 생기고　詩心寫盡酒心許

낯익은 얼굴 찾아왔으니 처음 보는 얼굴 아니네　宿面尋來生面知

시냇가에 나아가 성근 그물에 새끼 물고기 기쁘고　臨溪疎網魚苗喜

돌아오는 길 차가운 가지에 규룡 소리 슬프구나　歸路寒枝虬響悲

---

398) 남미주(藍尾酒) : 다른 말로 남미주(婪尾酒) 또는 도소주(屠蘇酒)라고도 한다. 산초와 잣 등을
　　넣어 만든 술로, 설날에 이 술을 마시면 사악한 기운을 물리칠 수 있다고 한다.

399) 주인의……지었고 : 연잎 옷 [荷衣]이란 은자의 옷을 가리킨다. ≪초사(楚辭)≫ <이소(離
　　騷)>에서 "기하(芰荷)를 마름질하여 저고리를 짓고, 부용을 모아서 치마를 짓네. [製芰荷以
　　爲衣兮 集芙蓉以爲裳]"라는 구절에서 인용한 말로, 여기에서는 속세를 떠나 은거하고 있다
　　는 뜻으로 사용하였다.

자리를 떠나며 은근하게 만날 약속 있었으니　　　　　　離席懃懃逢約在

회화나무 누런400) 팔월은 모두 바쁠 때인데　　　　　　槐黃八月擧忙時

집에 돌아와 또 용호의 벗 한에게 주다 歸家又贈龍湖韓友

붉은 부채 푸른 옷깃을 한 미소년 있으니　　　　　　丹扇靑衿美少年

보배로운 구슬401) 낱낱이 명성 전했다네　　　　　　瓊琚個個有聲傳

하룻밤 속세의 꿈은 신선의 집402)이었고　　　　　　一宵塵夢仙莊是

세 가지로 살핀403) 산의 이름은 누추한 동네라네　　　　三省山名鄙洞然

남북으로 거리는 멀리 떨어지지 않았으니　　　　　　南北舍程非遠隔

아우와 형의 교분은 깊은 인연에서 맺혔네　　　　　　弟兄事誼托深緣

자리에 있던 글 짓던 벗들은 평안하신지　　　　　　文朋在座平安否

인간사 좋은 복을 빌며 두 현인 경하하네　　　　　　淸福人間賀兩賢

과거 보러 가면서 또 용호를 지나며 짓다 科行又過龍湖作

칠월에 돌아갔다가 팔월에 왔다네　　　　　　　　　七月歸笻八月來

시내와 산 익숙하니 저녁에 대를 오르네　　　　　　溪山慣面暮登坮

---

400) 회화나무 누런 : 원문인 '괴황(槐黃)'은 '괴화황(槐花黃)'의 약칭으로, 당(唐)나라 때 유생(儒
生)들이 응시 준비에 바빴던 계절을 말한다. 중국 당나라 때 장안(長安)의 응시생들 중에 낙
제한 자들이 6월 이후에는 도성(都城)을 떠나 고향에 돌아가지 않고 흔히 조용한 묘원(廟院)
이나 주택을 빌려 거주하면서 작문을 연습하여 바로 그해 7월에 새로 지은 문장을 재차 헌
상(獻上)하는데, 이 과정을 통틀어 과하(過夏)라고 하며, 이때가 마침 홰나무 꽃이 한창 노랗
게 피는 무렵이므로 이 말이 있게 되었다는 고사가 있다.

401) 보배로운 구슬 : 원문인 '경거(瓊琚)'는 보배로운 구슬로 상대방의 시문을 뜻한다. 반면에 자신
의 시문을 뜻할 때는 '목과(木瓜)'라고 표현한다. 이는 ≪시경(詩經)≫ <목과(木瓜)>에서 "나에
게 목과를 주거늘 경거로써 갚는다. [投我以木瓜 報之以瓊琚]"라고 한 것에서 유래하였다.

402) 신선의 집 : 원문인 '선장(仙莊)'은 '선가(仙家)'라고도 하며, 신선이 사는 집을 가리키는데 상
대방의 집을 높여 부른 표현이다.

403) 세 가지로 살핀 : 원문인 '삼성(三省)'은 앞 구절의 '일소(一宵)'와 대구를 이루기 위해 썼는데,
회와의 마을인 삼성동(三省洞)을 가리킨다.

주인이 붓을 드니 그림은 진영을 이루는데	主人笔落圖成陣
손님이 시를 읊으니 운자에 재주가 모자라	客子詩吟韻乏才
굼벵이가 밤새는 고통을 어찌 꺼릴소냐	蝎有何嫌終夜苦
닭은 새벽 향한 재촉으로 바쁜 줄 안다네	鷄知忙擧向晨催
자네는 충주로 가고 나는 서울로 가니	君行忠邑吾行洛
같은 자리에서 술내기 다시 못함이 한스럽네	恨未同場獵酒回

음성을 지나며 짓다 過陰城作

만 개의 강을 건너고 천 개의 산을 넘어 왔다네	涉來萬水越千山
손 안에는 반치로 깎은 짧은 대나무를 지녔지	手裡短筇半寸刪
길은 음성 남쪽 괴산 위로 나오고	路出陰陽槐竹上
일행은 부자 형제 사이와 같다네	行同父子弟兄間
구름은 시인을 따라 바쁜 발걸음 내딛고	雲從詞客忙馳步
꽃은 주모처럼 웃으며 권하는 낯빛이구나	花似酒婆笑勸顔
오십년 부지런히 공부한 것이 오늘의 뜻이니	五十勤工今日志
한성시에 한번 급제해 호서로 돌아와야지	漢城一解左湖還

재실에 거처하던 겨를에 염계 주돈이 선생의 〈태극도설〉을 읽고 감흥의 마음이 일어나 〈태극도설〉의 글자를 사용하여 이 네 운자를 이루고, 스스로 경계하는 뜻을 거두어 동쪽 벽에 썼다

齋居之暇讀濂溪周先生太極圖說有感興之心而用太極圖說字成此四韻斂以自警之意書于東壁

| 무극의 참된 이치에서 태극이 만들어지니 | 無極之眞太極成 |
| 건도는 남자 곤도는 여자 변화와 생성 생기네[404] | 乾男坤女化生生 |

---

404) 무극의……생기네 : 송나라의 유학자 주돈이(周敦頤)의 〈태극도설(太極圖說)〉에 "무극이 곧 태극이다. [無極而太極]"라는 말과 "태극이 본래 무극이다. [太極本無極]"라는 말이 나온다. 또 "무극의 참된 이치와 음양오행의 깨끗한 기운이 묘하게 합하고 응결되어 건도는 남기(男氣)을 이루고 곤도는 여기(女氣)를 이룬다. [無極之眞 二五之精 妙合而凝 乾道成男 坤道成

음과 양이 기운을 움직여 서로 뿌리를 세우고	陰陽動氣交根立
수와 화가 때를 나누어 골고루 펼쳐져 운행하네[405]	水火分時順布行
군자가 신묘함을 궁구하여 그것을 닦으니 길하고	君子窮神修以吉
성인은 해와 함께 그 밝음을 합하셨네[406]	聖人與日合其明
미미한 형체가 어찌 천성대로 살 수 있을까	微形焉得安天性
시초를 고찰하고 마지막을 궁구하니[407] 의리가 정밀하네	原始反終義理精

월안 동면장 만사[408] 輓月岸東面丈詞

신중하며 중후한 인품으로 선을 쌓은 집안이지	謹厚人爲積善門
산 속 깊이 은거하니 물이 도는 마을이네	隱居山邃水廻村
효성 깊어 손가락 자른 것은 천성에 기인하였고	孝深斷指因天性
학문은 마음잡는데 두었으니 어찌 세속처럼 번잡할까	學在操心豈俗喧
화평하고 즐거운 가풍으로 사대가 함께하니	和樂家風同四世
강녕하고 나이와 덕망 있으니 삼달존이라네[409]	康寧齒德達三尊

女]"라고 하였다.

405) 음과……운행하네 : <태극도설>에서 "양이 변하면서 음을 합하여 수·화·목·금·토의 오행이 생성되며, 다섯 가지의 기운이 골고루 펼쳐져 춘하추동 사시의 계절이 운행 되도다. [陽變陰合而生水火木金土 五氣順布四時行焉]"라고 하였다.

406) 군자가……합하셨네 : <태극도설>에서 "그러므로 성인은 천지와 더불어 그덕을 합하셨고, 해와 달과 더불어 그 밝음을 합하셨고, 사계절과 더불어 그 차례를 합하셨고, 귀신과 더불어 그 길흉을 합하셨으니, 군자는 그것을 닦으니 길하고, 소인은 거스르니 흉하도다. [故聖人與天地合其德 日月合其明 四時合其序 鬼神合其吉凶 君子修之吉小人悖之凶]"라고 하였다.

407) 시초를……궁구하니 : ≪주역≫<계사전 상(繫辭傳上)>에 "만물의 시초를 고찰하여 삶의 원리를 알고, 만물의 마지막을 궁구하여 죽음의 원리를 안다. [原始反終 故知死生之說]"라고 하였다.

408) 만사(輓詞) : 죽은 이를 슬퍼하여 지은 글이다. 또는 그 글을 비단이나 종이에 적어 기(旗)처럼 만든 것을 가리키기도 한다. 주검을 산소로 옮길 때에 상여 뒤에 들고 따라간다. 만장(輓章)이라고도 한다.

409) 강녕하고……삼달존이라네 : 맹자(孟子)가 제(齊)나라 왕을 만나지 않는 것에 대해 경자(景子)가 따지자 맹자가 답한 내용에, "천하에 달존(達尊)이 세 가지인데, 관작(官爵)과 나이와 덕(德)이다. 조정에서는 관작만한 것이 없고, 고을에서는 나이만한 것이 없고, 세상을 보도(輔導)하고 백성을 기르는 데는 덕만한 것이 없다." 하였다. ≪孟子 公孫丑下≫

나와는 가장 가까이 사귀어 아는 사이   於吾最有情知密

울면서 붉은 명정을 저승으로 보내네   泣送丹銘向九原

큰아버님 대신 지음 代伯父主

노곡의 일가 아저씨 만사 김기서씨 輓老谷族叔丈詞 基瑞氏

영흥 형님과 우리 공이 돌아가셨으니   舍兄永興我公歸

이제는 온 집안이 다시 누구에 의지할까   從此一門更孰依

먹거리는 늘 부지런한 농사 덕분이었고   食力常須勤稼穡

말수 적으니 본디 언행 신중히 하였네   寡言自是愼樞機

효도는 백행의 근원이니 지금의 으뜸이고   孝原百行爲今最

수명은 칠순을 누렸으니 예로부터 드물지   壽享七旬在古稀

훌륭한 자식 조카 여러 손자들   肯子賢咸諸令抱

새벽의 조전410)에 달빛 희미하네   曉隨祖道月光微

작은아버님 대신 지음 代季叔父主

후덕하신 우리 공 세상 번거로움 싫어하셨네   厚德我公厭世煩

현재 가문의 원로가 얼마나 남으셨나   見今門老幾餘存

조상의 도타운 뜻 이어받아 깊은 효성을 다하고 承先篤志推深孝

우직한 평생은 언행을 신중히 하는데 있었다네 守拙平生在愼言

진정한 인품은 속세의 선비와 달랐으니   眞箇人非俗士況

훌륭한 자식과 예스러운 손자들에게 물려주었네 貽肯子與古諸孫

황천 돌아가는 길 모습 뵐 길이 막혔으니   泉坮歸路儀形隔

멀리서 애도사 보내며 눈물자국 훔친다네   遠寄哀詞拭淚痕

일가 아저씨님 대신 지음 代族叔主

---

410) 조전 : 원문의 '祖道'는 먼 길을 떠나는 사람을 위하여 도로의 귀신에게 제사를 지내는 것으
로, 상례(喪禮)에서 발인(發靷)하기 전에 지내는 조전(祖奠)을 일컫는다.

족인 김수만 만사 輓族人秀晚詞

능히 여든을 살아도 아쉬움이 남는데	能成大耋尙餘嗟
젊은 나이도 되지 않았으니 한이 어떨까	未到天年何等恨
노인 모시고 영결하는 일 마치지도 못했는데	奉老永終若不終
더구나 백발 늘어뜨린 부모님 한스러움이야	況垂白髮高堂恨
많은 자식 심정 또한 총애를 받았으니	常情多子亦鍾慈
외롭게 자라날 자제분들 차마 잊으리까	忍忘庭蘭孤苗恨
무릇 다른 이도 위문하면 진실로 슬프지만	唁向凡他固所悲
어진 이 세상 떠나 한 갑절이나 더하네	倍增仁者歸泉恨

작은아버님 대신 지음 代季叔父

온 세상이 마음에는 죄다 험난하지만	渾世爲心盡險嵒
공은 일찍이 평이하여 다른 이와 달랐지	公曾平易異於凡
온 집안의 화목한 가풍 믿음이 도탑고	風和一室孚惇誼
어머님을 효도로 모심에 지성을 다했네	孝養北堂格至誠
하늘이 장수를 허락 않으니 누가 불행을 지었나	天不壽仁誰造厄
사람이 사리에 어긋난 일을 당하면 다시 벌 받았다 말하지	人逢逆理語還謫
잠잠히 흐르는 눈물이 쓸쓸한 비를 이루니	潛潛淚作凄凄雨
이날에 누군들 영 옷깃을 적시지 않으리오	此日孰非濕兩衿

사촌 아우 김인태 대신 지음 代從弟寅泰

활산 신 생원 만사 이름 신흥권 輓活山申生員詞 名興權

십오 년 동안 몇 번이나 만났던가	十五年間幾回逢
만나면 둘 다 조용히 정담을 나누었는데	逢時情話兩從容
집에서는 늙은 어버이에게 효성을 마쳤고	堂臨親老曾終孝
가문에서는 형을 높여 길이 종가를 보전했네	家有尊兄永保宗
난초 두 줄기로 서니 봄이 초록빛을 띠고	蘭立雙枝春帶綠

꽃이 옛 갑자 돌아오니 눈이 붉게 물들었네 花回古甲雪侵彤

곧 내가 안식할 차례이니 누가 슬퍼해줄까 卽吾次息惟堵悵

활산을 마주한 새벽에 월봉의 공이라네 對活山曉公月峰

아버님 대신 지음 代父主

옥대 일가 형님 만사 이름 김헌명 輓玉臺族兄丈詞 名憲明

경에 나서 임에 돌아가니 두 신을 얻었네[411] 庚降壬歸得兩申

종산의 모월[412]에 아홉 구비 계곡의 물가 鍾山暮月九溪濱

시냇물 서쪽에는 선조께서 어진 후손을 보냈고 澗西先祖詒賢嗣

바다 왼쪽 옛 집에는 은거하는 일민[413]이 즐겁네 海左古家樂逸民

엄한 태도로 자신을 단속하니 눈보라도 침범하기 어려웠고 持己嚴儀難犯雪

온화한 기색으로 사람을 맞으니 온통 봄기운 생기네 接人和氣渾生春

화대를 다시 쌓아 거문고를 간직했나 化臺更築藏琴側

효자와 효손이 새벽 제사 지내네 孝子肖孫執紼晨

일흔 세 해는 노인이 성스러워지는 때이지 七十三年老聖時

자식을 낳아 기르니 자식이 아이를 낳았네 養螟生子子生兒

강산에 은거하며 물고기 잡고 땔나무 하면서 隱居山水漁樵或

대밥그릇 밥과 표주박 물을 즐거이 먹고 마시네 樂在簞瓢食飮其

새 집에 자리 잡아 생업을 시작하면서 卜得新莊治業啓

선산을 소제하며 효심을 따랐다네 掃除先墓孝心追

우리 집은 뒤처졌으니 장차 어찌 우러를까 吾家後進將安仰

이슬에 젖어 돌아오는 길에 벼랑의 달빛 슬프구나 瀼露歸程崖月悲

---

411) 경에……얻었네 : 경(庚)과 임(壬)은 천간(天干)이고 신(申)은 지지(地支)이니, 경신년(1880)
  과 임신년(1872)을 가리키는 것으로 보인다.

412) 모월(暮月) : 보통 한 계절의 마지막 달을 가리키기도 하고, 한 해의 마지막 달, 즉 12월이라
  는 뜻으로 쓰이기도 한다. 여기에서는 확실하지 않다.

413) 일민(逸民) : 학문과 덕행이 있으면서도 세상에 나서지 아니하고 묻혀 지내는 사람을 가리킨
  다.

족인 통정대부 김수광 만사 輓族人通政大夫秀光詞

천성은 강직하고 명석하며 신체는 튼튼했고	性賦剛明體健充
효성은 도탑고 덕망은 으뜸이라 세상에 전하지	世傳篤孝德峰中
문장은 그대 떠나니 화려한 규성414)이 떨어지고	文章子逝奎華落
음악은 벗이 돌아가니 보배로운 음률이 비었네	琴瑟友歸寶韻空
시골 마을의 달존은 어진 덕과 장수를 얻었고	鄕黨達尊仁壽得
나라의 전례를 넓혀서 은혜로운 관작을 내렸네	國朝廣典爵恩長
두 손자는 폐백 올리며 새벽까지 곡을 하고	孫奠幣雙曾哭曉
달빛은 서늘하게 벼랑 동쪽을 덮고 있네	月蒼凉古崖東蒙

또 짓다 又

반평생 -원문 1자 누락- 은거하고415)	半世□豊隱
백년을 누추한 마을에서 가난하게 살았네	百年陋巷貧
나는 어진 자제분과 공부했으니	我於賢胤硏
봄을 읊은 시부를 얼마나 읽었던가	幾閱賦詩春

일가 형님 김진태씨 만사 輓族兄晋泰氏詞

순수하고 옛스러운 가풍은 조상을 계승하여	純古家風纘祖先
일생을 근검하였으니 복이 길이 이어지네	一生勤儉福綿綿
더러 강산을 노래하며 물고기 잡고 땔나무하던 땅	或歌山水漁樵地
뽕나무와 삼 즐기며 비와 이슬 내리던 하늘	且樂桑麻雨露天
자자손손 넉넉한 경사를 전해주고	子孫孫詒裕慶

---

414) 규성(奎星) : 이십팔수(二十八宿)의 열다섯째 별자리에 있는 별들을 말한다. 입하절(立夏節) 의 중성(中星)으로 서쪽에 위치한다. 문운(文運)을 맡은 별로서 이것이 밝으면 천하가 태평 하다고 한다.

415) 반평생……은거하고 : 원문은 '半世□豊隱'인데, '豊'도 누락된 글자와의 관계를 알 수 없어 번역하지 않았다.

부부마다 장수를 누리게 하였다네 　　　　夫夫婦婦享高年

종산에서 저절로 처량한 소리 울리더니 　　　嶽鍾自發凄涼響

구름 가에서 멀리 신선되어 떠난 이 위로하며 보내네 　慰送雲邊遠駕仙

일가 형님 김극현씨 만사 輓族兄極鉉氏詞

육십년 세월보다 두 해가 적은 해에 　　　　六十光陰少二年

처량한 높은 벼랑에 달의 신선 되어 하늘로 떠나네 　凄涼高崖月仙天

남에게는 정중하나 말은 구차함이 없으며 　　　對人鄭重言無苟

바로 그 자리에서 주선하면 일이 편히 해결되지 　卽地周旋事有便

반평생 남긴 명성 거리에 노래로 남으니 　　　半世留名歌在巷

삼년산에 돌아간 자취 신선 명부에 보태네 　　　三山歸跡籍添仙

덕봉의 맑은 기운은 신이 내려준 것이니 　　　　德峰淑氣神維降

효자와 효손으로 대대손손 전하겠네 　　　　　孝子肖孫繼繼傳

문의 · 청주의 신 · 류 두 젊은이가 왔기에 짓다 文淸申柳兩少年來故作

하루걸러 문의 청주 두 젊은이 왔는데 　　　　間日文淸兩少來

우리 집을 열고 처음 손님을 맞았다네 　　　　我家初闢邀賓坮

비범한 인물이라 훌륭함이 나오고 　　　　　非凡人物寧馨出

산천을 얻었으니 빼어난 기운 감도네 　　　　有得山川秀氣回

경전의 숲에 꽃이 피니 보기를 게을리 말고 　花發經林看勿怠

글의 벽에 명성 들리니 슬픔 없이 즐기기를 　聲聞書壁樂無哀

백발인 나를 돌아보며 무슨 탄식 하겠는가 　顧余白髮何歎及

다시 후생을 위해 각자 힘을 쓰게나 　　　　更爲後生各勉哉

소설에 운을 맞추다 小雪韻

소설의 하늘에 작은 눈이 처음 날리네	小雪初飛小雪天
그 뒤에도 없었고 그 전에도 없었지	不於其後不於前
처서를 지난 지 며칠 되지 않았는데	向經處暑無多日
점점 입춘에 가까우니 이 해도 지났구나	漸近立春過此年
지극한 이치 자세히 추구하니 옥관의 재 움직이고416)	至理細推灰管動
참으로 맞는 때가 있다고 책력에는 전한다네	信時有愶曆書傳
바람 따라 싸라기 날리며 서쪽 창을 때리니	從風亂霰西牕撲
아, 긴 밤에 누워 있다가 늘 잠에서 깬다네	攲枕永宵每覺眠

손자 아이에게 서당에서 글 읽기를 권하다 을해년(1875) 겨울 이황종과 몇 사람이 와서 글을 읽었으므로 아이에게 함께 가도록 권하다

勸兒孫讀書書堂 乙亥冬李潢鍾數人來讀書故勸兒同往

드넓은 경전에는 헛된 이야기 없으니	灝經典重說非空
너 손자 아이는 오직 공부에 힘쓰거라	勉汝兒孫最用功
책에 꽂는 짧은 책갈피 대나무 다듬어 얻었고	篇挿短籤治得竹
연적 넣을 작은 궤짝 오동나무 깎아 만들었지	硏藏小櫃斲成桐
창문은 어두운 밤이 싫어 몸을 하얗게 단장했고	牕嫌夜黯身粧白
등잔불은 양의 정기 잉태하여 붉은 그림자 토해내지	灯孕陽精影吐紅
일어나 남쪽하늘 걸으면 화려한 규성이 떨어지니	起步南天奎華墮
산방의 소식을 두 벗과 함께 하기를	山房消息兩生同

---

416) 옥관의 재 움직이고 : 동지(冬至)가 지나갔다는 말이다. ≪한서(漢書)≫ 율력지(律曆志)에 절후(節候)를 살피는 법이 수록되어 있는데, 갈대 속의 얇은 막을 태워 재로 만든 뒤 그것을 각각 율려(律呂)에 해당되는 여섯 개의 옥관(玉琯) 내단(內端)에다 넣어 두면 그 절후에 맞춰 재가 날아가는데, 동지에는 황종(黃鍾) 율관(律管)의 재가 비동(飛動)한다고 한다.

절구(絶句)

우연히 읊다 偶吟

도의 기운 싹트려 하네 이 깊은 밤에	道氣欲萌此夜深
아름다운 소문 누가 복재의 거문고를 -원문 1자 판독불능-	徽音誰▨復齋琴
아득한 반평생 한가히 살던 자가	悠悠半世閑居者
백발이 되어 책의 숲에 앉음을 어찌 꺼리랴	白髮何嫌坐讀林

여우 소리를 듣고 스스로 경계하다 聽狐自戒

썰렁한 서재에서 여우 울음소리 밤에 들으니	寒齋夜聽有狐鳴
재앙인지 복인지 속설을 그 소리에서 증험하네	俗說灾祥驗厥聲
복이면 맞아올 수 있고 재앙은 경계할 수 있으니	祥可迎來災可戒
무슨 일인들 경계하면 이루지 못할 수 있을까	戒於何事不由成

장두417)로 운자를 맞추다 藏頭韻

| 때는 밤 달은 빗기고 하얀 계수나무 꽃 | 時夜月斜素桂花 |

---

417) 장두(藏頭) : 원래 한시(漢詩)에서 장두체(藏頭體)는 일부러 주어(主語)를 생략하고 짓는 문체를 말한다. 여기에서는 '머리를 감춘다'는 의미의 '장두(藏頭)'로 사용한 것으로 보인다. 즉 제1구의 뒷부분 '素桂花'가 제2구의 앞부분이 되고, 제2구의 뒷부분 '明近水家'가 제3구의 앞부분이 되는 식이다. 제4구의 뒷부분 '時夜月斜'는 다시 제1구의 앞부분을 이루어 순환하는 구조로 되어 있다.

하얀 계수나무 꽃물에 가까운 집을 밝히네　　　　　　　素桂花明近水家

물에 가까운 집 밝히고 시 읊는 것 마치니　　　　　　　明近水家詩詠罷

시 읊는 것 마치니 때는 밤 달은 빗기네　　　　　　　詩詠罷時夜月斜

선대격418) 扇對格

어젯밤 산에 뜬 달 초승달로 걸리니　　　　　　　　　昨宵山月鉤新掛

술 생각 은근한데 좋은 손님 보내네　　　　　　　　　酒意慇懃送好賓

오늘 새벽 눈꽃이 옥구슬처럼 가득 흩어지고　　　　　今早雪花瓊滿散

시상이 가득 넘치니 은자에게 주노라　　　　　　　　詩辭洋溢贈幽人

또 짓다 같은 날 지은 것이 아니다 又 非同日作

지난밤 달빛 아래 밭벼에 물을 대는데　　　　　　　　昨夜月波田漑稻

적잖이 조롱 받으니 개구리 마구 울더군　　　　　　　受嘲不少亂鳴蛙

오늘 아침 이슬 맺힌 담장에서 오디 맛보니　　　　　今朝露幹墻嘗椹

반포419)가 도로 부끄러우니 까마귀들 쪼아대네　　　　返哺還羞衆啄鴉

늦모내기 晚移

이른 새벽 나와 심고 저물녘에 돌아오는데　　　　　　侵晨出種踏昏歸

농사꾼 복장에 선비 마음 겉과 속이 다르네　　　　　農服士心表裡違

선비는 으뜸 백성이고 농사는 근본이니　　　　　　　士者首民農者本

시냇물 건너편 시골 여인 비웃음이 무슨 상관이랴　　何關野女隔溪譏

---

418) 선대격(扇對格) : 보통은 시에 대우(對偶)를 맞추는 데에 1구(句) 1구씩 상대로 하는 것인데, 예를
　　들면 당시(唐詩)에, "풀은 오늘 아침 비에 푸르렀고, 꽃은 어젯 바람에 졌네. [草綠今朝雨 花殘昨
　　夜風]"의 종류이다. 선대격(扇對格)은 그와는 달라서 제1구 제2구가 한쪽이 되고, 제3구 제4구
　　가 한쪽이 된 것이니, 곧 제1구는 제3구와 상대가 되고 제2구는 제4구와 상대가 되는 것이다.

419) 반포(返哺) : 까마귀 새끼가 장성한 뒤에는 먹이를 물어다가 늙은 어미를 먹여 주어 은혜를 갚
　　는다는 고사에서 온 말로, 자식이 장성한 뒤에 부모에게 효도하여 은혜를 갚는 것을 비유한다.

엄남에게 드리다 呈广南

아드님께서 보배로운 구슬420)을 공손히 받들고	敬攀玉允挾瓊琚
일어나 춤추고 길게 읊조리며 말의 옷자락 떨치네421)	起舞長吟拂馬裾
한번 가면 한번 오는 것과 같아 아깝지 않으니	非惜一趨如一來
시 이야기는 우선 제쳐두고 술잔 먼저 나누세	詩談姑舍酒先醵

벌레 우는 가을에 아이들과 놀며 읊다 以虫鳴秋 與諸兒戱吟

매미가 소리를 거두고 지는 해 나무 그늘에 비끼니	蟬收落日樹陰斜
쓸쓸한 귀뚜라미소리 어지러이 이어져 집집마다 시끄럽네	亂繼寒蛩鬧萬家
미물이 가장 먼저 가을 기운을 느끼니	微物最先秋氣得
어찌 고고한 절개 국화에 가까운가422)	尙何孤節傍黃花

담배 南草

옛 사람은 곡식 심으려 풀을 없애던 밭에	古人穀種草除田
지금은 어찌 이랑 언저리 풀을 심고 좋아하나	種草今何好畎圓
먹어도 배부르지 않고 한갓 연기만 마시는데	食不飽吾徒烟吸
무슨 풀을 불태운다고 연기가 생기지 않으랴	以燃何草不生烟

---

420) 보배로운 구슬 : 원문인 '경거(瓊琚)'는 보배로운 구슬로 상대방의 시문을 뜻한다.

421) 말의 옷자락 떨치네 : 한유(韓愈)의 <아들 부가 성남에서 독서하다 [符讀書城南]>에서 "사람이 배워서 고금을 통하지 못하면, 마소가 사람 옷 입은 것과 같단다."라고 하였다.≪韓昌黎集 卷6≫여기에서는 상대방 아들의 시문 실력이 훌륭함을 칭찬하는 의미로 쓰인 듯하다.

422) 고고한……가까운가 : 서릿발이 심한 속에서도 굴하지 않고 외로이 지키는 절개, 즉 오상고절(傲霜孤節)은 국화를 상징한다. 이는 사람이 늘그막까지 초심을 보전하며 절조를 지키는 것을 말한다. 송(宋)나라 한기(韓琦)의 시에 "옛 동산 가을빛이 맑아서 부끄럽소마는, 늦가을 향기로운 국화꽃을 한번 보소. [雖慚老圃秋容淡 且看寒花晚節香]"라는 구절이 나온다. ≪安陽集 卷14 九日水閣≫

열나흗날 밤 幾望

바퀴 서쪽에서 생기기 시작하여 점점 동쪽에 이르니 　　　　生自輪西漸至東

가득한 빛이 아직은 사방이 똑같지 못하네 　　　　滿光猶未四邊同

예로부터 현인군자는 차서 넘침을 경계하였지[423] 　　戒盈自古賢君子

이 밤이 우러러 창공 바라보기 가장 알맞네 　　　　此夜最宜仰碧空

열엿새날 밤 旣望

어제 가득 찼더니 다시 서쪽부터 이지러지려 하네 　　昨盈今更欲虧西

차고 이지러짐은 닭 한번 우는 사이임을 비로소 깨닫지 　始覺盈虧限一鷄

오래도록 이지러지지 않을 밝은 빛 어찌 얻을까 　　安得明光長不缺

밤마다 바다 속에서 제나라 노중련을 찾네[424] 　　　每宵海底魯連齊

관솔불 松火

오행을 참고하여 양에서 취하였으니 　　　　　　參之五行取諸陽

저녁부터 아침까지 음식 익히기 이보다 좋을 수 없어라 　烹飪暮朝莫此良

조각조각 소나무 갈라서 물도 끓이고 　　　　　　片片剖松湯有沸

등잔 대신하여 책상에 앉아 긴 밤 지새지 　　　　代燈書案永宵堂

---

423) 예로부터……경계하였지 : ≪주역(周易)≫ <겸괘(謙卦) 단(彖)>에, "천도는 차서 넘치면 무너지게 하고 [天道虧盈]……귀신은 차서 넘치면 해를 끼친다. [鬼神害盈]"라고 하였다.

424) 밤마다……찾네 : 중국 전국시대(戰國時代) 제(齊)나라의 노중련(魯仲連)은 뛰어난 변론으로 각 제후국의 분란을 수습해 주었다. 제나라 전단(田單)이 요성(聊城)을 평정하고 돌아와서 노중련의 공을 논하며 작위를 주려고 했을 때, 노중련은 "나는 부귀하여 남에게 굽히고 살기보다는 차라리 빈천하더라도 세상을 아래로 내려다보면서 내 뜻대로 살고 싶다."라고 하고는 바닷가로 몸을 피해 숨은 고사가 전한다. 또 진(秦)나라가 조(趙)나라를 공격할 때, 위(魏)나라의 신원연(新垣衍)이 진나라가 군대를 철수하는 조건으로 진나라를 황제로 높이자고 제의하자, 당시 조나라에 와 있던 노중련이 분개하며 말하기를, "불의한 진나라가 황제가 되어 천하에 정사를 펴게 된다면 나는 차라리 동해(東海)에 빠져 죽고 말 것이다." 하였다.≪史記 卷83 魯仲連鄒陽列傳≫

구름에 가린 달 雲掩月

차가운 못에 비친 가을 달을 공연히 구름이 가리니   秋月寒潭謾遮雲

촛불 밝혔다는 소식을 다시 듣기 어렵네   燭明消息復難聞

멍하니 어두운 거리에 나를 앉히고   蒙然坐我昏衢裡

성현의 옛글을 죄다 암송한다네   誦盡聖賢古文在

대추 棗

천 가지 심어도 고을에 알맞고 핵 안에 씨가 있지   種千妥邑核中仁

맛은 선도425)보다 낮고 품질은 모양보다 낫네   味勝仙桃品勝樣

팔월이 이제 돌아오니 깊은 들에서 따서 다듬어   八月今回幽野剝

집집마다 새로 올려서 조상 신령께 제사지내지   家家新薦享先神

반딧불 螢火

저녁 하늘에 흘러가던 밝은 별 떨어지고   暮天流去墮星明

멀리 절벽에 급히 나는 불빛에 놀라네   斷崖急飛遠燧驚

낱낱이 주워 와서 등불 그림자와 바꾸니   箇箇拾灯影來換

글 읽는 가을밤에 밤기운 청신하네   讀書秋夜夜生淸

새끼 꼬기 索繩

오른손으로 비비 꼬고 왼손으로 보태어   右首纚纚左手增

두 가닥 마주하는 곳에 삼으로 올리네   兩條交處以麻乘

용수석426)을 짜고 나니 세 줌이 남누나   織龍鬚席餘三把

나의 허물을 바로잡으니427) 올바름을 얻었네   繩我有愆得正曾

---

425) 선도(仙桃) : 선경(仙境)에 있다는 복숭아를 가리킨다.

426) 용수석(龍鬚席) : 용수초(龍鬚草)로 짠 돗자리를 가리킨다. 용수초는 골풀이라고도 한다.

길을 가던 중에 신발이 해지다 行中履弊

걸음걸음 앞을 굽어보면서 늘 눈에 두었고 步步俯前常目在
때때로 벗어서 손으로 비벼 보았지 有時脫擧手摩挲
나선 길이 급하지 않으니 신발 찬찬히 살피느라 登程不急安詳履
십리 길 가는 중에 오리가 지났다네 十里行間五里過

왕골 汪骨

대나무와 비슷한데 마디 없이 한길 높이 자라지 似筠無節一尋長
여러 갈래 쪼개어 방에 깔 자리 짠다네 五裂三分織布房
늘 아이들에게는 더럽히지 말라 훈계하지 每戒兒童無穢意
좋은 손님 기다려 맞으니 자리에 향기 감도네 待迎嘉賓座餘香

밤에 짖는 개 夜犬

네 소리가 없으면 잠에서 깨지 않을 텐데 不有爾聲不覺眠
인기척 꼭 따라가서 앞에 나가 짖어대지 必隨人跡啄從前
주인에겐 짖지 않고 밤새도록 지켜주는 吠非其主終宵守
본성 또한 풍부하니 이치 본래 그러하네 物性亦多理自然

봄이 아까워 읊다 惜春吟

젊은 나이의 마음에는 봄마다 흥분하다가 少年心事每狂春
늙어 가면 예사로이 봄 한 철을 맞이하지 老去尋常遇一春
어찌 유독 예사로이 봄을 맞이할까보냐 何獨尋常春事遇
이 몸은 오래도록 봄이 아님이 아깝다네 此身惜未久爲春

---

427) 나의 허물을 바로잡으니 : 원문은 '繩我有愆'으로 되어 있다. '繩'은 '새끼'라는 뜻과 함께 '먹
줄'이라는 뜻을 가지고 있고, '법도' '바로잡다'라는 의미로도 쓰인다. 회와가 '繩'이라는 단어
의 중의적인 의미를 사용하여 표현한 것이다.

필봉의 새벽달 이 아래 여덟 수는 여덟 경치를 읊었다 筆峰晨月 此下八首詠八景

잠에서 깨니 차가운 창에 밤기운 청신하고	睡覺寒牕夜氣淸
동쪽에 담담하게 반원이 생겨났네	東方淡淡半輪生
한가하게 앉아서 하늘하늘 그림자 희롱하고	閒中坐弄婆娑影
심경은 차분한데 스스로 밝히고 있구나	心境悠然也自明

묵현의 석양 墨峴夕輝

안개 가르는 저녁노을 석양 경치 한가하고	斷靄殘霞暮景閒
장대에 비스듬히 비추며 산을 반쯤 머금었네	長竿斜照半啣山
황혼이 더욱 아까워 한 없이 좋은데	埭惜黃昏無限好
기러기 소리 멀어지고 새소리가 돌아오네	鴈聲遠處鳥聲還

입암의 봄꽃 立巖春花

비에 젖은 촉촉한 꽃봉오리 꽃바람에 입을 벌리고	潤花雨濕綻花風
봄 산봉우리 그림에서 나온 듯 붉게 비단실 수 놓았네	畵出春岑錦繡紅
만송이 천 가지 향기 누가 가장 좋은가	萬朵千香誰最勝
모름지기 산 손님은 물 신선428)과 같다네	會須山客水仙同

양계의 여름 버들 良溪夏柳

긴 여름에 하늘하늘한 십리의 계곡에	長夏裊裊十里溪
연기 품고 안개 긴 채 녹음이 깔렸네	含烟惹霧綠陰低
농부들은 서로 함께 무더위를 피하니	農夫相與蒸炎避
뜨거운 길목 기다리지 않고 손님이 서쪽으로 나가네	不待湯關客出西

---

428) 물 신선 : 원문에는 '水仙'이라 되어 있다. 원래의 뜻은 물속에 산다는 신선인데, 연꽃 혹은 수
　　선화를 가리키기도 한다.

대곡의 가을 대나무 大谷秋竹

온갖 화초 꺾이고 온갖 나무 시드는데   百草折摧萬木零
서리 견딘 야윈 줄기 홀로 푸르디 푸르네   凌霜瘦幹獨青青
바라는 것 없이 살 수 없음을 아주 잘 알기에   信知不可居無願
뿌리 하나 얻어서 여기 내 뜰에 심었다네   得一根植我庭此

성악의 겨울 소나무 省岳冬松

군자가 심고 나서 백년이 지났다네   君子種來閱百年
날씨 춥기 전에 고상한 절개 누가 알리오[429]   誰知高節歲寒前
줄기는 금속과 같고 뿌리는 돌과 같아서   柯如銅鐵根如石
여전히 짙푸르게 눈 내리는 하늘로 치솟네   猶自蒼蒼搏雪天

감동의 나무꾼 甘同樵客

낫을 차고 도끼 멘 두서너 무리가   帶鎌荷斧兩三羣
긴 노래 주고받으며 앞서거니 뒤서거니   互答長歌後先分
단단히 얽힌 가시덤불 쑥대를 마구 베면서   亂刈楚蔓綢繆束
저물녘 돌아오는 길에 안개와 구름에 잠기네   斜陽歸路鎖烟雲

지평의 늙은 농부 旨坪耕叟

부들 자라고 살구 늘어나는 오래된 이랑의 봄   蒲長杏滋古畝春
소 먹이는 시골 노인은 청명한 새벽에 일어나네   飯牛野叟起淸晨
밭 갈지 않고 가을의 수확을 어찌 얻으리   不耕安得秋時穫
밭에서 비와 이슬 맞으며 하루 종일 열심히 일하네   永日勤工雨露瞵

---

429) 날씨……알리오 : ≪논어≫ <자한(子罕)>의 "한 해가 다하여 날씨가 추워진 뒤에야 소나무와
잣나무가 뒤에 시드는 것을 안다. [歲寒然後 知松柏之後凋也]"라는 공자(孔子)의 말에서 유래한
것이다. 이로써 소나무와 잣나무는 변함없이 굳은 지사(志士)의 절조를 비유하는 말로 쓰인다.

겨린430)에 포함되어 하룻밤 잡혀 갇히다 入切鄰一夜拘囚

평생을 세상 물정에 서툴러 스스로를 반성했는데	生平汚拙省吾身
오늘밤에는 복실의 사람431)으로 오인되었네	今夜誤爲福室人
공야장이 감옥에 있었던 것이 얼마나 한스러웠나432)	何恨冶長縲絏在
느닷없는 재앙이 까닭 없이 때때로 찾아오지	無端橫逆有時臻

행정 杏亭

신라와 고려를 거친 천년의 은행나무	千年文杏歷羅麗
열 아름 늙은 뿌리에 백 길 높이의 가지	十抱老根百丈枝
비단 짜는 마을을 부순 당나라의 절도사433)	碎錦坊須唐節度
현가하며 단에서 노나라 선니를 그린다네434)	歌絃壇慕魯宣尼

스스로 거처하는 삼성와에 대해서 짓다 題自居三省窩

삼성동 안에 작은 집을 지었으니	三省村中築小窩
이 몸을 살피며 과연 지명과 어떠한지435)	省身果與地名何

---

430) 겨린 [切鄰] : 살인 사건을 저지른 범인의 이웃에 사는 사람을 가리킨다.

431) 복실의 사람 : 확실히 알 수 없는데, 살인 사건 또는 중죄에 관련된 이웃 사람으로 보인다.

432) 공야장이⋯⋯한스러웠나 : 공야장(公冶長)은 공자(孔子)의 제자이다. 공자가 그를 평하기를, "사위 삼을 만한 사람이다. 비록 감옥에 갇힌 적이 있었지만 그의 죄가 아니었다."라고 하고, 자신의 딸을 그에게 시집보냈다.≪論語 公冶長≫

433) 비단⋯⋯절도사 : 삼국 통일 당시의 당나라와 관련 있는 고사인 듯한데, 확인되지 않는다.

434) 현가하며⋯⋯그린다네 : 현가(絃歌)는 거문고 따위의 현악기에 맞추어 부르는 노래를 가리킨다. ≪사기(史記)≫<공자세가(孔子世家)>에 "시경 삼백 편의 시를 공자가 모두 연주하며 노래 불렀다. [詩三百篇 孔子皆絃歌之]"는 말이 나온다. 선니(宣尼)는 공자의 별칭으로, 한 평제(漢平帝) 원시(元始) 원년에 공자를 추시(追諡)하여 포성선니공(褒成宣尼公)이라고 하였다. 노(魯)나라는 공자의 출신지이다.

435) 이⋯⋯어떠한가 : 회와가 삼성동(三省洞)에 삼성와(三省窩)를 짓고 증자(曾子)의 말과 연결시킨 것이다. ≪논어≫ <학이>에서 증자는 "나는 매일 세 가지로 내 몸을 살핀다. [吾日三省吾身]"라고 하였다.

하루 세 번 살피신 증자의 뜻에는 부끄럽지만　　　　日三雖媿曾賢志

그저 이 집을 지키느라 세월만 오래 되었네　　　　但守此窩歲月多

난초를 노래하다 幽蘭歌

붉은 이삭 자줏빛 싹 수많은 꽃 중 으뜸이니　　　　丹穎紫芽冠衆芳

뜰 가에서 가냘피 자라 오랫동안 향기 피우네　　　　細抽庭畔久聞香

그대는 군자와 같고 나도 그대와 같으니　　　　爾如君子吾如爾

줄기 하나 꿰어 차고436) 마음껏 스스로 취한다네　　　　紉珮一莖任自狂

백운동 白雲洞

게을리 흰 구름 쫓아 골짜기로 깊이 들어가니　　　　懶逐白雲入洞深

흰 구름 오가면서 푸른 봉우리를 잠갔다네　　　　白雲來去鎖靑岑

몇몇 집 꽃과 대나무 신령스런 경관 펼치니　　　　數家花竹開靈境

나로 하여금 속세의 마음 능히 잊게 하더라　　　　使我能忘俗世心

물방아 水舂

낮아졌다 높아졌다 사람의 힘이 아니라네　　　　一低一仰非人力

나는 듯한 여울 토했다 마셨다 바다용에게 배웠나　　　　吐吸飛湍學海龍

밤낮으로 쉬지 않고 만 섬을 방아 찧어　　　　日夕不休舂万斛

그 소리가 마치 큰 종을 치는 듯하더라　　　　聲聲依若擊洪鍾

별 星

궤도는 마치 바둑돌 벌린 듯하게 흰 빛을 내고　　　　躔如碁列光生白

찬란함은 마치 꽃이 핀 듯 그림자 붉게 비치네　　　　爛若花開影照紅

---

436) 줄기……차고 : 굴원(屈原)의 <이소경(離騷經)>에서 "강리와 벽지를 몸에 걸쳐 입고, 가을
　　난초를 꿰어서 허리에 찬다. [扈江離與辟芷 紉秋蘭以爲佩]"라고 하였다.

바라건대 사민성437)을 한 없이 얻어서　　　　　　　　　願得民星無限數
우리 성군님께 바쳐서 우리 동방 우뚝하기를　　　　　獻吾聖主卓吾東

천렵 川獵

한 줄기 속리산지류 작은 강물에서　　　　　　　　　細江一帶離山出
몇 리 물길 쫓아 하루 종일 물고기 잡네　　　　　　　數里逐流盡日漁
그 어찌 낚싯대도 없이 그물도 없이 하면서　　　　　其奈無竿無網具
나무에 올라가 물고기 구하려는 이 도리어 비웃지　　反嘲緣木欲求魚

천렵하고 돌아오는 길 川獵歸路

작은 강에 날이 저무니 어부 노래 그치고　　　　　　細江日暮漁歌歇
돌아오는 길은 피곤하게도 높은 철령을 넘네　　　　歸路倦逾鐵嶺高
우리 노는데 술 마시는 흥 없음이 가장 한스러워　　最限吾遊無酒興
물가에 나아가 시 읊고 언덕 올라 휘파람 부네　　　臨流餘賦嘯登皐

달밤에 글을 읽다 月夜讀書

가을밤 한가한 창가에서 달빛에 글 읽는데　　　　　秋夜閒牕隨月讀
흰 구름은 어찌하여 그 빛을 가리느냐　　　　　　　白雲何事蔽其明
눈으로 보아서는 책의 글자 살필 수 없어서　　　　眼看莫察靑編字
혀끝으로 점점 소리 멎는 줄 깨닫지 못했네　　　　不覺舌端漸止聲

또 짓다 又

옛날 옛적 운사438)는 신령스런 조화에 참석하였고　　雲師萬古參神化

---

437) 사민성 : 사민성(司民星)은 사람의 생사를 맡는 별이다. 민성(民星)이라고도 한다.
438) 운사(雲師) : 단군 신화에서 구름을 맡고 있는 신이다. 환웅이 하늘에서 내려올 때에 거느리
　　고 왔다. 여기에서는 구름을 표현하였다.

달빛을 삼켰다 뱉었다 밝고 어둠을 마음대로 하지　　　　　吞吐月光任暗明

이 밤에 강가에 있는 사람은 꼭 글을 읽는데　　　　　是夜人隨江必讀

꽃 책갈피 책상을 마주해도 소리가 없네　　　　　花籤對案有無聲

을묘년[439] 8월 11일 회덕에 갔다가 돌아오는 길에 탑산 일가의 집에서 묵고 헤어질 때에 칠언 절구 두 수를 지었다

乙卯八月十一日往懷德歸路宿塔山宗人家別時作七絶二首

산들바람 창에 부딪고 그림자 반쯤 비치네　　　　　牕斜微風影半射

긴긴 밤에 번뇌가 많아 글 읽는 집이라지　　　　　永宵多惱讀書家

때때로 글 읽는 소리 그치고 싶은 것은　　　　　有時欲止咿唔響

섬세히 오린 꽃 책갈피 들춰보기 때문이지　　　　　緣是擧籤細剪花

비 雨

소설 날 하늘에 마침 큰 비가 내리니　　　　　大雨適來小雪天

처마의 풍경소리 어지러워 잠들지 못하네　　　　　簷鈴亂耳未成眠

도롱이 삿갓 함께 차려 입고 서재에 모였다가　　　　　共裝簑笠文房會

차가운 강 향하지 않고 홀로 낚싯배 오르네　　　　　不向寒江獨釣船

섣달 그믐날 밤 여러 벗을 보내다 除夕送諸益

책상 마주한 겨울 석 달 이 산에서 글 읽으며　　　　　對案三冬讀此山

전별하고 맞이함이 고작 비단 한 겹 사이라네　　　　　餞迎祇隔一紗間

오늘 정을 다 나누었는지 말을 마시게　　　　　休言今日情輪盡

즐거움은 젊은이들 갔다 다시 오는데 있으니　　　　　樂在少年去復還

---

439) 을묘년 : 1855년(철종6)으로 회와가 33세 때이다.

문촌장에게 올리다 上文邨丈

물은 하나의 같은 갈래 근원을 거스르면 깊으니	水同一派溯源深
어느 날인들 북두성처럼 우러르는 마음 없었을까	何日曾無斗仰心
꽃나무440) 아래에서 좋은 이웃 접대하면서	願接芳隣花樹下
낮에도 가까이서 말씀 자주 받들기 바라네	頻承朝晝不遐音

용담의 박 지사에게 삼가 차운하다 謹次龍潭朴知事韻

삼수의 영지441)를 집 주변에 심었으니	三秀靈芝種宅邊
선천442)으로 피고 지며 올해로 백년일세	先天開落百今年
주인이 채취하여 단약을 만들던 날에	主人摘得成丹日
수련의 신묘한 기술 신선들에 짝하네	修鍊神工伴列仙

와평의 조 석사가 와서 전에 지은 운자를 외우기에 주고 받다

瓦坪趙碩士來誦前作韻故唱和

깊숙한 숲 겹겹의 산이 고리처럼 둘렀는데	邃林疊峀繞如環
좋은 손님 기쁘게 만나 이 안으로 들어왔네	喜遷嘉賓入此間
시 이야기 다 듣고 나니 모두가 절창이고	聽盡詩談皆絶調
이 몸 시원하게 씻어주는 물소리 잔잔하네	鄙腸夬洗水聲潺

---

440) 꽃나무 : 중의적 의미로 사용된 듯하다. 꽃나무의 원문은 화수(花樹)인데, 이는 친족끼리의
모임을 의미한다. 당(唐)나라 잠삼(岑參)의 <위원외화수가(韋員外花樹歌)>라는 시에 "그대
의 집 형제를 당할 수 없나니 열경과 어사 상서랑이 즐비하구나. 조회에서 돌아와서는 늘 꽃
나무 아래 모이나니, 꽃이 옥 항아리에 떨어져 봄술이 향기로워라. [唐家兄弟不可當 列卿御
使尙書郞 朝回花底恒會客 花撲玉缸春酒香]" 한 데서 유래하였다.

441) 삼수의 영지 : '삼수(三秀)'는 상산사호(商山四皓)가 캐 먹고 살았다는 영지초(靈芝草)의 별칭
이다. 1년에 세 번 꽃이 핀다 하여 '삼수(三秀)'라는 이름이 붙었다.

442) 선천(先天) : 우주의 본체와 만물의 본원을 가리키는 말이다. 북송의 소옹이 진단(陳搏)의 학
문을 터득하여 ≪주역≫을 설명하면서 복희(伏羲)의 역(易)을 선천, 문왕(文王)의 역을 후천
(後天)이라 하였으며, <복희선천괘위도(伏羲先天卦位圖)>를 만들었다. 그래서 소옹의 역학
을 선천학(先天學)이라 한다.

아이들의 입춘 운자에 차운하다 次兒輩立春韻

건곤과 이기를 고요한 중에 재촉하여	乾坤理氣靜中催
이 해의 봄 마음은 이날에 열린다네	此歲春心此日開
날도 새로우니 사람도 지금부터 시작인걸	日新人亦而今始
물을 가리켜 굳게 맹세하며 술 한 잔 마시네	指水深盟挹一盃

석촌에서 돌아오는 길에 탑산을 돌아서니	石村歸路塔山廻
숲은 깊고 강은 돌아 별세계가 펼쳐지네	林邃江回別界開
멀리 명철한 스승 향해 도를 찾아 떠나고	遠向明師尋道去
아득히 어진 조상 추모하니 감동이 밀려오네	夐追賢祖感心來

뜻이 있어 우리 일행 이곳에 왔으니	有意吾行來此地
탑산의 서쪽에 비석을 하얗게 세우리	貞珉白立塔山西
선생의 지난 자취는 비명에 남아있으니	先生去蹟銘玆在
충성과 의리 천 년 동안 우뚝하여라	忠義千年卓犖兮

병진년[443] 7월 8일 아이 룡[444]에게 글 읽기를 권하다 丙辰七月八日勸龍兒讀書

세월은 사람에게 스스로 머물러 있지 않으니	歲月於人不自留
서늘한 기운 점점 드는 옛 교외의 가을이라	新涼漸入舊郊秋
나를 돌아보면 책상 떠났던 시간이 늘 한스러워	顧余每恨時離案
너를 위해 글 읽는 누각을 밤에 다시 찾았다네	爲汝更尋夜讀樓

---

443) 병진년 : 1856년(철종7)으로 회와가 34세때이다.
444) 아이 룡 : 확인되지 않는다. 회와(悔窩)에게는 아들이 셋이 있는데, 맏아들이 김수형(金秀瀅, 1840~1885), 둘째가 김수미(金秀渼, 1851~1922)이고 셋째가 김수요(金秀溁, 1860~1924)인데, 룡(龍)자가 들어가는 아들은 족보에서 확인되지 않는다. 이 글을 지은 것이 1856년이니, 막내인 김수요의 이명일 가능성도 없다.

용담의 박 수재에게 운자를 주다 與龍潭朴秀才韻

기이한 재주는 우연이 아닌 줄 알겠구나	奇才知不偶然哉
열여덟 봄을 맞아 옥관의 재 움직이네[445]	十八春迎動管灰
자네는 앞날에 천리마처럼 달리기에 힘써	勉爾前程騄步逸
장차 이백을 따라 봉황대에 오르거라[446]	將隨李白上鳳臺

문촌에 가던 중 길에서 한 수를 짓다 경신년[447] 3월 그믐往文邨中路作一首 庚申三月晦日

손님이 종산에서 활산에 이르렀지	客自鍾山到活山
바람 불고 번개 치듯 잠깐 사이라네	風行電邁悠焉間
사나이 여기부터 한가로이 지내려는 뜻이니	男兒從此優遊意
월굴과 천근[448]을 밟고 돌아오고 싶어라	月窟天根躡欲還

윤삼월 초하루 閏三初吉

봄 석 달을 다 보내고 또 봄이 한 달일세	送盡三春又一春
조물주가 남겼다가 상춘객에게 빌려주네	化翁剩借賞春人
이 해는 좋은 계절 전년보다 갑절이니	是年佳節前年倍

---

445) 옥관의 재 움직이네 : 동지(冬至)가 지나갔다는 말이다. ≪한서(漢書)≫ 율력지(律曆志)에 절후(節候)를 살피는 법이 수록되어 있는데, 갈대 속의 얇은 막을 태워 재로 만든 뒤 그것을 각각 율려(律呂)에 해당되는 여섯 개의 옥관(玉琯) 내단(內端)에다 넣어 두면 그 절후에 맞춰 재가 날아가는데, 동지에는 황종(黃鍾) 율관(律管)의 재가 비동(飛動)한다고 한다.

446) 장차……오르거라 : 당(唐)나라의 시인 이백(李白)이 금릉(金陵)의 봉황대(鳳凰臺)에 오르고 난 뒤 <등금릉봉황대(登金陵鳳凰臺)>라는 시를 지었다.

447) 경신년 : 1860년(철종11)으로 회와가 38세때이다.

448) 월굴과 천근 : 천근(天根)과 월굴(月窟)은 각각 양(陽)과 음(陰)의 이치를 설명할 때 쓰이는 용어이다. 송(宋)나라 소옹(邵雍)이 <관물음(觀物吟)>에서 "이목 총명한 남자의 몸으로 태어났으니, 천지조화가 부여한 것이 빈약하지 않도다. 월굴(月窟)을 찾아야만 물을 알게 되는 법, 천근(天根)을 밟지 않으면 사람을 어떻게 알까. 건괘(乾卦)가 손괘(巽卦)를 만난 때에 월굴을 보고, 지괘(地卦)가 뇌괘(雷卦)를 만난 때에 천근을 보는도다. 천근과 월굴이 한가히 왕래하는 중에, 삼십육궁(三十六宮)이 모두 봄이로구나."라고 읊은 데에서 나온 것이다.

어제의 남은 빛이 오늘도 새롭구나　　　　　　　　　　　　昨日餘光今日新

아이에게 글 읽기를 권하다 경신년[449] 10월 勸兒讀書 庚申十月

서늘한 가을부터 아이에게 부지런한 독서 권하니　　　　　教兒勤讀自凉秋
서재에서 세월이 흐르는 것이 아깝기 때문이라네　　　　　爲惜芸牕歲月流
더구나 성대한 조정을 만나 진사에 오른다면　　　　　　　況値聖朝升士進
서울에 성균관 있고 고을에는 향교가 있지　　　　　　　　國學於中序於州

등[450] 燈

장난 류랑[451]에게 주다 戲 贈柳郎

동쪽 평상[452]에 쌓인 먼지 깨끗이 쓸어버리고　　　　　　瀞掃東床一榻塵
길일에 돌아간 손님 다시 새로 맞이하네　　　　　　　　　穀朝歸客更迎新
얼음처럼 밝고 옥돌처럼 윤이 나니[453] 빛이 서로 비치고　氷淸玉潤光相暎
장인 집에서 인재를 시원하게 얻었다고 자처한다네　　　　自許翁家快得人

---

449) 경신년 : 1860년(철종11)으로 회와가 38세때이다.

450) 등(燈): 이 시는 제목만 있고 내용이 없다.

451) 류랑(柳郎) : 회와(悔窩)의 둘째 사위인 류해규(柳海奎)를 가리킨다. 본관은 진주(晉州)이다.

452) 동쪽 평상 : 원문에는 '東床'으로 되어 있다. 중의적으로 사용되었는데. 동상(東床)은 '사위'를
　　달리 이르는 말이기도 하다. 중국 진(晉)나라의 태부(太傅) 치감(郗鑒)이 왕도(王導)의 가문
　　에 사람을 보내 사윗감을 고를 적에, 모두 의관을 단정히 하고 나와서 극진하게 맞았는데,
　　오직 왕희지(王羲之)만은 이를 아랑곳하지 않고서 동쪽 평상에 누워 배를 내놓은 채 호떡을
　　먹고 있었다. 이를 기특하게 여긴 치감이 그를 사위로 선발한 고사에서 유래한 것이다. ≪世
　　說新語 雅量≫

453) 얼음처럼……나니 : 장인과 사위 모두가 뛰어나게 아름답다는 말이다. 진(晉)나라 악광(樂
　　廣)이 위개(衛玠)를 사위로 맞아들였는데, 이에 대해서 배숙도(裴叔道)가 "장인은 얼음처럼
　　맑고 사위는 옥돌처럼 윤이 난다."고 평했다는 고사가 있다. ≪晉書 卷43 樂廣列傳≫

설달 그믐날 밤에 죽은 손자를 추억하다 임오년[454] 除夜憶亡孫 壬午

네 나이는 어찌 짧고 내 나이는 길단 말인가	爾年何短我年脩
청년과 차마 이별하고 백발만 남았구나	忍別靑年白髮留
너의 생을 돌이켜보니 나를 잘 섬겼느니	回憶爾生能事我
이 밤에 잠 못 이루고 눈물만 흘리누나	此宵無寐淚泉流

류실[455]이 요절했다는 소식을 듣고 짓다 聞柳室之夭逝而作

시집가서 새벽에 두 해만에 돌아갔지	于歸之曉兩年歸
다시 돌아오지 않고 어찌 곧 영원히 돌아갔나	更不歸寧卽大歸
돌아간 곳이 아득하여 향할 곳이 없으니	歸處冥冥無處向
아! 어느 달에나 네가 다시 돌아올까	嗟乎曷月汝旋歸

맏아이에게 마음 상하여 탄식하며 하소연하다 與長兒傷恩而嘆辭

자식 사랑도 부모 효도도 않음은 천리에 어긋나니	不慈不孝理違天
우리 집은 하늘에 죄 지음을 벗어나기 어렵겠구나	難免吾家獲戾天
어찌하여 다시 사랑하고 효도하는 도리를 찾을까	安得更爲慈孝道
인류에 견주어 천륜을 이어나가야함을	比倫人類續倫天

뜰앞에 크고 작은 감이 있기에 짓다

정해년[456] 여름 병을 앓던 중에 짓다 庭前有大小柿故作 丁亥夏病中作

동쪽에는 큰 감 있고 서쪽에는 작은 감	東有大柿西小柿
작은 감 안 좋아하고 큰 감을 좋아하지	不愛小柿愛大柿

---

454) 임오년 : 임오년은 1882년(고종19)으로 회와가 60세 때이다.

455) 류실(柳室) : 류해규(柳海奎)에게 시집 간 회와(悔窩)의 둘째 딸을 가리킨다.

456) 정해년 : 1887년(고종24)으로 회와가 65세가 되는 해이다.

안 좋아하는 것 온전한데 좋아하는 것 떨어졌네 不愛者全愛者落
세상만사 모두 이렇게 감 키우는 것 같다네 世事無非此養柿

아이 수미에게 글 읽기를 권하다 정묘년[457] 勸渼兒讀書 丁卯

지난봄보다 갑절이나 네 공부 힘쓰거라 勉爾工夫倍去春
하물며 지금은 책임 있는 이미 성인이니 矧今責在已成人
과정을 엄히 세우고 게으르지 말거라 課程嚴立無時怠
책속에서 맛 얻으면 새로운 효험 볼 테니 味得書中見效新

화양동 학소대에 운을 맞추다 華陽鶴巢臺韻

선금[458]이 옛적에 인연 있어 날았지 仙禽昔日有緣飛
한바탕 꿈에 도사 옷 누가 놀랐나 一夢誰驚道士衣
억지로 속세 지팡이 짚고 그 위에 오르니 强倚塵筇其上上
공중에 빈 그림자 흰 구름이 돌아가더라 半天虛影白雲歸

와룡암 臥龍巖

상서로운 비늘 구불구불 흐르는 물에서 뛰어오르고 瑞甲蜿蜒躍在流
저녁부터 아침까지 두세 마리 갈매기 언덕 높이 나네 暮朝兩三鷗崗高
제갈량[459]이 거처를 떠나며 일찍이 놀라고 諸葛曾驚去居地
높이 일어선 회옹[460]이 다시 고을을 지나네 高起晦翁更過州

---

457) 정묘년 : 1867년(고종4)으로 회와가 45세 때이다.

458) 선금(仙禽) : 선인(仙人)이 타고 다니는 새, 즉 학(鶴)을 가리킨다.

459) 제갈량 : 중국 삼국시대 촉한(蜀漢)의 정치가(181~234)로, 자(字)는 공명(孔明)이다. 가슴에 큰 뜻을 품고 마음을 천하의 추이에 두었다 하여 와룡(臥龍)이라 불렀다. 이 바위의 이름이 와룡암이므로 언급하였다.

460) 회옹(晦翁) : 송나라의 유학자 주희(朱熹, 1130~1200)의 호이다. 자는 원회(元晦)이고 주자(朱子)라고 불린다. 경학(經學)에 정통하여 송대의 성리학을 집대성하였으며, 조선 시대 유

석천암의 낙성에 차운하다 次石泉菴落成韻

산은 높고 물이 도는 터에	山高水迴址
부자께서 서실을 만들었네	夫子書室爲
열 종류의 봄빛이 좋고	十種春色好
사성 중 세성461)이 옮기네	四星歲星移

갑인년에 중건을 의논하였고	甲寅重建議
기묘년의 남은 재앙 슬프네	己卯餘禍悲
아! 내가 이 뒤에 태어났으면	嗟我生此後
낙성에 참석하지 못하였겠지	未參落成之

또 짓다 又

아미산의 눈462)은 천길의 빛이요	嵋雪千仞色
충성과 절개는 당당하구나	忠貞也堂堂
기둥의 재목은 대궐과 비슷하고	棟材擬支廈
장구463)는 뒤늦게 고향으로 돌아왔네	杖屨遲返鄉

그윽한 계곡에 고명한 자취 떠났고	幽澗高躅去
새로운 난간에 감동의 마음 길구나	新欄感心長
현재의 무리들은 새와 같은데	見今輩如鳥
공을 상상하면 아침에 나는 봉황이지	像公朝鳳翔

학에 큰 영향을 끼쳤다.

461) 사성 중 세성 : 사성(四星)은 수성·금성·목성·토성이고, 세성(歲星)은 그 가운데 목성을 가리킨다.

462) 아미산의 눈 : 아미산(峨眉山)은 사천성(四川省) 아미현(峨眉縣) 서남쪽에 있는 산으로, 산의 모양이 눈썹과 비슷하게 생겼으므로 이렇게 부른다. 중국 불교 사대 명산 가운데 하나이다. 소식(蘇軾)의 글에 "임고정 아래로 십여 보도 되지 않는 거리에 큰 강물이 흐른다. 그 강물의 반절 정도는 아미산에서 눈이 녹은 물인데, 내가 마시고 먹고 목욕하는 것을 모두 이 물에서 취하고 있다. 그러니 내가 어찌 꼭 고향에 돌아가야만 하겠는가. 강산과 풍월은 본래 일정한 주인이 없나니, 한가로이 즐길 수 있는 그 사람이 바로 주인이라 할 것이다."라는 말이 나온다.

463) 장구(杖屨) : 지팡이와 짚신이라는 뜻으로, 이름난 사람이 머물러 있던 자취를 비유적으로 이르는 말이다.

난정기의 잔을 띄운 것에 차운하다[464] 次蘭亭流觴韻

계축년 수계[465]의 홍취는	癸年修禊興
자취를 의탁한 회계에서 우뚝하네	託迹會稽崇
정답게 현인들의 즐거움을 풀어내니	情敍羣賢樂
글은 태평성세의 풍속에서 기인하지	文因盛世風

지역은 비록 강산이 다르지만	地雖山水異
사안은 옛날과 지금이 같다네	事與古今同
더구나 또 즐겁게 그날 생각하니	況又娛懷日
풍악 소리 아직도 그치지 않았네	管絃曲未終

또 짓다 又

오십팔 명 현인이 함께하니	五十八賢同
풍류는 여기에서 성하다네	風流於此盛
상쾌하게 물가 대나무 맑고	快然水竹淸
조금 또 현가[466]를 함께 하네	儘又絃歌倂

지금도 옛사람의 즐거움 있으니	今有古人娛
가을에 봄날 읊조림에 의지하네	秋依春日詠
신선 신령은 광하[467]에 있어	仙靈在廣霞
붓을 휘두르며 서로 경하하네	搗筆相爲慶

---

464) 난정기의……차운하다 : 난정기(蘭亭記)는 중국의 동진(東晉)의 명필 왕희지(王羲之)가 353년 계축년 늦봄에 회계(會稽)의 난정(蘭亭)에서 열린 연회에 참석하여 지은 글이다. 난정수계서(蘭亭修禊序)라고도 한다.

465) 수계(修禊) : 물가에서 노닐면서 불길한 재앙을 미리 막던 풍속으로, 보통 삼월 삼일에 행하였다. 왕희지의 난정 수계(蘭亭修禊)에 대한 고사가 유명하다.

466) 현가(絃歌) : 거문고 따위의 현악기에 맞추어 부르는 노래를 가리킨다.

467) 광하(廣霞) : 광하궁(廣廈宮)을 가리킨다. 광하궁은 북방에 있다는 전설상의 궁전인 선궁(仙宮)으로, 광한궁(廣寒宮)이라고도 한다.

또 짓다 又

수계하러 지금 정자에 모였네	修禊會今亭
여러 현인과 이날을 함께하지	羣賢同此日
상쾌하게 수풀 대나무 맑고	快然林竹淸
더구나 또 풍악을 마쳤다네	況又管絃畢

또 짓다 又

사람은 예전 사람과 다르고	人異昔年人
날도 예전 날과 다르네	日異昔年日
모인 사람 서로 글을 읊조리니	會人相詠文
예전에 짓던 것과 다름 없네	無異昔年述

문촌에 가던 중 길에서 짓다 경신년 3월 그믐 往文邨路中作 庚申三月晦日

막걸리 한 잔에 기운이 나서	濁酒一盃氣
삽시간에 깊은 골짜기 속을 가네	霎行熊洞中
기울어진 소나무는 푸른 절벽에 기대고	倒松依壁翠
문드러진 잎은 붉은 물결을 비추네	爛葉映波紅

또 짓다 又

나비 빛깔 모습마다 다른데	蝶色形形異
새소리는 곳곳에서 같다네	鳥聲處處同
오늘이 다하였다 싫어하지 말게	莫嫌今日盡
윤삼월에 붉어질 꽃을 기다리지	花待閏三紅

미원 앞길에서 여승과 마주치다 米院前路遇女僧

옷차림은 남자인가 하였는데	衣襪疑男子
음성은 바로 여인이로다	聲音是女人
신심은 어디에서 얻을까	信心何處得
어젯밤에 현진468)에 이르렀네	昨夜到玄津

꽃 아래에서 취하여 읊다 花下醉吟

일년중 술 마시는 즐거움은	一年飮中樂
꽃이 누각 비출 때 가장 알맞지	冣適花照樓
어제 모임에 이미 활짝 피었고	已發優昨會
못 핀 꽃은 내일 놀이 기다리지	未開待明遊

속리산 은폭동에 이름을 쓰다 병자년469) 4월 어느 날 아이 수미를 보내며 새기고 제목을 붙여

절구 하나를 짓다 題名俗離隱瀑洞 丙子四月日送渼兒刻而題詩一絶

골짜기 이름은 은폭이라 이름 하였으니	洞名名隱瀑
은둔에 뜻을 두고 이름을 기록하네	志隱記吾名
은둔의 이름은 천 년을 영원하니	名隱永千載
한 세상 영화보다 도리어 낫겠지	還優一世榮

엄남에게 드리다 呈广南

농사에 힘쓸 때엔 풀을 베고	務農時折草
벼루 꺼낸 저녁에 꽃을 읊조리네	開硏晚吟花
탁주도 있고 청주도 있으나	有濁有淸酒

---

468) 현진(玄津) : '현묘한 나루'라는 뜻으로 심오한 불법(佛法)을 가리킨다.
469) 병자년 : 1876년(고종13)으로 회와가 54세때이다.

멀리 있는 내 벗이 안타까워　　　　　　　　　　　所嗟吾友遐

조각달 片月

항아[470]도 무릎 들이지 못하지　　　　　　　　嫦娥莫容膝
쪼그라져 하늘에 그림자 비추네　　　　　　　　縮過虧影天
머리털 가다듬는 빗은 온몸이고　　　　　　　　理髮梳全體
얼굴 비추는 거울은 반쪽이지　　　　　　　　　照顔鏡半邊

음죽 이 대아에 화답하다 和飮竹李大雅

시골의 달존은 나이를 존경하고　　　　　　　　鄕達敬尊齒
술잔 건네며 두터운 정을 나누지　　　　　　　　盃分交厚情
양춘가곡[471]에 화답하지 못하였는데　　　　　陽春歌未和
음죽은 북으로 돌아가는 길을 떠났네　　　　　陰竹北歸程

일가 어른 문촌장의 환갑잔치에 올리며 운을 맞추다 文邨宗丈晬宴韻

보배처럼 소중한 우리 일가의 어른　　　　　　珍重吾宗長
예순의 나이는 존경 받는 달존이지　　　　　　六旬齒尊也
진홍빛 고운 비단으로 장수 빌어야 마땅하니　應縑續壽絳
동갑인 노인은 천지처럼 큰 덕이 있다네　　　甲老乾坤德

---

470) 항아(嫦娥) : 항아는 일명 상아(嫦娥)라고도 하는 달 속에 사는 선녀이다.

471) 양춘가곡(陽春歌曲) : 양춘가곡은 <양춘백설가(陽春白雪歌)>를 말하는데, 송옥(宋玉)의
　　<대초왕문(對楚王問)>에 나오는 고사이다. 어떤 사람이 영중(郢中)에서 처음에 <하리파
　　인(下里巴人)>이란 노래를 부르자 그 소리를 알아듣고 화답하는 사람이 수천 명이었고,
　　<양아해로(陽阿薤露)>를 부르자 화답하는 사람이 수백 명으로 줄었고, <양춘백설가>를
　　부르자 화답하는 사람이 수십 명으로 줄었다. 이렇게 곡조가 더욱 높을수록 그에 화답하는
　　사람이 더욱 적었다고 한다. 여기에서는 상대는 음죽 이 대아의 노래가 품격이 있다는 칭찬
　　의 뜻으로 사용되었다.

일가 김극현씨 만사 輓族極鉉氏詞

아홉 세대 걸쳐 함께 산 교분이니	九世同居誼
몇 해 동안 쾌히 마음을 허락했던가	幾年快許心
모현암에 달이 떠올라	慕賢菴上月
처량히 서쪽 수풀 가득 비추네	悄然滿西林

회문 쌍성472) 回文雙聲

마음 전념이 학문이 진보해서인가	心專因學進
학문 진보가 마음을 전념해서인가	學進因心專
허물없음이 착함에 힘쓰는데서 시작하는가	無愆自務善
착함에 힘씀이 허물없음에서 시작하는가	務善自無愆

글자를 풀이한 시473) 解字詩

남은 잔엔 꼭 술을 따라야지 [잔 배 수작 수]	殘盃須酌酬
밤이 되니 두성과 누성이 둘렀네 [밤 야 두루 주]	方夜斗婁周
불이 스치면 차가 서서히 따뜻해지고 [불 화 차서 온]	拂火茶徐溫
추위를 살피면 농사는 가을에 마치네 [찰 한 가을 추]	察寒稼訖秋

엄숙함을 모으면 삼가는 생각이 생기고 [집 재 생각 념]	集齋生悋念

---

472) 회문 쌍성 : 회문(回文)은 한시체의 하나로, 머리에서부터 내리읽으나 아래에서부터 올려 읽으나 뜻이 통한다.

473) 글자를 풀이한 시 : 이 시는 일종의 언어유희를 사용한 시이다. 첫째 구절의 '殘盃須酌酬'의 뜻은 '남은 잔엔 꼭 술을 따라야'라고 해석될 수 있지만, 또한 음으로 읽으면 '잔 배'와 '수작 수'로 읽혀 한자의 음과 훈을 설명한 것처럼 되어있다. 둘째 구절 이후도 마찬가지이다. 음을 이용한 유희에 치중하다보니 내용의 해석은 자연스럽지 못한 측면이 있다. 또한 음도 한글과 비슷한 음가를 가진 글자를 차용하고 있다. 둘째 구절의 '방야(方夜)'는 '밤 야'를 표현한 것이고, 셋째 구절의 '다서온(茶徐溫)'은 '따스할 온'이라는 의미의 '따서 온'을 음차한 것으로 보인다.

길이 막히면 마음에 근심이 가까워지네 [길 도 근심 수]   窘道近心愁

인간 세상의 높은 곳에 처하였으니 [곳 처 인간 세]   高處人間世

상에 빠져 자취를 감추지 말거라 [물 강 도직 투]   勿江倒迹偸

서당에 나가는 아이 룡을 경계하며 운을 맞추다

신유년[474] 여름 주성의 선조 산소 아래로 보내다 戒龍兒出接韻 辛酉夏送于朱城先祖墓下

나를 떠나서는 아침마다 경계하라   離我朝朝戒

마음대로 하다가는 수레 바퀴살이 벗겨지지   任他脫輻輿

기묘한 구절을 만들기는 어려우니   做難得妙句

읽어야지 어찌 한갓 글씨만 잘 쓰겠는가   讀豈徒能書

긴요하고 절실하게 반드시 진실하며   緊着須眞實

헛되이 놀면서 거짓되지 말거라   浪遊莫僞虛

사람들은 필경 이루기를 바라는데   人要成畢竟

누군들 당초에 그러지 않겠는가   孰不在當初

스승을 따라 책 상자를 짊어지고   所以從師笈

벗을 모은[475] 마을에서 머무르지   止於會友閭

지혜로운 자가 이긴다고 어찌 기약하리   寧期智者勝

그저 범인처럼 되기만 바랄 뿐이라네   但望凡人如

대와 려는 또한 구분하기 쉽고   亦易分台呂

로와 어를 어찌 판별하기 어려우랴   何難辨魯魚

성실하면 과업이 수행될 것이고   誠從課業遂

게으르면 공부에 소홀해지리라   懶致工夫疎

---

474) 신유년 : 1861년(철종12)으로 회와가 39세때이다.

475) 벗을 모은 : ≪논어(論語)≫ <안연(顔淵)>에 "군자는 학문을 통해서 벗을 모으고, 벗을 통해
서 자신의 인덕을 보강한다. [君子以文會友 以友輔仁]"라는 말이 나온다.

당나라 도현476)을 닮기를 바라며   冀似唐陶峴

한나라 석거477)에 오르기를 흉내 내지   擬登漢石渠

가죽이 표범처럼 변하기를 점치고 싶으면478)   欲占革變豹

노니는 돼지를 따라 게으름 피우지 말거라   莫謾隨遊豬

아침에 먼지 낀 책 좀벌레 사냥하고   朝獵塵篇蠹

밤에는 달나라 계수나무 두꺼비를 읊지   夜吟月桂蜍

술을 멀리하니 녹색 술구더기 떠오르고   酒疎浮綠蟻

밥을 먹으니 푸른 구더기 핥는다네   飯喫吮青蛆

시를 쓰려면 반드시 먼저 구상하고   題出必先構

자리를 펴면 마땅히 뒤에 거처하지   簟鋪宜後居

어른을 보면 예의와 공경을 다하고   見尊禮敬止

젊었을 때에는 공부가 아름답다네   在少工猗歟

손 안에는 붉은 붓479)를 쥐고   手裡彤毫把

뱃속에는 자줏빛 비단을 둘렀네   腹中紫錦儲

조금 물러나면 저 사람의 아래가 되고   退分爲彼下

조금 나아가면 내가 남긴 찌꺼기 먹을 것이네480)   進寸則吾餘

---

476) 당나라 도현 : 도현(陶峴)은 중국 동진(東晉)의 시인 도잠(陶潛)의 손자로, 당(唐)나라 때 시인
으로 활약하였다.

477) 한나라 석거 : 석거(石渠)는 중국 한(漢)나라의 선제(宣帝)가 석거각(石渠閣)에서 학사들과 함
께 오경(五經)을 강론하며 《석거의주(石渠議奏)》를 펴냈다.

478) 가죽이……싶으니 : 《주역(周易)》<혁괘(革卦) 상육(上六)>에 "군자가 표범처럼 변한다.
[君子豹變]"라는 말이 나온다. 어린 표범이 자라면서 털 무늬가 점점 빛나고 윤기가 도는 것
처럼 사람이 개과천선하여 일신하는 것을 의미한다.

479) 붉은 붓 : 원문은 '동호(彤毫)'인데, 동호란 붉은색 자루의 붓으로 역사를 기록하는 붓을 뜻한다.

480) 내가……것이네 : 《춘추좌전(春秋左傳)》 정공(定公) 6년 조에 "남들이 내가 먹고 남긴 찌
꺼기를 먹지 않으려고 할 것이다. [人將不食吾餘]"라는 등후(鄧侯)의 말이 나온다.

아비를 바라보듯 더러 저 사람 우러러보는 　　望父或瞻彼

벗이 있으면 그 즐거움 또 대단하지 　　有朋其樂且

산이 연이어 있으니 절구공이 갈아서 바늘 만들고[481] 　　山連磨釬杵

밭은 경서 휴대하고 김맬 수 있겠네[482] 　　田可帶經鋤

나무가 초록빛일 때 새가 날고 　　樹綠時飛鳥

구름이 푸른 저녁에 나귀가 나가지 　　雲靑晩出驢

중건에 물어서 분별하고[483] 　　重乾問以辨

무망에 묵정밭이네[484] 　　無妄菑而畬

근원이 단단하지 않으면 　　不是根源固

어느덧 세월이 지나가네[485] 　　居然日月除

배우는 선비는 심오한 이치 깨우쳐야지 　　宜開學士闔

더구나 우리는 유자의 옷을 걸쳤으니 　　況着吾儒裾

---

481) 절구공이……만들고 : 다시 뜻을 가다듬고 공부에 매진하는 것을 말한다. 이백(李白)이 소싯
　　적에 독서하다가 그만두고 여산(廬山)을 내려올 적에 길에서 노파가 절구공이를 갈고 있으
　　므로 그 이유를 물어보니 바늘을 만들기 위해서라고 하였다. 이백이 이 대답을 듣고는 반성
　　하며 다시 돌아가 열심히 공부했다고 한다.

482) 경서……있겠네 : 밭에서도 책을 손에서 놓지 않을 정도로 독서를 좋아한다는 말이다. 한나
　　라의 예관(倪寬)과 삼국 시대 위(魏)나라의 상림(常林)과 진(晉)나라의 황보밀(皇甫謐) 등이
　　모두 경서를 휴대하고 농사를 지으면서 쉴 때마다 독서했던 고사가 있다.

483) 중건에 물어서 분별하고 : ≪주역(周易)≫의 중천건(重天乾) 괘를 말하는 것으로, 하늘과 제
　　왕을 상징한다. ≪주역≫ 건괘(乾卦) 문언전(文言傳)에 “군자가 배워서 지식을 모으고 물어서
　　분별한다.”라고 하였는데, 군자가 자신의 덕업을 닦아 진보시키는 것을 뜻한다.

484) 무망에 묵정밭이네 : ≪주역≫ 무망괘(無妄卦)의 상(象)에, “천하에 우레가 행하매 만물이 다
　　거짓됨이 없나니 [無妄] 선왕이 이것을 써서 때에 따라 만물을 무성하게 기른다.” 하였고, 육
　　이(六二)에, “밭갈지 않고서도 수확하며 1년 된 밭 [菑]을 만들지 않고서도 3년 된 밭 [畬]이
　　되니 갈 바를 두는 것이 이롭다.” 하였다.

485) 어느덧 세월이 지나가네 : ≪시경(詩經)≫ 실솔편(蟋蟀篇)에 “귀뚜라미가 마루에 있으니 이
　　해도 드디어 저물었도다. 지금 우리가 즐기지 아니하면 세월이 지나가 버릴 것이네. [蟋蟀
　　在堂 歲聿其莫 今我不樂 日月其除]” 하였다.

아름다운 덕업 이 중에 힘써서	嫩業此中務
높은 명성 그런 뒤에 기리지	高名然後譽
오래된 집은 용마루와 처마에 의지하고	古齋依棟宇
조상 묘소 있던 언덕의 터에서 감동하네	先墓感邱墟

연달아 죽 두 되를 먹은 범중엄486)	連粥二升范
세 해 동안 장막 드리운 동중서487)	下帷三歲舒
마음속으로 늘 생각이 미치는 것은	懷中恒念及
시 이전에 사고에 힘쓰는 것이지	詩上勉思諸

| 지금 네게 딱 들어맞는 고사 있으니 | 今有古符汝 |
| 나로 하여금 서쪽에서 서성이게 하는구나 | 使余西躊躇 |

즉흥적으로 읊다 卽事

비가 갰는데 구름 여전히 축축하고	雨霽雲猶濕
바람이 부니 밤에 점점 맑아지네	風來夜漸淸
높은 마루에 고요히 앉아 있을 때	高軒時靜坐
귀뚜라미가 가을 소리를 알리네	蟋蟀報秋聲

월안 동면장 만사 아버님의 명을 받들다 輓月岸東面丈詞 承父主命

| 여든 해를 은거하면서 | 隱居八十春 |

---

486) 연달아……범중엄 : 송나라의 명신 범중엄(范仲淹)의 고사이다. 어렸을 때 절에서 기거하면서 학문을 닦을 때 빈곤하여 좁쌀 2홉으로 죽을 쑤어서, 덩어리가 지면 칼로 4덩이로 갈라서 아침저녁으로 2덩이씩 먹었다고 한다. 회와의 시에는 죽의 단위가 되 [升]로 되어 있는데, 원 자료에는 홉 [合]으로 되어 있다.≪宋朝事實類苑≫

487) 세……동중서 : 서한(西漢)의 학자 동중서(董仲舒)가 장막을 드리운 채 강론을 하였으므로 제자들 중에서도 그 얼굴을 한 번도 보지 못한 자가 있었으며, 독서에 심취한 나머지 3년 동안 집의 뜨락을 내다보지도 않았다는 고사가 전한다. ≪史記 儒林列傳 董仲舒傳≫

스스로 당당한 사람이 되었지 　自作亭亭人

손가락을 잘라 순수한 효성 칭송되고 　斷指稱純孝

마음을 보존하며 본래의 성품을 길렀네 　存心養本眞

평생을 조심스럽고 중후하게 말씀하셨고 　平生謹厚語

반평생 문장을 몸에 지니고 계셨지 　半世文章身

가족과 우애가 도탑고 친밀했으며 　惇族兼親誼

집안 잘 다스리고 가난함을 즐겼지 　齊家樂素貧

고을에서 일찍이 학행으로 천거했으며 　鄕曾薦學行

관가에서도 어질고 순박하다 찬탄했네 　官亦嘆仁淳

난초 서니 아름다운 보리 싹이 트고 　蘭立嘉麥苗

대나무 자라니 죽순 하나 빼어났다네 　竹脩挺一箇

석당에 오늘밤 달이 떴는데 　石塘今夜月

누가 다시 맑고 신령스러울까 　誰爲更精神

모정 돈대장 만사 아버님의 명을 받들다 김수옥씨 輓茅亭惇垈丈詞 承父主命秀玉氏

종산은 태어나 늙은 땅 　鍾山生老地

오십 육년 동안이라네 　五十六年間

일처리는 굳세고 결단력 있었고 　剛決事能斷

몸은 은거하며 스스로 한가로웠네 　隱居身自閒

일가와 도탑게 지내며 예의를 갖추고 　惇宗將禮意

효성을 다하며 온화한 낯빛을 띠었지 　盡孝在和顔

벗들과 만나는 모임마다 기뻐하였고 　每喜友交會

집안 가난함을 불평하지 않았다네 　不嫌家道艱

인자하고 온화하며 인정이 두터웠고	仁慈兼渾厚
글은 우아했고 핵심을 살폈다네	文雅察機關
새들 중에는 날아가는 기러기 정말 아름답고	儘美鳥飛鴈
물고기에는 환어⁴⁸⁸⁾가 뒤늦게 탄식하지	晚嘆魚有鰥

인자하고 온화하며 인정이 두터웠고　　仁慈兼渾厚
글은 우아했고 핵심을 살폈다네　　文雅察機關
새들 중에는 날아가는 기러기 정말 아름답고　　儘美鳥飛鴈
물고기에는 환어[488)]가 뒤늦게 탄식하지　　晚嘆魚有鰥

대나무 가지에 잎은 무성하고　　竹枝脩葉茂
난초 싹이 한 줄기 올라왔네　　蘭苗一莖攀
덕을 계승하여 시냇물 서쪽에서 넉넉한데　　德纘澗西裕
병환은 어찌하여 서울 북쪽에서 돌아왔나　　病何京北還

착한 사람은 하늘이 빼앗아가고　　善人天底奪
길한 땅은 귀신이 오히려 아끼지　　吉址鬼猶慳
해는 지고 영원히 돌아가는 길에　　落日永歸路
두 줄기 눈물 옷깃을 가득 적시네　　滿衿雙悌潸

을묘년[489)] 섣달 그믐날 한밤중 乙卯除夕夜半

해시와 자시 전후의 밤에　　夜亥子前後
을묘 병진년 보내고 맞네　　卯辰年送迎
초백주[490)]를 빚어 놓았으니　　釀成椒柏酒
어머님 장수 기원 잔을 올리네　　獻壽北堂魶

노곡의 일가 아저씨 만사 아버님의 명으로 대신 짓다 輓老谷族叔丈詞 代父命

성품은 순수하고 몸도 건강했지　　性純身亦健

---

488) 환어(鰥魚) : 물고기의 이름인데, 이 물고기는 근심이 많아서 밤잠을 못 잔다고 한다.

489) 을묘년 : 1855년(철종6)으로 회와가 33세 때이다.

490) 초백주(椒柏酒) : 잣잎과 산초화를 넣어 만든 술이다. 음력 정월 초하루에 마시면서, 어른께
　　축수와 복을 기원하는 노래를 불러드리는 풍습이 있었다.

타고나길 전혀 가난하진 않았네　　　　　　　天賦不全貧

늙어갈수록 더욱 거짓이 없었고　　　　　　　老去益無僞

평생을 지내며 본성을 함양했네　　　　　　　生平曾養眞

효심이 깊으니 백행의 근원이라　　　　　　　孝深原百行

예의를 다하여 손님들 접대했네　　　　　　　禮盡接諸賓

덕망 있으니 삼달존이라네491)　　　　　　　　有德尊三達

인자함 지키며 팔순을 누리셨네　　　　　　　存仁享八旬

궁핍하여도 늘 족속을 돌보았고　　　　　　　乏窮常恤族

남의 장점 단점을 따지지 않았네　　　　　　　長短不論人

넉넉해진 뒤 능히 유업을 이어받았고　　　　　裕後能貽業

선조를 모심에 제사를 정결히 했다네　　　　　奉先在克禋

은근하게 어른과 아이를 화합하게 하였고　　　懃懃諧長幼

공손과 검소는 이웃과 고을의 모범이었네　　　恭儉範鄕鄰

또래의 벗들이 감탄하여 칭찬하고　　　　　　歎美同朋友

고을과 감영에서 드러내어 찬양했네　　　　　表揚自邑巡

아, 나라에서 표창하는 날이 늦어져　　　　　嗟遲天褒日

매장하는 때를 겨우 보게 되었네　　　　　　忍見地藏春

꽃과 대나무는 정원에서 오래되었는데　　　　花竹別園古

소나무 삼나무는 유택에서 새롭구나　　　　　松杉幽宅新

웅남 선영 아래에서　　　　　　　　　　　熊南先兆下

눈물 뿌리며 장송가 부르는 새벽　　　　　　淚灑薤歌晨

---

491) 덕망 있으니 삼달존이라네 : 맹자(孟子)가 제(齊)나라 왕을 만나지 않는 것에 대해 경자(景子)
가 따지자 맹자가 답한 내용에, "천하에 달존(達尊)이 세 가지인데, 관작(官爵)과 나이와 덕
(德)이다. 조정에서는 관작만한 것이 없고, 고을에서는 나이만한 것이 없고, 세상을 보도(輔
導)하고 백성을 기르는 데는 덕만한 것이 없다." 하였다. ≪孟子 公孫丑下≫

족인 김수만 만사 輓族人秀晩詞

아, 어진 이가 떠났으니	吁嗟仁者逝
누구에게 내 마음 의탁할까	誰與託吾心
부지런하고 성실함은 과연 순수하고 예스러우며	勤懇果純古
믿음직하고 도타움은 현재에 보기 드물지	信惇希見今
일은 단단하고 치밀함을 좇았고	事從堅緻物
말은 묵묵하고 신중하게 하였지	言出黙深音
양지(養志)492)라는 효성 근원을 갖추고	養志孝原備
친족과 화목하며 도타운 우애를 찾았지	睦親惇誼尋
사십 년이 갑작스레 지나가고	四旬過忽忽
같던 길이 어두컴컴 떨어졌네	一路隔沈沈
온 족속 모두가 낙담하였으니	擧族盡零膽
누군들 눈물로 옷깃 적시지 않으랴	疇人無涕襟
신령에게 왜 재앙을 만들었나 따지고	詰神何造厄
이치를 생각해도 또한 믿기 어려워라493)	推理亦難諶
집에는 계승할 자제 있으며	家有允哀繼
어머님과 아버님도 계신데	堂高嚴老臨
논밭은 누가 다시 가꿀 것인가	田園誰復藝
꽃과 나무 게으르게 그림자 남기네	花木謾留陰

---

492) 양지(養志) : 부모님을 모시는 태도 가운데 뜻을 봉양하는 양지(養志)와 신체를 봉양하는 양체(養體), 두 가지가 있다. 양지는 어버이의 마음을 흡족하게 해 드리는 것이고, 양체는 물질적으로 생활에 불편함이 없게 해 드리는 것인데, 양지를 효의 본질에 가깝다고 여겼다. ≪孟子 離婁上≫

493) 믿기 어려워라 : ≪서경(書經)≫<함유일덕(咸有一德)>에 "아, 믿기 어려운 것은 하늘이요, 무상(無常)한 것은 명이로다. [嗚呼 天難諶 命靡常]"라는 말이 나온다.

두 아우는 하나 같이 모두 함께 二弟一咸並

곡을 하며 가파른 산봉우릴 따라 오르네 哭隨登鐵岑

기미년[494] 봄 종산에 오르다 己未春登鍾山

허공에 걸린 것이 종과 같은데 半天懸似鍾

여운이 천년의 겨울을 지났네 遺響閱千冬

산 위에는 신령이 있으니 山上有靈在

유람하는 손님들 만나기를 기약해야지 應期遊客逢

서당의 낙성에 운자를 맞추다 3수 書堂落成韻 三首

선생께서 은둔하며 천산 괘[495] 얻은 것은 先生嘉遯筮天山

옛날 명나라 만력[496] 연간이었지 在昔有明萬曆間

풍채는 세속을 벗어났고 뜻은 호탕하고 뛰어나며 物外風標豪邁志

고요한 기개와 도량에 붉고 순수한 낯빛이었지 靜中氣宇緼純顔

덕성[497]이 고을에 모이니 여러 현인이 나란하고 德星聚縣羣賢併

가을 달 연못을 비춘 지 백 세대가 돌아왔네 秋月照潭百世還

건물 쳐다보며 많았던 모임 길이 생각하는데 瞻棟長懷多坐會

오늘밤은 술잔 들며 편안하고 한가롭네 觶揚今夕意安閒

계곡물 마시고 바위에 깃들어 이 산에 은거하니 飮澗捿岩隱此山

세상 사람들아, 걸닉 장저[498]에 비하지 마시오 世人莫比溺沮間

---

494) 기미년 : 1859년(철종10)으로 회와가 37세가 되는 해이다.

495) 천산 괘 : 《주역(周易)》<천산둔(天山遯)> 괘를 말하는데, 은둔한다는 뜻이다.

496) 만력(萬曆) : 중국 명(明)나라 신종(神宗)의 연호(1573~1619)이다.

497) 덕성(德星) : 덕성은 현인이 출현하면 나타난다는 별이다. 덕행이 있는 사람을 비유적으로 이르는 말이다.

498) 걸닉 장저 : 걸닉(桀溺)과 장저(長沮)는 모두 중국 춘추시대 초(楚)나라의 은사(隱士)이다. 세상을 피해 함께 농사 지으며 은거하였고, 공자(孔子)가 세상을 바꾸어 보려고 애쓰는 것을

현장에서 공부하며 경전의 뜻을 탐구하고	做工實地探經旨
사은숙배한 초년에는 용안을 뵈었고	謝命初年拜聖顏
-원문 1자 판독 불능- 한 문중이 함께 강론하였고[499]	▨谷一門同講討
화담의 벗들은 함께 유람하고 돌아왔네	花潭諸友共遊還
쓸쓸히 새로운 현판 의지해 묵은 자취를 뒤쫓자니	愀依新額追陳蹟
마치 선생님 편안하고 한가하게 모시는 듯하여라	若奉先生侍燕閒

좋아함을 겸하였으니 지혜로운 물과 또 어진 산[500]	樂兼智水又仁山
세상에서 달아난 초년에는 대곡 사이에 있었지	遯世初年大谷間
현인의 명성 간절히 사모하여 옛 자취에 머무르는데	慕切賢名留古躅
남긴 초상 의젓하고 진실된 얼굴에 엄정하고 한이 없다네	恨無遺像儼眞顏
남은 땅 옛 집터에 지금 중건하였는데	地餘舊宇今重建
앞 내에 노닐던 사람은 다시 돌아오지 않네	人遊前川更不還
엄숙하게 당에 오르니 글을 짓는 우아한 자리	濟濟升堂文雅席
솔바람과 회화나무 걸친 달에 맑고 한가함 넘치네	松風槐月剩淸閒

비판하였던 사람들이다.≪論語 微子≫

499) 한……강론하였고 : 원문은 '▨谷一門同講討'인데 '谷'도 판독할 수 없는 글자와의 관계를 알
수 없어 번역하지 않았다.

500) 좋아함을……산 : 공자(孔子)가 이르기를 "지혜로운 자는 물을 좋아하고, 어진 자는 산을 좋
아한다."라고 하였다.≪論語 雍也≫

회와집(悔窩集) 지(地)

소(疏)

상소 上疏

　삼가 생각건대 신은 초야의 어리석은 백성으로 천지 사이에서 살고 있습니다. 지체는 한미하고 인품은 어리석어 농사 지으며 목숨을 부지하고 있습니다. 요구(堯衢)에서 밭 갈고 우물 파며 노래 부르고[1] 아울러 송(宋)나라 시대의 높은 산 맑은 물을 즐기고 있으니, 살갗 하나 머리털 하나도 지금껏 걱정이 없은 지 50여 년이 되었습니다. 그런데도 전쟁의 고통을 알지 못하였으니, 모두 우리 성대한 조정의 천지의 도리를 본받고 넓고 크게 포용하는 덕을 입은 것입니다. 해바라기처럼 기우는 정성[2]이 늘 마음속에 간절하여 스스로 그칠 수 없었습니다. 크게는 한 해 한 달 사이에 작게는 하루 한 시 사이에, 비록 끓는 물에 나아가고 칼날을 밟으며 정수리부터 갈아서 발꿈치에 이르더라도 나라의 커다란 은혜를 만의 하나라도 갚기를 도모하였습니다.

　지금 들으니 왜노(倭奴)는 본래 미친 듯이 사납게 날뛰는 버릇으로 순리와 역리의 의리를 알지 못하고 있는데, 또 임진년(1592, 선조25)의 흉악한 짓을 답습하여 연해에 배를 타고 와서 강화도에 가까이 닥쳐왔다고 합니다. 온 나라의 신하와 백성으로 혈기

---

1) 요구(堯衢)에서……부르고 : 요구는 요(堯)임금의 강구(康衢)를 뜻한다. 강구는 사통팔달로 뚫린 큰 거리이다. 요임금이 천하는 잘 다스려지는지, 또 백성들은 자신을 임금으로 모시기를 원하는지 알고 싶어서 미복(微服) 차림으로 강구에 나갔더니, 한 노인이 격양가(擊壤歌)를 부르기를 "해가 뜨면 나가서 일하고 해가 지면 돌아와서 휴식하며, 우물 파서 물마시고 밭 갈아서 먹으니, 제왕의 힘이 나와 무슨 상관 있으랴."라고 하였다.

2) 해바라기처럼 기우는 정성 : 해바라기가 해에 따라서 기울어짐과 같이 신하가 마음을 기울여 군왕을 사모하는 것을 가리킨다.

가 있는 자라면 누군들 일제히 분노하여 떨쳐 일어날 마음이 없겠습니까. 삼가 생각건대 전하께서도 밤낮으로 깊이 근심하실 것이니, 신처럼 우매한 자도 임금을 사랑하고 나라를 위해 목숨을 바치는 정성은 본래 개나 말과 같은 점이 있으므로 외람됨을 피하지 않고 죽음을 무릅쓰고 한밤중에 성상께서 열람하시도록 말씀을 올립니다. 삼가 바라건대 전하께서는 정신을 차리시고 자세히 헤아려주소서.

생각건대 우리나라에 있어서 왜노는 중국에 있어서 흉노(匈奴)와 같습니다. 강하면 침략해오고 약하면 화의를 청하니 이랬다저랬다 일정하지 않습니다. 청컨대 중국의 경우를 들어 논해보겠습니다. 주(周)나라 때에 쫓아냈으니 의론하는 자들은 좋은 계책이라고 하였고, 송(宋)나라에 이르러 강화(講和)하였으니 의론하는 자들은 잘못된 계책이라 하였습니다. 옛 사람들의 의견이 어찌 근거한 바가 없이 그리하였겠습니까. 우리 동방에서 왜노의 침략을 받은 것은 신라 때에도 있었고 고려 때에도 있었고 한두 번에 그치지 않았습니다. 공경히 생각건대 우리 태조대왕(太祖大王)께서는 신출귀몰한 계획을 운용하시고 위엄 있는 무력을 떨치시어 적을 보기를 마치 모기나 벌레가 침범한 것으로 여기시어, 한번 군사를 움직이어 동쪽을 정벌하시고 공을 세워 나라를 새로 세우시고 대통(大統)을 집성(集成)하셨습니다. 명종(明宗) 때에 이르러 저들이 또 호남의 여러 고을에 쳐들어왔습니다. 당시 부윤(府尹)이던 신(臣) 이윤경(李潤慶)이 출병하여 격멸하던 즈음, 이덕견(李德堅)이라는 자가 적의 진영으로부터 적의 말을 가지고 와서 이르기를 "군량을 준다면 곧 물러갈 것이다."라고 하였습니다. 부윤은 군중에서 이덕견의 목을 베어 내보이도록 명하고 대파하여 쫓아내었습니다. 두 조정의 일은 주나라 때의 좋은 계책에 비하여 빛이 납니다.

아! 임진년에 어가(御駕)가 북쪽으로 옮기고 치욕이 능침(陵寢)에 이르렀으니, 신하된 자로서는 차마 말할 수 없고 차마 들을 수 없었던 불공대천(不共戴天)의 원수입니다. 선조(宣祖) 임금님의 명확한 결단으로 다행히 천조(天朝 명나라)의 도움에 힘입고, 또 좌우에서 보좌하는 현명한 재상과 이름난 장수가 있어서 전 국토를 다시 회복하게 되었습니다. 짐승같이 교활한 무리들은 올해에 화의를 통하고 이듬해에 다시 번복합니다. 심지어 병오년(1606, 선조39)에 회답사(回答使)가 가게 되자 참판 신 윤안성(尹安性)이 시를 지어 이르기를 "오늘의 이 화친 의의를 모르겠네 [此日和親意未知] 두 능의 송백 가지도 안 돋았네 [二陵松栢不生枝]"라고 하였고, 좌의정 신 이덕형(李德馨)이 시를 지어 이르기를 "신하는 능침의 치욕을 씻지 못하였는데 [臣子未湔陵寢辱] 서찰은 먼저 짐승의 하늘로 들어가네 [簡書先入犬羊天]"라고 하였습니다. 이는 모두 우리나라의 뼈에 스미는 고통을 표현한 말이니, 송나라 때에 강화한 잘못된 계책에 교훈이 됩니다.

지금 우리 전하께서 즉위하신 지 10여 년이니, 다스림의 교화는 팔도에 넘치고 믿음과 의리는 사방에 널리 알려졌습니다. 또 변경에 있는 신하가 일찍이 석우로(昔于老)가 왜의 사신을 만나 소금 만드는 사내종과 밥 짓는 계집종의 농담을3) 한 것처럼 한 적이 없는데, 감히 와서 여러 포구를 놀라게 하였으니 저들은 교병(驕兵)·탐병(貪兵)에 불과합니다. 군대가 교만하여 일어나면 패하고, 군대가 탐욕으로 일어난 경우에는 망한다는 이야기가 한(漢)나라의 역사책에 기록되어 있으며,4) 하늘의 이치가 본래 그러합니다. 나라가 응병(應兵)하여 그 죄를 성토하여 하늘의 주벌을 행한다면 이는 ≪춘추(春秋)≫의 이른바 의로운 전쟁5)입니다. 간절히 생각건대 성상의 지혜로운 계책과 정승들의 장구한 방책이 조정의 위에서 서로 미덥고, 의병을 불러 모음은 신속하고 군병의 조련은 정예하며, 행군은 정돈되어 있고 서약은 매우 엄격하며, 무기는 예리하고 군세며 방어는 치밀하니 칼과 활을 맞대지 않고도 적은 스스로 물러갈 것입니다.

서울과 지방에 전파되는 이야기를 자세히 들으니, 조정의 논의 중에 더러 '화(和)'라는 한 글자를 강구하는 이가 있다고 하는데 그게 과연 그러한지 그렇지 않은지 모르겠습니다. 만약 과연 그러하다면 전하의 의견은 군사들이 전쟁을 원하지 않을까 의심하

---

3) 석우로(昔于老)가……농담을 : 석우로(昔于老)는 신라의 재상으로, 아들은 나중에 신라 제16대 임금 흘해이사금(訖解尼師今)이 되었다. 일찍이 왜(倭)의 사신 갈야고(葛耶古)와 마주 앉았을 때 "조만간에 너희 왕을 소금 만드는 노예로 만들고, 왕비를 밥 짓는 여자로 만들겠다."라고 한 적이 있었다. 왜왕이 이 말을 듣고 노하여 침략해 오자 스스로 왜의 진영에 가서 불태워 죽임을 당하였다. ≪三國史記 卷2 新羅本紀2 沾解尼師今, 卷45 列傳5 昔于老≫

4) 군대가……있으며 : ≪한서(漢書)≫에 나오는 내용이다. "어지러운 나라를 구원하고 포악한 군주를 주벌하는 군대를 '의병(義兵)'이라 하는데, 군대가 의로울 경우에는 왕자(王者)가 된다. 적이 우리를 공격하여 부득이하게 일으킨 군대를 '응병(應兵)'이라 하는데, 군대가 침략에 대응하여 일어난 경우에는 승리한다. 작은 일을 다투고 한스러워하여 분노를 참지 못하고 일으킨 군대를 '분병'이라 하는데, 군대가 분김에 일어난 경우에는 패한다. 남의 토지와 재화를 이롭게 여겨 일으킨 군대를 '탐병(貪兵)'이라 하는데, 군대가 탐욕으로 일어난 경우에는 깨진다. 국가가 큰 것을 믿고 백성이 많은 것을 뽐내어 적에게 위세를 보이고자 일으킨 군대를 '교병(驕兵)'이라 하는데, 군대가 교만으로 일어난 경우에는 멸망한다. 이 다섯 가지는 인사(人事)일 뿐만 아니라 바로 천도(天道)이다." ≪漢書 卷74 魏相傳≫

5) 춘추(春秋)의……전쟁 : ≪맹자≫<진심 하(盡心下)>에 보이는 "≪춘추≫에 의로운 전쟁이 없으나, 그 중에 저것이 이것보다 나은 것은 있다."는 것을 가리킨다.

여 그러한 것입니까, 군량을 지탱하기 부족할까 염려하여 그러한 것입니까, 벌써 인심을 진정하려고 그러한 것입니까, 다시 적의 계획을 해이하게 하려고 그러한 것입니까. 간절히 생각건대 응모한 포병은 용감하고 씩씩하여 전쟁을 원하고 있으며, 미리 비축한 곡식은 지탱하기에 충분하니 다시 무슨 의심과 염려가 있겠습니까. 인심을 두루 살피면 모두 떳떳한 천성을 지니고 있으니, 화의가 나라를 팔아먹는 잘못된 계책으로 여기고 있으며 심지어 크게 한숨을 쉬며 눈물을 흘리기까지 합니다. 성상께서 인심을 진정하려는 것이 도리어 진정시키지 못하게 됩니다. 적의 계획을 상세히 추측하면 필시 대부분 속이려고 거짓으로 꾸며서 화의를 가지고 우리나라를 기만하는 장기로 삼으려는 것이니, 오로지 은밀한 간계에 있는 것입니다. 우리가 이야기하는 화의가 적의 계획을 해이하게 하려는 것이 도리어 스스로 해이하게 되는 것입니다. 이것이 어찌 안으로 우리 백성의 충의로운 뜻을 어기고 밖으로 저 왜노의 기회를 엿보는 길을 여는 것이 아니겠습니까.

주자(朱子)가 이르기를 "조종(祖宗)의 원수는 만세 신하가 반드시 갚아야 하며 잊지 않아야 할 것이다."라고 하였습니다. 나아가 공격하고 배척하여 물리치는 도리에 있어서 실로 모든 사람이 똑같은 말로 하는 공론이니, 어찌 그 사이에서 작은 터럭이라도 용납할 수 있겠습니까. 옛날 한(漢)나라 고조(高祖)가 흉노와 화친하였고, 당(唐)나라 태종(太宗)이 설연타(薛延陀)와 화친하였습니다. 영민하고 용맹스러운 두 황제는 난리를 평정하고 잔악한 역적을 제거하여 대업을 창조하였으니 어찌 과연 진격하여 필승할 방책이 없었겠습니까. 그렇지만 그 마음은 모두 중국이 새로 정해졌고 또 조종의 원수도 아니니, 우선 유망하여 떠도는 사람들을 안정되게 모여 살게 하여 천하를 편안케 하려는 마음이었습니다. 선왕의 수치를 씻겠다는 전하의 일과는 함께 비교해서 논할 수 없습니다.

대체로 무기라는 것은 흉기입니다. 성인께서 부득이하게 이미 그것을 사용했지만 먼저 들고 가서 정벌하지 않았습니다. 저들은 지금 스스로 와서 죄를 청하는 것이 아니겠습니까. 저들의 화의에 대한 조약 13가지를 대략 보면 우리나라에게 대단히 탈이 생길 것은 아닌 듯하므로 의논하는 사람들은 "우선 그 청을 들어주어 우리 백성을 편히 쉬게 하자."라고 합니다. 겉으로 보자면 혹시 그럴 듯도 하지만, 멀리 내다보고 생각하여 말하자면 크게 그렇지 않습니다. 신이 청컨대 한두 조목을 들어 그것이 그렇지 않다는 것을 밝혀보겠습니다.

저들은 우리나라 여러 포구에서 물화를 유통시키도록 청하였고, 또 통신사를 왕래하자는 청이 있었습니다. 신은 장차 그렇게 될지 모르겠습니다만 이미 그러한 것으로 전제하고 말해보겠습니다. 옛날 세종(世宗) 때에 문경공(文敬公) 허조(許稠)가 이르기를 "왜노는 갑자기 신하 노릇을 하다가 갑자기 배반하니 그 마음을 헤아리기 어렵습니다. 어찌 오랑캐의 무리들을 우리 문화의 고장에 끼게 할 수 있겠습니까. 뒷날 나라의 해로움이 될 것입니다."라고 하였습니다. 과연 그 말은 삼포(三浦)에서 왜가 늘어나 제거하기 어렵게 되었던[6] 데에서 증명되었습니다. 이것이 여러 포구에서 유통시키지 않아야 할 분명한 귀감입니다. 옛날 신라 때 박제상(朴堤上)이라는 자가 일본(日本)으로 들어가니, 추장들이 박제상에게 신하가 되라고 꾀었습니다. 박제상이 말하기를 "차라리 신라의 개나 돼지가 될지언정 왜국의 신하가 되지는 않을 것이다."라고 하였습니다. 죽음에 이르러서도 이를 되돌리지 않았습니다. 이것이 통신사를 왕래하지 않아야 할 지난날의 교훈입니다.

우리나라 인조(仁祖) 병자년(1636, 인조14)에 용골대(龍骨大)와 마부대(馬夫大)가 와서 도성을 에워싸니 종묘사직에 위기가 닥쳤습니다. 당시 충성스럽고 선량한 신하가 이르기를 "조선 사람은 전쟁하고 죽을 줄만 알뿐 화의하고 살 줄은 알지 못한다."라고 하였습니다. 이 또한 물고기를 버리고 웅장(熊掌)을 취하는 의리[7]입니다. 지금으로 옛날을 비추어 강약(强弱)의 형세와 안위(安危)의 분별은 신의 말을 기다리지 않고도 전하께서 이미 먼저 그 완급(緩急)과 경중(輕重)을 자세하게 분석하셨을 것입니다.

<노송(魯頌)>에 '융(戎)과 적(狄)을 이에 친다.[8]'라는 내용이 있는데, 맹자(孟子)가 이를 설명하기를 "주공(周公)도 바야흐로 이를 응징하였다."라고 하였습니다. 이번의 섬나라 오랑캐는 우리 태조(太祖)와 명종(明宗) 때에 일찍이 응징하지 않았습니까. 무

---

6) 삼포(三浦)에서……되었던 : 삼포왜란(三浦倭亂)을 기리킨다. 1510년(중종 5)에 제포, 부산포, 염포의 삼포에서 왜인들이 활동 제한에 불만을 품고 일으킨 폭동. 왜인들이 쓰시마 도주의 지원을 받아 제포와 부산포를 함락하고 염포에 침입하였으나 곧 이들을 평정한 뒤에 삼포를 폐쇄하고 왜인을 쓰시마로 쫓아내었다.

7) 물고기를……의리 : ≪맹자(孟子)≫<고자상(告子上)>에 나오는 말이다. "물고기도 내가 원하는 바요, 웅장(熊掌)도 내가 원하는 바지만, 이 두 가지를 아울러 얻을 수 없으면 물고기를 버리고 웅장을 취하겠다. 삶도 내가 원하는 바요, 의리도 내가 원하는 바이지만, 이 두 가지를 아울러 얻을 수 없으면 삶을 버리고 의리를 취하겠다."라고 하였다.

8) 융(戎)과……친다 : <노송(魯頌)>은 ≪시경(詩經)≫의 편명이다. 원문에는 '戎賊是膺'이라고 되어 있는데, ≪시경≫을 참조하여 '賊'을 '狄'으로 바로잡아 번역하였다.

룻 군신(君臣)의 의리는 하늘의 이치와 백성의 도리 중에서도 큰 것입니다. 남의 위에 있는 자가 진실로 그 마음을 바르게 하여 명령을 내려 시행하게 하면, 남의 신하인 자가 어찌 당(唐)나라의 장순(張巡)·허원(許遠)9)과 송(宋)나라의 악비(岳飛)·종택(宗澤)10)을 무시할 줄을 알겠습니까. 가령 근본이 단단하지 못하고 형세가 떨치지 못한다면 우선 물러나 지키는 계책을 가지고 뒷날 크게 대비할 것을 기다리는 것도 옳습니다. 간절히 생각건대 우리나라의 근본이 단단하지 않은 것이 아니고 형세가 떨치지 못하는 것이 아닌데, 어찌하여 굳이 이렇게 구차하게 화의를 강구하여 천하와 후세에 비웃음을 사겠습니까. 화의와 화의하지 않는 것의 의리와 의롭지 않음에 대해서는 송(宋)나라의 주희(朱熹) 봉사(封事)에서 상세히 진술한 적이 또한 이미 앞에 있습니다. 그 일을 가지고 말하자면 옛날이 지금과 같고 그 형세를 가지고 말하자면 지금이 옛날보다 낫다는 점은 지혜로운 자의 말을 기다리지 않고도 푸른 하늘의 흰 태양처럼 뚜렷합니다.

지금 신이 아뢰는 바는 굳이 병력을 탕진하여 정벌을 남용하자는 것이 아니고, 화의를 배척하고 죄를 토벌하자는 것입니다. 화의를 배척하고 죄를 토벌하는 것은 곧 안으로 나라를 다스리고 밖으로 적을 물리치자는 것입니다. 나라를 굳건히 다스리고 밖으로 적을 물리치는 것은 비유컨대 내면을 곧게 하고 외면을 바르게 하는11) 것과 같습니다. 안으로 나라를 다스리는 것이 내면을 곧게 하는 것만 같지 못하면 민심이 안으로 흔들립니다. 밖으로 적을 물리치는 것이 외면을 바르게 하는 것만 같지 못하면 원수들이 밖에서 업신여깁니다. 삼가 바라건대 전하께서는 성상의 지혜를 깨달으시어 기강을 닦고 의리에 근거하며 하늘의 뜻을 따르고 인심에 부합하시어 온 나라에 명령을 내리신다면 벙어리나 귀머거리, 절뚝발이나 앉은뱅이인 사람이라도 또한 백배의

---

9) 당(唐)나라의 장순(張巡)·허원(許遠) : 두 사람은 당나라의 명신으로, 안녹산(安祿山)의 난 당시 수양성(睢陽城)에서 안녹산의 군대에 항거하다가 장렬하게 순절하였다.

10) 송(宋)나라의 악비(岳飛)·종택(宗澤) : 송나라의 충신인 악비(岳飛)와 종택(宗澤)을 가리킨다. 악비는 일찍이 금나라 군대를 격파하여 공을 세웠으나, 뒤에 금나라와의 화의(和義)가 일어나 이에 반대하다가 진회(秦檜)의 참소로 인하여 옥중(獄中)에서 살해당하였다. 종택은 휘종(徽宗)과 흠종(欽宗)이 북으로 갈 때에 부원수로서 공을 세우고 동경 유수(東京留守)가 되었다. 그 뒤 20여 차례나 환도할 것을 임금에게 요청하였으나, 황잠선(黃潛善) 등의 방해로 인해 저지되자, 분해서 병이 들어 눕게 되었다. 이에 장수들이 가서 병문안을 하자, "강을 건너라."라고 세 번 외친 다음에 기절하여 죽었다. ≪宋史 卷360 宗澤列傳, 卷365 岳飛列傳≫

11) 내면을……하는 : ≪주역(周易)≫ <곤괘(坤卦) 문언(文言)>에 "군자는 경(敬)으로 내면을 곧게 하고 의(義)로써 외면을 바르게 한다."라고 하였다.

기운을 얻을 수 있을 것인데, 하물며 임금을 위하여 충성을 다하는 충신(忠臣)이나 의사(義士)가 더 그리하지 않겠습니까.

　지금 적들이 여기로 왔으니 바로 전하께서 원수를 갚고 공을 세울 때입니다. 순(舜)임금이 완고한 자들을 70일 만에 항복시켜 문덕(文德)으로 가르치시고,12) 제(齊)나라 양공(襄公)이 9세손으로 원수를 갚으니 ≪춘추(春秋)≫에서 장하게 여겼습니다.13) 신이 전하께 바라는 바가 어찌 순임금이나 제나라 양공의 아래에 있는 것이겠습니까. 육지(陸贄)가 이르기를 "다스림은 더러 어지러움을 낳고, 어지러움은 더러 다스림의 바탕이 된다."라고 하였습니다. 다스림의 바탕이 되는 업은 능히 면려하며 삼가고 가다듬는 데에 있습니다. 지금이 바로 전하께서 능히 면려하며 삼가고 가다듬을 날입니다. 은(殷)나라의 중훼(仲虺)는 탕(湯)임금을 찬양하면서 그가 허물이 없는 것을 칭찬한 것이 아니라 그가 허물을 고친 것을 칭찬하였고,14) 주(周)나라의 윤길보(尹吉甫)는 선왕(宣王)을 노래하면서 실수가 없는 것을 찬미하지 않고 실수를 보완한 것을 찬미하였습니다.15) 미천한 신의 견문을 중훼와 윤길보에 견주자면 하늘과 땅 사이만큼 이상의 차이가 있겠지만 미친 사내의 말이라도 성인은 채택하였으니,16) 지금 전하께서 신의

---

12) 순(舜)임금이……가르치시고 : 순임금이 묘족(苗族)을 정벌한 지 30일이 되어도, 묘족이 험준한 지형을 믿고 항복하지 않았다. 이에 회군하여 무력을 풀고 문덕(文德)으로 다스리니 묘족이 와서 항복하였다.≪書經 虞書 大禹謨≫

13) 제(齊)나라……여겼습니다 : 중국 춘추시대에 제나라 애공(哀公)이 기후(紀侯)의 모함을 받아 주(周)나라 천자에게 처형되었는데, 그의 9세손인 양공에 이르러 비로소 기국(紀國)을 멸망시켜 원수를 갚았다. 이에 ≪춘추(春秋)≫에서 이를 칭찬하였다.≪史記 卷32 齊太公世家≫≪漢書 卷94 匈奴傳≫

14) 은(殷)나라의……칭찬하였고 : 중훼(仲虺)는 하(夏)나라 걸(桀)임금을 몰아내고 은(殷)나라를 세운 탕(湯)임금 때 좌상(左相)이었다. 탕임금은 걸을 남소(南巢)에 유폐시키고는 "나는 후세에 나를 구실로 삼을까 두려워한다."라고 자책하였다.≪서경(書經)≫<중훼지고(仲虺之誥)>에서 중훼는 탕이 걸을 몰아낸 정당성을 설명하였는데, 그 가운데 탕임금은 '허물을 고치는데 인색하지 않았다 [改過不吝]'라고 칭찬하였다. 그런데 뒷부분은 당나라 육지의 말을 인용한 것으로 보이는데, ≪회와집(悔窩集)≫에 '不稱其無道而稱其改過'라 되어 있다. ≪자치통감(資治通鑑)≫<당기(唐紀)> 권45를 참조하여 '無道'를 '無過'로 바로잡아 번역했다. 아마도 나중에 문집을 편찬하는 과정에서 잘못 기록된 것으로 보인다. 원본에도 '過' 자를 '道' 자로 고친 듯한 흔적이 있다.

15) 주(周)나라의……찬미하였습니다 : 주나라 여왕(厲王) 때 나라가 혼란하여 험윤(玁狁)이 서울 부근까지 침입하였다. 여왕이 죽고 아들 선왕(宣王)이 즉위한 다음 윤길보(尹吉甫)에게 정벌하게 하여, 공을 세우고 돌아왔다. ≪詩經 小雅 六月≫

말을 채택하여 화의를 배척하고 죄를 토벌하여 불현듯이 허물을 고치고 실수를 보완하신다면 은나라의 탕임금과 주나라의 선왕이 어찌 앞에서 아름다움을 독차지 할 수 있겠습니까. 삼가 바라건대 전하께서는 곧 화의를 강구하는 의논을 거두시고 속히 토벌하라는 명령을 내리시어 그 의리를 바르게 한다면 안으로는 공경(公卿)과 보필하는 신하로부터 밖으로는 방백과 수령, 아래로 민간 마을의 수많은 백성에 이르기까지 누군들 감격하여 나라에 보답하지 않을 것이며, 누군들 적개심을 가지고 적을 섬멸하지 않겠습니까. 그렇게 된다면 왜적을 깨뜨리는 방책의 날을 손꼽아 기약할 수 있을 것입니다.

신은 본래 변변치 못한 일개 필부로서 남쪽 지방 산골에 살고 있는 보잘것없는 존재이지만, 대궐을 향한 마음은 은근하고 간절하여 만 번 죽더라도 피를 뿌려 옛사람의 미나리를 먹고 등에 쬐는 햇볕을 바치는[17] 정성을 다하려 합니다. 삼가 바라건대 전하께서는 참된 마음을 굽어 불쌍히 여기시어 혹시 채택할 수 있게 된다면, 미천한 신하가 충성을 다하게 될 뿐만이 아니라 실로 종묘사직에게는 무강한 다행이 될 것입니다. 죽을죄를 지었습니다, 죽을죄를 지었습니다. 참으로 황공합니다. 백번 절하며 삼가 말씀 올립니다.

---

16) 미친……채택하였으니 : 《사기(史記)》 권92 <회음후열전(淮陰侯列傳)>에 "지혜로운 자도 천 가지 생각 중에 반드시 하나의 잘못이 있고, 어리석은 자도 천 가지 생각 중에 반드시 하나의 옳음이 있다. 그러므로 미친 사내의 말이라도 성인은 채택한다고 하는 것이다."라고 하였다.

17) 미나리를……바치는 : 옛날 시골 사람이 등에 쬐는 따뜻한 볕을 상쾌하게 여기고 미나리나물 맛을 아름답게 여긴 자가 있어 이것을 임금님께 바치고자 하였다는 고사이다.《列子 楊朱》

책(策)

책 삼정 임술년 여름[18] 策 三政 壬戌夏

　신은 삼가 답합니다. 아! 초야의 한미한 종자로서, 따뜻한 보살핌을 받으며 조물주에게서 태어난 보잘것없는 존재인데 태평성대에 농사 지으며 살아가고 있습니다. 공손히 생각건대 우리 성신문무(聖神文武)[19]하신 주상전하께서 과장(科場)에 임하여 친히 책문(策問)하시어 우레와 같은 위엄을 거두시고 꼴 베고 나무하는 사람에게까지 물으시니, 팔도의 선비들이 모두 기쁘게 여기면서 깨끗하게 자신을 닦고 아름다운 덕을 받들지 않는 이가 없었습니다. 삼가 바라건대 둘이면 셋이 될 수 있고, 셋이면 넷이 될 수 있습니다. 신이 삼가 성상의 책문에 두 손을 모으며 감히 외람됨을 잊고 성상께 삼가 백 번 절하며 머리를 조아리니, 신은 참으로 황공하여 스스로 죽어도 그 죄가 용납될 수 없습니다.
　신이 삼가 성상의 책문을 읽으니, 첫 질문은 '나라에 큰 정사가 있다 [有國大政]'라

---

18) 책……여름 : 책(策)은 책문(策文)이라고도 한다. 정치에 관한 계책을 물어서 답하게 하던 과거(科擧) 과목을 책문(策問)이라고 하는데, 책문(策文)은 책문(策問)에 답하는 글 형식이다. 임술년은 1862년(철종13)으로 회와가 41세 때이다. 이해에 진주를 시작으로 전국에서 삼정(三政)의 문란에 항의하는 농민의 봉기가 일어났는데 이를 임술민란(壬戌民亂)이라고 한다. 삼정은 전정(田政)·군정(軍政)·환정(還政)을 이르는 말로, 토지세, 군역의 부과, 양곡의 대여와 환수를 하는 나라의 중요한 정사 세 가지를 말한다.

19) 성신문무(聖神文武) : ≪서경(書經)≫의 <대우모(大禹謨)>에, "임금의 덕이 광대하게 운행되어 거룩하고 신묘하며 무와 문의 덕을 모두 구비하자, 황천이 돌아보고 명하여 사해를 다 소유하고 천하의 군주가 되게 하였다."라는 구절이 나온다. 제왕의 뛰어남을 칭송할 때 사용되기도 한다.

는 네 글자였습니다. 이는 참으로 하늘과 땅, 신령과 인간의 복입니다. 신이 듣건대 노(魯)나라 애공(哀公)이 공자(孔子)에게 정사에 대해 묻자, 공자가 대답하기를 "문왕(文王)과 무왕(武王)이 행한 정사가 지금도 서책에 서술되어 있으니, 그 정사를 행할 만한 사람이 있으면20) 그 정사가 행해지는 것이고, 그런 사람이 없어지면 그 정사도 없어지는 것입니다. 하늘의 도리는 생(生)에 민감하게 나타나고, 사람의 도리는 정사에 민감하게 나타나고, 땅의 도리는 나무에 민감하게 나타납니다. 무릇 정사의 신속한 효험은 쉽게 자라는 갈대와 같습니다. 변화하기를 기다려 이룹니다. 그러므로 정사를 하는 것은 사람에게 달려 있으니,21) 사람을 취하되 몸으로서 하고, 몸을 닦되 도(道)로서 하고, 도를 닦되 인(仁)으로서 해야 합니다. 인은 사람의 몸이니 어버이를 친하게 하는 것이 크고, 의(義)는 마땅함이니 어진 이를 높이는 것이 크니, 친척을 친히 하는 것을 강등하고 어진 이를 높이는 것의 등급이 예(禮)가 생겨난 이유입니다. 예는 정사의 근본입니다. 그러므로 군자(君子)는 몸을 닦지 않을 수 없으니, 몸을 닦을 것을 생각할진댄 어버이를 섬기지 않을 수 없고, 어버이를 섬길 것을 생각할진댄 사람을 알지 않을 수 없고, 사람을 알 것을 생각할진댄 하늘의 이치를 알지 않을 수 없습니다. 천하의 달도(達道)가 다섯인데 이것을 행하는 것은 세 가지입니다. 세 가지는 지(智)·인(仁)·용(勇)을 이릅니다. 천하의 달덕(達德)도 이것을 행하는 것은 한 가지입니다.22)"라고 하였습니다. 지금 전하께서 이것을 언급하셨으니 이 조목이 세 가지입니다. 이 세 가지 또한 천하의 큰 정사입니다. 그 나라를 경영하고 백성을 다스림에 있어서 어찌 쉽게 자라는 갈대와 같이 민감하게 나타남이 없겠습니까. 그러므로 나라가 있고 가정이 있는 자는 민심을 잡아두는 것이고 기강과 정사는 근본적인 대요입니다. 요(堯)임금이 사람들에게 농사철의 시기를 알려주어 봄에 경작하고 가을에 수확하였으니, 토지에는 반드시 부세(賦稅)가 있는 것입니다. 우(禹)임금이 유묘(有苗)를 정벌하고 군사를 이끌고 개선하였으니, 군사에는 반드시 군적(軍籍)이 있는 것입니다. 순(舜)임금이 미

---

20) 그……있으면 : 원문은 '其仁存'인데 《중용(中庸)》에 근거하여 '仁'을 '人'으로 바로잡아 번역하였다.

21) 그러므로……있으니 : 원문은 '故爲政在得人'인데 《중용》에 근거하여 '得'을 빼고 번역하였다.

22) 천하의……한 가지입니다 : 《중용》의 원문은 "천하의 달도가 다섯인데 이것을 행하는 것은 세 가지이니, 군신간과 부자간과 부부간과 형제간과 붕우간의 사귐입니다. 이 다섯 가지는 천하의 달도요, 지·인·용 이 세 가지는 천하의 달덕이니, 이것을 행하는 것은 하나입니다"라고 되어 있다.

름(米廩)23)을 만들어 나이를 존중하여 노인을 봉양하였으니, 축적에는 반드시 곡식이 있는 것입니다. 토지에는 청(靑)·황(黃)·적(赤) 등의 오색(五色)이 있고, 부세에는 상 (上)·중(中)·하(下)의 구등(九等)이 있으니, 하후씨(夏后氏 우(禹)임금)의 공법(貢法)입니다. 무덕(武德)이 있는 탕(湯)임금이 갈백(葛伯)을 정벌하니 사이(四夷)가 모두 기다렸고, 고종(高宗)이 귀방(鬼方)을 정벌하여 3년 만에 승리하였으니,24) 은(殷)나라 사람들의 군공(軍功)입니다. 마을의 위자(委積)25)로 어려움을 구제해주고 들판의 위자로 나그 네를 대접해주었으니, 주관(周官)의 장곡(掌穀)입니다.

오래된 요·순(堯舜) 시절의 옛 자취는 확인하기 어려워 논할 수 없으니, 이어서 중국 역대 왕조를 가지고 말씀드리겠습니다. 봄에 자전(藉田)을 열고 백성에게 내려주어 그 해의 조세를 내게 하였고,26) 밤에 송창(宋昌)을 위장군(衛將軍)에 제수하여 남북군(南 北軍)을 거느리게 하였으며,27) 돈과 곡식의 출납 내용은 치속내사(治粟內史)에게 묻도

---

23) 미름(米廩) : 순(舜)임금 때부터 시작되었다고 전하는 학교 이름으로, 주(周)나라 시대 노(魯) 나라에서도 그 이름을 답습했다고 한다. ≪예기(禮記)≫<명당위(明堂位)>에 "미름은 우순씨 시대의 학교이다."라는 말이 나온다. ≪목민심서(牧民心書)≫<예전(禮典)>에서도 "순임금 때는 학교를 미름이라 하였으니, 이는 학교가 있으면 선비가 있게 되고 선비가 있으면 그들을 먹여야 하는 것이니 만약 미름이 계속되지 않는다면 선비를 기를 방법이 없기 때문에 그렇게 이름을 붙인 것이다."라고 하였다.

24) 고종(高宗)이……승리하였으니 : 귀방(鬼方)은 은(殷)나라를 적대했던 변방의 부족 이름이다. ≪주역(周易)≫<기제(旣濟) 구삼효(九三爻)>에 "은나라 고종이 귀방을 정벌하여 삼 년 만에 승리하였다."는 말이 나온다.

25) 위자(委積) : 위자는 곡식, 땔나무, 꿀 등 각종 세입 가운데 1년간의 국용(國用)을 제외한 나머 지를 비축해 두었다가 휼민(恤民), 양로(養老), 빈객(賓客), 여행자 등에게 지급하는 것인데, 소 규모의 것을 위(委)라고 하고 좀 더 대규모의 것을 자(積)라고 하였다. 유인(遺人)은 이것을 관 장하던 관원이다.≪周禮 地官司徒 遺人≫

26) 봄에……하였고 : 농부의 힘을 요량하여 토지를 주는 제도이다. 30세가 된 사람에게는 전지 (田地) 100묘(畝)를 주고, 25세가 된 사람에게는 50묘를 주고, 60세가 된 사람에게서는 전지를 환수했다.≪國語 魯語下 韋公注≫

27) 밤에……하였으며 : 송창(宋昌)은 한(漢)나라 문제(文帝)의 모신(謀臣)으로, 한실(漢室)의 구신 (舊臣)들을 믿을 수 없다는 대(代)땅 군신들의 의논을 뒤엎고 대왕(代王)으로 있던 문제를 황 제로 즉위시키는 데에 앞장섰다. 한나라 대신들이 여씨(呂氏)의 난을 평정한 뒤 문제를 추대 하였을 때, 문제는 그날 밤 안으로 즉시 송창을 위장군(衛將軍)을 삼아 대신의 병권(兵權)을 거두고 남북군(南北軍)을 거느리게 하였다. 남북군은 한(漢)나라 때의 금위병(禁衛兵)이다. 성안에 있는 것을 남군(南軍)으로 하여 위위(衛尉)가 이를 영솔하며, 성밖에 있는 것을 북군 (北軍)으로 하여 중위(中尉)가 이를 영솔하였다.≪漢書 文帝紀, 刑法志≫

록 책임 지웠으니 한(漢)나라 문제(文帝)의 삼정(三政)입니다. 백성의 토지를 다시 거두어 30에 1을 세로 받고, 조조(鼂錯)와 군병을 조발하였다가 오초(吳楚)의 일로 처형되었으며,28) 남아돌아 창고 바깥에까지 내다 쌓은 태창(太倉)의 곡식이 부패하였으니29) 한나라 경제(景帝)의 삼정입니다. 이로서 서한(西漢)의 치세가 문제·경제 70여 년간에 이르러 나라가 무사하였으니 거룩하고 성대하였습니다. 한나라의 가렴주구의 경우 처음에는 장사치의 수레와 배에 세금을 부과하였고, 당(唐)나라 명황(明皇 현종(玄宗))의 숙위(宿衛)는 비기(飛騎)30)를 고친 것이고, 위(魏)나라 무제(武帝)의 적창(積倉)은 둔전(屯田)에서 비롯된 것이니, 그 규례에 어그러지고 법을 어지럽힌 것이 어찌 이리 지극합니까.

신의 미천한 식견으로는 먼 옛날의 고사를 인용하고 널리 다양한 경우를 끌어올 겨를이 없습니다. 옛날 기자(箕子) 성인이 동쪽으로 조선(朝鮮)에 봉해져, 처음에는 홍범구주(洪範九疇)의 귀문(龜文)31)을 해동 팔도 예맥(濊貊)의 풍속에 펼쳐주었으니, 대체로 구주의 조항을 유추하여 팔정(八政)을 획정하였습니다. 구주의 차례에 있어서 셋째 조항이 '농사에 팔정을 쓴다'라는 것입니다. 팔정 가운데 첫째 항목은 먹는 것이고, 여덟째 항목은 군사이니, 동방에 삼정이 있게 된 것은 기자 성인에게서 시작된 것입니다. 그러므로 소중화(小中華)라고 일컬었던 것인데, 신라·고려의 말에 폐지된 것이 극에 달하였습니다.

---

28) 조조(鼂錯)……처형되었으며 : 한나라 경제(景帝) 때에 어사대부(御史大夫) 조조(鼂錯)가 중앙 권력을 강화하기 위하여 제후들의 세력을 꺾으려다가 오초(吳楚)의 7국이 들고일어나는 바람에 반대파의 참언(讒言)에 의해 사형을 당하였다.≪史記 卷106 吳王濞列傳≫

29) 남아돌아……부패하였으니 : ≪사기(史記)≫ <평준서(平準書)>에 "한나라가 흥기한 지 70여 년 동안 국가가 무사하고 홍수와 가뭄의 재난을 당하지 않아서 백성들이 풍족해졌다. 경사(京師)에는 돈이 수만금이어서 꿰미가 썩는데도 셀 수가 없을 정도이고 태창(太倉)에는 묵은 곡식이 남아돌아 창고 바깥에까지 내다 쌓았으며 부패하여 먹지 못할 정도로 많았다." 하였다.

30) 비기(飛騎) : 당나라 태종(太宗)이 만든 금군(禁軍)의 명칭이다.

31) 홍범구주(洪範九疇)의 귀문(龜文) : 우왕(禹王)이 홍수를 다스릴 적에 1~9개의 점이 등에 그려져 있는 거북이를 낙수(洛水)에서 발견하고 이것을 바탕으로 낙서(洛書)를 그렸는데, 이것이 귀문(龜文)이다. 이것의 이치를 연역하여 만든 것이 ≪서경(書經)≫ <홍범구주(洪範九疇)>이다. 훗날 주(周)나라 무왕(武王)이 은(殷)나라를 멸망시키고 은나라의 현인(賢人)인 기자(箕子)에게 천하를 다스리는 대법을 묻자, 기자가 이것을 알려 주었다고 한다. 구주(九疇)는, 첫째 오행(五行), 둘째 오사(五事), 셋째 팔정(八政), 넷째 오기(五紀), 다섯째 황극(皇極), 여섯째 삼덕(三德), 일곱째 계의(稽疑), 여덟째 서징(庶徵), 아홉째 오복(五福)과 육극(六極)이다.≪書經 洪範≫

하늘의 운행은 순환하니 가서 돌아오지 않는 것은 없습니다. 우리 본조(本朝)가 개국하여 한양(漢陽)에 도읍을 정하고 억만 년을 누리도록 점쳤습니다. 이제 5백 년 가까이 되었으니 조종(祖宗)께서 창조하신 좋은 법과 제도에 대하여 신이 감히 그 사이에서 혀를 놀릴 수 없습니다. 그렇지만 전부(田賦)에 대해서 말하자면 첫 양전(量田)은 선조(宣祖) 갑진년(1604, 선조37)에 있었고 다시 양전한 것이 숙종(肅宗) 경자년(1720, 숙종46)에 있었습니다. 그 해가 비록 20년이라는 제한은 있었지만 -원문 1자 판독 불능- 거행하지 못한 것이 언제부터 그랬는지는 모르겠습니다. 토지에는 6등급의 구분이 있고, 이후에는 9등급의 구분이 있는 것은 풍흉이 고르지 않아서 그렇습니다. 그 구별이 없어진 것도 언제부터 그랬는지는 모르겠습니다.

군적에 대해서 말하자면 태조(太祖) 이후로 십위(十衛)의 법이 있었고 중간에 오위(五衛)로 변하였으며, 오위의 제도는 임진년(1592, 선조25)에 폐지되고 이후에 삼영(三營)이 처음 설치되었습니다. 상번(上番)의 규례는 지난 정조(正祖) 때 나라의 재정이 부족하여 수포(收布)가 여기에서 시작되었습니다. 모두 열성조(列聖朝)께서 그때그때 형편에 따라 시행하고 사안에 따라 적합하게 하였으니 앞뒤로 같은 경우입니다. 신이 어찌 감히 그 연혁과 득실에 대해서 자세히 말하겠습니까.

환곡(還穀)에 대해서 말하자면 하(夏)나라 속담에 "봄에는 밭갈이가 잘 되었는지 살펴보고서 부족한 것이 있으면 보충해 주고, 가을에는 수확이 잘 되었는지 살펴보고서 부족한 것이 있으면 도와준다."라는 것을 우리나라에 다시 행하였으니, 고구려(高句麗)에서 봄을 맞아 진대법(賑貸法)을 논의하였습니다. 환과고독(鰥寡孤獨)[32]을 안타까워하는 은혜는 전에는 온전히 아름다웠지만, 그것이 묵어서 썩는 것을 꺼리고 또 평소에 경비가 들기 때문에 봄에 나누어주고 가을에 거두되 모곡(耗穀)을 거두어 비용에 보태었으니 또한 모두 권도(權道)를 사용하여 알맞게 되었던 제도입니다.

신이 삼가 성상의 책문을 읽으니, '법이 오래되면 폐단이 생긴다'로부터 '변하는 것은 통한다는 뜻이다'라고 하신 대목이 있습니다. 신이 들으니 동중서(董仲舒)가 이르기를 "금슬(琴瑟)이 조화가 되지 않음이 심하면 반드시 줄을 풀어 다시 조여야만 연주할 수 있고, 정치가 행해지지 않음이 심하면 반드시 변화시켜 교화해야만 다스릴 수 있다."라고 하였습니다. 이는 바로 경화(更化)[33]의 시작입니다. 또 이르기를 "연못을 내려다보

---

32) 환과고독(鰥寡孤獨) : 늙어서 아내 없는 사람, 늙어서 남편 없는 사람, 어려서 어버이 없는 사람, 늙어서 자식 없는 사람을 아울러 이르는 말이다.

며 물고기만 탐하기보다는, 뒤로 물러나서 그물을 짜는 것이 나을 것이다. 정사에 임하여 다스려지기를 바라면 뒤로 물러나서 경화하는 것이 나을 것이다."라고 하였습니다. 경화하면 잘 다스릴 수 있으니, 이는 바로 잘 다스릴 조짐입니다. 천하의 일에는 완급(緩急)의 형세가 있고, 조정의 정사에는 완급의 마땅함이 있습니다. 느긋해야 하는데 급하면 번거롭고 자질구레한 것을 까다롭게 따지며 살펴서 대체(大體)를 보존할 수 없으니, 조정의 기상이 펼쳐지지 못합니다. 급해야 하는데 느긋하면 태만하여 폐지되고 해이해져서 일의 기틀에 나아갈 수 없으니, 천하의 일이 나날이 무너지게 됩니다.

삼가 오늘날의 형세를 살피자면 급해야 하고 느긋해서는 안 됩니다. 전부를 거두지 않으면 공상(供上)을 할 수 없고, 군적을 점검하지 않으면 나라를 지킬 수 없고, 환곡을 비축하지 않으면 백성을 구제할 수 없습니다. 호강(豪强)한 세력이 토지를 겸병하여 경계가 문란해지니, 맹자(孟子)께서 논한 바를 지금 강구하지는 않더라도 갑진년·경자년의 양전은 다시 행해야 합니다. 교활한 자가 달아나 숨어서 군적이 텅 비었으니, 사도(司徒)의 무리가 예전부터 대비(大比)를 하면34) 대오(隊伍)의 수효를 또한 모두 채울 수 있습니다. 간사한 자가 농간을 부려 환곡의 법이 무너졌으니, 주자(朱子)의 방책이 합리적일 듯하므로 축적의 비축을 준비하지 않을 수 없습니다. 바로잡는 방도는 이것을 벗어나지 않습니다.

신이 삼가 성상의 책문을 읽으니 '이 일을 생각하니 이쪽저쪽에서 견제하고'로부터 '백성과 나라에 무관심하여 모두 위태롭게 된다.'라고 하신 대목이 있습니다. 신이 들으니 주자(朱子)가 이르기를 "천하의 일에는 근본이 있고 지엽이 있으니, 그 근본을 바로잡는 것은 비록 오활한 듯하지만 실제로는 공효가 되기 쉽고, 그 지엽을 구제하는 것은 비록 절실한 듯하지만 실제로는 공효가 되기 어렵다. 이 때문에 옛날 일을 잘 논하는 이는 반드시 근본과 지엽이 어디 있는가를 깊이 밝혀서 먼저 그 근본을 바로잡는다. 근본이 바르면 지엽이 다스려지지 않는 것은 걱정할 바가 아니다."라고 하였습니다. 근본은 마음이고 지엽은 일입니다. 먼저 그 마음을 바로잡고 그 일을 다스리면 어찌 이루어지지 못할 리가 있겠습니까. 삼가 바라건대 전하께서는 이제삼왕(二帝三

---

33) 경화(更化) : 정치를 개혁하여 교화를 다시 한다는 뜻이다.

34) 사도(司徒)의……하면 : 사도(司徒)는 삼공의 하나로, 고대 중국에서 호구(戶口)·전토(田土)·재화(財貨)·교육에 관한 일을 맡아보던 벼슬이다. 대비(大比)는 주(周)나라의 제도로소— 3년에 한 차례 인구와 재물 등을 조사하던 제도를 가리킨다.

王)35)이 서로 전하던 심법(心法)으로 사방의 문을 활짝 열고 사악(四岳)에게 자문을 구하던 때에36) 분명하게 결단을 내리신다면 어찌 이쪽저쪽에서 견제할 일이 있겠습니까. 인재가 예전에 미치지는 못하지만 천지의 원기가 만세에 걸쳐 영험한 기운을 기르는데 어찌 다른 시대에서 빌려올 수 있겠습니까. 인재를 얻는 요체는 널리 구하는 데에 있고, 재물을 마련하는 방도는 절약해서 쓰는 것이 귀한 법이니, 어찌 인재를 얻지 못하고 재물을 마련하지 못할 것을 걱정하겠습니까. 투탁(投托)하는 한정(閑丁)은 죄다 거두어 모아야 하고, 상평창(常平倉)의 곡식은 탕진할 수 없습니다. 또 오늘의 일을 가지고 논하자면, 위로는 하늘의 마음이 기뻐하지 않아서 기근이 거듭 닥치고 아래로는 백성의 힘이 이미 다하여 인심이 동요하고 있으니, 참으로 전하께서 날이 채 밝기 전에 옷을 입고 해가 진 후에 저녁밥을 먹을 정도로 정사에 바빠 겨를이 없을 때입니다. 아래에 있는 어진 군자들이 어찌 그러한 것을 좌시하면서 되돌릴 방도를 도모하지 않을 수 있겠습니까.

　신이 삼가 성상의 책문을 읽으니 '내가 덕이 없어서'로부터 '내가 장차 친히 읽어볼 것이다'라는 대목이 있습니다. 신이 들으니 "겸손하면 이익을 얻게 하니, 이것이 바로 하늘의 도이다."라고 하였습니다. 또 들으니 "갓난아이 보호하듯 한다."라고 하였습니다. 우(禹)임금의 겸손하게 이익을 얻는 덕으로 주(周)나라 왕의 갓난아이를 보호하듯 하는 정사를 본받아 새벽에 아침을 기다리며 덕을 크게 밝히신다면37) 백성이 보존되지 못할 것을 어찌 근심하며, 나라가 보존되지 못할 것을 어찌 걱정하겠습니까. 신은 본래 강구한 바가 없는데, 이렇게 성대한 조정에서 구언(求言)하는 때를 맞아서 감히 이렇게 마음에 품은 생각을 숨김없이 드러냅니다. 막연하게 그럴듯지도 못한 이야기를 가지고 죽음을 무릅쓰고 엎드려 성상께서 읽으시도록 바칩니다. 참으로 황공합니다. 죽을죄를 지었습니다, 죽을죄를 지었습니다. 신은 삼가 답합니다.

---

35) 이제삼왕(二帝三王) : 요(堯), 순(舜)의 두 임금과, 하(夏)나라의 우(禹)임금, 은(殷)나라의 탕(湯)임금, 주(周)나라의 문왕(文王)과 무왕(武王)을 통틀어 이르는 말이다. 문왕과 무왕은 부자(父子)이므로 한 사람으로 친다.

36) 사방의……때에 : ≪서경(書經)≫<순전(舜典)>에 순임금이 즉위하고 나서 "사악에게 자문을 구하며 사방의 문을 활짝 열어 놓고는 사방의 눈으로 자신의 눈을 밝게 하고 사방의 귀로 자신의 귀를 통하게 하였다. [詢于四岳 闢四門 明四目 達四聰]"라는 말이 나온다.

37) 새벽에……밝히신다면 : ≪서경(書經)≫<태갑 상(太甲上)>에 "선왕께서는 날이 아직 밝지도 않은 새벽녘에 크게 덕을 밝히며 앉아 아침이 되기를 기다렸다."라고 한 데서 나온 말이다.

묘표(墓表)

선교랑공 묘표[38] 宣教郎公 墓表

　　종산(鍾山)의 남쪽 소월안(小月岸) 묘좌(卯坐)[39]가 바로 공의 유택(幽宅)이다. 시조(始祖)의 휘(諱)[40]는 장유(將有)로 판도판서(版圖判書)를 지냈다. 경주인(慶州人)으로 고려 말에 보은(報恩)에 거주하였다. 고조(高祖)의 휘는 처용(處庸)으로 도염서 승(都染署丞)을 지냈고 병조 참판(兵曹參判)이 증직(贈職)[41]되었다. 증조(曾祖)의 휘는 증손(曾孫)으로 사옹원 판관(司饔院判官)을 지냈다. 조(祖)의 휘는 벽(碧)으로 부사직(副司直)을 지냈고 좌승지(左承旨)가 증직되었다. 고(考)[42]의 휘는 천우(天宇)로 가정(嘉靖)[43] 무자년(1528, 중종23)에 사마시(司馬試)[44]에 입격(入格)하였고, 무술년(1538)에 대과(大科)에 급제하였다. 사인(舍人), 전한(典翰), 장악원 정(掌樂院正)을 역임하고 부

---

38) 선교랑공 묘표 : 묘표(墓表)는 무덤 앞에 세우는 푯돌이다. 죽은 사람의 이름, 생년월일, 행적, 묘주 따위를 새긴다. 선교랑(宣教郎)은 회와(悔窩)의 8대조인 김가종(金可宗)이다.

39) 묘좌(卯坐) : 좌향(坐向)이 묘방(卯方)이라는 의미이다. 좌향은 묏자리나 집터 따위가 등진 방위에서 정면으로 바라보이는 방향이다. 묘방은 24방위의 하나로, 정동(正東)을 중심으로 한 15도 안의 방향이다.

40) 휘(諱) : 죽은 어른의 생전시의 이름이다.

41) 증직(贈職) : 죽은 뒤에 품계와 벼슬을 추증하던 직이다. 종이품 벼슬아치의 부친, 조부, 증조부나 충신, 효자 및 학행(學行)이 높은 사람에게 내려 주었다.

42) 고(考) : 돌아가신 아버지를 가리키는 말이다.

43) 가정(嘉靖) : 중국 명나라 세종 때의 연호(1522~1566)이다.

44) 사마시(司馬試) : 생원과 진사를 뽑던 과거로, 소과(小科)라고도 한다. 초시와 복시가 있었다.

제학(副提學)이 증직되었다. 비(妣)[45]는 숙부인(淑夫人)이 증직된 경주 이씨(慶州李氏)로, 부사직 직재(直栽)의 딸이다.

공은 그 둘째 아들이다. 휘는 가종(可宗)이고 자(字)[46]는 정보(靖甫)이며 선교랑(宣教郎)을 지냈다. 배필은 안동 권씨(安東權氏)와 전주 이씨(全州李氏)인데 모두 아들이 없었다. 측실(側室)은 상당 손씨(上黨孫氏)인데 세 아들이 있었다. 맏아들은 한(澣)인데 후손이 없었고, 다음은 척(滌)이고, 다음은 섭(涉)인데 후손이 없었다. 척은 두 아들을 낳았는데, 맏아들은 재철(再哲)이고, 다음은 진철(震哲)인데 4세에 걸쳐 후손이 없었다. 재철은 두 아들을 낳았는데, 맏아들은 순망(舜望)이고, 손자 인찬(仁燦)을 보아 수작(壽爵)으로 호군(護軍)이 증직되었다.[47] 다음은 태망(太望)이다. 순망은 세 아들을 낳았는데, 맏아들은 희원(喜元)으로 아들을 보아 호군에 증직되었고, 다음은 지매(志邁)이고 다음은 지행(志行)이다. 태망은 세 아들을 낳았는데, 맏아들은 지욱(志郁)이고 다음은 지운(志雲)이고 다음은 지돈(志敦)으로 수작 통정대부가 되었다. 이하는 모두 기록할 수 없다.

아! 대대로 청빈하였고 또 고증할 만한 남긴 자취가 없는 것이 안타깝지만, 지금껏 자손이 대대로 영원히 이어지는 것은 어찌 공이 경사와 덕을 쌓고 근원이 깊은 아름다움 덕분이 아니겠는가. 못나고 어리석은 내가 감격해 흐느낌을 가누지 못하고, 감히 부형과 종족들께 아뢰면서 이 비석을 세우며 묘표로 삼는다.

---

45) 비(妣) : 돌아가신 어머니를 가리키는 말이다.

46) 자(字) : 본이름 외에 부르는 이름이다. 예전에, 이름을 소중히 여겨 함부로 부르지 않았던 관습이 있어서 흔히 관례(冠禮) 뒤에 본이름 대신으로 불렀다.

47) 순망(舜望)인데……증직되었다 : 여기에서 수작(壽爵)은 수직(壽職)의 의미로 보인다. 손자 김인찬(金仁燦)이 통정대부(通政大夫)에 올랐으므로, 그 덕으로 호군에 증직된 것으로 보인다. 김인찬의 아들인 김희원 역시 자신의 아들 김인찬 덕으로 호군에 증직되었다.

서(書)

운창 박성양 선생 석촌 장석48)께 올리는 편지 上芸窓朴先生 性陽 石村丈席書

　　유학(幼學) 김민태(金玟泰)는 삼가 목욕재계하고 편지를 지어 속수(束脩)49)를 받아 주시기를 청하며, 승정원 승지 석촌산장(石村山丈) 함석(函席)50) 아래에 재배(再拜)하는 예를 바칩니다. 민태가 삼가 듣기를, "백성은 세 분의 은혜로 살게 마련이니, 임금님과 아버님과 스승님51)이다. 달존(達尊)52)이 셋이니, 관작(官爵)과 나이와 덕이다."라고 하였습니다. 그러나 비록 임금님과 아버님이 낳아주시고 먹여주신 은혜는 있지만, 스승이 가르치지 않았으면 임금님을 섬기고 아버님을 섬기는 도리를 알기 어려웠

---

48) 장석(丈席) : 학문을 강론하는 자리라는 뜻으로, 학문과 덕망이 높은 사람을 이르는 말이다.

49) 속수(束脩) : 처음 스승을 뵐 적에 가지고 가는 포육(脯肉) 등의 예물을 말한다.

50) 함석(函席) : 함장(函丈)과 같은 말로, 스승과 강론하는 자리를 이른다. 옛날 스승을 모시고 강론할 때에 거리를 한 길(丈)쯤 떨어지게 하였으므로 생긴 명칭이다.

51) 임금님과 아버님과 스승님 : 중국 춘추시대(春秋時代) 익(翼)의 대부(大夫)였던 난공자(欒共子)가 이르기를 "사람은 세 분의 은혜로 살게 마련이니, 그분들을 똑같이 섬겨야 한다고 나는 들었다. 아버님은 나를 낳아 주셨고, 스승님은 나를 가르쳐 주셨고, 임금님은 나를 먹여 주셨다. 아버님이 안 계셨으면 이 세상에 나오지 못했을 것이고, 임금님이 길러 주지 않았으면 먹고살지 못했을 것이고, 스승님의 가르침이 없었으면 깨우치지 못했을 것이니, 이분들은 나를 살아가게 해 주신 점에서 똑같다고 할 것이다. 따라서 하나같이 섬겨야 할 것이니, 오직 이분들 중 어느 분과 있든 간에 목숨을 바쳐야 마땅하다."라고 하였다.≪國語 晉語1≫

52) 달존(達尊) : 맹자(孟子)가 제(齊)나라 왕을 만나지 않는 것에 대해 경자(景子)가 따지자 맹자가 답한 내용에, "천하에 달존(達尊)이 세 가지인데, 관작(官爵)과 나이와 덕(德)이다. 조정에서는 관작만한 것이 없고, 고을에서는 나이만한 것이 없고, 세상을 보도(輔導)하고 백성을 기르는 데는 덕만한 것이 없다." 하였다. ≪孟子 公孫丑下≫

을 것입니다. 설령 관작과 나이가 있어서 조정과 고을에서 시행하더라도 덕을 닦지 못하면 관작을 존경하고 나이를 존경하는 예가 더러 형식에 그치게 될 것입니다.

삼가 생각건대 명공(明公)[53]께서는 이미 스승의 가르침과 현명한 조상의 가업을 계승하셨고 또 사림(士林) 선비들의 태산북두(泰山北斗)[54]가 되시어, 덕으로 존경받는 지위를 가지고 스승으로 가르치는 실제의 직임에 처하셨습니다. 이는 오늘 멀고 가까운 선비들이 우러러 받드는 까닭이며, 한번 장석을 모셨으면 하는 바람을 하지 않는 하풍(下風)[55]이 없는 까닭입니다. 그런데 미천하고 어리석은 마음을 가진 민태가 삼가 밝은 스승님의 성대한 덕을 흠모하여, 밤이나 낮이나 새벽이나 저녁이나 감히 잊지 않았습니다. 본래 편벽되고 하등한 자품(資品)으로 이렇게 궁벽한 두메산골에서 태어나 보고 들은 바는 술집에서 하는 잡기나 목동들의 상스런 말에 불과하여, 마음을 잡거나 자신을 다스리는 것이 무슨 일인지, 예(禮)와 의(義)를 닦고 행하는 것이 어떠한 것인지 모르니, 도리어 초목과 금수, 거름흙과도 비교될 수 없습니다. 이 때문에 스스로 간절히 개탄스럽고 분하고 원통함을 가누지 못하니 어찌 하루아침 하루저녁에 명공의 슬하에서 모시고 설 수 있겠습니까. 바라건대 곡진한 가르침을 받들어 그 성대한 덕의 만의 하나라도 본떠서 배울 수 있게 된다면, 아마도 허물을 고쳐 착하게 되고 빈 몸으로 왔다가 채워서 돌아가게 되어 후대의 사람에게서 도리에 어긋난 무리라는 손가락질은 면할 수 있게 될 것입니다. 명공께서는 천하고 너절하다고 버리지 마시고, 문인 제자의 말석의 반열에 두어 청소하는 심부름이라도 시키신다면 매우 다행이겠습니다. 지금 당 아래로 나아가 거듭 절하고 싶지만 가부의 명을 받들지 못하였으므로, 먼저 글을 감히 장명자(將命者)[56]에게 바치고 문밖에 서서 기다리겠습니다. 참람하여 지극한 황공함을 가누지 못하겠습니다.

---

53) 명공(明公) : 듣는 이가 높은 벼슬아치일 때, 그 사람을 높여 이르던 이인칭 대명사이다.

54) 태산북두(泰山北斗) : 태산(泰山)과 북두칠성을 아울러 이르는 말로, 세상 사람들로부터 존경받는 사람을 비유적으로 이르는 말이다.

55) 하풍(下風) : 남의 아래에 있거나 그 영향이 미치는 처지에 있음을 겸손하게 이르는 말이다.

56) 장명자(將命者) : 명령을 받들어 전달하는 자라는 뜻으로, 상대방을 직접 언급하지 않고 아랫사람을 대신 거론하여 공경하는 의미로 쓴 표현이다.

또 짓다 又

삼가 아룁니다. 저는 가난하게 살면서 배움이 없어서 볼만한 게 하나도 없으니, 남 몰래 스스로 분발하였지만 어찌해야 할지 알지 못하였습니다. 근래 ≪심경(心經)≫ 한 부를 얻어서 세 번 되풀이하여 읽고서야 비로소 깨달았으니, 배움의 깊은 공부는 '심(心)'이라는 한 글자만한 것이 없습니다. 풀어 놓아버린 마음을 찾고 마음을 잡아 보존하고 싶지만, 혹시라도 선심(善心)이 미미하게 발하였을 때에 곁에서 이심(利心)이 갑자기 해치고, 또 정심(正心)으로 잠시 수양하는 겨를에 불현듯 사심(私心)이 반격합니다. 하루 12시간으로 계산하면 선심과 정심은 한두 시간에 불과하고 이심과 사심이 늘 10시간은 나옵니다. 또 게다가 선심·정심이 겨우 한두 시간 있는 것도 오직 열심히 노력한 뒤에야 이를 수 있고, 이심·사심이 늘 10시간 있는 것은 도리어 습관을 이룹니다. 삼가 스스로 헤아려보면 선심은 객이 되고 이심은 주가 되며 정심은 뒤에 있고 사심은 앞에 있어 옛사람의 위기지학(爲己之學)57)과 이처럼 서로 어긋나니, 이것이 이른바 마음이 물에 가라앉듯 깜깜하게 어둡고 하늘을 나르듯 제멋대로 하여58) 구덩이로 떨어져 거꾸러지는 것입니다. 안으로 부끄러운 마음이 도리어 ≪심경≫을 보지 않았을 때만 못하니, 마음을 모른다는 것이 어떠한 것입니까. 말하자면 마음이 아프니, 괴로운 일이고 괴로운 일입니다. 혹시 하늘이 부여한 이렇게 구구하게 천박한 자질이 처음부터 정심이 아니고 선심이 아니라서 그러한 것입니까. 사람들이 모두 이러한 마음을 가지고 있는데 홀로 내 마음이 끝내 선심과 정심을 얻을 수 없다면, 어떻게 천지 사이에 서서 사람의 부류라고 자처하겠습니까. 이는 아마도 고루한 견문에 빠지고 비루한 생애에 매몰되어 일찍이 맑은 덕을 가진 군자를 따라 학문을 강론하고 연마하지 않아서 그런 것입니까.

삼가 생각건대 장석(丈席)께서는 일찍이 사문(師門)의 정맥(正脈)을 얻으시고 이에 유가(儒家)의 종장(宗匠)이 되시어, 인심(人心)과 도심(道心)이 위태하고 은미(隱微)한

---

57) 위기지학(爲己之學) : 자기 자신의 본질을 밝히기 위한 학문이라는 뜻의 유학 용어이다. ≪논어≫ <헌문(憲問)>의 "옛날에는 자기 자신을 위해 배웠지만, 오늘날은 남을 위해 배운다. [古之學者爲己, 今之學者爲人]"라는 말에서 비롯되었다.

58) 마음이……하여 : ≪장자(莊子)≫ <재유(在宥)>에 "그 멈추어 있으면 깊은 못처럼 고요하지만, 움직이기 시작하면 하늘에 매달려 있게 된다. 성을 냈다 뽐냈다 하여 잡아매어 둘 수가 없다. 이것이 바로 사람의 마음이다."라고 하였다.

사이에 정밀하고 전일하시어[59] 양심(良心)과 본심(本心)의 신명(神明)의 집을 주재하십니다. 하루의 공부는 자시(子時)부터 해시(亥時)까지 하시고, 한 달의 공부는 초하루부터 그믐까지 하시고, 한 해의 공부는 봄부터 겨울까지 하십니다. 마음속에 둔 것이 밖에 나타나시니, 능히 우옹(尤翁) 노선생(老先生)[60]의 심학(心學)을 계승하셨습니다. 그러므로 이렇게 위로는 조정으로부터 아래로 사람에 이르기까지 예의로서 대우하고 정성으로 존경하는 것입니다. 저도 남몰래 흠모하고 숭앙하는 마음을 지니고 있다가 8월 10일 슬하에 절을 올리고 동정 하나하나 언행 하나하나를 보았는데, 과연 만생(晚生)[61]의 마음으로는 헤아릴 수 있는 바가 아니었으니 사람으로 하여금 봄바람의 화창한 기운 속에 있는 듯하게 만들었습니다. 저는 성품이 본래 사리에 어두워 감히 학문을 하는 도리에 대해서 여쭙지 못하고, 또 돌아갈 기약이 매우 급하여 이에 즉시 절을 올리고 모시던 곁을 떠났습니다.

어느덧 달포가 흘렀지만 정성스러운 마음이 어찌 하루라도 조금이라도 느슨해질 수 있겠습니까. 더러 한밤중에 일어나 장석의 '지극히 은미한 본심은 보전하기 어렵고, 자기 한 사람의 사사로운 뜻은 제거하기 어렵다.'라는 좌우명을 외면서 탄식하기를 "여기에서 장석의 마음공부가 아주 깊음을 생각할 수 있다."라고 하였습니다. 삼가 한번 모시고 싶은 바람이 있어서 감히 미친 사람처럼 망녕된 이야기를 가지고 장석께 진땀을 빼며 올립니다. 삼가 바라건대 장석께서는 이렇게 참람한 죄를 용서하시고 이러한 분하고 원통한 정리를 헤아리시어, 우선 슬하에 두시고 가르쳐 보셨다가 만약 불가할 것 같으면 뒤에 버리소서. 엎드려 바라옵니다.

<위의 두 편지는 을묘년[62] 가을에 올리려다가 집지(執贄)[63]에 탈이 생겨서 이루지 못하였다.>

---

59) 인심(人心)과……전일하시어 : 순(舜)임금이 우(禹)임금에게 선위하면서 "인심은 위태하고 도심은 은미하니, 오직 정밀하고 전일하여야 진실로 그 중도를 잡으리라."라고 하였다.≪書經 大禹謨≫

60) 우옹(尤翁) 노선생(老先生) : 조선 숙종(肅宗) 때의 문신이자 학자인 우암(尤庵) 송시열(宋時烈, 1607~1689)을 가리킨다.

61) 만생(晚生) : 말하는 이가 선배를 상대하여 자기를 낮추어 이르는 일인칭 대명사이다.

62) 을묘년 : 1855년(철종6)으로 회와가 33세때이다.

63) 집지(執贄) : 제자가 스승을 처음 뵐 때에 예폐(禮幣)를 가지고 가서 경의를 표하던 일, 또는 그 물건을 가리킨다.

문촌장께 올리다 임술년[64] 일가 형님 김희태 上文村丈 壬戌 族兄 義泰

시(詩)

집주인의 한 마음은 한 몸 쉴 집 한 칸	家主一心屋一身
마냥 고요한 중에 정신을 수양하였지	任他靜裡養精神
오동나무 그림자 실컷 보니 흉금에 달빛 오르고	儘看梧影登襟月
난초 향기 방안 가득 봄이 온 듯하더라	如入蘭香滿室春
뜻을 고상하게 하여 인을 행하는 것이 선비이고	尙志其爲仁者士
끊임없이 공부하여 노력하면 사람이 되지	着工不已作之人
동쪽 서쪽 육십 리 떨어져 살면서	隔居二舍東西地
가르침 받은 날이 많지 않음이 한스러울 뿐	秖恨無多受誨辰

≪대학(大學)≫에 이르기를 "그 몸을 닦고자 하는 자는 먼저 그 마음을 바르게 하라."라고 하였으니, 옛날의 성현들 가운데 누군들 그것을 따라서 잘 해내지 않았겠습니까. 생각건대 우리 고명(高明)[65]께서는 늘 말씀하시기를 '이욕(利慾)을 경계하라.'라고 하셨으니, 삼가 가지런히 스스로 힘쓰면 평소에 축적된 바가 마음에 간직하고 있던 중에 마음에서 발현하여 그러한 것입니다. 마구 달리는 길목에서 사나운 말을 제어하고 물에 빠지는 지경에서 뒤집어지는 수레를 멈추듯, 팔방으로 창문이 탁 트인 듯하고 육진(六塵)[66]이 침범하지 못합니다. 그러므로 용모는 단정하고 엄숙하며 풍채는 단아하고 화평합니다. 첫 구절에서 '집주인의 한 마음은 한 몸 쉴 집 한 칸 [家主一心屋一身]'라고 한 것이 이것입니다.

≪주역(周易)≫에 이르기를 "안정(安貞)하면 길하다."[67]라고 하였으니, 고요함 속의 건곤(乾坤)은 소옹(邵雍)이 역(易)을 체득하는 도리입니다. 건곤의 이치도 고요한 가운

---

64) 임술년 : 1862년(철종13)으로 회와가 41세때이다.

65) 고명(高明) : 식견이 높고 사물에 밝은 사람이라는 뜻으로, 상대편을 높여 이르는 말이다.

66) 육진(六塵) : 심성을 더럽히는 6식의 대상계, 즉 색(色)·성(聲)·향(香)·미(味)·촉(觸)·법(法)을 말한다.

67) 안정(安貞)하면 길하다 : ≪주역(周易)≫ <곤괘(坤卦) 괘사(卦辭)>에 "서쪽과 남쪽은 벗을 얻고 동쪽과 북쪽은 벗을 잃을 것이니, 안정(安貞)하여 길하다."라고 하였다. 원문에는 '安靜吉'라고 되어 있는데, ≪주역≫에 근거하여 '靜'을 '貞'으로 바로잡아 번역하였다.

데 움직이는 것이니, 군자가 대체로 취하는 것이 어찌 그렇지 않은 것을 먼저 기르겠습니까. 깨끗하고 순수한 자품으로 그윽한 숲속에서 늙으시고, 신령스럽고 밝은 기운을 평안하고 한가롭게 거문고 타고 책을 읽던 책상에 덧붙이며, 앉아서 세월을 보내면서 천지를 바라보았습니다. 다음 구절에서 '마냥 고요한 중에 정신을 수양하였지 [任他靜裡養精神]'라고 한 것이 이것입니다.

선유(先儒)가 오동나무와 깨끗한 달빛을 찬하기를 '주(周)나라 언덕의 오동나무 무성한데 길사(吉士)가 많구나.[68]'라 하였고, '용문(龍門)의 오동나무는 중간에 옹이가 맺혀 있는데 옛사람이 재목으로 사용하였다.[69]'라 하였으니, 선비 가운데 현명한 인재는 바로 오동나무 가운데 좋은 재목입니다. 천년의 달빛이 가지가지 푸른 그림자 드리우고 잎잎마다 푸른 빛을 내게 하니, 기상이 맑은 바람에 달이 씻기어 시원하게 사람의 흉금을 비추는[70] 듯하였으므로, '오동나무 그림자 실컷 보니 흉금에 달빛 오르고 [儘看梧影登襟月]'라고 하였습니다.

≪공자가어(孔子家語)≫에 이르기를 "지란(芝蘭)의 방에 들어간 것과 같아서 그 향기를 오랫동안 맡지 못해도……[71]"라고 하였으니, 향기가 멀리까지 퍼지는 것은 난초만한 것이 없습니다. 비록 깊은 골짜기에 나더라도 반드시 10리를 퍼지므로, 시(詩)에 이르기를 "바람에 흔들린 난초의 그윽한 향기 [風蘭舞幽香]"라고 하였고, 또 이르기를 "난

---

68) 주(周)나라……많구나 : ≪시경≫<대아(大雅) 권아(卷阿)>에 "봉황이 훨훨 날아, 날개깃을 탁탁 치며, 앉을 자리에 앉는도다. 왕에게는 길사가 많으시니, 군자가 부리는지라, 천자께 사랑을 받는도다. 봉황새가 울어 대니, 저 높은 뫼로다. 오동나무가 자라니, 저 양지쪽이로다. 무성한 오동나무에, 봉황새 노래 평화롭도다. [鳳凰于飛 翽翽其羽 亦集爰止 藹藹王多吉士 維君子使 媚于天子 鳳凰鳴矣 于彼高岡 梧桐生矣 于彼朝陽 菶菶萋萋 雝雝喈喈]"라고 하였다.

69) 용문(龍門)의……사용하였다 : 한(漢)나라 매승(枚乘)의 <칠발(七發)>에 "용문의 오동나무는 높이는 백 척이고 가지가 없으며, 중간은 옹이가 맺혀 있다.……그 뿌리는 반은 죽고 반은 살아……이를 베어 거문고를 만든다 [龍門之桐 高百尺而無枝 中鬱結而輪囷 …… 其根半死半生 …… 使琴摯斫斬以為琴]" 하였다.

70) 기상이……비추는 : 황정견(黃庭堅)이 <염계시서(濂溪詩序)>에서 주돈이(周敦頤)의 높은 인품과 탁 트인 흉금을 묘사하기를 "흉금이 시원하기가 마치 맑은 바람에 달이 씻긴 듯하다. [胸中灑落 如光風霽月]"라고 한 데서 온 말이다.

71) 지란(芝蘭)의……못해도 : 지란(芝蘭)은 지초(芝草)와 난초(蘭草)를 아울러 이르는 말이다. 높고 맑은 재질을 비유적으로 이르기도 하고, 똑똑하고 영리한 남의 자제를 이르기도 한다. ≪공자가어(孔子家語)≫에 "선(善)한 사람과 함께 지내면 마치 지란(芝蘭)의 방에 들어간 것과 같아 그 향기는 못 맡더라도 오래 지나면 동화된다." 하였다.

초는 죽어도 향기는 바뀌지 않는다 [蘭死不改香]"72)라고 하였습니다. 지금 도리어 향기를 맡지 못하는 것은 향기가 없어서가 아닙니다. 있기는 있지만 맡은 지 오래되었기 때문이니, 우리의 한 몸은 곧 난초와 같습니다. 난초가 난초의 향기를 맡으면 누가 낫고 누가 못하겠습니까. 사람이 좋은 말을 듣는 것은 곧 난초의 향기를 맡는 것과 같으므로, '난초 향기 방안 가득 봄이 온 듯하더라 [如入蘭香滿室春]'라고 한 것이 이것입니다.

듣건대 "묻기를 '선비는 무엇을 일삼는 것입니까?'라고 하니 대답하기를 '뜻을 고상하게 하는 것이다'라고 하였다. '무엇을 뜻을 고상히 한다고 이릅니까?'라고 하니 '인(仁)과 의(義)일 뿐이다.'라고 하였다."73)라고 하였습니다. 대체로 선비는 사민(四民 사·농·공·상(士農工商))의 머리이고, 인(仁)은 오상(五常 인·의·예·지·신(仁義禮智信))의 앞이며, 뜻 [志]은 기(氣)의 장수이니,74) 선비가 이 세상에 나서 그 뜻을 고상하게 하여 인의 완성을 자기의 책임으로 삼아서, 인이 당장 이르고 뜻이 거짓되고 사악하지 않게 되면 선비라고 할 수 있습니다. 봉액(縫掖)의 옷을 입고 장보(章甫)의 관(冠)을 쓰면 송(宋)나라 노(魯)나라에 살 만하므로,75) '뜻을 고상하게 하여 인을 행하는 것이 선비이고 [尙志其爲仁者士]'라고 한 것이 이것입니다.

이르기를 "사람들이 모두 노력하니, 끊임없이 노력하면 군자가 된다.76)"라고 하였습니다. 대체로 사람이 공부할 때 처음에는 억지로 하지만, 오늘 노력하고 내일 노력하면, 내일 이룬 것이 오늘보다 낫고, 오늘 이룬 것이 어제보다 낫습니다. 하루로 논하자면 자시(子時)부터 노력하여 해시(亥時)에 이르고, 한 달로 논하자면 초하루부터 노력하여 그

---

72) 난초는……않는다 : 당(唐)나라 맹교(孟郊)의 <증최순량(贈崔純亮)>에 "거울은 깨져도 빛은 바뀌지 않고, 난초는 죽어도 향기는 바뀌지 않는다. [鏡破不改光 蘭死不改香]"라고 하였다.

73) 묻기를……하였다 : 묻는 이는 왕자 점(墊)이고, 대답한 이는 맹자(孟子)이다.≪孟子 盡心上≫

74) 뜻 [志]은 기(氣)의 장수이니 :≪맹자(孟子)≫<공손추 상(公孫丑上)>에 "뜻은 기의 장수이다. [夫志氣之帥也]"라고 하였다.

75) 봉액(縫掖)의……만하니 : 봉액(縫掖)은 선비가 입던 옆이 넓게 터진 도포를 말하고, 장보(章甫)는 유생이 쓰는 관(冠)을 말하는데, 유자(儒者)로서의 지위를 이른다.≪예기(禮記)≫<유행(儒行)>에 "저는 어려서 노(魯)나라에 살 때에는 봉액의 옷을 입었고, 장성하여 송(宋)나라에 살 때에는 장보의 관을 썼습니다."라는 구절에서 유래하였다.

76) 끊임없이……된다 : 공자(孔子)의 9세손 공부(孔鮒)가 한 말로, 그의 저서 ≪공총자(孔叢子)≫에 나오는 말이다. 위(魏)나라 안리왕(安釐王)이 천하의 고사(高士)가 누구냐고 묻자, 공부가 그런 사람은 없고 그 다음가는 사람으로 노중련(魯仲連)을 들었다. 안리왕이 그는 억지로 노력한 자가 아니냐고 되물었다. 그러자 공부가 위의 말을 가지고 대답했다.

믐날에 이르고, 한 해로 논하자면 정월부터 시작하여 섣달까지 이르러, 올해가 지난해보다 나으면 습관이 천성과 더불어 이루어지면 군자가 되는 것입니다. 그러므로 '끊임없이 공부하여 노력하면 사람이 되지 [着工不已作之人]'라고 한 것이 이것입니다.

아! 고명께서 고요한 중에서 마음을 바르게 하고 몸을 닦은 것이 아주 깊었으므로, 바라보면 마치 오동나무에 걸린 달의 기상과 같고, 들으면 마치 향기로운 난초의 언어와 같습니다. 뜻을 고상하게 하여 공부하는 것이 진정 선비 군자의 풍모인데, 천박한 처지에서 엿보려니 60리나 멀리 떨어진 곳에 살면서 아침저녁으로 책상에서 자주 가르침을 받들 수 없으므로 마무리하기를 '동쪽 서쪽 육십 리 떨어져 살면서 [隔居二舍東西地] 가르침 받은 날이 많지 않음이 한스러울 뿐 [秪恨無多受誨辰]'이라고 한 것이 이것입니다.

옛날 깨우침을 받은 이야기로 일찍이 감명을 받았는데, 지난번에 찾아뵙고 모시면서 책 한권을 보고 이야기 하나를 들어도 간절한 심정을 저절로 감추지 못하였습니다. 돌아와 밤에 잠자리에 누워, 건강부회하는 이야기를 가지고 망녕되게 손 모아 송축하는 것이 지극히 참람함을 모르는 바가 아니지만, 또한 어찌 너그럽게 용서하시지 않겠습니까. 날씨가 화창해지니 다시 때에 맞게 몸을 잘 돌보시기를 기원하며, 우러르는 마음을 위로해주소서.

3월 9일.
심제(心制)[77] 중인 일가 아우 민태(玟泰) 올림.

---

77) 심제(心制) : 상례에서, 대상(大祥) 때부터 담제(禫祭) 때까지 입는 복제(服制)를 가리킨다.

마은장께 올리는 편지 上磨隱丈書

민태는 궁벽한 곳에 살아 고루하여 보잘것없으니, 삼가 어찌 사군자(士君子)[78]의 좌우에서 한번 모시며 이 어리석음을 깨닫고 살피게 할 수 있겠습니까. 북쪽에서 온 손님들의 말을 들을 때마다 고명(高明)의 도타운 행실과 순수한 덕망을 손 모아 송축하지 않은 적이 없었습니다. 어리석고 세상 물정을 모르는 민태는 고상한 풍모를 흠앙한 적이 진실로 하루 이틀이 아닙니다.

지난번에 찾아뵙고 따뜻하게 타일러주시는 말씀을 받들었으니 모두 꼭 들어맞는 것이었는데, 조금의 사사로운 감정도 없이 제 마음속을 확 트게 하여 의심할 점이 없게 만드셨습니다. <소루기(笑樓記)> 중에서 군자와 소인 사이에 승부를 비교하여 헤아린 부분이 더욱 자상하고 세밀하였습니다. 음양(陰陽)의 사라지고 자라나는 이치와 선악(善惡)의 참과 거짓 사이에서 글의 논리가 맥락을 꿰뚫었고 말의 뜻이 뼈에 사무쳤는데, 하물며 다시 '마(磨)' 자를 공부함에 있어서 강론함이 꽤 자세하였고 밝힘이 몹시 정밀하여 본말(本末)이 잘 갖추어지고 시종(始終)이 곡진히 온전하였으니, 과연 늦게 태어난 자의 마음으로는 헤아릴 수 있는 바가 아니었습니다. 생각건대 반드시 마음속에 있는 것은 밖으로 드러나게 되니, 또한 어찌 마음에 간직한 것이 없는데 말과 글 사이에만 나타나겠습니까. 또 다시 스스로 처신하고 다른 이를 대함에 있어서 공평하고 관대하며 성실하고 수수하여, 스스로 단속한 뒤에 남을 단속하고 스스로 다스린 뒤에 남을 다스렸으니 삼가 우러러 사모하는 지극한 마음을 가누지 못하였습니다.

오늘의 선비 된 자를 엿보건대 야박하고 겉만 화려한 버릇에 빠져서 남을 거짓으로 교묘하게 속이는 간사함을 지어냅니다. 눈과 귀에 젖어들어 그 양심을 빠뜨렸는데도 스스로 알지 못하니, 어찌 고명께 죄를 얻지 않겠습니까. 고명께서는 덕행이 순수하게 갖추어지셨으니 실로 천박하고 고루한 자가 여관(蠡管)[79]할 수도 없는 바이지만, 어질고 너그러우며 겸허하신 사이에 더욱 간절함이 깊어집니다. 삼가 작은 정성을 아룁니다.

4월 6일

---

78) 사군자(士君子) : 덕행이 높고 학문이 뛰어난 사람을 가리킨다.

79) 여관(蠡管) : 소라 껍질로 바닷물을 측량하고 대통 구멍으로 표범의 무늬를 살핀다는 말로, 얕은 식견으로 광대(廣大) 정심(精深)한 학문을 엿보면 겨우 한쪽만 볼 수 있다는 뜻이다.

문촌장께 사례하며 올리는 편지 임술년 겨울 문촌장께서 〈삼성기〉를 지어 보내주시어
이로써 답하였다 上謝文村丈書 壬戌冬 文村丈製送三省記 以是答

　민태는 타고난 성품이 편벽되고 잡되며 몸가짐을 자포자기하여, 아득한 중에 어리석게 앉아 있다가 경망하던 사이에 갑자기 내달리면서, 성찰하는 공부가 무슨 뜻인 줄도 모르고 세월을 헛되이 보내면서 허둥지둥하고 있습니다. 삼가 돌보아주는 은혜를 입고 손수 적어주신 글을 받았으니, 평범하고 너절하다 하여 버리지 않으시고 미친 사람처럼 망녕되다 하여 배척하지 않으시며, 보잘것없는 몸을 지나치게 칭찬하시고 천박한 행동을 오히려 가상히 여겨 주셨습니다. 대체로 그 안의 '성(省)' 자 위아래의 공부는 실제의 자리를 밟는 것이 진정 성인(聖人) 증자(曾子)처럼 된 연후에 같은 경로를 따를 수 있습니다. 민태처럼 어리석고 못난이의 경우, 시도하기도 어렵다는 점은 마치 한 잔 바닷물 속의 좀벌레와 같고, 이루 다 감당할 수 없다는 점은 곧 태산을 짊어진 모기와 같습니다. 여러 날을 우물쭈물 물러나 움츠리며 맹자(孟子)의 '명성과 소문이 실제를 지나치게 된다'[80]는 가르침을 스스로 외울 뿐이었습니다.

　그런데 그 문구와 말뜻을 삼가 살피건대 위로는 '종족(宗族)들이 두루 탄식하였다[宗族泛歎]'으로부터 아래로는 '이 사람에게 사적으로 경하하였다.[81] [私賀斯人]'에 이르기까지 말 한 마디 글자 하나도 커다란 천리(天理)와 인륜(人倫)에서 나오지 않은 것이 없었으니, 바로 견문이 미치지 못하는 바이고 사려가 이르지 못하는 바였습니다. 입으로 읽고 마음으로 풀이하면서 세 번 되풀이하고 세 번 찬탄하였으니, 사랑하며 가르치는 뜻이 남아있었고 타일러 주의시키는 뜻이 드러났으며, 조상께 감사하는 심정이 뒤를 이었고 어버이에게 효도하는 마음이 싹을 틔웠습니다. 한편으로는 부끄러운

---

80) 명성과……된다 : 공자가 "물이여, 물이여."라고 찬탄한 까닭에 대해 맹자의 제자 서자(徐子)가 물어보자, 맹자가 "근원이 있는 샘물은 위로 퐁퐁 솟아 나와 아래로 흘러내리면서 밤이고 낮이고 멈추는 법이 없다. 그리고 구덩이가 파인 곳 모두를 채우고 난 뒤에야 앞으로 나아가서 드디어는 사방의 바다에 이르게 되는데, 학문에 근본이 있는 자도 바로 이와 같다. 공자께서는 바로 이 점을 취하신 것이다. 만약 근원이 없다면, 7, 8월 사이에 집중 호우가 내려서 도랑에 모두 물이 가득 찼다가도 언제 그랬느냐는 듯이 금방 말라 버리고 말 것이다. 그렇기 때문에 명성과 소문이 실제를 지나치게 되는 것을 군자는 부끄러워하는 것이다."라고 하였다.≪孟子 離婁下≫

81) 사적으로 경하하였다 : 맥락을 알 수 없어 정확한 뜻을 단정할 수 없다. 일단 낱말로만 보아 '사적으로 경하하였다'로 번역했지만, 사하연(私賀宴)을 가리킬 수도 있다. 과거에 급제한 사람을 축하하기 위하여 사사로이 친척이나 친구들이 베풀던 연회를 사하연이라고 한다.

기색이 겉으로 얼굴에 보였고, 한편으로는 두려운 뜻이 안으로 마음에 간절하였습니다. 흉금이 시원하게 되고 비루함은 소멸되었으니, 참으로 뜻밖에 옛사람의 완악한 사람은 청렴하게 하고 나약한 사람은 뜻을 세우게 하는[82] 효험이 이에 제 몸에서 보이게 된 것입니다. 이에 글을 지어 한숨을 쉬며 한탄하여 이르기를 "선비가 인(仁)을 구하는 것은 진실로 당연하니, 자신에게 돌이켜 그 원인을 찾는데 힘써야 한다. 그러나 어찌 고명(高明)의 가르침을 받는다고 하지 않았던가!"라고 하였습니다.

삼가 아마도 스스로 헤아리건대, 자신의 학문의 근본 없음은 7, 8월 사이에 집중 호우가 내려서 도랑에 모두 물이 가득 찼다가도 언제 그랬느냐는 듯이 금방 말라 버리고 마는 것과 같습니다. 또 시끌벅적 잡되게 뒤섞여 밖으로부터 몰려오는 것을 이루 다 잡을 수 없으니, 진정 이른바 '일제중초(一齊衆楚)'[83]나 '일폭십한(一曝十寒)'[84]이라고 하겠습니다. 어떻게 이 정대한 명교(名敎)를 이어받아 마침내 변화를 이루어내어, 조급하고 사나우며 미련하고 어리석은 기질이 천리마에 붙은 쉬파리[85]처럼 될 수 있겠습니까.

지극히 분하고 원통한 마음을 가누지 못하고, 한창 삼가 마음을 깨끗이 하고 기다리겠습니다.

---

82) 완악한……하는 : ≪맹자(孟子)≫<진심 하(盡心下)>에 "성인(聖人)은 백세(百世)의 스승이니, 백이(伯夷)와 유하혜(柳下惠)가 그런 분들이다. 그러므로 백이의 풍도를 듣게 되면 완악한 사람은 청렴해지고, 나약한 사람은 뜻을 세우게 된다." 하였다.

83) 일제중초(一齊衆楚) : '한 제(齊)나라 사람과 여러 초(楚)나라 사람'이라는 뜻이다. ≪맹자(孟子)≫ <등문공 하(滕文公下)>에 맹자가 대불승(戴不勝)에게 나라 다스림 배우는 것에 대해 말하면서 어떤 초나라의 대부가 자기 아들이 제나라 말하기를 원한다면, 제나라 사람을 시켜서 그를 가르칠지, 초나라 사람을 시켜서 가르칠지를 물으니 "제나라 사람을 시켜서 그를 가르치게 할 것입니다."라고 답하자, 맹자가 "한 제나라 사람이 그를 가르치거늘 여러 초나라 사람들이 떠들어댄다면 비록 날마다 종아리를 치면서 제나라 말을 하도록 하더라도 될 수 없을 것이다. 그러나 그를 끌어다가 제나라 마을에 몇 년 동안 두면 비록 날마다 종아리를 치면서 초나라 말을 하도록 하더라도 또한 될 수 없을 것이다."라고 하였다.

84) 일폭십한(一曝十寒) : ≪맹자≫<고자 상(告子上)>에 나온다. 맹자가 말하기를, "천하에 아주 쉽게 생장하는 물건이 있더라도 하루 햇볕을 쬐고 열흘을 춥게 하면 제대로 생장하는 것이 없을 것이다. 내가 임금을 만나는 날은 드물고 내가 물러 나오면 춥게 하는 자가 이르니 임금에게 싹이 있은들 어찌겠는가."라고 하였다.

85) 천리마에 붙은 쉬파리 : ≪사기(史記)≫<백이열전(伯夷列傳)>에, 쉬파리가 천리마의 꼬리에 붙어서 천리 길을 치달리는 것처럼, 안회(顏回)가 공자(孔子) 때문에 이름이 드러나게 되었다는 이야기가 실려 있다.

또 짓다 대신 쓰다 又 代書

　　공충도(公忠道) 청산(靑山)의 유학(幼學)인 생(生)[86] 김희태(金羲泰)는 삼가 목욕재계하고 백번 절하며 대원위 대감(大院位大監) 합하(閤下)께 상서(上書)[87]합니다.

　　삼가 아룁니다. 생은 궁벽한 시골의 한미한 종자로서 요순(堯舜)의 시대에 나고 자라서, 이제 노쇠한 때를 만나 주공(周公)의 교화[88] 속에서 길러지고 있으니 성대한 조정에서 받은 은혜가 또한 이미 큽니다. 생은 불효한 탓으로 생의 선조에게 죄를 얻었습니다. 심하게 아프고 괴로운 일이 있으면 반드시 부모를 부르고 하늘을 부르는 것이 인지상정입니다. 이에 감히 참람함을 무릅쓰고 행장을 꾸려 엎어지고 자빠지며 길을 나서서 대원위 합하께 호소합니다.

　　생이 삼가 듣건대, ≪서경(書經)≫에 이르기를 "하늘이 차례로 펴서 법을 두시고, 하늘이 죄가 있는 이를 토벌하셨다."[89]라고 하였습니다. 난리가 나면 하늘이 차례로 편 법이 반드시 하늘이 토벌할 죄에 이를 것이라는 것을 말한 것이라고 하겠습니다. 생의 6대조인 증(贈) 호조 판서(戶曹判書) 월성군(月城君) 행 사헌부 지평(行司憲府持平) 김원량(金元亮)[90]은 곧 선정(先正) 충암(沖庵) 문간공(文簡公)[91]의 족손(族孫)이며,

---

86) 생(生) : 문어체에서, 말하는 이가 윗사람에게 자기를 낮추어 이르는 일인칭 대명사이다.

87) 상서(上書) : 신하가 임금 혹은 왕세자에게 글을 올리는 일, 혹은 그 글을 가리킨다. 여기에서는 대원군(大院君)에게 올리는 글이므로, '상서(上書)'라는 용어를 사용한 것으로 보인다.

88) 주공(周公)의 교화 : 주공(周公)은 중국 주(周)나라의 문왕(文王)의 아들이자 무왕(武王)의 아우이다. 형인 무왕을 도와 은(殷)나라를 멸망시키고 천하를 통일한 뒤에 예악(禮樂)과 문물(文物)을 정비하였다. 또 조카 성왕(成王) 때에 섭정하면서 관숙(管叔)과 채숙(蔡叔)이 무경(武庚)과 함께 반란을 일으키자, 왕명을 받들고 동정(東征)하고 평정하여 천하를 태평하게 하였다. 여기에서는 아들 고종(高宗)을 섭정하던 대원군(大院君)의 치세를 칭송하는 표현으로 사용되었다.

89) 하늘이……토벌하셨다. : ≪서경(書經)≫<고요모(皐陶謨)>에 "하늘이 차례로 펴서 법을 두시니 우리 오전(五典)을 바로잡아 다섯 가지를 후하게 하시며, 하늘이 차례하여 예를 두시니 우리 오례(五禮)로부터 하여 다섯 가지를 떳떳하게 하소서. 군신이 공경함을 함께 하고 공손함을 합하여 마음 깊이 화합하게 하소서. 하늘이 덕이 있는 이에게 명하시거든 다섯 가지 복식으로 다섯 가지 등급을 표창하시며, 하늘이 죄가 있는 이를 토벌하시거든 다섯 가지 형벌로 다섯 가지 등급을 써서 징계하시어 정사를 힘쓰고 힘쓰소서."라고 하였다.

90) 김원량(金元亮) : 김원량(1589~1624)은 조선 후기의 문신이다. 본관은 경주(慶州), 자는 명숙(明叔), 호는 미촌(嚜村)·율촌(栗村)이다. 기묘명현(己卯名賢) 김정(金淨)의 후손이며, 전한(典翰) 김천우(金天宇)의 증손으로, 할아버지는 감찰 김가빈(金可賓)이고, 아버지는 김변(金汴)이

선정 사계(沙溪) 문원공(文元公)[92]의 제자입니다. 어렸을 적에는 가정에서 전해오는 충효에 눈과 귀가 흠씬 젖었고, 자라서는 스승과 벗들이 가르치는 의리를 입으로 외고 마음으로 탐구하였습니다. 충효에서는 지조를 지키며 삼가고 경계하였으며, 의리에서는 식견이 정밀하고 깊었습니다. 계해년(1623, 인조1) 인묘조(仁廟朝)에 난리를 평정하여 질서 있는 세상을 회복할 때, 의병을 일으키는 논의를 은밀히 시작하여 힘을 합해 도와서 방책을 결정하였습니다. 스스로는 서생이므로 무신의 역할은 감당할 수 없다고 여겨서 결국 위교(渭橋)에서 맞이하는 자리에는 나아가지 못하였습니다.[93] 인조(仁祖)께서 명을 받아 즉위하신 뒤에 그 공이 많음을 아셨으므로, 특별히 명하여 3등 공신에 녹훈(錄勳)하고, 6품의 관직을 주었습니다. 상소하여 힘껏 사양했지만 결국 면직되지 못하였는데, 성상께서 '지조가 가상하다'는 하교를 내리기에 이르렀으니 성

며, 어머니는 능성구씨(綾城具氏)로 현감 구영준(具英俊)의 딸이다.

또 김장생(金長生)의 문인이다. 유생의 몸으로서 이시백(李時白)의 권유로 인조반정의 모의에 참여하였으나, 거사 당일의 군사행동에는 가담하지 않았고, 인조를 맞이하는 모임에도 나가지 않았다. 반정이 성공한 뒤 논공행상을 할 때 이후원(李厚源)과 함께 극력 사양하였으나, 정사공신(靖社功臣) 3등에 책봉되고, 장례원사평(掌隷院司評)에 임명되었으며, 이어 공조좌랑을 거쳐 김집(金集)과 함께 학행으로 추천받아 지평(持平)에 발탁되었다. 1624년 이괄(李适)의 모반에 대한 고변이 있자, 이를 믿지 않고 백방으로 이괄의 무죄를 변호하다가 모반사실이 분명하여짐에 따라 승지 김자점(金自點)의 건의로 투옥되었고, 이어 반란군의 공격으로 조정이 피난할 때 적에게 이용될 염려가 있다는 김자점의 주장에 따라 옥중에서 참살당하였다. 1661년(현종 2) 부인 이씨의 억울함을 소송으로 해결하여 훈작(勳爵)이 복구되고 호조판서·월성군(月城君)에 추증되었다. 시호는 강민(剛愍)이다.

91) 선정(先正) 충암(冲庵) 문간공(文簡公) : 조선 전기의 문신인 김정(金淨, 1486~1521)을 가리킨다. 자는 원충(元冲)이다. 중종 2년(1507)에 문과에 장원하고, 부제학과 도승지를 거쳐 대사성·예문관 제학을 지냈다. 조광조 등과 함께 미신 타파와 향약의 전국적 시행을 위하여 힘썼다. 1519년(중종14) 기묘사화(己卯士禍) 때 극형에 처해질 위기에서 제주(濟州)로 유배되었다가, 1521년 신사무옥(辛巳誣獄)에 관련되어 사사(賜死)되었다. 1545년(인종1) 복관되었고, 1646년(인조 24) 영의정에 추증되었다. 시호는 문정(文貞)이었다가 나중에 문간(文簡)으로 고쳐졌다. 선정(先正)은 선대의 현인을 가리키는 존칭이다.

92) 사계(沙溪) 문원공(文元公) : 조선 중기의 학자이자 문신인 김장생(金長生, 1548~1631)을 가리킨다. 자는 희원(希元)이다. 이이(李珥)의 제자이자 송시열(宋時烈)의 스승으로, 조선 예학(禮學)의 태두(泰斗)이다.

93) 위교(渭橋)에서……못하였습니다 : 인조반정(仁祖反正)에 직접 참여하지 못하였다는 것을 의미한다. 위교(渭橋)는 장안(長安) 부근의 위수(渭水)에 놓인 다리이다. 중국 한(漢)나라 문제(文帝)가 대왕(代王)으로 있다가 이때 추대를 받고 장안에 들어올 때 위교를 건너 옥새를 받았다. ≪史記 孝文帝本紀≫

상의 뜻이 융숭하게 돌보았음을 이미 알 수 있습니다. 더구나 혼조(昏朝 광해군(光海君))의 초기에 의리가 꽉 막히고 강상이 무너지자, 일을 함께하는 사람들과 빈틈없이 논의하여 적모(嫡母)의 대의(大義)[94]를 밝혀서 천하 만세와 더불어 부끄러움이 없었으니 그 공과 그 힘이 어떠했습니까.

아! 불행히도 역적 김자점(金自點)의 무함(誣陷)을 받아서 사형에 처해졌습니다. 숙묘조(肅廟朝)에 이르러 대신의 건의로 훈작(勳爵)이 추록(追錄)되어, 단서철권(丹書鐵券)[95]이 천고의 세월에 번쩍이고 열 줄의 윤음(綸音)에 구천(九泉)에서 감격하였으니, 그 자손 된 자로서 누군들 운수결초(隕首結草)[96]하여 티끌만큼이라도 은혜에 보답하려 하지 않겠습니까. 또 그 성상의 하교 중에 "사판(祠版)을 부조(不祧)하고[97] 적장자(嫡長子)가 이를 세습하여 그 녹(祿)을 잃지 않게 하라."라고 하였으니, 훌륭합니다, 왕의 말씀이여! 참으로 ≪서경(書經)≫에서 이른바 '상(賞)을 자손 대대로 미치게 한다'[98]라는 의리와 마치 부절(符節)을 합한 것과 같았습니다. 또 정묘조(正廟朝)에 강민(剛愍)이라는 시호를 받는 은혜를 입었으니, 이 때문에 생의 5대조로부터 중조까지 세습하여 제사를 받들었습니다.

후손이 영락하여 광릉(廣陵)의 월성군(月城君) 무덤 아래에 있던 사패전(賜牌田) 60결을 모두 잃어버렸으니 시골에서 떠돌면서 곤궁하고 어수선하게 살았고, 사우(祠宇)

---

94) 적모(嫡母)의 대의(大義) : 광해군(光海君) 당시 인목대비(仁穆大妃)가 선조(宣祖)의 계비(繼妃)로서, 광해군에게는 의리상 적모(嫡母)에 해당하였으므로 이러한 표현을 사용하였다.

95) 단서철권(丹書鐵券) : 공신을 표창하던 문권(文券)과 쇠로 만든 표지를 가리킨다.

96) 운수결초(隕首結草) : 살아 있을 때나 죽고 난 뒤에나 기필코 국가의 은혜를 갚겠다는 말이다. 진(晉)나라 이밀(李密)의 <진정표(陳情表)>에 "신이 살아서는 신의 목을 바칠 것이요, 죽어서도 마땅히 결초보은할 것입니다."라는 말이 나온다.

97) 사판(祠版)을 부조(不祧)하고 : 사판(祠版)은 신주(神主), 즉 죽은 사람의 위패를 가리킨다. 부조(不祧)는 나라에 큰 공훈이 있는 사람의 신주를 영구히 사당에서 제사지내게 하는 일이다.

98) 상(賞)을……한다 : ≪서경(書經)≫ <우서(虞書) 대우모(大禹謨)>에, 고요(皋陶)가 말하기를 "황제의 덕이 잘못됨이 없으시어 아랫사람에게 임하되 간략함으로써 하고 무리들을 어거하되 너그러움으로써 하시며, 벌(罰)은 자식에게 미치지 않고 상(賞)은 자손 대대로 미치게 하시며, 과오로 지은 죄는 용서하되 큼이 없고 고의로 지은 죄는 형벌하되 작음이 없으시며, 죄가 의심스러운 것은 가볍게 형벌하시고 공이 의심스러운 것은 중하게 상주시며, 죄가 없는 사람을 죽이기보다는 차라리 떳떳한 법대로 하지 않은 실수를 범하겠다 하시어 살려주기를 좋아하는 덕(德)이 민심에 흡족하십니다. 이 때문에 백성들이 유사(有司)를 범하지 않는 것입니다."라고 하였다.

는 죄다 무너져 비바람도 피하지 못하였고, 제전(祭田)도 남지 않아서 제사가 거의 끊어지게 되었습니다. 조정에서도 기억하는 바가 없고 도신(道臣)도 계문(啓聞)한 적이 없어서, 음직(蔭職)으로 녹봉을 받지 못한 것도 이미 3대가 지났습니다. 생이 불초하고 못나서 선대를 욕되게 하고 가업을 무너뜨린 죄는 사람을 탓할 수도 없고 하늘을 탓할 수도 없다고 할 만합니다.

뜻밖에도 근자에 삼가 들으니, 귀신처럼 괴이하고 제멋대로 행동하는 사람인 김 아무개가 일가친척 없이 외롭다고 생을 업신여기고 또 충훈부(忠勳府)의 당상관을 속여서, 월성군(月城君)의 사손(嗣孫)이라고 사칭하기를 마치 곽숭도(郭崇韜)가 분양왕(汾陽王)에게 한[99] 것처럼 하면서 충훈부에 모록(冒錄)하여 음관에 끼기를 도모하였으니, 그 인륜을 어지럽히고 천륜을 없앰에 있어서 이보다 심할 수는 없습니다. 생의 집안이 망극한 변고를 당한 것은 우선 제쳐두더라도, 성대한 조정의 바뀔 수 없는 녹훈(錄勳)의 은전은 지금 다시 어디에 있습니까.

생이 보잘것없어서 선조의 훈공의 자취를 하루아침에 다른 사람에게 빼앗겼으니, 밤낮으로 비통하여 마음을 썩이고 뼈가 시렸습니다. 삼가 바라건대 대원위 합하께서는 특별히 어두운 곳을 비추는 밝음을 내리시어, 생에게는 하늘이 차례를 펼친 법을 펴주시고 저자에게는 하늘이 토벌하는 죄를 이르게 해주신다면, 생의 지극한 원통함이 풀릴 것이고 선조의 저승에서의 근심이 씻길 수 있을 것입니다. 마음은 넘치는데 글이 짧아서 말에 앞뒤가 없으니, 참으로 황공하여 외람됨을 가누지 못하였습니다. 물러나 엎드려 지극한 마음으로 바랍니다.

---

99) 곽숭도(郭崇韜)가 분양왕(汾陽王)에게 한 : 곽숭도(郭崇韜, ?~926)는 오대(五代) 시대 후당(後唐)의 장상(將相)을 겸한 중신(重臣)이다. 분양왕(汾陽王)은 당(唐)나라 때의 명장 곽자의(郭子儀, 697~781)로, 숙종(肅宗) 때 안사(安史)의 난을 평정하고 분양왕에 봉해졌다. 곽숭도는 그 근본을 잘 알 수 없는 사람인데, 촉(蜀)을 정벌하러 갈 때 당나라의 곽자의를 자신의 조상이라고 하면서 그의 무덤에 절하였다가 사람들의 비웃음을 샀다고 한다. ≪五代史 卷24 郭崇韜列傳≫

운창장께 올리는 편지 上芸窓丈書

삼가 엎드려 여쭈오니 2월에 어르신의 건강은 계속 편안하십니까. 삼가 구구한 저는 송축하는 정성을 가누지 못하겠습니다. 생(生)은 지난 가을 이후로 담(痰)이 온몸을 휘감았으니, 괴로움을 어찌 아뢰겠습니까. 삼가 아뢰건대 기문(記文)을 완성한 지 - 원문 1자 판독 불능- 이미 오래되었을 것인데[100] 병으로 나아가 뵙지 못하다가, 이제야 조카 수미(秀渼) 아이[101]로 대신하니 지극한 황송함을 가누지 못하겠습니다. 부디 내려 보내주시기를 엎드려 바라고 엎드려 바랍니다. ≪대곡집(大谷集)≫[102]도 부쳐 내려주시기를 엎드려 바랍니다.

날씨가 따뜻해지니 다시 바라건대 도(道)를 보위하기 위해 건강하시기를 바랍니다. 예(禮)를 다 갖추지 못합니다. 삼가 올리는 편지를 읽어주시기를 바랍니다. 적이 소회가 있어서 별지로 우러러 바치오니, 읽어주시기를 삼가 바랍니다.

별지(別紙)

삼가 아룁니다. 생은 어리석고 미천한 사람으로 일찍부터 과거공부를 하였지만 뜻을 이루지 못하였습니다. 또 10년 동안 어버이가 편찮으시다가 거듭 부모님의 상을 당하여 세월을 허송하였습니다. 어느덧 마흔이 되었는데 일찍이 대인 선생님의 문하에 찾아가 뵙거나 훈도(薰陶)하는 가르침을 얻어 들은 적이 없었습니다. 늘 분하고 원통하게 여기며 뒤늦게 뉘우치는 마음이 절실하여, 망녕되게 스스로 뉘우치는 것을 가지고 호(號)를 지어 기(記)를 쓰고 읊으면서 자기 자신을 위하는[103] 실제의 공부에 힘쓰려고 하였습니다. 이제 예순의 나이에 또 다섯을 더하였는데 자신에게 돌

---

100) 기문(記文)을……것인데 : 원문은 '記文▨想製成已久'인데, '想'도 판독할 수 없는 글자와의 관계를 알 수 없어 번역하지 않았다.

101) 조카 수미 아이 : 회와(悔窩)의 둘째 아들인 김수미(金秀渼, 1851~1922)를 가리킨다. 계부(季父)인 김유태(金愈泰)에게 출계(出系)하였다. 호(號)는 검제(儉齊), 자(字)는 겸오(兼五)이다. 일명 수용(秀溶)이다.

102) 대곡집(大谷集) : 조선 중기의 학자인 성운(成運, 1497~1579)의 문집을 가리킨다. 3권 1책이다. 성운은 본관은 창녕(昌寧). 자는 건숙(健叔), 호는 대곡(大谷)이다.

103) 자기 자신을 위하는 : 여기에서 '자기 자신을 위하는 [爲己]'이라는 것은 앞에서 언급한 위기지학(爲己之學)의 위기(爲己)를 가리킨다.

이켜 잘못을 구해보아도 또한 조금도 '회(悔)' 자의 효과가 없으니, 천지 사이의 버려진 물건에 불과하니 하늘을 우러러 땅을 굽어보며 얼마나 부끄럽겠습니까. 이른바 '앞의 원고를 뉘우친다'라는 것입니다. 만약 스승님의 자리 아래에 끼게 된다면 글을 많이 천착할 수 있을 것이니, 삼가 바라건대 번거로운 말이나 지나친 글을 낱낱이 지적하여 바로잡고 다시 올바른 가르침을 받아서 이 어리석음을 깨우칠 수 있다면, 비록 죽음을 앞둔 나이에 있지만 옛사람의 조문석가(朝聞夕可)[104]의 말을 저버리지 않게 될 것입니다. 삼가 지극히 참람하고 외람됨을 가누지 못하겠습니다.

정해년[105] 2월

조 명부[106]께 올리다 上趙明府

삼가 여쭈오니, 바람이 높고 눈이 내리는데 공주(公州)의 행차에 평안히 다녀오셨으며 건강은 강녕하신지요. 삼가 미천한 정성을 가누지 못하겠으니, 민초(民草)는 바람 아래에 누울 뿐입니다.[107] 바둑돌을 올리오니 삼가 생각건대 공무에서 물러난 겨를에 두시면 좋겠는데, 또한 평지 가운데 동해(東海)가 있는 격입니다. 삼가 생각건대 물을 관찰하는데 방법이 있습니다.[108] 예를 다 갖추지 못합니다. 삼가 올리는 편지를 읽어주시기를 바랍니다.

---

104) 조문석가(朝聞夕可) : ≪논어(論語)≫<이인(里仁)>에 나오는 말로, "아침에 도를 들으면 저녁에 죽어도 괜찮다. [朝聞道夕死可矣]"를 줄인 말이다.
105) 정해년 : 1887년(고종24)으로 회와가 65세가 되는 해이다.
106) 조 명부 : 명부(明府)는 지방관에 대한 존칭이니, 보은 군수(報恩郡守)를 가리키는 것으로 보인다. 1867년에 조동순(趙東淳)이 보은 군수에 제수된 기록이 있다.≪承政院日記 高宗 4年 5月 14日≫
107) 민초(民草)는……뿐입니다 : 바람이 불면 풀이 쓸리듯이 윗사람이 인도하면 아랫사람이 따른다는 말이다. 공자가 "군자의 덕은 바람과 같고 소인의 덕은 풀과 같다. 풀 위에 바람이 불면 반드시 눕는다."라고 하였다. ≪論語 顔淵≫
108) 물을……있습니다 : ≪맹자(孟子)≫<진심 상(盡心上)>에 "물을 관찰하는 방법이 있다. 반드시 여울을 보아야 할 것이니, 그러면 그 물의 근원이 있음을 알 것이다."라는 말이 나온다.

문촌장께 올리다 上文村丈

늦더위가 찌는 듯한데 건강은 계속 강녕하시며, 형님께서는 어른을 잘 모시고 계십니까. 삼가 우러러 송축하는 정성을 가누지 못하겠습니다. 족제(族弟)[109]는 지루하게 질병을 앓아서 거의 관(棺)에 들어갈 지경이니 이것이야 천명에 붙이더라도, 다만 이세상에서 다시 얼굴을 뵙고 말씀을 듣지 못하는 것이 한스러울 뿐입니다.

삼가 아뢰옵건대 지난번에 사촌을 보내어 우리 파보(派譜)의 인쇄에 참여하게 하였는데, 사과공(司果公)[110]의 넷째 아들인 휘(諱) 열추(說秋)의 아래에 전에 없던 차자(次子) 한 명이 적혀 있었습니다. 이것은 조카에게 시키시어 그렇게 한 것입니까. 부자(父子)의 사이는 천륜입니다. 부모가 낳는 자식은 피와 살, 머리털과 살갗을 받는 것입니다. 어찌 땅으로도 멀리 떨어져있고, 햇수로는 2백 년이 지난 뒤인데도 부자라고 일컬을 수 있단 말입니까. 이것은 곽숭도(郭崇韜)가 분양왕(汾陽王)에게 한 경우가 아니겠습니까. 천륜을 무너뜨리고 인륜을 어지럽게 하기가 이보다 심할 수 없으니, 아마도 선조를 욕되게 하는 것이지 선조에게 효도하는 것은 아닌 듯합니다. 생각건대 매우 통탄스럽습니다. 보잘것없는 견해가 이와 같으므로 감히 이에 우러러 아뢰니, 깊은 질책을 면하기 어렵겠습니다. 나머지는 병석에서 대필로 급히 쓰느라, 예를 갖추지 못하고 아룁니다.

---

109) 족제(族弟) : 성과 본이 같은 사람들 가운데 유복친 안에 들지 않는 같은 항렬의 아우뻘인 남자를 가리킨다. 여기에서는 문촌장 김희태(金羲泰)에 대하여 아우뻘인 회와(悔窩) 스스로를 가리킨다.

110) 사과공(司果公) : 김헌(金헌<瑃>, 1647~1706)을 가리킨다. 자(字)는 문원(文源), 호(號)는 오심당(悟心堂)이다. 벼슬이 어모장군(禦侮將軍) 부사과(副司果)에 이르렀다. 생부는 김태현(金泰賢)인데, 월성군(月城君) 김원량(金元亮)에게 출계(出系)하였다.

운창장께 올리는 편지 上芸窓丈書

　삼가 여쭙니다. 초여름에 스승님의 건강은 계속 강녕하십니까. 삼가 구구하게 사모하는 간절함과 송축하는 정성을 가누지 못하겠습니다. 생(生)은 한결같은 마음으로 함석(函席)의 사이에서 위안을 받으며, 늘 공경을 위주로 하기를 마치 다정하고 친절하신 가르침을 받드는 듯이 하고 있으니, 이것이 어찌 가르침을 따르고자 하는 자에게 내려주신 것이 아니겠습니까. 못난 저로서는 더욱 간절하여, 엎드려 감격하였습니다.
　삼가 아뢰건대 모현암(慕賢庵)의 기문(記文)을 완성한 지 이미 오래되었을 것인데, 이렇게 쇠잔한 몸에 게다가 병까지 걸려서 용감하게 나아가지 못하고 조카 수미(秀渼) 아이를 대신 보냈습니다. 얼마나 지극히 황송한지 모르겠습니다. 잘잘못을 헤아리시고 부쳐 보내시어, 현판을 내거는 공사에 맞출 수 있도록 해주시기를 엎드려 바랍니다. 나아가 뵈올 기일은 우선 가을 무렵이 될 것으로 삼가 헤아리고 있습니다. 예를 다 갖추지 못합니다. 평안하시기를 바랍니다. 삼가 올리는 편지를 읽어주시기를 바랍니다.

운창장께 올리는 편지 上芸窓丈書

　절하며 올립니다. 달이 바뀌니 우러러 사모하는 마음이 더욱 간절합니다. 스승님의 건강은 계속 강녕하십니까. 삼가 구구하게 송축하는 정성을 가누지 못하겠습니다. 생은 보잘것없는 몸으로 외람된 줄도 모르고 고명(高明)의 아래에서 장석(丈席)을 우러러 모셨으니, 비루한 자의 오래된 바람을 이루게 되었습니다. 돌아와 자리에 누워 우러러 송축하니, 덕이 더욱 성하고 예가 더욱 공손해집니다. 기문(記文)을 베껴 쓰고 삼가 바칩니다. 날씨가 따뜻해지니, 다시 바라건대 도(道)를 위해 건강하시기를 바랍니다. 예를 다 갖추지 못합니다. 삼가 올리는 편지를 읽어주시기를 바랍니다.

서(序)

≪추경≫[111]에 붙이는 서문 鄒經序

  내가 일찍이 ≪맹자(孟子)≫의 책을 읽고, 편(篇)의 첫머리에 온전한 서문이 없는 것을 한탄한 적이 있었다. 뒤늦게 후생(後生)의 가르침으로 인하여, 삼가 내 의견으로 7편의 대략적인 뜻을 감히 지어 총체적으로 논하여 풀이하였다.

  대체로 맹부자(孟夫子 맹자)는 성인(聖人 공자(孔子))에 버금가는 한 시대의 뛰어난 학문을 지니셨다. 전국시대(戰國時代)를 맞아서 위로는 임금의 은택이 이미 고갈되어 제후들이 왕명을 훔치고, 아래로는 성인의 학문이 이미 멀어져 사악한 학설이 마구 흘러넘쳤으니 어찌 도(道)를 스스로 맡겠다고 하지 않을 수 있었겠는가. 이는 대인(大人)의 일에 급급하기 때문이니, 왕도(王道)를 높이고 패도(覇道)를 물리치며, 인욕(人慾)을 막고 천리(天理)를 보존하며, 치화(治化)를 말하면 반드시 요(堯)·순(舜)임금을 일컬었고, 정벌을 말하면 반드시 탕왕(湯王)·무왕(武王)을 본받았고, 사사로운 힘을 말하면 반드시 제환공(齊桓公)·진문공(晉文公)을 배척했고, 이단을 말하면 반드시 양주(楊朱)·묵적(墨翟)을 물리쳤다. 인의(仁義)와 예지(禮智)를 급히 힘써야 할 일로 삼고, 공리(功利)와 피음(詖淫)[112]을 깊이 경계하였다. 제(齊)나라와 양(梁)나라 사이를 떠돌았지만 때를 만나

---

111) 추경(鄒經) : 유교 경전인 사서(四書)의 하나인 ≪맹자(孟子)≫를 가리킨다. ≪맹자≫는 맹자와 그 제자들의 대화를 기술한 책으로, 7책 14권으로 구성되어 있다. 맹자가 추(鄒)나라 출신이기 때문에 일명 '추경'이라고 한다.

112) 피음(詖淫) : 편벽된 말과 방탕한 말을 가리킨다. 지언(知言), 즉 말을 안다는 것이 무엇인가에 대해, 맹자가 "편벽된 말 [詖辭]에 그 가리운 바를 알며, 방탕한 말 [淫辭]에 그 빠진 바를

지 못하였고,113) ≪시경(詩經)≫≪서경(書經)≫의 문장을 외웠지만 그 학설을 행하지 못하여 곧 둥글게 깎인 구멍에 모난 자루를 끼우는114) 격이니 그게 가능했겠는가.

이에 만장(萬章)·공손추(公孫丑) 등의 무리와 함께 돌아와서 제왕이 남긴 법도를 문답하며 조술(祖述)115)하고, 군신의 대의를 강론하였다. 이려(伊呂)116)의 출처의 올바름, 이혜(夷惠)의 청화(清和)117)의 편벽됨을 이어서 공자(孔子)가 집대성(集大成)하였으니 그 태화원기(太和元氣)가 사철에 유행함을118) 찬양하였다. 정사(政事)의 시행에 있어서는 경계(經界)를 정하고 작록(爵祿)의 차례를 지웠으며, 예악(禮樂)의 설치에 있어서는 상례(喪禮)와 제례(祭禮)를 논하고 종소리와 북소리를 들었으며, 교제하는 사이와 사양하고 받는 분별에 대하여 남김없이 모두 거론하였으니, 안증(顔曾)119)에 견주자면 도덕과 학문이 나란할 만하고, 천하 후세에 끼친 공으로는 우(禹)임금이 홍수를 막은 것보다 못하지 않을 것이니 얼마나 성대한가!

알며, 사벽(邪辟)한 말 [邪辭]에 그 괴리된 바를 알며, 도피하는 말 [遁辭]에 그 논리가 궁한 바를 안다." 하였다. ≪孟子 公孫丑上≫

113) 제(齊)나라와……못하였고 : 맹자가 도를 통하고 나서 제나라에 가서 선왕(宣王)을 섬겼으나 선왕이 맹자의 말을 채용하지 못하였고, 양나라에 갔으나 혜왕(惠王)이 맹자의 말을 행하지 못하였다. ≪史記 卷74 孟軻荀卿列傳≫

114) 둥글게……끼우는 : 정도(正道)에 입각하여 행동하려다 보니, 그들과는 끝내 의견이 맞지 않아 갈등을 빚게 된다는 말이다. 전국 시대 초(楚)나라 송옥(宋玉)의 <구변(九辯)>에 "둥글게 깎인 구멍에 모난 자루 끝을 끼우려 함이여, 서로 맞지 않아서 들어가기 어려움을 내가 참으로 알겠도다."라는 말이 나온다.

115) 조술(祖述) : 선인(先人)이 말한 바를 근본으로 하여 서술하고 밝히는 것을 말한다.

116) 이려(伊呂) : 중국 고대의 저명한 재상인 이윤(伊尹)과 여상(呂尙)을 병칭하여 부른 것이다. 이윤은 은(殷)나라 탕왕(湯王)의 승상이었고, 여상은 주(周)나라 무왕(武王)을 보좌하여 은나라를 멸망시킨 인물이다.

117) 이혜(夷惠)의 청화(清和) : 백이(伯夷)의 청(淸)과 유하혜(柳下惠)의 화(和)라는 말인데, ≪맹자(孟子)≫<만장 하(萬章下)>에 "백이는 성인 중의 맑은 분이요, 유하혜는 성인 중의 화한 분이다."라는 말이 나온다.

118) 공자(孔子)가……유행함을 : ≪맹자≫<만장 하>에 백이(伯夷)를 청성(淸聖)이라 하고 이윤(伊尹)을 임성(任聖)이라 하고 유하혜(柳下惠)를 화성(和聖)이라고 한 뒤에, 공자를 시성(時聖)이라고 하면서 "공자야말로 여러 성인의 특성을 한 몸에 모두 갖추어 크게 이룬 분이라고 할 것이다. [孔子之謂集大成]"라고 한 맹자의 평이 나온다. 또 해당 부분의 ≪맹자집주(孟子集註)≫에서 위의 세 성인은 "춘하추동이 각기 그 철을 하나씩 맡고 있는 것과 같고, 공자는 태화원기가 사철에 유행함과 같다."라고 하였다.

119) 안증(顔曾) : 공자의 뛰어난 제자인 안회(顔回)와 증삼(曾參)을 가리킨다.

이제 다시 자세히 말하자면, 그가 어렸을 적에는 직접 세 번 이사하는 가르침120)을 받았고, 그가 자라서는 자사(子思)의 문하에서 사숙(私淑)하여121) 결국 대유(大儒)가 되었으니, 일개 '심(心)' 자에서 얻은 것에 지나지 않는 것이다. 무릇 대인은 갓난아이의 마음을 잃지 않는 법이니, 마음이 이미 바르면 인심(人心)은 위태하고 도심(道心)은 은미(隱微)한122) 사이에 오직 정밀하고 전일하여, 성(性)은 그 선(善)을 회복하고 기(氣)는 호연함을 함양하게 된다. 오상(五常)의 윤리123)와 사단(四端)124)이 발하는 것이 이 마음에서부터 나오지 않음이 없다. 가까이는 일신의 동정(動靜)으로부터 멀리는 천하의 일에 이르기까지 어찌 구차함이 있겠는가. 그러므로 '마음을 동요하지 않는다[不動心]'라고 하고 '임금의 마음을 바로잡는다[格君心]'라고 하면서 마음을 다하여 끝까지 하였으니, 이것이 맹자가 된 까닭이다.

아! 맹자는 이미 세상을 떠났고, 그 책은 남아있지만 그 도는 행해지지 않는다. 한(漢)나라의 사마천(司馬遷)이 '하필 이익을 말하십니까?'125)라는 말을 가져다가 탄식

---

120) 세 번 이사하는 가르침 : 맹모삼천(孟母三遷) 혹은 맹모삼천지교(孟母三遷之敎)를 이르는 말이다. 맹자가 어렸을 때 묘지 가까이 살았더니 장사 지내는 흉내를 내기에, 맹자 어머니가 집을 시전 근처로 옮겼더니 이번에는 물건 파는 흉내를 내므로, 다시 글방이 있는 곳으로 옮겨 공부를 시켰다는 것으로, 맹자의 어머니가 아들을 가르치기 위하여 세 번이나 이사를 하였음을 이르는 말이다.

121) 자사(子思)의 문하에서 사숙(私淑)하여 : 자사(子思)는 공자의 손자이며 증자(曾子)의 제자이다. 성(誠)을 천지와 자연의 법칙으로 삼고 천인합일(天人合一)의 철학을 제창하였다. 저서에 ≪중용(中庸)≫이 있다. 사숙(私淑)은 직접 가르침을 받지는 않으나 마음속으로 그 사람을 본받아서 도나 학문을 닦는 것을 가리킨다.

122) 인심(人心)은……은미(隱微)한 : 요(堯)임금이 순(舜)임금에게 선위(禪位)하면서 "진실로 그 중도를 잡아라."라고 하였고, 순임금이 우(禹)임금에게 선위하면서 "인심은 위태하고 도심은 은미하니, 오직 정밀하고 전일하여야 진실로 그 중도를 잡으리라."라고 하였다. ≪書經 大禹謨≫

123) 오상(五常)의 윤리 : 오륜(五倫)을 가리킨다. 사람이 지켜야 할 다섯 가지 도리인 부자유친(父子有親), 군신유의(君臣有義), 부부유별(夫婦有別), 장유유서(長幼有序), 붕우유신(朋友有信)이다.

124) 사단(四端) : 사람의 본성에서 우러나오는 네 가지 마음이다. ≪맹자≫에서 유래한 것으로, 인(仁)에서 우러나오는 측은지심(惻隱之心), 의(義)에서 우러나오는 수오지심(羞惡之心), 예(禮)에서 우러나오는 사양지심(辭讓之心), 지(智)에서 우러나오는 시비지심(是非之心)을 이른다.

125) 하필 이익을 말하십니까 : 맹자가 양혜왕(梁惠王)을 만나니, 왕이 "노인께서 천리를 멀리 여기지 않고 오셨으니, 또한 장차 내 나라를 이롭게 함이 있겠습니까?"하고 물었다. 이에 맹자

하며 찬양하였으니 그가 본 것이 밝지 않은 것은 아니지만, 순경(荀卿)과 추연(鄒衍) 무리의 열전(列傳)에 실었으니[126] 얼마나 잘못인가. 당(唐)나라 한유(韓愈)에 이르러 그 도(道)를 위로 요(堯)·순(舜)·우(禹)·탕(湯)·문왕(文王)·무왕(武王)·주공(周公)·공자(孔子)의 계통에 붙였으니, 천년 세월 동안에 맹자를 알아보는 자는 오직 한유 뿐이었다. 이 뒤로 세상이 쇠약해지고 도가 미약해져서 오로지 노장(老莊)과 불교(佛敎)만 숭상하니 유학(儒學)은 땅을 쓸어버린 듯 사라지게 되었다.

한번 혼란하면 한번 다스려지는 것이 천지(天地)가 비태(否泰)하는[127] 이치이고, 음양(陰陽)이 쇠하였다 자라나는 도리이다. 성왕(聖王)의 시대였던 송(宋)나라 때에는 학문을 높이 여겨 현명한 유학자를 배출하였으니, 우리 주부자(朱夫子 주희(朱熹))가 주돈이(周敦頤)·정호(鄭顥)·정이(程頤)의 계통을 이어 여러 학설을 이끌고 고증하여, 장절(章)의 순서를 짓고 구(句)를 풀이한 연후에 한 부분의 의리가 뚜렷하게 밝혀질 수 있게 되었고 성학(聖學)이 다시 일어나고 사도(師道)가 무너지지 않게 되었다. 멀리 우리 동방에 이르러 나라에서 문묘(文廟)에 위패를 모셔 제사지내고 그 책을 나라를 다스리는 큰 근본으로 삼았으니, 아래로 유가(儒家)를 따르는 부류의 사람들에게 영향을 미쳐서 외우며 익히지 않는 이가 없어서 좌임(左衽)의 옷을 입고 주리(侏離)의 말을 하는[128] 지경에 이르지 않게 되었다.

아, 아름답도다! 나는 본래 어리석고 학문이 없는데 참람한 죄가 되는 줄 스스로 잊고서, 외람되게 억지스러운 이야기를 가지고 사사로운 책의 첫머리에 별지로 덧붙여 써서 처음 공부하는 어리석은 자손들을 인도하려 한다.

가 "왕은 하필 이익을 말하십니까. 인의(仁義)가 있을 뿐입니다."라고 대답하였다.≪孟子 梁惠王上≫

126) 순경(荀卿)과……실었으니 : 사마천의 ≪사기(史記)≫의 열전에 맹자는 순경(荀卿)과 함께 실려 있는데, 그 중에 추연(鄒衍) 등에 대한 언급도 있다. 순경은 순자(荀子)를 가리키고, 추연은 제(齊)나라의 학자이다.≪史記 卷74 孟子荀卿列傳≫

127) 천지(天地)가 비태(否泰)하는 : 세상일의 성쇠와 운명의 순역(順逆)이 서로 극에 이르러 뒤바뀌게 된 것을 말한다. ≪주역(周易)≫의 천지 비괘(天地否卦)는 하늘과 땅의 기운이 서로 막혀서 통하지 않는 것을 상징하고, 지천 태괘(地天泰卦)는 그 반대로 만물이 형통하게 되는 것을 상징한다.

128) 좌임(左衽)의……하는 : 미개한 야만의 상태를 가리키는 말이다. 좌임(左衽)은 북쪽의 미개한 인종의 옷 입는 방식이 오른쪽 섶을 왼쪽 섶 위로 여몄다는 데서 유래한다. 주리(侏離)는 뜻이 통하지 아니하는 오랑캐의 방언을 가리키는 말이다.

〈중국도〉에 붙이는 서문 中國圖序

　나는 일찍이 중국을 유람할 뜻이 있었는데, <우공(禹貢)>[129]에 이르러 산천의 명화(名畫)를 얻어 보고 지맥(地脈)을 약간 섭렵하였는데 어지럽게 얽혀서 구분하기 어려웠다. 여지도(輿地圖)를 살펴보고 나서 일찍이 이른 아침에 앉은 적은 없었지만, 크게 전체를 살펴보니 곧 비장방(費長房)이 이른바 '지축 수만 리를 축소할 수 있다'[130]라는 것이었다. 눈앞에 모아 놓으니 수해(豎亥)의 걸음[131]을 기다리지 않고도 북극으로부터 나오니, 어찌 꼭 사마천(司馬遷)의 유람[132]이 있어야 남쪽의 강회(江淮)에 이르겠는가. 이에 제왕의 강역을 거치고 우주의 텅 빈 끝까지 다하여, 황하(黃河)는 하늘에 통하니 가라말이 나오는 물가를 눈으로 굽어보고, 낙양(洛陽)은 땅 가운데 있으니 거북이 등에 진 모래톱을 손으로 가리키네. 순(舜)임금이 수레타고 순수(巡狩)하던[133] 자취인 오악(五嶽)[134]에서 구름이 나오고, 우(禹)임금이 도끼로 깎던[135] 흔적인 구천(九川)이 바다로 달리네.[136] 도읍은 동서로 정했으니 앞은 주(周)나라 뒤는 한(漢)나라이고,[137]

---

129) 우공(禹貢) : 중국 구주(九州)의 지리와 산물에 대하여 기술한 고대의 지리서이다. ≪서경(書經)≫ <하서(夏書)>의 편명(篇名)이기도 하다.

130) 비장방(費長房)이……있다 : 지맥(地脈)을 축소하여 먼 거리를 가깝게 하는 술법인 축지법(縮地法)을 말한다. 후한(後漢)의 비장방(費長房)이 천 리의 지맥을 축소하여 눈앞에 있게 하였다가 다시 풀어 원상태로 복귀시키곤 하였다는 전설이 있다. ≪神仙傳 卷5 壺公≫

131) 수해(豎亥)의 걸음 : 수해는 하(夏)나라 우(禹)임금의 신하이다. 수해는 지리를 조사해 오라는 우임금의 명에 따라 오른손에 산가지 [算]를 한 움큼 들고 동쪽 끝에서 서쪽 끝까지 5억 10만 9800보를 달렸다고 한다. ≪山海經 卷9 海外東經≫

132) 사마천(司馬遷)의 유람 : 사마천(司馬遷)은 한(漢)나라 경제(景帝) 때 용문(龍門)에서 태어나 10여 세에 고문(古文)을 다 통하고, 20여 세에는 웅지를 품고 천하를 유람하고자 하여 남으로 강회(江淮), 회계(會稽), 우혈(禹穴), 구의(九疑), 원상(沅湘) 등지를 유람하고, 북으로 문수(汶水), 사수(泗水)를 건너 제로(齊魯)의 지역에서 강학(講學)을 하다가 양초(梁楚) 지역을 거쳐 돌아왔다고 한다. ≪漢書 卷62 司馬遷傳≫

133) 순(舜)임금이 수레타고 순수(巡狩)하던 : 순임금은 남쪽 지방으로 순수하러 나갔다가 창오산(蒼梧山)에서 붕어(崩御)하였다. ≪史記 卷1 五帝本紀≫

134) 오악(五嶽) : 중국 사람들이 신성시 했던 다섯 개의 산으로, 동악(東嶽)은 태산(泰山), 서악(西嶽)은 화산(華山), 남악(南嶽)은 형산(衡山), 북악(北嶽)은 항산(恒山), 중악(中嶽)은 숭산(嵩山)을 말한다.

135) 우(禹)임금이 도끼로 깎던 : 우임금이 홍수를 막기 위해 산을 깎아 수로(水路)를 개척하던 일을 가리킨다.

서울은 남북으로 나뉘었으니 연경(燕京)과 오경(吳京) 근처라네.138) 주(州)·국(國)·군(郡)·현(縣)이 12성(省) 사이에 펼쳐져 있어서 위로는 28수(宿)139)의 분야에 응하니, 진정한 임금의 신통한 도구이다. 홍애(洪崖)의 경도(瓊島)140)가 큰 바다위에 떠 있으니 티끌처럼 아득하고, 사막은 궁벽하고 몹시 거친 곳이니 추워서 식물이 자라지 못하네. 오히려 무엇을 논하겠는가! 장성(長城)이 길게 만리나 뻗어있으니 진(秦)나라가 헛되이 쌓은 것이고, 서역(西域)이 멀리 한쪽 지역에 있으니 한(漢)나라가 어찌 통하겠는가.141)

곤륜(崑崙)으로부터 내려와 옛 사람들이 유람하던 멋진 경치를 두루 살펴보니, 두소릉(杜少陵)의 무협(巫峽),142) 소동파(蘇東坡)의 적벽강(赤壁江),143) 이 적선(李謫仙)의 채석(彩石),144) 왕자안(王子安)의 등왕각(滕王閣)145)으로부터 황학루(黃鶴樓)·봉황

---

136) 구천(九川)이 바다로 달리네 : 구천은 구주(九州)의 큰 강이라는 뜻이다. 중국 고대에는 전국을 구주로 나누었으니, 곧 중국 전역의 강이라는 의미이다. ≪서경(書經)≫<익직(益稷)>에서 우(禹)임금이 이르기를 "내가 구천을 터놓아 사해(四海)에 이르게 하였다."라고 하였다.

137) 도읍은……한(漢)나라이고 : 주나라는 도읍을 서주(西周) 때 서쪽의 호경(鎬京)에서 동주(東周) 때 동쪽의 낙읍(洛邑)으로 옮겼고, 한나라도 전한(前漢) 때 서쪽의 장안(長安)에서 후한(後漢) 때 동쪽의 낙양(洛陽)으로 천도하였다.

138) 서울은……근처라네 : 연경(燕京)은 원(元)나라 이래 명(明)·청(淸) 등이 도읍했던 북쪽의 북경(北京)을 가리키고, 오경(吳京)은 오(吳)·동진(東晉)·송(宋)·제(齊)·양(梁)·진(陳) 등이 도읍했던 남쪽의 금릉(金陵)을 가리킨다.

139) 28수(宿) : 천구(天球)를 황도(黃道)에 따라 스물여덟으로 등분한 구획, 또는 그 구획의 별자리를 28수(宿)라 한다.

140) 홍애(洪崖)의 경도(瓊島) : 홍애는 전설상 황제(黃帝)의 신하로서 신선이 된 영륜(伶倫)의 호이다. 요(堯)임금 때 이미 나이가 삼천 살이었다 한다. 경도는 신선이 산다는 전설상의 섬으로, 옥처럼 아름답다고 한다.

141) 서역(西域)이……통하겠는가 : 한(漢)나라 무제(武帝) 때 장건(張騫)이 명을 받아 장안에서 서역까지 대장정을 떠났다.≪漢書 卷61 張騫傳≫

142) 두소릉(杜少陵)의 무협(巫峽) : 소릉(少陵)은 당나라의 시인 두보(杜甫, 712~770)의 호이다. 무협(巫峽)은 구당협(瞿塘峽), 서릉협(西陵峽)과 함께 장강(長江) 상류의 험난한 세 협곡인 삼협(三峽) 중의 하나이다. 두보가 무협을 노래한 시는 상당히 많다. 또 말년에 동촉(東蜀)의 고적(高適)을 찾아가 의탁하려 하였으나 그곳에 당도하자마자 고적이 죽었다. 이에 두보는 조각배를 타고 무협을 지나 뇌양(耒陽)에 우거하던 중, 그곳 현령이 구운 쇠고기와 탁주를 보내주었는데, 그것을 먹고 세상을 떠났다.

143) 소동파(蘇東坡)의 적벽강(赤壁江) : 동파(東坡)는 북송(北宋)의 문인 소식(蘇軾, 1036~1101)의 호이다. 당송팔대가(唐宋八大家)의 한 사람으로, 적벽강을 노래한 <적벽부(赤壁賦)>가 특히 유명하다.

144) 이 적선(李謫仙)의 채석(彩石) : 적선(謫仙)은 인간 세계에 귀양을 온 신선이란 뜻으로, 당나

대(鳳凰臺)·감호(鑑湖)의 서쪽과 여산(廬山) 남쪽에 시인이나 문사들의 흥을 돋우지 않은 곳이 없으니, 또한 감회를 부칠 만하다. 구의산(九嶷山)의 가을비에 황제 아내의 혼령을 조문하고,[146] 원수(沅水)·상수(湘水)의 달밤에 굴원(屈原)의 충성을 위로한다.[147] 악어를 쫓았던 조주(潮州)는 한유(韓愈)의 명문이고,[148] 숫양을 치던 바다는 소무(蘇武)의 외로운 절개라네.[149]

이어서 생각이 떠오르니 눈을 들어 보면, 동쪽 노(魯)나라의 니산(尼山)에 신령이 내려오고 사수(泗水)가 신령을 실었으니,[150] 성인이 때를 타고 천명을 받아 백세의 스승

라 현종(玄宗) 때 하지장(賀知章)이 이백(李白, 701~762)을 처음 만나서 그의 글을 보고는 붙여 준 별칭이다. 이백이 최종지(崔宗之)와 함께 채석강(彩石江)에서 금릉(金陵)까지 달밤에 배를 타고 갈 적에 시와 술을 즐기면서 방약무인(傍若無人)하게 노닐었다. 뒷사람들이 두보(杜甫)의 "이백이 고래를 타고 떠났다. [李白騎鯨魚]"라는 시구가 있는 것을 빌미로, 이백이 술에 만취한 채 채석강에 비친 달을 잡으려다 물에 빠져 죽었다고 믿게 되었다는 이야기가 전한다. ≪唐才子傳 李白≫

145) 왕자안(王子安)의 등왕각(滕王閣) : 자안(子安)은 당나라의 시인 왕발(王勃, 650~676)의 자이다. <등왕각서(滕王閣序)>라는 글이 유명하다. 왕발의 배가 마당(馬當)에 정박하고 있을 때, 중원의 강물을 맡고 있다는 노인이 나타나서 "내일 홍주(洪州)의 등왕각(滕王閣)에서 글을 지어 후세에 이름을 남기라."고 하고는, 바람을 불어 주어 700리나 떨어진 홍주까지 하룻밤 사이에 닿게 했다는 전설이 전한다.≪類說 卷34 摭遺 滕王閣記≫

146) 구의산(九嶷山)의⋯⋯조문하고 : 구의산은 남쪽 지방을 순행하다 세상을 떠난 순(舜)임금이 묻힌 곳이다. 창오산(蒼梧山)에서 세상을 떠난 순임금을 찾으러 떠난 두 아내 아황(娥皇)과 여영(女英)이 소상강(瀟湘江)에 빠져 죽었다고 전한다.

147) 원수(沅水)상수(湘水)의⋯⋯위로한다 : 원수·상수는 중국 초(楚)나라 남방의 강 이름인데, 모함을 입어 자신을 뜻을 펴지 못하고 좌절한 굴원(屈原)이 이 지역에서 유랑하다가 물에 투신하여 자결하였다.

148) 악어를⋯⋯명문이고 : 당나라의 문인 한유(韓愈, 768~824)가 불골표(佛骨表)를 올렸다가 좌천되어 조주 자사(潮州刺史)가 되었는데, 그때 악계(惡溪)의 악어가 사람과 가축을 해치자, 한유가 악어문(鱷魚文)을 지어 물리쳤다고 한다.≪古文眞寶後集 鱷魚文≫

149) 숫양을⋯⋯절개라네 : 한(漢)나라 때 소무(蘇武)가 흉노(匈奴)에 사신으로 갔는데, 흉노의 선우(單于)가 갖은 협박을 하는데도 굴하지 않다가 큰 구덩이 속에 갇혀서 눈을 먹고 가죽을 씹으면서 지냈다. 그러다가 다시 북해(北海)로 옮겨져서 양을 치며 지냈는데, 그때에도 한나라의 부절(符節)을 그대로 잡고 있었다. 갖은 고생을 하면서 19년 동안 머물러 있다가 소제(昭帝) 때 흉노와 화친하게 되어 비로소 한나라로 돌아왔다.≪漢書 卷54 蘇武傳≫

150) 동쪽⋯⋯실었으니 : 중국 산동성 곡부(曲阜)의 니산(尼山)과 사수(泗水)를 말한다. 니산은 사수와 이어져 있는데 공자의 아버지 숙량흘(叔梁紇)이 이 산에서 빌어 공자를 낳았다. 사수는 춘추 시대 노(魯)나라의 강 이름인데, 공자가 니산과 사수 사이에서 문도를 모아놓고 학문을 강론하였다.

이 되니, 지금껏 아름다운 가르침이 여전히 남아있고 성인의 교화가 잡을 듯하여, 천년이 지난 뒤에 제자의 반열에 오르기를 바라노라. 왼쪽으로 조선(朝鮮)을 보면 이 또한 소중화(小中華)이니, 성인 기자(箕子)의 풍화가 사라지지 않고 우리 왕조의 성대한 교화가 이어지는 것이 아니겠는가.

나는 이에 중국의 험난함과 평탄함을 살펴보고 옛사람의 착함과 악함을 돌이키니, 마음속에 권장하고 징계되는 바가 있어서 학문에 비유가 된다. 그러므로 이 그림을 선물한 것이 어찌 단지 책상 위에서 유람하기 위한 것만이겠는가!

경오년151) 정월 병상에 누워서 겨우 서문을 짓다.

〈죽남〉에 붙이는 서문 竹南序

대체로 아름다움이 있는 모든 사물은 마땅한 사람을 얻어 그 이름을 드러내지 않음이 없으니, 도선생(陶先生)에게 버드나무 [柳],152) 주군자(周君子)에게 연꽃 [蓮],153) 정처사(鄭處士)에게 소나무 [松],154) 구래공(寇萊公)에게 측백나무 [柏]155)와 같은 부류가 모두 이것이다. 그런데 하물며 대나무 [竹]는 더욱 아름다운 것임에랴! 일찍이 <이소(離騷)>에서 누락되어156) 원망했던 자들은 필시 오늘을 기다려 의탁하였을 것이다.

---

151) 경오년 : 경오년은 1870년(고종7)으로 회와가 48세때이다.

152) 도선생(陶先生)에게 버드나무 [柳] : 도선생은 진(晉)나라의 시인 도잠(陶潛)을 가리킨다. 자(字)가 연명이라 도연명(陶淵明)으로 더 자주 불린다. 도잠이 지은 <오류선생전(五柳先生傳)>에 "집 옆에 버드나무 다섯 그루가 있기에 이를 나 자신의 호로 삼았다."는 말이 나온다.

153) 주군자(周君子)에게 연꽃 [蓮] : 주군자는 송(宋)나라의 학자 주돈이(周敦頤)를 가리킨다. 주돈이는 <애련설(愛蓮說)>을 지어 "연꽃은 꽃 중의 군자(君子)로, 자신은 연꽃의 고결함을 사랑한다."라고 하였다.

154) 정처사(鄭處士)에게 소나무 [松] : 정처사는 조선 중기의 문신 정철(鄭澈, 1536~1593)을 가리키는 것으로 보인다. 호가 송강(松江)이다.

155) 구래공(寇萊公)에게 측백나무 [柏] : 구래공은 송나라의 정치가로 내국공(萊國公)에 봉해진 구준(寇準)을 가리킨다. 그가 뜻을 얻지 못하고 파동현(巴東縣)의 수령으로 있을 적에 선정(善政)을 베풀었으므로, 그가 심은 측백나무를 백성들이 감당(甘棠)나무에 비겼다는 '내공백(萊公柏)'의 고사가 있다. ≪與猶堂全書 第五集 政法集 卷29 遺愛≫

156) <이소(離騷)>에서 누락되어 : <이소>는 전국시대 초(楚)나라의 시인인 굴원(屈原)이 지었다. <이소>에는 진귀한 향초를 비롯하여 수많은 화초가 등장하지만 대나무가 포함되지 않

나의 벗 이군(李君)의 이름은 연종(繽鍾), 자(字)는 성탁(聖鐸)이다. 그는 사람됨이 굳세고 바르며 부드럽고 강직하며 충성스럽고 의로우며, 엄하되 절도가 있고 겸손하되 덕이 향상되며, 문장을 잘하지만 피고 시드는 때에 구애받지 않아서, 일찍이 어울리며 노닐고 쉰 지 몇 해가 되었다. 호(號)를 죽남(竹南)이라고 하기에, 묻기를 "이것을 누구에게 받은 것인가?"라 하니, 이군이 말하면서 감회의 뜻을 나타내며 공경스럽게 대답하기를 "옛날 나의 돌아가신 큰아버님께서 이 좋은 이름을 내려주셨으니, 지금 비록 늘 간직하고 있지는 못하지만 대체로 바르게 경계하는 가르침이 많았다."라고 하였다. 나도 옷깃을 여미며 말하기를 "그렇다면 이미 자네에게 증험된 바가 있다. 무릇 대나무라는 물건은 그 뿌리가 함께 엉켜있으며 의지하는 바가 없이 곧게 서니, 곧 자네의 군세고 바른 점이다. 처음에 날 때에는 부드럽고 약한데 자라게 되면 단단하고 굳세게 되니, 곧 자네의 부드럽고 강직한 점이다. 가운데는 비었는데 은폐하는 바가 없이 위로 솟아 빼어나게 이어지니, 곧 자네의 충성스럽고 의로운 점이다. 서리가 내리고 눈보라 치는 겨울에 꺾이지 않고 그 잎이 더욱 길죽하니, 곧 자네의 엄하되 절도가 있는 점이다. 초목이 무성해 지는 날을 맞으면 앞서려고 다투지 않지만 그 줄기가 이미 이루어져 있으니, 곧 자네의 겸손하되 덕이 향상된 점이다. 이처럼 사계절의 추위와 더위, 따뜻함과 서늘함을 두루 겪으며 그 빛깔을 변치 않으니, 곧 자네가 피고 시드는 때에 구애받지 않는 점이다. 이 모두는 본체이다. 기용(器用)의 화려함의 경우는 갈수록 마땅하지 않음이 없으니, 또한 자네가 문장을 잘하면서 세상에서 쓰임 받기를 기다리는 것과 비슷하다. 그 본체와 그 기용이 과연 이와 같으니, 돌아가신 큰아버님이 남긴 경계를 어기지 않고 마음에 간직하고 있는 줄 알겠으니, 또한 착하지 않은가! 옛사람이 그 누각에 이름을 붙이고, 그 정자에 이름을 붙이고, 그 집에 이름을 붙이고, 그 계곡에 이름을 붙이면서 그 이름이 같지 않으니 그 사람에 가장 가까운 것으로 이름을 붙이는 것이 어찌 아니겠는가."라고 하였다.

　나는 그래서 이르기를, 대나무에 대해서 시를 읊는 것은 아주 아름답지만 시를 읊는 것은 사랑하는 것만 같지 않고, 대나무에 대해서 사랑하는 것은 아주 아름답지만 사랑하는 것은 아는 것만 같지 않고, 대나무를 아는 것은 아주 아름답지만 아는 것은 제 몸만 같지 않다고 하였다. 스스로 대나무가 되었으니 그렇다면 은(殷)나라 백이(伯夷)·숙

왔으므로 이른 말이다.

제(叔齊)의 고죽(孤竹)과 제(齊)나라 노중련(魯仲連)의 화죽(畵竹)[157]은 그 의리를 행한 것이니, 자네도 처지가 바뀌었다면 아마도 아울러 행할 수 있었을 것이다. 당(唐)나라 백거이(白居易)의 양죽(養竹)과 송(宋)나라 황정견(黃庭堅)의 제죽(題竹)[158]은 그 현명함에 뜻을 둔 것이니, 자네도 같은 시대였다면 어찌 그 현명함을 양보했겠는가.

아깝다! 보통의 초목 중에 숨어 있으니, 누가 이 차군(此君)[159]의 아름다움을 알겠는가. 진정으로 이른바 '날이 추워진 다음에야 비로소 그 굳센 절개를 알게 된다'[160]라는 것이다. 지금 어찌 남이 알아주는지 알아주지 못하는지를 가지고 자기의 마음에 성내고 성내지 않을 수 있겠는가. 자네의 청을 사양하지 못하여 망녕되게 서문을 지으니, 앞길의 노래에 다시 더욱 힘쓰기를. 무성하여 깎고 다듬고 쪼고 간 듯 아름답게 문채가 나는[161] 자에게 어찌 한 삼태기의 흙이 부족하여 아홉 길의 산이 무너지는 일이 있겠는가.[162]

---

157) 은(殷)나라 ……화죽(畵竹) : 백이(伯夷)와 숙제(叔齊)는 중국 은(殷)나라 말에서 주(周)나라 초기의 현인 형제로, 고죽군(孤竹君)의 아들이다. 주나라 무왕(武王)이 은나라의 주왕(紂王)을 치려고 했을 때, 백이와 숙제가 함께 간하였으나 받아들여지지 않고 주나라가 천하를 통일하자 수양산(首陽山)으로 들어가 굶어 죽었다. 노중련(魯仲連)은 전국시대(戰國時代) 제(齊)나라의 뛰어난 변론으로 각 제후국의 분란을 수습해 주었다. 제나라 전단(田單)이 요성(聊城)을 평정하고 돌아와서 노중련의 공을 논하며 작위를 주려고 했을 때, 노중련은 "나는 부귀하여 남에게 굽히고 살기보다는 차라리 빈천하더라도 세상을 아래로 내려다보면서 내 뜻대로 살고 싶다."라고 하고는 바닷가로 몸을 피해 숨은 고사가 전한다. 둘 다 대나무와 관련된 고사를 연결한 것으로 보이는데, 백이·숙제와 고죽(孤竹)은 연결이 되는데, 노중련과 화죽(畵竹)의 관계는 알 수 없다.≪史記 卷83 魯仲連鄒陽列傳≫

158) 백거이(白居易)의……제죽(題竹) : 백거이(白居易, 772~846)는 당나라의 시인이다. 백거이가 장안(長安)에 살 때 <양죽기(養竹記)>를 지었는데, 대나무를 현자에 빗대어 표현한 글이다. 황정견(黃庭堅, 1045~1105)은 송나라의 시인이다. 제죽(題竹)은 대나무에 대한 시를 지었다는 것으로 보이는데, 문맥과 관련한 자세한 내용은 알 수 없다.

159) 차군(此君) : 이 사람 또는 이분이라는 뜻으로, '대나무'를 예스럽게 이르는 말이다. 중국 진(晉)나라의 왕휘지(王徽之)가 대나무를 가리켜 '어찌 하루라도 이분 없이 살 수 있겠는가.'라고 한 데서 유래한다.

160) 날이……된다 : ≪논어(論語)≫ <자한(子罕)>에 "날씨가 추워진 다음에야 소나무와 측백나무가 제일 늦게 시든다는 것을 알게 된다."는 말이 나온다.

161) 무성하여……나는 : ≪시경(詩經)≫ <위풍(衛風) 기욱(淇奧)>은 춘추시대 위(衛)나라 무공(武公)을 칭송한 노래라고 전해 오는데, 그 첫머리에 "저 기수 물굽이를 굽어다 보니, 푸른 대나무가 무성하도다. 아름답게 문채 나는 우리 님이여, 깎고 다듬고 쪼고 간 듯하네."라는 구절이 나온다.

162) 어찌……있겠는가 : ≪서경(書經)≫<여오(旅獒)>에 "밤낮으로 부지런하지 못한 점이 혹시라도 있지 않게 해야 한다. 자그마한 행동이라도 신중히 하지 않으면 끝내는 큰 덕에 누를

〈하은〉에 붙이는 서문 霞隱序

　　동방에서 첫 번째 지역에 영·호남 사이에 걸쳐 서있는 산이 있으니, 바라보면 푸른 노을이 하늘에 가득한 듯하여 이름 붙이기를 '광하(廣霞)'라 하였다. 노을의 기맥(氣脈)이 서남쪽으로 돌아서 유순(由旬)163)쯤 거리에 높은 봉우리가 우뚝하고 특별히 솟아서, 바람 부는 들판을 누르고 달이 휘감은 언덕을 당기고 있다. 며칠 동안 내리던 비가 새로 갤 때마다 아침의 태양이 산마루 위를 처음으로 비추고 남은 노을이 짙붉게 뭉게뭉게 어지러이 피어나니, 마치 영험한 기운을 기르고 신령이 내리는 듯하다. 갈라진 줄기에서 곧장 1리 남짓 내려오면 마을이 있는데 누내(樓乃)라고 부르니, 우리 족인(族人)164) 김세희(金世熙)가 대대로 거주하는 터전이다. 북쪽에는 문간공(文簡公 김정(金淨))이 글을 읽던 옛 암자이다. 남쪽에는 도사공(都事公)이 순절(殉節)한 것을 기리는 정문(旌門)있다.

　　올봄에 이 사이에 당(堂) 하나를 지어 문미(門楣)에 편액(扁額)을 걸기를 '하은(霞隱)'이라 하였는데, 글자의 본은 판부사(判府事) 신공(申公)의 수필(手筆)을 받았으니 더욱 존경하여 높일 만하다. 그런데 '하(霞)'는 위와 같은 뜻에서 취하였는데 '은(隱)'의 뜻과 서로 어긋난다. 군(君)은 화려하고 뛰어난 자질과 당당하고 씩씩한 기운을 지니고, 어린 나이에 서울에서 노닐다가 음직(蔭職)으로 낭관(郎官)의 품계를 받고부터 관직이 다시 사과(司果)가 된 지 이제 몇 해가 되었는데 아직 승진하여 기용되지는 못한 형세이지만, 누군들 그 숨었다 [隱]는 것을 믿겠는가. '대은(大隱)은 저자거리에 숨는다'165)는 뜻을 가리키는가, 뒤로 물러나겠다는 뜻을 가리키는가.

　　끼칠 것이니, 이는 마치 아홉 길의 산을 만들 적에 한 삼태기의 흙이 부족하여 그 공이 허물어지는 것과 같다."라는 말이 나온다.

163) 유순(由旬) : 고대 인도의 거리 단위로, 소달구지가 하루에 갈 수 있는 거리이다. 80리인 대유순, 60리인 중유순, 40리인 소유순이 있다.

164) 족인(族人) : 성과 본이 같은 사람들 가운데 유복친 안에 들지 않는 겨레붙이를 가리키는 말이다.

165) 대은(大隱)은 저자거리에 숨는다 : 대은(大隱)은 중은(中隱)이나 소은(小隱)과 달리 참으로 크게 깨달아 환경에 구애받음이 없이 절대적인 자유를 누리는 은자(隱者)를 말한다. 진(晉)나라 왕강거(王康琚)의 <반초은시(反招隱詩)>에 "소은(小隱)은 산림에 숨고, 대은(大隱)은 저자거리에 숨는지라, 백이(伯夷)는 수양산에 숨었고, 노자(老子)는 주하사(柱下史) 벼슬에 숨었다네."라는 명구(名句)가 있다.≪文選 卷22≫

나는 알겠노니, '은(隱)'이라는 말은 세상을 피하겠다는 것을 이른다. 세상은 와자지껄 시끄러움이 많으니 피하여 참여하지 않으며, 선악(善惡)의 사이에서 우물쭈물하고 시비(是非)의 사이에서 말조심을 하였다. 보고 듣고 말하고 움직임에 있어서 예(禮)가 아니면 물기(勿旗)를 세웠으니,[166] 안씨(顏氏)가 누추한 집을 즐기는[167] 것과 비슷하다. 성실하고 한결같이 하면서 두려운 듯 신중히 하여, 경계하는 글을 쓰면서 '입을 지키기를 병 주둥이를 지키는 것처럼 한다 [守如甁]'라고 하였으니, 회옹(晦翁)이 영대(靈臺)에 고한[168] 것에 어긋남이 없다. 진퇴(進退)와 출처(出處)를 모두 천명에 부쳤으니, 나의 숨은 재주를 기르고 나의 숨은 덕을 보존하여 여기에서 노래하고 여기에서 모으며,[169] 형에게도 마땅하고 아우에게도 마땅하게[170] 여기에서 편안히 거하고 저기에서 편안히 처하여[171] 아들에게 물려주고 손자에게 물려준다면, 이것은 '고요함 속

---

166) 보고……세웠으니 : 물기(勿旗)는 사물(四勿)을 표방하는 기(旗)라는 뜻이다. 사물은 ≪논어≫ <안연(顏淵)>에서 말한, 인(仁)의 네 가지 종목으로 "예가 아니면 보지 말고, 예가 아니면 듣지 말고, 예가 아니면 말하지 말고, 예가 아니면 움직이지 말라."라는 것을 가리킨다.

167) 안씨(顏氏)가……즐기는 : 안씨(顏氏)는 공자(孔子)의 제자 안회(顏回)이다. 공자가 이르기를, "어질다, 안회여. 한 그릇 밥과 한 표주박 물을 마시며 누추한 집에 사는 것을 사람들은 근심하며 견뎌 내지 못하는데, 안회는 그 즐거움을 바꾸지 않으니, 어질도다, 안회여."라고 하였다. 즉 이 구절은 안회(顏回)가 안빈낙도(安貧樂道)하는 생활을 가리킨다.≪論語 雍也≫

168) 경계하는……고한 : 회옹(晦翁)은 송나라의 유학자 주희(朱熹, 1130~1200)의 호이다. 자는 원회(元晦)이고 주자(朱子)라고 불린다. 주희가 경(敬)과 관련된 옛날의 격언들을 모아서 자신을 경계하는 뜻으로 지은 <경재잠(敬齋箴)>이라는 글에 "입을 지키기를 병 주둥이를 지키듯이 하고, 생각이 치달리는 것을 막기를 성을 지키듯이 해야 한다."라고 하였고, 그 마지막에 "아, 공부하는 이들이여! 항상 염두에 두고서 공경하는 자세를 지닐지어다. 이에 묵경(墨卿)에게 경계하는 글을 쓰게 하면서, 감히 영대(靈臺)에 고하는 바이다."라고 하였다. 묵경은 한(漢)나라 양웅(揚雄)의 <장양부(長楊賦)>에 나오는 말로 먹을 가리키며, 영대는 마음을 뜻한다.≪晦庵集 卷85≫

169) 여기에서……모으며 : 진(晉)나라 헌문자(憲文子)가 저택을 신축하여 준공하자 대부들이 가서 축하하였는데, 이때 장로(張老)가 말하기를 "규모가 크고 화려하여 아름답도다. 제사 때에도 여기에서 음악을 연주하고, 상사 때에도 여기에서 곡읍을 하고, 연회 때에도 여기에서 국빈과 종족을 모아 즐기리로다."라고 하였다.≪禮記 檀弓下≫

170) 형에게도……마땅하게 : ≪시경(詩經)≫ <육소(蓼蕭)>의 "군자를 만나고 보니, 매우 편안하고 화락하도다. 형에게도 마땅하고 아우에게도 마땅하니, 훌륭한 덕으로 장수하고 즐기리라."라는 시구에서 나온 것이다.

171) 여기에서……처하여 : ≪시경≫ <소아(小雅) 사간(斯干)>에 "여기에서 편안히 거하고 저기에서 편안히 처하며 여기에서 즐거이 웃고 저기에서 즐거이 말하도다."라고 하였다.

에 고금(古今)을 넘나들고, 고요한 가운데 건곤(乾坤)을 보았도다'172)라고 말할 수 있다. 위(衛)나라 현인이 냇가에서 소요하는 것과 진(陳)나라 처사의 사립문 아래에서 쉬는173) 것을 유독 시(詩)에서만 볼 수 있는 것은 아니다. 옛사람이 이르기를 '세속의 밖에서 우뚝 솟고 노을의 밖에서 빛났다'174)라고 하였으니, 나도 군을 위하여 이르노라.

무인년175) 7월 하순, 회와(悔窩) 족인176) 민태(玟泰)가 서문을 짓다.

〈동고록〉에 붙이는 서문 同苦錄序

함께 즐거우면 되겠는가? 즐거우면 음탕하기 쉽다. 함께 이로우면 되겠는가? 이로우면 도리어 해가 된다. 함께 즐거우면 음탕하기 쉽고 이로우면 도리어 해가 되니, 차라리 함께 괴로우면 되겠는가? ≪시경(詩經)≫에 이르기를 "누가 씀바귀가 쓰다 하는가, 그 달기가 냉이와 같도다."라고 하였으니, 쓰고 괴로운 것을 함께 달게 여기는 것은 같은 소리끼리 서로 응하는 것이다.

아름다움은 동남쪽에서 다하고 벗은 서남쪽에서 얻었으니, 어른이 7인이고 아이가 5인이었다. 구룡봉(九龍峰) 아래 한 외로운 암자에서 학문으로 서로 사귀었으니,177) 이 암자는 본래 선현(先賢)이 남긴 당(堂)으로 이어서 후학들이 강독하던 곳이다. 옛날

---

172) 고요함……보았도다 : 이는 주희(朱熹)가 소옹(邵雍)의 학문을 찬미한 말에서 인용한 것인데, 원문은 다음과 같다. "하늘이 인걸을 내놓아, 뛰어난 자질 세상을 뒤덮었네. 바람을 타고 우레를 채찍질하여, 끝없이 두루 살폈네. 손으로 월굴(月窟)을 만지고, 발로 천근(天根)을 밟았도다. 고요함 속에 고금을 넘나들고, 취한 가운데 건곤을 보았도다."

173) 위(衛)나라……쉬는 : 산림에 은거하며 안빈낙도하는 은사의 생활을 즐긴다는 말이다. ≪시경≫ <위풍(衛風) 고반(考槃)>에 "산골 시냇가에서 한가히 소요하니, 현인의 마음이 넉넉하네. [考槃在澗 碩人之寬]"라는 구절이 나오고, <진풍(陳風) 형문(衡門)>에 "사립문 아래에서 충분히 쉬고 노닐 수 있다. [衡門之下 可以棲遲]"라는 말이 나온다.

174) 세속의……빛났다 : 남북조시대 제(齊)나라의 문인인 공치규(孔稚奎)가 지은 <북산이문(北山移文)>에 나오는 말이다.

175) 무인년 : 무인년은 1878년(고종15)으로 회와가 56세때이다.

176) 회와(悔窩) 족인 : 원문에는 '悔何族'으로 되어 있는데, 문맥으로 보아 '悔窩族人'으로 바로잡아 번역하였다.

177) 학문으로 서로 사귀었으니 : ≪논어(論語)≫ <안연(顔淵)>에 "학문으로 벗을 사귀고, 벗으로 인(仁)을 돕는다. [以文會友 以友輔仁]"라고 하였다. 곧 바람직한 교제의 도리를 말한다.

에 당(黨)에는 상(庠)을 두고, 가(家)에는 숙(塾)을 두었다[178]는 것이 이것이다. 이에 광천(廣川)에서 장막을 내리고[179] 광산(匡山)에서 절굿공이를 갈[180] 듯 글을 짓고 책을 읽으며 함께 괴로움을 맛보았으니, 지은 것은 ≪사경해의(四經解義)≫≪사서질의(四書質疑)≫이고 읽은 것은 복승(伏勝)의 악호(噩灝),[181] 한고(韓固)의 홍비(興比)[182]이다. ≪논어(論語)≫로 육예(六藝)[183]의 옷깃을 잡았고, ≪한서(漢書)≫와 ≪사기(史記)≫로 백세의 거울을 비추었으며, 자양(紫陽) 주부자(朱夫子)[184]의 뿌리를 북돋아 가지에 이르게 하는 ≪소학(小學)≫의 방도에 이르렀다. 어른은 연달아 인삼을 먹는 고통을 견

---

178) 당(黨)에는……두었다 : ≪예기(禮記)≫<학기(學記)>에 "옛날에 교육기관으로 가(家)에는 숙(塾)을 두고, 당(黨)에는 상(庠)을 두고, 술(術)에는 서(序)를 두고, 국(國)에는 학(學)을 두었다."라고 하였다. ≪주례(周禮)≫에 의하면, 25가(家)를 여(閭)라고 하며 여에는 숙(塾)이 있어서 백성을 교육한다고 하였다. 여기서 가(家)는 25가를 가리킨다.

179) 광천(廣川)에서 장막을 내리고 : 광천은 광천에서 태어난 서한(西漢)의 학자 동중서(董仲舒)를 가리킨다. 동중서는 장막을 드리운 채 강론을 하였으므로 제자들 중에서도 그 얼굴을 한 번도 보지 못한 자가 있었으며, 독서에 심취한 나머지 3년 동안 집의 뜨락을 내다보지도 않았다는 고사가 전한다. ≪史記 儒林列傳 董仲舒傳≫

180) 광산(匡山)에서 절굿공이를 갈 : 광산은 이백(李白)이 동부하던 여산(廬山)의 별칭이다. 이백(李白)이 소싯적에 독서하다가 그만두고 여산(廬山)을 내려올 적에 길에서 노파가 공이를 갈고 있으므로 그 이유를 물어보니 바늘을 만들기 위해서라고 하였는데, 이백이 이 대답을 듣고는 반성하며 다시 돌아가 열심히 공부했다는 마저성침(磨杵成針)의 고사가 전한다.

181) 복승(伏勝)의 악호(噩灝): 복승은 복승은 진(秦)나라 때의 학자이다. ≪한서(漢書)≫에 의하면, 진시황(秦始皇)이 분서(焚書)할 때 백 편의 상서(尙書)를 벽 속에 감춰 두었다가 한 나라가 일어난 뒤에 이 글을 찾아보니, 다 없어지고 29편만 남았으므로 이를 가지고 후진을 가르친 결과, 구양생(歐陽生)·공안국 등에게 전수되었다 한다. 악호는 요순(堯舜)과 삼대(三代)의 문장을 평론한 말로, 양웅(揚雄)의 ≪법언(法言)≫에 "순(舜)임금과 하(夏)나라 시대의 글은 혼혼(渾渾)하고, 상서(商書)는 호호(灝灝)하고, 주서(周書)는 악악(噩噩)하다."라고 한 데서 온 말이다. 혼혼은 밝고 엄숙한 모양이고, 호호는 끝없이 멀고 아득한 모양이고, 악악은 엄숙한 모양 또는 밝고 곧은 모양이라고도 한다.

182) 한고(韓固)의 홍비(興比) : 한고(韓固)는 전거가 확인되지 않는다. 홍비는 ≪시경(詩經)≫의 육의(六義), 즉 여섯 가지 문체를 가리킨다. 육의는 풍(風)·부(賦)·비(比)·흥(興)·아(雅)·송(頌)이다.

183) 육예(六藝) : 선비로서 배워야 할 여섯 가지의 일을 가리킨다. 즉 예(禮)·악(樂)·사(射)·어(御)·서(書)·수(數)를 가리킨다.

184) 자양(紫陽) 주부자(朱夫子) : 송(宋)나라 학자 주희(朱熹) 즉 주자(朱子)의 별호다. 주희의 부친은 주송(朱松)으로, 아버지가 안휘성(安徽省) 흡현(歙縣) 자양산(紫陽山)에서 독서하였는데, 후에 주희가 복건(福建) 숭안(崇安)에서 살면서 정사의 이름을 자양서실(紫陽書室)이라고 하여 그리워하였으며, '자양서당(紫陽書堂)'이라는 인장(印章)을 새겨 썼다고 한다. ≪朱子大全 卷78 名堂實記≫

디게 되었고, 어린이는 회초리의 고통을 받는 것을 참게 되었다. 밤에는 수마(睡魔)의 고통을 몰아내었고, 아침에는 채근(菜根)[185]의 쓰라림을 깨물었다. 어떻게 스스로 괴로움을 주기를 이와 같이 하겠는가.

대체로 옥(玉)을 갈지 않으면 그릇이 만들어지지 않고, 줄을 조율하지 않으면 현악기를 다룰 수가 없다. 혹은 처음 멍에를 매는 말이 있고 혹은 처음으로 흙을 물고 다니는 것을 배우는 개미가 있어서 초목(草木)과 분토(糞土)의 괴로움을 벗어나려고 하니, 비유컨대 장자(莊子)의 남쪽으로 날려는 붕새는 메추리를 비웃고[186] 한공(韓公)의 용이 될 것이 도리어 돼지를 부끄러워하는[187] 것을 기약하는 것과 같다. 북쪽으로 가서 공부한 진량(陳良)[188]과 남쪽에서 유람한 사마천(司馬遷)[189]에 미치기를 바라니, 가죽이 표범처럼 변하고[190] 앵무새가 높은 나무로 올라갔다고[191] 할 만하다. 이에 어제의 괴로움이 오늘의 달콤함이 됨을 알았으니, 어찌 '좋은 약은 입에 쓰지만 병에는 이롭다'는 효과가 아니겠는가. 나는 꼭 이르노니, 함께 즐기지 말고 함께 이롭지 말고 함께 괴로울지어다.

---

185) 채근(菜根) : 먹을 수 있는 채소의 뿌리를 가리킨다. 맛없고 거칠고 보잘것없는 음식을 비유적으로 이르는 말이다.

186) 장자(莊子)의……비웃고 : ≪장자(莊子)≫<소요유(逍遙遊)>에 "붕새가 북쪽에서 단숨에 남쪽으로 날아가려는 웅지를 품고 있다." 하였다.

187) 한공(韓公)의……부끄러워하는 : 한공은 한유(韓愈)를 가리킨다. 한유(韓愈)의 시 <부독서성남(符讀書城南)>에 "서른 살에는 골격이 이루어져, 마침내 한 사람은 용 한 사람은 돼지 된다네." 하였다. 배운 사람은 신룡(神龍)이 변화함이 있는 듯하고 배우지 않은 사람은 돼지가 변화함이 없는 것과 같음을 비유한 것이다.

188) 북쪽으로……진량(陳良) : 북쪽으로 가서 공부한다는 것은 학문이 더 높은 곳에 가서 배운다는 뜻이다. ≪맹자(孟子)≫<등문공 상(滕文公上)>에 "진량(陳良)은 초(楚)나라 사람인데 주공(周公)과 공자의 도를 사모하여 북쪽으로 가서 중국에서 공부했다." 하였다. 전국시대 당시에 초(楚)나라 등 남쪽은 비속한 지역으로 여겨졌다.

189) 남쪽에서 유람한 사마천(司馬遷) : 사마천은 한(漢)나라의 역사가이다. 20세 무렵부터 남쪽의 명산대천을 두루 유람하여 기를 얻어 문호(文豪)가 되었다고 한다. 저서에 ≪사기(史記)≫ 130권이 있다.

190) 가죽이 표범처럼 변하고 : ≪주역(周易)≫<혁괘(革卦) 상육(上六)>에 "군자가 표범처럼 변한다. [君子豹變]"라는 말이 나온다. 어린 표범이 자라면서 털 무늬가 점점 빛나고 윤기가 도는 것처럼 사람이 개과천선하여 일신하는 것을 의미한다.

191) 앵무새가……올라갔다고 : ≪시경(詩經)≫<벌목(伐木)>에 "도끼 소리 쿵쿵, 새소리 꾀꼴꾀꼴. 깊은 골짜기에서 나와, 높은 나무로 옮겨 가네."라고 하였다. 학문의 수준이 상승해서 높은 곳으로 옮겨 간다는 뜻이다.

대보름에 다리밟기하면서 붙이는 서문 아이 수미[192]가 사또의 자제인 석사 홍경택과 함께 유람하였으므로 지었다 上元踏橋序 湆兒與衛允洪碩士景澤同遊故作

　무릇 몹시 화려하게 설치한 광릉(廣陵)은 섭선사(葉仙士)에게서 그윽한 기록이 전해진[193] 것이고, 번화하게 유람한 오대(吳臺)는 범자(范子)에게서 맑은 노래를 듣고서이지.[194] 이에 무인년(1878)의 건인(建寅)인 달 삼원(三元) 중의 상원(上元)[195] 밤, 양정수(楊廷秀)처럼 즐겼는데 다행히 삼구(三衢)에서 비를 무릅쓰는 일은 없었고,[196] 소자첨(蘇子瞻)처럼 북을 치며 춤추었지만 또한 온 집에 찬바람이 불지는 않았네.[197] 달빛 화려하게 처음 밝을 때 밤빛이 아름답게 빛났지.

　공손히 생각건대, 우리 현명한 태수(太守)께서는 산수의 경치가 좋은 고을에 임하시어 영남과 호남 사이에서 다스림이 높으시다. 무성(武城)에 현가(絃歌)가 울려 퍼지니 닭을 잡는데 어찌 소 잡는 칼을 쓰겠으며,[198] 저주(滁州)에서 잔치를 즐기니 새들

---

192) 아이 수미 : 앞에서 언급한 회와(悔窩)의 둘째 아들로, 계부(季父)인 김유태(金愈泰)에게 출계(出系)한 김수미(金秀渼, 1851~1922)를 가리킨다.

193) 몹시……전해진 : 당나라 때에 대보름에 다리밟기가 극성했는데, 이 기원은 다음과 같은 전설에 있다. 개원(開元) 18년(730) 정월 대보름에 당나라 현종(玄宗)이 관등놀이가 가장 화려한 곳이 어디냐고 묻자 섭선사(葉仙士)가 광릉(廣陵)이라고 대답하였다. 광릉의 관등놀이를 볼 수 있는 방법이 없겠느냐고 묻자, 섭선사가 순식간에 무지개 다리를 만들었다. 그리고는 현종에게 뒤를 돌아보지 말고 따라오라고 당부하였다. 현종이 이 무지개다리에 올라 순식간에 광릉에 도착하여 관등놀이를 구경했다고 한다. 《事文類聚 卷6 上元》

194) 번화하게……듣고서이지 : 관련 고사가 확인되지 않는다.

195) 건인(建寅)인……상원(上元) : 건인(建寅)은 음력 1월을 뜻한다. 삼원(三元)은 상원(上元)인 1월 15일, 중원(中元)인 7월 15일, 하원(下元)인 10월 15일을 통칭하는 말이다. '건인인 달 삼원 중의 상원'은 즉 정원 대보름이라는 의미이다.

196) 양정수(楊廷秀)처럼……없었고 : 양정수는 남송의 문인 양만리(楊萬里, 1127~1206)이다. 정수는 그의 자이며, 호는 성재(誠齋)이다. 그가 지은 시 <대보름밤…[上元夜…]>에 "작년 대보름날 삼구(三衢)에서 나그네 되어, 비를 무릅쓰고 등불 구경하며 억지로 즐겼지. [去年上元客三衢 衝雨看燈强作娛]"라는 구절이 있다. 《古今事文類聚 前集 卷7 上元》

197) 소자첨(蘇子瞻)처럼……않았네 : 소자첨은 북송(北宋)의 문인 소식(蘇軾, 1036~1101)으로, 자첨은 자(字)이고, 호는 동파(蘇東)이다. 관련 고사는 확인되지 않는다.

198) 무성(武城)에……쓰겠으며 : 《논어(論語)》<양화(陽貨)>에 나오는 고사이다. 무성은 노(魯)나라 고을인데, 공자의 제자인 자유(子遊)가 이곳의 재(宰)로 있을 적에 공자가 그곳을 지나다가 현가(絃歌) 소리를 듣고, 빙그레 웃으면서 "닭을 잡는 데, 어찌 소 잡는 칼을 쓰느냐"

은 즐거워하면서 알지 못하네.199) 공무에서 물러난 저녁에 하얀 달을 맞이하였지, 7월
16일에 송나라의 책력을 지나니 임년(壬年)이었고, 중추절의 아름다운 날에 요순시절
을 만나니 정오였다네.

　　바로 오늘 밤, 석가(釋迦)의 사리는 마갈타국(摩竭陀國)에서 보고200) 의금부는 서울
에서 통금을 늦춘다네. 누에 국수를 관가 주방에서 만들어 체자(帖子)를 두고 서로 겨
루며,201) 밀랍 횃불 관사에 묶어두니 등불 그림자 더욱 밝네. 물오리 날고 구리 도장
차니202) 여러 아전들이 명령을 따르고, 학(鶴)이 그려진 비단 창의(氅衣)203) 입고 사또
의 거동으로 의젓하게 임하네.

　　더구나 또 본관사또의 어진 자제께서는 품격 있는 문장이 일찍 이루어지고 차림새

라고 했다는 고사에서 온 말이다. 현가는 곧 거문고를 타고 시가(詩歌)를 읊조리는 것을 말
하는데, 즉 자유가 무성에 문교(文敎)를 베풂으로써 그곳 백성들이 모두 현가를 할 수 있었
던 것을 뜻하며, 아울러 작은 고을을 다스리는데 어찌 이런 대도(大道)를 쓸 필요가 있느냐
고 한 것이다.

199) 저주(滁州)에서⋯⋯못하네 : 북송(北宋)의 구양수가 저주 지사(滁州知事)로 있을 때, 저주가
　　강호를 끼고 있는 절경인 데다 정사(政事)가 한가로웠으므로 취옹정(醉翁亭)이라는 정자를
　　지어 놓고 백성과 함께 즐기며 <취옹정기(醉翁亭記)>를 지었다. 그 내용에, "놀던 사람들이
　　떠나면 새들이 즐거워한다. 그러나 새들은 산림의 즐거움을 알지만 사람의 즐거움은 알지
　　못하며, 사람들은 태수를 따라서 놀면서 즐거워 할 줄만 알고, 태수가 그 즐거움을 즐거워함
　　은 알지 못한다." 하였다.

200) 석가(釋迦)의⋯⋯보고 : 중국에서는 정월 대보름에 등불을 달고 관등놀이를 하는데 비해 우
　　리나라는 사월 초파일에 한다. 서역(西域) 마갈타국(摩竭陀國)에서는 정월 대보름날 승려(僧
　　侶)와 속인(俗人)들이 운집하여 불사리(佛舍利)의 방광(放光)을 구경한다고 한다.≪星湖僿說
　　卷11 上元燃燈≫

201) 누에 국수를⋯⋯겨루며 : 대보름 밤에 쌀가루로 강정과 같은 누에 국수를 만들어, 임관 사령
　　장인 체자(帖子)를 그 사이에 두고 벼슬의 높이의 위아래를 가지고 서로 겨루는 풍습이 있었
　　다고 한다.≪五洲衍文長箋散稿 人事篇 服食類 諸膳≫

202) 물오리⋯⋯차니 : 물오리가 난다는 것은 지방관의 고사로 사용된다. ≪후한서(後漢書)≫<방
　　술열전(方術列傳)>에 "왕교(王喬)는 하동(河東) 사람인데, 매월 초하루나 보름이면 그 고을에
　　서 나와 조정의 조회에 참여하였다. 그가 조회에 자주 참여하였으나 수레가 없었으므로 황제
　　가 이상하게 여겨 은밀히 태사(太史)로 하여금 엿보도록 하였는데, 태사가 '그가 도착할 무렵
　　에 두 마리의 물오리가 동남쪽에서 날아왔습니다.'라고 보고하였다. 이에 물오리가 날아오기
　　를 기다려 그물로 덮어 잡았더니, 다만 신발 한 짝만 있었다."라고 하였다. 구리 도장의 원문
　　은 동장(銅章)으로, 지방 수령이 차는 관인(官印)을 말한다. 동부(銅符)라고도 한다.

203) 학(鶴)이⋯⋯창의(氅衣) : 학창의(鶴氅衣)를 가리킨다. 고려시대와 조선시대 사대부들이 착
　　용한 긴 한복이다.

가 아주 아름답네. 천리마가 천리를 펼치니 당대에 빼어난 호걸이 될 것을 기약하고, 봉황이 날아 세 번 빛나니 옛사람의 형제에 견주어 칭찬하네. 얼마나 어질고 후덕한지 겨울 석 달 함께 고생한 정을 잊지 않고, 어리석은 자에게도 하룻밤 함께 유람하는 즐거움에 동참하게 하였네.

이에 여러 가지 과일을 차리고 술잔을 돌리네. 마치 균천(勻天)²⁰⁴⁾ 소리 듣는 듯 뜰에 울리니 악공들이 육률(六律)²⁰⁵⁾을 연주하고, 혹은 법계(法界)의 마당처럼 치장하니 늙은 선승들이 -원문 1자 판독 불능- 유람하네.²⁰⁶⁾ 좋은 날을 잡아서 유람하여 즐기었으니, 답가(踏歌)는 어디에서 불렀는가. 세 산이 좌우로 늘어서 바다 속의 봉호(蓬壺)²⁰⁷⁾에 접하고, 두 다리가 동남쪽으로 가로질러 공중에 무지개에 걸쳤네. 요지(瑤池)²⁰⁸⁾ 만리에 자라들이 은하를 만든 듯하고, 삼경(三更)에 어슴푸레 까마귀와 까치가 빽빽이 세운 듯하네. 앞뒤의 그림자가 물에 거꾸로 비치니 한가롭게 느릿느릿 걷고, 오고 가는 모습이 하늘에 기대니 우러러보고 굽어보며 흥이 넘치네. 눈 내리는 밤 배를 탔던 왕씨(王氏)²⁰⁹⁾는 도리어 뗏목 탄 사신 장옹(張翁)²¹⁰⁾과 같구나. 다시 물 가까

---

204) 균천(勻天) : '鈞天'이라고도 표기하는데 균천광악(鈞天廣樂)의 준말로, 천상(天上)의 음악이나 궁중의 음악을 말한다. 춘추 시대 진(晉)나라 조 간자(趙簡子)가 꿈에 천제(天帝)의 거처에서 노닐면서 균천광악을 들었다는 기록이 있다. ≪史記 卷43 趙世家≫ 여기에서는 성대한 음악을 가리킨다.

205) 육률(六律) : 십이율(十二律) 가운데 양성(陽聲)에 속하는 여섯 가지 소리, 즉 황종(黃鐘)·태주(太簇)·고선(姑洗)·유빈(蕤賓)·이칙(夷則)·무역(無射)을 이른다.

206) 늙은……유람하네 : 원문은 '遊老禪之▨身'인데, '身'도 판독할 수 없는 글자와의 관계를 알수 없어 번역하지 않았다.

207) 봉호(蓬壺) : 봉래산(蓬萊山)의 다른 이름으로, 모양이 병과 비슷하다는 데서 유래한다. 봉래산은 중국 전설에서 나타나는 가상적 영산(靈山)인 삼신산(三神山) 가운데 하나이다. 동쪽바다의 가운데에 있으며, 신선이 살고 불로초와 불사약이 있다고 한다.

208) 요지(瑤池) : 서왕모(西王母)가 사는 곳이다. 서왕모는 옛날의 선인(仙人)인데 주 목왕(周穆王)이 서쪽으로 요지 가에 이르러 서왕모를 만났다고 한다. ≪列子 周穆王≫

209) 눈 내리는……왕씨(王氏) : 진(晉)나라 왕자유(王子猷)가 산음(山陰)에 살면서 눈 내리는 밤, 불현듯 섬계(剡溪)에 있는 벗 대안도(戴安道)가 생각나서 작은 배를 타고 찾아갔다가 정작 그곳에 도착해서는 문 앞에서 다시 돌아오기에 그 까닭을 물었더니, "내가 본래 흥에 겨워 왔다가 흥이 다하여 돌아가는 것이니, 대안도를 보아 무엇 하겠는가." 하였다고 한 고사를 사용하였다. ≪世說新語 任誕≫

210) 뗏목……장옹(張翁) : 한(漢)나라 무제(武帝)가 장건(張騫)으로 하여금 대하(大夏)에 사신으로 가서 황하(黃河)의 근원을 찾게 하였는데, 장건이 뗏목을 타고 가다가 견우(牽牛)와 직녀(織女)를 만났다고 하였다. ≪荊楚歲時記≫

운 누각으로 올라 손님과 주인이 함께 잔치 벌이니 남녀가 죽 둘러서 구경하네. 위로 두꺼비 궁전을 쳐다보니 단장한 항아(姮娥)가[211] 드러나고, 아래로 용(龍)의 내를 굽어보니 유리 같은 거울이 맑게 비치네. 둥근 바퀴 멀리 가리키니 어느 쪽은 얇고 어느 쪽은 두껍다네. 올해를 미리 점치자면 어느 도는 흉년이고 어느 도는 풍년일까.

　스스로 변변치 못한 처지임을 잊고, 외람되게 고명(高明)의 자리에 끼었네. 이렇게 두터운 은혜를 받았으니, 짧은 글로 노래하네.

시(詩)를 지어 노래한다.

일년에 가장 좋은 대보름 밤에	一年最勝上元宵
구름 걷힌 하늘에 달빛이 밝네	雲掃中天月色昭
등불을 동헌 천 층의 정자에 걸고	燈掛東軒千疊榭
길은 남쪽 저자 만안교로 통하네	路通南市萬安橋
답가 앞뒤로 관악기 현악기 어울리고	踏歌前後兼絲竹
서너 차례 술잔 돌며 국자를 당기네	巡酒四三挹斗杓
항아가 이 즐거움 남긴 줄 비로소 깨달으니	始覺嫦娥遺此樂
주인의 고상한 운치로 많은 손님 맞이하네	主人高致衆賓邀

〈을묘년 유월 초길일 기〉에 붙이는 서문 乙卯六月初吉日記序

　마음이란 한 몸의 주인이고 끝없는 변화의 근원이니, 성현(聖賢)이 경전을 서로 전하며 깨달아 밝히는 것도 모두 여기에 달려 있는 것이다. 그러나 풀어버리고 찾을 줄 모르는 것은 위태롭고 편안하지 않은 점이 있다. 풀어버리고 찾지 않으면 게을러지게 되고, 위태롭고 편안하지 않으면 흉한 재앙이 이르게 되니 경계하지 않을 수 있겠는가. 사람이 세상에서 날마다 쓰며 일을 할 무렵에 소리와 색, 냄새와 맛과 같은 정서에 맡겨버리고 탐욕과 간악하고 음험한 뜻을 놓아버린다면, 먼저 자기를 속이고 다시 다

---

211) 두꺼비……항아(姮娥)가 : 예(羿)가 서왕모(西王母)에게서 얻은 불사약(不死藥)을 그의 처(妻)인 항아(姮娥)가 몰래 훔쳐 달 속으로 도망쳤다는 전설이 있다. 항아는 달 속으로 도망쳐 들어가서 두꺼비가 되었다고 한다.

른 사람을 해치게 된다. 어버이를 섬기고 어른을 공경하는 것이 무슨 일인 줄 모르고, 예를 닦고 의를 행하는 것이 어떤 의미인 줄 모르니, 하늘의 이치가 없어지고 사람의 도리가 끊어지게 된다. 이것이 맹자(孟子)가 이르기를 "사람이 금수(禽獸)와 다른 것이 얼마 되지 않는다."라고 한 것과 불행히도 가깝다.

아! 나는 어려서부터 우리 큰아버님을 모시고 통사(通史)와 ≪소학(小學)≫, 칠서(七書)212)를 수학하였다. 성현의 격언인 '마음을 기르고 자기를 다스린다 [養心治己]'라는 구절에 이르러 탄식하고 한탄하면서 나를 뉘우치지 않은 적이 없었으니, 나는 느낀 것을 마음에 새기고 끝내 감히 술집이나 잡기에 들어가지 않았다. 20세 이후로 겨울과 여름마다 산방(山房)에서 편히 쉬면서 벗들과 과거 공부에 전념하였는데, 성품이 본래 순박하고 재주도 노둔하여 나아갈 방향은 알았지만 한스럽게도 정묘한 경지에 들어가지 못하여 중도에 그만두는 탄식을 면하기 어려웠다. 비록 그렇지만 사장(詞章)은 술 마신 뒤의 헛된 그림자에 불과하여 나의 본심을 잃게 하니, 어찌 이에 전념할 수 있겠는가.

성현이 공부한 곳을 찾아 가니 어디로부터 얻어야할지 비로소 깨달았다. 사람들은 모두 이 마음이 처음부터 착하지 않은 것은 아니지만, 풀어버린 것을 찾으려면 구덩이로 떨어지는 것과 같고 혹은 오르고 혹은 날아가 붙잡을 수 없었다. 그래서 날마다 ≪주서백선(朱書百選)≫ 한두 편을 읽는 겨를에 또 ≪심경(心經)≫≪근사록(近思錄)≫ 두 책을 읽으며, 사물을 취하면 알기 쉽다는 그 말의 이치를 깨달았다. 날마다 뽑아서 적고 곧 다시 사색하고 성찰하니 마음이 고요하여 사물을 접하지 않았을 때에는 보탬이 있는 듯하였다. 일상생활을 할 때에 기대거나 게을러지기 쉽고, 출입하고 걷고 뛸 때에 장중하고 단아함을 찾기 어려웠다. 일에 임하여서는 다른 사람이 기뻐하거나 성내고 말하거나 웃는 것에 경망스럽게 성품을 해치고 망녕되게 행동하다가 재앙을 초래하는 경우가 많았다. 그래서 작은 책자를 책상에 두고, 지금부터 시작하여 날마다 한 일을 기록하면서 스스로 점검하여. 잘못이 있으면 고치며 나의 천군(天君)을 섬길213) 것이니, 바라건대 아주 못난 사람과 비교되지는 않게 되기를!

---

212) 칠서(七書) : ≪논어(論語)≫≪맹자(孟子)≫≪대학(大學)≫≪중용(中庸)≫등 사서(四書)와 ≪시경(詩經)≫≪서경(書經)≫≪역경(易經)≫ 등 삼경(三經)을 합하여 부르는 이름이다.

213) 나의 천군(天君)을 섬길 : 서산(西山) 진덕수의 <심경찬(心經贊)>에 "밝은 창 비궤에 맑은 대낮 향을 사르고서 책을 펴고 숙연한 자세로 나의 천군을 섬기노라."라고 하였다.

기(記)

회와기 뉘우치며 일기를 써서 스스로 바치다 悔窩記 悔之日記而自呈

　나는 일찍이 강독(講讀)하지 않았음으로 갖가지 뉘우칠 일을 초래하였다. 근래 ≪주역(周易)≫을 보니 '회(悔)' 자가 있는 22개의 괘(卦)가 있으니, 우선 그 대략을 들어 내가 지난 일을 뉘우치는 방도에 참고하고자 한다. <예괘(豫卦)>의 육삼(六三)은 '머뭇거리면 뉘우침이 있으리라'이니 음(陰)으로서 양(陽)에 거한다. <고괘(蠱卦)>의 구삼(九三)은 '다시 뉘우침이 있다'이니 아들이 아비를 따른다. <함괘(咸卦)>의 구사(九四)는 '뉘우침이 없다'이니 정(貞)하면 감동하여 사사로움이 없다. <항괘(恒卦)>의 구이(九二)는 '뉘우침이 없다'이니 중(中)하면 덕(德)이 우세하다. <대장괘(大壯卦)>의 '뉘우침이 없다'는 정(貞)이 사(四)에 거한다. <가인괘(家人卦)>의 '뉘우침이 없다'는 법도로서 초기에 막는 것이다. <복괘(復卦)>의 초구(初九)는[214] '뉘우침에 이름이 없다'이니 선(善)으로 돌아오는 것이 빠르다. <정괘(鼎卦)>의 구삼은 '장차 비가 내려서 뉘우침이 없어진다'이니 끝내 길(吉)함을 얻는다. <진괘(晉卦)>의 육삼은 '뉘우침이 없다'이니 위에 순종하는 것이다. <절괘(節卦)>의 상육(上六)[215]은 '뉘우침이 없다'이니 과함을 덜어 중을 따름이다. <규괘(睽卦)>의 초구는 '뉘우침이 없다'이니 덕이 같아 서로 친한 것이다. <쾌괘(夬卦)>의 구사는 '뉘우침이 없다'이니 여럿을 끌어당겨 따

---

214) <복괘(復卦)>의 초구(初九)는 : 원문에는 '復三'으로 되어 있으나 ≪주역(周易)≫을 참조하여 '三'을 '初'로 바로잡아 번역하였다.

215) <절괘(節卦)>의 상육(上六) : 원문에는 '節三'으로 되어 있으나 ≪주역≫을 참조하여 '三'을 '六'으로 바로잡아 번역하였다.

라가는 것이다. <태괘(兌卦)>의 구이는 '뉘우침이 없다'이니 스스로 지키고 잃지 않는다. <환괘(渙卦)>의 육삼은 '뉘우침이 없다'이니 장차 몸을 구원하는 것이다. <중손괘(重巽卦)>의 '뉘우침이 없다'는 사(四)가 위아래에 순하다. <미제괘(未濟卦)>의 '뉘우침이 없다'는 사(四)는 정고(貞固)함을 가한다. 주공(周公)이 이를 바탕으로 육효(六爻)를 나누어 정회(貞悔)²¹⁶)의 설을 만들었고, 공자(孔子)가 이에 십익(十翼)²¹⁷)을 지어 회린(悔吝)²¹⁸)의 뜻을 밝혔다. 정씨(程氏)가 허물을 뉘우치는 도리에 대하여 해설하였고, 주자(朱子)가 회(悔)의 점사(占辭)에 뜻을 풀이하였다.

대체로 뉘우침 [悔]은 근심 [憂]의 상(象)이니, 약간의 하자를 말한 것이다. 그러므로 뉘우침을 근심함은 나뉨 [介]에 있으니, 나뉨은 판별을 이르는 것이다. 그 선악을 판별하고, 그 득실을 구별한다. 선에서 얻으면 길하고, 악에서 잃으면 흉하다. 뉘우침이란 그 일이 변하여 동(動)함에서 생기는 것이니, 동하는 것을 어찌 살피지 않을 수 있겠는가. 하서(夏書)의 노래에서는 뉘우치더라도 되돌릴 수 없음을 말하였고, 홍범(洪範)의 글에서는 뉘우침의 점사를 밝히기를 계의(稽疑)²¹⁹)로서 하였다. 안자(顏子)의 뉘우침은 같은 잘못을 두 번 범하지 않는²²⁰) 것이고, 중유(仲由)의 뉘우침은 허물 듣기를 좋아하였다.²²¹) '어찌하여 일찍 징계하지 않는가'라는 것은 모씨(毛氏)가 뉘우침을 경

---

216) 정회(貞悔) : ≪주역(周易)≫의 괘(卦)에 대하여 일컫는 말로, 내괘(內卦)를 정(貞), 외괘(外卦)를 회(悔)라고 한다.

217) 십익(十翼) : 주역의 뜻을 알기 쉽게 설명한 책으로, 공자가 지었다고 전한다. 상하(上下)의 단전(彖傳), 상하의 상전(象傳), 상하의 계사전(繫辭傳), 문언전(文言傳), 서괘전(序卦傳), 설괘전(說卦傳), 잡괘전(雜卦傳)의 10편으로 이루어져 있다.

218) 회린(悔吝) : 회린은 뉘우침과 부끄러움이라는 뜻이다.≪주역≫<계사전 상(繫辭傳上)>에 "길흉(吉凶)은 실(失)과 득(得)의 상(象)이요. 회린은 근심과 헤아림의 상이다."라고 하였다.

219) 계의(稽疑) : 시초 [蓍]나 거북 [龜]을 가지고 의심나는 일을 점치는 것이다. ≪서경(書經)≫ <주서(周書) 홍범(洪範)>에, 기자(箕子)가 주 무왕(周武王)의 물음에 답한 천하를 다스리는 데 필요한 아홉 가지 대법(大法)으로, 오행(五行)·오사(五事)·팔정(八政)·오기(五紀)·황극(皇極)·삼덕(三德)·계의(稽疑)·서징(庶徵)·오복(五福)을 들었는데, 일곱 번째 계의(稽疑)에 "그대도 찬성하고 거북점도 찬성하지만, 시초점이 반대하고 경사가 반대하며 서민도 반대할 경우가 있다. 이런 때에는 안의 일을 하는 것은 길하지만 밖의 일을 하는 것은 흉하다."라고 하였다.

220) 안자(顏子)의……않는 : ≪논어(論語)≫<옹야(雍也)>에, 안회(顏回)는 같은 잘못을 두 번 다시 범하지 않았다는 말이 나온다.

221) 중유(仲由)의……좋아하였다 : 중유는 공자의 제자로, 자(字)는 자로(子路)이다. ≪근사록(近思錄)≫에서 "자로가 백세(百世)의 스승이 되는 까닭은 허물 듣기를 좋아했기 때문이다."라고 하였다.

계한[222) 바이고, 잘못된 말을 두 번 다시 하지 않은 것은 ≪대대례(大戴禮)≫[223]에서 뉘우침을 기록한 바이다.

뉘우침은 '회(悔)'라는 한 글자인데, 뉘우치는 방도는 각자 그 길이 다르다. 자기의 허물을 고치는 것으로부터 시작하여 성공하게 되면 '회'라는 한 글자를 잘 해낼 수 있게 된다. 내년에 나의 나이가 부동심(不動心)[224]이니, 이전 39년의 일은 후회해도 소용이 없다. 지난 일은 어쩔 수 없지만 앞으로의 일은 따를 수 있고, 어제는 잘못했더라도 오늘은 잘 하려고 할 수 있다. 황금의 흠은 두드리면 빛이 나고, 백옥의 흠은 갈면 윤기가 난다. 하물며 사람에 있어서 어찌 두드리고 가는 공부가 없겠는가. 마음을 돌이켜 먹고 정성을 기울여 끝을 잘 맺을 것을 도모하고 생각하고, 전념하고 깊이 반성하면서 허물이 없게 되기를 생각한다. 허물이 있으면 뉘우침이 있고 뉘우침이 있으면 고침이 있다. 고침이 있어서 뉘우침이 없을 때에 이르면 날에 이르고, 날이 달을 헤아리고, 달이 해로 쌓인다. 해마다 돌이켜 생각하지만 혹시라도 잊어버릴까 염려하므로, 이로 인하여 움집에 기록한다.

성선생서당기 정묘년[225] 7월 成先生書堂記 丁卯七月

보은(報恩)의 북쪽, 광하(廣霞)의 서쪽에 종산(鍾山)이 있다. 산의 뒤에 큰 골짜기[大谷]가 있고, 골짜기 안에 작은 개울이 있다. 개울 위에 선생이 글을 읽다가 남기고 가신 서당이 있다. 선생의 휘(諱)는 운(運)이고, 자(字)는 건숙(建叔)으로 하성(夏城) 사람[226]이다. 명(明)나라 홍치(弘治)[227] 정사년(1497, 연산군3)에 태어나, 35세에 생원시

---

222) 어찌하여⋯⋯경계한 : ≪시경(詩經)≫ <소아(小雅) 시월지교(十月之交)>에 "높은 언덕이 골짝이 되고, 깊은 골짝이 구릉이 되기도 하거늘, 슬프도다 지금 사람들은, 어찌하여 일찍 징계하지 않는가."라고 하였다. 모씨(毛氏)는 ≪시경≫을 훈고(訓詁)한 대모공(大毛公) 모형(毛亨)과 소모공(小毛公) 모장(毛萇)을 가리킨다.

223) 대대례(大戴禮) : 중국 전한의 대덕(戴德)이 공자의 72제자의 예설(禮說)을 모아 엮은 책이다. ≪예기≫ 214편을 85편으로 정리한 것으로, 39편만이 전해진다.

224) 부동심(不動心) : 마음이 외부의 충동에도 흔들리거나 움직이지 아니한다는 뜻으로 40세의 나이를 가리킨다. 맹자(孟子)가 공손추(公孫丑)의 질문에 대답하면서 "나는 40세에 마음이 동요하지 않았다."라고 하였던 데에서 유래한다.

225) 정묘년 : 1867년(고종4)으로 회와가 45세때이다.

(生員試)·진사시(進士試)에 모두 입격(入格)하였다. 당시 여러 이름난 현인들이 나라의 큰 그릇이 될 것이라고 칭찬하였다. 을사년(1545, 명종즉위)에 중형(仲兄)이 재앙을 당하자,228) 마침내 초연하게 세상을 피하여 은둔할 뜻을 가지고 이 지역을 가려서 잡아 서당을 짓고, 지명으로 스스로 호(號)를 삼아 대곡(大谷)이라 하였다.

물과 바위 사이를 오르내리면서 다만 그 산수만을 즐겼을 뿐만 아니라, 오직 도(道)를 강론하고 이치를 익히는 것으로 스스로 즐겼다. 그가 즐긴 이들은 조남명(曺南冥)229), 서화담(徐花潭)230)이 있으니, 좇아서 함께 지내며 강론하고 도의(道義)로서 교유하였다. 조정에서 여러 차례 벼슬을 주며 불렀지만 왕명에 사은숙배(謝恩肅拜)한 뒤 즉시 돌아왔다. 만력(萬曆)231) 기묘년(1579, 선조12)에 이르러 율곡 이선생(栗谷 李先生)232)이 편지에 이르기를 "처사(處士) 성(成) 아무개가 세상을 떠났다."라고 하였다.

아! 선생은 우리 선조 사직공(司直公) 휘 벽(碧)의 사위이다. 불행히도 후사가 없어서 부인의 오빠 아들인 승지공(承旨公) 위 가기(可幾)를 시양자(侍養子)로 삼아서 뒷일을 맡겼다. 후세의 사람으로 누군들 그의 현명함을 흠모하지 않겠는가만, 우리 김씨 가문은 더욱 유별함이 있다. 지금껏 여러 차례 이 서당을 수리하여 선사(先師)를 숭앙하고 후학(後學)을 면려하였다. 지금 거의 허물어졌으므로 논의를 모아 중건(重建)하

226) 하성(夏城) 사람 : 본관을 가리키는 것으로, 하성(夏城)은 창녕(昌寧)의 옛 이름이다. 즉 창녕 성씨(昌寧成氏)라는 뜻이다.

227) 홍치(弘治) : 중국 명나라 효종(孝宗)의 연호(1488~1505)이다.

228) 을사년에……당하자 : 을사사화(乙巳士禍)를 가리킨다. 인종(仁宗)이 죽자 새로 즉위한 명종(明宗)의 외숙인 소윤(小尹)의 거두 윤원형(尹元衡)이 인종의 외숙인 대윤(大尹)의 거두 윤임(尹任) 일파를 몰아내는 과정에서 대윤파에 가담했던 사림(士林)이 크게 화를 입었다.

229) 조남명(曺南冥) : 조선중기의 학자 조식(曺植, 1501~1572)을 가리킨다. 자는 건중(楗仲)이고, 남명은 호이다. 여러 차례 벼슬이 내려졌으나 성리학 연구와 후진 양성에만 전념하였다. 저서에 ≪남명집(南冥集)≫ 등이 있다.

230) 서화담(徐花潭) : 조선 중기의 학자 서경덕(徐敬德, 1489~1546)을 가리킨다. 자는 가구(可久)이고 화담은 호이다. 이기론(理氣論)의 본질을 연구하여 이기 일원설을 체계화하였으며, 수학·역학도 깊이 연구하였다. 저서에 ≪화담집(花潭集)≫이 있다.

231) 만력(萬曆) : 중국 명나라 신종(神宗)의 연호(1573~1619)이다.

232) 율곡 이선생(栗谷 李先生) : 조선 중기의 문신·학자인 이이(李珥, 1536~1584)를 가리킨다. 자는 숙헌(叔獻)이고, 율곡은 호이다. 호조·이조·병조의 판서와 우찬성을 지냈다. 서경덕의 학설을 이어받아 주기론을 발전시켜 이황의 주리적(主理的) 이기설과 대립하였다. 저서에 ≪율곡전서(栗谷全書)≫≪성학집요(聖學輯要)≫ 등이 있다.

였는데, 맡아서 이룬 사람은 족형(族兄) 극현(極鉉)씨이다. 내게 기(記)를 부탁하니, 의리상 감히 사양하지 못하였다. 그러나 선생이 축적한 학문은 무덤 앞의 비석에 명(銘)으로 있는데, 감히 돕지 못하였다.

산방독서기 기사년[233] 11월 대곡서당에서 글을 읽고 기를 짓다 山房讀書記 己巳十一月讀大谷書堂而記

상아(象牙)와 서각(犀角), 구슬과 옥(玉)의 진귀한 물건은 사람들의 눈과 귀에 즐거움을 주지만, 쓰기에는 적합하지 않다. 쇠와 돌, 풀과 나무, 명주실과 삼실, 오곡(五穀)은 쓰기에 적합하지만 쓰면 헐고 취하면 다한다. 사람의 눈과 귀에 즐거움을 주면서써도 헐지 않고 취해도 다하지 않는 것은 오직 글이니, 옛사람이 어찌 나를 속였겠는가. 나는 약관(弱冠)의 나이부터 이 산방(山房)에 거처하면서, 가을 겨울마다 글을 읽고 봄 여름에는 농사를 지은 지 십여 년이었다. 노부모를 봉양하면서 연달아 간병하였고 이어서 삼년상을 마칠 때까지 집에 매어 있느라, 오랫동안 글을 읽을 겨를이 없어서 경전을 서가에 묶어 놓은 지도 십여 년이 넘었다. 이제 스승의 집에서 묵묵히 생각하니 전에 한 공부는 죄다 울타리 가에 버려진 물건처럼 되었다. 심유지(沈攸之)가 이른바 "글을 읽지 못한 것이 한이로다."[234]라고 했던 것이 이것이니, 어찌 마음 속에 두려움이 없겠는가. 머리카락이 허옇게 센 세월을 스스로 잊고서 아이 수미(秀渼)와 손자 희(熙)[235]를 데리고 다시 산방에서 공부를 했으니, 글을 잘하는 문사(文士)들이 많이 머물러 거처하면서 주승(主僧)으로 하여금 일찍이 소장했던 ≪시경(詩經)≫≪서경(書經)≫≪역경(易經)≫ 세 질을 내오도록 하였다.

---

233) 기사년 : 기사년은 1869(고종6)으로 회와가 47세때이다.

234) 심유지(沈攸之)가……한이로다 : 남조(南朝) 송(宋)나라 심유지(沈攸之)가 말하기를, "일찍 곤궁하고 현달(顯達)함이 운명에 달린 것인 줄 알았더라면, 공명을 애써서 구하지 말고 10년 동안 글을 읽지 못한 것이 한(恨)이로다." 하였다.

235) 아이……희(熙) : 원문에는 '渼兒熙孫'으로 되어 있다. '渼兒'는 회와(悔窩)의 둘째 아들인 김수미(金秀渼, 1851~1922)를 가리킨다. 계부(季父)인 김유태(金愈泰)에게 출계(出系)하였다. '熙孫'이 누구인지는 확실하지 않다. 문맥으로는 김수미의 아들인 김혁희(金赫熙, 1879~1946)를 가리키는 것으로 보이지만, 맏아들인 김수형(金秀瀅, 1840~1885)의 아들인 김창희(金昌熙)·김무희(金武熙), 셋째 김수요(金秀溔, 1860~1924)의 아들인 김운희(金運熙)·김병희(金炳熙)·김선희(金善熙)일 가능성도 배제할 수는 없어서 '손자 희(熙)'라고 번역했다.

주자(朱子)가 이르기를 "≪역경(易經)≫으로 유명(幽明)의 연유를 통하게 하였고, ≪서경(書經)≫으로 정치의 사실을 기록하였고,≪시경(詩經)≫으로 성정(性情)의 바름을 인도하였다."236)라고 하였으니, 학문을 하는 도리에 어찌 이보다 큰 것이 있겠는가. 위로는 제왕(帝王)으로부터 아래로는 사서(士庶)에 이르기까지 마음가짐이 가장 어렵다. 그러므로 특별히 <우서(虞書)>를 가져다가 책을 펼치고 "제순(帝舜)이 이르기를 '인심(人心)은 위태롭고 도심(道心)은 은미하니, 정(精)하게 하고 한결같이 하여야 진실로 그 중도(中道)를 잡을 것이다.'라고 하였다."의 장(章)을 세 번 반복하여 읽으며 뜻을 곱씹어보면서 뜻을 풀어보고서야 비로소 서산(西山) 진씨(眞氏)237)가 이 장을 ≪심경(心經)≫의 첫머리의 제목으로 한 것이 실로 과거의 성현의 학문을 계승하고 앞으로 올 후학의 길을 열어주는 것임을 알았다. 먼저 이 마음을 세워서, 혹은 ≪역경≫을 보고 유명에 통하고, 혹은 ≪시경≫을 읊으며 성정을 인도하고, 혹은 제자백가(諸子百家)의 글을 강독하고 성현의 문답을 추구하며, 혹은 역사책을 읽고 고금의 치란(治亂)에 통할 것이다. 책속에 붙여서 그럴 뿐만 아니라 사물에도 붙이는 것이니, 어진 사람은 어찌하여 산을 좋아하고, 지혜로운 사람은 어찌하여 물을 좋아하는가.238) 소나무의 곧음, 대나무의 절개는 사물을 가지고 사물을 관찰한 것이 아니라 내 마음으로 사물을 헤아린 것으로, 이것도 배움이다. 바로 대곡 성선생(大谷成先生)239)이 이 터에서 도학을 강론한 까닭이 아니겠는가. 변변치 못한 자질로 선철(先哲)의 자취를 따라가기 어렵지만, 다행히 조금씩 나아가는 바가 있으니 아마도 써도 헐지 않고 취해도 다하지 않는데 효과가 있을 것이다.

---

236) 주자(朱子)가……인도하였다 : 주희(朱熹)의 <건녕부 건양현학 장서기(建寧府建陽縣學藏書記)>에서 이르기를 "옛날 성인이 육경(六經)을 만들어 후세를 가르쳤으니, ≪역경(易經)≫으로 유명(幽明)의 연유를 통하게 하였고,≪서경(書經)≫으로 정치의 사실을 기록하였고,≪시경(詩經)≫으로 성정(性情)의 바름을 인도하였고,≪춘추(春秋)≫로 법의 엄정함을 보이고,≪예기(禮記)≫로 행실을 바로잡고,≪악기(樂記)≫로 마음을 평화롭게 하였다."라고 하였다. ≪朱子大全 卷78≫

237) 서산(西山) 진씨(眞氏) : 송나라의 유학자 진덕수(眞德秀, 1178~1235)를 가리킨다. 서산은 호(號)이다. 저서로≪대학연의(大學衍義)≫≪심경(心經)≫≪서산문집(西山文集)≫ 등이 있다.

238) 어진……좋아하는가 : ≪논어(論語)≫<옹야(雍也)>에, "어진 사람은 산을 좋아하고, 지혜로운 사람은 물을 좋아한다."라고 하였다.

239) 대곡 성선생(大谷成先生) : 조선 중기의 학자인 성운(成運, 1497~1579)을 가리킨다. 본관은 창녕(昌寧). 자는 건숙(健叔)이고 대곡은 호(號)이다. 저서에 ≪대곡집(大谷集)≫이 있다.

선부인 교하 노씨 장산기 先夫人交河盧氏葬山記

본군(本郡)인 삼산(三山)의 동북쪽에서 30리 거리에 천황봉(天皇峯)이 있으니 곧 금강산(金剛山)의 여맥(餘脈)이고 영남과 호남의 중진(重鎭)이다. 첩첩 산봉우리가 푸르게 위로 솟고, 높은 하늘이 떨어져 천지(天支)가 되었다. 빙빙 돌아 얼기설기 휘감겨 남쪽으로 달려 한 줄기를 이루어 마치(馬峙)가 되었다. 서쪽으로 만 길을 솟아 와서 오봉(五峰)의 원주(元主)가 되었으니, 이름을 서당치(書堂峙)라 하는데 대체로 충암(冲庵) 선생[240]의 옛터로 인한 것이다. 또 북쪽으로 장암(壯巖)이 되고, 또 북쪽으로 일어나 필봉(筆峯)이 되고, 또 북쪽으로 달려 유정(鍮頂)이 되는데 동북쪽으로 세강(細江)에 임한다. 이어 구랑현(九郎峴)이 되고, 그 아래 서쪽 기슭에 선조인 판군기시사공(判軍器寺事公)의 분산(墳山)이다. 또 북쪽으로 일어나 서당치가 되는데, 대체로 성대곡(成大谷) 선생[241]이 글을 읽던 옛터로 인한 것이다. 또 북쪽으로 수철령(水鐵嶺)이 되는데, 속리산(俗離山)에서 15리 거리이다. 꺾어져 서쪽으로 향하여 송용암(松茸巖)이 되고, 허리에 나뭇길이 있는데 함림역(含林驛)과 통한다. 또 점점 서쪽으로 가다가 남쪽으로 떨어진 한 갈래가 종산(鍾山)이다. 또 점점 서쪽으로 가서 고음남현(古音南峴)이 되는데, 그 아래 서북쪽에 고음남촌(古音南村)이 있으므로 인하여 이름을 붙였다. 남쪽으로 내려오면 독조동(篤祚洞)이 있고 동 가운데 서북쪽에 사기동(寺基洞)이 있는데, 대체로 예전에 절이 있었던데 인한 것이다. 또 서쪽으로 달려 높이 섰다가 남쪽으로 떨어져 큰 하나의 봉우리가 되는데, 그 봉우리가 세 줄기로 갈라져 하나는 삼성촌(三省村)의 주봉(主峰)이 되고, 하나는 중봉(中峰)이 된다. 봉우리 아래에 입암(立巖)이 있고, 바위 서쪽에 명얼아동(名乻我洞)이 있다. 하나는 축간방(丑艮方)[242]의 용맥(龍脈)[243]이 그 아래에 한번 맺혀 소얼아동(小乻我洞)이 되고, 또 한번 감계방(坎癸方)[244]으로 맺힌다. 그

---

240) 충암(冲庵) 선생 : 조선 전기의 문신인 김정(金淨, 1486~1521)을 가리킨다. 자는 원충(元冲)이고 충암은 호(號)이다.

241) 성대곡(成大谷) 선생 : 앞의 성운(成運, 1497~1579) 선생을 가리킨다.

242) 축간방(丑艮方) : 축방(丑方)과 간방(艮方) 사이의 방향이다. 축방은 정북(正北)에서 동으로 30도 방위를 중심으로 한 15도 각도 안의 방향이고, 간방은 정동(正東)과 정북(正北) 사이 한가운데를 중심으로 한 15도 각도 안의 방향이다.

243) 용맥(龍脈) : 풍수지리에서, 산의 정기가 흐르는 산줄기이다. 그 정기가 모인 자리가 혈(穴)이 된다.

아래의 덕고현로(德高峴路)는 율지현(栗枝峴)과 통하는데, 위에 성황당이 있다. 성황당 위에 가죽나무 [樗木]가 있다. 꺾어져 남쪽으로 달리다 풍취현(風吹峴)에서 그치는데, 그 위에 꺾인 곳에서 남쪽으로 일어나 원잠(圓岑)이 되고, 곧바로 건해방(乾亥方)[245]으로 입수(入首)[246]하여 팔자(八字) 모양으로 나뉜 아래의 풍장(風藏)[247]의 양지 바른 따뜻한 곳에 건좌손향(乾坐巽向)[248]으로 득갑파병(得甲破丙)[249]하였으니, 곧 나의 선부인(先夫人) 교하 노씨(交河盧氏)의 만 년 동안 계실 유택(幽宅)이다. 현(峴)의 아래 첫 번째 산기슭에 있으니, 대체로 산의 생김새가 높지도 않고 낮지도 않고 크지도 않고 작지도 않고 험하지도 않고 평탄하지도 않아서, 마치 날짐승들이 나는 것과 같고, 흡사 닭과 봉황이 앉은 듯하다. 남쪽으로 감동평(甘同坪)을 넘어 월안촌(月岸村)을 굽어보고, 대조봉(大鳥峰)이 붓을 뽑은 형세이고, 도리산(桃李山)이 거문고를 타는 모습이다. 신유년(辛酉年)[250] 4월 기미(己未) 3일 신유(辛酉) 사시(巳時)에 안장(安葬)하였다.

---

244) 감계방(坎癸方) : 감방(坎方)과 계방(癸方) 사이의 방향이다. 감방은 정북(正北)쪽 방향이고, 계방은 정북(正北)에서 동(東)으로 15도 방위를 중심으로 한 15도 각도 안의 방향이다.

245) 건해방(乾亥方) : 건방(乾方)과 해방(亥方) 사이의 방향이다. 건방은 정북(正北)과 정서(正西) 사이 한가운데를 중심으로 한 15도 각도 안의 방향이고, 해방은 정북(正北)에서 서쪽으로 30도 각도를 중심으로 한 15도 각도 안의 방향이다.

246) 입수(入首) : 풍수지리에서, 산줄기의 정기가 모인 혈(穴)로 이어지는 곳이다.

247) 풍장(風藏) : 풍장기취(風藏氣聚) 즉 지세(地勢)가 아늑하여 바람이 들어오지 않고 땅의 기운이 모이는 곳으로 풍수상 좋은 터이다.

248) 건좌손향(乾坐巽向) : 건방(乾方)을 등지고 손방(巽方)을 바라보고 있는 자리이다. 건방은 북서쪽, 손방은 남동쪽을 가리킨다.

249) 득갑파병(得甲破丙) : 묘자리의 외부적 환경을 말한다. 즉 청룡과 백호의 외부, 또는 좌판(坐版)의 주령(主嶺) 밑에서 묘자리의 맨 앞을 흘러가는 물을 말하는데, 물이 흘러오는 방향을 득수(得水)라 하고 빠지는 곳을 파수(破水)라 한다.

250) 신유년(辛酉年) : 1861년(철종12)으로 회와가 39세때이다.

족인 선전관 김수형 수덕정기 무인년(1878) 봄 族人金宣傳秀馨修德亭記 戊寅春

주자(周子)가 이르기를[251] "덕(德)이라는 것은 사랑을 베푸는 측면에서는 인(仁)이라 하고, 마땅함을 얻는 측면에서는 의(義)라 하고, 조리가 있는 측면에서는 예(禮)라 하고, 밝게 통하는 면에서는 지(智)라 하고, 능히 지키는 면에서는 신(信)이라 한다."라고 하였다. 대체로 인·의·예·지·신이라고 하는 것은 덕이라는 체(體)에게 이름을 정해 준 것이다. 사랑을 베풀고, 마땅함을 얻고, 조리가 있고, 밝게 통하고, 능히 지키는 것은 모두 덕을 닦는 방편인데 이로 인하여 용(用)이 되는 것이다. 인·의·예·지·신 다섯의 이름이 없으면 누가 덕의 체를 세울 수 있겠는가. 또 그 이름을 따르지 못하면서 닦는 다면 그 덕의 용을 베풀 곳이 없을 것이다.

우리 김씨 가문에 이름은 수형(秀馨)이고 자(字)는 군서(君瑞)라는 자가 있는데, 장암(壯庵)·충암(沖庵)[252] 두 선생이 그의 11대조가 된다. 당대에 모두 대덕 군자(大德君子)라고 칭찬하였고, 이어서 죽헌공(竹軒公)의 넓은 지식, 장졸공(藏拙公)의 충실한 학문이 덕에서 덕으로 전해지니, 근원이 깊고 흐름이 길다. 군(君)은 평소에 사문(斯文 유학(儒學))에 훌륭하다는 인망이 있으니, 경전을 널리 읽고는 그때마다 모두 외울 줄 알았다. 제자백가(諸子百家)의 책이나 우리나라의 역사에 대해서도 눈으로 읽고 뱃속에 가득 담지 않은 것이 없었다. 결국 과거에 일찍 급제하지는 못하고 뒤늦게 무과(武科)에 급제하였으니, 그 또한 운명이다.

붓을 던지던 그 해에 곧장 선전관(宣傳官)에 오르고, 2년 뒤에 또 중시(重試)[253]에 올랐다. 앞날의 진로가 확 틔었으니 응당 차례대로 될 것인데, 더구나 그는 임금님의 덕을 볼 수 있는[254] 재주를 겸하였음에랴. 비록 그렇지만 무부(武夫)로서 자처하지 않고, 덕의 기

---

251) 주자(周子)가 이르기를 : 주자는 중국 송(宋)나라의 유학자인 주돈이(周敦頤, 1017~1073)를 가리킨다. 호는 염계(濂溪)이다. 인용한 내용은 주돈이의 ≪통서(通書)≫에 나오는 내용이다.

252) 장암(壯庵)·충암(沖庵) : 장암은 김광(金光, 1482~1545)의 호인데, 원문에는 '莊菴'으로 되어 있다. 충암은 조선 전기의 문신인 김정(金淨, 1486~1521)의 호(號)이다. 김광의 아우이다.

253) 중시(重試) : 당하관 이하의 문무관에게 10년마다 한 번씩 보게 하던 과거 시험이다. 합격하면 성적에 따라 관직의 품계를 특진시켜 당상관까지 올려 주었다.

254) 임금님의……있는 : ≪서경(書經)≫ <함유일덕(咸有一德)> 에 나오는 말로, "7대의 사당에서 임금님의 덕을 볼 수 있고, 만부(萬夫)의 우두머리에게서 나라의 정사를 알 수가 있다."라고 하였다. 여기에서는 선전관(宣傳官)이 된 것을 지칭하는 것으로 보인다.

반을 새로 쌓고 건물 하나를 만들어 편액을 걸기를 '수덕(修德)'이라고 하였으니, 이 어찌 평소에 축적한바 성현의 경전에서 남긴 가르침인 덕을 근본으로 삼은 것이 아니겠는가.

지금 사람들을 보면 집이 허물어지면 반드시 수리하고 의관이 해지면 반드시 수선하는데, 유독 마음에서 온갖 변화의 근원인 그 덕을 잃어도 가다듬어 보존할 줄 알지 못하니, 어찌하여 유추하여 확충하지 않는가. 이것이 이른바 공자(孔子)께서 이른바 '덕을 닦지 못하는 것, 이것이 바로 내가 항상 걱정하는 것이다.'라고 하였으니 어찌 나를 속이겠는가. ≪서경(書經)≫에 이르기를 "그 덕이 진실로 닦여질 것이다."라고 하였고, ≪시경(詩經)≫에 이르기를 "그 덕을 닦을 지어다."라고 하였다. 선왕이 덕을 닦고 나라를 다스린 것이야 오래되었으니 논하지 말더라도, ≪역경(易經)≫<건괘(蹇卦)>의 상전(象傳)에 이르기를 "군자가 보고서 몸에 돌이켜 덕을 닦는다."라고 하였고, 맹자(孟子)가 또 이르기를 "행하고도 얻지 못함이 있거든 자신에게 돌이켜 덕을 닦는다."라고 하였다. 어려움을 당했을 때 군자가 행하고도 얻지 못함이 있거든, 진실로 자기 몸에 돌이켜 그 덕을 닦는 것 만한 것이 없다. 그러므로 군자가 '덕을 닦는다[修德]'는 두 글자를 내건다는 것은 진정 공부할 곳에 힘을 쏟는다고 할 만하다.

삼가 옛 사람이 학업을 닦는 것을 살피자면, 반드시 먼저 덕을 증진하고 닦음을 행하는 법이니, 반드시 먼저 덕을 증진함에[255] 어찌 옛날과 지금의 차이가 있겠는가. 누군들 닦지 않겠는가만 그 덕을 닦는 것이 닦음의 근본이다. 누군들 덕을 모르겠는가만 덕을 반드시 닦는 것이 덕의 지극함이다. 덕이 아닌데 무엇을 닦으며, 닦지 않는데 무슨 덕이겠는가. 명예를 돌아보고 의리를 생각하여, 힘쓰기를 오래한다면 날마다 쓰며 일을 하는 사이에 어느 곳이나 덕이 아님이 없을 것이다.

아, 아름답구나! 나에게 군은 항렬로는 소원하여 촌수가 먼 숙질(叔姪)이지만 정리로는 집안의 형제와 같으니, 덕을 닦는 풍모에 있어서 더욱 느낌이 있고 또 나약한 자가 강하게 되는 효과에 있어서 간절함이 있다. ≪시경≫에 이르기를 "나를 좋아하는 사람은 나에게 대도(大道)를 보여줄 지어다."[256]라고 하였으니, 이 때문에 졸렬한 문장을 스스로 잊고 기(記)를 짓는다.

---

255) 덕을 증진함에 : 원문은 '愼德'으로 되어 있는데, 문맥으로 보아 '愼'을 '進'으로 바로잡아 번역하였다.

256) 나를……지어다 : 원문에는 '人之好義 視我周行'로 되어 있는데, ≪시경≫<녹명(鹿鳴)>에 근거하여, '義'를 '我'로, '視'를 '示'로 바로잡아 번역하였다.

선고비[257] 회혼기 先考妣回婚記

이해는 공손히 생각건대 우리 대왕대비전(大王大妃殿)께서 혼인하신 지 회갑(回甲)이 되는 해이다. 조정의 경사로서 이보다 더 큰 것이 없으니, 초야에 있는 백성들도 누군들 기뻐서 손뼉을 치고 경하하면서 다시 무강한 복을 축원하지 않겠는가.

아! 우리 선고비(先考妣)께서 혼례를 올린 날도 이해 2월 3일이었으니, 추모하는 마음이 다른 해보다 만 배나 더하다. ≪주역(周易)≫에 이르기를 "천지가 있은 뒤에 만물이 있고, 만물이 있은 뒤에 부부가 있다."라고 하였으니, 혼인이라는 예법은 백성을 낳는 시작이고 만복의 근원이다. 간절히 생각건대 선고비의 생신이 두 분 모두 무오년(1798, 정조22)에 있었으니, 기묘년(1819, 순조19)까지를 헤아리면 22세이다. 옛사람들이 관례(冠禮)나 계례(笄禮)를 하던 시기를 지금 사람들이 성혼(成婚)하는 것으로 보면 오히려 늦었다고 하겠다. 5년이 지나 계미년(1823, 순조23)에 불초(不肖)[258]를 낳았다. 또 9년째인 신묘년(1831, 순조31)에 아우를 낳았고, 그밖에 다른 누이들이 있었지만 모두 잃는 아픔을 당하였다. 비록 혈혈단신이라고는 할 수 없지만, 또한 번성하지도 않았다고 하겠다.

불초는 아들 셋을 낳았으니, 수형(秀瀅), 수미(秀渼), 수요(秀溁)라고 한다. 수형 아이는 아들 둘을 낳았고, 수미 아이는 선고비의 유언에 따라 아우에게 출계(出系)하였고,[259] 수요 아이는 아들 하나를 낳았다. 장손 창희(昌熙)는 아들 하나를 낳았는데, 차후로 또 아들 몇을 낳을지는 아직 미리 생각할 수 없지만, 현재 할아비와 아들, 손자가 일찍이 모두 8인이다. 그 근원을 거슬러 올라가면 선고비께서 혼인한 날로부터 시작되어 이어진 경사이다. 옛사람이 이른바 '생민(生民)의 시작'이라고 한 것이 어찌 속인 바가 있겠는가.

---

257) 선고비(先考妣) : 선고(先考)는 돌아가신 아버지, 선비(先妣)는 돌아가신 어머니를 남에게 이르는 말이다. 즉 선고비는 회와(悔窩)의 아버지인 김기대(金基大: 1798~1864)와 어머니인 교하 노씨(交河盧氏, 1798~1861)를 가리킨다.

258) 불초(不肖) : 아버지를 닮지 않았다는 뜻으로, 못나고 어리석은 사람을 이르는 말인데, 아들이 부모를 상대하여 자기를 낮추어 이르는 일인칭 대명사로 쓰인다.

259) 수미……출계(出系)하였고 : 회와(悔窩)의 둘째 아들인 김수미(金秀渼, 1851~1922)는 계부(季父)인 김유태(金愈泰)에게 출계(出系)하였다.

아! 고비의 춘추가 일찍이 예순이 넘어 세상을 떠났으니, 또한 오래 사는 복을 누렸다고 할 만하다. 그러나 고비와 동갑이신 친족 노인이 지금껏 살아계시니, 만약 고비로 하여금 하늘이 장수를 허락하여 함께 세상에 살아 계셔서 다시 이날 온 집안의 경사를 맞았다면, 하물며 다시 어떠했겠는가. 이것이 불초가 깊이 한탄하면서 감격해 흐느끼는 까닭이다. 감히 이 날 고비의 신주에 삼가 아뢰며, 또 아들과 손자로 하여금 태어난 근원이 여기에서 비롯되었음을 알도록 한다.

기묘년(1879, 고종16) 2월 3일은 곧 우리 선고비의 회혼(回婚) 날이니 불초자(不肖子) 민태(玟泰)가 마침내 감격하여 기(記)를 짓는다.

실인 수신기 室人晬辰記

기묘년(1879) 2월 19일은 곧 실인(室人)260) 박씨(朴氏)의 환갑(還甲)이다. 세 아들과 세 며느리가 모두 축수(祝壽)하는 술잔을 올리고, 장손과 손자며느리가 차례로 장수를 축원하였다. 나는 기쁘게 잔칫상의 북쪽 자리에 참석하여, 세 어린 손자와 두 아기를 왼쪽으로 안고 오른쪽 무릎에 앉히고 화조(火棗)와 교리(交梨)261)가 담긴 접시를 가져다가 각각 한두 개씩 주고서 혹은 먹고 혹은 가지고 놀도록 하였다. 축수를 마쳤다. 나도 연달아 서너 잔의 술을 마셨다. 온 집안의 즐거움이 화목하고 평화스럽다고 할 만하였다. ≪시경(詩經)≫에 이르기를 "처자식 사이에 좋고 화합함이 금슬(琴瑟)을 타는 듯하다."라고 하였다. 또 이르기를 "자자손손(子子孫孫)이 중단하지 않고 길이 이어 나가리로다."라고 하였다. 아마도 우리 집안에 바라건대 다시 하나의 내용으로 귀결되지 않겠는가. 이어서 선고비(先考妣)께서 남기신 경사를 뒤따라 술회하였다. 생각건대 선고비께서 혼례를 올린 지 회갑이 되는 날도 이해 2월 3일에 있었다. 태어남의 시작, 복의 근원이 여기에서 토대를 닦았으니, 더욱 간절하게 마음속 깊이 사모하게 된다.

5년 넘어 계미년(1823) 3월 9일은 곧 내가 태어난 날이었다. 자라서 17세가 되는 기

---

260) 실인(室人) : 자기의 아내를 이르는 말이다. 즉 회와(悔窩)의 아내인 함양 박씨(咸陽朴氏, 1819~1900)를 가리킨다.

261) 화조(火棗)와 교리(交梨) : 도교(道敎)에서 금단(金丹)보다도 높이 평가하는 선과(仙果)인데, 여기에서는 잔칫상의 배와 대추를 고급스럽게 표현한 것으로 보인다.

해년(1839) 봄에 박씨에게 장가가서 함께 부모를 봉양하고 자식을 기르면서 지금껏 41년을 해로(偕老)하였다. 설령 남편은 남편답고 아내는 아내다움에 부족함이 있더라도 각각 착한 도리를 다한다면 어찌 남편은 남편답고 아내는 아내다움에 마땅하여 또 화평하고 즐거움에 빠지지 않겠는가. 설령 내가 살아있더라도 아내가 죽었다면 이날의 즐거움을 볼 수 없었을 것이고, 또 아내가 살아있고 내가 세상을 떠났더라도 이날의 즐거움을 볼 수 없었을 것이다. 다행히 우리 부부가 모두 무탈하게 살아있어 조촐한 음식을 대략 차려놓고 잔치하며 즐기니 이것을 우리들의 경사라고 할 만한데, 다음에 또 작은어머님의 회갑이 돌아오니 더욱 온 가문의 경사이다. 이에 기(記)를 짓는다.

계미년(1883) 3월 9일은 곧 나의 생일이다. 뒤늦게 감회가 있어서 그럭저럭 스스로 기를 지었다. 癸未三月初九日卽余生朝也有追感之聊以自記

공손히 생각건대, 우리 증조고(曾祖考)께서는 61세를 누리셨고, 증조비(曾祖妣)께서는 81세 장수를 누리셨고, 조고(祖考)께서는 60세를 누리셨고, 조비(祖妣)께서는 66세를 누리셨고, 우리 선고(先考)께서는 67세를 누리셨고, 선비(先妣)께서는 64세를 누리셨고, 큰아버님께서는 68세를 누리셨고, 큰어머님께서는 70세를 누리셨고, 작은아버님께서는 62세를 누리셨다. 비록 모두 백세까지 장수하지는 못했지만, 장수하지 않았다고 할 수는 없다. 이 어찌 어질고 착해서 이루어진 것이 아니겠는가. 작은어머님의 연세가 올해 65세이신데 아직도 강녕하시니, 늘 간절히 송축하고 있다. 불초(不肖)는 나약한 체질이라 요절을 면하기 어렵겠다고 일찍이 스스로 묵묵히 생각하였지만, 어느덧 환갑날이 돌아왔다. 삼가 생각건대 모두 조상의 숨은 은덕이 남겨주신 경사이니, 추모의 감회를 가누지 못하겠다. 그러나 부모님께서 낳느라고 고생하신 날에 즐기는 것은 옛사람이 경계한 바일뿐만 아니라, 나 또한 감회의 눈물이 저절로 떨어진다. 하물며 또 장손이 요절하여 아직도 영궤(靈几)[262]에 있고, 막내딸의 참척(慘慽)[263]을 당하여 막 매장하였으니, 마음을 상한 곳이 아님이 없다. 다만 어기기 어려운 점은 아

---

262) 영궤(靈几) : 영위(靈位)를 모시어 놓은 자리이다. 영좌(靈座)라고도 한다.
263) 참척(慘慽) : 자손이 부모나 조부모보다 먼저 죽는 일을 가리킨다.

이들과 며느리들의 사사로운 정이니, 깊이 책망하지 못하고 청한 바를 허락하되 작은 술상을 간략히 차리도록 하였다. 부모님 산소의 석물이 마침 이루어졌으므로 특별히 이날 묘소에서 뒤늦게 예법을 펼치고 돌아오니, 손자들이 쌍으로 앞에서 재롱을 부렸다. 이에 스스로 생각하노니, 이것이 이른바 한편으로는 슬프고 한편으로는 기쁘다는 것이다. 이어서 우리 친족과 연세 높은 지인들을 불러서 정담을 나누었다.

종산 삼성기 월성군의 종손인 회태씨가 지었는데, 나에게 남겨서 또한 기록한다

鍾山三省記 月城君宗孫羲泰氏作而遺我亦錄

속리산(俗離山)의 서쪽에 종산(鍾山)이 있고, 종산의 서쪽에 삼성(三省)이 있으니, 곧 우리 9대를 함께한 족제(族弟) 민태(玟泰)가 기꺼이 선조를 계승하여 집을 짓고 대대로 지키며 사는 곳이다. 대체로 우리나라의 산천과 마을의 이름은 모두 증험된 근거가 있으니, 혹은 사물의 모양으로 인하고, 혹은 사람의 일로 인하니 일일이 죄다 기록할 수는 없다. 내가 종산의 멋진 경치와 삼성동의 아름다운 이름에 대해서는 어렸을 적부터 들어서 알고 있었지만, 늙어서야 보고서 기록하노라.

기이하고 기이하구나, 종산의 종산이로다. 속리산의 한 줄기가 구불구불 이리저리 스무 번쯤 꺾여서, 왼쪽으로 서리고 오른쪽으로 돌아 우뚝하게 사방을 두른 것이 종각(鍾閣)이다. 기묘하고 웅장하게 둥글둥글 뭉쳐서 가운데가 우뚝한 것이 바로 그 종(鍾)이다. 우리 김씨가 지금껏 머물러 살고 있은 지 십여 세대이지만, 당초로 말하자면 8촌 이내의 한 집안에 불과하였다. 혹은 덕행으로 등용되었고, 혹은 문장으로 과거에 급제하여 벼슬아치가 되었고. 혹은 명분과 절의로 은거하였다. 이때에 이르러 지체와 문벌이 환히 드러나고, 대대로 쌓아 내려온 덕으로 인물들이 연달아 배출되고, 가문이 화목하고, 가르침과 훈계가 엄절한 것은 비단 온 세상이 인정하는 것일 뿐만이 아니니 하물며 우리 자손이 감격하여 흐느끼며 칭송하는 것이 어떠하겠는가.

아! 하늘의 도리는 일정하지만 시대의 운수는 일정하지 않으니, 성하면 쇠하고 차면 기우는 것이 이치에 본래 그러한 것이지만 어찌 이렇게 지극하게 되었는가. 세대가 멀어지고 인물이 없어지니 어리석어서 가정의 학문을 알지 못하고 게을러서 스스로 닦는 도리를 깨닫지 못하면서, 땔나무 하고 가축 기르며 구차하게 사느라 본성이 사라지고, 시정에서 이익을 다투느라 염치가 뒤집어졌으니 비단 종족(宗族)을 위하여 한탄하는 것만이 아닌데, 조상을 잊고 부모를 버리는 잘못은 나도 벗어나지 못했으니 목숨을 바쳐 통곡하는 것이다.

　얼마나 다행인가! 삼성이라는 마을에 그 이름이 있으니 대대로 그 땅을 지키고, 집에 그 이름을 내거니 사람들이 그 행실을 닦는다. 내가 한밤중에 촛불 하나를 보았는데 장차 낮까지 갈 듯한 가망이 있으니 또 어찌 우연이겠는가. 생각건대 우리 선조의 덕망과 지위, 학문과 행실이 다하지 않고 전해졌는데, 오직 삼성의 공부264)를 대대로 전수하고 대대로 복습하며 이름을 남기고 터를 남겨서 지금 사람들이 무궁하게 전수하고 복습하는 데에 이른 것이다. 왜냐하면 증자(曾子)는 일찍이 하나로서 관통하는 뜻을 깨달았고,265) 뒤늦게는 삼성의 공부를 더하였고, 끝에는 수족을 열어 보이며 깨우쳐 주고 온전히 돌아갔으니,266) 종성공(宗聖公 증자) 평생의 공부가 어찌 단지 ‘남을 위해 도모함에 충성스럽지 않았던가? 벗과 사귐에 신의가 있지 않았던가? 전수받은 것을 복습하지 않았던가?’라고만 하겠는가. 주자(朱子)의 주(註)에 이르기를 “증자의 만년의 공부는 대체로 작은 찌꺼기를 제거하는데 미진한 점이 약간 있다.267) 배우는 자에게 있어서는 일마다 성찰하여야 하니, 비단 이 세 가지만은 아니다.”라고 하였다. 유씨(游氏)268)는 또 이르기를 “배우는 자가 반성할 것이 또 여기에 그치는 것이 아니다. 부모를 섬기면서 효에 부족함은 없는지, 어른을 섬기면서 공경함에 부족함은 없는지, 행동함에 혹시 마음에 부끄러운지, 말함에 혹시 행동보다 지나친 것인지, 욕심을

----

264) 삼성의 공부 : 삼성(三省)은 증자(曾子)의 말인데, 세 번 반성한다는 뜻이다.≪논어(論語)≫〈학이(學而)〉에 “나는 하루에 세 가지로 자신을 반성하노니, ‘남을 위해 도모함에 충성스럽지 않았던가? 벗과 사귐에 신의가 있지 않았던가? 전수받은 것을 복습하지 않았던가?’이다.”라고 하였다.

265) 일찍이……깨달았고, : ≪논어≫〈이인(里仁)〉에, 공자가 “우리 도(道)는 하나로써 관통한다.”라고 하니, 증자가 “예.”라고 대답하였다. 공자가 나간 뒤에 문인(門人)들이 무슨 뜻인지 물으니, 증자가 대답하기를 “부자(夫子)의 도는 충(忠)과 서(恕)일 뿐이다.”라고 하였다.

266) 끝에는……돌아갔으니 : 증자가 병이 위중하자 제자들을 불러 말하기를, “이불을 걷고 나의 발과 손을 보아라. ≪시경(詩經)≫에 이르기를, ‘전전긍긍하여 깊은 못에 임한 듯이 하고 얇은 얼음을 밟은 듯이 하라.’ 하였으니, 이제야 나는 혹시라도 이 몸을 훼손시키지 않을까 하는 근심에서 면한 것을 알겠구나.” 하였다.≪論語 泰伯≫

267) 些子渣滓 去未盡

268) 유씨(游氏) : 광평 유씨(廣平游氏)를 가리키는데, 이름은 작(酢), 자는 정부(定夫)이다.

내어 막힌 바가 있는지, 성을 내어 징계되지 않은 바가 있는지, 이러한 종류를 미루어 날마다 반성하면 증자의 성신(誠身)[269]에 아마도 미치게 될 것이다.”라고 하였다. 윤씨(尹氏)가 또 이르기를 “제자(諸子)의 학문이 시대가 멀어질수록 그 진수를 잃게 되는데, 유독 증자의 학문은 오로지 내면에 마음을 쓰기 때문에 전수됨에 폐단이 없으니, 자사(子思)와 맹자(孟子)에게서 볼 수 있다. 좋은 말과 착한 행실이 세상에 모두 전해지지 않았지만, 다행히 남아서 사라지지 않은 것에 배우는 자가 마음을 다하지 않을 수 있겠는가.”라고 하였다.

아! 증자는 이 시대의 사람에게 수천 년이나 멀리 떨어져 아득하지만 어제의 일처럼 밝고 뚜렷하니, 성찰의 공부를 이루 다 말할 수 있겠는가. 선조에게 제사하고 부모를 섬기는 절차에 반성하고, 집안을 다스리고 사람을 대접하는 도리에 반성하고, 나가고 들어오고 말하고 침묵하는 사이에 반성하고, 옳고 그르고 얻고 잃는 사이에 반성하여, 날마다 반성하고 또 날마다 반성하며 나날이 새로워지고 또 나날이 새로워져서 반성하지 않는 곳이 없게 된다면, 다만 삼성의 공부를 하는 것만이 아니니 증자처럼 찌꺼기의 제거에 미진하겠는가, 증자의 성신에 미치지 못하겠는가, 증자의 선행을 전수하고 복습하지 않겠는가. 공자가 이르기를 “그 하는 것을 보고, 그 말미암은 바를 관찰하면 사람이 어떻게 속일 수 있겠는가, 사람이 어떻게 속일 수 있겠는가.”라고 하였으니, 비록 나의 어두운 식견으로도 그 부모에 효도하는 것을 보면 증자의 충성스럽게 도모함을 자연히 옮길 수 있을 것이고, 그 어른에게 공손한 것을 관찰하면 증자의 신의로 벗과 사귐을 따라서 알 수 있을 것이고, 그 학문에 정밀함을 살피면 증자가 전수하여 복습한 것도 독실하게 할 수 있을 것이다. 어찌 단지 삼성의 공부만 하겠는가. 증자의 ‘용모를 움직일 때는 사납고 거만함을 멀리할 것이며, 낯빛을 바르게 하는 데는 신실함에 가깝도록 할 것이며, 말을 함에 있어서는 상스럽고 도리에 어긋난 것을 멀리할 것이다.’[270]라는 것을 겸하여 총괄하니, 또한 지금 세상의 증자라고 할 수 있을 것이다. 희태(義泰)가 급히 삼성의 기(記)를 지었는데, 이전에 칭찬했던 것은 우리 종족(宗族)의 찬탄을 받았고 이후에 칭찬했던 것은 지금 사람에게 -원문 1자 누락- 것이다.[271]

---

269) 성신(誠身) : 자신을 성실하게 하는 것으로,《중용장구(中庸章句)》제20장에 “자신을 성실하게 하는 데 방도가 있으니 선(善)에 대해 밝게 알지 못하면 자신을 성실히 하지 못할 것이다.” 하였다.

270) 용모를……것이다 : 증자가 군자가 귀히 여기는 도가 세 가지 있다고 하면서 든 예이다.《論語 泰伯》

춘추강회기 春秋講會記

　　병술년272) 가을에 내가 풍단(風丹)을 앓아 몇 달을 넘도록 한창 병들어 누워있는 중이었다. 하루는 허만필(許萬弼) 군(君)이 청산(靑山) 만명(晚鳴)으로부터 박산장(朴山丈)의 명을 받아서 왔는데, 가을 겨울에 대곡(大谷) 성 선생(成先生)의 유당(遺堂)에서 글을 읽을 것이니 아무개를 자리에 초청하여 열흘마다 상읍례(相揖禮)273)를 행하고 이어 글 뜻에 대해 강의를 들으라고 하교하였다는 것이다. 아무개는 바로 천하고 용렬한 나였다. 놀랍고 송구함을 가누지 못하고 공손히 대답하기를 "어리석어서 학문의 실속이 없고 예법의 의식을 익히지 못하였는데 어찌 감히 이렇게 분수에 넘치는 하교를 받들 수 있겠는가?"라고 하였다. 헤어진 뒤에 며칠 지나지 않아 전해 들으니, 허 군이 산송(山訟)을 당하고 아울러 아내의 죽음을 만나 경황이 없다고 하였다. 나는 스스로 마음속으로 호사다마(好事多魔)라고 탄식하였다. 12월 15일이 되어 허 군이 내게 와서 이르기를 "이미 장석(丈席)의 성대한 하교를 받았으니 한번 강회(講會)가 없을 수 없습니다."라고 하였다. 서당에 설치를 시행하였으므로, 감기를 억지로 무릅쓰고 눈을 밟으며 가서 참석하였더니, 절도 있는 걸음 하나하나 법도에 맞았고 동쪽 서쪽 계단에서 서로 배읍(拜揖)하는 것이 참으로 아름다웠다. 공손히 생각건대, 이 서당에서 이 예법을 행하는 것이 어찌 성 선생께서 묵묵히 계시한 것이 아니겠는가. 이어서 강의를 듣고 파하였다. 올해 언젠가 입춘(立春)에 이전 강의에서 불통(不通)을 맞은 자가 분하고 원통한 마음을 품고 강회를 다시 설치하였으니, 이것이 이른바 '부끄러움을 안다'274)라는 것이다. 마음속으로 매우 기특하여 허락하였다.275) 그렇지만 경전의 뜻을 묻고 답하면서 분명히 분석하지 못하는 것이 스스로 부끄러웠다. 이전처럼 예법을 행

---

271) 이후에……것이다 : 원문은 '以後所稱爲吾致私□於斯人'인데, '爲吾致私'도 누락된 글자와의 관계를 알 수 없어 번역하지 않았다.

272) 병술년 : 1886년(고종23)으로 회와가 64세가 되는 해이다.

273) 상읍례(相揖禮) : 옛날 서당이나 서원, 향교 등 교육기관에서 행해오던 의식으로 매년 문하의 제자들이 학문의 성과를 선생 앞에서 검증받고 서로 간에 예(禮)를 돈독히 하는 차원에서 행해져온 의식이다.

274) 부끄러움을 안다 : 공자가 말하기를, "배우기를 좋아함은 지혜에 가깝고, 힘써 행함은 인에 가깝고, 부끄러움을 앎은 용기에 가깝다."라고 하였다.《中庸章句 第20章》

275) 이체자 검색 안되니 뭉개기로

하며 강의를 마치자 여러 사람들의 의견에 "이것이 실로 후진의 공부를 장려하고 살펴보는데 보탬이 됩니다. 그런데 영원한 규약으로 삼을 계책은 계(楔)를 맺는 것 만한 것이 없습니다."라고 하고는 이어 계안(楔案)을 만들었다. 이름 하기를 춘추강회계(春秋講會楔)라고 하면서, 내게 창설에 즈음한 말을 요청하였다. 삼가 생각건대 이것을 설치한 것은 박산장의 가르침으로부터 나온 것이니, 어찌 깊이 감동하여 칭송하지 않을 수 있겠는가. 이에 그 전말이 이와 같음을 대략 기록한다.

근검당기 勤儉堂記

　무릇 '부지런함 [勤]'은 '게으름 [怠]'의 반대이고, '검소 [儉]'는 '사치 [侈]'의 반대이다. 재주가 부지런함에서 떠나면 게으름에 이르고, 검소하기를 싫어하면 꼭 사치에 이른다. 게으름의 해로움이 깊어지면 가난하게 되어야 그치고, 사치하려는 욕심이 더하면 치욕을 보아야 이에 그만두게 된다.[276] 그렇다면 게을러 가난하게 되는 자는 과연 어떻게 해야 게으르지 않고 가난하게 되지 않는가? 사치하여 치욕을 보는 자는 다시 어떻게 하면 사치하지 않고 치욕을 보지 않게 되는가?

　대체로 부지런하다는 말은 무엇인가? 내 마음을 간직하고 내 몸을 닦고 집안을 가지런히 하며, 농사짓고 누에치고 땔나무 하고 물 긷는 것을 미리 하는 것일 뿐이다. 게으르다는 것은 이것의 반대이다. 검소하다는 말은 무엇인가? 그 뜻을 높이고 그 몸을 다잡고 그 쓰는 것을 줄이고, 의복과 음식을 절약하는 것뿐이다. 사치하다는 것은 이것의 반대이다. 그러므로 성현들이 능히 부지런하고 능히 검소하여, 게으르지 않고 사치하지 않는 것은 참으로 이유가 있었던 것이다. 무릇 오늘날의 사람들이 부지런하고 검소한 자를 보면 도리어 비웃으며 말하기를 "어찌 우선 안일하고 화려하게 살지 않는가?"라 하고는, 결국 조상으로부터 내려오는 가업을 잃고 그 신세를 스스로 망치게 된다.

　삼가 생각건대 우리 부모께서 일찍이 게으름과 사치에 대하여 경계하면서 능히 부지런하고 능히 검소하여 천만금과 위토(位土)를 봉해 주시어 이에 주었으니, 불초한 우리가 어찌 부모의 뜻을 계승하지 않겠는가? 또한 부지런하고 검소하게 지키면서 지금

---

276) 사치하려는……된다 : 원문에는 '侈之欲漸斯止矣'로 되어 있는데, 문맥으로 보아 '漸' 뒤에 '辱' 1자를 보충하여 번역하였다.

이에 자호(字號)와 두수(斗數)·복수(卜數), 소재지와 가격, 구매한 연도를 위와 같이 쓰니 뒤에 올 자손들도 이러한 뜻을 대대로 끊이지 않고 실추시키지 말기를 간곡히 바라노라.

경신년[277] 1월 21일, 민태(玟泰)가 근검당(勤儉堂)에 쓰면서 부지런하고 검소함을 제목의 이름으로 하였다.

본군 교궁 회유기 本郡校宮會儒記

갑술년[278] 초가을에 본군(本郡)의 교궁(校宮)[279]에서 문사(文士)들이 모였으니, 실로 우리 역대 임금님들께서 유학(儒學)을 높이는 교화에 힘입은 것이고, 주(周)나라 벽옹(辟雍)에서 좋은 말을 해달라고 청하던 것을 계승하고, 노(魯)나라 반수(泮水)에서 가르치던 것을 본뜬 것이다.[280] 젊은이 늙은이 모두 모이니 동쪽에서 남쪽에서 참으로 아름답다. 모난 깃과 둥그런 관(冠)[281] 차림의 선비들이 예법을 갖추어 상견례를 한다. 신(信)을 갑옷으로 삼고 의(義)를 노로 삼으니 유학의 행위가 그 안에 들어있다. 옛사람이 이르기를 "이러한 다툼이 군자다운 다툼이다."[282]라고 하였으니, 군자와 선비들이 서로 다투느니 갑과 을이 시를 지어 겨루는 편이 낫다. 이에 산 안쪽과 산 바깥쪽을 합하고 강 동쪽과 강 서쪽을 나누었으니, 서쪽의 어른은 유학자 이규부(李奎溥) 씨이고 동쪽의 어른은 유학자 구문찬(具文璨) 씨이다. 이때에 규성(奎星)의 광채[283]가

---

277) 경신년 : 1860년(철종11)으로 회와가 38세때이다.

278) 갑술년 : 갑술년은 1874년(고종11)으로 회와가 52세때이다.

279) 교궁(校宮) : 각 고을마다 있었던 문묘(文廟)를 말한다.

280) 주(周)나라……것이다 : 주(周)나라의 벽옹(辟雍)과 노(魯)나라의 반수(泮水)는 모두 태학(太學)을 가리킨다. ≪시경(詩經)≫<주송(周頌)>에 '옹(雝)'이라는 시가 있고, <노송(魯頌)>에 '반수'가 있다.

281) 모난……관(冠) : 유자(儒者)들이 입는 옷차림으로, 선비를 가리키는 말로 쓰인다.

282) 이러한……다툼이다 : ≪논어(論語)≫<팔일(八佾)>에 "군자는 다투는 것이 없으나 반드시 활쏘기에서는 경쟁을 한다. 상대방에게 읍하고 사양하며 올라갔다가 활을 쏜 뒤에는 내려와 벌주를 마시니, 이러한 다툼이 군자다운 다툼이다." 하였다.

283) 규성(奎星)의 광채 : 규성(奎星)은 이십팔수(二十八宿)의 열다섯째 별자리에 있는 별들로 문운(文運)을 맡았다고 한다. 여기에서는 선비들의 글이 화려함을 비유한 것으로 보인다.

밤을 수놓고 글 무지개가 하늘에 일어났다. 평소에 쌓았던 학업의 정기를 가지고 각자 대장을 위하여 이곳에서 승리를 위하여 칼끝을 주고받으니, 과연 누가 큰 공을 독차지 할 것인가. 이는 갑(甲)의 앞 사흘284)의 성대한 일이니, 갑의 뒤 사흘에 쉬고 노니는 일이 어찌 없겠는가. 대체로 아주 오랜 옛날의 아름다운 예법을 누군들 죄다 거론하지 못하겠는가만, 향음주의(鄕飮酒義)285)의 경우는 우리들이 가장 가까우며 쉽게 행하는 것이다. 빈주(賓主)를 세워서 천지(天地)를 본뜨고 개선(介僎)을 세워서 일월(日月)을 본떴다. 문에서 맞이하여 계단에 이르러 세 번 겸양하고 바른 자리로 올라 사면에서 술잔을 든다. 우리 고을의 사군자(士君子)를 인도하여 자리에 앉음이 엄숙하고 공손하였으니, 공자(孔子)께서 이른바 "향음주례(鄕飮酒禮)를 보고 왕도(王道)가 퍽 쉬운 줄 알았다."라는 것이 이것이다. 또 이 향재장(鄕財掌)이 가을이면 백성들의 재물을 주서 (州序)에 모았으니, 하물며 지금은 적당한 때가 부합하고 적당한 지역을 얻었음에랴. 향사례(鄕射禮)를 행할 때는 공(功)을 높이고 향음주례를 행할 때는 나이를 높인다. 어 진 이를 어질게 대접하고 높은 이를 높이는 뜻이 그 안에 갖추어져 있다. 선창한 자는 누구인가, 대아(大雅)286) 임해준(任海準) 벗이다. 용렬한 자질을 가지고 유사(有司)의 직임에 참여하여 감흥을 느끼지 않은 적이 없었으니, 이에 억지로 이치에 맞지 않는 말을 기록해보았다.

---

284) 갑(甲)의 앞 사흘 : 무슨 일을 처리할 때 사전 사후를 신중히 하는 것을 말한다. ≪주역(周易)≫ <고괘(蠱卦)>에, "갑의 앞에 사흘, 갑의 뒤에 사흘 [先甲三日 後甲三日]"이라 하였는데, 정전 (程傳)에, "갑(甲)은 수의 시작이고 일의 시초이다. 일을 다스리는 도는 앞으로 사흘, 뒤로 사흘까지 염려해야만 폐단이 없이 완벽하게 된다."라고 하였다.

285) 향음주례(鄕飮酒禮) : ≪예기(禮記)≫ <향음주의(鄕飮酒義)>에 "향인·사·군자는 방(房)과 호(戶) 사이에 준(尊)을 두니 빈주(賓主)가 이를 공유하는 것이요, 준에 현주(玄酒)가 있으니 그 질박함을 귀하게 여기는 것이다. [鄕人士君子 尊於房戶之間 賓主共之也 尊有玄酒 貴其質也.]" 라고 하였다. 고을 사람들이 한 자리에 모여서 술을 마시는데, 덕 있고 나이 많은 선비를 주인 으로 하고, 빈(賓)을 정하여 서로 읍(揖)하고 절하면서 여러 사람에게 연치(年齒)대로 술을 마시 게 하는 예법이다. 향음주례(鄕飮酒禮)라고도 한다. 중국 주(周)나라 때 향학(鄕學)에서 3년의 학업을 마치면, 향대부(鄕大夫)가 그 중 우수한 사람을 제후(諸侯)에게 추천하여 국학(國學)으 로 보냈는데, 이때 향대부가 베푸는 송별연(送別宴)을 향음주례라고 한다. ≪周禮 地官 鄕大夫≫ 뒷날 국학으로 추천하는 제도가 없어지면서 이 의례(儀禮)는 향촌에서 존현 양로(尊賢養老)하 는 뜻의 행사로 바뀌어 갔고, 이것이 조선(朝鮮) 초기부터 우리나라에도 도입되어 한 고을의 유 생(儒生)과 한량(閑良)들이 시를 짓고 활을 쏘는 정례적(定例的)인 행사로 번져갔다.

286) 대아(大雅) : 나이가 비슷한 친구나 문인에 대해서 존경하는 뜻으로 쓰는 표현이다.

제문(祭文)

제문 갑술년[287) 祭文 甲戌

　아, 애통합니다. 우리 백모(伯母)께서는 오래된 벌열(閥閱) 가문으로서, 하산군(夏山君)의 손녀이고 단성공(丹城公)의 조카이십니다. 순박한 성품을 타고 났으며 나면서부터 얌전하고 덕스러운 자태를 지니셨습니다. ≪여칙(女則)≫[288)을 대략 섭렵하고 일찍이 규방의 예의를 익히셨지요. 20세에 시집 와서 40년을 해로하셨습니다. 우리 가문의 규범을 계승하고 부도(婦道)를 순종하셨지요. 시부모님을 효도로 봉양하고 상례(喪禮)와 제례(祭禮)의 예법을 따르셨습니다. 그 집안을 잘 다스리고 형제들에게 사랑을 베푸셨지요. 술과 음식을 대접하고 뽕나무와 삼을 기르는데 힘쓰셨습니다. 근검에 뜻을 두고 헛되이 사치하지 않으셨지요. 두 아들에게는 학문을 시키고 세 딸에게는 길쌈을 맡기셨습니다. 정을 주되 지나친 사랑을 주지 않고 가르침에도 순서가 있으셨지요. 집안은 화목했고 가풍은 온화했습니다. 오직 덕의 소치이니 무슨 복이든 이르지 않겠습니까.

　아, 애통합니다. 하늘의 뜻을 알기 어렵고 이치도 더러 어긋날 때가 있습니다. 중년

---

287) 갑술년 : 갑술년은 1874년(고종11)으로 회와가 52세때이다.

288) 여칙(女則) : 후한(後漢) 반고(班固)의 누이동생 반소(班昭)가 지은 것으로 모두 7편이다. 반소는 화제(和帝)의 부름을 받고 궁중에 들어가 황후(皇后)와 귀인(貴人)의 스승이 되었으며, ≪여칙≫ 외에 ≪여계(女誡)≫, ≪여헌(女憲)≫을 지었다. 이 외에 당(唐)나라 태종(太宗)의 황후인 문덕황후(文德皇后)가 옛날 여인들의 훌륭한 사적을 모아 10권으로 편찬한 책도 ≪여칙≫이라 한다.

에 질병에 걸려서 몇 달 동안 조리하셨지요. 맏아들이 세상을 떠나고 손자며느리도 죽었습니다. 비록 명이 있다고는 하지만 이치를 거스르는 것을 차마 어찌 보겠습니까. 노부(盧婦)가 비참함을 당하고 구실(具室)이 요절했습니다.[289] 걱정스런 마음에 애가 타서 눈물이 맺히고 한이 맺혔지요. 남편의 죽음에 통곡을 하고서 힘들고 고생스럽게 가정을 보전했습니다. 나이가 점점 들어가면서 애쓰는 마음도 더욱 더해졌지요. 임년(壬年) 겨울에 한번 병에 걸리더니 축월(丑月)에 더욱 위중해졌습니다. 맏며느리가 깊은 정성을 기울이고 둘째 아들이 효심을 다했지요. 세월을 되돌릴 수는 없어서 갑자기 이승을 떠나셨습니다. 곡을 한들 어찌 미칠 수 있겠으며 애통함도 이를 곳이 없습니다.

　아, 슬픕니다. 못난 조카가 태어나던 해에 백모께서 시집 오셨지요. 배냇머리 마를 때부터 하늘처럼 의지했습니다. 재롱부리며 곁을 따르니 돌보아주시며 가슴에 품어주셨지요. 어린 아이가 옆에 있어도 은혜를 차별 없이 베푸셨습니다. 어린 나이에 배움을 시작하였는데 백부(伯父)께서 스승이셨지요. 아침부터 저녁까지 시도 때도 없었습니다. 안에서는 은혜롭게 길러주시고 밖에서는 엄하게 가르침을 주셨지요. 움직일 때나 멈추고 있을 때나 이것을 본받았습니다. 높은 산처럼 우러러보며 바다가 마르도록 갚겠다고 다짐했지요. 글은 미처 모두 기록하지 못하고 정성도 죄다 펼치기 어렵습니다. 세월이 어느덧 흘러 대상(大祥)의 기일이 가까이 닥쳐왔지요. 감히 제물을 올리니 영령께서는 흠향(歆饗)하소서. 아, 슬프다. 적지만 흠향하소서.

---

289) 노부(盧婦)가…요절했습니다 : 여기에서 노부(盧婦)와 구실(具室)은 모두 요절한 주인공의 손자며느리와 시집간 딸 또는 손녀를 가리키는 것으로 보인다.

종제 제문 김현태 祭從弟文 顯泰

　유세차(維歲次)290) 계축년291) 1월 병오삭(丙午朔) 10일 을묘는 바로 우리 종제(從弟 사촌 아우) 현태(顯泰)의 소기(小朞)292)입니다. 전날 저녁 갑인에 종형(從兄 사촌형) 민태(玟泰)가 영연(靈筵)에 곡하며 다음과 같이 아룁니다.

　아! 우리 사촌이 이 지경에 이르렀네요. 온 가문이 애통해하고 구족(九族)이 탄식합니다. 따뜻한 옥의 빛이 사라지고 향기로운 난초의 자질도 시들었네요. 대대로 이어오던 가업이 손실을 가져오게 되었고 가문의 운세가 막히게 되었습니다. 어찌 나로 하여금 목메게 곡을 하도록 하지 않을 수 있겠습니까. 그 모습을 돌이켜 생각하며 평생을 술회합니다.

　4대 종손(宗孫)으로 단정한 인물이었으며, 기질이 강건하고 타고난 성품이 넉넉하였습니다. 일찍이 엄한 부친을 모시고 경전 읽으며 학문에 부지런했고, 자라서는 유익한 벗들과 사귀고 시 짓는 자리에서 한가롭게 지냈습니다. 젊은 나이에 문필을 휘날리고 은미한 문장을 짓는 아름다운 선비였으며, 장대한 뜻을 지고 집안을 계승한 어진 아들이었습니다. 조심조심 경건하게 효도로서 부모님을 봉양하고, 간곡하게 충고하고 자상하게 권면하며 벗들과 잘 사귀었지요. 때때로 호걸 같은 기상으로 천리마를 타고 당당하게 달리려 했고, 어릴 적 뜻을 마음껏 펼치니 붕새처럼 깃털 부딪치며 날려 했습니다. 오래된 친구들이 칭찬했고 친척들이 애석해 했으니, 커다란 여문(閭門)을 세우듯 저택이 영광되기를 기대했지요. 신령이 선량한 이에게 복을 내리지 않고 하늘이 어진 이에게 장수를 허락하지 않는다더니, 어찌하여 질병 하나로 갑자기 80일에 이르게 되었습니까. 곧은 나무가 먼저 베이고 철인(哲人)이 영영 세상을 떠난다더니, 죽어서 저승으로 돌아갔으니 나이 겨우 20세였지요. 꿈인 듯 깨기를 기다리니 참이 아니라 거짓인 듯하여, 하늘이 시켰나 귀신이 시켰나 마음이 시리고 뼛골이 아프답니다. 백발의 부모님은 거의 시력을 잃고서 눈물을 줄줄 흘리고, 젊은 나이의 기부(杞婦)는 곡소리가 성을 무너뜨리네요.293) 어린 자식들만 외로이 서있으니 누구에 의지하여

---

290) 유세차(維歲次) : '이해의 차례는'이라는 뜻으로, 제문(祭文)의 첫머리에 관용적으로 쓰는 말이다.

291) 계축년 : 1853년(철종4)으로 회와가 32세때이다.

292) 소기(小朞) : 소상(小祥) 즉 사람이 죽은 지 1년 만에 지내는 제사를 가리킨다.

장성할 것입니까. 아! 우리 사촌은 이를 아십니까, 이를 모르십니까.

아, 안타깝습니다. 나처럼 우매한 자가 그대의 종형이 되어, 처음부터 지금까지 같은 서당에서 함께 공부했지요. 나이는 7세 많았지만 재주는 10배나 아래였으며, 마치 친형제처럼 그대와의 우애에 힘입었습니다. 남쪽으로 가건 북쪽으로 가건 나란히 동행하였고 아침이건 저녁이건 얼굴을 마주하며 정을 나누었지요. 지금은 어찌하여 나와 함께 하지 않는지, 그대가 떠나간 뒤에 나는 공부를 그만두었습니다. 나를 살려주던 말이 지금껏 귓가를 맴도는데, 참으로 스스로가 부족하여 그대를 이 지경에 이르게 하였네요. 더위와 추위가 바뀌더니 지금 벌써 일주년이 되었으니, 그저 슬픈 마음을 머금을 뿐 말을 다하지 못하였습니다. 이제 다 끝나버렸으니, 슬프도다 슬프도다. 어둡지 않은 영령께서는 오셔서 흠향(歆饗)하시길 바랍니다. 적지만 흠향하소서.

족인 덕봉 제문 김홍석 祭族人德峰文 弘奭

유세차(維歲次) 경신년(1860) 3월 을축삭(乙丑朔) 5일 기사는 바로 우리 종친인 덕봉(德峰) 선생께서 세상을 떠나신지 2주년이 되는 날입니다. 이틀 전날 저녁 정묘일에 족인(族人) 연하(硏下) 민태(玟泰)는 삼가 글을 올려서 영연(靈筵)의 아래에서 재배(再拜)하고 곡하며 다음과 같이 아룁니다.

아! 공의 문장은 어린 나이 때부터 규성(奎星)[294]의 화려한 정기가 어렸고 붓끝에는 신령스런 기운이 모였습니다. 일 년 내내 육서(六書)[295]를 공부하고 농사 지으며 경서(經書)를 읽었으니, 학문은 책을 읽어 넉넉했고 의리는 시비를 분별했지요. 금가루나 옥무더기처럼 반짝이고 오색 안개와 빛나는 별처럼 찬란하니, 사람들이 매우 훌륭하게 여

---

293) 젊은……무너뜨리네요 : 기부(杞婦)는 중국 전국시대 제(齊)나라 사람인 기량(杞梁)의 처를 가리킨다. 기량이 전쟁에 나가서 죽어 돌아오자 그의 아내가 그 시체를 성 아래에다 놓고 열흘 동안 슬피 통곡을 하였더니 그 성이 무너졌다고 한다.《列女傳》

294) 규성(奎星) : 이십팔수(二十八宿)의 열다섯째 별자리에 있는 별들로 문운(文運)을 맡았다고 한다. 여기에서는 문장이 화려함을 비유한 것으로 보인다.

295) 육서(六書) : 한자의 여섯 가지 서체(書體)이다. 대전(大篆)·소전(小篆)·예서(隷書)·팔분(八分)·행서(行書)·초서(草書), 또는 고문(古文)·기자(奇字)·전서(篆書)·예서(隷書)·무전(繆篆)·충서(蟲書)를 이른다.

기고 세상에서 칭찬했습니다. 준마처럼 좋은 평판으로 영남과 호남에도 소문이 났는데, 과거 합격을 기대했으니 커다란 가문에 비겼지요. 해가 돌아 무오년(1858)이 되어 가문의 운세가 재앙을 만났으니, 존엄하게 눈물 흘리는 두 아들은 모습이 닮았습니다.

나는 지극히 우매하였지만 공 덕분에 슬기롭고자 했으며, 친족의 정분으로 제자가 스승에게 가르침 받듯 했지요. 스스로 기승(驥蠅)[296]이라 여겼으니 산속의 집과 거의 같았습니다. 나의 갈 길은 반도 안 되었는데 공은 저승으로 떠나셨으니, 자면서 꿈을 꿀 때마다 어슴푸레 본보기를 보는 듯하네요. 언덕 위의 달은 허허롭게 희고 무덤의 풀은 다시 푸른데, 영령께서는 아시는 듯하니 영령께서는 오셔서 흠향(歆饗)하시길 바랍니다. 적지만 흠향하소서.

외숙 노공 제문 祭內舅盧公文

생질(甥姪) 김민태(金玟泰)는 큰 외숙 노공(盧公)의 영좌(靈座) 아래에서 재배(再拜)하고 곡하며 다음과 같이 아룁니다.

아, 애통합니다. 하늘이 우리 외가 가문을 보전하도록 하지 않으시려는 것입니까? 그렇지 않으면 어찌하여 이렇게 굳세고 강직하며 어질고 착한 사람을 백 살의 장수를 누리지 못하게 한단 말입니까? 어진 자는 반드시 장수하고 착한 자는 자손이 복을 받는 법이니 하늘의 이치가 그러합니다. 그런데 필연의 이치가 필연의 효과를 보이지 못하였으니, 하늘은 알기 어렵고 이치는 믿을 수 없습니다.

신해년[297] 봄에 큰 외사촌형께서 먼저 요절하는 슬픔을 당하셨으니, 천명이 그러한 것입니까, 귀신의 장난입니까. 거의 시력을 잃을 정도로 슬픔에 잠겨있던 중에도 늘 이르기를 "죽은 자는 그만이지만, 의지할 곳 없는 외로운 손자는 누가 가르치고 기를 수 있으며, 장성하지 않은 막내아들은 누가 혼인을 시킬 수 있겠는가. 바라건대 저 푸

---

296) 기승(驥蠅) : 천리마 꼬리에 붙은 파리라는 뜻으로, 다른 사람의 능력이나 지위로 인해 덩달아 이득을 보는 것을 말한다. 《사기(史記)》 권61 〈백이열전(伯夷列傳)〉에 "안연(顔淵)이 비록 독실하게 학문을 닦기는 하였지만, 그래도 천리마 꼬리 끝에 붙었기 때문에 그 행실이 더욱 이 세상에 드러나게 되었다." 하였다.

297) 신해년 : 1851년(철종)으로 회와가 30세 때이다.

른 하늘이 내게 10년을 빌려준다면 손자를 가르치고 아들을 장가보내는 일을 아마도 마칠 수 있을 것이니, 그렇게 한 뒤에야 눈을 감고 돌아갈 수 있을 것이다."라고 하셨습니다. 아, 애통합니다. 평소에 뜻을 이루지 못하시고 이 지경에 이르게 되었으니, 이것이 더욱 공께서 애통한 마음에 저승에서도 잊지 못하시는 까닭입니다.

생질은 본래 어리석은 자질로 어찌 감히 대롱으로 하늘을 엿보고 표주박 기울여 바다를 헤아릴 수 있겠습니까. 평소에 자애로운 어머님을 모시면서 개탄하시는 말씀을 들었는데 이르시기를 "아, 너희 외할아버지께서는 온순하고 두터운 덕망과 깨끗하고 굳은 품행을 가지셨는데 후손을 길이 누리게 하지 못하는 것은 유독 어째서인가? 애통하다, 애통하다!"라고 말씀하셨는데 조카는 아직도 깨닫지 못하고 있습니다. 비홍(飛鴻)의 이모님께 나아가 절을 올리니 역시 외가의 가문에 대하여 탄식하시는 것이 과연 어머님의 말씀과 같았으니, 어찌하여 어진 마음으로 사랑하시는 하늘께서는 끝내 덕행을 쌓은 집안에 복을 내리지 않는 것입니까? 그렇지만 두 조카가 여전히 효성을 다하여 시전(侍奠)[298]하는 손자들도 모두 탈이 없이 잘 자라고 있으니, 생각건대 필시 공의 신명(神明)이 아득한 저승에서 자손을 은밀히 보살피는 것입니다. 차츰차츰 세월이 흘러 소기(小朞)가 이르렀습니다. 아, 애통합니다. 문장은 비록 졸렬하지만 말 뜻은 매우 간절하고 지성스러우며, 제물은 비록 소박하지만 정은 깊이 절실합니다. 삼가 바라건대 밝으신 영령께서는 부디 흠향(歆饗)하시고 돌아보소서.

부군의 묘에 올리는 제문 祭府君墓文

유세차(維歲次) 갑자년[299] 11월 무술삭(戊戌朔) 15일 임자에 불초자(不肖子) 민태는 삼가 피눈물을 흘리며 가슴속에 맺힌 원통한 말로, 고 학생 부군(顯考學生府君) 묘위(墓位)의 앞에서 백번 절을 올리고 곡하며 다음과 같이 아룁니다.

아, 애통합니다. 경전에 이르기를 "부모가 살아계실 때에는 섬기기를 예(禮)로써 하

---

298) 시전(侍奠) : 시(侍)는 살아계신 분을 모시는 것이고 전(奠)은 돌아가신 분을 제사지내는 것으로, 부모님 중 한분이 돌아가셔서 거상 중에 있음을 말한다.

299) 갑자년 : 1864년(철종15)으로 회와가 42세때이다.

고, 돌아가시면 장사지내기를 예로써 하고, 제사 지낼 때에도 예로써 하는 것을 효(孝)라고 할 수 있다."300)라고 하였습니다. 단지 "효라고 할 수 있다."라고 한 것은 성인께서 이것을 가장 아름다운 것으로 여긴 것이 아니라, 효를 행하는 도리를 겨우 얻었다고 여기신 것입니다.

아, 애통합니다. 자식인 민태가 불초하여 평소에 우리 선고(先考)를 섬기면서 하나도 예에 합치된 것이 없었습니다. 어려서는 어리석어서 나를 돌아보고 나를 다시 살피는301) 은혜를 전혀 잊고, 육적(陸績)이 귤을 품은302) 것처럼 보답하지 못하였습니다. 자라서는 게으르고 잔약하여 독실하게 근심하는303) 노고를 갚지 못하였고, 증자(曾子)가 음식을 드리는304) 것처럼 하지 못하였습니다. 마흔이 되도록 생업도 없이 놀고먹으며 공부도 이루지 못하였으니, 한갓 부모님께 걱정만 끼쳐드렸습니다. 젊은 나이에 팔뚝이 부러져 감히 반 발짝을 잊었으니,305) 또한 부모님께서 물려주신 신체를 손상시킨

---

300) 부모가……있다 : 공자(孔子)가 효(孝)에 대해 문자 대답한 말이다. ≪논어(論語)≫<위정(爲政)>에 나오는데, 원문에는 마지막 부분의 "효라고 할 수 있다 [可謂孝矣]"는 말은 보이지 않는다.

301) 나를……살피는 : 어버이가 나를 보살펴 준다는 의미이다. ≪시경(詩經)≫<육아(蓼莪)>에 "아버지는 나를 낳으시고, 어머니는 나를 기르셨다. 나를 다독이시고 나를 기르시며, 나를 자라게 하고 나를 키우시며, 나를 돌아보시고 나를 다시 살피시며, 출입할 땐 나를 배에 안으셨다. 이 은혜를 갚으려면 하늘이라 한량이 없도다."라는 말이 나온다.

302) 육적(陸績)이 귤을 품은 : 중국의 삼국시대 오(吳)나라의 관료이자 학자였던 육적(陸績)의 고사이다. 육적이 6세 때에 후한(後漢)말의 무인인 원술(袁術)에게 갔는데, 귤을 내어 손님을 대접하였다. 이 가운데 세 개를 육적이 가슴에 품고 있다가 하직하여 나오면서 절을 하는데, 귤이 품안에서 떨어졌다. 원술이 웃으면서 "동자(童子)는 왜 귤을 품에 넣었는가?"라 하니, 대답하기를 "어머님께 드리려합니다."라 하였다. 이로 인하여 원술이 육적을 크게 기특하게 여겼다고 한다.≪三國志 吳書 陸績傳≫

303) 독실하게 근심하는 : ≪시경(詩經)≫<치효(鴟鴞)>에 "올빼미야 올빼미야 이미 내 새끼를 잡아갔으니 내 집을 부수지 말지어다. 사랑하고 독실히 하여 자식을 기르느라 매우 근심하였노라."라는 말이 나온다.

304) 증자(曾子)가 음식을 드리는 : 증자(曾子)가 그 아버지 증석(曾晳)을 봉양할 때 반드시 술과 고기를 밥상에 올렸으며, 상을 치울 때 증석에게 "누구에게 주시겠습니까?"라고 여쭈고, 증석이 "남은 것이 있느냐?"라고 물으면 반드시 "있습니다."라고 대답하였다. 이에 대해 맹자는 증자가 '뜻을 봉양한 [養志]' 것이라 하였다. ≪孟子 離婁上≫

305) 감히……잊었으니 : 악정자춘(樂正子春)이 당(堂)을 내려가다가 발을 다쳐서 몇 달 동안 외출하지 않으며 여전히 근심하는 낯빛이 있었다. 문제자(門弟子)가 말하기를 "부자의 발이 나으셨는데 몇 달 동안 나가시지 않고 오히려 근심하는 낯빛이 있는 것은 무슨 까닭입니까?" 하자

것입니다. 새벽과 저녁으로 잠자리를 모시며 정성(定省)하는 사이에 즐거운 기색을 보이며 목소리를 부드럽게 하지 못하였고,[306] 아침저녁으로 종종걸음으로 뜨락을 지나가며 응대하는 사이에 또한 뜻을 미리 살피고 안색을 살피지 못하였습니다.[307]

　아! 일흔 살이 되도록 애써 노력한 것은 모두 후손에게 덕행을 남겨주려는 계책이셨고, 한나절 뜻을 봉양한 것으로는 부모를 모시는 정성을 이루지 못하였습니다. 어진 천성을 받았으니 기이(期頤)의 장수[308]를 누리셔야 마땅했지만 신명의 도리가 내리지 않아 이에 깊은 고질병에 걸리셨습니다. 일찍이 5년 전부터 신음이 병이 되었으니 응당 때때로 고통이 있었을 것인데 감감하게 그 고통을 알지 못하였습니다. 이미 2달이 지난 뒤에야 종기가 곪아 터지고 점점 급급한 질환이 되었으니, 이에 비로소 그 질환에 대해서 묻고 한 해 동안 약을 조제했지만 모두 마땅한 처방을 얻지 못하였고, 몇 달 동안 의원(醫員)을 맞았지만 그 적합한 의원을 만나지 못하였습니다. 다른 집에서 이미 치료한 약을 지었는데 치료하기 어렵고, 다른 곳에서 효험을 본 의원이 진료하였는데 효험이 없었으니, 이 모두가 소자가 불효한 탓이었습니다. 8월 1일 신시(申時)에 상(喪)

악정자춘이 말하기를 "군자는 반 발짝도 감히 효도를 잊지 않는 것이다. 그런데 이제 나는 효도의 도리를 잊었기 때문에 근심하는 낯빛이 있는 것이다."라고 하였다.≪禮記 祭儀≫

306) 정성(定省)하는……못하였고 : 정성(定省)은 혼정신성(昏定晨省)의 준말로, 어버이를 제대로 봉양하는 것을 말한다. ≪예기(禮記)≫ <곡례 상(曲禮上)>에 "자식이 된 자는 어버이에 대해서, 겨울에는 따뜻하게 해 드리고 여름에는 시원하게 해 드려야 하며, 저녁에는 잠자리를 보살펴 드리고 아침에는 문안 인사를 올려야 한다."라는 말이 나온다. ≪예기≫<제의(祭義)>에 "효자가 어버이를 깊이 사랑하게 되면 자연히 화기를 띠게 마련인데, 그런 사람에게는 또 자연히 즐거운 기색이 있게 마련이고, 그런 사람은 또 자연히 유순한 태도를 보이게 마련이다."라고 하였고, 또 ≪예기≫ <내칙(內則)>에 "며느리가 시부모의 거처에 가서 마음을 가라앉히고 목소리를 부드럽게 해서 입고 있는 옷이 춥고 더운지를 묻고 아프고 가려운 데는 없는지 여쭈어 공경히 안마도 하고 긁어 드리기도 한다. 출입할 때는 앞서기도 하고 뒤서기도 하여 공경히 부축해 드린다."라고 하였다.

307) 종종걸음으로……못하였습니다 : 아들이 어버이에게 가르침을 받는 것을 말한다. 공자가 홀로 뜨락에 서 있을 때에 아들 백어(伯魚)가 종종걸음으로 뜨락을 지나가자, 공자가 그를 불러 세우고서 시(詩)와 예(禮)를 배워야 한다고 가르침을 내렸던 고사가 있다. ≪論語 季氏≫ 또 뜻을 미리 살피고 안색을 살핀다는 것은 모두 부모를 잘 봉양하는 것을 뜻하는 말이다. ≪예기≫<제의>에 "군자에게 있어서 이른바 '효'라는 것은 부모님이 말씀하시기 전에 미리 그 뜻을 받들어 행하는 것이다."라는 말이 나온다.

308) 기이(期頤)의 장수 : 백 년의 수명을 누리면서 자손의 봉양을 받는 것을 뜻한다. ≪예기≫ <곡례 상(曲禮上)>에 "백 년은 인간이 살 수 있는 최고의 수명이니, 자손들은 최대한으로 봉양을 해야 마땅하다."라는 말이 나온다.

을 당하기에 이르렀으니, 어찌 살아계실 때 섬기기를 예(禮)로써 하였다고 하겠습니까.

아, 애통합니다. 선고께서 돌아가시면서 남기신 명에 다른 사람의 산이 내리누르는 곳 근처에는 장사지내지 말도록 하셨습니다. 불초가 비록 황망한 중에 있었지만 잊어버리는 정도에 이르지는 않았으므로 소월안(小月岸)의 서쪽, 대조봉(大鳥峯)의 동쪽, 종친 김수우(金秀宇)의 방고조(旁高祖)의 산소 뒷기슭 묘좌(卯坐)에 묏자리 할 땅을 얻어서, 10월 28일 인시(寅時)를 장사지낼 일시로 가려서 잡았습니다. 그 27일에 발인(發靷)하려고 하는데 족인(族人) 김세희(金世熙)가 자기 조모 산소에 바싹 다가붙었다면서 관가에 무고(誣告)하고는, 사람을 시켜 와서 붙잡아오라는 제사(題辭)[309]를 보였습니다. 불초는 급작스러운 사이에 영위(靈位) 앞에 미처 곡을 하며 아뢰지도 못하고 곧장 갔는데, 소송 쌍방이 불행히도 사또의 노여움을 만나 오랫동안 칼 [枷]을 차고 구금되었습니다. 아, 슬픕니다. 선고의 영령께서 상여로 나아가던 때에 불초가 간 곳을 알지 못하셨으니, 어찌 답답하여 탄식하지 않으셨겠습니까. 만약 불초가 있는 곳을 아셨더라면 어찌 놀랍고 아쩔하여 슬퍼하지 않으셨겠습니까. 집을 떠나 점점 멀어지는데도 불초가 따르지 못하고 묏자리가 점점 가까워지는데도 불초가 보내드리지 못하였으니, 비단 불초의 한스러움이 허전하기 한이 없을 뿐만 아니라 선고의 한스러움도 저승과 이승 사이에서 남음이 있었을 것입니다. 폐백(幣帛)을 받들 때 영결(永訣)하지 못하고 또 신주에 글자를 쓰는 자리에서도 거애(擧哀 곡읍(哭泣)하는 예)하지 못하였으니, 아득한 저승에서 영령께서는 불초를 부르기를 그치지 못하시고 불초를 생각하기를 그치지 못하셨을 것입니다. 평소에 자애롭게 사랑하시던 정으로 비록 일을 그르쳤다고 심하게 꾸짖지는 않으셨을 것입니다. 혹시 그렇다고 하더라도 훗날에 허깨비가 된 얼굴로 어찌 감히 저승에서 다시 뵐 수 있겠습니까. 칼을 찼던 치욕은 날이 오래되면 잊을 수 있습니다. 구금되었던 불운은 해가 깊어지면 잊을 수 있습니다. 아버님께서 돌아가시던 새벽에 영결과 곡읍(哭泣)에 불참하여 천지 귀신에게 죄를 얻었음을, 천지가 알고 있는데 어찌 죄를 더하지 않겠으며 귀신이 밝게 살피는데 또한 죄를 내리지 않겠습니까. 죄를 더하고 죄를 내리는 것이야 기꺼운 마음으로 받아들일 것이지만, 가슴 속에 맺히고 또 맺힌 애통함은 백 년 안에 풀리지 않을 것입니다. 돌아가시면 장사지내기를 예(禮)로써 하였다고 할 수 없습니다.

---

309) 제사(題辭) : 관부에서 백성이 제출한 소장(訴狀)이나 원서(願書)에 쓰던 관부의 판결이나 지령을 가리킨다.

아, 불초가 또한 8일째 저녁에도 석방되지 못하여 가슴을 치고 피눈물을 토해도 어찌할 방법이 없었습니다. 반혼(返魂)할 때가 되었는데 누구를 의지하여 돌아갈 것이며, 초우(初虞)에 제사지낼 때에는 누구를 의지하여 모시겠습니까. 나를 낳으시고 나를 기르실 때에 부모님께서 일찍이 말씀하시기를 "이 아이가 나를 제사지낼 때 초헌(初獻)할 재목310)이다."라고 하셨는데, 향을 올리는 상에서 불초를 찾아도 보이지 않고, 술을 붓는 자리에서 불초를 불러도 오지 않으며, 고축(告祝)하는 글에서 불초의 이름이 들리지 않으니, 어찌 제사 지낼 때에 예(禮)로써 하였다고 할 수 있겠습니까.

애통하고 애통합니다. 1일에 와서 묘소를 살피니 모습은 영원히 이별하여 만 리처럼 멀고, 음성은 듣기 어려우니 갑자기 천고의 세월이 된 듯합니다. 아득하고 아득한 하늘이여, 어찌하여 서로 위로하지 못한단 말입니까.

아, 아이 형(瀅)311)이 어버이를 등지고 나간 죄는 용서할 수 없지만 손자 희(熙)312)가 잘 자란 것은 기특합니다. 아우 유(愈)313)가 후사(後嗣)가 없어서 외롭게 사는 실상이 불쌍하였으므로, 일찍이 아들 미(渼)314)를 양자로 데려가도록 이미 허락하였습니다.

아, 선고의 어질고 순수한 덕, 효성스럽고 우애 깊은 성품, 근검한 풍모, 화목한 행동, 온화한 뜻, 순박하고 조심스러운 마음은 거의 불초가 말하면서 죄다 칭송할 수 없는 것이지만, 영결하는 자리에 불참한 것을 그윽히 애도하였으므로 사사로운 정리로 펼치지 못한 지극한 애통함을 대략 거론하였습니다. 수장(壽藏)315) 앞에서 땅에 엎드려 곡을 하며 아룁니다.

아, 슬픕니다. 황고(皇考)의 영령께서는 임하시어 흠향(歆饗)하시길 바랍니다. 적지만 흠향하소서.

---

310) 초헌(初獻)할 재목 : 초헌은 제사를 지내는 절차의 하나이다. 참신한 다음에 하는 것으로, 첫 술잔을 신위 앞에 올린다. 여기에서는 맏아들을 의미하는 것으로 보인다.

311) 아이 형(瀅) : 회와(悔窩)의 맏아들인 김수형(金秀瀅, 1840~1885)을 가리킨다. 자(字)는 원오(元五)이다.

312) 손자 희(熙) : 회와의 손자이자 김수형의 아들로는 김창희(金昌熙, 1858~1881)와 김무희(金武熙, 1871~1945)가 있는데, 이 글을 지은 시점을 고려하면 장손인 김창희를 가리키는 것으로 보인다.

313) 아우 유(愈) : 회와의 아우인 김유태(金愈泰, 1831~1892)이다. 후사가 없어서 회와의 둘째 아들인 김수미(金秀渼, 1851~1922)가 대를 이었다.

314) 아들 미(渼) : 회와의 둘째 아들인 김수미(金秀渼)를 가리킨다.

315) 수장(壽藏) : 살아 있을 때에 미리 만들어 놓은 무덤이다. 수실(壽室)이라고도 한다.

장손 김창희 제문 祭長孫昌熙文

　유세차(維歲次) 임오년316) 8월 갑인삭(甲寅朔) 12일 을축은 죽은 손자 창희(昌熙)의 소기(小朞)이다. 하루 전날 갑자에 늙은 할아비가 석전(夕奠)317)으로 인하여 영연(靈筵)에 곡하며 다음과 같이 알린다.

　아, 애통하다. 네가 태어난 해는 선고(先考)의 환갑이 되는 해였는데, 타고난 바탕이 빼어났고 천성이 깊었다. 네가 어미의 품을 떠나 내 이부자리로 와서 자면서, 아침마다 학문을 배웠고 때때로 경계를 들었지. 원복(元服)318)을 걸치면서부터 몸가짐과 용모가 단정하고 엄숙했으며, 아름다운 보배가 학문하는 자리에 오르니 좋은 옥이 궤에 들어있는319) 듯하였네. 장기와 바둑, 술과 여색과 같은 외도는 늘 경계하였고, 일상생활의 움직임은 마치 노성(老成)한 사람과 같았지. 밤낮으로 바라는 바는 큰 문벌을 세우는 것이었으니, 친족들이 모두 칭송하고 벗들이 서로 칭찬했네.

　아, 애통하다. 겨우 마흔의 나이가 되어 몸이 괴질에 걸렸으니, 곧은 나무가 먼저 베이고 충실한 난초320)가 무릎을 꿇는구나. 도(道)가 선한 자에게 복을 내리지 않으니 하늘을 이리 믿기 어려우며, 어진 이가 장수를 얻지 못하니 이치가 어찌 그리 어그러졌는가. 가문의 운수가 복이 없어서 집안의 법도가 창성하지 못하니, 네가 죄를 지은 것이 아니라 나 때문에 재앙을 받는 것이라네. 네가 돌아간 뒤로부터 꿈에서도 서로 보지 못하니, 슬픔의 눈물이 보태어 흐르고 불에 타는 듯 마음이 아프구나. 옷과 이부자리, 대자리와 방석을 네가 갈무리하여 간직하길 기다렸으며, 아침저녁 문안하며 겨

---

316) 임오년 : 1882년(고종19)으로 회와가 60세 때이다.

317) 석전(夕奠) : 상중에 행하는 모든 예절 가운데, 염습 때부터 장사 때까지 매일 저녁에 신위 앞에 제물을 올리는 의식을 가리킨다.

318) 원복(元服) : 예전에, 중국과 우리나라에서 관례(冠禮) 때 입고 쓰던 어른의 의관을 가리킨다. 즉 성년이 되었음을 의미한다.

319) 좋은……들어있는 : 재능을 궤 속에 쌓아 둔다는 말로, 곧 숨은 인재를 비유한 말이다. ≪논어(論語)≫<자한(子罕)>에 "좋은 옥이 여기에 있는데, 궤에 넣어 두겠습니까, 비싼 값을 줄 사람을 찾아서 팔겠습니까?"라고 하였다.

320) 충실한 난초 : 원문은 '숭란(崇蘭)'인데, 인품과 덕성이 고상한 사람을 비유하는 말이다. ≪초사(楚辭)≫<초혼(招魂)>에 "광풍은 혜초를 흔들고 저 언덕의 난초를 움직인다. [光風轉蕙汜崇蘭些]"라고 하였다.

울에는 따뜻하게 하고 여름에는 서늘하게 하였으니 네 덕에 편안하고 건강하였다네. 목소리를 들을 수 없고 형체도 그림자도 영원히 멀어졌으니, 우리 집안의 제삿날은 지난해 이 밤이었지.

아, 애통하다. 어린 나이에 장가가서 나씨(羅氏) 문중에서 아내를 얻었으니, 심성이 정숙하고 몸가짐이 곱고 우아했다네. 연달아 두 아들을 낳아서 교설(敎契)과 교직(敎稷)이라 했으니,321) 교설은 ≪동몽선습(童蒙先習)≫을 익혔고 교직은 더욱 총명했었지. 네가 비록 요절했지만 후손에게 경사를 남겼으니, 천 년 만 년 동안 자자손손 이어지리라.

아, 애통하다. 네 아비는 숙환이 지금껏 낫지 않았으니, 저승과 이승은 다르지만 정리는 변하지 않을 것이다. 아득한 저승에 있더라도 어찌 근심하는 기색이 없겠으리오, 묵묵히 정성스러운 뜻을 베푸니 잠자고 먹는 일을 편안케 하였구나.

아, 슬프다. 네가 지난번에 화대(化坮)에서 증조할머님을 모셨을 때, 능히 공경하고 부지런하였으니 처음도 좋고 끝도 좋았구나. 늘 좌우에 있으면서 효심을 어긴 적이 없었으니, 오랫동안 잘 섬겼으니 세월이 도환(跳丸)322)이로구나. 무덤의 풀이 한 해 묵고서 내가 도리어 소제를 하니, 다섯 달 여섯 달 번번이 교설을 데리고 갔다네. 통곡하며 왕래하는 예순의 늙은이는, 머리는 허옇게 세고 마음은 무너졌지. 거친 글을 대략 지어 이러한 슬픈 심정을 말하노니, 신령이 만약 아는 것이 있다면 와서 흠향(歆饗)하시길 바라네. 아, 애통하다. 적지만 흠향하기를.

---

321) 교설(敎契)과 교직(敎稷)이라 했으니 : 원문에 '曰敎契稷'이라 하여 이렇게 번역했는데, ≪경주김씨 판도판서공파 대동보(慶州金氏版圖判書公派大同譜)≫에는 차남의 이름이 '교직(敎稷)'이 아닌 '교열(敎說)'로 되어 있다.

322) 도환(跳丸) : 도환은 광대가 양손으로 여러 개의 공을 던지고 받는 재주로, 빠른 세월에 비유된다. 한유(韓愈)의 <추회시(秋懷詩)>에 "근심 속에 세월을 보내노니, 해와 달은 도환 같아라. [憂愁費晷景日月如跳丸]"라고 하였다.≪御定全唐詩 卷336≫

북극성에 기도하는 축문 계해년[323] 12월 아버님의 숙환이 위중하여 여러 차례 대기하기에 이르렀다. 당시는 한밤중이었는데 삼성동 산계곡에 이르러 하늘의 북극성을 향해 기도하였다

禱辰祝文 癸亥十二月父主宿患沈重屢至待時半夜至三省洞山谷中禱天北辰

옛날 무왕(武王)이 편찮으시니 주공(周公)이 책에 축문(祝文)을 썼고,[324] 공자(孔子)가 병환에 걸리니 자로(子路)가 기도할 것을 청하였으며,[325] 유검루(庾黔婁)는 아비가 병에 걸리자 북극성에 머리를 조아렸습니다.[326] 이 모두가 임금을 위하고 스승을 위하고 아비를 위하는 성인(聖人) 군자(君子)의 지성스럽고 측은한 뜻입니다. 불효한 민태(玟泰)가 어찌 감히 만의 하나 조그만 효과라도 따라잡을 수 있겠습니까? 그렇지만 지금 민태의 늙은 아비가 이렇게 학질(瘧疾)에 걸린 지 한 해가 되어가는 데도 효험을 보지 못하였습니다. 의원(醫員)을 맞아 약을 조제하는 것을 모르는 바는 아니지만, 그 마땅함을 다하지 못하고 그 정성을 다하지 못하여 그렇습니다. 또 듣건대 "기도를 바른 이치로 하면 저절로 감응이 있다."라고 하였으니, 생각건대 반드시 감응이 있다는 것은 또한 정성을 다하는 사람이 있다는 것을 말하는 것입니다. 돌아보건대 이렇게 정성이 없으면서 어떻게 감응이 있기를 바라겠습니까. 자식의 박절한 처지에 있어서 정성이 없음을 스스로 잊고 감응이 있기를 바랍니다. 환하게 비추시는 마당에 이렇게 외람되게 기도하는 죄를 받아들이시고, 아득하고 그윽한 중에서 묵묵히 도우시어 이 민

---

323) 계해년 : 1863년(철종14)으로 회와가 41세때이다.

324) 무왕(武王)이……썼고 : 중국 주(周)나라 무왕(武王)이 은(殷)나라를 멸망시킨 지 2년이 되는 해에 왕이 병환에 걸리자, 주공(周公)이 단(壇)을 조성하여 기도하면서, 책에 축문을 썼다.≪書經 周書 金縢≫

325) 공자(孔子)가……청하였으며 : 공자의 병환이 위중하자, 공자의 제자인 자로(子路)가 신(神)에게 기도할 것을 청하였다. 공자가 "이런 이치가 있는가?" 하고 묻자, 자로는 "있습니다. 제문(祭文)에 '너를 상하(上下)의 신명(神明)에게 기도(祈禱)하였다.'라는 기록이 있습니다." 하였다. 이에 공자는 "나는 기도한 지가 오래이다." 하였다고 한다.≪論語 述而≫

326) 유검루(庾黔婁)는……조아렸습니다 : 유검루(庾黔婁)는 중국 남조(南朝) 양(梁)나라의 효자이다. 유검루(庾黔婁)가 잔릉령(孱陵令)이 되어 고을에 이르렀는데, 열흘이 못되어서 아버지 유이(庾易)가 집에서 병이 들었다. 검루는 갑자기 마음이 놀라고 온몸에 땀이 흐르므로 그날로 벼슬을 버리고 집에 돌아가서 자신의 목숨을 대신 바치겠다고 기도했는가 하면, 병의 증세를 살피기 위해 부친의 대변을 맛보기도 하였다. 또 부친이 죽자 예법을 초과하여 여묘살이를 하며 극진히 거상(居喪)하였다. 원문에는 '黔屢'로 되어 있는데, '屢'를 '婁'로 바로잡아 번역하였다.≪南史 黔婁傳≫

태의 늙은 아비로 하여금 질병이 평소처럼 회복되도록 해 주소서, 만 번 절하고 흐느끼며 기도합니다.

의사공 김성원327) 축문 본손을 대신하여 지음 義士公聲遠祝文 代本孫作

공손히 생각건대, 선조(先祖)께서는 뜻을 세우신 것이 남달리 뛰어나시었으니, 임금이 있고 스승이 있어 세 군데서 태어나 둘을 위해 돌아가셨습니다.328) 몸은 비록 의총(義塚)에 있지만 혼은 고향으로 돌아오셨으니, 물이 땅에 있는 것과 같아서329) 좌우로 양양하십니다.330) 하물며 큰 도리는 단서를 삼아 처음을 의탁하는 것이니, 음양(陰陽)의 덕이 합하고 유명(幽明)은 한 가지 이치입니다. 금슬(琴瑟)이 서로 벗하듯 영세토록 의지하니, 은택이 후손에게 흘러 꽃다운 명성이 빛이 납니다. 봉분을 살피고 청소하며 가슴에 사무치는 슬픔을 가누지 못하니, 정성을 바쳐 술잔을 올리며 삼가 아뢰니 적지만 흠향하소서.

---

327) 의사공 김성원 : 김성원(金聲遠)은 충암(沖庵) 김정(金淨)의 3세손이다. 조헌(趙憲)의 문인으로, 임진왜란 때 조헌이 일으킨 의병(義兵)에 참여하여 금산(錦山) 전투에 출전하였다가 전사하였다. 시신을 따로 찾지 못하여 칠백의총(七百義塚)에 함께 묻혔다.≪國朝寶鑑 卷31 宣祖朝 8≫≪宋子大全 卷214, 義士金聲遠傳≫

328) 세……돌아가셨습니다 : 춘추시대 난성(欒成)의 말에 "사람은 세 군데(아버지·스승·임금)서 태어났기에 세 분을 한 가지로 섬겨야 한다. 아버지는 나를 낳아 주었고, 스승은 나를 가르쳐 주었고, 임금은 나를 먹여 주었으니, 아버지가 아니면 태어나지 못할 것이요, 밥이 아니면 자라지 못할 것이요, 가르침이 아니면 아무 것도 모를 것이다. 그러므로 세 분을 한 가지로 섬기다가 처해 있는 위치에서 죽어야 한다." 한 데서 온 말이다.

329) 물이……같아서 : 시공(時空)의 제약을 받지 않는다는 뜻이다. 소식(蘇軾)의 <조주한문공묘비(潮州韓文公廟碑)>에 "공의 신령이 천하에 있는 것은 마치 물이 땅속에 있는 것과 같아 어디로 간들 있지 않음이 없다."라고 하였다.≪東坡全集 卷86≫

330) 좌우로 양양하십니다 : ≪중용장구(中庸章句)≫ 제16장에 "제사를 지낼 때면 귀신이 양양히 그 위에 있는 듯도 하고 좌우에 있는 듯도 하다."라는 말이 나온다.

장인 박 지사 제문 祭外舅朴知事文

　　생각건대 치암공(恥菴公)께서는 영조(英祖) 때 어사(御史)의 훌륭한 계승자이십니다. 상당산(上黨山)이 동쪽으로 일어나 백 년 전에 지극히 신령스런 기운을 기르고, 큰 강이 북쪽으로 흐르니 천리 멀리서 참된 근원을 빨아들였습니다. 이목이 총명하니 천지자연이 부여한 것이 빈약하지 않고, 성품과 심성이 순수하고 어지니 군자의 습성이 이루어졌습니다. 태도와 모습이 정중하고 말씨가 세밀하고 자상하셨습니다. 바른 마음으로 집안을 바르게 하여 앞장서서 몸소 가족의 화목에 솔선하였고, 죽은 이 섬기기를 살아있는 사람 섬기듯 하였으니[331] 종신토록 부모에 효도하듯이 그리워하셨습니다. 금슬(琴瑟)의 우애처럼 아내의 모범이 되어 자식을 거느렸고, 훈지(壎篪)[332]를 불 듯이 형을 사랑하기를 반드시 공경으로 하였습니다.

　　어진 사람은 반드시 장수를 얻으니 기이(期頤)의 복[333]을 누리셨습니다. 여기서 늙고 이곳에서 태어났으니 일곱 임금의 성세를 거쳤고, 나이만한 것이 없고 벼슬만한 것이 없으니 2품의 높은 벼슬을 받았습니다. 별이 밝게 빛나며 상서롭게 움직이니 멀리 남극(南極)의 노인성(老人星)[334]을 …… -원문 1자 판독불능- 산가지가 집을 가득 채우니 오랫동안 동해(東海)의 신선이 되었습니다.[335]

　　복을 쌓아 경사를 남기고 계책을 자손에게 남겼으니 계책은 덕을 심는데 있었습니다. 댁의 분수는 다섯 아들을 넘었으니 육 대부(陸大夫)[336]의 달관을 스스로 본받았고,

---

331) 죽은……하였으니 : 원문은 '事生餘事死'로 되어 있는데, 문맥을 살펴 '餘'를 '如'로 바로잡아 번역하였다.

332) 훈지(壎篪) : 형제 사이의 화목과 조화를 비유할 때 쓰는 표현으로, 《시경(詩經)》<소아(小雅) 하인사(何人斯)>의 "맏형은 훈(壎)을 불고 둘째형은 지(篪)를 분다. [伯氏吹壎 仲氏吹篪]"는 말에서 나온 것이다.

333) 기이(期頤)의 복 : 백 년의 수명을 누리면서 자손의 봉양을 받는 것을 뜻한다. 《예기》<곡례 상(曲禮上)>에 "백 년은 인간이 살 수 있는 최고의 수명이니, 자손들은 최대한으로 봉양을 해야 마땅하다."라는 말이 나온다.

334) 남극(南極)의 노인성(老人星) : 남극성(南極星)은 노인성(老人星)이라고도 하고, 남극노인성(南極老人星)이라고도 한다. 수명과 장수를 맡은 별로, 이 별을 세 번 보면 장수한다고 전해졌다. 《史記 卷27 天官書》

335) 산가지가……되었다네 : 소식(蘇軾)의 《동파지림(東坡志林)》 권7에 "세 노인이 있었는데 서로 만나서 나이를 물으니, 한 사람이 '바다가 뽕나무 밭이 될 때마다 나는 산가지를 하나씩 놓았는데 지금까지 10칸 집에 그 산가지가 가득 찼다.'라고 하였다." 하였다.

집이 높아 손자들에게 끄덕거렸으니 곽 영공(郭令公)의 성대함이 어찌 부럽겠습니까.337) 최씨(崔氏) 가문은 창대하니 신부(新婦)의 은혜가 아님이 없고, 증씨(曾氏)의 어진 효성은 모두 부모의 뜻을 받든 것입니다.338)

이치는 변화를 살피는데 있으니, 제명대로 살다가 편히 세상을 떠나도록 명을 받았습니다. 소옹(邵翁)339)의 정신은 죽음을 앞두고 오묘한 이치에 통달하였고, 주로(周老)340)의 종적은 돌아갈 때가 되어 상서로운 기운을 바라보았습니다. 강에 내리는 비가 개지 않으니 오늘밤에는 눈물이 더하려 하고, 무덤에 풀이 처음 묵으니 지난봄에 슬픔이 절실하였습니다.

다행이 덕이 있는 가문에 미천한 목숨을 의탁하여, 그해 10월에 곧 혼인을 하게 되었습니다. 특별히 가엾게 돌보아주는 정을 기울여주시니 여러 날을 모셨으며, 매번 신신 당부하는 가르침을 받았었는데 다시 언제를 기다리겠습니까. 신후(愼候)341)를 받들기 어려워서 역책(易簀)342)하던 즈음에 결별하지 못한 것이 한스럽고, 상례(喪禮)의 기일이 촉박하여 장례식에서 곡을 하지 못한 것을 탄식합니다.

거친 글이 순서가 없으며, 보잘것없는 음식을 감히 바칩니다. 아, 애통합니다. 적지만 흠향하소서.

---

336) 육대부(陸大夫) : 육대부는 한(漢)나라 육가(陸賈)를 가리킨다. 고조(高祖)는 육가를 월나라에 사신으로 보냈는데, 육가가 남월왕(南越王) 위타(尉他)를 설복시키자 그의 전대에 천금을 넣어 하사하였고 위타 역시 그에게 천금을 보냈다. 뒤에 육가는 병을 핑계로 사직하고 집에 칩거하면서 하사 받은 천금을 다섯 아들에게 200금씩 나눠주고 열흘씩 돌아가며 아들의 집에 머물렀다고 한다. ≪史記 卷97 酈生陸賈列傳≫

337) 집이……부럽겠습니까 : 곽 영공(郭令公)은 당(唐)나라 때 분양왕(汾陽王) 곽자의(郭子儀)를 가리킨다. 곽자의가 오래 살고 자손이 많았는데, 자손들이 인사를 올리면 누구인지 잘 알지 못하고 그저 턱만 끄덕거렸다고 한다.

338) 증씨(曾氏)의……것입니다 : 증자(曾子)가 증석(曾晳)을 봉양할 때 반드시 술과 고기를 올리고 상을 물릴 때에는 반드시 남은 것을 누구에게 주고 싶은지를 여쭈었으며 증석이 "남은 음식이 있느냐?"라고 물으면 반드시 있다고 대답하였는데, 맹자가 이러한 증자의 행동을 가리켜 "부모의 뜻을 잘 받들었다."라고 칭송하였다. ≪孟子 離婁上≫

339) 소옹(邵翁) : 송(宋)나라의 학자 소옹(邵雍, 1011∼1077)을 가리키는 말이다.

340) 주로(周老) : 송나라의 학자인 주돈이(周敦頤, 1017∼1073)를 가리키는 말이다.

341) 신후(愼候) : 병중에 있는 웃어른의 안부를 가리킨다.

342) 역책(易簀) : 학덕이 높은 사람의 죽음이나 임종을 이르는 말이다. 증자가 죽을 때를 당하여 삿자리를 바꾸었다는 데서 유래한다. ≪禮記 檀弓篇≫

행장(行狀)

효자 증 동몽교관 조봉대부 김공 행장 孝子贈童蒙敎官朝奉大夫金公行狀

효(孝)는 백행(百行)의 근원인데 천성으로 타고 나는 경우는 거의 없기 때문에, 사람으로서 능히 효를 다하는 사람은 드물다. 그렇지만 공(公)은 능히 그 효를 다하였으니, 어찌 천성으로 타고난 것이 아니겠는가. 공의 휘(諱)는 기서(基瑞)이고, 자(字)는 경조(景祚)343)이다. 성(姓)은 김씨(金氏)이고 경주인(慶州人)이다. 그의 선조는 신라(新羅)의 종성(宗姓)으로 경순대왕(敬順大王)의 후예인 휘를 장유(將有)라고 하는 분으로, 벼슬이 고려조(高麗朝)에 판도판서(版圖判書)를 지냈다. 7세손에 이르면 휘는 천우(天宇)이고, 가정(嘉靖) 무술년(1538)에 과거에 급제하였다. 옥당(玉堂)에 뽑혀 들어갔으며, 사인(舍人)·전한(典翰)을 역임하고 부제학(副提學)이 증직되었다. 공에게는 8대조가 된다. 고조(高祖)의 휘는 순망(舜望)으로 부호군(副護軍)이 증직되었다. 증조(曾祖)의 휘는 지매(志邁)이고, 조(祖)의 휘는 도찬(道燦)이고, 고(考)의 휘는 준형(俊亨)이다. 비(妣)는 김해 김씨(金海金氏)이다. 생부(生父)의 휘는 덕기(德耆)이고, 생모(生母)는 김해 김씨(金海金氏)이다. 정조(正祖) 계묘년(1783, 정조7)344) 9월 12일에 태어나, 어렸을 적에 본생가(本生家)의 숙부(叔父)에게서 입계(入系)되었다.

겨우 9세가 되어 부친상을 당하였는데, 슬퍼하느라 몸이 여위기가 정도를 지나쳤으

---

343) 경조(景祚) : ≪대동보≫에는 '경조(景肇)'로 되어 있다.

344) 정조(正祖) 계묘년(1783, 정조7) : ≪대동보≫에는 '癸卯'가 '癸酉'로 되어 있는데, 오류로 보인다. 정조 때에는 계유년이 없으며, 가까운 계유년은 1753년(영조29)이나 1813년(순조13)이다.

니 거의 죽었다가 겨우 소생하기를 하루에도 여러 차례였다. 장로(長老)들이 그 지극한 효성은 하늘에서 낸 것이라고 감탄하였다. 모부인(母夫人)을 섬김에는 정성을 다하여 봉양하였으니, 집안이 가난하다고 혹시 폐하거나 세월이 오래되었다고 혹시 게으르지 않았다. 모부인이 학질(瘧疾) 증세가 위중하여 구원하기 어려웠는데, 공은 상약(嘗藥)하여 -원문 1자 판독 불능- 하였을 뿐만 아니라[345] 매일 밤낮 목 놓아 큰 소리로 흐느끼며 하늘과 신령에게 기도하기를 자신으로 대신하게 해 달라고 한 것이 모두 10여 일이었다. 얼음을 뚫어 물고기를 구하였고, 눈을 파헤쳐 죽순(竹筍)을 얻으면서도 오히려 대수롭지 않은 작은 일로 여겼다. 모부인이 혼미하던 중에 흐느끼며 이르기를, "조금 전에 기절했을 때 네 선친이 와서 내게 이르기를 '아들의 정성이 이미 극도에 이르렀으니 천지가 감동하여 도울 것이다. 타고난 수명은 다하였더라도 결국은 다시 소생할 것이다.'라고 하였다."라고 하였다. 과연 그날부터 병세가 덜하여 다시 2년을 더 살고 천수(天壽)를 누리고 세상을 떠났다. 공은 3년 동안 상제로서 상사를 치르며 날마다 묘소로 가서 슬픔을 다하고 돌아왔다.

　형을 공경으로 사랑하여 일찍 세상을 떠난 것을 가슴아파하였고, 형수를 섬기기를 형을 섬기듯 하였다. 형수가 늙어 병에 걸리자, 스스로 뜸을 놓아 아픔을 나누었고 약을 바쳐 효험을 얻었다. 선조를 받드는 도리의 경우는 제전(祭田)을 사서 두었으며, 종친과의 친교는 양곡(糧穀)으로 두루 구휼해주었으니 효성으로 미루지 않음이 없었다. 아! 아름답다. 공은 바로 충암(沖庵) 문간공(文簡公 김정(金淨))과 미촌(糜村) 강민공(剛愍公 김원량(金元亮))의 방손(傍孫)[346]이다. 아마도 충신의 가문에서 효자를 구한 것이 아니겠는가! 철종(哲宗) 정사년(1857, 철종8) 10월 1일 세상을 떠났으니, 수명은 75세였다. 이듬해 무오년(1858, 철종9) 1월 16일 고음남(古音南) 증조의 선영 아래 인좌(寅坐) 언덕에 장사지냈다. 뒤에 사림(士林)들이 공을 효행으로 여러 차례 영읍(營邑)에 상소하여, 임금께 장계로 보고하기까지 하였다. 금상(今上) 5년 정묘년(1867, 고종4)[347]에 정려(旌閭)[348]하도록 특별히 명하였고, 4년이 지난 경오년(1870, 고종7)에는

---

345) 상약(嘗藥)하여……아니라 : 상약(嘗藥)은 윗사람에게 약을 올리기 전에 먼저 맛보는 것을 말한다. ≪예기(禮記)≫ <곡례 하(曲禮下)>에 "임금이 병에 걸려 약을 먹을 때는 신하가 먼저 맛보고, 어버이가 병에 걸려 약을 먹을 때는 자식이 먼저 맛본다. [君有疾 飮藥 臣先嘗之 親有疾 飮藥 子先嘗之]"라는 말이 나온다. 원문은 '不翅嘗藥▨元'인데, '元'도 판독할 수 없는 글자와의 관계를 알 수 없어 번역하지 않았다.

346) 방손(傍孫) : 방계(傍系)에 속하는 혈족의 자손이다.

동몽교관(童蒙敎官) 조봉대부(朝奉大夫)를 증직하였으니, 조정에서 아름다움을 표창하는 성대한 전례가 여기에서 지극해졌다.

공의 전배(前配)349)는 신평 이씨(新平李氏)이고, 후배(後配)350)는 성주 전씨(星州全氏)인데 남편을 따라 영인(令人)이 증직되었다. 이씨는 1남 3녀를 낳았는데, 큰 딸은 연일 정씨(延日鄭氏) 정유천(鄭惟天)에게 시집갔고, 둘째 딸은 여흥 민씨(驪興閔氏) 민복렬(閔福烈)에게 시집갔고, 셋째 딸은 신평 이씨(新平李氏) 이세철(李世哲)에게 시집갔다. 아들 극태(極泰)는 성품이 순수하고 행실이 아름다웠다. 일찍이 의령 남씨(宜寧南氏)에게 장가 들었다. 남씨는 시집와서 또한 시아버지를 지극한 효성으로 봉양하였으니, 시아버지의 상을 당해서는 3년 동안 목 놓아 큰 소리로 흐느끼며 물만 마시며 음식을 먹지 않았는데, 오히려 목숨을 보전하였다. 옛 여인의 행실과 비교해도 짝을 이룰 만한 사람이 드물다. 과연 효부(孝婦)라 하여, 그의 시아버지와 같이 정려하여 표창하는 은혜를 받았으니 이는 집안에서 전해 내려오는 효라고 할만하다.

우리 돌아가신 백부(伯父)351)께서 일찍이 공의 효행을 찬술한 바가 있으므로, 삼가 추억하여 느끼는 감회가 있어서 사사로이 감히 순서에 따라 그 행적을 위와 같이 적어 후세에 훌륭한 글이 나오기를 기다린다.

신미년(1871, 고종8) 1월 하순, 족질(族姪)352) 김민태(金玟泰) 삼가 글을 올린다.

---

347) 금상(今上) 5년 정묘년(1867, 고종4) : 정묘년은 1867년으로 고종 4년이다. 회와가 '금상 5년'이라고 표현한 이유는 아마도 즉위년을 포함해서 계산한 탓으로 보인다.

348) 정려(旌閭) : 충신, 효자, 열녀 등을 그 동네에 정문(旌門)을 세워 표창하던 일이다.

349) 전배(前配) : 세상을 떠난 전처(前妻)를 가리키는 말이다.

350) 후배(後配) : 세상을 떠난 후실(後室)을 가리키는 말이다.

351) 돌아가신 백부(伯父) : 회와의 백부인 김기일(金基一, 1790~1857)이다. 호는 성와(省窩), 자는 군석(君奭)이다.

352) 족질(族姪) : 성과 본이 같은 사람들 가운데 유복친 안에 들지 않는 조카뻘이 되는 사람을 가리키는 말이다.

백부 성와선생 행장 伯父省窩先生行狀

　　백부(伯父) 선생의 휘(諱)는 기일(基一)이고 자(字)는 군석(君奭)이다. 월성인(月城人)으로 신라(新羅) 경순왕(敬順王)의 후예이다. 대대로 높은 벼슬을 지냈으며, 고려(高麗)에 이르러 판도판서공(版圖判書公)을 지낸 휘 장유(將有)가 그 시조(始祖)이다. 사인(舍人)을 지낸 전한공(典翰公) 휘 천우(天宇)가 그 중조(中祖)이다. 고조(高祖)는 휘 태망(太望)이고, 증조(曾祖)는 휘 지운(志雲)이고, 조(祖)는 휘 복찬(復燦)이다. 대대로 어질고 착하여 마을 사람들이 칭송하였다. 고(考)는 휘 상형(商亨)이다. 학문이 없음을 스스로 한탄하여, 집은 비록 가난했지만 경서(經書)나 역사책을 파는 사람이 있으면 힘껏 구입하였다. 비(妣)는 문화 유씨(文化柳氏) 휘 문서(文瑞)의 딸이다. 덕성이 부드럽고 온화하였으며, 시집 온 뒤로 누에를 치고 명주를 짜는데 부지런하여 겨우 가난하고 군색함을 벗어났다.

　　정조(正祖) 경술년(1790, 정조14) 3월 29일 선생이 삼성리(三省里) 집에서 태어났다. 나면서부터 단정하고 아담했으며 깨끗하고 빼어났다. 8세에 입학(入學)하였는데, 그 스승은 설촌(雪村) 지(池) 선생으로 만년에 문장을 잘 하여 당대에 이름을 드날렸다. 교육할 때에는 과정(課程)에 엄격하였으니 매양 통사(通史)를 가지고 옳고 그름을 판단하도록 아이들을 시험하였는데, 우리 선생은 읽음에 막힘이 없었다. 홍수가 난 것을 구경하는 글제가 나오자 '전에 없던 폭포가 산골짜기에서 나오네 [無前瀑布出山谷]'라는 구절을 지었는데, 이때 겨우 10세였다. 설촌이 크게 탄복하며 몹시 칭찬하였다. 얼마 되지 않아 설촌이 세상을 떠났다. 선생은 몹시 흐느껴 울며 슬피 울부짖었다. 그 뒤에 산방(山房)에 자리를 잡고 살면서 제자백가(諸子百家)의 책을 잘 생각하며 음미하였다. 실없는 농담을 하지 않았으며 용모를 게을리 단정하게 하지 않은 적이 없었다. 모습이 노성하여, 함께 공부하던 일들이 '학자(學子)'라고 불렀다.

　　조모(祖母)는 여흥 민씨(驪興閔氏)로 그때까지 살아계시어 장수하였으니, 80여 세를 누리며 머리도 누렇고 이도 새로 났다.[353] 선생이 집에 있으면 매번 등에 지고 출입하

---

353) 머리도……났다 : 모두 장수의 징조라고 한다. ≪시경(詩經)≫<노송(魯頌) 비궁(閟宮)>에 "이미 복을 많이 받으시어, 머리도 누렇고 이도 새로 나셨다네. [旣多受祉 黃髮兒齒]"라는 말이 나온다.

니, 사람들이 모두 칭찬하였다. 18세에 경주 이씨(慶州李氏) 서계(西溪) 선생354)의 7세손인 정원(正源)의 딸에게 장가갔다. 혼례를 치르면서 부모님 얼굴을 뵙고 또 산방으로 올라가서 시서(詩書)를 강론하고 연마하였다. 와서 배우는 어린 아이들이 많았는데 가르침에도 싫증을 내지 않았다. 하루는 기일(忌日)이기 때문에 집으로 돌아가 제사를 지내러 간 적이 있었다. 이튿날 산방으로 가는 길에 큰 마을이 왁자지껄 떠들썩하였는데, 들자니 모두 닭을 잃었다고 하였는데 나무꾼들이 한 짓이라 의심하였다. 산방으로 올라가니 승려와 학생들이 자못 모두 수상했다. 이에 앞마을에서 닭을 잃은 것이 학생들의 장난임을 깨닫고, 먼저 사촌 아우를 매질하였다. 여러 소년들이 일제히 모두 따라서 매를 맞았다. 이것이 어찌 성품이 엄하여 굳세고 곧음에 말미암은 것이 아니겠는가.

이어 광하사(廣霞寺)에 거처하고 혹은 채운암(采雲庵)에 거처하며 구곡시(九曲詩)를 지었다. 부(賦)에 능하여 마침내 과거 응시하기 위한 학문을 이루었다. 20세 이후로는 서울에서 지냈다. 벼슬아치들이 선생을 모두 품행이 단정한 선비라고 인정하였다. 명사(名士)들과 교유하고 즐기며 '삼산355)에서 천리 길을 온 나그네 북쪽으로 올라와 석양의 누각에 오르네 [三山千里客 北上夕陽樓]'라는 시구를 지었다. 반년을 머무르니 객지에서의 잠자리가 적막하였다. 주인집 늙은 계집종이 미인을 중매하였는데, 기약한 날에 병이 있다고 핑계하며 만나보지 않으며 '명도는 마음에 기녀(妓女)가 없었고, 복상은 색(色)을 현(賢)으로 바꾸었네 [明道心無妓 卜商色易賢]356)'라는 시구를 지었다. 여러 해 과거에 응시하였는데 급제하지 못하였으니, 사람들이 모두 슬퍼하였다.

순조(純祖) 갑신년(1824, 순조24)에 부친상을 당하여 여막(廬幕)에서 3년 동안 시묘살이 하였으며, 슬퍼하느라 몸이 여위기가 정도를 지나쳤다. 갑오년(1834, 순조34)에

---

354) 서계(西溪) 선생 : 조선 중기의 역학자(易學者)·악인(樂人)인 이득윤(李得胤, 1553~1630)을 가리킨다. 본관은 경주(慶州)이고, 자는 극흠(克欽)이다. 서계는 호이다. 고려말 문신 이제현(李齊賢)의 후손이다. 음악에 남다른 관심을 두어 거문고에 관련된 명(銘)·부(賦)·기(記)·시(詩)·서(書)·악보·고금금보(古今琴譜) 등을 집대성하여 『현금동문유기(玄琴東文類記)』라는 귀한 거문고 악보를 후세에 남겼다.

355) 삼산 : 보은의 신라(新羅) 때 지명이 '삼년산군(三年山郡)' 혹은 '삼년(三年)'이었고, '삼산(三山)'이라고도 하였다.

356) 명도는……바꾸었네 : 명도(明道)는 중국 북송(北宋)의 유학자인 정호(程顥, 1032~1086)의 호(號)이다. 아우 이천(伊川) 정이(程頤)와 함께 이정자(二程子)로 불린다. 복상(卜商)은 공자(孔子)의 제자인 자하(子夏)의 본명이다. 자하는 일찍이 아들을 잃고 울다가 실명(失名)을 하였다.

모친상을 당하였는데, 상제로서 상사를 치르기를 이전처럼 하였으며, 제사를 받들기를 예법에 따랐다. 마침내 과거 공부를 접기로 결심하여 몸을 숨기고 뜻을 기르며, 당시 사람들의 짧은 오리가 긴 학(鶴)을 비웃는[357] 것과 같은 이야기에 관여하지 않았다. 헌종(憲宗) 신축년(1841, 헌종7)에 삼종매(三從妹 팔촌누이)에게 정려하도록 명하는 하교가 있었다. 달리 주재하는 자가 없으므로, 선생이 힘껏 재물을 거두어 모아 게판(揭板)을 만들고 그 효열록(孝烈錄)을 찬술하였으니, 오래 사귄 친구들이 찬탄하지 않는 이가 없었다.[358]

경술년(1850, 철종 1) 회갑날에 '슬프고 슬프다. 부모님, 날 낳으시느라 수고하셨네. [哀哀父母生我劬勞]'라는 시를 외우고, 서(序)를 지어 회포를 서술하였다. 정사년(1857, 철종8) 7월에 이르러 우연히 앓아 누웠다가 점점 고질병이 되었다. 하루는 두 아우를 돌아보며 이르기를 "우리 형제의 우애는 돈독하다 할 만하다. 나이가 모두 육순이니, 내가 먼저 가는 것이 어찌 순리가 아니겠는가. 사람이 세상에 사는 것은 잠깐 머무는 것이고, 죽는 것은 원래의 집으로 돌아가는 것이다. 이 또한 당연한 이치이니, 다시 무슨 한이 있겠는가." 하였다. 또 아들과 조카들을 불러 이르기를 "자손 중에 만약 잡기(雜技)를 하는 자가 있거든 내 제사에 참석시키지 말도록 하라는 것이 우리 선고(先考)의 가르침이다. 너희는 모두 명심하거라." 하였다. 8월 26일 세상을 떠났으니, 타고난 수명을 제대로 다 산 나이인 68세였다. 10월 8일 집 뒤 선부인(先夫人) 선영의 왼쪽 간좌(艮坐)의 언덕에 안장(安葬)하였다.

아! 선생은 타고난 성품이 강직하고, 마음 씀씀이가 맑고 아담하였다. 말을 하는 사이에는 삼가고 조심하였으며, 바르고 사악한 일에 대한 분별을 밝게 살폈다. 절약하고 검소하며 꾸밈없이 소박하여 자연히 가법(家法)이 이루어졌으며, 공평하고 결백하여 일찍이 물욕으로 인한 폐단이 없었다. 조상을 받드는 데 있어서 먼 조상이라 하여 정성을 다하지 않는 법이 없었고, 친족끼리 화목하게 지내는 데 있어서 반드시 종손(宗孫)부터 더욱 공경하였다. 벗과는 실없는 농담이나 와자지껄 웃으며 대하는 법이 없었

---

357) 짧은……비웃는 : 다리가 짧은 오리가 다리가 긴 학을 넘어지기 쉽다고 비웃는다는 뜻이다. 부단학장(鳧短鶴長)이란 말이 있다. 《장자(莊子)》 〈변무(騈拇)〉에 "길다고 해서 여유가 있는 것이 아니며, 짧다고 해서 부족한 것이 아니다. 이런 까닭에 오리는 다리가 짧지만 그 다리를 이어 주면 걱정하고, 학은 다리가 길지만 그 다리를 자르면 슬퍼한다."고 하였다.

358) 찬탄하지……없었다 : 원문은 '莫不難之'인데, 문맥을 살펴 '難'을 '歎'으로 바로잡아 번역하였다.

고, 어린 아이에게는 게으르고 거만하거나 무례하고 점잖치 못한 행동을 하는 법이 없었다. 일찍이 이르기를 "장기와 바둑이 노는 것보다는 오히려 현명하다고 하는데, 성인(聖人)께서 어찌 사람에게 장기와 바둑을 가르치셨겠는가. 다만 놀지 말라고 경계한 것뿐이다. 오늘날 젊은 무리들이 오로지 장기와 바둑으로 내기 도박을 하면서 '장기와 바둑이 노는 것보다는 오히려 현명하다'라고 하는데, 이는 모두 성인의 말을 빙자하여 자포자기하는 것이니, 나는 취하지 않는다." 하였다. 아들과 조카들을 가르칠 때마다 이르기를 "글을 배우는 것은 마음을 바르게 하고 몸을 바르게 닦으려는 것이다. 지금 사람들은 겨우 1권의 역사책을 읽고는 상놈처럼 되어 많은 재산을 억지로 빼앗고 관가에 소송하며 패소한 뒤에도 승복하지 않고 다시 소송하니, 자기의 양심을 속이고 목숨을 잃게 되기에 이른다. 이러한 무리는 배우지 않은 것만 못하니 도리어 어리석은 것이다. 너희들은 깊이 경계하라." 하였다.

다시 얻은 아내는 경주 이씨(慶州李氏) 문정공(文靖公)[359]의 후예인 기권(奇勸)의 딸이고, 세 번째로 얻은 아내는 창녕 성씨(昌寧成氏) 하산군(夏山君)[360]의 후예인 의건(義健)의 딸이다. 2남 3녀를 두었다. 장남 현태(顯泰)는 재주와 기량이 걸출하고 공부가 더욱 독실하였는데, 불행히도 24세에 요절하였다. 선생이 마음으로 스스로 통탄하여 옷깃에 늘 눈물을 적셨지만, 남에게는 아이가 먼저 죽었다는 말을 한 적이 없었다. 차남은 인태(寅泰)이고, 딸은 이인영(李寅榮)·구국화(具國和)·김병관(金炳觀)[361]에게 시집갔다. 현태는 아들 하나를 두었는데 수엽(秀葉)이다.

나는 머리를 땋았을 적부터 가르침을 받은 지 30여 년에 이르렀다. 경전을 가르칠 때마다 성현의 격언을 가지고 뜻을 풀이하며 권면하였지만, 재주가 본래 거칠고 서툴러 그 만분의 일도 효과를 얻지 못하였다.

---

359) 경주 이씨(慶州李氏) 문정공(文靖公) : 고려말의 유학자이자 문신인 이달충(李達衷, 1309~1384)을 가리킨다. 본관은 경주(慶州)이고, 자는 중권(仲權)이며, 호는 제정(霽亭)이다.

360) 창녕 성씨(昌寧成氏) 하산군(夏山君) : 조선중기의 문신 성몽정(成夢井, 1471~1517)을 가리킨다. 본관은 창녕(昌寧)이고, 자는 응경(應卿), 호는 장암(場巖)이다.

361) 김병관(金炳觀) : ≪대동보≫에는 '김병렬(金炳烈)'로 되어 있다.

경주 김씨 효행장 慶州金氏孝行狀

……개자추(介子推)가 허벅지 살을 가른362) 까닭은 임금을 위한 충성이 절실하였기 때문입니다. 소계자(蘇季子)가 배를 찌른363) 까닭은 다만 자기의 공을 세우기 위함이었습니다. 이것은 모두 대장부의 일인데도 오히려 역사책에 실려 있는 것은, 그것을 행하기 어렵기 때문입니다. 하물며 부녀자가 자기 시아버지에게 효성을 다하면서 스스로 그 배를 가른 것이니 오죽하겠습니까.

본군(本郡)에 지극히 효성스러운 부인이 있으니, 바로 충암(冲庵) 김 선생(金先生 김정(金淨))의 후예인 선비 상학(商學)의 막내딸로서, 눌재(訥齋) 박 선생(朴先生)364)의 후예인 효자 윤항(潤恒)의 맏며느리입니다. 타고난 성품이 온화하고 무던하며 지극한 행실이 정숙하였습니다. 실로 된 주머니를 차던 처음부터365) 부모를 사랑하는데 정성이 간절하였으니 과일을 바치면 입에 맞았고, 비녀를 꽂은 이후로는 남편을 따르는데 순종하였으니 밥상을 들 때에는 눈썹과 가지런히 공손히 들었습니다. 시부모를 섬기는 예법은 한결같이 <내칙(內則)>의 규범을 따랐습니다. 옷을 따뜻하게 하고 음식을 달

---

362) 개자추(介子推)가……가른 : 진 문공(晉文公)이 19년 동안이나 타국을 떠돌며 고생할 때 개자추(介子推)는 자신의 허벅지 살을 베어 요리를 할 정도로 충성을 다하였다. 뒤에 문공이 진나라로 돌아와 즉위한 다음, 자신을 모시며 고생한 사람에게 상을 내렸다. 이때 개자추의 공을 잊고 봉록을 내리지 않아, 개자추가 어머니를 모시고 면산(綿山)에 은거하였다. 뒤늦게 진 문공이 산으로 찾아갔으나 개자추가 나오려 하지 않았다. 할 수 없이 그를 나오게 하려고 산에 불을 질렀는데, 개자추는 끝내 나오지 않고 어머니와 함께 나무를 껴안고 불에 타 죽고 말았다. 이에 문공이 크게 슬퍼하여, 산 아래 사당을 지어 제사를 지내게 하고, 그가 불에 타 죽은 날에는 불을 사용하지 못하도록 하였다. 이날이 바로 한식(寒食)이다. 면산은 그 후 개산(介山)이라 불리게 되었다. ≪春秋左氏傳 僖公24年≫≪新序≫

363) 소계자(蘇季子)가 배를 찌른 : 계자(季子)는 전국 시대의 유세객(遊說客)인 소진(蘇秦)의 자(字)이다. 소진은 전국 시대의 책사(策士)로, 조(趙)·위(魏)·한(韓)·제(齊)·연(燕)·초(楚) 등 여섯 나라로 하여금 합종동맹(合從同盟)을 체결하여 진(秦)나라에 대항하도록 설득한 종횡가(從橫家)로 유명하다. 소진이 독서를 할 때 졸리면 송곳으로 넓적다리를 찔러 졸음을 막았는데 피가 발까지 흘렀다고 한다. ≪史記 卷69 蘇秦列傳≫

364) 눌재(訥齋) 박 선생(朴先生) : 눌재는 조선 중기의 문신인 박상(朴祥, 1474~1530)의 호이다. 본관은 충주(忠州)이고, 자는 창세(昌世)이다.

365) 실로……처음부터 : ≪예기(禮記)≫<내칙(內則)에 "말을 할 수 있게 되면 사내는 빨리 대답하게 하고, 계집은 느리게 대답하게 하며, 사내는 가죽으로 된 주머니를 차게 하고, 계집은 실로 된 주머니를 차게 한다."라고 하였다.

게 하고 잠자리를 살피는 것을, 모두 그 몸에 편안하게 하고 그 입에 맞게 하고 그 뜻에 만족하게 하여 옛사람에게 부끄러움이 없었으니, 종족(宗族)들이 칭찬하고 이웃들이 찬양하였습니다.

효성스럽도다, 김씨여! 그 시아버지가 갑자기 질병에 걸려서 6개월이나 앓았습니다. 김씨는 옷의 띠도 풀지 않았고, 자리에 앉으면 곁을 떠나지 않았습니다. 죽을 끓이면 마시도록 드렸고 약을 달이면 맛을 보고 바쳤습니다. 조심조심 경건하게 간호하면서 처음부터 끝까지 달라지지 않았습니다. 그 시아버지의 살이 죄다 빠지고 비위(脾胃)가 손상을 받아서 고질병이 위태롭게 되었습니다. 생선이나 고기 종류는 하나도 입에 대지 못하니, 보양하기에 몹시 어려워 질병이 위독해졌습니다. 김씨는 초조하고 황급하여 흐느껴 울며 살려달라고 하늘에 빌었습니다. 마침 어느 여승(女僧)이 와서 말하기를 "사람 고기가 아니면 회생할 수 없다."라고 하더니 갑자기 보이지 않았습니다. 김씨가 이 말을 듣고는 묵묵히 생각하더니 자기 방으로 몰래 들어갔습니다. 오른 손으로 칼을 쥐고 왼 손으로 저고리를 들어 올려 배의 고기를 베어냈으니, 콩잎처럼 넓었습니다. 지져서 입에 넣어 드리니 조금 있다가 회생되어, 다시 10여 일의 목숨을 구하였습니다.

효성스럽도다, 김씨여! 대체로 부녀자들이 머리를 빗으면서 머리카락 하나만 떨어져도 마음에 스스로 애석하게 여기고, 종기가 나서 침을 놓으면서 하나만 찔러도 몸이 스스로 벌벌 떨리는 법입니다. 다만 이 김씨는 스스로 자기의 살을 베어낼 때에 피가 솟아 나오는데 마음이 흔들리지 않았고, 부쳐서 드릴 때에는 태연하게 고통을 참으며 낯빛을 드러내지 않았으니, 이것이 어찌 천성으로 타고난 효성이 아니겠습니까. 김 충암의 목숨을 바친 충성과 박 효자의 손가락을 자른 정성이라는 두 가지 미덕이 모여서 하나의 법을 이루었습니다. 그러므로 전임 사또의 제사(題辭)366)에서 "선현의 사업을 이어받아, 시부모에게 아름다움을 계승하였네."라고 한 까닭이 이것입니다.

그러므로 당 부인(唐夫人)이 시어머니에게 젖을 먹여 건강하고 편안하게 하고367)

---

366) 제사(題辭) : 관부에서 백성이 제출한 소장(訴狀)이나 원서(願書)에 쓰던 관부의 판결이나 지령을 가리킨다.

367) 당 부인(唐夫人)이……하고 : 당(唐)나라 때 산남서도 절도사(山南西道節度使)를 지낸 최관(崔琯)의 증조모 장손 부인(長孫夫人)이 나이가 많아 치아(齒牙)가 없어 밥을 먹지 못하자, 최관의 조모 당 부인(唐夫人)이 수년 동안 시어머니인 장손 부인에게 젖을 먹이는 등 효성이 지극하였다. 장손 부인은 죽을 때 집안 식구들이 다 모인 자리에서 "며느리의 은혜를 갚을

진 효부(陳孝婦)가 시어머니를 봉양하여 자애롭게 한368) 것은 김씨에 비하면 비록 하찮은 일이지만, 유빈(柳玭)369)이 전하여 세상에서 드러내었고 회양(淮陽)370)이 듣고서 조정에 보고하였습니다. 이번의 배를 갈라 목숨을 연장시킨 효성을 어찌 세상에 드러내고 조정에 보고하지 않겠습니까. 이를 가지고 미루어 살피건대, 하후영녀(夏候令女)가 코를 자르고371) 봉천(奉天) 두씨(竇氏)의 딸이 벼랑에서 뛰어내려 다리가 부러진372) 것은 설혹 입장을 바꾸어 놓으면 모두 그러한 것이니, 이것이 이른바 효가 백행(百行)의 근원이고 육덕(六德)의 으뜸이라는 것입니다.

《시경(詩經)》에 이르기를 "효자가 다하지 아니하니 길이 너에게 좋음을 주리로다[孝子不匱永錫爾類]" 하였습니다. 김씨의 남편 만근(萬根)은 아내의 효성에 감동하여 한 길 깊이의 물속에서 자라 세 마리를 잡아 그 부모를 봉양하고, 만근의 첩 박성(朴姓)

수 없으니, 며느리의 자손들이 모두 며느리처럼 효도하고 공경하기를 바란다. 그렇게 된다면 최씨의 가문이 어찌 창대(昌大)하지 않겠느냐."라고 하였다. 《小學 善行》

368) 진 효부(陳孝婦)가……한 : 진 효부는 전한(前漢) 문제(文帝) 때의 여인이다. 변방(邊方) 수비군(守備軍)으로 떠난 남편이 죽자, 친정 부모는 자식도 없이 젊은 나이에 과부가 된 딸을 가엾게 여겨 개가시키려 하였으나, 진 효부는 남편이 떠날 때 노모(老母)를 잘 모시겠다고 승락한 약속을 저버릴 수 없다고 하여 듣지 않고 끝까지 시어머니를 잘 모셨다. 《小學 善行》

369) 유빈(柳玭) : 당(唐)나라 유공작(柳公綽)의 손자로, 가풍을 이어 효제(孝悌)와 예법(禮法)을 준수하였다. 자제들을 경계시킨 다섯 가지 조목이 《소학》〈가언(嘉言)〉에 실려 있다. 《新唐書 卷163 柳公綽列傳》 《通鑑節要 卷48 唐紀 昭宗》

370) 회양(淮陽) : 관련 고사가 확인되지 않는다. 아마도 한(漢)나라 때의 재상인 급암(汲黯)을 가리키는 것으로 보인다. 급암은 한 무제(漢武帝) 때 구경(九卿)으로 있으면서 감히 임금 면전에서 거침없이 바른말을 하였는데, 무제가 겉으로는 경외(敬畏)하였으나 마음속으로는 좋아하지 않았다. 결국 뒤에 외직으로 쫓겨나 회양 태수(淮陽太守)로 있다가 죽었다. 《史記 卷120 汲黯列傳》

371) 하후영녀(夏候令女)가 코를 자르고 : 하후영녀는 하후문녕(夏候文寧)의 딸로, 위(魏) 종실 조문숙(曹文叔)의 처가 되었다. 남편이 죽자 재혼 소리를 듣는 것이 싫어 머리카락을 자르고, 아버지가 재혼을 권하자 귀를 자르고, 조상이 멸족 된 뒤 다시 재혼을 권하자 코를 잘라 정절을 지켰다. 이에 사마의(司馬懿)가 그 정절에 감동하여 양자를 들여 후계를 잇도록 하였다. 《小學》

372) 봉천(奉天)……부러진 : 당(唐)나라 봉천(奉天)의 두씨(竇氏)에게 딸이 둘 있었는데, 초야에서 자랐지만 어렸을 때부터 지조가 있었다. 765년에 도적떼 수천 명이 마을을 노략질 할 때, 미모의 두 딸의 나이가 각각 19세와 16세였다. 도적들에 몰려 수백 척 높이의 벼랑에 닥치자 언니가 "내가 차라리 죽을지언정 의리상 욕을 볼 수 없다." 하고 즉시 뛰어내려 죽었다. 이에 아우도 이어서 스스로 뛰어내려 다리는 부러지고 얼굴에 피가 흐르니, 도적떼들이 버리고 갔다는 고사이다. 《小學 善行》

은 적처(嫡妻)의 효성을 본받아 한 자 높이 쌓인 눈 속에서 신선한 채소를 구하여 그 시어머니에게 바쳐서, 모두 병중에 효험을 보았으니 또한 하늘과 신령이 감동했다고 할 만합니다. 고금 천하에 이처럼 남달리 뛰어난 행실이 있다면 반드시 포상의 은전을 받는 법이므로, 김씨가 세상을 떠난 뒤에 사림(士林)들이 여러 차례 전임 사또에게 청원하였으나 아직도 전달해 보고하여 장계로 조정에 알려서 정문(旌門)을 내려 표창하는 은전을 널리 드러내어 밝히지 못하였으니, 성상의 조정에서 넓은 은전을 베푸는 데에는 몹시 흠이 됩니다. 지금 다시 실컷 들어 충분히 잘 아는 실적을 낱낱이 들어서 효성으로 다스리시는 전하께 목소리를 같이 하여 우러러 호소합니다. 삼가 바라건대 사또께서는 효를 드날리어 풍속을 세우는 정사를 행하시어 공론을 받아들여 순영(巡營)에 보고하여, 이렇게 예로부터 보기 드문 김씨의 효성으로 하여금 조정에서 특별히 정려(旌閭)를 받는 은전을 입도록 하소서. 그렇게 되기를 너무나 엎드려 축원합니다.

회와집(悔窩集) 인(人)

문(文)

상량문 上樑文

정묘년 계묘월¹⁾ 대곡(大谷) 성 선생(成先生)²⁾이 강학(講學)하던 옛 건물을 중건하고, 이어 그 현명함을 흠모하여, 감히 이렇게 글을 짓는다.

기술하노니 계곡과 언덕 그윽하게 깊고 소나무와 대나무 깨끗하고 한가하니, 종산(鍾山)의 높은 산마루를 당기고 금강(金剛)의 먼 산줄기에서 떨어졌네. 무이산(武夷山) 옛터에서 회옹(晦翁)의 쓸쓸한 집을 찾고,³⁾ 부춘산(富春山) 깊은 곳에 엄자릉(嚴子陵)의 높은 행적이 머무르네.⁴⁾ 옛날에 살 곳을 가려 정하고, 대곡이라고 호(號)를 붙였지. 선생은 영

---

1) 정묘년 계묘월 : 1867년(고종4) 2월로 회와가 45세 때이다.

2) 대곡(大谷) 성 선생(成先生) : 조선 중기의 학자인 성운(成運, 1497~1579)을 가리킨다. 본관은 창녕(昌寧). 자는 건숙(健叔), 호는 대곡(大谷)이다. 선공감 부정(繕工監副正) 세준(世俊)의 아들이며, 어머니는 비안 박씨(比安朴氏)로 사간 효원의 딸이다. 1531년(중종 26) 진사에 합격, 1545년(명종 즉위년) 그의 형이 을사사화로 화를 입자 보은 속리산에 은거하였다. 그 뒤 참봉·도사 등에 임명되었으나 곧 사퇴하고, 선조 때도 여러 차례 벼슬에 임명되었으나 취임하지 않았다. 시문에 능하였으며 은둔과 불교적 취향을 드러낸 시를 많이 남기고 있다. 서경덕(徐敬德)·조식(曺植)·이지함(李之菡) 등과 교유하며 학문에 정진하였다. 그가 죽자 선조가 제문을 내려 애도하였으며, 뒤에 승지에 추증되었다. 저서로는 『대곡집(大谷集)』 3권 1책이 있다.

3) 무이산(武夷山)……찾고 : 송나라의 유학자 주희(朱熹, 1130~1200)의 호이다. 자는 원회(元晦)이고 주자(朱子)라고 불린다. 무이산(武夷山)에 은거하며 학문을 닦았다.

4) 부춘산(富春山)……머무르네 : 엄자릉(嚴子陵)은 후한(後漢)의 엄광(嚴光)을 가리킨다. 광무제(光武帝)와 함께 유학했던 친구였다. 광무제가 제업을 달성하고 그를 맞이하여 간의대부(諫議大夫)를 삼고자 하였으나, 벼슬을 사양하고 부춘산(富春山)에 은거하여 동려현(桐廬縣) 칠리탄(七里灘)에서 낚시를 즐기며 일생을 마쳤다.

남·호남 사이의 처사(處士)로서, 가문은 명종(明宗)·선조(宣祖) 때 존경받던 현인이지. 위치는 삼산(三山)5) 북쪽의 동주(東洲) 현감6)을 처음 접했던 곳에 의지하여 만들었고, 오봉(五峯) 남쪽의 김 충암(金冲庵)7)이 도학(道學)을 강론하던 터와 이웃에 있었네. 후생(後生)이 그 자취를 따라 호유(戶牖)8)를 붙잡고 함께 돌아갔고, 많은 선비가 소문을 듣고 건물을 쳐다보며 모두 모여 들었지. 겨울에는 시(詩)를 짓고 가을에는 예(禮)를 익히며 사철의 공부를 갈고 닦았고, 산은 높고 물은 길게 흐르니 천년의 자취를 흠앙했다네. 들보와 창문은 썩어 무너지고 기와와 용마루는 바람에 흩날리니, 유생들이 이곳에 와서 학업을 익힐 곳이 없음을 탄식하는데, 선현들이 떠났으니 누가 머무르던 자취를 찾을까.

이는 친하건 멀건 우리 김씨 종족(宗族)이며 은성(隱成) 처조카의 먼 자손들9)이니, 오랫동안 계획을 세웠는데 사람들에게 묻고 상의하니 그 의견이 모두 같았네. 옛날에

---

5) 삼산(三山) : 보은의 신라(新羅) 때 지명이 '삼년산군(三年山郡)' 혹은 '삼년(三年)'이었고, '삼산(三山)'이라고도 하였다. ≪輿地圖書 忠淸道 報恩≫

6) 동주(東洲) 현감 : 성제원(成悌元, 1506~1559)이다. 본관은 창녕(昌寧), 자(字)는 자경(子敬)이고, 호는 동주(東洲)·소선(笑仙)이며, 시호는 청헌(淸憲)이다. 장흥 부사(長興府使) 강호(江湖) 성몽선(成夢宣)의 아들이고, 서봉(西峯) 유우(柳藕)의 문인이다. 1553년(명종8) 유일(遺逸)로 천거되어 군기시 주부와 돈녕부 주부를 거쳐 보은 현감(報恩縣監)에 제수되어 선정을 베풀었으며, 임기가 끝난 후 나라에서 불렀으나 응하지 않았다. 규장각 제학에 추증되었다. 공주의 충현서원(忠賢書院), 창녕의 물계서원(勿溪書院) 등에 배향되었다. 문집으로 ≪동주일고(東洲逸稿)≫가 있다.

7) 김 충암(金冲庵) : 조선 전기의 문신인 김정(金淨, 1486~1521)을 가리킨다. 자는 원충(元冲)이다. 중종 2년(1507)에 문과에 장원하고, 부제학과 도승지를 거쳐 대사성·예문관 제학을 지냈다. 조광조 등과 함께 미신 타파와 향약의 전국적 시행을 위하여 힘썼다. 1519년(중종14) 기묘사화(己卯士禍) 때 극형에 처해질 위기에서 제주(濟州)로 유배되었다가, 1521년 신사무옥(辛巳誣獄)에 관련되어 사사(賜死)되었다. 1545년(인종1) 복관되었고, 1646년(인조 24) 영의정에 추증되었다. 시호는 문정(文貞)이었다가 나중에 문간(文簡)으로 고쳐졌다.

8) 호유(戶牖) : '쑥대로 엮은 출입문과 깨진 옹기로 만든 들창'이라는 뜻의 봉호옹유(蓬戶甕牖)의 준말로, 선비의 거처를 형용한 말이다. ≪예기(禮記)≫<유행(儒行)>에 "선비는 일묘(一畝)의 담장과 환도(環堵)의 집에다 대를 쪼개어 엮은 문을 달고 문 옆에 작은 문을 내며, 쑥대로 엮은 출입문과 옹기로 들창을 달고, 옷은 번갈아 입고 나오고 이틀에 하루치의 음식을 먹는다."라고 하였다.

9) 은성(隱成)……자손들 : 은성(隱成)은 퇴계(退溪) 이황(李滉)이 성운(成運)을 일컬은 호칭이다. 성운은 온순한 자품에 호매(豪邁)한 기질로서 그의 학문이 존양(存養)·정색(精索)만을 힘썼고, 그의 말은 사실의 뒷받침이 있었고, 그의 행실은 일정한 법도가 있었다. 그러나 끝내 세상의 쓰임이 되지 못했으므로 '은성(隱成)'이라 말하게 된 것이고 또 당시 사람들이 그의 고상함을 모르는 것을 애석하게 여기는 뜻에서도 그렇게 불렀던 것이라 한다. 성운은 김벽(金碧)의 딸과 혼인하였는데, 후사가 없어서 처남 김천부(金天富)의 아들 김가기(金可幾)를 조카사위로 맞아 후사를 맡겼다. ≪宋子大全 卷172 大谷成先生墓碣銘≫

덕을 쌓은 기반에 의지하여 스승님의 인택(仁宅)[10]을 확장하였네. 다른 산의 옥을 갈았으니 돌을 쌓아 섬돌을 만들고, 옛 시냇물은 푸른 빛 머금었으니 소나무 깎아 기둥을 만들었네. 또 하물며 비바람을 대비하였으니, 대체로 대장(大壯)의 점괘를 취하여[11] 나아간 것이라네. 초저녁의 별이 비추어 영실(營室)[12]이 빛나니, 마치 새가 날개를 펼친 듯[13] 봄바람에 높이 날아 바라보고, 제비가 와서 깃들며 동짓달의 완공을 축하하네. 이는 바로 공사(工師)[14]가 임무를 감당하여 군자가 오르는 곳이로다. 여기에 모였으니 아! 모두 원관방령(圓冠方領)[15]이고, 시 읊기를 주고받으니 누군들 아름다운 주인 훌륭한 손님 아닐런가. 선생의 풍모가 여기에 있으니, 현인을 사모하는 마음이 더욱 절실하네.

여보게들 들보 동쪽에 떡을 던지세나	兒郎偉抛梁東
의연한 산수는 구룡 안에 있네	居然泉石九龍中
계곡의 지초 정원의 대나무 은자의 흥취이고	澗芝園竹幽人興
예와 같은 봄빛은 푸르고 붉게 둘렀네	依舊春光繞翠紅
여보게들 들보 서쪽에 떡을 던지세나	兒郎偉抛梁西
덕성은[16] 빛깔이 서로 어울리길 기다리네	德星擬待色相參

---

10) 인택(仁宅) : ≪맹자(孟子)≫<이루 상(離婁上)>에 "인(仁)은 사람의 편안한 집이요, 의(義)는 사람의 바른 길인데, 편안한 집을 비워 두고 거처하지 않으며, 바른 길을 버려두고 따르지 않으니, 슬픈 일이다."라고 하였다.

11) 비바람을……취하여 : ≪주역≫<대장괘(大壯卦) 단(彖)>에 "큰 것이 바른 것이다. 그 정대함 속에서 천지의 실정을 볼 수가 있다."라고 하였고, ≪주역≫<계사전 하(繫辭傳下)>에 "후세 성인이 궁실로 바꾸어서 위에는 들보를 얹고 아래에는 서까래를 얹어 풍우에 대비하였으니, 대장괘에서 취한 것이다."라고 하였다."라고 하였다.

12) 영실(營室) : 28수의 하나인 실수(室宿)이다. 실수의 수거성(宿距星)인 실성(室星)이 밝으면 나라가 번창하며, 밝지 않고 작게 보이면 사당에 제사를 지내도 귀신이 흠향하지 않아 전염병이 돈다고 한다.

13) 새가……듯 : 웅장하고 화려한 건물을 비유할 때 쓰는 말이다. ≪시경(詩經)≫<사간(斯干)>에, 추녀의 위용을 "새가 날개를 펼친 듯, 꿩이 날아가는 듯, 군자가 오르는 곳이로다."이라고 하였다.

14) 공사(工師) : 장인(匠人) 중의 우두머리를 가리킨다.

15) 원관방령(圓冠方領) : 둥그런 관과 모난 깃이라는 뜻으로 선비들의 옷차림을 가리킨다. 즉 선비를 이르는 말로 쓰인다.

16) 덕성(德星) : 덕성은 현인이 출현하면 나타난다는 별이다.

정금미옥17)은 천년의 기상이고	精金美玉千秋像
찬란하게 골짜기에서 나오니 점점이 규성18)이네	爛出洞天點點奎
여보게들 들보 남쪽에 떡을 던지세나	兒郞偉抛梁南
한 조각 비석에는 부악의 기운 서렸네	一片貞珉釜岳嵐
당세에 모두 −원문 1자 누락− 궁전이라 부르고	當世皆稱□廊廟
오래된 그릇 −원문 1자 누락− 새로운 암자에 어울리네19)	器古銘□伴新庵
여보게들 들보 북쪽에 떡을 던지세나	兒郞偉抛梁北
두 조정의 −원문 5자 누락−	兩朝□□□□□
아직도 우리의 높은 뜻은 아름다운 은둔 점치고	尙吾高志占嘉遯
능히 후인으로 하여금 −원문 2자 누락−뒤쫓게 하네	能使後人追□□
여보게들 들보 위쪽에 떡을 던지세나	兒郞偉抛梁上
우뚝하니 홀로 선 높은 산을 우러르네	歸然獨立高山仰
처음에 −원문 3자 누락− 간절한 한이 사라지고	始□□□虧切恨
−원문 2자 누락− 선생을 이곳에서 제사 지내네20)	未□先生於此享
여보게들 들보 아래에 떡을 던지세나	兒郞偉抛梁下
가는 것이 이 물과 같아서21) 물이 쏟아지듯 흐르고	逝者如斯流水瀉
흐리면 발을 맑으면 갓끈을 내 여기에서 씻고22)	濁足淸縷濯我斯
올해에는 거문고 타고 글 쓰는 겨를을 얻으리	當年剩得琴書暇

---

17) 정금미옥(精金美玉) : 정제된 금과 아름다운 옥이라는 뜻으로, 고결하고 아름다운 인품을 이르는 말로 쓰인다.

18) 규성(奎星) : 규성은 하늘에 있는 문운(文運)을 맡은 문성(文星)이다. 송(宋)나라 때에 오성(五星)이 규성에 모이더니 현인(賢人)들이 많이 났다 한다.

19) 오래된……어울리네 : 원문은 '器古銘□伴新庵'인데, '銘'도 누락된 글자와의 관계를 알 수 없어 번역하지 않았다.

20) 선생을……지내네 : 원문은 '未□先生於此享'인데, '未'도 누락된 글자와의 관계를 알 수 없어 번역하지 않았다.

21) 가는……같아서 : ≪논어(論語)≫<자한(子罕)>에 "공자께서 시냇가에 계시면서 말씀하시기를, '가는 것이 이 물과 같구나. 밤낮을 쉬지 않고 흐르누나. [逝者如斯夫 不舍晝夜]'라 하셨다."라는 구절에서 인용한 것이다.

22) 흐리면……씻고 : 한 가지만 고집하지 않고 당면한 상황에 따라 대처한다는 말이다. 굴원(屈原)의 <어부사(漁父辭)>에서, "창랑의 물이 맑으면 내 갓끈을 씻고 창랑의 물 흐리면 내 발을 씻으리라."라고 한 데서 나온 말이다.

삼가 바라건대 상량(上梁)한 이후로는, 경서를 상자에 가득 담아 다시 글을 읽고 외
는 아름다운 공부를 권하니, 의관 갖추고 당에 올라 문물의 아름다운 운세를 바라보기
를 고대한다네. 다정하고 친절하게 일깨워주는 가르침은 비록 아득하게 되었지만, 열
심히 힘쓰는 분발하는 정성을 또한 다할 만하겠네. 철인(哲人)이 뚜렷한 족적을 남기
고 가신 뒤에 건물을 다시 새롭게 하였으니, 글 잘 하는 선비를 배출할 때에 과거 급제
를 기약하겠네.

척불 통문

속리사(俗離寺)의 승려들이 한공(韓公)의 소상(塑像)을 불당에 매달았다는 소식을 들었으므로,
이 통문을 지어 그 치욕을 씻었다 斥佛通文 聞俗離寺僧徒懸韓公塑像於佛堂云故草此通文以雪其恥

　…… 송(宋)나라 현인 석수도(石守道)의 말23)에 "하늘과 땅 사이에 순수하며 강직하
고 지극하고 바른 기운이 있으니, 당(唐)나라에 있어서는 한유(韓愈)의 <논불골표(論
佛骨表)>가 되었다."라고 하였습니다. 무릇 불교(佛敎)라는 것은 부부(夫婦)·부자(父
子)·군신(君臣) 셋의 성(性)이 없이 자비(慈悲)의 이야기를 크고 널리 헛되이 부풀려, 세
상을 어지럽히고 백성들을 홀려서 재산을 좀먹고 윤리를 무너뜨렸으므로, 원화(元和)
시대 불골(佛骨)을 맞이하던 날에 표(表)를 올려 극력 배척하였으니,24) 실로 우(禹)임
금이 홍수를 막았던 것이나 맹자(孟子)가 이단을 물리쳤던 것과 천 년 세월을 넘어 마
치 부절(符節)25)을 합한 것과 같았습니다. 하물며 제(齊)·양(梁)·진(陳)·위(魏)의 시대에

---

23) 석수도(石守道)의 말 : 수도(守道)는 송(宋)나라 석개(石介)의 자이다. 학문에 독실하고 성품이
　　강직하였다. 송(宋)나라 진종(眞宗) 때 영주(寧州) 천경관(天慶觀)에 있는 요상한 뱀이 영물(靈
　　物)이라고 소문이 나서 그 고을 자사(刺史) 이하 수많은 사람들이 끊임없이 찾아가 정성껏 예
　　를 차렸다. 뒤에 강직하기로 유명한 공도보(孔道輔)가 "밝은 곳은 예악(禮樂)이 있고 어두운
　　곳은 귀신이 있는 법이니 이 뱀은 요망한 것이 아닌가. 우리 백성을 속이고 우리 풍속을 어지
　　럽히니 죽여 없애야 한다." 하고 홀(笏)로 그 머리를 쳐서 죽였다고 한다. 이를 적은 글이 <격
　　사홀명(擊蛇笏銘)>인데, 석수도의 말이란 바로 이 <격사홀명>을 말한다.≪宋史 卷432 石介
　　列傳≫≪古文眞寶 後集 擊蛇笏銘≫
24) 원화(元和)……배척하였으니 : 원화(元和)는 당(唐)나라 헌종(憲宗)의 연호(806~819)이다. 원
　　화 14년(819)에 불골(佛骨), 즉 부처의 사리를 맞이해 오던 날에, 한유(韓愈)가 표(表)를 올려
　　극력 반대하였다.≪三峯集 卷九 佛氏雜辨≫

불교를 섬기는 것이 점점 정성스럽게 된 뒤에, 곧 어두운 거리에 밝은 촛불을 잡고 차갑게 식은 재에 붉은 불이 붙은 것과 같았습니다. 마침내 천하 후세의 어리석은 사내 어리석은 아낙네로 하여금 모두 불법(佛法)이 무익하고 유도(儒道)가 올바름을 알도록 하였으니, 앞에서 이른바 '하늘과 땅 사이에 순수하며 강직하고 지극하고 바른 기운'이라는 것이 어찌 나를 속이겠습니까.

이로써 우리나라에서 문묘(文廟)에 추가로 배향(配享)한 지 거의 백년이 되었으니, 유건(儒巾)을 쓰고 유복(儒服)을 걸치고 하늘을 이고 땅 위에 선 사람으로 한 창려(韓昌黎) 선생²⁶⁾을 누군들 흠모하지 않겠습니까. 지금 승려들의 말을 들으니, 불골 때문에 소상(塑像)하나를 만들어 한유(韓愈)라고 지칭하며 광하산(廣霞山)의 불당에 거꾸로 매달고, 아침저녁으로 욕을 보이며 배척 받았던 원수를 갚는다고 합니다. 이 말을 듣고 이 소상을 본 우리 유자(儒者)들에게 만약 의리의 싹이 있다면, 저도 모르게 마음이 떨리고 몸에 소름이 돋을 것입니다.

대체로 한공의 본뜻은 '도(道)의 큰 근원은 하늘에서 나온 것이다'²⁷⁾라는 것이니, 위로는 요(堯)·순(舜)·우(禹)·탕(湯)·문왕(文王)·무왕(武王)으로부터 아래로는 주공(周公)·공자(孔子)·안자(顔子)·증자(曾子)·자사(子思)·맹자(孟子)에 이르기까지 수천백 년 동안 서로 전하면서 노자(老子)·장자(莊子)·양주(楊朱)·묵적(墨翟)·순자(荀子)·신불해(申不害)의 학문에 빼앗기지 않았는데 마침내 불가(佛家)의 학문에 이르러 빼앗겨 우리 유도(儒道)는 땅을 쓸어버린 듯 사라지게 되었습니다.²⁸⁾ 이 때문에 몸이 만 번 죽는 것을 아까워하지 않고 한 번 썩은 뼈를 배척하여 근본을 영영 끊어버려서, 천하의 의심을 끊어버리고 후세의 의혹을 막으려고 하였으니 이로써 하늘이 근원인 도가 땅에 떨어

---

25) 부절(符節) : 예전에, 돌이나 대나무·옥 따위로 만들어 신표로 삼던 물건. 주로 사신들이 가지고 다녔으며 둘로 갈라서 하나는 조정에 보관하고 하나는 본인이 가지고 다니면서 신분의 증거로 사용하였다.

26) 한 창려(韓昌黎) 선생 : 창려(昌黎)는 중국 당나라의 문인이자 정치가인 한유(韓愈, 768~824)의 호(號)이다. 자는 퇴지(退之)이다. 당송 팔대가(唐宋八大家)의 한 사람으로, 변려문을 비판하고 고문(古文)을 주장하였다. 시문집에 ≪昌黎先生集≫ 등이 있다.

27) 도(道)의……것이다 : 한(漢)나라 무제(武帝) 때의 유학자 동중서(董仲舒)가 천인감응(天人感應)의 이론을 제시한 일대 명제로, 이른바 천인삼책(天人三策)의 글 속에 나온다. 그 중에 "도의 큰 근원이 하늘에서 나오나니, 하늘이 변하지 않으면 도 또한 변하지 않는다."라 하였다.≪漢書 卷56 董仲舒傳≫

28) 땅을……되었습니다 : 원문은 '掃地直矣'인데 '直'은 문맥을 살펴 '盡'으로 바로잡아 번역하였다.

지지 않았습니다. 실로 유가(儒家)에 공을 세웠는데 도리어 불가(佛家)에게 욕을 보게 되었으니, 이는 비단 우리 고을의 치욕일 뿐만이 아니니 이웃 고을에 소문을 들리게 하여서는 안 됩니다.

못난 자의 견문으로도 의리의 단서가 약간 있어서, 감히 여러 유자들에게 통고하여 우리 유도(儒道)의 자리를 떠받치려 합니다. 고명(高明)²⁹⁾들께서는 어떻게 생각하실지 모르겠지만 저의 비루한 말이 바로 옳다고 여기신다면, 부디 사유를 갖추어 관가에 여쭌 연후에 속히 향교의 종들을 시켜서 거꾸로 매달린 소상을 풀어서 정결한 곳에 묻고, 승려들의 죄를 처벌하는 것은 우선 감영(監營)의 처분을 기다려 한공의 만세의 치욕을 씻는다면, 순수하며 강직하고 지극하고 바른 기운이 오히려 오늘의 천지 사이에서 사라지지 않을 것입니다. 그렇게 된다면 너무나 다행이겠습니다.

일련윤고문30)

병자년(1876, 고종13)에 왜(倭)의 소란으로 인하여 본관(本官)에서 오가작통(五家作統)³¹⁾하여 책자를 만들려고 백성들에게 전령(傳令)하였으므로, 본리(本里)에서도 이것을 지어 인심을 안정시켰다.

一連輪告文 丙子以倭擾本官作五家統成册次傳令於民故本里亦作此安靜人心

아! 우리나라는 조종조(祖宗朝)부터 신성함을 영원히 전하며 신의를 두터이 하면서 일찍이 이웃나라와의 외교에 업신여긴 적이 없으며, 영토를 삼가 지키면서 다른 나라를 침략하고 공격한 일이 없었습니다. 만세의 터를 잡으니 왕도(王道)가 탕탕하고, 팔도를 빙 둘러 백성들이 희희낙락하였습니다. 지금 들으니 동쪽 왜국(倭國)의 미친 듯이 사납게 날뛰는 부류가 일본(日本)이 험하게 끊어져 있음을 스스로 믿고, 섬나라의 추한 무리가 몇 해 전의 억세고 무식함을 다시 답습하여, 연해로 와서 정박하고 도성

---

29) 고명(高明) : 식견이 높고 사물에 밝은 사람이라는 뜻으로, 상대편을 높여 이르는 말이다.

30) 일련윤고문(一連輪告文) : 일련(一連)은 민가 2백 가구를 1련(連)으로 하는 고대 중국의 행정 구역 단위이다. 뒤에 설명이 있듯이, 이 글은 회와(悔窩)가 거주하는 마을을 대상으로 정부의 조치에 대해 설명하면서 협조를 요청하는 내용이다.

31) 오가작통(五家作統) : 조선 시대에, 범죄자의 색출과 세금 징수·부역의 동원 따위를 위하여 다섯 민호(民戶)를 한 통씩 묶던 호적 제도이다. 성종 16년(1485)과 숙종 1년(1675)에 시행하였으며, 헌종 때에는 천주교를 탄압하는 데 이용하였다.

을 가까이 핍박하였다고 합니다. 그들이 감히 천명을 거슬렀으니 우리는 반드시 하늘의 주벌을 내릴 것입니다. 저쪽은 탐병(貪兵)이라 망하는 데 불과하니, 이쪽은 응병(應兵)이니 어찌 승리가 없겠습니까.[32]

공경히 생각건대 우리 성상께서 크게 한번 성내시어 적을 보기를 마치 벌레가 침범한 것처럼 보고, 모신(謀臣)들은 충성을 바치고 곰과 호랑이처럼 용맹한 장수를 선발하시었습니다. 일찍이 듣건대 어진 자는 천하에 적이 없다고 하였으니, 섬 속에 사는 못된 무리와 상대함을 어찌 걱정하겠습니까. 나라의 크나큰 공로에 어찌 오랑캐를 평정할 하나의 계책이 정해져 있지 않겠습니까. 만백성의 여망은 지금 온 나라를 편안하게 할 기약을 기다리는 것입니다. 더구나 충청도 왼편이며 나라의 중간으로 바다에서 먼 삼산(三山)[33]의 골짜기는 십승(十勝)[34]에 포함되니 깊숙한 지역인데, 다행히 순찰사(巡察使)의 다스림으로 여러 고을을 어루만져 안정시키고 현명한 수령의 정사로 많은 백성들을 품어 보호하고 있으니, 엄한 규례를 점검하고 단속하는 일을 부임한 처음부터 시행하였고 수령이 어질다는 소문은 청렴하게 세금을 거두는 점에서 이미 충분하였습니다.

돌아보건대 우리 안팎 종곡(鍾谷) 마을과 멀고 가까운 김씨(金氏) 가문 일족은, 화목한 우애가 선대로부터 이어져 왔고 어려운 이를 구제해주는 방도가 다른 이웃에 비하여 더욱 두터웠습니다. 그러므로 천시(天時)와 지리(地利)가 인화(人和)만 못하다는[35] 점을 가지고 미루건대, 비록 덕이 있는 선비와 용맹한 사내가 있더라도 어찌 어진 도

---

32) 저쪽은……없겠습니까 : ≪한서(漢書)≫에 나오는 내용이다. "어지러운 나라를 구원하고 포악한 군주를 주벌하는 군대를 '의병(義兵)'이라 하는데, 군대가 의로울 경우에는 왕자(王者)가 된다. 적이 우리를 공격하여 부득이하게 일으킨 군대를 '응병(應兵)'이라 하는데, 군대가 침략에 대응하여 일어난 경우에는 승리한다. 작은 일을 다투고 한스러워하여 분노를 참지 못하고 일으킨 군대를 '분병'이라 하는데, 군대가 분김에 일어난 경우에는 패한다. 남의 토지와 재화를 이롭게 여겨 일으킨 군대를 '탐병(貪兵)'이라 하는데, 군대가 탐욕으로 일어난 경우에는 깨진다. 국가가 큰 것을 믿고 백성이 많은 것을 뽐내어 적에게 위세를 보이고자 일으킨 군대를 '교병(驕兵)'이라 하는데, 군대가 교만으로 일어난 경우에는 멸망한다. 이 다섯 가지는 인사(人事)일 뿐만 아니라 바로 천도(天道)이다."≪漢書 卷74 魏相傳≫

33) 삼산(三山) : 삼산은 보은의 옛 지명이다. 신라 때 삼년산군(三年山郡)이라고 한 뒤에, 삼년(三年) 혹은 삼산(三山)이라고도 불렸다.≪輿地圖書 忠淸道 報恩≫

34) 십승(十勝) : 기근이나 전쟁의 염려가 없다고 일컫는 열 군데의 땅을 말한다.

35) 천시(天時)와……못하다는 : ≪맹자(孟子)≫＜공손추 하(公孫丑下)＞에 "천시(天時)는 지리(地利)만 못하고 지리는 인화(人和)만 못하다."라고 하였다.

리와 같겠습니까. 스스로 생각건대 학문을 익힘에 있어서는 마땅히 조금이라도 시간과 음식을 아껴야 하지 않겠습니까. 하물며 고르게 다스리는 날[36]을 맞아 마음을 함께 하고 힘을 함께 하여, 밭 갈고 씨 뿌리는 공에 부지런히 힘써서 동요하지 말고, 땔나무를 미리 준비하여 축적하고, 정공(正供)[37]의 납부를 먼저 마쳐서, 관가에 죄를 얻지 않도록 하고 부랑한 무리를 따르지 말도록 하면 이에 백성의 품성이 착하다고 칭찬을 받을 것입니다. 예(禮)에는 조심하지 않는 것이 없어야 하니 더욱 어른과 어린이 사이에는 질서가 있고, 그 꺼리는 것을 신중하게 하는 것은 남자와 여자 사이에서 해야 할 바이고, 음식을 절제하는 것은 양식이 떨어질 걱정에 이르지는 말아야 하고, 비록 난리를 당하더라도 사물을 해칠 뜻을 갖지 말아야 합니다. 관가와 백성이 서로 사랑하여 마땅히 나라에 보답할 원대한 계획을 생각하고, 호월(胡越)[38]도 마음을 같이 하는데 타성(他姓) 사이라고 무엇을 꺼리겠습니까. 말은 비록 서투르지만 이익과 손해를 분별하여, 소홀하게 듣지 말고 삶과 죽음을 함께 하기를 바랍니다.

백장 통문 白場通文

통고(通告)하는 일입니다. 대곡서당(大谷書堂)은 곧 선생께서 학문을 강론하던 곳이며, 후예들이 흠앙하고 존숭하는 곳입니다. 거의 허물어지게 되자, 재물을 거두어 모으고 수리하여 중건하기로 충분히 상의하였습니다. 공사를 완공하여 이달 7일을 낙성(落成)하는 잔칫날로 택일하여 정하고, 전날인 6일에 기예를 겨루는 시험장을 설치하도록 하였습니다. 이에 통문을 띄워 급히 아뢰오니, 기예를 간직한 이들이 구름처럼 모여서 선사(先師)께서 어리석음을 인도하던 가르침에 보답하고, 문장가들이 벌주 잔을 들던 성대한 거사에 다시 힘쓰기를 바랍니다. 그렇게 된다면 너무나 다행이겠습니다.

---

36) 고르게 다스리는 날 : 봄철의 의미하는 것으로 보인다. ≪서경(書經)≫ <요전(堯典)>에 "희중(羲仲)에게 따로 명하여 동쪽 바닷가에 살게 하니 그곳이 바로 해 뜨는 양곡(暘谷)인데, 해가 떠오를 때 공손히 맞이하여 봄 농사를 고르게 다스리도록 하였다."라는 말이 나온다.

37) 정공(正供) : 백성들이 국가에 당연히 바쳐야 할 성해진 수량의 조세를 가리킨다.

38) 호월(胡越) : 중국 북쪽의 호(胡)와 남쪽의 월(越)이라는 뜻으로, 서로 관계가 소원하거나 멀리 떨어져 있음을 이르는 말이다.

아! 선조 참판공(參判公)의 혈손(血孫)이 수백 명에 이르니, 제사를 지내는 정성과 제향(祭享)하는 예법을 전해 받은 것에 그치지 않고 또한 잃지 않고 좇아서 행해야 합니다. 올해 미조랑(彌造郞)에서 유사(有司)를 단지 1인만 내었는데 또 혈손도 아니니, 가문을 계승하는 법이 무너지고 선조를 받드는 도리가 폐해졌습니다. 이 어찌 온 가문이 마음이 서늘해지고 뼈가 시릴 일이 아니겠습니까. 이는 맹자(孟子)가 논하였던 '상례(喪禮)와 제례(祭禮)는 선조를 따른다'[40]는 가르침이 아니고, 단지 공자(孔子)의 '내가 제사에 참여하지 않으면 제사 지내지 않은 것과 같다'[41]라는 의리입니다. 못난 저희들은 이에 의리에 근거하여 통문을 띄워 급히 아룁니다. 첫째로 종회(宗會)에서 잘못을 바로잡아 올바르게 하도록 하였는데, 날짜가 임박하였습니다. 삼가 바라건대 여러 종친께서는 통문을 살펴보신 뒤, 혈손 중에 감당할 만한 사람을 택하여 2명을 지명하여 편지를 써서 보내신다면, 못난 저희들이 문장(門長)께 우러러 여쭌 연후에 막중한 세향(歲享)[42]을 행하겠습니다. 그렇게 된다면 너무나 다행이겠습니다.

---

39) 병인년 : 병인년은 1866년(고종3)으로 회와가 44세 때이다.

40) 상례(喪禮)와……따른다 : 등(滕)나라의 세자가 부왕(父王)의 상을 당하여 맹자(孟子)의 조언에 따라 삼년상을 치르려고 하였는데, 등나라의 부형(父兄)과 백관(百官)들이 "상례와 제례는 조상의 예법을 따른다."라는 옛 기록을 인용하면서 조상들이 행하지 않은 예라는 이유로 반대하였다. 이에 맹자가 세자에게 솔선수범하여 예를 실천함으로써 사람들이 자연스럽게 감복하여 따르도록 다시 조언해 주었다. ≪孟子 滕文公上≫

41) 내가……같다 : ≪논어(論語)≫ <팔일(八佾)>에서 공자(孔子)가 이르기를, "내가 제사에 참여하지 않으면 제사 지내지 않은 것과 같다."라고 하였다.

42) 세향(歲享) : 해마다 시기를 정해놓고 지내는 제향(祭享)이다.

종곡 김문 종약 임술년[43] 여름 화적(火賊)이 나타났을 때 鍾谷金門宗約 壬戌夏 火賊時

아! 삼산(三山)을 일러 추로(鄒魯)라고[44] 하는 것은 이 종곡(鍾谷)을 가리켜 하는 말입니다. 종곡을 일러 추로지향(鄒魯之鄕)[45]이라고 하는 것은 우리 경주 김씨(慶州金氏)를 보고 부르는 것입니다. 어째서 그러합니까? 우리 선조이신 충암(冲庵) 문간공(文簡公)[46]은 여기에서 태어나, 여기에서 자라서 마침내 한 시대의 대유(大儒)가 되었고, 또한 천년의 종사(宗師)가 되었습니다. 하물며 다시 장암공(壯巖公)의 도타운 마음, 참봉공(參奉公)의 깊은 학문, 전한공(典翰公)의 청렴한 명망, 의사공(義士公)의 큰 절개, 창구공(滄邱公)의 올곧은 도(道), 간서공(澗西公)·장졸공(藏拙公)의 스승에 대한 독실한 믿음, 죽헌공(竹軒公)의 넓은 지식, 기산공(箕山公)의 남 몰래 베푸는 덕행, 강민공(剛愍公)의 올바름을 지킴이 삼산의 종곡에서 잘 갖추어져 훌륭하게 이어져 나왔습니다. 앞에서 이른바 추로라는 것이 어찌 김씨를 위하여 준비된 말이 아니겠습니까!

지금에 와서 먼 후손들이 한미하고 배움이 없어서 비록 시조(始祖)께서 남기신 모범 중 만의 하나도 본받지 못하지만, 또한 어찌 감히 난민(亂民)의 부류에 물들어 들어갈 수 있겠습니까. 이러한 태평성세에 태어나 위로는 조정의 교화를 받고 아래로는 목민관의 다스림을 받으니, 우리 어리석은 후손들로서 선비들은 공자(孔子)와 맹자(孟子)의 글을 외우고 농부는 염제(炎帝) 신농씨(神農氏)와 후직(后稷)[47]의 가르침에 힘써, 푹 젖은 아

---

43) 임술년 : 1862년(철종13)으로 회와가 40세 때이다.

44) 삼산(三山)을 일러 추로(鄒魯)라고 : 삼산은 보은(報恩)의 옛 지명이다. 추로는 춘추전국시대 나라 이름으로, 추(鄒)나라는 맹자(孟子)의 출생지이고 노(魯)나라는 공자(孔子)의 출생지이다.

45) 추로지향(鄒魯之鄕) : 공자와 맹자의 고향이라는 뜻으로, 예절을 알고 학문이 왕성한 곳을 이르는 말이다.

46) 충암(冲庵) 문간공(文簡公) : 조선 전기의 문신인 김정(金淨, 1486~1521)을 가리킨다. 자는 원충(元冲)이다. 중종 2년(1507)에 문과에 장원하고, 부제학과 도승지를 거쳐 대사성·예문관 제학을 지냈다. 조광조 등과 함께 미신 타파와 향약의 전국적 시행을 위하여 힘썼다. 1519년(중종14) 기묘사화(己卯士禍) 때 극형에 처해질 위기에서 제주(濟州)로 유배되었다가, 1521년 신사무옥(辛巳誣獄)에 관련되어 사사(賜死)되었다. 1545년(인종1) 복관되었고, 1646년(인조24) 영의정에 추증되었다. 시호는 문정(文貞)이었다가 나중에 문간(文簡)으로 고쳐졌다. 선정(先正)은 선대의 현인을 가리키는 존칭이다.

47) 염제(炎帝) 신농씨(神農氏)와 후직(后稷) : 염제 신농씨는 중국 고대 전설상의 제왕이다. 삼황(三皇)의 한 사람으로, 농업·의료·악사(樂師)의 신, 주조(鑄造)와 양조(釀造)의 신이며, 또 역(易)의 신, 상업의 신이라고도 한다. 후직은 중국 주(周)나라의 시조이다. 어머니가 거인의 발

래에 깊이 잠기고 신령스러운 중에 기뻐하고 즐거워하면 될 것이니 어떻게 하겠습니까.

군현의 고약하고 막된 무뢰배가 의리의 정당함을 스스로 알지 못하고 또 형벌의 엄격함을 두려워하지 않고서, 통문(通文)을 보내어 패거리를 불러 모아 인명을 상하게 하고 인가에 불을 지르고 있습니다. 근본은 양반의 후예로서 상놈들이 모여 있는 것에 뒤섞여 들어가, 관(冠)을 벗고 건(巾)을 두르고도 태연하게 부끄러운 줄 모르니, 예로부터 지금까지 천하에 이렇게 놀라운 일을 듣지 못하였습니다. 들은 바 본 바가 도리에 어긋나 어지러울 뿐만이 아니라 하물며 조정에서 선참후계(先斬後啓)[48]라는 엄한 하교가 있음에랴!

바라건대 우리 여러 종친들은 안팎의 마을, 늙은이와 젊은이를 막론하고 글을 읽는 자는 글을 읽고 농사 짓는 자는 농사를 지으며 안정하여 움직이지 마십시오. 만약 난민의 부류가 이 마을에 들어온다면 힘을 모으고 뜻을 합하여 하나도 그 패거리에 섞여 들어가지 마십시오. 긴요한 곳에 모여서 전면을 굳게 지키며, 의리의 이야기를 가지고 마주하여 서로 토론하면 나는 바르고 저들은 그르니 어찌 꿀릴 리가 있겠습니까. 만약 옳고 그름을 구분하지 못하고 소란을 부리며 사람을 해치는 놈이 있거든, 즉시 동임(洞任)을 시켜 묶어서 관가에 바쳐 치죄를 기다리도록 한다면 무슨 불가할 일이 있겠습니까. 이와 같으면 첫째로 조상의 덕을 더럽히지 않게 되고, 둘째로 종친을 보존하는 대책이 있게 되어, 결국 성세의 양민(良民)이 될 것이니 어찌 난민보다 백배 낫지 않겠습니까!

이러한 종약(宗約)을 지키지 못하고 종친을 등지고 저들에게 들어간다면, 종친들은 한 목소리로 종친에서 떼어내고 또한 관가에 알려서 이 마을에 남겨 놓지 않아야 합니다. 다른 성씨로 이 마을에 사는 자도 이 종약을 지키는 것이 마땅하니 함께 피해를 막기를 바란다고 한다면 허락하여 함께 하십시오. 이러한 뜻으로 관가에 알려 관인(官印)을 찍어 우리의 깊은 종약이 된다면 매우 다행이겠습니다.

자국을 밟고 잉태하여 낳아서 불길하다 하여 세 차례나 버려졌으므로 기(棄)라는 이름이 붙여졌다고 한다. 순(舜)임금을 섬겨 사람들에게 농사를 가르쳐 그 공으로 후직(后稷)이라는 벼슬에 올랐다.

48) 선참후계(先斬後啓) : 법을 어긴 사람을 우선 처형하고 난 뒤에 임금에게 아뢰는 일이다.

덕(德)은 체(體)이니, 몸에서 얻어서 업(業)을 하는 근본입니다. 업은 용(用)이니, 일에서 베풀어 덕을 이루는 결과입니다. 옛사람이 이른바 덕을 숭상하고 업을 넓힌다는 것이 이것입니다. 재주가 덕업에서 벗어나면 문득 과실에 빠지게 되니, 털끝만큼의 차이로도 천리의 잘못이 됩니다. 이 때문에 주(周)나라의 선왕(先王)이 향학(鄕學)의 삼물(三物)을 가지고 가르쳐49) 그 덕업을 권하고, 향학의 팔형(八刑)으로 바로잡아50) 그 과실을 징계하며, 예의의 풍속을 점점 닦아 나가고, 환난을 겪을 때 구제하는 것입니다.

공손히 생각건대 우리나라의 아름다운 다스림은 주나라에 대해서도 빛이 나니, 백성을 덕으로 인도하고 견해를 업으로 권하여 오늘날에 이르렀습니다. 더구나 또 호서(湖西)의 문물은 곧 옛날의 추로지향(鄒魯之鄕)이니, 유명한 재상과 큰 현인들이 이따금 배출되어 유학(儒學)을 흥기시켰습니다. 찬란하게 아름다우니 어찌 후학이 공경하며 우러러 사모하지 않겠습니까.

지금 우리 순찰사(巡察使) 합하(閤下)께서 이 고장을 순선(旬宣)51)하시어, 1년 만에 기이함을 보이니 다스림의 교화가 불처럼 행해졌습니다. 장공(張公)은 호주(濠州)에서52) 법령을 간략하게 하며 생도들을 교육하였고, 이상(李相)은 상주(常州)에서53) 향

---

49) 삼물(三物)을 가지고 가르쳐 : ≪주례(周禮)≫<지관(地官) 대사도(大司徒)>에 "향학(鄕學)의 삼물 즉 세 종류의 교법(敎法)을 가지고 만민을 교화한다. 그리고 인재가 있으면 빈객의 예로 우대하면서 천거하여 국학(國學)에 올려 보낸다. 첫째 교법은 육덕(六德)이니 지(知)·인(仁)·성(聖)·의(義)·충(忠)·화(和)요, 둘째 교법은 육행(六行)이니 효(孝)·우(友)·목(睦)·연(婣)·임(任)·휼(恤)이요, 셋째 교법은 육예(六藝)이니 예(禮)·악(樂)·사(射)·어(御)·서(書)·수(數)이다."라는 말이 나온다.

50) 팔형(八刑)으로 바로잡아 : ≪주례(周禮)≫<지관(地官) 대사도(大司徒)>에 "향학의 팔형(八刑)으로 만민을 바로잡는다."라는 말이 나온다. 팔형은 8종의 범죄행위에 대해 가해진 형벌을 말하는데, 불효지형(不孝之刑), 불목지형(不睦之刑), 불인지형(不婣之刑), 부제지형(不弟之刑), 불임지형(不任之刑), 불휼지형(不恤之刑) 등 육행에 대한 것과 여기에 조언지형(造言之刑) 및 난민지형(亂民之刑)을 더한 것을 가리킨다.

51) 순선(旬宣) : ≪시경(詩經)≫<대아(大雅) 강한(江漢)>에, "임금이 소호(召虎)에게 명하시어 정사를 두루 펴라 하시다. [王命召虎 來旬來宣]"라고 한 데서 유래하여, 지방관이 되어 왕정(王政)을 펴는 것을 말한다. 순(旬)은 두루 다스린다는 뜻으로 순(巡)과 통한다. 여기서는 관찰사의 직임을 말한다.

52) 장공(張公)은 호주(濠州)에서 : 당(唐)나라 때 이정기(李正己, 732~781)가 반란을 일으키자, 덕종(德宗)이 장만복(張萬福, 716~805)을 호주 자사(濠州刺史)로 임명하였다.≪舊唐書 卷156

음주례(鄕飮酒禮)를 지키며 효도와 우애를 그림으로 전했습니다. 들판의 해당화 노래를 읊으며 옛 소호(蘇湖)의 가르침54)을 잊었는데, 지금 다시 행하니 아주 달라진 도(道)가 바람에 풀이 눕는 것과 같았습니다. 그러므로 공주(公州)의 많은 유생(儒生)들이 여씨(呂氏)·주자(朱子)와 우리 동방의 선생들이 이미 행했던 향약(鄕約)55)을 보태고 덜어서 속속들이 자세히 밝히고 모두 갖추어 요약하고 포괄하여, 53개 고을에 두루 보였으니 실로 천 년만의 하나의 훌륭한 일입니다.

더구나 다시 우리 사또께서 몸소 향교에 임하시어 선비를 모으니, 공을 좇아 약장(約長)과 공정(公正)을 가려 뽑았으니, 그 덕을 권하는 도리가 이미 지극하고 지극하였습니다. 옛날에는 사약(司約)이 있어서 나라의 크고 작은 약조를 관장하였으니, 모두 서차(序次)가 있었습니다. 또 당정(黨正)이 있어서 백성들의 봄가을 향음주례를 담당하였으니, 치위(齒位)56)를 잃지 않았습니다. 지금 가려 뽑은 약장은 옛날의 이른바 사약이고, 옛날의 이른바 당정은 지금 가려 뽑은 공정입니다. 비단 강신(講信)57)의 약속이 엄절했을 뿐만 아니라, 가르치는 글과 익히는 예가 모두 정정당당한데서 나왔으니 더욱 정중하며 조심스러웠습니다.

저는 본래 나약하고 무식한 부류인데, 지금 약장의 책임이 잘못하여 나에게 돌아왔으니 어찌 온 고을의 비웃음을 사지 않겠습니까. 그러나 사양해도 이룰 수 없었을 뿐만 아니라 벌이 또 몸에 미칠까 두려워, 감히 이에 약속하는 글을 돌려가며 알리니, 부디 여

張萬福列傳≫

53) 이상(李相)은 상주(常州)에서 : 당나라 때 이관(李觀)이 상주(常州)에 있었던 적이 있다.

54) 소호(蘇湖)의 가르침 : 소호(蘇湖)는 소주(蘇州)·호주(湖州)로 송(宋)나라의 호원(胡瑗)이 두 주(州)의 교수가 되어 제자가 1천 명을 헤아릴 정도였다. 사부(辭賦)가 유행하던 당시에 호원은 경의재(經義齋)와 치학재(治學齋)를 두어 수재를 배출했다.≪宋史 胡瑗列傳≫

55) 여씨(呂氏)·주자(朱子)와……향약(鄕約) : 중국 북송(北宋) 때 향촌을 교화, 선도하기 위해 만들었던 자치적인 규약이다. 1076년 섬서성(陝西省) 남전현(藍田縣)의 여씨 문중에서 만들었으며, 뒤에 주자(朱子)에 의해 약간의 수정이 가해져 주자여씨향약(朱子呂氏鄕約)이 만들어졌다. 주된 강목은 '좋은 일은 서로 권장한다' '잘못은 서로 고쳐준다' '사람을 사귈 때는 서로 예의를 지킨다' '어려움을 당하면 서로 돕는다' 등이다. 1517년(중종12)에 조정의 명령으로 각 지방관에 의해 전국적으로 시행되었으며, 이를 토대로 이황(李滉)의 예안향약(禮安鄕約), 이이(李珥)의 서원향약(西原鄕約)이 만들어졌다.

56) 치위(齒位) : 나이에 따라 정해지는 자리의 차례를 말한다.

57) 강신(講信) : 향약(鄕約)에서, 조직체의 성원들이 한자리에 모여서 술을 마시며 신의를 새롭게 다지던 일이다.

러분께서는 사람이 미련하고 글이 졸렬하다고 여기지 마시고, 약속대로 시행하여 영읍(營邑)에서 처벌을 받게 되지 않기를 바랍니다. 그렇게 된다면 너무나 다행이겠습니다.

화적에게 전하는 격문 을유년58) 겨울 傳火賊檄文 乙酉冬

조양자(趙襄子)가 두개골에 칠을 하여 음기(飮器)로 만드니, 예양(豫讓)이 측간을 수선하는 인부로 위장하여 원수를 갚으려고 하였다.59) 오원(伍員)이 무덤을 파고 시체를 매질하니, 신포서(申包胥)가 편지를 보내어 그 죄를 책망함을 밝혔다.60) 비록 가문과 나라의 이전 원수를 위해서도 충신과 효자가 깊게 갚는 것을 면하기 어려웠는데, 더구나 우리들은 치세의 평범한 백성으로 일찍이 좌하(座下)에게 죄를 얻은 적도 없고, 궁벽한 거리의 가난한 선비들은 늘 글 속에서 이치를 궁구함에랴. 저울로 재어 비록 몇 냥 무게의 가벼움과 무거움을 다투던 즈음이라도 만약 그것이 의리가 아니라면 검부러기라도 기꺼이 하지 않을 것인데, 취하고 주는 사이에 어찌 피차 다른 길이 있겠는가. 이것이 예로부터 지금까지 통용되는 의리이다.

생각건대 비록 아무개 아무개라는 제군들의 이름은 모르지만, 호탕하고 시원스런 부류에 불과할 것이다. 사민(四民) 가운데 본래 낙토(樂土)에서 온갖 교화를 받는 존재 이

---

58) 을유년 : 1885년(고종22)으로 회와가 63세가 되는 해이다.

59) 조양자(趙襄子)가……하였다 : 춘추전국시대 진(晉)나라의 조양자(趙襄子)가 한씨(韓氏), 위씨(魏氏)와 함께 지씨(智氏)를 멸망시킨 뒤 지백(智伯)의 두개골에 칠을 하여 음기(飮器)로 만들어 사용하였다. 이에 지백의 신하 예양(豫讓)이 원수를 갚기 위하여 조양자를 죽이려고 다리 밑에 숨어 있기도 하고, 측간을 수선하는 인부로 위장하기도 하였으나, 결국에는 실패로 끝나자 조양자가 벗어 준 옷을 세 번 칼로 내리치는 것으로 위안을 삼고는 마침내 자결한 고사가 전한다. ≪史記 卷86 刺客列傳 豫讓≫

60) 오원(伍員)이……밝혔다 : 오원은 춘추시대 초(楚)나라 사람으로, 자(字)는 자서(子胥)이다. 아비 오사(伍奢)가 모함을 당하여 초(楚)나라 평왕(平王)에게 죽음을 당하자, 오원은 오(吳)나라로 달아나 합려(闔閭)의 신하가 되어 모국 초나라를 공격하여 도성을 함락하고 죽은 초 평왕의 시신을 꺼내어 채찍으로 3백 번이나 매질하였다. 이에 그의 친구 신포서(申包胥)가 사람을 시켜 말을 전하기를, "사람이 많으면 하늘을 이기지만, 천명도 정해지면 사람들을 능히 격과한다."라는 말을 인용하여, 오자서의 난폭한 행동을 나무랐다. 이에 오자서는 "해는 저물고 길은 머니 거꾸로 행하고 역(逆)으로 하노라."라고 대답하였다.≪史記 卷66 伍子胥列傳≫

외에 어찌 흉악한 사람을 만들었겠는가. 비록 구멍의 틈을 엿보는 무리라고 하더라도 옛날에는 양상군자(梁上君子)[61]가 있었고, 혹시 소굴에 모여드는 패거리라도 스스로는 장군(將軍)이니 녹림(綠林)이니 칭한다. 어찌하여 전날의 혐의도 없는데 청산(靑山)의 무덤을 팔 것이며, 선대의 원한도 아닌데 무덤의 백골(白骨)의 목을 베겠는가. 하늘을 두려워하지 않았으니, 공경할 만한 것은 귀신이다. 항왕(項王)은 진정(秦政)의 무덤을 파헤쳐 초(楚)나라를 멸망시켰던 옛 원한을 갚았고,[62] 청제(淸帝)는 위조(魏操)의 관을 갈라서 한(漢)나라를 찬탈한 간흉임을 밝혔다.[63] 어찌 조금의 상관도 없는데 감히 수많은 재물을 억지로 빼앗아 이에 만년의 귀신에게 재앙을 쌓아 같은 하늘의 햇빛을 함께 볼 수 없도록 하였으니, 죄는 사람을 죽인 것보다 더하고 악은 관리를 협박하여 빼앗은 것을 넘는다. 이미 거두고 공갈을 겸하였으니 진정으로 이른바 도증주인(盜憎主人)[64] 이고, 억지로 빼앗고 총칼로 협박하였으니 어찌 적반하장(賊反荷杖)[65]이 아니겠는가.

이번에 영읍(營邑)에서 엄히 단속하여 썩은 쥐와 마른 병아리처럼 버려두고, 천지 신명이 벌하기를 벼락을 치고 바다에 빠뜨릴 것이다. 틀림없이 오랫동안 묶여서 재앙에 빠질 것이니 사향노루가 배꼽을 물어뜯는 탄식[66]도 소용이 없을 것이다. 이에 이전의 허물을 뉘우치지 않고 다시 죄를 저지를 것을 간절히 경계하니, 허물 고치기를 꺼리지 말기 바란다.

---

61) 양상군자(梁上君子) : 들보 위의 군자라는 뜻으로, 도둑을 완곡하게 이르는 말이다. ≪後漢書 陳寔傳≫

62) 항왕(項王)은 ……갚았고 : 항왕은 초나라 왕 항우(項羽), 진정은 진시황(秦始皇)을 가리킨다. 진시황의 이름이 정(政)이었다.

63) 청제(淸帝)는……밝혔다 : 위조는 위(魏)나라 조조(曹操)를 가리킨다.

64) 도증주인(盜憎主人) : 간악한 사람이 정직한 사람을 미워하는 것을 비유한 말이다. ≪춘추좌 씨전(春秋左氏傳)≫ 성공(成公) 15년 조에 "백종(伯宗)이 조회하러 갈 때마다 그의 아내가 반드시 경계하기를 '도둑은 주인을 미워하고 백성은 윗사람을 미워합니다. 그대가 바른말을 하기 좋아하므로 반드시 어려운 일을 당할 것입니다."라고 하였다.

65) 적반하장(賊反荷杖) : 도둑이 도리어 매를 든다는 뜻으로, 잘못한 사람이 아무 잘못도 없는 사람을 나무람을 이르는 말이다.

66) 사향노루가……탄식 : 사향노루가 사람에게 잡혀 죽게 될 때에 제 배꼽의 향내 때문이라 하고 배꼽을 물어뜯는다는 말로, 일이 잘못된 뒤에는 후회해도 소용없다는 말이다.

아! 우리 방계 조상인 참교공(參校公)은 곧 우리 김씨의 종손(宗孫)인데, 불행히도 후사가 없어서 우리 선조인 승지공(承旨公)의 셋째 아들 별좌공(別坐公)을 양자로 삼았다. 별좌공도 대를 이을 후손이 없이 사위인 성균 사마(成均司馬) 허공(許公) 휘(諱) 빈(儐)이 있었는데, 그도 후사가 없었다. 무덤이 종산(鍾山) 남쪽 부곡(釜谷)의 문화 유씨(文化柳氏) 선영(先塋)의 전순(前脣) 축좌(丑坐)의 언덕에 있다. 우리 김씨 가문이 사위를 잃는 슬픔을 당한 지 이제 수백 년이 되었는데, 비록 성묘는 하지만 옛 무덤에 자손이 없다는 탄식이 없을 수 없다. 일찍이 노성공파(魯成公派)가 상석(床石) 때문에 이미 해마다 성묘를 했지만 예법에 걸맞지는 않았다. 이에 6마지기의 위답(位畓)을 사람으로 바꾸어 제사가 모양을 갖추도록 하였으니, 한편으로 감격스럽고 한편으로 다행이다. 혹시 훗날에 폐단이 생길까 하여 위와 같이 문장댁(門長宅)에서 약속 문서를 만들어 영원히 증명할 수 있도록 한다.

<신사년 2월 어느 날 문장께 표문(標文)을 올렸다. >

윤고문 병인년(1866) 10월 13일 輪告文 丙寅十月十三日

하늘이 우리 큰 나라 조선(朝鮮)으로 하여금 그 덕을 계승하게 하여 다스림의 교화가 아름답게 빛나서 그 사이에 역적의 도당이 없었으므로, 백성들이 전쟁을 보지 못한 지 수백 년에 이르렀습니다. 감히 저 사납고 추한 서양 무리가 경기 지역을 침범하여, 현재 강도(江都 강화(江華))를 지키지 못했고 흉악한 패거리가 연해(沿海)에 배를 대고 있으니, 무릇 신하와 백성으로 혈기를 지니고 있는 자라면 누군들 나라를 걱정하는 마음과 적개심이 없겠습니까.

다행히 우리 현명한 사또께서 이 삼산(三山 보은(報恩))에 부임한 지 이제 두 해가 넘었으니, 온 경내에 다스림의 교화가 옛날의 잘 다스린 관리에 견줄 만합니다. 변고의 소식을 들은 뒤 무기를 제조하고 군병의 대오를 점고하여 소집에 대비하게 하였고, 농

---

67) 신사년 : 신사년은 1881년(고종18)으로 회와가 59세 때이다.

사를 권장하고 백성들을 편안히 보호하여 흩어지지 않도록 하였으니 계획이 치밀하고 성실함이 간절하였습니다. 앞뒤로 내린 전령(傳令)은 모두 백성들을 마치 자식처럼 바라보는 지극한 마음이라 아이들은 외우고 아낙들은 찬양하였으니, 이 어찌 위로는 하늘이 묵묵히 음덕을 내려 아래로 백성을 모두 살려주시는 때가 아니겠습니까.

지금 또 100가(家)를 통(統)으로 만들도록 하는 명령이 내렸으니, 옛날의 가(家)에서 리(里)에서 통(統)에서 련(連)에서 서로 사랑하고 서로 보호하고 서로 지키고 서로 응하던 것을 따랐을 뿐만 아니라, 처음에는 법을 어기는 죄를 말하고, 다음으로는 적을 대비하는 방도를 말하고, 마지막으로 안심하고 생업을 즐기도록 하였습니다. 무릇 사람이 죄를 범하지 않는다면 형벌이 없을 것이고, 적이 경내에 들어오지 않는다면 난리를 막을 수 있을 것이고, 그 마음을 편안하게 하고 그 생업을 즐기게 하면 뛰며 춤추게 하는 효과도 기대할 수 있을 것이니, 나라를 돕는 도리에 있어서 아마도 일조하는 방도가 될 것입니다. 그런데 어리석고 미천한 민태(玟泰)에게 이 어찌 일련(一連)[68]의 공론이 잘못 지명하였는지, 집강(執綱)이라는 명색은 지극히 외람됨을 가눌 수 없습니다.

무릇 종산(鍾山)은 고려 말에 우리 선조께서 세상을 피해 온 땅인데, 이미 임진왜란 (壬辰倭亂) 때 8년의 재앙을 겪었고 지금껏 먼 후손들이 아직도 존재하고 있으니 우리 김씨 가문의 복지(福地)[69]라고 할 만합니다. 여기를 버리고 어디로 가겠습니까! 중간에 타성(他姓)이 있었지만, 또한 모두 혼인이나 우정으로 인한 것이니 가까운 친족과 다름이 없습니다. 마음을 같이하고 뜻을 합하여 유언비어에 동요하지 말고, 남자는 땔나무하고 여자는 길쌈하면서 겨울 날 것을 대비하고, 아침에는 밥을 먹고 저녁에는 죽을 먹으며 올봄에 이어지게 하고, 낮에는 기찰하고 밤에는 순찰하며 도적을 막고, 동쪽에서 부르면 서쪽에서 응답하며 이웃과 마을을 구제하고, 비록 재앙과 환난을 만나더라도 어른과 아이의 질서를 잃지 않고, 혹시 급변을 당하더라도 남자와 여자의 구별이 있도록 하며, 사사로운 혐의로 인하여 공적인 의논을 해치지 말도록 하고, 작은 이익으로 서로 다투지 말고 몸가짐을 삼가면서 절약하여 쓴다면 또한 인화(人和)라고 할 수 있을 것입니다.

더욱 우선해야 할 것은 공납(公納)입니다. 환곡(還穀)의 쌀을 정밀하게 살펴서 창고

---

68) 일련(一連) : 일련(一連)은 민가 2백 가구를 1련(連)으로 하는 고대 중국의 행정 구역 단위이다.
69) 복지(福地) : 복지는 신선들이 사는 땅, 행복을 누리며 잘 살 수 있는 땅을 가리킨다. 풍수지리에서는 집터의 운이 좋아 운수가 트일 땅을 말하기도 한다.

를 연 뒤에 납부를 마치고, 세금을 바칠 돈을 미리 마련하여 통(統)에서 내야 하는 해에 응당 징수하여 관가에 죄를 얻지 않도록 한다면, 사또께서 우리 백성을 사랑하고 보호하는 것이 또한 어떠하겠습니. 이에 일련 안에 돌려가며 알리니, 여러 종친과 현명한 군자께서는 사람이 비루하고 말이 졸렬하다 하여 버리지 마시고, 다시 은혜롭게 정정당당한 논의로 이 어리석은 자를 이끌어 주신다면 매우 다행이겠습니다.

네 마을이 서로 약속함 四里相約

하나. 일련(一連)에 일이 있어서 모여 의논할 때에는 각각 나이를 순서로 삼아서 의관을 바르게 하고 꿇어 앉아서 옛사람의 더할 나위 없는 의리를 본받되, 뒤섞여 어지럽게 하여 서로 순서를 뛰어넘지 말도록 하고, 실없이 농지거리를 하여 서로 시끄럽게 하지 말도록 하며, 용모는 반드시 공손한 말이 이르도록 하고, 말은 반드시 공경하게 하여 충분히 논의할 수 있도록 한다.

하나. 혹시 술잔을 주고받는 일이 있으면, 비록 즐기더라도 한 잔을 넘지 말아서 옛사람의 일헌백배(一獻百拜)[70]의 예법을 본받되, 취한 기운을 얼굴에 드러내지 말고, 주정하는 소리를 입 밖에 내지 말고, 도리에 어긋나게 다투거나 싸워서 결국 일을 그르치지 말도록 한다.

하나. 이(里) 안에 어질지 못한 사람이 있으면 이사(里司)가 어질도록 이끌고, 통(統) 아래에 착하지 못한 사람이 있으면 통수(通首)가 착하도록 타이르며, 집강(執綱)에 의롭지 못한 일이 있으면 연(連) 중에서 의롭도록 깨우친다. 집강·이사·통수를 막론하고 통 아래에 홀로 자기의 견해를 주장하며 논의를 따르지 않는 자는, 친하다고 하여 덮어버리지 않고 논죄하여 관가에 알려 처분을 기다리도록 한다.

하나. 더욱 금할 것은 잡기(雜技)이다. 옛사람이 이르기를 '장기나 바둑을 하는 것은 부모를 봉양하지 않는 것과 똑같은 불효이다'라고 하였으니, 장기·바둑도 그러한데 하

---

70) 일헌백배(一獻百拜) : 주객(主客) 간에 점잖게 술을 마시는 것을 말한다. ≪예기(禮記)≫＜악기(樂記)＞에 "선왕(先王)이 이 때문에 음주에 관한 예법을 제정하였으니, 그것은 즉 한 잔을 주고받을 때에도 손님과 주인이 서로 백 번씩 절을 하기로 하여, 종일토록 마시더라도 취하지 않도록 한 것이다."라는 말이 나온다.

물며 투전(投錢)이겠는가. 한 푼을 걸고 백 푼을 바라는 것은 도적과 다름이 없으니, 금지하는 도리에 있어서 엄히 다스리지 않을 수 없다.

　하나. 가난한 사람이나 부유한 사람이나 막론하고 모두 말하기를 '이러한 때에 재물을 아껴 써서 무엇 하는가. 일단 쓰고 일단 먹는 것이다. 부지런해서 무엇 하는가. 일단 놀고 일단 즐기는 것이다.'라고 하는데, 이는 상서롭지 못한 말이다. 무릇 집에 거처하면서 날마다 쓰는 것으로도 재물은 항상 부족하다. 백성의 생활에 있어서 부지런한 것이 가장 근본이니, 이러한 때를 만났어도 더욱 아껴 쓰고 부지런해야 한다.

　하나. 나이 많은 이와 늙은이들은 각자 자제에게, 등잔불을 밝혀 글을 읽고 낫을 메고 땔나무를 베도록 권하여, 각각 그 생업을 지켜 영구한 계책으로 삼도록 한다.

　하나. 만약 예기치 못한 화적(火賊)이 생겨서 저녁이나 밤에 나오면, 총을 쏘아 서로 응하여 환난을 서로 함께 구제한다.

단자(單子)

단자 을축년[71] 7월 원납(願納)[72]할 때. 單子 乙丑七月 願納時

살펴 주십시오. 삼가 아룁니다. 주(周)나라에서 지은 영대(靈臺)는 백성들이 와서 만들었고,[73] 노(魯)나라에서 만든 비궁(閟宮)은 만민의 바람과 같았습니다.[74] 지금 우리 조정에서 경복궁(景福宮)을 짓는 일은 곧 주나라의 영대이고 노나라의 비궁이니, 모든 신하와 백성들이 어찌 와서 만들고 바라지 않겠습니까. 하물며 우리 사또가 이 고을에 부임하여 위로는 공가(公家)의 부역을 보태고 아래로는 백성들의 삶을 불리면서, 봄부터 가을까지 앞뒤로 전령(傳令)한 것이 지극히 간절하게 밝게 비추지 않는 것이 없었

---

71) 을축년 : 1865년(고종2)으로 회와가 43세가 되는 해이다.

72) 원납(願納) : 사전적으로 원납(願納)은 재물을 스스로 원하여 바치는 것을 가리키는데, 여기에서는 원납전(願納錢)을 바친 것을 의미한다. 1865년 대원군(大院君)은 경복궁(景福宮)을 중수하기 위해 각계각층에 자진해서 돈을 기부하도록 하였는데, 이때 받아들인 기부금이 원납전이다.

73) 주(周)나라에서……만들었고 : 영대는 임금이 올라가서 사방을 바라보던 대(臺)를 가리킨다. ≪시경(詩經)≫ <대아(大雅) 영대(靈臺)>에서, "영대를 세우려고 경영하시니, 백성들이 달려들어 하루도 안 되어 완성했네."라고 하였다.

74) 노(魯)나라에서……같았습니다 : 비궁(閟宮)은 노(魯)나라 희공(僖公)이 복구한 주공(周公)의 집이다. ≪시경≫ <노송(魯頌) 비궁(閟宮)>에 "조래산(徂來山)의 소나무와 신보산(新甫山)의 잣나무를 이에 자르고 이에 헤아리며, 이에 재고 이에 자질하여 소나무 서까래가 크기도 하니 노침(路寢)이 매우 크도다. 새 사당이 크고 크니 해사(奚斯)가 지은 바로다. 심히 길고 또한 크니 만민의 바람과 같도다."라고 하였다. 해사는 공자(公子) 어(魚)로서, 해사가 장인과 일꾼들을 가르치고 보호하여 공사의 과정과 세부 사항들을 맡긴 것을 말한다.

으므로 온 경내의 백성들이 힘을 내어 원하여 바치지 않음이 없었습니다. 죄를 지은 백성의 얕은 식견으로 윗사람을 모시는 의리를 강구하니 어찌 충성을 다하여 사또의 나라에 보탬이 되려는 뜻에 만의 하나라도 부응하지 않겠습니까. 삼가 생각건대 죄를 지은 백성은 본래 넉넉하지 못한데, 불행히도 어버이가 10년 동안 편찮으시고, 거듭 하여 6년 동안 상을 치르느라 재산이 거의 다하던 중에 돌아가신 어버이의 기일(忌日) 이 10일 남았습니다. 황급하게 갑작스럽던 즈음에 숫자대로 마련해 낼 길이 없어서, 겨우 30민(緡)을 어렵사리 마련해 바쳤습니다. 삼가 지극히 외람되고 황송함을 가누 지 못하겠습니다. 삼가 바라건대 사또께서는 특별히 너그럽게 감싸주시는 뜻을 베푸 시어, 이 고애자(孤哀子)[75]인 백성으로 하여금 죄에 저촉되는 일이 없도록 하소서. 그 렇게 되기를 간절히 바랍니다.

제사(題辭)[76]
바친 대로 거둘 것이다.

단자 정묘년(1867) 가을 單子 丁卯秋

살펴 주십시오. 삼가 백성은 학문을 충분히 강구한 바가 없고 예의를 일찍이 익힌 바가 없어서 어리석고 무식한데, 외람되게 향교(鄕校)의 직임을 맡게 되었으니 유림 (儒林)들의 비웃음을 살까 두렵습니다. 삼가 생각건대 흐리멍텅한 자질로 오랫동안 밝 고 엄숙한 곳에 머무르기 어려우니, 이에 감히 단자를 올려 특별히 속히 교체해주시기 를 간절히 기원합니다.

---

75) 고애자(孤哀子) : 어버이를 모두 여윈 사람이 상중(喪中)에 자기를 이르는 일인칭 대명사이다.
76) 제사(題辭) : 백성이 제출한 소장(訴狀)이나 원서(願書)에 쓰던 관부의 판결이나 지령을 가리 킨다.

신미년 양란이 일어났을 때[77] 辛未時洋亂

생각건대 우리 백성이 정치에 관심 없이 평안히 농사 지으며, 옷을 입고 밥을 먹으며 삶을 즐기고 죽은 이를 장사지내는 것은 모두 성상의 공덕으로 길러주신 지 오백년이나 깊은 데에서 비롯하였다. 옛사람이 이르기를 "탐욕으로 일어난 군대는 깨지고, 대응하여 일어난 군대는 승리한다.[78]"라고 하였다. 지금 저 서양은 토지와 보화를 고집스레 탐하여 강토를 침범하였으니, 이는 탐병(貪兵)인데 어찌 스스로 깨질 리가 없겠는가. 아! 우리나라는 수레와 무기를 정비하고 적의 두목을 막았으니, 이는 응병(應兵)으로 반드시 승리할 방도가 있다.

아! 우리 어리석은 무리가 비록 초야에 있어서 나라의 걱정을 실오라기만큼도 나누지 못한다고 하더라도, 태어날 때부터 혈기를 부여받았으니 또한 어찌 의리에 격분하여 왕의 원수를 대적하는 마음이 없겠는가. 무릇 이 요사스러운 기운이 일어난 지 지금 몇 달이 되었는데도 백성들이 전쟁이 있는 줄 모르고 있는 것은, 위로하여 편안하게 하는 조정의 큰 은혜를 입은 덕택이다.

또 우리 사또께서 백성들을 모두 화합하게 하여 온 경내를 단속하였으므로, 읍내와 마을 사이에서 술렁거리는 일 없이 태연하게 농사 짓고 길쌈하는 공이 있어서 업적을 이루기에 이르렀다. 모든 우리 같은 마을 사람들은 위로는 조정의 어진 정사를 본받고, 아래로는 현명한 사또의 훌륭한 인망을 공경하면서, 신중하게 유언비어로 서로 선동하지 말고 또한 헛소문을 수고로이 전하지도 말고, 백 집의 사람들이 옛날의 사농공상(士農工商)의 백성처럼 편안히 지내고 생업을 나날이 새롭게 하면서, 위로는 조세의 부담에 응하면서 각각 생명을 보전하도록 한다면 태평성대의 순수한 백성이라 할 만하니, 이 또한 만의 하나라도 나라에 보탬이 될 것이다.

---

77) 신미년 양란이 일어났을 때 : 신미년은 1871년(고종8)으로 회와가 49세 때이다. 이해에 신미양요(辛未洋擾)가 일어났는데, 양란(洋亂)이란 이를 가리킨 것이다. 미국 군함이 강화도 해협에 침입하여, 대동강에서 불탄 제너럴셔먼호 사건에 대한 문책과 함께 조선과의 통상 조약을 맺고자 하였으나 격퇴되었다.

78) 탐욕으로⋯⋯승리한다 : 적이 우리를 공격하여 부득이하게 일으킨 군대를 '응병(應兵)'이라 하는데, 군대가 침략에 대응하여 일어난 경우에는 승리한다. 남의 토지와 재화를 이롭게 여겨 일으킨 군대를 '탐병(貪兵)'이라 하는데, 군대가 탐욕으로 일어난 경우에는 깨진다.≪漢書 卷74 魏相傳≫

통문 병자년(1876) 10월 어느 날 通文 丙子十月日

위의 통문을 통고합니다. 이러한 흉년을 만나 우리 가난한 족속을 돌아보자면, 생활할 방도는 하늘에 오르기 어렵고 송장이 될 기일이 며칠 남지 않았습니다. 친족끼리 화목하게 지내는 도리에 있어서 차마 남의 일처럼 무관심할 수 없으므로, 이에 통문을 돌립니다. 바라건대 부디 여러 종친께서는 내일 이른 아침에 종곡(鍾谷)의 재사(齋舍)에 일제히 모여서 구휼할 방도를 충분히 상의해 주십시오. 그렇게 된다면 너무나 다행이겠습니다.

이에 비단 우리 종친뿐 아니라 비록 다른 성씨라 하더라도, 같은 마을 사람끼리 서로 돕는 도리에 있어서 무심하게 불참해서는 안 됩니다. 그렇게 된다면 이 또한 매우 다행이겠습니다.

위의 통문을 아래의 곳에 돌립니다.

강청(江淸) 와평(瓦坪) 강신(江新) 누저(樓底) 송촌(松村) 월안(月岸) 안양(安養) 종동(鍾東) 종남(鍾南) 종서(鍾西)

유거산천부 幽居山川賦

기성(箕星)[79]의 빛나는 은하(銀河)는 바다 왼쪽에 팔도(八道)를 나누었고, -원문 2자 판독 불능- 규수(奎宿)[80]는 호수 서쪽에 삼산(三山)을 열었네. 수정처럼 깊은 근원이 천 리를 흘러서 온갖 물줄기 바다로 흘러들고, 금강산 먼 줄기가 한 갈래로 떨어져 널리 노을로 떴네. 시루는 사방을 둘렀으니 혼돈의 시작에서 만들어지고, 종(鍾)이 만고에 걸렸으니 천지 사이에서 주조해 나왔네. 서민들의 순박한 풍속이 남쪽 고을에 퍼져서 영남과 접하고, 옥황상제의 원기가 북두칠성에 의지하여 서울을 바라보네. 흰 구름

---

79) 기성(箕星) : 이십팔수(二十八宿) 중의 하나인 기수(箕宿)를 가리킨다. 우리나라를 해당하는 별의 분야가 기성과 미성(尾星)이라고 한다.

80) 규수(奎宿) : 규수는 이십팔수의 하나로, 문장을 주관하는 별의 상징으로 일컬어졌다.

흰 바위 아래에 하늘이 아껴 놓은 신령스러운 구역이고, 푸른 산 푸른 물 사이에 사람이 사는 그윽한 땅이라네. 붓을 뽑은 봉우리에 먹을 간 고개, 찬 샘에 양치질하고 깨끗한 시냇물에 발을 씻네. 아름다운 정기가 산에 오르니 서남쪽 곤륜의 축을 쌓았고, 감추어진 광채가 옥을 통하니 진손방(震巽方)[81]의 외로운 밧줄을 받았네. 두루미가 울며 서쪽 숲을 지나니 멀리 맑은 소리 들리고, 큰 새가 날아 평평한 땅으로 내려오니 잠깐 두 날개를 드리우네. 여덟 신선이 함께 노닐던 자취[82]에 속세를 떠난 사람이 멀어지고, 아홉 사내가 들어와 은거한 터에 세상을 피한 사람이 진짜이런가.

상고하건대 산골짜기의 대곡(大谷 성운(成運))이 거문고 뜯고 글 읽던 서당은 예전처럼 평안하고, 산과 물 사이 충암(沖庵 김정(金淨))이 머물렀던 고장에는 지금껏 세 그루가 남아있네.[83] 봄 회화나무는 덕을 심었으니 왕씨(王氏) 위동(魏東)의 저택이고, 천년 늙은 은행나무는 공자께서 강학하던 수수(洙水)[84]의 단이라네. 골짜기는 깊고 봉우리는 휘감아 멀리 굴로 불어오는 바람을 막고, 험악한 물이 누각에 가까우니 한적함을 물리치고 언덕의 달빛을 맞이하여 휘감네. 복숭아 심어 숲을 이룬 근원에 더러는 어부가 찾아오고, 풀을 베어 정자 만든 아래에는 이미 현인이 떠났다네. 인(忍)을 백번 쓴 가풍은 장공(張公)의 함께 사는 마을이고,[85] 세 번 돌아보는 학문은 증씨(曾氏)가 주인을 부르던 대(臺)라네.[86] 텃밭 담장 아래에서 뽕 딸 때에 추현(鄒賢)[87]의 가르침을 외

---

81) 진손방(震巽方) : 진방은 동쪽, 손방은 동남쪽 방향을 가리킨다.

82) 여덟……자취 : 술을 즐기는 여덟 신선이란 뜻으로, 두보(杜甫)의 시에 <음중팔선가(飮中八仙歌)>가 있다. 즉, 하지장(賀知章)·여양왕 진(汝陽王璡)·이적지(李適之)·최종지(崔宗之)·소진(蘇晋)·이백(李白)·초수(焦遂)를 말한다.

83) 세 그루가 남아있네 : 공자(孔子)가 일찍이 행단(杏壇)에 손수 노송나무 세 그루를 심었던 데서 온 말이다. 행단은 은행나무 단으로 공자가 행단에서 제자를 가르쳤다는 고사에서 유래하여, 학문을 닦는 곳을 이르는 말이다.

84) 수수(洙水) : 공자의 고향인 산동성(山東省) 곡부(曲阜)를 흐르는 강이다. 수수는 흔히 사수(泗水)와 병칭되어 수사(洙泗)라 하는데, 수수는 북쪽에 있고 사수는 그 남쪽에 있다. 공자가 그 근처에 살면서 제자들을 가르쳤다 하여 수사라 하면 공자, 혹은 유학(儒學)을 가리키는 말로 쓰인다.

85) 인(忍)을……마을이고 : 당(唐)나라 때 장공예(張公藝)는 9대가 한 집에 동거하여 우애가 돈독한 집안으로 알려졌다. 고종(高宗)이 태산(泰山)에 봉선(封禪)하고 돌아오는 길에 그의 집을 방문하고 9대가 동거하는 요결(要訣)을 묻자, '참을 인(忍)' 자 100여 개를 써 올리니, 고종이 크게 칭찬하였다. ≪舊唐書 卷188 孝友列傳≫

86) 세 번……대(臺)라네 : ≪논어(論語)≫ <학이(學而)>에 "증자가 말하였다. '나는 하루에 세 가

우고, 천 그루 안읍(安邑)의 대추 익던 밤에 태사공(太史公)의 붓을 휘두르네.[88] 춘하
추동 수많은 좋은 경치 관람하고, 동서남북 크고 작은 겹겹 절벽을 휘감네. 그 중간에
처하여 아래로 사람의 일을 배우면서 위로 하늘의 이치를 터득하네.[89]

시림[90] 始林

울창하네 저 시림, 저 성의 서쪽에 있네	菀彼始林 在彼城西
하늘이 신령을 내리니, 밤에 금계 소리 들리고	維天降神 夜聞金鷄
왕의 사신이 와서 보니, 우렁차게 아이 우네	王使來視 喤喤兒啼

부(賦)[91]이다. 울창하다는 것은 우거져서 무성한 모습이다. 시림(始林)은 동경(東京)
의 숲 이름이다. 성의 서쪽은 금성(金城)의 서쪽이다. 신령을 내린 것은 하늘이 신령스
런 기이한 조짐을 내린 것이다. 금계(金鷄)는 흰 닭이다. 왕은 신라(新羅)의 탈해왕(脫
解王)이다, 우렁찬 것은 울음소리이다.

이 시는 신라왕(新羅王) 김씨(金氏)의 후손이 그 시조(始祖)인 휘(諱) 알지(閼智)의

지로 나를 돌아본다. 다른 사람을 위해 도모하는 데 진실되지 못하지는 않았는가? 벗과 사귀
는데 믿음이 없지는 않았는가? 배운 것을 익히지 않은 것은 아닌가?"라는 말이 나온다.

87) 추현(鄒賢) : 추(鄒) 땅 사람인 맹자(孟子)를 가리킨다.

88) 천 그루……휘두르네 : 태사공(太史公)은 한(漢)나라의 역사가 사마천(司馬遷)을 가리킨다. 사
마천이 지은 ≪사기(史記)≫ <화식열전(貨殖列傳)>에 "안읍(安邑)의 천 그루 대추나무를 가진
사람은 천호(千戶)의 제후와 맞먹는다."라고 하였다.

89) 아래로……터득하네 : ≪논어(論語)≫ <헌문(憲問)>에 "나는 하늘을 원망하지도 않고 사람을
탓하지도 않는다. 아래로는 사람의 일을 배우고 위로는 하늘의 이치를 터득하려고 노력하는
데, 나를 알아주는 분은 아마도 하늘뿐일 것이다."라는 공자(孔子)의 말이 나온다.

90) 시림 : 원문에는 제목이 따로 없고, 앞의 <유거산천부(幽居山川賦)>에 연이어 있는데, 내용
상 별도의 부(賦)로 파악된다. 말미의 내용을 참조하여 제목을 붙였다. 시림(始林)은 계림(鷄
林)이라고도 하는데, 신라 김알지(金閼智)의 탄생설화와 관련된 곳이다. 숲속에서 이상한 닭
울음소리가 들리기에 가 보니, 나뭇가지에 금빛의 궤가 걸려 있고 그 아래에서 흰 닭이 울었
는데 그 궤 속에 신라 김씨 왕조의 시조가 되는 김알지가 있었다는 설화이다.

91) 부(賦) : ≪시경(詩經)≫에서 이르는 시의 육의(六義) 가운데 하나이다. 사물이나 그에 대한 감
상을, 비유를 쓰지 아니하고 직접 서술하는 작법이다. 또 한문체에서, 글귀 끝에 운을 달고 흔
히 대(對)를 맞추어 짓는 글을 가리키기도 한다.

일을 뒤에 기술하고 찬미한 것이다. 저 울창한 시림을 말하였으니 저 금성의 서쪽에 있다. 하늘이 신명의 조짐을 내리니 밤에 닭울음소리가 들렸으므로, 탈해왕의 사신 호공(瓠公)이 와서 보니 궤(櫃) 안에서 아이의 울음소리가 있었다.

<혹자는 묻기를 "사람은 반드시 잉태하여 낳는 근본이 있는데, 지금은 궤에서 나온 아이가 있으니 이치에 혹시 그렇지 않은가?"라고 한다. 이에 대답하기를 "신인(神人)이 박달나무로 내려오고, 고(高)·부(夫)·양(梁)이 삼성혈(三姓穴)에서 나온 것이 모두 이러한 종류이다. 기린(麒麟)이 나고 봉황(鳳凰)이 나온 것은 본래 그러한 종(種)이 없지만, 천지의 영기(靈氣)가 모여 각자 화생(化生)하는 것이다. 심지어 백성의 시조[92]인데, 신명한 사람이 나오는 것이 무엇이 이상한가!"라고 한다.>

아이 우는 궤를 여니, 크게 아름답고 또 기이하였네	兒啼開櫃 碩膚且異
크게 길러 궁궐에서 자랐으니, 재예와 지략이 많았네	誕養長宮 多藝多智
상나라에서 설을 낳았고, 태나라에서 기를 낳았네	有商生契 有邰生棄

부이다. 궤는 금궤(金櫃)이다. 크게 아름다웠다는 것은 건장한 모양이다. 탄(誕)은 크다는 것이다. 길렀다는 것은 궁중에서 수양(收養)한 것이다. 예(藝)는 재예(才藝)이다. 지(智)는 지략(智略)이다. 사씨(史氏)[93]가 이른바 "자태가 뛰어나게 훌륭했다."라고 하였다. 지략이 있었으므로 명하여 이르기를 '알지(閼智)'라고 한 것이 이것이다. 설(契)은 상(商)나라의 시조이고, 기(棄)는 주(周)나라의 시조이다.[94]

금궤를 여니 아이가 사람됨이 크게 아름다웠으며 또 신령스럽고 기이하였음을 말하였다. 마침내 궁중에서 거두어 길러 크게 성장하였는데, 이렇게 재예와 지략이 많았으니 곧 상나라의 설이고 주나라의 기였다.

<제비가 떨어뜨린 알에서 설(契)이 태어났고,[95] 상제(上帝)의 발자국에 엄지발가락

---

92) 시조 : 원문은 '初鍾'인데, 문맥을 살펴 '鍾'을 '種'으로 바로잡아 번역했다.

93) 사씨(史氏) : 사씨는 사관(史官) 혹은 역사서를 편찬한 사람을 이르는 말이다. 여기에서는 김알지(金閼智)의 탄생 설화를 기록한 ≪삼국사기(三國史記)≫의 편찬자인 김부식(金富軾)을 가리킨다.

94) 기(棄)는……시조이다 : 주(周)나라 시조인 후직의 이름이 기(棄)이다. 처음에 태(邰)에 봉해졌으므로, 위에서 '태나라에서 기를 낳았네 [有邰生棄]'라고 하였다.

95) 제비가……태어났고 : 유융씨(有娀氏)의 딸이요 제곡(帝嚳)의 처(妻)인 간적(簡狄)이 아들을

을 밟고서 기(棄)를 낳아서96) 상(商)나라와 주(周)나라가 나오게 되었다. 이번에 궤 안의
아이가 신라 김씨의 본원이 되었으니, 천 년을 넘어 마치 부절(符節)을 합한 듯하다.>

상나라 설과 태나라 기가 왕업의 터전을 닦았네	商契邰棄 肇基王迹
우리 황조께서도 이미 살 곳을 가려 정하셨네	維我皇祖 亦旣卜宅
왕이 토지와 성을 하사하여 임금이 되기에 이르렀네	王錫土姓 迄至維辟

부이다. 조(肇)는 시작한 것이다. 왕업은 왕이 쌓은 업적이다. 우리는 시인(詩人) 자
아(自我)이다. 황조는 알지를 가리킨다. 살 곳을 가려 정하는 것은 거주할 곳을 가려서
집을 짓는 것이다. 왕은 또한 탈해왕을 가리킨다. 토지와 성은 논밭과 성씨이다. 시림
(始林)을 고쳐서 계림(鷄林)이라 하고 봉(封)한 것을 말하였다. 금궤에서 나왔으므로
'김(金)'이라는 성을 하사하였다. 흘(迄)은 이른다는 것이다. 벽(辟)은 임금이다. 6세손
미추(味鄒)에 이르러 첨해(沾解)를 대신하여 왕이 되었다.

설(契)을 상(商)에 봉하고, 기(棄)를 태(邰)에 봉하여 두 시대의 왕업의 터전을 닦았
음을 말하였다. 우리 시림의 황조도 상나라와 주(周)나라를 계승하였는데, 이미 살 곳
을 가려 정하는 길조(吉兆)를 얻었다. 그러므로 탈해왕이 토지와 성을 하사하고, 후세
에 이르러 왕이 되었다.

<신라의 역사를 살피면, 알지가 세한(勢漢)을 낳고, 세한이 아도(阿道)를 낳고, 아
도가 수류(首留)를 낳고, 수류가 욱보(郁甫)를 낳고, 욱보가 구도(仇道)를 낳았다. 갈문
왕(葛文王)에 추존되었는데, 아들이 3인이었다. 장남은 미추왕(味鄒王)으로 첨해왕(沾
解王)을 대신하여 즉위했다. 김씨가 왕이 된 것은 여기에서 시작한다. 차남은 각간(角
干) 대서(大西)이고, 삼남은 갈문왕 말구(末仇)이다. 말구가 내물왕(奈勿王)을 낳아서
38세를 서로 전하였으니 모두 992년이다.>

기원하는 매 제사를 지내러 교외로 나갔다가 제비가 떨어뜨리는 알을 삼키고 상(商)나라의 시
조인 설(契)을 낳았다 한다. ≪詩經集傳 玄鳥≫
96) 상제(上帝)의……낳아서 : ≪시경(詩經)≫<대아(大雅) 생민(生民)>에 "맨 처음 주(周)나라 사
람을 낳은 분은 바로 강원(姜嫄)이시니, 사람을 낳기를 어떻게 낳았는가? 정결히 제사하고 교
매(郊禖)에 제사하여 자식이 없음을 제액(除厄)하시고, 상제(上帝)의 발자국에 엄지발가락을
밟으사, 크게 여기고 멈춘 바에 흠동(歆動)하여 임신하고 몸조심하여 낳고 키우시니, 이가 후
직(后稷)이시다."라고 하였다.

시림(始林)은 3장 6구이다.

이 시의 1장에서는 하늘이 신명한 사람을 내리고, 또 금계의 신령스럽고 기이한 조짐이 있었음을 말하였다. 2장에서는 기이한 조짐뿐만이 아니라 또 지략과 재예가 많아 김씨의 시조가 되었으며 설(契)·기(棄)와 서로 같음을 말하였다. 3장에서는 과연 상(商)·주(周)가 터전을 닦은 것과 같아서, 자손에 이르러 이러한 왕가(王家)의 아름다움이 있었음을 말하였다.

포복시 飽腹詩

떨어짐은 각각 헤어짐을 당하는 것이 아님이 없으니	隔非不見各離
나는 취한듯하고 자네는 시를 지어 주네	我如醉 君贈詩
멈출 곳에서 멈추고 이를 버리고 이를 생각하네97)	於止所止 釋玆念玆
흰 눈 내리는데 노래꾼이 맑은 바람 기다리나 옛 사람은 더디 오고	
	白雪歌客 待淸風 故人遲
어진 이가 좋아하고 지혜로운 이가 좋아하고98)	仁者樂 智者樂
거문고 마땅하고 바둑도 마땅하네	琴亦宜 碁亦宜
평생 한 조각 변치 않는 마음은	平生一片心
나를 알아주는 두 벗을 유쾌하게 만나는 것이지	快諾幸逢兩知己
무얼 의심하랴, 제왕의 다스림은 역사를 강독하고	奚疑帝治王治 講四代史
성인의 유학에서 만고의 스승을 찾는 것을	聖道儒道 尋萬古師
은행나무 천년의 단에서 옛 예법 익히기 어려우나	杏樹千載壇 舊禮難習

---

97) 이를 버리고 이를 생각하네 : ≪서경(書經)≫＜대우모(大禹謨)＞에 "이를 생각해도 이에 있으며, 이를 버려도 이에 있으며, 이를 명명하여 말함도 이에 있으며, 진실로 마음에서 나옴도 이에 있다. [念玆在玆 釋玆在玆 名言玆在玆 允出玆在玆]" 하였다. 이는 순(舜)임금이 우(禹)임금에게 제위(帝位)를 선양(禪讓)하려 하자, 우가 "제위를 선양받을 만한 사람을 생각해 보면 오직 고요(皐陶)가 있을 뿐이며, 고요를 버리고 다른 데서 찾아보아도 고요만 한 사람이 없다."라고 하며 고요를 추천한 말이다.

98) 어진……좋아하고 : ≪논어(論語)≫＜옹야(雍也)＞에 "어진 이는 산을 좋아하고 지혜로운 이는 물을 좋아한다. [仁者樂山 智者樂水]" 하였다.

죽림칠현의 자리에서 멋진 흥취를 함께 따르네　　　　竹林七賢席 逸興共隨

계곡에서 언덕에서 위풍 고반 넉넉한 시축이고99)　　在澗在阿 衛考盤之寬軸

신선인 듯 부처인 듯 소동파 어찌 아미산에 살았나　似仙似彿 蘇東坡焉居嵋

문장은 찬란하게 빛나니　　　　　　　　　　　　文章郁郁彬彬

살아서 여력이 있으면 벗으로 삼아서　　　　　　生餘力則以朋友

자상하고 부지런하며 간곡하고 지극하니100)　　偲偲切切

공경히 함께 교유하며 오랫동안 몸을 감추리　　敬與交久而身藏

아침 안개 깊고 깊으니 과연 남산의 표범이 숨은 듯하고101)

　　　　　　　　　　　　　　　　　　　　　　朝霧深深 果南山隱豹

원만한 글은 낱낱이 투명한 구슬 같고 큰 바다 교룡을 토하는 듯하네

　　　　　　　　　　　　　　　　　　　　　　詞圓明珠箇箇 或巨海吐螭

하늘이 낸 시인 맹교를 한 학사가 전송하였고102)　天假鳴孟郊 韓學士曾送

땅이 영험함을 기른 진탑은 서 유자를 다시 기대하네103)

　　　　　　　　　　　　　　　　　　　　　　地毓靈陳榻 徐孺子復期

그리워하고 잊지 못할 때마다 사랑하며 말하노니　每允懷罔忘 愛矣謂矣

---

99) 계곡에서……시축이고 : 고반(考盤)은 고반(考槃)과 같다. ≪시경(詩經)≫<위풍(衛風) 고반
(考槃)>에 "산골 시냇가에서 한가히 소요하나니, 현인의 마음이 넉넉하도다. [考槃在澗 碩人
之寬]"라는 말이 나온다. 산림에 은거하며 안빈낙도하는 은사의 생활을 즐긴다는 말이다.

100) 자상하고……지극하니 : 자로(子路)가 공자에게 어떠해야 선비라고 할 만한가를 묻자, 공자
가 답하기를, "자상하고 부지런하며, 간곡하고 지극하며 화락하면 선비라고 이를 만하다."
하였다. ≪論語 子路≫

101) 남산……듯하고 : 남산의 흑표범이 자신의 아름다운 무늬를 상하지 않게 하기 위해 비 내리
고 안개 낀 7일 동안 배고픔도 참고 전혀 밖에 나가서 사냥도 하지 않았다는 고사가 전한다.
≪列女傳 陶答子妻傳≫

102) 하늘이……전송하였고 : 당(唐)나라의 맹교(孟郊)는 성품이 고결하고 교제를 널리 하지 않았
는데 한유(韓愈)를 한 번 만나고는 곧 나이의 차이를 떠나 벗으로 삼았다. 맹교는 시(詩)를 잘
하여 한유의 칭송을 받았으며, 한유가 맹교를 전송하며 지은 <송맹동야서(送孟東野序)>는
명문(名文)이다.≪新唐書 卷176 韓愈列傳 孟郊≫

103) 땅이……기대하네 : 진탑(陳榻)은 진번(陳蕃)의 걸상이라는 말이다. 유자(孺子)는 당시의 고
사(高士) 서치(徐穉)의 자(字)이다. 후한(後漢)의 진번이 다른 손님은 일절 맞지 않다가, 현인
인 서치가 오면 특별히 걸상 하나를 내려놓고 환담을 하고는 그가 가면 다시 올려놓았다는
현탑(懸榻)의 고사가 전한다. ≪後漢書 卷53 徐穉列傳≫

이에 저 멀리 떨어져있으니 어찌 이곳을 떠났는가	乃自詯伊阻 何斯違斯
구름 그림자 슬프고 달 그림자 처량하니	雲影愀 月影悽
밤마다 원숭이소리에 애처로운 기러기소리 끊기고	夜夜猿聲 哀鴈聲斷
때마다 기이한 유람 맛 좋은 술 마시며 호탕하게 노래하네	時時奇遊 美酒浩唱
아름다운 손님 좋으니 착한 주인은 신의를 지키고	是好嘉賓 善主爲信誼
은밀하게 점점 쌓이는 웃음소리 즐겁네	密密漸蓄 笑語歡歡
고개 끄덕이며 빙그레 웃던 소년 호방하게 늙었으니	解頤少年 放曠逸半老
의전을 달관하고 돌아보지도 않고 떠나니	達觀儀 望望然去
유유하네	悠悠哉
생각하고 탄식하며 읊조리노니	思嗟兮 及嘯也
마치 꿈에서 깬 듯 탄식하며 노래하네	其若夢還 痴詠噫

갑인년[104] 11월 초하루 아침 甲寅至月朔朝

경(經)에 이르기를 "선조를 받드는 일이 효(孝)이다."라고 하였고, 전(傳)에 이르기를 "자식을 사랑하면 반드시 가르쳐야 한다."라고 하였다. 무엇을 효라고 하는가. 제물을 받들어 올려 제사를 지내는 것이다. 무엇을 사랑이라고 하는가. 문자를 가르치는 것이다.

우리 5대조고(五代祖考)의 감실(龕室)이 종백부(從伯父)의 집에 있다. 일찍이 위전(位田) 몇 이랑이 있었는데, 주암(舟巖) 9촌숙(九寸叔)이 장가 들 때 팔아서 썼다고 하는데 지금은 말할 만한 것이 없다. 지난 경년(庚年)에 계(契)를 만들어 이자를 늘려서 두서너 섬 [石]의 도지를 받을 토지를 사두고, 또 우수리를 모아서 한두 질 약간의 책을 샀다. 이에 제사를 받들고 문자를 가르칠 수 있게 되었으니, 앞에서 이른바 효를 받들고 사랑으로 가르치는 것을 이에 그 만의 하나라도 얻을 수 있게 되었다. 이는 모두 우리 백부(伯父)께서 은근하고 간절하게 가르치고 우리 부모께서 정성과 힘을 다한 덕분인데, 불초한 내게 맡기셨다.

아! 요즈음 보건대 지금 사람들이 혹은 그 위토(位土)를 팔아먹고, 또 그 서책을 파

---

104) 갑인년 : 1854년(철종5)으로 회와가 32세 때이다.

니, 지키는 것이 어렵다는 것을 늘 염려한다. 우리 종족(宗族)과 자손 중에 이러한 무리가 있으면, 오대조의 사당과 묘소 앞에 결코 참석해서는 안 된다. 경계하지 않을 수 있겠는가!

갑인년 11월 하순 甲寅至月下澣

아! 보씨(保氏)의 가르침에 육의(六儀)가 있으니[105] 첫 번째가 제사이다. 홍범(洪範)의 '농(農)에 행하는 여덟 가지 정사[106]'에 세 번째가 제사이다. 무릇 제사 지내는 일은 위에 이르고 아래에 통하는, 예로부터 지금까지 바뀌지 않는 아름다운 예법이다. 미물인 승냥이와 수달도 근본을 잊지 않고 은혜를 갚으며 매와 새매도 제사를 아니, 사람이 되어 제사 지내는 일을 중시하지 않으면 금수만도 못한 것이고 또한 아득히 먼 것이니, 경계하지 않을 수 있겠는가!

아! 우리 조종(祖宗) 이래의 조상을 위한 효와 근본을 잊지 않고 은혜를 갚는 일을, 어찌 우리 불초한 자손이 능히 찬술할 수 있겠는가. 그렇지만 우리 파(派)의 조상을 위한 일에는 일찍이 작은 도움이 없지 않았다. 고조부(高祖父) 이후의 일에 있어서는 내가 비록 지손(支孫)이지만 우리 항렬에 있어서는 또한 맏이가 되므로 개연하게 근심스러운 마음이 들어서, 먼저 여러 아저씨께 여쭙고 뒤에 여러 조카에게 물어서 비로소 계(契)를 만들어 뒷날 제사지낼 밑천을 마련하고자 하니, 그저 종손(宗孫)을 보전하고 선조를 받들게 되기를 바란다.

---

105) 보씨(保氏)의……있으니 : ≪주례(周禮)≫<보씨(保氏)>에 나오는 말로, 육의(六儀)는 제사(祭祀)·빈객(賓客)·조정(朝廷)·상기(喪紀)·군려(軍旅)·거마(車馬)의 용의(容儀)이다.

106) 농(農)에……정사 : 인간 생활에 필요한 여덟 가지 정사(政事)라는 말이다. ≪서경(書經)≫<홍범(洪範)>의 구주(九疇) 가운데 세 번째가 '농(農)에 여덟 가지 정사를 행하는 것 [農用八政]'라고 하고, "첫째는 양식이요, 둘째는 재물이요, 셋째는 제사요, 넷째는 사공(司空)이요, 다섯째는 사도(司徒)요, 여섯째는 사구(司寇)요, 일곱째는 손님 접대하는 일이요, 여덟째는 군사이다."라고 하였다. 여기서 '농(農)' 자는 농사짓는 것이 아니라 '생활을 풍부하게 한다 [所以厚生]'는 뜻으로 쓰였다.

찬왈 贊曰

옛일을 자세히 살펴 지금에 이르기까지 만 가지 조화는 한 마음이니, 성인(聖人)에게서 성인으로 전하여 마음이 올바름을 얻는다. 출중한 저 선각자들은 후학들의 안목을 열어주어, 공부는 반드시 크게 이루고 우리의 지극한 정성을 보존해야 한다. 이러한 좋은 뜻으로 실제의 현장에 발을 딛고, 하늘의 큰 도리에 근원하는 본체와 작용을 강론하고 토론한다. 사철 중에 봄은 생생한 인(仁)이니, 근원을 파서 물을 뜨면 반드시 성리(性理)에 정밀하게 된다. 뜻은 열심히 힘쓰는데 달려 있으니 가장 즐거움은 선(善)을 행하는 것이고, 마음가짐은 바른 것을 따르니 얻은 것은 덕(德)을 행하는 것이다. 이면(裏面)의 지극한 행실은 한곳에 전념하여 경(敬)에 이르니, 우물을 파듯 맑음을 움직이는 것은 생각하는 것이다. 의관(衣冠)을 정돈하여 가지런히 하고 단정하게 앉아 심신을 수양하며, 신명(神明)을 물리치고 실정(實情)을 발견한다. 화(禍)가 될지 복(福)이 될지 한 마디 말에 달려있으니, 비록 지극히 은밀한데 있어도 더욱 정성을 다해야 한다. 잠깐 사이 깊은 공부는 그 중도를 진실로 잡아야 하니, 순(舜)임금과 도척(盜跖)의 차이는 부지런히 힘쓰는 것이 선행인지 이익인지에 달려있다.[107] 쇠하여 사라지고 성하여 자라나는 것은 원인이 있으니 군자(君子)와 소인(小人)이 되고, 경사와 재앙으로 변화하는 자루는 착한 일을 많이 하는지 악한 일을 많이 하는지에 달려있다. 안일하지 않은 데에서 안일하여 텅 빈 채로 갔다가 실체를 가지고 오며, 땅에 이르러 지위가 오르니 황하(黃河)·장강(長江)과 같은 도량이네. 저녁부터 아침까지 일에 임하면 부지런히 행하고, 어깨와 등을 세워 곧게 하여 의(義)를 따르는 것을 용(勇)이라고 한다. 과감하여 굳세고 강직하니 산은 기운이 샘솟는 듯하고, 냄새는 향기롭고 맛은 뛰어나니 자기의 사욕을 억제한다. 거짓으로 기뻐하거나 성내지 말고 밤낮으로 경계하고 두려워하며, 마음의 주장을 정함에 거짓이 없으면 자연히 환난이 없게 된다. 앉기도 하고 서기도 함에 듬직하게 행동하니, 벼슬에 나아가고 물러감에 올바르고 당당했던 이윤(伊尹)·여상(呂尙)[108]과 같다. 편안하게 이러한 본분을 지키며 욕심을 막고 분노를

---

107) 순(舜)임금과……달려있다 : ≪맹자(孟子)≫ <진심 상(盡心上)>에 "순임금과 도척의 구분을 알고 싶은가? 그것은 다름이 아니라 단지 이익을 탐하고 선행을 좋아하는 그 사이에 있을 뿐이다."라는 맹자의 말이 나온다.

108) 이윤(伊尹)·여상(呂尙) : 은(殷)나라 탕왕(湯王)의 승상인 이윤(伊尹)과 주나라 무왕(武王)을

징계하여, 앞서거니 뒤서거니 의리에 나아가니 진실한 견해라고 할 만하다. 태극(太極)이 갈라질 때부터 사물이 있으면 법칙이 있으니, 돌아가고 펼침에 있어서 누가 귀신을 속이겠는가. 거문고 소리 듣고 소리를 구분하니 비록 미약하나 끝내 드러나고, 마음의 덕을 씻은 연후에 욕심이 적어진다. 앵무새 같은 선비들은 명예와 이익을 환히 깨달으니, 물기(勿旗)[109]를 몸으로 삼아서 예(禮)가 아니면 금지한다. 오경(五經)이 들어있는 오래된 책갑에는 ≪춘추(春秋)≫의 대법(大法)이 있으니, 배움의 절반은 가르치는 것으로 재주에 따라 가르침을 베풀고, 가르침에 헤아리지 않으면 비웃음 사기를 면키 어렵다. 천작(天爵)[110]에 편안하니 벼슬살이하기를 기다리지 않으며, 물은 반드시 근원을 따르니 따르는데 법이 있다.

보좌하여 은나라를 멸망시킨 여상(呂尙)이다. 두 사람 모두 고대의 저명한 재상이다.

109) 물기(勿旗) : 사물(四勿)을 표방하는 기(旗)라는 뜻이다. 사물은 ≪논어≫ <안연(顔淵)>에서 말한, 인(仁)의 네 가지 조목으로 "예(禮)가 아니면 보지 말고, 예가 아니면 듣지 말고, 예가 아니면 말하지 말고, 예가 아니면 움직이지 말라."라는 것을 가리킨다.

110) 천작(天爵) : 하늘에서 받은 벼슬이라는 뜻으로, 남에게서 존경을 받을 만한 선천적인 덕행을 이르는 말이다.

심사초 총목 44조

心思抄 總目 四十四條

심(心)	근(勤)
정(正)	용(勇)
학(學)	기(氣)
성(誠)	기사(己私)
의(意)	계구(戒懼)
도(道)	환(患)
인(仁)	거지(擧止)
성리(性理)	출처(出處)
선(善)	분욕(忿慾)
덕(德)	실견(實見)
경(敬)	태극(太極)
사(思)	귀신(鬼神)
정(靜)	은미현현(隱微見顯)
정(情)	과욕(寡欲)
언어(言語)	이(利)
근신(謹愼)	예(禮)
중(中)	법(法)
선리(善利)	교(敎)
군자소인(君子小人)	견소(見笑)
선악(善惡)	종관(從官)
허실(虛實)	종법(宗法)
식량(識量)	심신(心身)

심사초 총목 끝 心思抄 總目 終

심(心)

주자(朱子)가 이르기를 "장자(莊子)가 이른바 '뜨거워지면 불처럼 타오르고, 차가워지면 얼음처럼 얼어붙는다.'라고 하였는데, 무릇 구차하게 화를 면하는 것은 모두 요행이다. 걸핏하면 곧 구덩이에 빠지고 참호로 떨어지니, 위태로움이 무엇이 이보다 심하겠는가."라고 하였다.

<≪심경(心經)≫의 "순(舜)임금이 이르기를 '인심(人心)은 위태롭고 도심(道心)은 은미(隱微)하다.'라고 하였다."는 장(章)에 나온다. 아래 2장도 같다.>

면재(勉齋) 황씨(黃氏)[111]가 이르기를 "생각하는 사이에 혹 올라가 하늘에 날기도 하고 혹 내려가 못에 빠지기도 한다." 하였다.

서산(西山) 진씨(眞氏)[112]가 이르기를 "인심이 발(發)함은 날이 선 칼날과 같고 사나운 말[馬]과 같아서 쉽게 제어할 수가 없다. 그러므로 위태롭다고 말하였고, 도심이 발함은 불이 처음 타오르는 것과 같고 샘물이 처음 나오는 것과 같아서 쉽게 확충할 수가 없다. 그러므로 은미하다고 말한 것이다." 하였다.

명도(明道) 선생[113]이 전주(灃州)에 있을 때 다리를 보수하는데 긴 들보감 하나가 부족하여 민간에서 널리 구한 적이 있었다. 뒤에 출입하다가 좋은 나무를 보면 반드시 길이를 재려는 마음이 생겼는데, 이로 인하여 이르기를 "마음에는 한 가지 일도 두어

<≪심경≫의 "이른바 몸을 닦는 방법은 그 마음을 바르게 하는데 있다."는 장에 나온다. 아래 6장도 같다.>

---

111) 면재(勉齋) 황씨(黃氏) : 황간(黃幹)을 가리킨다. 자(字)는 직경(直卿)이다. 주자의 사위로 주자의 학문을 전하였다.
112) 서산(西山) 진씨(眞氏) : 송나라의 유학자 진덕수(眞德秀, 1178~1235)를 가리킨다. 서산은 호(號)이다. 저서로 ≪대학연의(大學衍義)≫ ≪심경(心經)≫ ≪서산문집(西山文集)≫ 등이 있다.
113) 명도(明道) 선생 : 명도(明道)는 중국 북송(北宋)의 유학자인 정호(程顥, 1032~1086)의 호(號)이다. 아우 이천(伊川) 정이(程頤)와 함께 이정자(二程子)로 불린다. 저서에 ≪정성서(定性書)≫ ≪식인편(識仁篇)≫ 등이 있다.

명도 선생이 이르기를 "교묘한 일을 보기를 오랫동안 하면 교묘하게 속이려는 마음이 반드시 생겨나게 된다. 그리하여 교묘한 일을 볼 때에 마음이 반드시 기뻐질 것이니, 이미 기뻐하면 나쁜 종자를 심어 놓는 것과 같다." 하였다.

주자가 이르기를 "옛사람이 '뜻은 장수이고 마음은 군주'라고 말하였으니, 모름지기 마음에 주장함이 있어야 비로소 되는 것이다." 하였다.

주자가 이르기를 "마음을 잡는 것은 단지 경(敬)이니, 잠시만 경하면114) 무슨 일을 하는가를 알 수 있다. 산에 오르는 것도 다만 이 마음이요 물에 들어가는 것도 다만 이 마음인 것이다." 하였다.

이천(伊川) 선생115)이 이르기를 "여여숙(呂與叔)116)의 시(詩)에 '배움이 원개(元凱)117)와 같으면 비로소 벽(癖)을 이루고, 문장이 사마상여(司馬相如)118)와 같으면 자못 배우와 같네. 오직 공자(孔子)의 문하에는 한 가지 일도 없으니, 다만 안씨(顔氏)119)의 마음을 공경함만 못하다네.'라 하였다." 하였다.

---

114) 잠시만 경하면 : 원문은 '不敬'인데, ≪心經附註 大學 正心章≫에 근거하여 '不'을 '才'로 바로 잡아 번역하였다.

115) 이천(伊川) 선생 : 이천(伊川) 은 중국 북송(北宋)의 유학자인 정이(程頤, 1033~1107)의 호(號)이다. 형인 명도(明道) 정호(程顥)와 함께 이정자(二程子)로 불린다. 저서에 ≪이천선생문집(伊川先生文集)≫, 공저인 ≪이정전서(二程全書)≫가 있다.

116) 여여숙(呂與叔) : 북송의 학자 여대림(呂大臨, 1046~1092)으로 자가 여숙(與叔)이다. 육경(六經)에 정통하였는데, 특히 ≪예기(禮記)≫에 밝았다. 문집에 ≪옥계집(玉溪集)≫이 있다.

117) 원개(元凱) : 중국 진(晉)나라의 무장 두예(杜預, 224~284)의 자(字)이다. 무제(武帝) 때 오(吳)나라의 왕을 굴복시켜 당양 현후(當陽縣侯)에 봉하여졌다. 저서에 ≪춘추석례(春秋釋例)≫ ≪춘추좌씨전집해(春秋左氏傳集解)≫ 따위가 있다.

118) 사마상여(司馬相如) : 중국 전한(前漢)의 문인(B.C.179?~B.C.117)으로, 자는 장경(長卿)이다. 그의 사부(辭賦)는 한(漢)·위(魏)·육조(六朝) 문인의 모범이 되었다. 작품에 <자허지부(子虛之賦)> 등이 있다.

119) 안씨(顔氏) : 공자(孔子)의 제자 안회(顔回, B.C.521~B.C.490)이다. 자는 자연(子淵)으로, 공자의 수제자로 학덕이 뛰어났다.

이천이 부릉(涪陵)으로 유배 갈 적에 염여퇴(灩澦堆)를 지나가는데 파도가 사납게 일자, 배안에 있던 사람들이 모두 놀라 어찌할 줄 몰랐으나 홀로 이천은 태연히 동요하지 않았다. 강기슭에서 나무하던 자가 큰 소리로 묻기를 "목숨을 버릴 작정을 하여 이러한 것인가? 도리를 통달하여 이러한 것인가?" 하였는데, 이에 답하고자 하였으나 배가 이미 떠나가서 대답하지 못하였다.

정자(程子)가 이르기를 "성인(聖人)의 마음은 명경지수(明鏡止水)와 같다." 하였다. <≪심경≫의 "대인(大人)은 갓난아이의 마음을 잃지 않은 자이다."라는 장에 나온다.>

범순부(范純夫)의 딸이 ≪맹자(孟子)≫의 <조존장(操存章)>을 읽고 말하기를 "맹자는 마음을 모르셨다. 마음이 어찌 출입(出入)이 있겠는가." 하였는데, 이천 선생이 그 말을 듣고 말하기를 "이 여자가 비록 맹자는 몰랐으나 도리어 마음은 알았다." 하였다. <≪심경≫의 "맹자가 이르기를 '우산(牛山)의 나무가 일찍이 아름다웠다.'라고 하였다."라는 장에 나온다. 아래 6장도 같다.>

난계(蘭溪) 범씨(范氏)[120]가 이르기를 "'마음을 수양함엔 욕심을 적게 하는 것보다 더 좋은 것이 없다' 하였으니, 욕심을 적게 하는 것으로 마음을 길러서 외물에 유혹 당하지 않게 하는 것이 마음을 보존하는 시초일 것이다." 하였다.

정자가 이르기를 "사람 마음의 주장함이 안정되지 못함은 바로 하나의 수차(水車)가 돌고 요동하여 잠시도 정지할 때가 없는 것과 같다." 하였다.

정자가 이르기를 "중(中)에게 어지럽힘을 당하기보다는 한 꿰미 염주를 주는 것이 나음만 못하다." 하였다.

---

120) 난계(蘭溪) 범씨(范氏) : 남송 무주(婺州) 난계(蘭溪) 사람인 범준(范浚)이다. 자는 무명(茂明)이고, 호는 향계(香溪)다. 저서에 ≪향계집(香溪集)≫이 있는데, 주희(朱熹)가 그 가운데 실린 <심잠(心箴)>을 대단히 존중했다.

주자가 이르기를 "일찍이 기억하건대 소년 시절 동안(同安)에 있으면서 밤에 종소리를 들었는데, 한 종소리를 들어 채 끝나기도 전에 이 마음이 이미 스스로 달려가곤 하였다. 이로 인하여 경계하고 살폈다." 하였다.

주자가 이르기를 "<문장이 빠졌다[121].>마음의 전체에 비록 반은 얻었으나 반은 잃은 것이다. 그러나 얻은 반도 반드시 안배(安排)하고 포치(布置)함이 있은 뒤에야 보존할 수 있을 것이다. 그러므로 보존하면 싹을 뽑아 조장(助長)하는 병폐가 있고, 보존하지 않으면 버리고 김매지 않는 잘못이 있는 것이다." 하였다.

주자가 허순지(許順之)[122]에게 답한 편지에 이르기를 "사람의 마음은 살아 있는 물건이니, 동(動)해야 할 때에는 동하고 정(靜)해야 할 때에는 정하여 때를 잃지 않으면 도(道)가 광명(光明)해지니, 이것이 바로 본심(本心)의 전체(全體)와 대용(大用)이오. 어떻게 모름지기 담박함에 깃들인 뒤에야 얻음이 되겠소." 하였다.

주자가 이르기를 "인(仁)은 마음의 덕(德)이니, 정자의 이른바 '마음은 곡식의 씨와 같고 발생하는 성(性)이 바로 인이다'라는 것이 이것이다." 하였다.
<≪심경≫의 "맹자가 이르기를 '인(仁)은 사람의 마음이요, 의(義)는 사람의 길이다."라는 장에 나온다. 아래 2장도 같다.>

주자가 이르기를 "마음을 거두는 것은 다만 착한 마음을 보존하여 점점 채워 넓힘을 말한 것이요, 석씨(釋氏 석가(釋迦))의 한갓 공적(空寂)하게 할뿐인 것과는 같지 않음을 알지 못한 것이다." 하였다.

---

121) 문장이 빠졌다 : 이 부분은 주희가 양방(楊方)에게 답한 편지내용인데 앞부분이 누락되었다. 이 앞에는 "신심(身心)과 내외(內外)가 애당초 간격이 없으니, 이른바 마음이라는 것이 진실로 안을 주장하나 밖에 나타나는 모든 시청언동(視聽言動)과 출처어묵(出處語默) 또한 이 마음의 용(用)이어서 일찍이 떨어져 있지 않다. 그런데 지금 공허하여 쓰지 않는 곳에 있어서는 잡아서 보존하고 유행하여 운용하는 실제에 있어서는 버리고 살피지 않는다면, 이는 마음의 전체에 비록 반은 얻었으나……"이다. ≪心經附註 孟子 牛山之木章≫
122) 허순지(許順之) : 주희의 문인인 허승(許升)이다.

주자가 이르기를 "지금에 공부하려고 할진댄 우선 모름지기 단장(端莊)하고 존양(存養)하여 홀로 밝고 넓은 마음의 근원을 보아야 할 것이요, 굳이 공부를 허비하여 종이 위의 말만 연구할 것이 없다." 하였다.

영가 정씨(永嘉鄭氏)가 이르기를 "거울을 보아 얼굴에 더러운 것이 있으면 반드시 씻어내고, 옷을 털면서 옷깃과 소매에 때가 있으면 반드시 세탁하고, 집에 거하면서 책상과 창과 벽에 먼지가 있으면 반드시 털어서 이와 같이 하지 않으면 마음에 편안히 여기지 못하나, 마음의 가운데 신명(神明)의 집에 이르러서는 더러운 것과 때와 먼지가 날로 쌓이는데도 씻어내고 세탁하며 털 줄을 몰라서 작은 것은 살피면서도 큰 것은 빠뜨리고 밖은 살피면서도 안은 버리니, 그 유(類)를 채우지 못함이 심하지 않은가." 하였다.
  <《심경》의 "맹자가 이르기를 '지금에 무명지(無名指)가 굽어서 펴지지 않는 것이……' 하였다."라는 장에 나온다.>

순자(荀子)가 이르기를 "이·목·구·비(耳目口鼻)는 각기 접하는 것이 있으나 서로 보거나 듣지 못하니 이것을 천관(天官)이라 이르고, 마음은 가슴속 공허한 곳에 있으면서 오관(五官)[123]을 다스리니 이것을 천군(天君)이라 이른다. 성인(聖人)은 천군을 맑게 하여 천관을 바르게 한다." 하였다.
  <《심경》의 "공도자(公都子)가 묻기를 '똑같은 사람인데……' 하였다."라는 장에 나온다. 아래 2장도 같다.>

순자(荀子)가 이르기를 "허(虛)하고 한결같으며 정(靜)함을[124] 청명(清明)이라 이르니, 마음은 형체의 군주이고 신명(神明)의 주인이다. 명령을 내기만 하고 명령을 받는 곳은 없는 것이다." 하였다.

주자가 이르기를 "마음의 허령(虛靈)이 한량이 없으니, 예컨대 육합(六合)[125]의 밖

---

123) 오관(五官) : 다섯 가지 감각 기관을 가리킨다. 이·목·구·비에 피부를 포함한다.
124) 허(虛)하고 한결같으며 정(靜)함을 : 원문은 '虛壹而靜'인데, 《심경부주(心經附註)》 <맹자(孟子) 균시인야장(鈞是人也章)>에 근거하여 '不'을 '壹'로 바로잡아 번역하였다.
125) 육합(六合) : 동·서·남·북의 사방과 상·하를 이른다.

을 생각하면 즉시 이르고, 앞서 천백세의 이미 지나간 것과 뒤로 천만세의 미래가 모두 눈앞에 있으나 사람들이 이욕(利慾)에 어두워지기 때문에 이 이치를 보지 못하는 것이다." 하였다.

주자가 이르기를 "일(一)이란 욕심이 없는 것이라고 하였으니, 이제 시험해 보건대 욕심이 없을 때에 마음이 어찌 한결같지 않겠는가. 사람이 다만 욕심이 있기 때문에 이 마음이 곧 천 갈래 만 갈래가 되는 것이다." 하였다.
  <≪심경≫의 "주자(周子)의 ≪통서(通書)≫에 이르기를 '성인(聖人)을 배워서 될 수 있습니까?'……"라는 장에 나온다.>

명도 선생이 이르기를 "이제 외물(外物)을 싫어하는 마음으로126) 사물이 없는 자리를 비추려고 한다면 이는 거울을 뒤집어 놓고 비추기를 바라는 것과 같다." 하였다.
  <≪근사록(近思錄)≫ 권2에 나온다. 아래 3장도 같다.>

이천 선생이 이르기를 "성인(聖人)이 천하 사람들의 마음을 감동시키는 것은 날씨가 춥고 덥고 비오고 맑은 것과 같아서 통하지 않음이 없고 응하지 않음이 없으니, 이 또한 정(貞)일 뿐이니, 정이란 마음을 비워 아사(我私)가 없음을 이른다." 하였다.

명도 선생이 이르기를 "모름지기 마음을 크게 하여 열리고 넓게 하여야 하니, 비유하건대 9층의 대(臺)를 만들 적에 모름지기 기단(基壇)을 크게 만들어야 비로소 되는 것과 같다." 하였다.

횡거(橫渠) 선생127)이 이르기를 "나의 마음을 의혹하지 않는 곳에 세우고자 해서이니, 이렇게 한 뒤에야 강하(江河)를 터놓은 듯하여 나의 감을 순탄하게 할 수 있다." 하였다.

---

126) 외물(外物)을 싫어하는 마음으로 : 원문은 '以外物之心'인데, ≪近思錄集解 爲學≫에 근거하여 '以' 뒤에 '惡' 1자를 보충하여 번역하였다.

127) 횡거(橫渠) 선생 : 중국 북송의 유학자인 장재(張載, 1020~1077)의 호이다. 자는 자후(子厚)이다. 유가와 도가의 사상을 조화시켜 우주의 일원적 해석을 설파함으로써 이정·주자의 학설에 영향을 끼쳤다. 저서에 ≪역설(易說)≫, ≪서명(西銘)≫,≪동명(東銘)≫등이 있다.

명도 선생이 이르기를 "공자(孔子)께서 냇가에 계시면서 말씀하시기를 '가는 것이 이와 같을 것이다. 밤낮으로 그치지 않는다.' 하셨으니, 한(漢)나라 이래로 유자(儒者)들이 모두 이 뜻을 알지 못하였다. 이는 성인의 마음이 순수함이 또한 그치지 않음을 볼 수 있다." 하였다.

<≪근사록≫ 권4에 나온다. 아래 3장도 같다.>

이천 선생이 이르기를 "배우는 자는 다만 이 마음을 세워야 한다." 하였는데, 주(註)에서 주자가 이르기를 "배우는 자가 먼저 이 마음을 세우지 않으면 흡사 집을 지을 적에 터전이 없는 것과 같다. 이제 이 마음을 찾음은 바로 터전을 세우기 위한 것이다." 하였다.

이천 선생이 이르기를 "어찌 두 다리를 키처럼 뻗고 걸터앉아 있으면서 마음이 태만하지 않은 자가 있겠는가. 여여숙(呂與叔)이 6월에 구지(緱氏)에 왔는데, 한가히 거처할 때에 내가 일찍이 엿봄에 반드시 엄숙히 무릎 꿇고 앉아 있는 것을 보았으니, 돈독하다고 이를 만하다." 하였다.

이천 선생이 이르기를 "사람이 잠자고 꿈꾸는 사이에 자신의 학문의 깊이를 점칠 수가 있으니, 만일 사람이 잠자고 꿈꾸는 사이에 전도(顚倒)된다면 이는 심지(心志)가 안정되지 못하여 조존(操存)함이 견고하지 못한 것이다." 하였다.

명도 선생이 이르기를 "사냥하는 일을 내 스스로 '이제는 이것을 좋아하는 마음이 없습니다.'고 말하자, 주무숙(周茂叔)[128]이 말하기를 '어찌 말을 쉽게 하는가. 다만 이 마음이 잠복하여 나오지 않은 것이니, 어느 날 싹터 동하면 다시 예전과 같아질 것이다.' 하셨는데, 12년 뒤에 사냥하는 것을 보고 과연 그렇지 못하다는 것을 알게 되었다." 하였다.

<≪근사록≫ 권5에 나온다.>

---

128) 주무숙(周茂叔) : 중국 북송의 유학자 주돈이(周敦頤, 1017~1073)이다. 자는 무숙(茂叔), 호는 염계(濂溪)이다. 당대(唐代)의 경전 주석의 경향에서 벗어나 불교와 도교의 이치를 응용한 유교 철학을 창시하였다. 저서에 ≪태극도설(太極圖說)≫, ≪통서(通書)≫ 등이 있다.

정(正)

주자가 창문을 바르는 것을 보고는 말하기를 "조금이라도 가지런하지 못한 것이 있으면 곧 도리가 아니다." 하였다. 주계역(朱季繹)이 "보기 좋게 하려면 밖에서 발라야 합니다." 하자, 황직경(黃直卿)이 말하기를 "이는 스스로 속이는 단서이다." 하였다.

<≪심경≫의 "≪악기(樂記)≫에 이르기를 '군자(君子)가 아르기를 「예악(禮樂)은 잠시라도 몸에 떠나서는 안되니…」 하였다.' 하였다."라는 장에 나온다.>

주공섬(朱公掞)[129]이 어사(御史)가 되어 홀(笏)을 단정히 잡고 바르게 서서 엄숙하고 굳세어 범할 수가 없었다. 그리하여 반열들이 숙연해지니, 소자첨(蘇子瞻)[130]이 사람들에게 말하기를 "어느 때에나 이 '경(敬)' 자를 타파하겠는가." 하였다.

<≪심경≫의 "도(道)를 얻는 것을 즐거워한다."라는 장에 나온다.>

"사려가 비록 많다 하더라도 과연 바름에서 나온 것이면 또한 무방합니까?" 하고 묻자, 이천이 이르기를 "우선 예를 들어 종묘(宗廟)에서는 경(敬)을 주장하고 조정에서는 장엄함을 주장하고 군대에서는 엄함을 주장하는 것이 이것이니, 만약 발(發)하기를 제때에 하지 않아 어지럽게 나오고 절도가 없으면 비록 바르더라도 간사한 것이다." 하였다.

<≪근사록≫ 권4에 나온다.>

학(學)

주자가 이르기를 "배우는 자는 반드시 자신을 위한 학문을 하여야 하니, 비유하면 밥을 먹을 적에 조금씩 먹어서 배부르게 하는 것이 옳겠는가. 밥을 헤쳐 문밖에 늘어놓고 남에게 '우리 집에 밥이 많이 있다'고 말하는 것이 옳겠는가." 하였다. 또 이르기를 "배우는 자는 자신을 위하지 않고 보기 좋은 것만을 도모하는 것이니, 예컨대 남월왕(南越

---

129) 주공섬(朱公掞) : 정자(程子)의 문인인 주광정(朱光庭)으로, 공섬(公掞)은 그의 자(字)이다.
130) 소자첨(蘇子瞻) : 중국 북송의 문인 소식(蘇軾, 1036~1101)이다. 자첨은 자이고, 호는 동파(東坡)이다. 당송 팔대가(唐宋八大家)의 한 사람으로, 구법파(舊法派)의 대표자이며, 서화에도 능하였다. 작품에 <적벽부(赤壁賦)>, 저서에 ≪동파전집(東坡全集)≫등이 있다.

王)이 황옥(黃屋)과 좌독(左纛)으로 애오라지 스스로 즐길 뿐인 것과 같다.[131]" 하였다.

<≪심경≫의 "≪대학(大學)≫의 이른바 '그 뜻을 성실히 한다'는 것은······"라는 장에 나온다.>

정자가 이르기를 "지금 배우는 자들은 왕왕 자유(子游)와 자하(子夏)를 하찮게 여겨 배울 것이 없다고 말하나 자유와 자하는 한 마디 말과 한 가지 일이 모두 실제였는데, 후세의 배우는 자들은 고원(高遠)한 것을 좋아하니, 마치 사람의 마음이 천리밖에 놀고 있는 것과 같다." 하였다.

상채 사씨(上蔡謝氏)[132]가 이르기를 "실로 외물(外物)의 상면(上面)에 나아가 공부하여야 한다. 모든 일은 반드시 뿌리가 있으니, 집의 기둥은 뿌리가 없어서 부러지면 곧 쓰러지지만 나무는 뿌리가 있어서 비록 자르더라도 가지가 차례로 또다시 나온다." 하였다.

<≪심경≫의 "맹자가 이르기를 '마음을 기르는 것은 욕심을 적게 하는 것보다 더 좋은 것이 없다.' 하였다."라는 장에 나온다.>

이천 선생이 이르기를 "1등을 가져다가 딴 사람에게 양보하여 주고 우선 2등을 하겠다고 말하지 말라. 조금이라도 이와 같이 말하면 곧 스스로 포기하는 것이다." 하였다.

---

131) 예컨대······같다 : 한(漢)나라 조타(趙佗)가 황옥(黃屋)과 좌독(左纛)을 사용하여 나갈 때에 경계하고 들어올 때에 벽제(辟除)하였다. 문제(文帝)가 육가(陸賈)를 시켜 명령을 전하기를 "하늘에는 두 개의 태양이 없고 백성에게는 두 임금이 없으니, 백성들로 하여금 도탄의 고통에 빠지지 않게 하라." 하였다. 조타가 말하기를 "나는 황옥과 좌독으로 애오라지 스스로 즐길 뿐이다." 하였다. 황옥은 노란 비단으로 만든 수레의 덮개를 이르며, 좌독은 검정색 들소꼬리로 만든 독기(纛旗)로 크기가 말 [斗] 만한데, 왼쪽 곁말의 멍에 위에 매달기 때문에 좌독이라 하는 바, 黃屋과 左纛은 황제의 수레를 꾸미는 물건으로 제왕의 수레를 일컫는 말로 쓰인다. 당시 남월왕으로 있던 조타가 참람하게 황제의 수레를 타고 다니자, 문제는 "전쟁을 일으켜 백성들을 도탄에 빠뜨리지 말라."고 경고하였는데, 이에 대하여 조타는 "나는 참으로 황제노릇을 하려는 것이 아니고 단지 보기 좋아서 이렇게 치장하고 다닐 뿐입니다." 라고 해명하였다. 이는 마치 학자들이 입으로만 의리를 말하여 아름답게 꾸미는 것과 같으므로 비유한 것이다.

132) 상채 사씨(上蔡謝氏) : 북송(北宋) 채주(蔡州)의 상채(上蔡) 사람인 사량좌(謝良佐, 1050~1103)이다. 자는 현도(顯道)고, 시호는 문숙(文肅)이다. 이정(二程)의 문하에서 배웠다. 유초(游酢), 여대림(呂大臨), 양시(楊時)와 함께 '정문사선생(程門四先生)'으로 일컬어졌다. 저서에 ≪상채어록(上蔡語錄)≫≪논어설(論語說)≫등이 있다.

<<≪심경≫의 "주자의 ≪통서≫에 이르기를 '성인을 배워서 될 수 있습니까?'······"라는 장에 나온다. 아래 1장도 같다.>

구산 양씨(龜山楊氏)[133]가 이르기를 "모든 배우는 자들이 '성인의 경지를 배워서 이를 수 있다'고 말하면 반드시 미쳤다고 여기며 속으로 비웃는다. 성인은 진실로 쉽게 이를 수 없으나 만약 성인을 버리고 배운다면 장차 무엇을 법칙으로 삼겠는가. 성인을 스승으로 삼음은 활쏘기를 배울 때에 과녁을 세우는 것과 같다." 하였다.

주자가 이르기를 "벼싹과 가라지, 붉은 색과 자주색의 사이[134]이니, 배우는 자가 마땅히 분별해야 할 점이다." 하였다.
<<≪심경≫의 "범준(范浚)의 ≪심잠(心箴)≫에 이르기를 '아득하고 아득한 天地는······' 하였다."라는 장에 나온다. 아래 1장도 같다.>

주자가 이르기를 "대저 성인의 학문은 마음에 근본하여 이치를 연구하고 이치를 순히 하여 사물에 응한다." 하였다.

성(誠)

정자가 이르기를 "사(邪)를 막으면 성(誠)이 저절로 보존된다. 마치 사람이 집을 가지고 있을 적에 담장을 수리하지 않으면 도둑을 막을 수가 없으니, 동쪽으로 들어온 도둑을 쫓고 나면 다시 서쪽에서 들어오고 한 명을 쫓고 나면 한 명이 다시 이르는 것과 같으니, 담장을 수리하는 것만 못하다. 담장을 수리하면 도둑이 저절로 이르지 않는다. 그러므로 사(邪)를 막고자 하는 것이다." 하였다.
<<≪심경≫의 "≪주역(周易)≫ 건괘(乾卦)에 '사(邪)를 막으면 성(誠)이 보존된다.' 하

---

133) 구산 양씨(龜山楊氏) : 중국 송나라의 유학자 양시(楊時, 1053~1135)이다. 자는 중립(中立), 호는 구산(龜山)이다. 정호와 정이에게 도학을 배우고 낙학(洛學)의 대종(大宗)이 되었다. 저서에 ≪이정수언(二程粹言)≫, ≪구산집(龜山集)≫이 있다.
134) 벼싹과······사이 : ≪논어(論語)≫ <양화(陽貨)>에 "가라지가 벼싹을 어지럽히는 것을 미워하고 자주색이 붉은 색을 어지럽히는 것을 미워한다." 하였다.

였다.”라는 장에 나온다.>

주자가 이르기를 “뜻을 성실히 하는 것은 바로 사람과 귀신의 관문이니, 이 한 관문을 통과하여야 비로소 전진할 수 있다.” 하였다.
<≪심경≫의 “≪대학(大學)≫에 ‘그 뜻을 성실히 한다.’ 하였다.”라는 장에 나온다. 아래 1장도 같다.>

조치도(趙致道)[135]가 이르기를 “성(誠)이 동(動)함으로부터 선(善)으로 가면 나무가 뿌리에서 줄기에 이르고 줄기에서 끝에 이르는 것과 같다.” 하였다.

유씨(劉氏)가 이르기를 “정성이 지극한 자는[136] 금석(金石)도 열 수 있다.” 하였다.
<≪심경≫의 “≪악기(樂記)≫에 ‘군자가 이르기를 「예악은 잠시라도 몸에 떠나서는 안 되니…」 하였다.’ 하였다.”라는 장에 나온다.>

의(意)

주자(周子)가 이르기를 “창 앞의 풀을 제거하지 않는 것은 나 자신의 의사와 똑같기 때문이다.” 하였다.
<≪근사록≫ 권1에 나온다.>

명도 선생이 이르기를 “일찍이 장안(長安)의 창고 안에 한가로이 앉아서 긴 행랑의 기둥을 보고 마음속으로 세었다. 이미 의심이 없었으나 다시 세어보니 부합하지 않으므로 사람으로 하여금 일일이 소리내어 세게 함을 면치 못하였더니, 마침내 처음 세었던 것과 차이가 없었다. 이에 더욱 마음을 두어 잡고 있으면 더욱 안정되지 못한다는 것을 알게 되었다.” 하였다.
<≪근사록≫ 권4에 나온다.>

---

135) 조치도(趙致道) : 주희의 문인인 조사하(趙師夏)이다. 주자의 손녀를 아내로 맞이하였다.
136) 정성이 지극한 자는 : 원문은 ‘誠之者’인데, ≪심경부주(心經附註)≫ <예기(禮記) 예악불가사수거신장(禮樂不可斯須去身章)>에 근거하여 ‘之’ 뒤에 ‘至’ 1자를 보충하여 번역하였다.

도(道)

주자(朱子)가 이르기를 "옛사람이 칼과 톱이 앞에 있고 솥과 가마솥이 뒤에 있어도 이러한 물건을 보기를 없는 것처럼 여긴 것은, 다만 이 도리만을 본 것이다." 하였다.
<≪심경≫의 "이른바 '몸을 닦는 것이 그 마음을 바루는 데에 있다' 하였다."라는 장에 나온다.>

이천 선생이 이르기를 "백척(百尺)의 나무가 뿌리로부터 지엽에 이르기까지 모두 일관된 것과 같다." 하였다.
<≪근사록≫ 권1에 나온다.>

이천 선생이 이르기를 "성인의 도(道)는 평탄함이 큰 길과 같은데, 배우는 자들이 그 문을 찾지 못하는 것이 병통일 뿐이다. 그 문을 찾으면 아무리 멀어도 이르지 못할 곳이 없으니, 그 문에 들어가기를 바란다면 경전(經傳)을 거치지 않을 수 있겠는가. 지금에 경전을 다루는 자들이 또한 많으나 궤짝만 사고 진주(眞珠)는 돌려주는 병폐가 사람마다 모두 그러하다. 경전은 도를 싣고 있는 것이니, 그 말만 외고 그 훈고(訓詁)만 풀이하고 도에 미치지 않는다면 바로 쓸모없는 찌꺼기일 뿐이다." 하였다.
<≪근사록≫ 권2에 나온다. 아래 1장도 같다.>

이천 선생이 이르기를 "도(道)에 뜻하기를 간절하게 한다." 하고, 그 주(註)에 "도에 뜻을 두어 간절하고 지극함이 진실로 성의(誠意)나 박절함이 지나쳐 속히 하려고 하여 조장(助長)함에 이르면 도리어 진실한 이치를 해친다. 예컨대 봄에 낳고 여름에 자라고 가을에 이루고 겨울에 충실함은 진실로 한 순간이라도 잠시 그치거나 끊어짐을 용납하지 않고, 또한 하루 사이에 대번에 성취할 수 없는 것과 같다." 하였다.

이천 선생이 이르기를 "마음이 도를 통달한 뒤에야[137] 시비(是非)를 분별하기를 저울을 잡고서 경중(輕重)을 비교하듯 할 수 있다." 하였다.
<≪근사록≫ 권3에 나온다. 아래 2장도 같다.>

---

137) 마음이……뒤에야 : 원문은 '心通然後'인데, ≪근사록집해(近思錄集解)≫ 권3 <치지(致知)>에 근거하여 '通' 뒤에 '乎道' 2자를 보충하여 번역하였다.

이천 선생이 이르기를 "공자께서 냇가에 계시면서 말씀하시기를 '가는 것이 이와 같다.' 하셨으니, 이는 도(道)의 본체가 이와 같음을 말씀한 것이니, 이 속에서 모름지 기 스스로 보아 얻어야 한다." 하였다. 주(註)에서 주자(朱子)가 이르기를 "천지의 조화 가 가는 것은 지나가고 오는 것이 이어져서 한 순간의 정체도 없으니, 바로 도체(道體) 의 본연이다. 그러나 가리켜서 쉽게 볼 수 있는 것이 흐르는 냇물만한 것이 없으므로 여기에서 드러내어 사람들에게 보여주어서 배우는 자들이 때때로 성찰하여 털끝만큼 잠시라도 그치거나 끊어짐이 없게 하고자 하신 것이다." 하였다.

이천 선생이 이르기를 "≪시경(詩經)≫과 ≪서경(書經)≫은 도(道)를 실은 글이요, ≪춘추(春秋)≫는 성인의 운용이니, ≪시경≫과 ≪서경≫은 약방문(藥方文)과 같고 ≪춘추≫는 약을 써서 병을 치료하는 것과 같다." 하였다.

인(仁)

이천 선생이 이르기를 "인(仁)은 서(恕)를 할 수 있고 사랑을 할 수 있는 것이니, 서는 인의 베풂이요 사랑은 인의 쓰임이다." 하였다. 주(註)에서 이르기를 "서(恕)는 여기에서 미루는 것이요 사랑은 저기에 미치는 것이다. 인(仁)은 비유하면 샘의 근원과 같으니, 서 는 샘물이 흘러 나오는 것이요, 사랑은 샘물이 적셔주어 윤택하게 하는 것이다." 하였다.
  <≪근사록≫ 권2에 나온다.>

성리(性理)

자계 황씨(慈溪黃氏)[138]가 이르기를 "물을 떠서 마시려는 자는 반드시 근원을 깊이 파니, 근원을 깊이 파는 것은 물을 떠서 마시기 위한 계책인데 도리어 그 물을 버리고 떠서 마시지 않음은 무슨 뜻이며, 열매를 따서 먹으려는 자는 반드시 뿌리에 물을 주니, 뿌리에 물을 주는 것은 열매를 따 먹기 위한 것인데 도리어 그 열매를 버리고 먹지 않음은 무슨 소견이며, 궁행(躬行)을 바르게 하려는 자는 반드시 성리(性理)를 정밀하게 연구하니, 성리를 정밀하게 연구하는 것은 궁행을 바로 하기 위한 것인데 도리어 궁행을 불문(不問)에 내버려 둠은 어째서인가?" 하였다.

<≪심경≫의 '주자(朱子) <존덕성재명(尊德性齋銘)> 장'에 나온다. 아래 1장도 같다.>

임천 오씨(臨川吳氏)[139]가 이르기를 "지금 이후로는 하루의 안에 자시(子時)부터 해시(亥時)까지, 한 달의 안에 초하루부터 그믐까지, 일년의 안에 봄부터 겨울까지 항상 나의 덕성이 밝고 밝아 하늘이 운행함과 같고 해와 달이 왕래함과 같게 한다." 하였다.

명도 선생이 이르기를 "맹자(孟子)가 말씀한 성선(性善)이 이것이다. 이른바 '계지자선(繼之者善)'이라는 것은 물이 흘러 아래로 내려가는 것과 같다. 똑같은 물이지만 흘러서 바다에 이르러서도 끝내 더럽혀진 바가 없다면 이 어찌 번거롭게 인력을 쓸 필요가 있겠는가. 흘러서 멀리 가기도 전에 이미 점점 흐려지는 경우가 있으며 흘러나와 아주 멀리 간 뒤에야 비로소 흐려지는 경우가 있는데, 흐려짐이 많은 경우도 있고 흐려짐이 적은 경우도 있으니, 맑고 흐림이 비록 똑같지 않으나 흐린 것도 물이라고 하지 않을 수 없는 것이다. 이와 같다면 사람은 맑게 하는 공력을 가하지 않을 수 없다.

---

138) 자계 황씨(慈溪黃氏) : 남송(南宋)의 학자인 황진(黃震, 1212~1280)이다. 자계(慈溪) 사람으로, 자는 동발(東發)이고, 호는 유월(兪越)이며, 사시(私諡)는 문결선생(文潔先生)이다. 주돈이(周敦頤)와 이정(二程), 주희(朱熹)를 학문의 모범으로 삼았다. 주희의 삼전제자(三傳弟子) 왕문관(王文貫)을 사사했고, 하기(何基) 등과 함께 주자학을 계승 발전시킨 주요 인물이다. 저서에 ≪황씨일초(黃氏日鈔)≫와 ≪고금기요(古今紀要)≫, ≪고금기요일편(古今紀要逸編)≫, ≪무진수사전(戊辰修史傳)≫등이 있다.

139) 임천 오씨(臨川吳氏) : 원나라 무주(撫州) 숭인(崇仁) 사람인 오징(吳澄, 1249~1333)이다. 자는 유청(幼淸) 또는 백청(伯淸)이고, 학자들은 초려선생(草廬先生)이라 부르며, 시호는 문정(文正)이다. 저서에 『오경찬언(五經纂言)』등이 있다.

그러므로 힘쓰기를 민첩하게 하고 용맹스럽게 하면 빨리 맑아지고, 힘쓰기를 느리고 게을리하면 더디게 맑아지니, 그 맑아짐에 미쳐서는 단지 원초의 물일뿐이다. 물이 맑아지면 성선이라 이른다.” 하였다.

    ≪근사록≫ 권1에 나온다.

이천 선생이 이르기를 “성현(聖賢)의 말씀은 부득이해서 하신 것이다. 이 말씀이 있으면 이 이치가 밝아지고 이 말씀이 없으면 천하의 이치가 빠진 부분이 있게 되니, 마치 저 농기구나 도자기 등의 기구를 한 번 만들지 않으면 생민(生民)의 도(道)가 부족함이 있는 것과 같다. 그러하니 성현께서 말씀을 비록 그만두려고 하시나 될 수 있겠는가.140)” 하였다.

    ≪근사록≫ 권2에 나온다.

횡거 선생이 이르기를 “기질지성(氣質之性)이 있으니 잘 돌이키면 천지의 성(性)이 보존된다. 그러므로 기질지성을 군자는 성으로 여기지 않는다.” 하였고, 주(註)에서 주자(朱子)가 이르기를 “성(性)을 물에 비유하면 물이 본래 맑으나 깨끗한 그릇에 담으면 맑고 더러운 그릇에 담으면 흐리다. 그러나 맑히면 본연의 맑음이 언제나 있지 않음이 없는 것이다” 하였다.

    ≪근사록≫ 권2에 나온다.

이천 선생이 이르기를 “무릇 문자를 해석할 적에 다만 그 마음을 평이하게 하면 저절로 이치를 볼 수 있으니, 이치는 다만 사람의 이치여서 매우 분명하여 한 줄기의 평탄한 도로141)와 같다.” 하였다.

    ≪근사록≫ 권3에 나온다. 아래 1장도 같다.

묻기를 “치지(致知)를 먼저 사단(四端)에서 찾는 것이 어떻습니까?” 하자, 이천이 이르기를 “성정(性情)에서 찾는 것이 진실로 몸에 간절하나 풀 한 포기와 나무 한 그루에

---

140) 성현께서……있겠는가 : 원문은 ‘聖賢之雖欲已得言乎’인데, ≪근사록집해≫ 권2 <위학(爲學)>에 근거하여 ‘言’을 ‘之’ 뒤로 옮겨 번역하였다.

141) 도로 : 원문은 ‘道理’인데 ≪근사록집해≫ 권3 <치지(致知)>에 근거하여 ‘理’를 ‘路’로 바로잡아 번역하였다.

도 모두 이치가 있으니, 모름지기 이것을 살펴야 한다." 하였다.

선(善)

주자(朱子)가 이르기를 "'불선(不善)함이 있으면 일찍이 알지 못한 적이 없고 알면 일찍이 다시 행한 적이 없다.'라는 것은 다만[142] 안자(顏子)의 타고난 기품이 좋아서 지극히 맑은 물에서는 가는 지푸라기도 반드시 보이는 것과 같은 것이다." 하였다.
　<≪심경≫의 "복괘(復卦) 초구효(初九爻)에 이르기를 '멀리 가지 않고 돌아오므로 후회함에 이르지 않으니……' 하였다."라는 장에 나온다.>

덕(德)

주자가 이르기를 "병산(屛山) 선생[143]이 이르기를 '나는 ≪주역(周易)≫에서 덕(德)에 들어가는 문을 얻었으니, 이른바 「멀리 가지 않고 돌아온다 [不遠復]」는 것이 나의 세 글자의 비결이다.' 하였다." 하였다.
　<≪심경≫의 "복괘 초구효에 이르기를 '멀리 가지 않고 돌아오므로 후회함에 이르지 않으니……' 하였다."라는 장에 나온다.>

횡거 선생이 이르기를 "덕(德)이 이루어지기 전에 먼저 공업(功業)을 일삼으면 이는 큰 목수를 대신하여 나무를 깎는 격이어서 손을 다치지 않을 자가 드물 것이다." 하였다.
　<≪근사록≫ 권2에 나온다.>

이천 선생이 이르기를 "지금 세상 사람들은[144] ≪주역(周易)≫을 보되 모두 ≪주역≫

---

142) 다만 : 원문은 '眞'인데 ≪심경부주≫권1 <불원복장(不遠復章)>에 근거하여 '直'으로 바로잡아 번역하였다.

143) 병산(屛山) 선생 : 남송 건주(建州) 숭안(崇安) 사람인 유자휘(劉子翬, 1101~1147)의 호이다. 자는 언충(彦沖)이고, 시호는 문정(文靖)이다. 주희(朱熹)가 그의 문하에서 배웠다. 젊어서는 불교를 좋아했는데, 나중에 유학으로 전향하여 역학(易學)에 잠심했다. 저서에 ≪병산집(屛山集)≫이 있다.

144) 지금 세상 사람들은 : 원문은 '人時人'인데 ≪근사록집해≫권3 <치지>에 근거하여 앞의

이 어떤 물건인지를 알지 못하고 다만 그 위에 나아가 천착하니, 만약 생각함이 익숙하지 못하다면 그 위에 나아가 한 덕을 더해도 많음을 깨닫지 못하고, 그 위에 나아가 한 덕을 줄여도 부족함을 깨닫지 못한다. 비유하건대 이 책상을 알지 못하면 만약 한 다리를 줄여도 부족함을 알지 못하고, 만약 한 다리를 더해도 많음을 알지 못하는 것과 같으니, 만약 이것을 안다면 자연 더할 수도 뺄 수도 없는 것이다." 하였다.

    <≪근사록≫ 권3에 나온다.>

경(敬)

    정자가 이르기를 "경(敬)은 한 가지를 주장하는 것이다. 한 가지를 주장하면 이미 동쪽으로 가지 않고 또 서쪽으로 가지 않으니 이와 같이 하면 다만 중(中)이요, 이미 이쪽으로 가지 않고 또 저쪽으로 가지 않으니 이와 같이 하면 다만 안이다." 하였다.

    <≪심경≫의 "≪주역≫의 건괘(乾卦) 구이효(九二爻)에 이르기를 '평소의 말도 미덥게 하고……' 하였다."라는 장에 나온다.>

    상채 사씨가 이르기를 "경(敬)은 마음이 깨어있는 법이다." 하였다.

    <≪심경≫의 "≪주역≫의 곤괘(坤卦) 육이효(六二爻)에 이르기를 '군자가 경(敬)하여 안을 곧게 하고……' 하였다."라는 장에 나온다.>

    주자가 이르기를 "경(敬)은 비유하면 거울과 같고 의(義)는 곧 비출 수 있는 것이다." 하였다.

    <위와 같다.>

    주자가 이르기를 "경(敬)을 주장하는 것은 차츰차츰 약을 복용하여 이 병을 사라지게 하는 것이다." 하였다.

    <≪심경≫의 "중궁(仲弓)이 인(仁)을 물었다."라는 장에 나온다.>

    '人'을 '今'으로 바로잡아 번역하였다.

구산 양씨가 이르기를 "적림(翟霖)이 서쪽으로 귀양가는 이천(伊川)을 전송할 적에 도중에 승방(僧房)에서 유숙하였다. 앉은 자리가 불상과 등지게 되어 있자, 선생은 의자를 돌려 등지지 않게 하였다. 적림이 말하기를 '그 승려들이 불상을 공경하기 때문에 또한 공경해야 하는 것이 아닙니까?' 하자, 선생은 '다만 사람의 모습을 갖추고 있으면 곧 함부로 대해서는 안 된다'고 말씀하였다." 하였다.

<≪심경≫의 "예악은 잠시라도 몸에 떠나서는 안 되니……"라는 장에 나온다.>

정자가 이르기를 "주공섬(朱公掞)이 낙양(洛陽)에 있을 때에 서실을 장만하였는데, 양 곁에 각각 창문이 하나씩 있고 창문에는 각각 36개의 창살이 있었다. 한 창문에는 천도(天道)의 요점을 쓰고 다른 창문에는 인의(仁義)의 도(道)를 쓰고 가운데에는 한 방(榜)에다가 '공경하지 않음이 없음 [毋不敬]'과 '생각함에 간사함이 없음 [思無邪]'을 쓰고는 이 가운데에 거처하였으니, 이 뜻이 또한 좋다." 하였다.

주자가 이르기를 "일이 없을 때에는 경(敬)이 이면(裏面)에 있고 일이 있을 때에는 경이 일 위에 있어서 일이 있던 일이 없던 나의 경이 일찍이 잠시라도 그치거나 끊어지지 않아야 한다." 하였다.

<≪심경≫의 "맹자가 이르기를 '우산(牛山)의 나무가 일찍이 아름다웠다.' 하였다."라는 장에 나온다.>

주자가 이르기를 "정부자(程夫子)의 '함양(涵養)은 반드시 경(敬)으로 하고 학문에 나아감은 치지(致知)에 있다'라는 이 두 말씀은 수레의 두 바퀴와 같고 새의 양 날개와 같아서, 그 하나를 버리고서는 갈 수 있고 날 수 있는 것이 있지 않다." 하였다.

<≪심경≫의 '주자 <존덕성재명> 장'에 나온다.>

정씨(程氏)가 이르기를 "이 ≪심경≫에서 가르친 것은 '경(敬)'이라는 한 글자에서 벗어나지 않는다. 그러므로 그 말이 간략하면서도 뜻이 정밀하고 그 공부가 쉬우면서도 효과가 넓으니, 진실로 이른바 '냇물을 막는 지주산(砥柱山)이요 남쪽을 가리키는 수레요[145] 어둠을 밝히는 거울'이라는 것이다." 하였다.

---

145) 냇물을……수레요 : 지주산(砥柱山)은 황하(黃河) 가운데 우뚝 솟아 있는 돌산 [石山]이니, 경

<≪심경≫의 정민정(程敏政)[146]의 서(序)에 나온다.>

이천 선생이 이르기를 "상하가 공경(恭敬)에 한결같으면 천지가 저절로 자리를 편안히 하고 만물이 저절로 길러져서 기운이 화하지 않음이 없으니, 네 영물(靈物)이 어찌 이르지 않는 것이 있겠는가. 이는 체행(體行)함이 성실함에 통달함이 순한 도(道)이다." 하였다.

<≪근사록≫ 권4에 나온다.>

이천 선생이 이르기를 "경(敬)은 다만 한 가지를 주장하는 것이다. 한 가지를 주장하면 이미 동쪽으로 가지 않고 또 서쪽으로 가지 않으니 이와 같이 하면 다만 중(中)이요, 이미 이쪽으로 가지 않고 또 저쪽으로 가지 않으니 이와 같이 하면 다만 안이다." 하였다.

<위와 같다. 위의 ≪심경≫에 나온다.>

사(思)

이천 선생이 이르기를 "'생각하면 지혜로워지고 지혜로움은 성인(聖人)을 만든다.' 하였으니, 생각을 지극히 함은 우물을 파는 것과 같아서 처음에는 흐린 물이 나오다가 오랜 뒤에는 차츰 맑은 물이 이끌려 나오게 되니, 사람의 사려(思慮)도 처음에는 모두 혼란하다가 오래되면 저절로 명쾌해진다" 하였다.

<≪근사록≫ 권3에 나온다. 아래 1장도 같다.>

횡거 선생이 이르기를 "마음속에 깨달아 아는 것이 있으면 즉시 기록하여야 하니, 생각하지 않으면 다시 막힐 것이다." 하였고, 주(註)에 이르기를 "의심스러운 뜻이 이

(敬)으로 인욕(人欲)을 대적함이 마치 지주산이 황하 가운데에 우뚝하게 서 있는 것과 같은 것이다. 또 월상(越裳)의 사자(使者)가 길을 잃자 주공(周公)이 남쪽을 가리키는 수레를 만들어 그에게 주었다 한다.

146) 정민정(程敏政) : 자는 극근(克勤)이며 휴령(休寧) 사람이다. 일찍이 신동으로 천거되었으며 성화(成化) 연간에 급제하여 관직이 예부 시랑(禮部侍郎)에 이르렀다.

해되거든 그때마다 즉시 기록해 두면 이미 안 것이 잊혀지지 않을 수 있고 알지 못하던 것이 진전될 수 있거니와, 기록해 두지 않으면 생각이 일어나지 않을 것이니, 산길에 사람들이 다니는 곳이 사용하지 않으면 띠풀이 자라 길을 막는 것과 같다." 하였다.

정(靜)

소강절(邵康節) 선생[147]이 백원산(百源山)의 산중에 서재를 열고는 홀로 이 가운데에 거처하였다. 왕승지(王勝之)[148]가 항상 달밤에 방문하곤 하였는데, 반드시 등잔불 아래에 옷깃을 바르게 하고 무릎 꿇고 앉아서 아무리 밤이 깊어도 이와 같이 하고 있는 것을 보았다.
<≪심경≫의 "맹자가 이르기를 '우산(牛山)의 나무가 일찍이 아름다웠다.' 하였다."라는 장에 나온다. 아래 1장도 같다.>

주자가 이르기를 "정(靜)을 주장함을 ≪맹자(孟子)≫<야기(夜氣)> 한 장에서 볼 수 있다.

이천 선생이 이르기를 "고요한 뒤에 만물이 자연히 모두 봄뜻이 있음을 볼 수 있다." 하였다. 주(註)에 이르기를 "명도 선생의 시(詩)에 '만물을 고요히 보면 모두 자득(自得)하니, 사시(四時)의 아름다운 흥치 사람과 같다.' 하였으니, 가슴속이 조급하고 동요되면 어찌 이러한 뜻을 알겠는가." 하였다.
<≪근사록≫ 권4에 나온다.>

---

147) 소강절(邵康節) 선생 : 강절(康節)은 중국 송(宋)나라 때의 학자이면서 시인인 소옹(邵雍, 1011~1077)의 시호이다. 자는 요부(堯夫), 호는 안락 선생(安樂先生)으로, '소강절(邵康節)'이라고 많이 불린다. 도가사상의 영향을 받고 유교의 역철학(易哲學)을 발전시켜 독특한 수리철학(數理哲學)을 만들었다.
148) 왕승지(王勝之) : 송나라의 학자이자 관료인 왕익유(王益柔, 1015~1086)이다. 승지(勝之)는 그의 자(字)이다.

정(情)

이천 선생이 이르기를 "마음은 본래 선(善)하나 사려(思慮)에 나타나면 선(善)이 있고 불선(不善)이 있으니, 만약 이미 발했다면 정(情)이라 이를 수 있고 마음이라 일러서는 안 된다. 비유하면 물을 다만 물이라 이를 수 있으나 흘러서 물줄기가 되어 혹 동쪽으로 흘러가고 혹 서쪽으로 흘러가는 것은 물이라 하지 않고 흐름이라 이르는 것과 같다." 하였다.

<≪근사록≫ 권1에 나온다.>

언어(言語)

사현도(謝顯道)[149]가 이르기를 "옛날에 백순(伯淳 정호(程顥))이 나에게 가르쳐 주실 적에 나는 다만 그 말씀에 집착하였는데, 백순이 말씀하기를 '그대와 말하는 것은 다만 술 취한 사람을 부축하는 것과 같아서 한쪽을 잡아주면 한쪽으로 쓰러지니, 다만 사람들이 한쪽에 집착할까 두렵다.' 하셨다." 하였다.

<≪근사록≫ 권2에 나온다.>

이천 선생이 이르기를 "성인(聖人)의 말씀이 심원(深遠)한 것은 하늘과 같고 천근(淺近)한 것은 땅과 같다." 하였다.

<≪근사록≫ 권3에 나온다.>

근신(謹愼)

주자가 이르기를 "비록 지극히 은미(隱微)하여 남들은 알지 못하고 자신만 홀로 아는 바에 더욱 삼감을 지극히 하는 것이니, 예컨대 한 쪽의 잔잔한 물이 중간에 한 점의 움직이는 곳이 있는 것과 같다. 이것이 가장 긴요하게 공부하여야 할 부분이다." 하였다.

---

149) 사현도(謝顯道) : 북송의 학자 사량좌(謝良佐, 1050~1103)이다. 자는 현도, 시호는 문숙(文肅)이다. 이정(二程)의 문하에서 배웠다. 저서에 ≪상채어록(上蔡語錄)≫과 ≪논어설(論語說)≫이 있다.

<≪심경≫의 "≪중용(中庸)≫에 이르기를 '하늘이 이(理)를 명(命)해 준 것을 성(性)이라 이른다.' 하였다."라는 장에 나온다.>

중(中)

이천 선생이 이르기를 "'중(中)' 자를 가장 알기 어려우니, 모름지기 묵묵히 알고 마음으로 통달하여야 한다.150) 우선 시험 삼아 한 대청으로 말하면 중앙이 중이 되고, 한 집은 대청의 가운데가 중이 아니고 당(堂)이 중이 되며, 한 나라로 말하면 당이 중이 아니고 국도(國都)의 중앙이 중이 되니, 이처럼 유추하면 알 수 있다. 예컨대 세 번이나 자기집 문 앞을 지나가면서도 들어가지 않는 것이 우(禹)·직(稷)의 때에 있어서는 중이 되지만 만약 누추한 골목에 거한다면 중이 아니며, 누추한 골목에 거하는 것이 안자(顏子)의 때에 있어서는 중이 되지만 만약 세 번이나 자기 집 문 앞을 지나가면서도 들어가지 않는다면 중이 아니다
<≪근사록≫ 권1에 나온다.>

선리(善利)

주자가 이르기를 "냉수(冷水)가 아니면 곧 열탕(熱湯)이니, 중간에 더운 것이 따뜻함을 삼킨 곳은 없다" 하였다.
<≪심경≫의 "맹자가 이르기를 '닭이 울자마자 일어났다.' 하였다."라는 장에 나온다. 아래 1장도 같다.>

주자가 이르기를 "이(利)와 선(善)의 사이에 만약 조금이라도 마음을 두어서 남이 알아주기를 바라고 남이 좋다고 말해 주기를 바라고 이것으로 이(利)와 녹(祿)을 구하려고 한다면 모두 이(利)가 된다. 이러한 경우는 양상이 지극히 많아 여러 가지이니, 비록 행하는 바가 모두 선(善)하더라도 다만 조금이라도 외물(外物)을 사모하는 마음

---

150) 모름지기……한다 : 원문은 '心且試言心'인데 ≪근사록집해≫권1 <도체(道體)>에 근거하여 앞의 '須是黙識心通'으로 바로잡아 번역하였다.

이 있으면 곧 이(利)이다. 예컨대 한 덩어리의 깨끗하고 흰 사물의 상면(上面)에 다만 한 점의 검은 것을 붙여 놓으면 곧 흰 것이 될 수 없는 것과 같다." 하였다.

군자 소인(君子小人)

명도 선생이 이르기를 "요부(堯夫 소옹(邵雍))가 ≪시경(詩經)≫의 '다른 산의 숫돌이 옥(玉)을 다스릴 수 있다. [他山之石 可以攻玉]'를 해석하면서 '옥은 온화하고 윤택한 물건이니, 만약 두 덩어리의 옥을 가져다가 서로 갈면 반드시 갈아지지 않을 것이요, 모름지기 저 거친 숫돌을 얻어야 비로소 갈아낼 수 있다. 비유하면 군자가 소인과 더불어 거처함에 소인에게 침해와 능멸을 당하면 자기 몸을 닦고 살피며 소인을 두려워하고 피하며, 마음을 분발하고 성질을 참아서 부족한 바를 더 보태고 미리 방비할 것이니, 이와 같이 하면 곧 도리가 나오는 것과 같다.'라고 하였다." 하였다.

　<≪근사록≫ 권5에 나온다.>

선악(善惡)

정자가 이르기를 "천하에 하나의 선(善)과 하나의 악(惡)이 있으니, 선을 버리면 곧 악이요 악을 버리면 곧 선이다. 비유하건대 문을 나가지 않으면 곧 들어오는 것과 같은 것이다." 하였다.

　<≪심경≫의 "≪주역≫의 건괘 구이효에 이르기를 '평소의 말도 미덥게 하고……' 하였다."라는 장에 나온다. 아래 1장도 같다.>

임천 오씨가 이르기를 "무릇 사람들이 천리(天理)와 인욕(人欲), 선과 악의 구분에 어두운 것은 욕심을 따라 악행을 저질러서[151] 마치 광병(狂病)을 앓는 사람이 물 속으로 뛰어들고 불 속으로 들어가면서도 편안하게 여기고 나쁘다고 생각하지 않는[152] 것

---

151) 욕심을……저질러서 : 원문은 '從欲作樂'인데, ≪심경부주≫권1 <한사존성장(閑邪存誠章)>에 근거하여 '樂'을 '惡'으로 바로잡아 번역하였다.

152) 나쁘다고 생각하지 않는 : 원문은 '不知爲非'인데, ≪심경부주≫권1 <한사존성장>에 근거하여 '知'를 '以'로 바로잡아 번역하였다.

과 같아서, 어리석고 미련하여 어둡고 신령스럽지 못해서 거의 금수와 다름이 없는 것이다." 하였다.

주자가 이르기를 "선(善)에 옮겨 가기를 바람의 신속함과 같이 하고 허물을 고치기를 우레의 맹렬함과 같이 하여야 한다." 하였다.
　<≪심경≫의 '익괘(益卦) 상전(象傳)' 장에 나온다. 아래 1장도 같다.>

주자가 이르기를 "선(善)에 옮겨 가는 것은 색깔이 옅은 물건을 희게 하는 것과 같고 허물을 고치는 것은 까만 물건을 희게 하는 것과 같다." 하였다.

서산 진씨가 이르기를 "선과 악이 서로 사라지고 자라남은 마치 물과 불과 같아서 이것이 성하면 저것이 쇠한다." 하였다.
　<≪심경≫의 "≪악기≫에 이르기를 '예악은 잠시라도 몸에 떠나서는 안되니……' 하였다."라는 장에 나온다.>

명도 선생이 이르기를 "사람의 흉중(胸中)에 항상 두 사람이 있는 듯하여, 선(善)을 하려고 하면 악(惡)이 그 사이에 끼어 있는 듯하고,[153] 불선(不善)을 하려고 하면 또 수오(羞惡)하는 마음이 있는 듯하니, 본래 두 사람이 있는 것이 아니요, 이는 바로 선과 악이 서로 싸우는 징험이다. 뜻을 잘 잡아 지켜서[154] 기(氣)로 하여금 뜻을 어지럽히지 못하게 하면[155] 이것을 크게 징험할 수 있으니, 요컨대 성현은 반드시 마음의 병에 해를 입지 않는다." 하였다.
　<≪근사록≫ 권4에 나온다.>

---

153) 악(惡)이……듯하고 : 원문은 '有惡以爲之間'인데, ≪근사록집해≫권4 <존양(存養)>에 근거하여 '有' 앞에 '如' 1자를 보충하여 번역하였다.

154) 뜻을……지켜서 : 원문은 '拆其志'인데, ≪근사록집해≫권4 <존양>에 근거하여 '拆'을 '持'로 바로잡아 번역하였다.

155) 기(氣)로……하면 : 원문은 '使氣不能'인데, ≪근사록집해≫권4 <존양>에 근거하여 '能' 뒤에 '亂' 1자를 보충하여 번역하였다.

명도 선생이 이르기를 "비유하면 밝은 거울이156) 아름다운 물건이 올 때에는 곧 아름다움을 나타내고 추악한 물건이 올 때에는 곧 추악함을 나타내는 것과 같으니, 거울이 어찌 일찍이 아름다움과 추악함이 있겠는가." 하였다.

≪근사록≫ 권5에 나온다.

허실(虛實)

명도 선생이 이르기를 "빈 그릇에 물을 넣으면 물이 저절로 들어가는데, 만약 한 그릇에 물을 가득 채워서 이것을 물속에 넣으면 물이 어떻게 들어갈 수 있겠는가. 마음속에 주장이 있으면 진실하니, 진실하면 외환(外患)이 들어오지 못하여 자연 일이 없는 것이다." 하였다.

식량(識量)

이천 선생이 이르기를 "지금 사람들이 두소(斗筲)157)의 국량이 있고 부곡(釜斛)158)의 국량이 있고 강하(江河)의 국량이 있다. 강하의 국량이 또한 크나 끝이 있으니, 끝이 있으면 또한 때로 가득참이 있지만 오직 천지의 국량은 가득참이 없다. 그러므로 성인은 천지의 국량이니, 성인의 국량은 도(道)이다. 등애(鄧艾)가 삼공(三公)의 지위에 오르고 나이 70이 되어 처신하기를 매우 좋게 하다가 촉한(蜀漢)을 함락시켜 공을 세움으로 인하여 곧 동요되었으며, 사안(謝安)은 사현(謝玄)이 부견(苻堅)을 격파하였다는 말을 듣고는 손님과 바둑을 둘 적에 승전보가 이르러도 기뻐하지 않았으나 돌아갈 적에는 너무 기뻐 나막신의 굽을 부러뜨렸으니, 억지로 함은 끝내 될 수가 없다. 또 어떤 사람은 술에 취한 뒤에 더욱 공손하고 삼가는 자가 있으니, 이는 다만 공손하고 삼감이 바로 동요 당한 것이니, 비록 방자한 자와는 똑같지 않으나 술에 동요 당함은

---

156) 비유하면 밝은 거울이 : 원문은 '譬如'인데, ≪근사록집해≫권5 <극기(克己)>에 근거하여 '如' 뒤에 '明鏡' 2자를 보충하여 번역하였다.

157) 두소(斗筲) : 두(斗)는 열 되로 곧 한 말이고, 소(筲)는 대나무 그릇이니 한 말 두 되를 담을 수 있다.

158) 부곡(釜斛) : 부(釜)는 여섯 말 네 되를 담을 수 있고, 열 말을 곡(斛)이라 한다.

마찬가지이다. 또 귀공자가 지위가 더욱 높을수록 더욱 몸을 낮추고 겸손한 자가 있으니, 다만 낮추고 겸손함이 바로 동요당한 것이니,159) 비록 교만하고 오만한 자와는 똑같지 않으나 지위에 동요 당함은 마찬가지이다." 하였다.

    ≪근사록≫ 권10에 나온다.＞

이천이 명도의 행장(行狀)을 지어 이르기를 "선생의 말씀은 평이하여 알기가 쉬워서 어진 자와 어리석은 자가 모두 유익함을 얻었으니, 여럿이 하수(河水)에서 물을 마심에 각각 그 양을 채우는 것과 같다." 하였다.

    ≪근사록≫ 권14에 나온다.＞

근(勤)

주자(朱子)가 병을 앓는 중에도 사람들을 응접하기를 게을리 하지 않자, 좌우 사람들이 조금 절제할 것을 청하니, 선생이 큰 소리로 이르기를 "너희들이 게으르니, 나까지도 게으르라고 가르치는구나." 하였다.

    ≪심경≫의 "≪악기≫에 이르기를 '예악은 잠시라도 몸에 떠나서는 안되니……' 하였다."라는 장에 나온다.＞

어떤 사람이 이천 선생을 위로하기를 "선생이 예(禮)를 삼가신 지가 40, 50년이니,160) 또한 매우 수고롭고 또 괴로우실 것입니다." 하자, 선생이 이르기를 "나는 날마다 편안한 곳을 밟으니, 어찌 수고롭고 괴로움이 있겠는가. 딴 사람들은 날마다 위험한 곳을 밟으니, 이것이 바로 수고롭고 괴로운 것이다." 하였다.

    ≪심경≫의 "군자는 도(道)를 얻는 것을 즐거워한다."라는 장에 나온다.＞

---

159) 더욱……것이니 : 원문은 '益卑謙便是動了'인데, ≪근사록집해≫ 권10 ＜정사(政事)＞에 근거하여 '謙' 뒤에 '只卑謙' 3자를 보충하여 번역하였다.

160) 예(禮)를……50년이니 : 원문은 '謹於四五十年'인데, ≪심경부주≫ 권2 ＜군자낙득기도장(君子樂得其道章)＞에 근거하여 '於' 뒤에 '禮' 1자를 보충하여 번역하였다.

황직경(黃直卿 황간(黃幹))이 주자에게 우선 빈객을 사절하고 몇 달 동안 요양하여 신병을 조리할 것을 권하자, 주자가 이르기를 "하늘이 한 사람을 낼 적에 모름지기 천하의 일을 주관하게 하였으니, 만약 주관하지 않으려고 한다면 모름지기 양씨(楊氏)[161]의 위아(爲我)와 같이 하여야만 될 것이다. 나는 일찍이 이러한 학문은 배우지 않았노라." 하였다.

  <≪심경≫의 "우산(牛山)의 나무가 일찍이 아름다웠다."라는 장에 나온다.>

어떤 사람이 채소밭을 가꾸었는데 지혜와 힘을 사역하여 매우 수고롭게 하자, 명도 선생이 이르기를 "고괘(蠱卦)의 <상전(象傳)>에[162] '군자가 이것을 보고서 백성을 진작하고 덕을 기른다.' 하였으니, 군자의 일은 오직 이 두 가지가 있을 뿐이다. 나머지는 딴 것이 없으니, 백성을 진작하고 덕을 기르는 두 가지는 자신을 위하고 남을 위하는 도이다." 하였다.

  <≪근사록≫ 권2에 나온다.>

용(勇)

주자가 이르기를 "안자(顏子)의 용맹은 비유하자면 적이 올 적에 걸어 나아가서 적과 더불어 싸우는 것과 같다." 하였다.

  <≪심경≫의 "중궁이 인을 물었다."라는 장에 나온다.>

---

161) 양씨(楊氏) : 중국 전국 시대의 학자인 양주(楊朱)를 가리킨다. 노자 사상의 일단을 이은 염세적 인생관으로 자기중심적인 쾌락주의를 주장하였다.

162) 고괘(蠱卦)의 <상전(象傳)>에 : 원문은 '益之象'인데 ≪근사록집해≫ 권2 <위학(爲學)>에 근거하여 '益'을 '蠱'로 바로잡아 번역하였다.

기(氣)

오봉 호씨(五峯胡氏)[163]가 이르기를 "기(氣)가 물(物)에 감응할 때에 빠른 번개처럼 폭발하여 미쳐서 제재할 수 없으니, 오직 지혜가 밝은 자는 스스로 반성하고 용맹한 자는 스스로 결단한다." 하였다.

<《심경》의 "손괘(損卦)의 상전에 이르기를 '산 아래에 못이 있다.' 하였다."라는 장에 나온다. 아래 1장도 같다.>

주자가 이르기를 "손권(孫權)이 말하기를 '사람으로 하여금 노기(怒氣)가 산처럼 솟게 한다.'[164]고 하였다." 하였다.

기사(己私)

명도 선생이 이르기를 "굶주리면 먹고 목마르면 마시며 겨울에는 가죽옷을 입고 여름에는 갈포옷을 입는 것에 만약 조금이라도 사사롭고 인색한 마음이 있으면 곧 천직(天職)을 버리는 것이다." 하였다.

<《근사록》 권5에 나온다.>

계구(戒懼)

주자가 이르기를 "화정 윤공(和靖 尹公)[165](尹焞)이 한 서실을 삼외재(三畏齋)라 이름하였으니, 이는 천명(天命)을 두려워하고 대인(大人)을 두려워하고 성인(聖人)의 말

---

163) 오봉 호씨(五峯胡氏) : 송나라의 유학자 호굉(胡宏, 1106~1161)이다. 자는 중인(仲仁)이고, 호는 오봉(五峯)이다. 호안국(胡安國)의 아들이고, 남송 호상학파(湖湘學派)의 개창자다. 저서에 《지언(知言)》과 《오봉집(五峯集)》, 《황왕대기(皇王大紀)》 등이 있다.

164) 사람으로……한다 : 원문은 '令人氣如山'인데, 《심경부주》 권1 <징분질욕장(懲忿窒慾章)>에 근거하여 '氣' 뒤에 '湧' 1자를 보충하여 번역하였다.

165) 화정 윤공(和靖尹公) : 북송 하남(河南) 사람인 윤돈(尹焞, 1071~1142)이다. 자는 언명(彥明) 또는 덕충(德充)이고, 호는 화정(和靖)이다. 젊었을 때 정이(程頤)를 사사(師事)했다. 저서에 《논어맹자해(論語孟子解)》와 《화정집(和靖集)》,《문인문답(門人問答)》이 있다.

씀을 두려워한다는 뜻을 취한 것이다." 하였다.

<≪심경≫의 "≪악기≫에 이르기를 '예악은 잠시라도 몸에 떠나서는 안되니……' 하였다."라는 장에 나온다. 아래 1장도 같다.>

주자가 이르기를 "진재경(陳才卿)[166]이 묻기를 '정 선생(程先生)이 이처럼 근엄하셨는데 무슨 연고로 여러 문인들은 모두 근엄하지 않았습니까?' 하자, 내가 대답하기를 '정 선생은 그분대로 근엄하셨고 여러 문인들은 그들대로 근엄하지 않은 것이니, 정 선생과 무슨 상관이 있겠는가.' 하였으니, 내가 이 말을 한 것은 바로 재경으로 하여금 깊이 생각하여 터득해서 자기 몸에 돌이켜 침이 몸을 찌르는 듯이 황공하고 분발하며 스스로 몸둘 곳이 없어서 그렇게 된 까닭을 생각하게 하고자 해서였다." 하였다.

명도 선생이 이르기를 "옛사람들은 귀가 음악에 있어서와 눈이 예(禮)에 있어서와 좌우의 기거하는 곳과 쟁반과 사발, 안석과 지팡이에 명문(銘文)이 있고 경계하는 글이 있었다." 하였다.

<≪근사록≫ 권4에 나온다.>

명도 선생이 이르기를 "눈은 뾰족한 물건을 두려워한다. 이 일을 그대로 지나쳐 버리지 말고 곧 이겨내야 하니, 방안에 뾰족한 물건을 많이 두고서 모름지기 이치로 이것을 이겨내야 한다. 뾰족한 것이 반드시 사람을 찌르지 않으니,[167] 어찌 두려워할 것이 있겠는가." 하였다.

<≪근사록≫ 권5에 나온다.>

환(患)

여여숙(呂與叔 여대림(呂大臨))이 일찍이 말하기를 "사려(思慮)가 많아서 몰아내어 없애지 못함을 염려한다."고 하자, 명도 선생이 이르기를 "이는 바로 부서진 집 안에서

---

166) 진재경(陳才卿) : 송나라의 학자인 진문울(陳文蔚)의 자이다.

167) 사람을 찌르지 않으니 : 원문은 '不賴人'인데 ≪근사록집해≫권5 <극기(克己)>에 근거하여 '賴'를 '刺'로 바로잡아 번역하였다.

도둑을 막는 것과 같아 동쪽에서 한 명의 도둑이 오면 이를 쫓아내기도 전에 서쪽에서 또 한 명의 도둑이 와서 좌우와 전후에 쫓아낼 겨를이 없으니, 이는 사면이 비고 허술하여 도둑이 실로 쉽게 들어오므로[168] 주장하여 정할 수가 없기 때문이다." 하였다.

    <≪근사록≫ 권4에 나온다.>

거지(擧止)

    배우는 자가 매번 서로 읍(揖)하는 예(禮)[169]가 끝나면 곧 왼손을 소매 속에 움츠려 넣자, 주자가 이르기를 "공은 항상 한 쪽 손을 움츠리고 있으니, 어째서인가? 또한 올바른 행동거지는 아닌 듯하다." 하였다.

    <≪심경≫의 "≪악기≫에 이르기를 '예악은 잠시라도 몸에 떠나서는 안되니……' 하였다."라는 장에 나온다.>

출처(出處)

    이천 선생이 이르기를 "고괘(蠱卦)의 상구효(上九爻)에 '왕후(王侯)를 섬기지 않고 그 일을 고상히 한다.' 하였는데, <상전(象傳)>에 '왕후를 섬기지 않음은 뜻이 법칙이 될 만하다.' 하였다. 이천 선생의 ≪역전(易傳)≫에 이르기를 "선비가 스스로 고상히 하는 것 또한 한 가지 방법이 아니니, 도덕을 품고서 좋은 때를 만나지 못하여 고결함으로 스스로 지키는 자가 있으며" 하니, 주(註)에 이르기를 "이윤(伊尹)이 신(莘)나라 들에서 농사짓고 태공(太公)이 위수(渭水) 가에서 낚시질할 때가 이것이다." 하였다. "만족함에 그치는 도(道)를 알고서[170] 물러가 스스로 보존하는 자가 있으며" 하니, 주에 이르기를 "장량(張良)과 소광(疏廣)의 무리가 이것이다." 하였다. "자신의 능력을

---

168) 사면이……들어오므로 : 원문은 '蓋其四面恐疎恋固易入'인데 ≪근사록집해≫권4 <존양>에 근거하여 '恐'을 '空'으로, '恋'를 '盜'로 각각 바로잡아 번역하였다.

169) 서로 읍(揖)하는 예(禮) : 원문은 '相楫'인데, ≪심경부주≫권2 <예악불가사수거신장(禮樂不可斯須去身章)>에 근거하여 '楫'을 '揖'으로 바로잡아 번역하였다.

170) 만족함에……알고서 : 원문은 '知止之道'인데 ≪근사록집해≫권7 <출처(出處)>에 근거하여 '止' 뒤에 '足' 1자를 보충하여 번역하였다.

헤아리고 분수를 헤아려 알아주기를 구하지 않음에 편안한 자가 있으며" 하니, 주에 이르기를 "서유자(徐孺子 서치(徐穉))와 신도반(申屠蟠)의 무리가 이것이다." 하였다. "청렴하고 꿋꿋하여 스스로 지켜서 천하의 일을 좋게 여기지 않고 홀로 그 몸을 깨끗이 하는 자가 있으니" 하니, 주에 이르기를 "엄릉(嚴陵)과 주당(周黨)의 무리가 이것이다." 하였다. "처한 바는 비록 득실(得失)과 대소(大小)의 차이가 있으나 모두 스스로 그 일을 고상히 하는 자이다." 하였다.

　《근사록》 권7에 나온다.＞

분욕(忿慾)

　주자가 이르기를 "산(山)의 상(象)을 보고서 분노를 징계하고 연못의 상을 보고서 욕심을 막는다." 하고 또 이르기를 "욕심을 막기를 구렁을 메우듯이 하고 분노를 징계하기를 산을 넘어뜨리듯이 하는 것이다." 하였다.

　《심경(心經)》의 "손괘(損卦)의 상전에 이르기를 '산 아래에 못이 있다.' 하였다."라는 장에 나온다. 아래 1장도 같다.＞

실견(實見)

　이천 선생이 이르기를 "책을 잡고 글을 읽는 자가 예절과 의리를 말할 줄 모르는 이가 없으며 또 고관대작들이 모두 부귀는 외물(外物)이라고 말하나 이해(利害)를 만나면 의리로 나아갈 줄을 알지 못하고 도리어 부귀로 나아가니, 이와 같은 자는 다만 말만 하고 실제로는 보지 못한 것이다. 그러나 물과 불을 밟음에 이르러서는 사람들이 모두 피하니, 이는 실제로 본 것이다. 모름지기 불선(不善)을 보거든 끓는 물에 손을 넣는 것처럼 여기는 마음이 있어야 하니, 그러면 자연 달라질 것이다. 옛날에 일찍이 범에게 부상당한 자가 있었는데, 딴사람들은 범을 말할 때에 비록 삼척동자라도 모두 범이 두려울 만한 것인 줄 알았으나 끝내 일찍이 범에게 부상당한 경험이 있는 자의 정신과 얼굴빛이 두려워하여 지성으로 두려워하는 것과는 같지 않았으니, 이것이 실제로 본 것이다." 하였다.

《근사록》 권7에 나온다.

태극(太極)

주자가 이르기를 "상천(上天)의 일은 소리도 없고 냄새도 없으나 실로 조화의 근본이고 만물의 근저이다. 그러므로 '무극(無極)이면서 태극(太極)'이라 하였으니, 태극 이외에 다시 무극이 있는 것은 아니다." 하였다.

《근사록》 권1에 나온다.

귀신(鬼神)

주자가 이르기를 "풍속이 귀신을 숭상하니, 신안(新安) 지방과 같은 곳은 아침저녁으로 귀신의 굴속에 있는 듯하다. 향리에 이른바 오통묘(五通廟)라는 것이 있는데, 가장 영험하고 괴이하다고 소문이 났다. 내가 처음 고향으로 돌아오자 일가친족들이 핍박하여 이곳에 가게 하였으나 나는 가지 않았다. 이날 밤에 집안사람들이 모여 관사(官司)에 가서 술을 받아다가 마셨는데, 술에 재가 들어 있어 조금 마시자 마침내 오장 육부가 뒤틀려 밤새도록 배앓이를 하였으며, 다음 날 또 우연히 뱀 한 마리가 나와 계단 옆에 있으니, 사람들은 시끄럽게 떠들며 오통묘를 배알하지 않은 탓이라고 하였다. 이에 나는 말하기를 '오장 육부가 뒤틀린 것은 음식이 맞지 않아서이니, 저것과 무슨 상관이 있겠는가. 오통묘를 억지로 끌어다 대지 말라' 하였다. 이 가운데 어떤 사람이 있었는데, 그는 학문을 지향하는 사람이었으나 또한 와서 나더러 가라고 권하고, 또한 '사람들을 따르라'고 권하였다. 이에 나는 말하기를 '어찌하여 사람들을 따른단 말인가? 공마저도 이러한 말을 할 줄은 나는 생각하지 못했다' 하였다." 하였다.

《근사록》 권1에 나온다.

은미현현(隱微見顯)

정자가 이르기를 "옛사람이 거문고를 탈 적에 사마귀가 매미를 잡는 것을 보았는데 거문고 소리를 들은 자가 소리에 살기가 있다고 말한 것과 같다. 죽이는 것은 마음속에 있는데 다른 사람이 거문고 소리를 듣고 알았으니, 어찌 드러난 것이 아니겠는가. 사람들은 불선(不善)이 있을 적에 남들이 알지 못할 것이라고 스스로 생각하나 천지의 이치는 매우 잘 드러나서 속일 수가 없는 것이다. 이는 양진(楊震)의 사지(四知)[171]와 같은 것이다." 하였다.

<≪심경≫의 "≪중용≫에 이르기를 '하늘이 이를 명해 준 것을 성이라 이른다.' 하였다." 라는 장에 나온다.>

과욕(寡欲)

면재 황씨가 이르기를 "성(城)을 높게 쌓고 해자를 깊이 파는 것과 성문을 이중으로 하고 목탁을 치는 것이 진실로 스스로 지킬 수 있으나, 안의 간사한 무리와 밖의 적들이 틈을 엿보고 편리한 기회를 노리고 있어서 만약 조금만 게을리 하면 이를 틈타는 자가 온다. 훌륭한 장수와 정예병, 견고한 갑옷과 예리한 병기로 요망한 기운을 깨끗이 소제하여야 하늘이 깨끗하고 땅이 평화로울 것이다." 하였다.

<≪심경≫의 "마음을 기름은 욕망을 적게 하는 것보다 더 좋은 것이 없다."라는 장에 나온다.>

---

171) 양진(楊震)의 사지(四知) : 양진(楊震)은 후한(後漢) 때 사람으로, 자는 백기(伯起)이다. 그가 천거한 창읍령(昌邑令) 왕밀(王密)이 밤에 황금 10근을 가지고 와서 양진에게 주었다. 양진 은 말하기를 "나는 그대를 아는데 그대는 나를 알지 못하는구나." 하였다. 왕밀은 말하기를 "어두운 밤중이어서 이것을 아는 자가 없습니다." 하니, 양진은 말하기를 "하늘이 알고 [天知] 땅이 알고 [地知] 내가 알고 [我知] 그대가 아는데 [子知], 어찌 아는 이가 없다고 말하는 가." 하자, 왕밀은 부끄러워하며 나갔다. 사지(四知)는 바로 위의 천지(天知), 지지(地知), 아 지(我知), 자지(子知)의 네 가지를 가리킨 것이다.

이(利)

상채 사씨가 이르기를 "명리(名利)의 관문을 통과하여야 비로소 조금 쉴 수 있는 곳이니, 지금 사대부들은 어찌 굳이 말할 것이 있겠는가. 말만 잘하는 것이 참으로 앵무새와 같다." 하였다.

<《심경》의 "맹자가 이르기를 '닭이 울자마자 일어났다.' 하였다."라는 장에 나온다.>

예(禮)

주자가 이르기를 "《설문(說文)》에 '물(勿)' 자는 깃발의 다리와 같다'고 말하였다. 이 깃발을 한번 저으면 삼군(三軍)이 모두 후퇴하니, 공부가 다만 '물(勿)' 자 위에 있다. 조금이라도 예(禮)가 아닌 것을 보면 곧 이를 금지해야 한다." 하였다.

<《심경》의 "안연(顔淵)이 인(仁)을 물었다."라는 장에 나온다.>

주자가 이르기를 "안자(顔子)의 극기복례(克己復禮)는 한번 약을 복용하여[172] 이 병을 타파하는 것이다." 하였다.

<《심경》의 "중궁이 인을 물었다."라는 장에 나온다.>

법(法)

이천 선생이 이르기를 "오경(五經)에 《춘추(春秋)》가 있음은 법률에 판례가 있는 것과 같다." 하였다.

<《근사록》 권3에 나온다.>

---

172) 한번 약을 복용하여 : 원문은 '一般藥'인데, 《심경부주》권1 <중궁문인장(仲弓問仁章)>에 근거하여 '般'을 '服'으로 바로잡아 번역하였다.

교(敎)

횡거 선생이 이르기를 "사람을 가르치는 것이 지극히 어려우니, 반드시 사람의 재주를 다하게 하여야 비로소 사람을 그르치지 않는 것이다. 그가 미칠 수 있는 곳을 본 뒤에 말해주어야 하니, 성인(聖人)의 밝음은 바로 푸줏간의 백정이 소를 해체할 때에 모두 그 빈틈을 알아서 칼을 빈틈에 집어넣어 온전한 소가 없는 것과 같다." 하였다.

횡거 선생이 이르기를 "바람과 비가 되고 서리와 눈이 되며 만 가지 물건이 형체를 간직함과 산천(山川)이 뭉침과 술지게미와 불타고 남은 재가 모두 가르침이다." 하였다.

견소(見笑)

사식(謝湜)[173]이 촉(蜀)으로부터 경사(京師)에 갈 적에 낙양(洛陽)을 지나다가 정자(程子)를 뵈었다. 정자가 묻기를 "그대는 장차 어디를 가려는가?" 하자, 대답하기를 "장차 교관(敎官) 시험을 보려 합니다." 하였다. 정자가 대답하지 않으니, 사식이 묻기를 "어떻습니까?" 하였다. 이에 정자가 이르기를 "내 일찍이 계집종을 살 적에 시험하려고 하였더니, 그 어미가 노하여 허락하지 않고 말하기를 '내 딸은 시험할 수 있는 대상이 아닙니다.' 하였다. 그대가 지금 남의 스승이 되려고 하면서 교관 시험을 본다면 반드시 이 할미에게 비웃음을 당할 것이다." 하니, 사식이 마침내 가지 않았다.

< ≪근사록≫ 권7에 나온다.>

종관(從官)

이천 선생이 강연(講筵)에 있으면서 일찍이 봉급을 청하지 않으니, 제공(諸公)들이 마침내 호부(戶部)에 서신을 보내어 봉급을 지불하지 않은 사실을 따지자, 호부에서는 선생에게 이력서를 요구하였다. 선생은 "나는 초야에서 나와서 이력서가 없다." 하니, 마침내 호부로 하여금 스스로 서류를 만들어 주게 하였다. 또 아내를 위하여 봉작(封

---

173) 사식(謝湜) : 북송 성도(成都) 금당(金堂) 사람으로, 자는 지정(持正)이다. 정이(程頤)에게 배워 고제(高弟)가 되었다. 저서에 ≪역기(易記)≫와 ≪춘추의(春秋義)≫ 등이 있다.

爵)을 구하지 않자, 범순보(范純甫)[174]가 그 이유를 물으니, 선생은 말씀하기를 "내가 당시에 초야에서 나와 세 번 사양한 뒤에 명령을 받았으니, 어찌 오늘날 마침내 아내를 위하여 봉작을 구할 리가 있겠는가." 하였다. 묻기를 "부조(父祖)를 봉작해줄 것을 상소하여 청원함은 어떻습니까?" 하고 묻자, 선생은 이르기를 "이는 일의 체모가 또 다르다." 하였다. 재삼 더 말씀해주기를 청하자, 다만 말씀하기를 "이에 대한 말이 매우 기니, 다른 때를 기다려 말하겠다." 하였다.

　　<≪근사록≫ 권7에 나온다.>

종법(宗法)

　이천 선생이 이르기를 "종자법(宗子法)을 세우는 것이 또한 천리(天理)이니, 비유하면 나무가 반드시 뿌리에서부터 곧바로 올라간 한 줄기가 있고 또 반드시 곁가지가 있는 것과 같다. 또 물이 비록 멀리 흘러가나 반드시 바른 근원(根源)이 있고 또한 반드시 갈라진 물줄기가 있으니, 이는 자연의 형세이다." 하였다.

　　<≪근사록≫ 권7에 나온다.>

심신(心身)

　주자가 이르기를 "마음은 몸의 주장이다. 배를 부리려면 모름지기 상앗대를 사용하여야 하고 밥을 먹으려면 모름지기 수저를 사용하여야 하니, 마음의 이치를 깨달아 알아차리지 못한다면 이는 배를 부림에 상앗대를 사용하지 않고 밥을 먹음에 수저를 사용하지 않는 것이라고 말할 수 있다." 하였다.

　　<≪심경≫의 "이른바 '몸을 닦는 것이 그 마음을 바르게 하는데 있다' 하였다."라는 장에 나온다.>

---

174) 범순보(范純甫) : 북송의 학자 범조우(范祖禹, 1041~1098)이다. 자는 순보(純甫)또는 몽득(夢得)이다. 젊어서 정호(程顥)와 정이(程頤)를 사사했으며, 사마광(司馬光)의 학문을 추종했다. 저서에 ≪논어설(論語說)≫과 ≪당감(唐鑑)≫이 있는데, 이정(二程)의 설을 수용한 것이 많다.

정자가 이르기를 "사람은 살아 있는 물건이니, 어찌 몸이 마른나무와 같고 마음이 꺼진 재와 같아지겠는가." 하였다.

<≪심경≫의 "맹자가 이르기를 '우산의 나무가 일찍이 아름다웠다.' 하였다."라는 장에 나온다.>

주자가 이르기를 "몸은 하나의 집과 같고 마음은 한 집의 주인과 같은 것이다. 이 집의 주인이 있은 뒤에야 문호를 청소하고 사무를 정돈할 수 있으니, 만약 주인이 없다면 이 집은 하나의 황폐한 집에 불과할 뿐이다." 하였다.

<≪심경≫의 "맹자가 이르기를 '인(仁)은 사람의 마음이요.'라는 장에 나온다.>

주자가 이르기를 "사람은 항상 모름지기 몸과 마음을 수렴하여 정신이 항상 이 속에 있게 해서 100근의 짐을 진 것처럼 하여 모름지기 근골(筋骨)을 꿋꿋하게 하여 짊어져야 한다." 하였다.

<위와 같다.>

나는[175] ≪심경(心經)≫≪근사록(近思錄)≫ 두 책을 읽을 때마다 멍하게 스스로 부끄러운 마음이 들고, 근심스럽게 스스로 경계하는 마음이 들었다. 성현들의 격언을 주워 모으니 모두 44조인데, 마음 [心]이 온갖 조화의 근원이므로 편(編)의 첫머리에 실었다. 그렇지만 마음을 쓰는 중에 요사스럽고 교활하게 되기 쉬우므로 바름 [正]으로 경계하였다. 배움 [學]에 나아가는 것으로 바르게 하고 능히 그 뜻 [意]을 성실하게 [誠]하면, 도(道)를 체득할 수 있고 인(仁)도 행할 수 있다. 이는 모두 성리(性理)에서 나오니, 덕(德)을 행함에 선(善)하다. 경(敬)을 위주로 생각 [思]을 다하여 고요함 [靜]을 기르고 정(情)을 드러내며, 언어(言語)에 근신(謹愼)하고 일에 임하여 중도 [中]를 지키면, 선(善)을 위하고 이익 [利]을 위하는 사이에 자연히 군자(君子)와 소인(小人)의 구별이 있는데 사람들도 그 선악(善惡)과 허실(虛實)을 지적한다. 자기의 가슴속에는 식견과

---

175) 나는 : 이 이하에서는 이 글인 <심사초(心思抄)>를 짓게 된 동기와 심(心)에서 심신(心身)에 이르는 모두 44개 조항의 의미를 순서에 따라 서술하고 있다. 다만 한자의 어순에 따르다보니, 한글 번역에서는 서로 순서가 바뀌는 경우가 있다. 또 한자어 그대로 노출이 되는 경우도 있지만 한글의 뜻으로 풀어야 하는 경우도 있는데, 그럴 경우에는 '마음 [心]'과 같은 식으로 한자를 [] 속에 병기하였다.

도량 [識量]이 없지 않으니 이를 가지고 부지런히 [勤] 하고, 의(義)를 따르는 용(勇)과 강하고 굳센 기(氣)로 자기의 사사로움 [己私]을 제거하고 아울러 우환 [患]을 조심하고 두려워하면 [戒懼], 행동거지 [擧止]와 출처(出處)가 자연히 분노와 욕심 [忿慾]에 구애되는 바가 없어서 실제로 보는 [實見] 효과가 있게 될 것이다. 태극(太極)과 귀신(鬼神)의 경우는 그 은미한 것이 드러남 [隱微見顯]을 살필 수 있다. 더욱 욕심을 적게 [寡欲] 하고 반드시 명리 [利]와 예(禮)와 법(法)의 가르침 [敎]을 경계하여 남에게 비웃음을 사지 [見笑] 않고, 벼슬길에 나서고 [從官] 종법(宗法)을 세우는 것은 반드시 이 마음 [心]을 미루어 이 몸 [身]을 보전한다. 아! 내가 여기에서 의론하는 것이 외람됨을 아주 잘 알지만, 더구나 천착한 형식적인 글은 다른 사람의 눈에는 실로 비웃음을 살 것이다. 그렇지만 갈피를 잡는 사이에는 원래 이러한 일이 있음을 잘 알기 때문에, 서재에 머무르는 틈에 위와 같이 순서에 따라 엮어서 처음에 찬(贊)하고 말미에 기(記)를 쓴다.

회와집(悔窩集) 부(附)

잡저(雜著)

영대 주옹 문답[1] 靈臺主翁問答

내가 일찍이 닭이 울면 일어나 의관을 가지런히 가다듬고, 한 조각 마음을 열고 공경을 다하여 묻기를 "주인옹(主人翁)은 깨셨습니까?" 하면 이르기를 "깨긴 깼소." 하였다. 묻기를 "내가 경전의 책을 읽고 삼가 성현의 도를 그리워하면서 단번에 높은 경지에 이르고자 하는 바람이 없는 것은 아니지만, 일상생활을 하는 사이에 허덕허덕 헤매면서 불같이 달려 하늘의 이치를 없애니 끝내 어리석음이 바뀌지 않는 것은 아마도 주옹(主翁)이 바르지 않게 지도하는 것이 아니오?" 하니, 주옹이 근심스레 기뻐하지 않으며 이르기를 "주옹이 아니라, 그대이다. 그대가 사물을 접하면서 귀로 소리를 듣고, 눈으로 색을 보고, 입으로 맛을 보고, 코로 냄새를 맡고, 몸으로 편하고, 손으로 잡고, 발로 밟고 하는 것을, 오직 하고자 하는 대로 다하고, 오직 이익이 있으면 따르면서 염치를 돌아보지 않고, 기뻐하고 성내고 슬퍼하고 즐거워하고, 말하고 웃고 몸가짐을 하고, 앉고 일어나고 나아가고 물러가는 동작을 하고, 주고 받고 묻고 대답하고, 나가서 사람을 접하고 들어와 스스로 처신하면서, 그릇되게 나오는 것이 많았고, 또 그릇되게 행동하는 것이 많아서 예절에 부합하지 않으니, 비록 경전을 읽어도 글은 글이고 그대는 그대이니, 끝내 어리석음에서 벗어나지 못하니 그렇지 않은가? 주옹은 그렇지 않다. 스스로 천군(天君 사람의 마음)의 올바름을 가지고 신명(神明)의 집을 널리

---

1) 영대 주옹 문답 : 영대(靈臺)는 신령스러운 곳이라는 뜻으로, 마음을 이르는 말이다. 주옹(主翁)도 주인옹(主人翁)으로 늙은 주인이라는 뜻이지만, 역시 마음을 가리키는 말이다. 여기에서는 마음을 객관화하여 자신과 서로 이야기를 주고받는 형식으로 구성되어 있다.

넓혀서 밝고 광대한 언덕에 높이 임하여, 사단(四端 인의예지(仁義禮智))를 터전으로 삼고 오상(五常 오륜(五倫))을 사업으로 삼아서, 위로는 요(堯)·순(舜)·주공(周公)·공자(孔子)를 스승으로 삼고 아래로는 주자(周子)·정자(程子)·장자(張子)·주자(朱子)를 배워서, 앞으로는 이미 지난 천백세(千百世)에서 뒤로는 이제 올 천백세의 뒤에 이르기까지, 주옹의 허령(虛靈)한 가운데 모두 모아서 털끝만큼도 차이가 없도록 하였으니 어찌 바르지 않게 지도한 것이 있는가?" 하였다. 나는 낙심하여 머리를 떨구고 이르기를 "주옹의 주장하는 바는 크고, 주옹의 행하는 바는 기이하오. 청컨대 그 잘못을 성토하여 하나만 덕으로 삼지 않고 두세 가지를 덕으로 삼게 해주오. 수많은 일의 갈피가 만약 모든 것을 불에 태우고 꽁꽁 얼어붙게 만드는[2] 것이 아니면 갑자기 다시 구렁텅이에 빠지니, 마치 사나운 말을 쉽게 제어하기 어렵고 번거(翻車)[3]가 멈추기 어려운 것과 같소. 내가 겨우 사물을 접하였는데, 그 사물을 이익을 위하였다면 주옹이 앞이 되지 뒤가 되는 것이 아니오. 동쪽으로 가든 서쪽으로 가든 남들의 비방을 받았고, 크고 작음을 막론하고 자기의 허물을 초래하였소. 이는 모두 주옹이 거울을 뒤집어놓고 무엇인가를 비추기를 구하고[4] 상자만 사고 구슬은 돌려주어서,[5] 가을달의 밝음을 네모진 연못에서 솟아나는 생수[6]에서 구하지 못하였기 때문이오." 하였다. 주옹이 오랜 시간 두려워하다가 이르기를 "그렇소, 주옹의 잘못이오. 지금부터 시작하여 주옹은 제대로 생각하여 반성하여 허물을 고칠 것이니, 기꺼이 듣겠는가?" 하기에, 내가 이르기를 "명령하지 않는다고 감히 공경히 따르지 않겠는가?" 하였다. 주옹이 이르기를 "주옹

---

2) 모든……만드는 : ≪장자(莊子)≫ 재유(在宥)에, 사람의 마음을 표현하면서 "뜨거워지면 불처럼 타올라 모든 것을 태워 버리고, 차가워지면 얼음장처럼 모든 것을 꽁꽁 얼어붙게 만든다." 하였다.

3) 번거(翻車) : 물을 퍼 올리는 수차(水車)로 하루 종일 스스로 회전한다. 상념이 끊임없이 시끄럽게 일어나는 것을 수차가 종일 저절로 움직이는 것에 표현한 것이다.

4) 거울을……구하고 : 정호(程顥)의 <정성서(定性書)>에 "이제 외물을 미워하는 마음을 가지고 아무런 물(物)도 없는 지역을 비추기를 구한다면 이는 거울을 뒤집어놓고 무언가를 비추기를 구하는 꼴입니다.."에서 나온 말이다.

5) 상자만……돌려주어서 : 근본은 모르고 지엽만 좇는 행위를 비유한 것이다. 춘추 시대 초(楚)나라 사람이 옥으로 꾸미고 향기를 쐰 목란(木蘭) 상자에 보배 구슬을 담아서 정(鄭)나라에 가서 팔자, 어떤 정나라 사람이 상자만 사고 구슬을 돌려주었다는 고사에서 유래하였다. ≪韓非子 外儲≫

6) 네모진……생수 : 주희(朱熹)의 관서유감(觀書有感)에 "반 묘의 네모진 못이 거울처럼 트였는데, 하늘 빛 구름 그림자 그 안에서 배회하네. 묻거니 어이하여 그처럼 해맑을까, 근원에서 생수가 솟아나기 때문일레. [半畝方塘一鑑開 天光雲影共徘徊 問渠那得共如許 爲有源頭活水來]" 하였다. 학문을 통해 심성을 수양하며, 맑은 연못에서 마음의 실체를 살핀다는 의미이다.≪朱子大全 卷2≫

이 공경으로 하면 그대도 공경으로 하고, 주옹이 바름으로 하면 그대도 바름으로 하라. 너는 부모를 모시는데 효로 하도록 가르치고, 너는 형제를 모시는데 우애로 하도록 가르치라. 제사를 받드는데 정성을 다하도록 하고, 손님을 접대하는데 예법을 다하도록 하라. 이익을 보면 탐하지 말도록 하고, 일에 임하면 부지런함을 다하라. 말을 함에는 믿음을 주려고 하고, 행동을 함에는 돈독하게 하려고 하라. 술집과 잡기, 색계(色界)와 음란에 드는 것은 금지하라. 부귀(富貴)를 보고 부러워하지 말고, 빈천(貧賤)을 보고 슬퍼하지 말라. 봄여름에 농사짓는 유업에 힘쓰고, 가을겨울에는 학문의 아름다운 공부에 부지런하여 성세(聖世)의 순박한 백성이 되도록 하는 것이 어떠한가?" 하였다. 듣기를 마치니 날이 밝으려 하였다. 대체로 이러한 때에 잠시 이러한 마음을 펼쳐 놓는 것도 착한 단서가 미미하게 존재하는 것이라고 할 만하지 않은가!

찬7) 贊

형제 3인이 '우애(友愛)'라는 2자로 '멀리하지 말고 모두 가깝게 한다 [莫遠具爾]'는 <행위(行葦)>8)의 '가깝고 가까운 [戚戚]' 시(詩)를 읊고, '화합하고 [旣翕]' '또 길이 즐기는 [且湛]' <상체(常棣)>9)의 '선명하다 [韡韡]'는 구절을 노래하였습니다. 최효위(崔孝暐)는 최효분(崔孝芬)을 받드는데10) 앉고 먹음에 있어서 순종하고 우애하는

---

7) 찬(贊) : 이 글은 별도의 제목이 없이 앞의 '영대 주옹 문답'에 이어져 있다. 내용상 별도의 글이 확실하므로, 임의대로 '찬(贊)'이라 이름 붙이고 구분하였다. 찬(贊)은 문체의 한 종류로, 인물 등을 찬송할 때 쓰는 글이다. 이 글은 회와가 자신의 선대인 부친 기대(基大), 백부 기일(基一), 계부 기락(基洛) 삼형제를 기리는 글이다.

8) 행위(行葦) : ≪시경(詩經)≫<대아(大雅)>의 편명이다. 역시 부형(父兄)과 친족들이 모여서 정답게 연회를 베푸는 것이 그 주된 내용으로, "가깝고 가까운 형제들을 멀리하지 않고 모두 가까이한다면 혹 앉을 자리를 펴 주며 혹 기댈 안석(案席)을 주리라. [戚戚兄弟 莫遠具爾 或肆之筵 或授之几]" 하였다.

9) 상체(常棣) : ≪시경≫<소아(小雅)>의 편명이다. 형제의 우애를 읊은 시이다. "상체의 꽃이여 악연히 선명하지 않겠는가 [常棣之華 鄂不韡韡]"라는 구절로 시작하며, 그 중에 "형제간이 화합하여야 화락하고 또 길이 즐길 수 있다 [兄弟旣翕 和樂且湛]"라는 구절이 있다.

10) 최효위(崔孝暐)가 최효분(崔孝芬)을 받드는데 : 최효분 형제는 중국 북위(北魏) 박릉(博陵) 사람으로, 최정(崔挺)의 아들 형제이다. 아우 최효위가 최효분을 받드는 데 공순(恭順)한 예를

의리를 다하였고, 유공작(柳公綽)은 유공권(柳公權)과 서재에 모여11) 이에 집안을 다스리는 방법을 강론하였습니다. 서로 섬기기를 마치 부자(父子)의 의리와 같았으니, 집에 모여 서로 마주 하였습니다. 돈독하고 화목한 행실을 하였으니 목융(繆肜)처럼 방문을 닫아걸고 스스로 가슴을 치기를12) 기다리지 않았습니다. 천성이 단점을 다투거나 장점을 겨루지 않았고 서로 도모하지 않았으며, 집안을 다스림에 본래 친족 간에 정분이 두텁고 의리를 지켰으니 어찌 노여움을 품겠습니까. 맏형, 둘째형, 막내아우께서는 우애 있으시고 공손하시고 순종하셨습니다. 아침 일찍 일어나고 밤 늦게 자면서 본래 낳아준 부모를 욕되게 한 적이 없었고, 서로 밖의 수모는 함께 막고 안으로 친하게 지냈으니 어찌 다른 사람이 와서 깔보는 일이 있겠습니까. 형은 낭관(郎官)이 되고 아우는 사관(史官)이 되는 것이 설령 옛사람의 영예라면, 맏형이 훈(壎)을 불고 둘째형이 지(篪)를 부는13) 것은 본래 우리 가문의 즐거움입니다. 평생토록 "나는 잘했고 너는 못했다."라는 말을 하지 않았고, 늙을수록 더욱 절실하게 형은 사랑하고 아우는 공경하였습니다. 당시 사람들이 비록 급할 때에 돕는다고는14) 하지만 실은 서로 담장

다했다. 앉고 먹고 나가고 물러남에 최효분의 명이 없으면 움직이지 않았다. 새벽에 닭이 울면 일어나 얼굴빛을 편안히 했고, 한 푼의 돈이나 한 자의 비단도 사사로이 자기 방으로 들여가지 않았으며, 길흉사에 필요한 것이 있으면 모여서 마주 앉아 나누어 주었으며, 모든 부인들도 또한 서로 친애(親愛)하여 있으나 없으나 공유하였다. ≪북사(北史)≫

11) 유공작(柳公綽)은……모여 : 유공작(柳公綽, 765~832)은 당(唐)나라 때 하동절도사(河東節度使), 이부 상서(吏部尙書) 등을 지낸 명신이다. 아우 유공권(柳公權)은 공부 상서(工部尙書)를 지냈다. 가문이 효성스럽고 엄숙하고 검소한 가법(家法)을 지킨 것으로 유명하다. 유공작이 사사로운 일을 처리하거나 빈객을 접견하고 난 뒤에 그의 아우 유공권(柳公權) 및 여러 종제(從弟)들과 같이 재차 모여 식사를 하였는데, 아침부터 저녁까지 작은 서재를 떠나지 않았다. 날이 저물어 촛불을 가져오면 자제 한 명으로 하여금 경전(經傳)이나 사서(史書)를 가져오도록 하여 몸소 한 번 읽고 나서 벼슬살이를 하거나 가문을 다스리는 법에 대해 강론하였다. ≪小學 善行≫≪新唐書 卷163 柳公綽列傳≫≪舊唐書 卷165 柳公綽列傳≫

12) 목융(繆肜)처럼……치기를 : 목융(繆肜)의 형제 네 사람이 재산을 공동으로 관리하다가, 각자 장가를 가자 재산을 나누어 따로 살 것을 요구하였다. 목융이 방문을 닫아걸고 스스로 가슴을 치면서 "성인의 법을 배웠건만 어찌하여 집안도 바로잡지 못하는가?"라고 탄식하였다. 여러 아내들이 이 소리를 듣고 머리를 조아려 사과하여 다시 우애가 돈독한 가문이 되었다.≪小學 善行≫

13) 맏형이……부는 : 형제 사이의 화목과 조화를 뜻한다.≪시경≫<소아(小雅) 하인사(何人斯)>에 "맏형은 훈(壎)을 불고 둘째형은 지(篪)를 분다. [伯氏吹壎 仲氏吹篪]"는 구절이 있다.

14) 급할 때에 돕는다고는 : ≪시경≫<상체>에 "저 할미새 들판에서 호들갑 떨듯, 급할 때는 형제들이 서로 돕는 법이라오. [鶺鴒在原 兄弟急難]"라는 구절이 있다.

안에서 서로 흘겨보는 것을 늘 미워했으므로, 자제들을 가르치기를 "절대로 비교하지 말고, 오직 집안에서 화목하라." 하였습니다. 순서가 있는 기러기 날아오는 행렬을 보고, 부지런히 날면서 울어대는 언덕의 저 할미새를 바라보았으니, 이것이 이른바 '자기 형을 공경할 줄 안다'15)라는 것이니 어찌 '아우를 생각하지 않는다'16)고 할 수 있겠습니까. 각각 가난하지도 않고 부유하지도 않지만 노년에 근심을 잊기에 충분하고, 또 아들이 있고 손자가 있으니 여기에서 선(善)을 쌓은 집안에는 후손에게 경사가 있다17)는 것을 알겠습니다. 이것은 아이의 사사로운 찬(贊)이 아니라 실로 고을 사람들이 함께 아는 바입니다.

경술년(1850, 철종 1) 2월 1일 불초자(不肖子) 민태(玟泰)는 아버님, 백부님, 계부님께 절하며 찬합니다.

≪팔고조록≫18)에 적다 題八高祖錄

사람에게는 부모보다 친한 이가 없는데, 위에 적은 여덟 고조(高祖)는 바로 나의 부모가 나오게 된 곳이다. 사람의 자식으로서 부모가 나오게 된 곳을 모른다면 어찌 사람이라고 할 수 있겠는가. 그러므로 각 위(位)의 아래에 삼가 서(序)와 휘(諱), 성(姓)과 본관을 쓰고 친하여야할 사람과 친한 의리를 스스로 경계한다.

---

15) 자기……안다 : ≪맹자(孟子)≫<진심 상(盡心上)>에 맹자가 "유년기의 아동 가운데 자기 어버이를 사랑할 줄 모르는 자가 없고 커서는 자기 형을 공경할 줄 모르는 자가 없는데, 어버이를 친애하는 것은 인에 속하고 윗사람을 공경하는 것은 의에 속한다." 하였다.

16) 아우를 생각하지 않는다 : ≪서경≫<강고(康誥)>에 "아우가 하늘의 드러난 이치를 생각하지 않아서 그 형을 공경하지 않으면 형 또한 부모가 자식을 기른 수고로움을 생각하지 않아서 아우에게 크게 우애하지 않을 것이다. [于弟弗念天顯 乃弗克恭厥兄 兄亦不念鞠子哀 大不友于弟]" 하였다.

17) 선(善)을……있다 : ≪주역(周易)≫<곤괘(坤卦) 문언(文言)>에 "선을 쌓은 집안에는 후손에게 반드시 경사가 있게 마련이고, 불선을 쌓은 집안에는 후손에게 반드시 재앙이 돌아오게 마련이다. [積善之家 必有餘慶 積不善之家 必有餘殃]"라는 말이 나온다.

18) 팔고조록(八高祖錄) : 여덟 고조부·모에 대한 기록이다. 즉 본인을 기준으로 부와 모를 기록하고, 부모의 부와 모, 즉 조부·조모·외조부·외조모를 기록하는 식으로 고조까지 올라가며 각각 부모를 기록하면 모두 8명이 된다. 이를 팔고조도(八高祖圖)라고 하는데, 팔고조록도 같은 의미로 보인다.

목휼방 睦恤方

　주(周)나라 사람들은 향학(鄕學)의 삼물(三物)[19]을 가지고 백성을 가르쳤으니 목(睦)이라는 것이 있고 휼(恤)이라는 것이 있었으며, 향학의 팔형(八刑)[20]을 가지고 백성을 규찰했으니 불목(不睦)과 불휼(不恤)이 있었다. 대체로 목(睦)이라는 것은 족속과 친한 것을 이르는 것이고, 휼(恤)이라는 것은 가난한 이를 걱정하는 것을 이르는 것이다. 풍년이 들어 즐거운 해에 있어서도 오히려 이렇게 그 족속과 친하고 그 가난한 이를 걱정하거늘, 하물며 더욱이 큰 흉년에는 어찌 친하지 않고 걱정하지 않을 수 있겠는가. 이번에는 가뭄에 아울러 서리까지 내려서 기근이 거듭 닥쳐서 백성들의 생활이 어려운 자가 많으니 누군들 모두 그렇지 않겠는가. 무엇보다도 우리 마을은 땅도 좁고 토지도 척박하여 원래 물을 대는 보(洑)의 번성함이나 못을 파는 윤택함이 없으니, 과연 온 고을에서 가장 심하여 가을이 되어 벼를 추수한 집이 열에 여덟아홉이 못 된다. 만약 가난한 호구를 조사하면 한 섬의 곡식도 없이 집이 모두 텅 비어, 힘들고 고생스럽게 살아가느라 입에 풀칠을 계속하지도 못할 것이니 굶어죽겠다는 탄식을 하면서 한갓 아무 것도 없는 텅 빈 배만 남았다. 맨손 또한 비었으니 거의 죽음에 가까운 지경이고, 누렇게 얼굴이 떴으니 어떻게 살 길을 찾겠는가. 이른바 조금 살 만한 사람은 본래 곳집에 묵어 쌓인 오래된 곡식이 없으니, 이러한 흉년을 맞으면 또한 남은 양식이 없다. 만약 아침에 밥을 먹고 저녁에 죽을 먹을 형편만 된다면 측은지심(惻隱之心)[21]은 사람마다 모두 가지고 있으니, 어찌 친족이 이리저리 떠돌다 구렁에 빠지는 것을 앉아서 바라보면서 돌아보지 않겠는가. 이는 진고령(陳古靈)[22]이 친척에 대하여 그들의

---

19) 향학(鄕學)의 삼물(三物) : ≪주례(周禮)≫<지관(地官) 대사도(大司徒)>에 "향학(鄕學)의 삼물(三物) 즉 세 종류의 교법(敎法)을 가지고 만민을 교화한다. 그리고 인재가 있으면 빈객의 예로 우대하면서 천거하여 국학에 올려 보낸다. 첫째 교법은 육덕(六德)이니 지(知)·인(仁)·성(聖)·의(義)·충(忠)·화(和)요, 둘째 교법은 육행(六行)이니 효(孝)·우(友)·목(睦)·인(婣)·임(任)·휼(恤)이요, 셋째 교법은 육예(六藝)이니 예(禮)·악(樂)·사(射)·어(御)·서(書)·수(數)이다."라는 말이 나온다.

20) 향학의 팔형(八刑) : ≪주례≫ 지관 대사도에, "향학의 팔형(八刑)으로 만민을 규찰하니, 불효지형(不孝之刑), 불목지형(不睦之刑), 불인지형(不婣之刑), 부제지형(不弟之刑), 불임지형(不任之刑), 불휼지형(不恤之刑), 조언지형(造言之刑), 난민지형(亂民之刑)이다." 하였다.

21) 측은지심(惻隱之心) : 사단(四端)의 하나로, 불쌍히 여기는 마음을 이른다. 인·의·예·지(仁義禮智) 가운데 인에서 우러나온다.

22) 진고령(陳古靈) : 송나라 신종(神宗) 때 시어사(侍御史)와 시독(侍讀) 등을 지낸 진양(陳襄,

빈궁함을 구제한 것이고, 범문정(范文正)[23]이 종족에 대하여 그들의 굶주림과 추위를 구휼한 것이다. 모든 우리 약속을 함께한 사람은 주나라의 향학에서 목(睦)하고 휼(恤)하는 가르침을 법으로 삼아서, 만약 이 법을 어긴다면 윗사람이 규찰하는 형벌을 시행하는 것을 면치 못할 것이니, 어찌 소홀히 여겨서 등한하다가 약속을 어길 수 있겠는가. 이 마음을 들어서 말한다면 비록 이성(異姓)과 상민(常民)에 이르더라도 같은 마을에 함께 사는데 어찌 서로 구휼하는 정의(情誼)가 없을 수 있겠는가. 똑같은 경우로 미루어 함께 천지 사이에서 살길을 도모하면서, 내년 봄에 하느님께서 보리 풍년을 내리기를 기다릴 따름이다.

병자년[24] 10월 하순 김민태(金玟泰) 씀.

내동의댁(內洞義宅)
판군기시사공 재사(判軍器寺事公齋舍)
별유사(別有司) 김국희(金國熙)
동임(洞任) 하인 고후금(高厚金)

1017~1080)으로, 호는 고령선생(古靈先生), 자는 술고(述古)였다. 왕안석의 청묘법(靑苗法)이 옳지 않다는 것을 논파하고, 왕안석 일파를 귀양 보내 천하에 사과하기를 주장하였으며, 강연(講筵)에서 사마광(司馬光), 한유(韓維), 소식(蘇軾) 등 33인을 추천한 바 있다. 저서에는 ≪역의(易義)≫·≪중용의(中庸義)≫·≪고령집(高靈集)≫이 있다.≪宋史 陳襄傳≫

23) 범문정(范文正) : 북송(北宋) 때의 정치가이자 학자인 범중엄(范仲淹, 989~1052)으로, 자는 희문(希文)이다. 시호가 문정(文正)이다. 인종 때에 참지정사(參知政事)가 되어 개혁하여야 할 정치상의 10개 조를 상소하였으나 반대파 때문에 실패하였다. 작품에 <악양루기(岳陽樓記)>, 문집에 ≪범문정공집(范文正公集)≫이 있다.

24) 병자년 : 1876년(고종13)으로 회와가 54세 때이다.

시(詩)[25]

회헌의 원래의 시에 삼가 차운하다 敬次悔軒原韻

묻노니 무슨 일로 늘그막에 후회하나	爲問緣何悔晚襟
청춘의 학업은 새가 날기 익히는 듯하네	靑春學業習飛禽
그대의 집에서 일마다 한가함이 좋으나	好是仙庄閒事事
이단의 이야기 달려 들어옴이 부끄러워	羞於異說入駸駸
조각돌은 능히 말하며 북쪽 땅을 살피고	片石能言觀北土
큰 수레는 길을 가리켜 지남침을 시험하네	大車指路試南針
병에 담은 얼음과 옥은 맑고도 차구나	貯壺氷玉淸而冽
백 년의 마음 공부 흠 자 하나[26]에 주력하네	百歲心工主一欽

만오(晚寤) 윤영욱(尹永郁) 삼가 쓰다

---

25) 시(詩) : 원문에는 이러한 분류가 되어있지 않다. 내용으로 보아 시(詩)에 해당하여 이러한 분류 제목을 붙였다. 아래의 시는 회와(悔窩)가 지은 '회와시(悔窩詩)'에 차운하여 동료와 후배 선비들이 지은 시이다.

26) 흠 자 하나 : 흠(欽) 자 하나라는 것은 상고 시대에 순(舜)임금이 우(禹)임금에게 전해 주었다고 하는 심법(心法)이다. 《서경(書經)》<대우모(大禹謨)>에 나오는 "인심은 위태롭고 도심은 은미하니, 정하게 하고 한결같이 하여야만 진실로 그 중도를 잡을 수 있을 것이다. [人心惟危 道心惟微 惟精惟一 允執厥中]" 한 것과 "공경히 하여 네가 소유한 지위를 삼가서 백성들이 원할 만한 것을 공경히 닦아라. [欽哉 愼乃有位 敬修其可願]" 한 것을 가리킨다.

삼가 차운하다 敬次

우뚝한 서당은 마음을 상쾌하고 깨끗하게 하는데	巋然道宇灑然襟
유하혜 행실 혼자하기 어려우니 노 나라 전금이네[27]	行惠難專魯展禽
산림에서 두루미와 맹세함에 부끄러움 없지만	無愧山林盟與鶴
헛되지 않은 세월은 말 달리듯 빠르구나	不虛歲月疾如駸
학문 공부 진정 익으니 글 공부에 오르고	學工眞熟登鉛槧
덕망 기량 전부 이룸은 바늘 가는 데 힘입네[28]	德器全成賴礪針
-원문 4자 판독 불능- '회'라고 마음에 새기고	▨▨▨▨銘以悔
늘그막의 실제 처지 다시 더욱 공경하네	暮年實地更加欽

기사년[29] 12월 17일 문하생 이연종(李績鍾) 두 번 절하고 쓰다

행단의 사백[30] 회헌의 원래의 시에 삼가 차운하다 杏壇詞伯悔軒原韻

뉘우침 있어도 허물 없음이 평소의 생각인데	有悔無愆是素襟
선생 아래에서 기꺼이 배우니 참으로 새와 같네	下風肯學信天禽
봉황이 동방에서 날아오를 줄 어찌 알리오	焉知鸑鷟東方翥
준마들이 북해에서 달려오는 것과 비슷하네	也類驪騄北海駸
의표가 변해 오니 옥으로 만든 자를 갈아낸 듯	儀表幻來磨玉尺

---

27) 유하혜……전금이네 : 유하혜(柳下惠)는 노(魯)나라 전금(展禽)을 가리킨다. 자(字)는 계(季), 시호는 혜(惠)이다. 유하(柳下)는 전금이 다스리던 읍(邑)이므로 유하혜라는 별칭이 붙었다고 한다.≪논어(論語)≫ 미자(微子)에 "유하혜가 사사(士師)의 직책을 수행하다가 세 번이나 쫓겨나자 왜 다른 나라로 떠나가지 않느냐고 어떤 이가 물었는데, 이에 대답하기를 '올곧게 도를 행하면서 섬긴다면 어디를 간들 세 번 쫓겨나지 않겠는가.'라고 했다."는 내용이 실려 있다.

28) 바늘 가는 데 힘입네 : 다시 뜻을 가다듬고 공부에 매진하는 것을 말한다. 이백(李白)이 소싯적에 독서하다가 그만두고 여산(廬山)을 내려올 적에 길에서 노파가 절구공이를 갈고 있으므로 그 이유를 물어보니 바늘을 만들기 위해서라고 하였다. 이백이 이 대답을 듣고는 반성하며 다시 돌아가 열심히 공부했다고 한다.

29) 기사년 : 기사년은 1869(고종6)으로 회와가 47세 때이다.

30) 행단의 사백 : 행단(杏壇)은 학문을 닦는 곳을 이르는 말로, 공자가 은행나무 단에서 제자를 가르쳤다는 고사에서 유래한다. 사백(詞伯)은 시문(詩文)에 능한 사람이나 학식이 높은 사람을 높여부르는 표현이다. 여기에서는 회화를 높이는 표현으로 쓰였다.

문장이 보태어짐은 별을 바늘로 꿰뚫은 듯하네   文章補得貫星針

하물며 이렇게 혼후함은 평생 즐기던 것이니   矧玆渾噩平生嗜

만고의 세월에 흠 한 글자만 남았다네   萬古猶餘一字欽

신미년[31] 12월 3일 후배 천오(泉悟) 박원태(朴源泰) 삼가 쓰다

회헌의 원래의 시에 삼가 차운하다 敬次悔軒原韻

일생을 단정히 앉아 옷깃을 가지런히 여미고   一生端坐整齊襟

기둥의 새를 엿보라는 <금명>을 매양 깨닫네   每覺琴銘窺柱禽

서재의 푸른 등 아래 때때로 좀벌레 잡으며   書社靑燈時獵蠹

농가에서 백발이 되도록 세월 빨리 흘렀네   農家白髮歲奔駸

경신년 공부하다 <자경잠>을 베꼈으니   警箴寫得庚申硏

지남침이 가리키는 바른 길을 따라 행하라   正路遵行子午針

좁고 굽은 작은 집에 '회' 자를 새기니   矮曲小軒鏤悔字

타고난 본성 선함은 공경함에서 나오지   原天性善出於欽

무인년[32] 12월 1일 문하생 나우용(羅右容) 삼가 쓰다

---

31) 신미년 : 신미년은 1871년(고종8)으로 회와가 49세 때이다.

32) 무인년 : 무인년은 1878년(고종15)으로 회와가 56세 때이다.

향천(鄕薦)33)

본군 유생 향천문 本郡儒生鄕薦文

초천(初薦)

　광서(光緖)34) 8년(1882)

　이렇게 진실하게 학문을 하였으며, 하늘이 감동하도록 정성껏 효도하였다

[恁地實學 感天誠孝]

　광서 10년(1884)

　문학과 행실이 일찍 드러나, 명성이 사림들에게 알려졌다.

[文行夙著 名聞士林]

　광서 12년(1886)

　이미 어사가 표창하였으며, 효행과 학문이 뚜렷이 드러났다.

[已有繡褒 孝學表著]

---

33) 향천(鄕薦) : 역시 원문에는 이러한 분류가 되어있지 않다. 내용으로 보아 향천(鄕薦)에 해당하
여 이러한 분류 제목을 붙였다. 향천(鄕薦)은 원래 각 도(道)에서 식년(式年)마다 연초에 명성이
있는 도내의 선비를 천거하여 올리면 참봉(參奉)에 의망하였던 절차를 가리킨다. 여기에서는
그 전 단계로 각 고을에서 도에 추천하는 단계를 말하는 것으로 보인다. 아래는 향천 과정에서
유생(儒生)들이 어사(御史)에게 올린 상서(上書)와 그에 대한 제사(題辭) 등이 실려있다.

34) 광서(光緖) : 중국 청(淸)나라 덕종(德宗)의 연호(1875~1908)이다.

본군 유생 상서 本郡儒生上書

본군(本郡)의 유생(儒生)<김봉로(金鳳魯) 등>이 어사(御史) 합하(閤下)께 상서(上書)합니다.

삼가 아룁니다. 효성이라는 것은 천륜(天倫)의 상전(常典)이며 백 가지 행실의 근본이고, 학문이라는 것은 인공(人工)의 극치(極致)이며 만 가지 선행에 부합합니다. 그러므로 -원문 1자 판독 불능- 세상에는 효성을 일으키는 법이 있어서 백성의 풍속을 권장하고, 선왕(先王)은 학문을 도타이하는 교화가 있어서 유현(儒賢)을 숭상하였습니다. 왜냐하면 충신(忠信)과 예의(禮義)는 비록 그 방도는 달라도 그 효성을 미루면 모두 갖출 수 있고, 수신제가(修身齊家)와 치국평천하(治國平天下)는 설령 그 방법이 달라도 학문이 충분하면 모두 행할 수 있기 때문입니다. 효성을 하는 방도는 한 가지가 아니지만 양지(養志)³⁵)보다 좋은 것이 없고, 학문을 하는 방법은 비록 많지만 마음을 바르게 하는 것이 참으로 아름답습니다.

다행히 우리 성상의 효성을 일으키며 학문을 도타이하는 세상을 만났습니다. 본군의 선비 김민태(金玟泰)는 곧 사인(舍人) 전한공(典翰公)³⁶)의 후예이며, 충암(冲庵) 문간공(文簡公)³⁷)의 방계 후손입니다. 효제(孝悌)와 충신(忠信)은 본래 오래된 가문의 유풍이 있으며, 학업과 문장은 아직도 선현의 아름다운 자취가 남아있습니다. 천성이 진실하고 순수하여 부모를 사랑하는 정성은 어렸을 적부터 자라서까지 변치 않았고, 인품이 부지런하고 독실하여 역사를 교훈으로 삼는 뜻은 낮부터 밤까지 이어갔습니다. 부모의 뜻을 먼저 살피고 부모의 안색을 살펴서 부모의 뜻을 따르고, 도를 강론하고

---

35) 양지(養志) : 부모님을 모시는 태도 가운데 뜻을 봉양하는 양지(養志)와 신체를 봉양하는 양체(養體), 두 가지가 있다. 양지는 어버이의 마음을 흡족하게 해 드리는 것이고, 양체는 물질적으로 생활에 불편함이 없게 해 드리는 것인데, 양지를 효의 본질에 가깝다고 여겼다. ≪孟子 離婁上≫

36) 사인(舍人) 전한공(典翰公) : 회와의 9대조 김천우(金天宇)을 가리킨다. 1538년(중종33) 과거에 급제하여 사인·전한을 역임하고, 부제학이 증직되었다.

37) 충암(冲庵) 문간공(文簡公) : 조선 전기의 문신인 김정(金淨, 1486~1521)을 가리킨다. 자는 원충(元冲)이다. 중종 2년(1507)에 문과에 장원하고, 부제학과 도승지를 거쳐 대사성·예문관 제학을 지냈다. 조광조 등과 함께 미신 타파와 향약의 전국적 시행을 위하여 힘썼다. 1519년(중종14) 기묘사화(己卯士禍) 때 극형에 처해질 위기에서 제주(濟州)로 유배되었다가, 1521년 신사무옥(辛巳誣獄)에 관련되어 사사(賜死)되었다. 1545년(인종1) 복관되었고, 1646년(인조24) 영의정에 추증되었다. 시호는 문정(文貞)이었다가 나중에 문간(文簡)으로 고쳐졌다.

이치를 궁구하여 성현의 마음을 상세히 유추하였습니다. 10년 동안 부모의 병환으로 약시중을 들면서 집 밖을 나가지 않았고, 거듭 부모의 상을 당하여 날마다 산소를 돌보며 다시 여막(廬幕)에 있었으니, 이는 모두 평소에 양지하던 효성으로 간병하고 상을 치르는 것을 마친 것입니다.

예순에 강독하며 첫 번째 공부는 <요전(堯典)>의 '흠(欽)' 자였고, 제자백가(諸子百家)의 경전을 하루에 세 번 공부에 힘쓴 것은 증자(曾子)의 '성(省)' 자[38]였으니, 이는 모두 평생 마음을 바르게 하는 학문을 요(堯)임금의 '흠'과 증자의 '성'에서 얻은 것입니다. 한밤중에 깊은 산에서 하늘과 신령에게 기도하여, 병든 아비의 거의 끊어지던 목숨을 소생시켜 다시 1년을 연장시켰습니다. 맑은 새벽에 책상에 기대어 영대문답(靈臺問答)의 주옹(主翁)이 깊이 경계하는 말을 불러 온갖 욕심을 굳게 막았으니, 이것이 이른바 한(漢)나라의 효렴(孝廉)[39]이며 또한 송(宋)나라의 정학(正學)에도 부끄러움이 없습니다. 비록 묵묵히 금인(金人)이 입을 꿰맨[40] 것과 같았지만 지나가는 자들에게 사람을 감동시키는 효과가 있었고, 늘 진흙으로 만든 소상(塑像)처럼 앉아 있지만 남아 있는 자들에게 마음에 깊이 스미는 것이 있었습니다. 스스로 호(號)를 '회(悔)'라 하여, ≪주역(周易)≫에 있는 22개 괘(卦)에 있는 '회' 자로 서(序)를 지었습니다.[41] 대

---

38) 증자(曾子)의 '성(誠)' 자 : 증자(曾子)는 중국 노(魯)나라의 유학자로, 본명은 증삼(曾參), 자는 자여(子輿)이다. 공자의 덕행과 사상을 조술(祖述)하여 공자의 손자인 자사(子思)에게 전하였다. 후세 사람이 높여 증자(曾子)라고 일컬었으며, 저서에 ≪증자(曾子)≫ ≪효경(孝經)≫ 등이 있다. 증자가 말하기를, "나는 날마다 세 가지로 내 몸을 살피나니, '남을 위하여 도모함에 마음을 다하지 못했는가? 벗과 사귐에 미덥지 못했는가? 스승에게 배운 것을 익히지 못했는가?'라는 것이다." 하였다. 증자는 이 세 가지로 날마다 자신을 살펴 다스렸다고 한다. ≪論語 學而≫

39) 한(漢)나라의 효렴(孝廉) : 한(漢)나라 때에는 인재 선발에 있어 효제(孝悌)한 자와 농사에 부지런한 사람을 등용하는 제도가 있었다. 한 혜제(漢惠帝) 때에 처음으로 효제한 자와 역전(力田)한 자를 천거하게 하여 본인의 신역(身役)을 면제해 주었으며, 문제(文帝) 때에 가서는 삼로(三老)ㆍ효자(孝者)ㆍ제자(悌者)ㆍ역전자(力田者)를 선발하여 상을 주었으며, 무제(武帝) 때에는 효렴과(孝廉科)를 설치하여 부모를 잘 섬기고 청렴한 행실이 있는 사람을 군국(郡國)에서 천거하게 하여 등용하였다. ≪漢書 卷2 惠帝紀, 卷4 文帝紀, 卷6 武帝紀≫

40) 금인(金人)이 입을 꿰맨 : 입을 다물고 함부로 말하지 않는다는 뜻이다. ≪공자가어(孔子家語)≫ <관주(觀周)>에 "마침내 태조(太祖)인 후직(后稷)의 사당에 들어가 보니 사당 오른쪽 섬돌 앞에 금인(金人)이 있는데, 그 입이 세 번 꿰매져 있고 그 등에 '옛날에 말을 조심한 사람이다. 경계하라. 말을 많이 하지 말라.'라고 새겨져 있었다."라고 한 데서 온 말이다.

41) 스스로……지었습니다 : ≪회와집(悔窩集) 지(地)≫에 <회와기(悔窩記)>라는 제목으로 실려

체로 <정괘(鼎卦)>의 '장차 비가 내려서 뉘우침이 없어진다'는 것으로 길(吉)함을 얻고, <복괘(復卦)>의 '뉘우침에 이름이 없다'는 것으로 선(善)으로 돌아오는 것과 같은 부류입니다. 자임하기를 안자(顔子)의 뉘우침으로서 같은 잘못을 두 번 범하지 않고,[42] 중유(仲由)의 뉘우침으로서 허물 듣기를 좋아하였습니다.[43] 손에서 놓지 않은 것은 ≪심경(心經)≫과 ≪근사록(近思錄)≫ 두 부였습니다.

어질도다! 이 사람은 은거하여 의(義)를 행하며 명예와 영달을 구하지 않았고, 실제의 행실은 저술해 놓은 것이 있는데 감추고 남에게 보여주지 않습니다. 그러므로 약간의 이야기를 가지고 우선 증거를 주워 모아, 권장하는 책임을 맡은 어사께 목소리를 같이하여 호소합니다. 삼가 바라건대 합하께서는 이 사람의 행실을 자세히 살피시어 포계(褒啓)[44]하시어, 옛날의 효성을 일으키며 학문을 도타이하던 일을 본받게 되기를 바랍니다. 그렇게 되기를 너무나 간절히 기원합니다.<포제(褒題)[45]도 함께 있다.>

보은군 유생 상서 세상을 떠난 뒤이다 報恩郡儒生上書 死後

좌도(左道) 보은군(報恩郡)의 유생(儒生) 최병구(崔炳九) 등이 삼가 목욕재계하고 순찰사(巡察使) 합하(閤下)께 상서(上書)합니다.

삼가 아룁니다. 백 가지 행실의 근원은 '효(孝)'라는 한 글자를 넘는 것이 없는데, 만약 하늘에서 타고 나서 얻고 학문에 힘을 들인 것이 아니라면 감히 효제(孝悌)를 실제 행한 것이라 하여 의논할 수 없는 것이 분명합니다. 무릇 증자(曾子)와 같은 큰 현인으로 성인(聖人)의 문하에서 직접 가르침을 받고서 부모를 섬기는 도리를 한결같이 양지(養志)를 근본으로 삼은 경우는, 후세의 남은 사람들이 바랄 수 있는 바가 아닙니다.

있다.

42) 안자(顔子)의……않고 : ≪논어(論語)≫ <옹야(雍也)>에, 안회(顔回)는 같은 잘못을 두 번 다시 범하지 않았다는 말이 나온다.

43) 중유(仲由)의……좋아하였습니다 : 중유는 공자의 제자로, 자(字)는 자로(子路)이다. ≪근사록(近思錄)≫에서 "자로가 백세(百世)의 스승이 되는 까닭은 허물 듣기를 좋아했기 때문이다."라고 하였다.

44) 포계(褒啓) : 각 도의 관찰사나 어사가 고을 수령의 선정(善政)을 임금에게 아뢰던 일이다.

45) 포제(褒題) : 원래는 감사가 관할 지역 수령의 치적을 임금에게 보고하던 글을 가리키는데, 여기에서는 어사의 포계(褒啓)를 가리키는 것으로 보인다.

맹자(孟子)가 "부모 섬기기를 증자처럼 해야 한다."라는 가르침을 남겼으니, 이로부터 살피자면 효도를 어찌 쉽게 말할 수 있겠습니까. 그러나 천 년 세월이 지난 뒤에 만일 부모를 섬기기를, 거처할 때에는 공경을 다하고, 봉양 할 때에는 즐겁게 해드리는 것을 다하고, 병 들었을 때는 근심을 다하고,46) 장사지낼 때는 슬픔을 다하고, 제사를 모실 때에는 엄숙함을 다하는 다섯 가지를 행함에 그 도리를 능히 다한다면, 쇠퇴하는 세상에 모범이 되고 풍속의 교화에 보탬이 되기에 충분할 것이니, 조금이라도 하늘로부터 부여받은 본성을 지니고 있는 자라면 누군들 사모하며 우러러보고 공경하며 감탄하면서 기어이 태평성세에 선행을 표창하고 오랜 세월이 지나도록 풍속의 교화를 세우려고 하지 않겠습니까.

본군의 고(故) 학생(學生) 김민태(金玟泰)는 바로 전한공(典翰公)의 후예이며 충암(沖庵) 선생의 방계 후손입니다. 타고난 성품이 순수하고 타고난 자질이 고매하여, 어릴 적부터 움직일 때에는 예법을 따르고 부모를 섬길 때에는 기쁨을 드리는데 최선을 다하지 않은 적이 없었습니다. 혹시라도 평안하지 않은 일이 있으면 의관(衣冠)을 벗지 않고 혹시라도 웃거나 빨리 걷지 않았으며 밤낮으로 약시중을 들면서 지성으로 기도하였으니, 병든 아비의 거의 끊어지던 목숨을 소생시켜 다시 1년을 연장시켰습니다. 모든 음식을 봉양하는 도리에 있어서는 달고 연한 음식을 두루 갖추어 바쳤으며, 부모의 뜻에 맞추어 기쁘게 하기에 힘썼습니다. 부모의 상을 당해서는 곡(哭)을 하며 우는 소리가 삼년상을 치르는 동안 끊이지 않았고, 최마(衰麻)47)의 상복을 하루도 벗지 않았으며, 제사가 있지 않으면 집안에 들어가지 않았습니다. 집안은 비록 가난했지만 정성과 힘을 다하였으니, 풍족하고 부족함은 상을 치르고 제사를 지낼 때에 알맞았으며, 예법은 저승과 이승 사이에서 부족함이 없었습니다. 시조(始祖)로부터 부모의 산소에 이르기까지 모두 석물(石物)을 세워서 수도(隧道)48)를 표시하였고, 바람과 눈을 무릅쓴 몸으로 날마다 부모의 무덤을 살폈습니다. 하늘에 근본을 둔 순수한 정성이 아니라면 어찌 이처럼 할 수 있겠습니까.

---

46) 병……다하고 : 원문은 '病則致其愛'인데, ≪소학(小學) 효행(孝行)≫에 근거하여 '愛'를 '憂'로 바로잡아 번역했다.

47) 최마(衰麻) : 부모, 증조부모, 고조부모의 상중에 아들이 입는 상복인 베옷이다.

48) 수도(隧道) : 무덤으로 통하는 길을 이른다. 원래는 제후는 쓰지 못하고 천자만이 쓸 수 있었다. 여기에서는 선조의 무덤을 뜻하는 의미로 보인다.

그 학문으로 말씀드리자면, 하루 종일 단정히 앉아서 속된 말은 입에 담은 적이 없었고, 성리학(性理學)의 서적은 손에서 놓은 적이 없었습니다. 달마다 강학(講學)하면서 후학을 가르쳤고, 늘 ≪심경부주(心經附註)≫와 ≪대학강의(大學講義)≫ 등의 책으로 마음을 가라앉히고 잘 음미하며 의리를 탐구하였습니다. 또 ≪의례수집(儀禮修輯)≫과 ≪주서고정(朱書考訂)≫ 등의 책을 서로 비교해 풀이하고 탐구하여 체득하였습니다. 왼쪽의 ≪심도(心圖)≫와 오른쪽의 ≪황극(皇極)≫은 실제의 처지에서 이행한 것이 아님이 없었고, 먹줄처럼 곧고 저울처럼 평평하니 학문의 조예가 아님이 없었습니다. 멀고 가까운 산중의 어른들이 그 회와(悔窩)라는 호(號)를 써서 주었고, 본군의 선비인 벗들이 향천(鄕薦)의 거사를 함께 추천하였습니다.

대체로 이 김공(金公)의 훌륭한 행실은 위에서 일컬은 다섯 가지에 부끄러움이 없는데 70년을 하루처럼 행하였으니, 어찌 뚜렷하고 우뚝하지 않겠습니까. 위와 같이 실제 행하였는데 아직도 성상의 표창을 받지 못하였으므로, 본군의 사림(士林)들이 목소리를 같이하여 관가에 아뢰고 아울러 어사(御史)께 상서하여 여러 차례 포제(襃題)를 받았으니, 공론이 사라지지 않았음을 볼 수 있습니다. 이제 식년(式年)을 맞았으니 서계(書啓)로 성상께 보고하는 것은 오직 합하께서 하실 일입니다. 삼가 바라건대 참작하여 헤아리신 뒤, 이 김공의 지극한 행실로 하여금 성상께 다시 전달되어 표창하는 상전(賞典)을 받아서 풍속의 교화를 수립할 수 있도록 하소서. 그렇게 되기를 깊이 축원합니다. 간절히 기원하는 지극함을 가누지 못하겠습니다.

향교 유생 상서 鄕校儒生上書

향교(鄕校)에 일제히 모인 유생(儒生) 최성래(崔成來) 등이 삼가 목욕재계하고 성주(城主) 합하(閤下)께 상서(上書)합니다.

삼가 아룁니다. 나라에 수많은 백성이 있으나 현인을 기강으로 삼고, 사람에게 백 가지 행실이 있으나 효도를 근원으로 삼습니다. 이 때문에 조정에는 높이 등용하고 정표(旌表)하여 표창하는 아름다운 의전이 있고, 사람에는 뽑아서 천거하는 공론이 있는 법입니다. 그렇지만 혹은 잊혀져 등용되지 못하고 끝내 자취가 사라져 알려지지 못하게 되는 경우가 있으니, 단지 공론이 폐하여져서 아름다운 의전이 부족함을 초래하게 된 것으로 어찌 식자(識者)들이 마음에 억울함을 품고 탄식하지 않겠습니까.

본군(本郡)의 고(故) 학생(學生) 경주 김공(慶州金公) 휘(諱) 민태(玟泰)는 곧 충암(冲庵) 선생의 방계 후손이고, 전한공(典翰公)의 후예입니다. 가정의 교훈을 대대로 계승하여 능히 그 아름다움을 이어받았으니, 공에 이르러 더욱 현명함과 효성스러움이 널리 드러나게 되었습니다. 어렸을 적부터 지극한 행실이 남달리 두드러졌습니다. 부모를 섬김에 있어서 밤낮으로 일년 내내 모시는 정성과 달고 연한 음식을 바치기를 때에 맞추어 하면서, 반드시 공경하는 마음이 움직여 예법을 따르면서 공을 드러내지 않았습니다. 병구완을 함에 있어서 몸소 약숟가락을 들고 의관(衣冠)을 벗지 않고 밤낮으로 하늘에 기도하여, 그 부모의 끊어지려던 목숨을 소생시켜 연장한 것이 앞뒤로 모두 세 차례였습니다. 상례를 치름에 있어서 입으로는 곡(哭)을 하며 우는 소리가 끊이지 않았고 몸에서는 최마(衰麻)의 상복을 벗지 않았으니, 처음부터 끝까지 석 달을 하루처럼 조금도 게을리하지 않았으며 날마다 부모의 무덤을 살피면서 모진 추위와 더위 장마에도 그치거나 끊어지는 일이 없었습니다. 석물(石物)을 세우고 수도(隧道)를 표시하기를 멀리 선대에까지 갖추지 않음이 없었습니다. 마음과 힘을 다하면서 집안 형편이 가난함을 돌아보지 않았으니, 하늘에 근원한 효성이 아니라면 어찌 이처럼 처음부터 끝까지 순수하고 독실할 수 있겠습니까.

그 학문을 좋아함은 늙을수록 더욱 부지런하여 속된 말은 입에 담은 적이 없었고, 성리학(性理學)의 서적은 손에서 놓은 적이 없었습니다. ≪심경부주(心經附註)≫ ≪대학강의(大學講義)≫와 ≪의례수집(儀禮修輯)≫ ≪주서고정(朱書考訂)≫ 등의 책은 더욱 힘을 기울여 연구하고 익혔습니다. 후진을 권면함에는 조금도 싫어하는 기색이 없었습니다. 당시 대사헌(大司憲) 박 산장(朴山丈)을 따라 교유하기를 끊임없이 하면서 강독하고 토론하였습니다. 박공이 그를 사랑하여, 그가 거주하던 마을을 '효촌(孝村)'이라 이름 붙이고 그의 서재에 '회와(悔窩)'라고 호(號)를 붙여 써서 주었습니다. 이는 그의 학문의 대략이니 속일 수 없는 것입니다.

이로써 온 군의 많은 선비들이 마침내 공론을 내어 여러 차례 향천(鄕薦)하였지만, 굽은 것을 펴지 못하고 끝내 초야에서 늙었습니다. 그가 세상을 떠나기에 이르러 영읍(營邑)에 다섯 차례 상서하여 연달아 두터운 제음(題音)을 받았지만, 아직도 정표(旌表)하여 표창하는 무거운 상전(賞典)을 받지 못하였습니다. 무릇 김공처럼 현명하고 효성스러운 이가 장차 초목처럼 사라지고 흔적이 없어져 알려지지 않는다면 사림(士林)의 수치이고 공론이 폐지되었다고 할 만합니다. 지금 석전(釋奠) 뒤에 이에 감히 목소리를 같이하여 우러러 호소합니다. 삼가 바라건대 참작하여 헤아리신 뒤 이러한 김공의 남달리 뛰어난 행실을 순영(巡營)에 보고하여 다시 성상께 아뢰어 정표하여 표창하는 상전을 입을 수 있도록 해주소서. 그렇게 되기를 너무나 지극히 간절하게 기원합니다.

제음49) 을미년50) 2월 어느 날 題音 乙未 二月 日

어질구나, 회와(悔窩)여! 효성스럽고 학문을 잘하여 많은 선비들이 흠모하니, 후대의 사람들에게 스승이 된다고 할 만하다. 이렇게 남달리 뛰어난 행실을 어떻게 순영(巡營)에 보고하여 성상께 미치지 않도록 하겠는가. 그렇지만 현재 조야(朝野)에 일이 있는 나머지 이러한 일에 겨를이 없으니, 다만 안정되기를 기다릴 일이다.

수의 제음51) 갑술년52) 10월 繡衣題音 甲戌 十月

효성이 이미 남달리 뛰어나고 학문도 또 정밀하고 그윽하니 어찌 감탄하지 않을 수 있겠는가. 서계(書啓)를 올려 성상께 아뢰는 체모가 중하니, 더욱 공론을 모을 일이다.

또 수의 제음 신묘년53) 10월 又 辛卯 十月

효행과 학문의 실적이 이와 같은데 아직도 드러내어 밝혀서 널리 펴지 못하였으니, 많은 선비들이 마음에 억울함을 품는 것은 참으로 유사(有司)의 잘못이다. 개탄스럽고 안타까움을 가눌 수 있겠는가. 공론이 일어났으니 자연히 성상께 아뢸 일이다.

---

49) 제음(題音) : 관부에서 백성이 제출한 소장(訴狀)이나 원서(願書)에 쓰던 관부의 판결이나 지령을 가리킨다. 제사(題辭) 혹은 제지(題旨)라고도 한다.

50) 을미년 : 을미년은 1895년(고종32)으로, 회와의 사후이다.

51) 수의 제음 : 수의(繡衣)는 어사(御史)를 가리킨다. 즉 어사가 내린 제음이다.

52) 갑술년 : 갑술년은 1874년(고종11)으로 회와가 52세 때이다.

53) 신묘년 : 신묘년은 1891년(고종28)으로, 회와의 사후이다.

순찰사 제음 정해년⁵⁴⁾ 10월 巡相題音 丁亥 十月

효행이 이처럼 깊고 훌륭하니 몹시 가상하다. 유생(儒生)의 공론이 일제히 일어났으니 자연히 표창하여 널리 알려야 할 일이다.

장례원⁵⁵⁾ 제음 掌禮院題音

성상께 아뢰어 정표하여 표창할 일이다.

장례원 입안⁵⁶⁾ 掌禮院立案

위의 입안(立案)은 효자(孝子)를 정려(旌閭)하는 일이다.

"장례원 경(掌禮院卿) 신(臣) 조정희(趙定熙)는 삼가 성상께 아룁니다. 방금 접수한 충청도내 유생 이용빈(李用斌) 등이 부(府)와 군(郡)의 제사(題辭)를 첨부하여 올린 단자(單子)에 이르기를, '보은(報恩)의 고(故) 학생(學生) 김민태(金玟泰)는 타고난 성품이 순수하고 타고난 자질이 고매하여, 어릴 적부터 움직일 때에는 예법을 따르고 부모를 섬길 때에는 기쁨을 드리는데 최선을 다하지 않은 적이 없었습니다. 혹시라도 평안하지 않은 일이 있으면 의관(衣冠)을 벗지 않고 밤낮으로 약시중을 들면서 지성으로 기도하였으니, 거의 끊어지던 목숨을 소생시켜 다시 1년을 연장시켰습니다. 부모의 상을 당해서는 곡(哭)을 하며 우는 소리가 삼년상을 치르는 동안 끊이지 않았고, 최마(衰麻)의 상복을 하루도 벗지 않았으며, 제사가 있지 않으면 집안에 들어가지 않았습니

---

54) 정해년 : 정해년은 1887년(고종24)으로 회와가 세상을 떠난 해이다. 회와는 이해 7월에 별세하였다.

55) 장례원(掌禮院) : 조선후기에 궁중의식, 조회의례(朝會儀禮) 및 제사와 모든 능, 종실, 귀족에 관한 사무를 관장하던 관서이다. 1895년(고종 32) 관제개혁 때 설치되었다.

56) 입안(立案) : 당사자의 권리나 모종의 사실을 공증(公證)하기 위해 백성의 요청에 따라 관아에서 발급하는 문서의 일종을 가리킨다. 전지(田地)·가사(家舍)·노비(奴婢)·어살(魚箭)·염분(鹽盆) 등의 소유권 확인, 입양(入養)·수양(收養)·물고(物故)·절도(竊盜)·검험(檢驗)·면역(免役)·속량(贖良)·승소(勝訴) 등의 사실 확인을 할 때 입안을 발급하였다. ≪최승희, 增補版 韓國古文書硏究, 지식산업사, 1995≫

다. 집안은 비록 가난했지만 정성과 힘을 다하였으니, 상례와 제례를 치르면서 한결같이 예법을 따랐습니다. 또 그의 학문은 손에서 성리학(性理學)의 서적을 놓지 않았습니다. 늘 ≪심경부주(心經附註)≫와 ≪대학강의(大學講義)≫ 등의 책과 또 ≪의례수집(儀禮修輯)≫과 ≪주서고정(朱書考訂)≫ 등의 책을 서로 비교해 풀이하고 탐구하여 체득하였습니다. 왼쪽의 ≪심도(心圖)≫와 오른쪽의 ≪황극(皇極)≫은 실제의 처지에서 이행한 것이 아님이 없었고, 먹줄처럼 곧고 저울처럼 평평하니 학문의 조예가 아님이 없었습니다.' 하였습니다.

김민태의 효행의 실적은 이미 많은 선비들이 아뢰어 호소한 데에서 드러났으며, 부와 군에서 포제(褒題)한 데에서 증명되었습니다. 특별히 정려(旌閭)하는 은전을 베푸는 것이 풍속의 교화를 세우는 정사에 합당할 듯하지만, 은전에 관계되니 본원에서 감히 마음대로 처단할 수 업습니다. 성상께서 재결하시는 것이 어떻겠습니까. 삼가 성상께 아룁니다."

하였는데, 광무(光武) 8년(1904) 4월 19일 성상의 말씀을 받드니,

"아뢴 대로 시행하라."

하고 비답(批答)하셨다. 정문(旌門)을 세울 때 재목(材木)과 장수(匠手)는 규례대로 관가에서 거행하고, 그 자손 집안 연호(煙戶)의 환상(還上) 등 제반 잡역은 일체 탕감한다.

이에 입안을 발급함이 마땅한 일이다.

제문(祭文)

제문 정해년[57] 8월 어느 날祭文 丁亥八月日

　　유세차(維歲次)[58] 정해년 8월 을유삭(乙酉朔) 28일 임자(壬子)는 바로 우리 족대부(族大父)[59]께서 영원히 돌아가시는 날입니다. 전날 밤인 신해(辛亥)에 족손(族孫)[60] 세희(世熙)가 삼가 변변치 못한 제물을 갖추어 영연(靈筵)에 곡(哭)하며 다음과 같이 아룁니다.

　　아! 공께서는 풍채는 수려했고 말씨는 엄정하였습니다. 집에 거처할 때에는 화목을 근본으로 삼았으며, 세상에 처해서는 공경을 절도로 삼았습니다. 선조 받들기를 효성으로 하고 후손 가르치기를 행동으로 하였습니다. 저러한 학행으로 여러 차례 향시(鄕試)에 급제하였는데 세상에서 이익을 보지는 못하였습니다. 이러한 덕의(德義)로도 여러 차례 참혹한 정경을 거듭 당하여 원통함을 품는 탄식에서 벗어나지 못하였습니다. 하늘의 뜻입니까, 운명입니까. 하늘의 뜻은 믿기 어렵고, 운명 또한 헤아리기 어렵습니다.

　　아! 슬픕니다. 공은 우리 집안과 파(派)는 비록 서로 나누어졌지만 정(情)은 차이가 없습니다. 사숙(舍叔)[61]께서 세상에 계실 때에 자주 만나며 친하게 서로 교유하였으니, 떠나는 소매는 날아가는 듯하고 오는 지팡이는 달그락 거렸습니다. 집안이 어찌

---

57) 정해년 : 정해년은 1887년(고종24)으로 회와가 세상을 떠난 해이다. 회와는 이해 7월에 별세하였다.

58) 유세차(維歲次) : '이해의 차례는'이라는 뜻으로, 제문(祭文)의 첫머리에 관용적으로 쓰는 말이다.

59) 족대부(族大父) : 할아버지뻘 되는 같은 성의 먼 친척을 가리킨다.

60) 족손(族孫) : 성이 같은 사람들 가운데 유복친 안에 들지 않는 손자뻘이 되는 사람을 가리킨다.

61) 사숙(舍叔) : 남에게 자기의 삼촌을 이르는 말이다.

이리 불행한지 우리 숙부께서 일찍 세상을 떠나셨으니, 이승을 저버리고 전생에 맺은 약속을 계승하였습니다. 일이 있으면 우러러 의논하고 의문이 있으면 나아가 질의하였으니, 올봄에는 일에 앞서 목소리를 같이하여 서로 호응하였습니다. 아촌(牙村)에서 지팡이를 함께 꽂고 평포(平浦)에서 소매를 나란히 하고 함께하였으니, 모두 선조를 위한 것인데 아직 뜻을 이루지 못하였습니다. 어찌 사내 하나가 갑자기 구천(九泉)에 이르렀는지, 이승과 저승이 비록 다르지만 한을 품은 것은 같습니다.

아! 푸른 하늘이 공을 빼앗아감이 어찌 이리 빠른 것입니까. 비단 관가에 진출할 길이 막혔을 뿐만 아니라, 실로 여러 종족들이 의지할 데 없이 외롭게 되었습니다. 종산(鍾山)의 구름은 참담하고 삼성촌(三省村)의 달은 처량하며, 거친 들판의 서리는 쌀쌀하고 가을 산의 나뭇잎은 날립니다. 영구를 실은 수레는 덜컹덜컹하고 붉은 만장(輓章)은 팔랑팔랑 나부끼니, 다른 곳에 있는 오래된 벗은 아직도 눈물을 삼킵니다. 더구나 저처럼 바라보기를 지친(至親)의 처지처럼 한 경우이겠습니까. 한번 소리 내어 통곡하니 만사가 그만이라 오열할 뿐입니다. 그렇지만 조금 위로되는 점이 있으니 삼대(三代)의 손자분의 서각(犀角)[62]이 조금 자라면 붕새처럼 원대하게 날 것을 기대할 만하고, 두 분의 현명하신 아드님은 준마와 같은 모습이 특별히 빼어나니 천리마와 같은 기량을 펼칠 만합니다. 그 자손이 받는 경사는 아마도 공께서 착한 일을 많이 해서 생긴 일이 아니겠습니까.

이제 영구를 실은 수레가 떠날 때를 맞아서 못난 제가 조문하며 통곡하게 되니, 글로는 정을 다할 수 없고 곡으로는 애통함을 다할 수 없습니다. 영령이시어, 만일 알고 계신다면 강림하여 흠향(歆饗)하시길 바랍니다. 아, 슬픕니다. 적지만 흠향하소서.

만사(輓詞)

규수의 궤도[63]가 빛을 잃고 혜초의 향기 꺾이니	奎躔晦彩蕙摧芬
갑자기 이승과 저승 두 길로 나뉘었네	遽爾幽明兩路分
만약 남쪽 고을에서 규정[64]이 된다면	倘或炎州爲糾正

---

62) 서각(犀角) : 서각은 무소의 뿔인데, 장래에 귀히 될 아이는 이마에 서각(犀角) 모양의 뼈가 있다는 말이 상법(相法)에 있다.

63) 규수의 궤도 : 규수(奎宿)는 28수(宿)의 하나로, 문장을 주관하는 별의 상징으로 일컬어졌다.

64) 규정(糾正) : 고려시대에 감찰사(監察司)에 속한 종육품 벼슬이다. 감찰어사(監察御史)를 고친

응당 저승의 수문랑65)이 빼뜨렸겠지	也應地府闕修文
누추한 마을에서 가난하게 살아도 마음은 늘 즐거웠고	窮居陋巷心常樂
시끄러운 속세에 뒤섞여 살았어도 뜻은 견줄 이 없었네	雜處囂塵志不羣
가을바람에 통곡하니 사람들은 보지 못하네	痛哭西風人未見
종산은 말이 없고 다만 구름만 돌아가네	鍾山無語但歸雲

족손 세희가 두 번 절하고 곡하며 만사를 짓습니다

제문 무자년 7월 소상66) 祭文 戊子七月小祥

유세차(維歲次) 무자년 7월 13일 계해(癸亥) 저녁에 문인(門人) 이정기(李廷夔)는 삼가 변변치 못한 제수를 갖추어 회와(悔窩) 김 선생의 영연(靈筵) 앞에 곡(哭)하며 다음과 같이 아룁니다.

아! 슬픕니다. 을묘년67) 3월에 짐을 지고 가서 당(堂)에 올라 비로소 가르침을 받았습니다. 저를 보기를 자식처럼 여기시어 학문을 강론하는 자리를 설치하여, 귀를 잡고 얼굴을 맞대어 간곡하게 가르치신 지 10여 년이었습니다. 집에 거처할 때에는 반드시 효(孝)·우(友)·목(睦)·인(婣)68)으로 하였고, 출입할 때에는 반드시 단장하고 장엄하며 공손하고 검소하게 하였습니다. 한가하게 지낼 때에는 왼쪽의 ≪심도(心圖)≫와 오른쪽의 ≪황극(皇極)≫으로 늘 깨인 마음으로 공부하여, 끝내 한 고을의 존경을 받는 이름난 유학자가 되었습니다.

아! 만약 선생께서 일찍이 남훈전(南薰殿)69)에 올랐다면 기(夔)가 되고 용(龍)이 되었

것이다.

65) 수문랑(修文郎) : 지하수문랑(地下修文郎)의 준말로, 염라 대왕의 보좌관이라는 뜻이다. 진(晉)나라 소소(蘇韶)가 명부(冥府)에 내려가서, 염라 대왕의 수문랑이 된 안연(顔淵)과 자하(子夏)를 보고 왔다는 설화에서 비롯된 것이다. ≪太平廣記≫

66) 무자년 7월 소상 : 무자년은 1888년(고종25)으로 회와가 세상을 떠난 이듬해이다. 소상(小祥)은 사람이 죽은 지 1년 만에 지내는 제사이다.

67) 을묘년 : 1855년(철종6)으로 회와가 33세 때이다.

68) 효(孝)·우(友)·목(睦)·인(婣) : 주(周)나라 때 인재를 천거하는 기준 가운데 육행(六行)으로 '효(孝)·우(友)·목·인·임(任)·휼(恤)' 등 여섯 가지를 들었는데, 그 가운데 효(孝)는 부모를 잘 섬기는 것, 우(友)는 형제에게 잘 하는 것, 목(睦)은 구족(九族)과 화목하는 것, 인(婣)은 외척(外戚)과 화목하는 것이다.≪周禮 地官 大司徒≫

을70) 것이며, 만년에 공자(孔子)의 담장에 의탁했다면 사(賜)가 되고 상(商)이 되었을71) 것이니, 양시(楊時)·채원정(蔡元定)72)과 벗을 할 만했을 것이고, 유우익(劉友益)· 윤기신(尹起莘)73)과 견줄 만했을 것입니다. 10년을 손수 약을 짓고 100일을 하늘에 대고 기도하였으며, 세 번 도천(道薦)에 오르고 두 번 방백(方伯)에게 포계(褒啓)를 받았지만, 한 번도 기뻐하거나 거역하는 마음이 없었습니다. 도리어 경계하기를 '명성과 소문이 실제보다 지나치게 되는 것을 군자는 부끄러워하는 것이다.' 하였습니다. 부귀를 뜬 구름처럼 보고 벼슬은 길고(桔槔)74)로 생각하였으며, 저 전원을 즐거이 여기며 고사리를 달게 여기고 나물과 물을 먹었습니다. 다른 사람이 알아주기를 구하지 않으며 마땅히 위기지학(爲己之學)75)을 하였고, 한 방에 단정히 앉아서 오히려 천 년 전의 사람들과 벗을 하였습니다. 그 온화한 말씀과 부지런한 정성을 누가 군자라고 하지 않겠습니까.

---

69) 남훈전(南薰殿) : 선왕이 선정을 베풀던 전각으로, 여기에서는 회와가 과거에 급제하면 올랐을 대궐을 가정한 것이다. 순(舜) 임금이 오현금(五絃琴)을 만들어 <남풍가(南風歌)>를 지어 부르면서 "훈훈한 남쪽 바람이여, 우리 백성의 수심을 풀어주기를. 제때에 부는 남풍이여, 우리 백성의 재산을 늘려주기를. [南風之薰兮 可以解吾民之慍兮 南風之時兮 可以阜吾民之財兮]"이라고 했다는 고사에서 나온 것이다. ≪禮記 樂記≫ 당나라 때 남훈전(南薰殿)이라는 이름의 궁궐이 있기도 하였다.

70) 기(夔)가……되었을 : 기(夔)는 순(舜) 임금의 악관(樂官)이었고, 용(龍)은 간관(諫官)으로, 모두 임금을 측근에서 보좌하는 신하를 뜻한다. ≪書經 舜典≫

71) 사(賜)가……되었을 : 사(賜)는 자공(子貢)이고, 상(商)은 자하(子夏)로, 둘 다 공자의 제자이다.

72) 양시(楊時)·채원정(蔡元定) : 둘 다 정자(程子)의 문인이다.

73) 유우익(劉友益)·윤기신(尹起莘) : 유우익은 송(宋)나라 길주(吉州), 윤기신은 처주(處州) 사람이다. 유우익은 ≪통감강목서법(通鑑綱目書法)≫을, 윤기신은 ≪통감강목발명(通鑑綱目發明)≫을 각각 지었다. 모두 주희(朱熹)가 지은 ≪자치통감강목(資治通鑑綱目)≫을 바탕으로 자신의 견해를 덧붙인 것이다.

74) 길고(桔槔) : ≪장자(莊子)≫ 천지(天地)에 "자공(子貢)이 남쪽으로 초(楚) 나라에 놀다가 한음(漢陰)이란 땅을 지날 적에 한 장인(丈人)이 계단을 만들고 우물에 들어가 항아리에 물을 길어다가 밭에 주고 있었다. 자공은 노력은 많으나 효과가 적은 것을 안타깝게 여겨 길고(桔槔)라는 물푸는 기계를 사용하라고 하였더니 그는 성을 내면서 "나는 스승에게 들으니 '기계를 사용하는 자는 반드시 기사가 있고 기사가 있는 자는 반드시 기심이 있게 마련인데, 기심이 있으면 순백(純白)한 마음이 갖추어지지 않고 정신이 정해지지 않아 도(道)가 실리지 않는다.' 하였다. 나는 기계를 사용할 줄 모르는 것이 아니라 사용함을 부끄럽게 여겨 하지 않을 뿐이다." 하였다.

75) 위기지학(爲己之學) : 남이 알아주기를 바라면서 공부하는 위인지학(爲人之學)에 상대되는 말로, 오직 자신의 덕성을 닦기 위해 공부하는 것을 말한다. ≪논어(論語)≫ 헌문(憲問)에, "옛날의 학자들은 자신을 위한 공부를 하였는데, 지금의 학자들은 남을 위한 공부만 한다."라는 말이 나온다.

아! 슬픕니다. 인(仁)을 좋아하는 사람은 장수한다고 하지만, 온화하고 후덕한 인(仁)을 지니셨으니 의당 백세를 누려야 하는데 연세가 칠순을 넘지 못하셨습니다. 현명한 사람은 즐겁다고 하지만, 선생은 처자식의 즐거움이 있었으니 의당 자손을 앞세우는 일을 당하지 않아야하는데 중간에 자손을 앞세우는 일을 끔찍하게 겪었습니다.[76] 알 수 없는 것이 하늘이고, 궁구하기 어려운 것이 이치임을 저는 잘 압니다. 공자(孔子)는 성인인데 백어(伯魚)[77]가 일찍 죽었고, 하계(夏啓)는 현인인데 외병(外丙)이 일찍 죽었습니다.[78] 우리 선생께서는 비록 자손의 요절을 당했지만, 어린 손자는 모두 훌륭하여 할아버지가 남긴 업적을 잘 계승할 것입니다.

아! 저희가 통탄스러운 점은 은덕이 바다와 같은데 하나도 갚지 못하였고, 가르침을 받은 것이 산과 같은데 반도 따르지 못하였습니다. 옛날에 받은 가르침에 지금껏 의지하고 있습니다. 위태로울지 말지 하는 사이에 위태로운 기틀을 부지하여 겨우 크게 잘못되는 것을 면하였고, 일렁일지 말지 하는 사이에 작은 물결을 보전하여 겨우 위태로운 집을 보전하였습니다.

아! 슬픕니다. 지금은 이미 지났으니 저 높은 집을 바라보면서, 모습을 뵐 수 없고 음성을 들을 수 없습니다. 영좌(靈座)는 엄연하고 장막은 높고 엄숙합니다. 비유컨대 큰 내와 높은 산에 용(龍)이 없어지고 호랑이가 떠난 것과 같습니다. 아! 저희 문인(門人)들은 슬픈 감회를 억누르기 어렵습니다. 닭 한 마리를 삶아 제물을 차리고, 저희의 진심을 피력하여 문장을 지었습니다. 제물은 비록 변변치 못하지만 정은 두텁고, 문장은 비록 부족하지만 뜻은 깊습니다. 아! 슬픕니다. 적지만 흠향하소서.

---

76) 중간에……겪었습니다 : 회와의 장자 김수형(金秀瀅, 1840~1885)이 회와보다 먼저 세상을 떠났고, 장손 김창희(金昌熙, 1858~1881)는 더 일찍 세상을 떠났다.≪회와집(悔窩集) 지(地)≫에 회와가 직접 지은 <장손 김창희 제문 [祭長孫昌熙文]>이 실려있다.

77) 백어(伯魚) : 백어는 공자의 아들 공리(孔鯉)의 자(字)이다. ≪논어≫ <서설(序說)>에 "공자는 리(鯉)를 낳으니 자는 백어(伯魚)라. 공자보다 먼저 죽었고 백어는 급(伋)을 낳았다."라고 하였다.

78) 하계(夏啓)는……죽었습니다 : 하계는 우(禹)임금의 아들인 계(啓)를 가리킨다. 중국 상고시대에는 당(唐)나라의 요(堯)임금에서 우(虞)나라의 순(舜)임금을 거쳐 하(夏)나라의 우(禹)임금에 이르기까지는 하늘의 뜻에 순응하여 아들이 아닌 신하에게 선위(禪位)하였는데, 우임금이 죽으매 민심이 우의 아들 계(啓)에게로 쏠리어 "우리 임금의 아들이라"고 칭송하며 왕위에 추대하였다. 이로부터 한 왕조(王朝)마다 대대로 왕위 계승이 시작되었다. 외병(外丙)은 은(殷)나라 탕(湯)임금의 둘째 아들인데, 탕임금의 태자인 태정(太丁)은 즉위하기 전에 죽었으므로 탕왕의 차자(次子) 외병(外丙)이 즉위하였는데 2년 만에 죽었다.

제문 祭文

유세차(維歲次) 무자년(1888) 7월 신해삭(辛亥朔) 14일 갑자(甲子)는 바로 우리 종형(從兄 사촌형)님인 회와(悔窩) 선생의 소기(小朞 소상(小祥)) 날입니다. 전날 저녁인 계해(癸亥)에 종제(從弟 사촌 아우) 인태(寅泰)가 삼가 거친 술 한 잔 올리며 영궤(靈几) 앞에 곡(哭)하고 영결(永訣)하며 다음과 같이 아룁니다.

아! 슬픕니다. 아우에게 있어서 형님은 대롱 구멍으로 하늘을 보고 표주박으로 바닷물을 헤아리는[79] 것과 같습니다. 형님께서 이 세상에 나신 지 65년이니 아마도 우리 가문이 번성할 것인데, 어찌하여 꽉 막히게 한단 말입니까. 타고난 성품이 공평하고 결백하여 일찍이 물욕에 가리워지는 적이 없었고, 온화하고 신중하여 본래 일을 처리함에 마땅함이 있었습니다. 양친을 효로 받들었으니 양지(養志)에 먼저 뜻을 두었고, 한 아우에 우애가 미쳤으니 후사(後嗣)가 없는 것을 결국 잇게[80] 하였습니다. 선조를 받드는 도리에 있어서는 대수(代數)가 먼 조상이라 하여 성실하지 않음이 없었고, 친족과 화목한 정리에 있어서는 촌수(寸數)가 먼 친족이라 하여 화목하지 않음이 없었습니다.

아! 저희 선부군(先府君)으로부터 말하자면, 비록 숙질(叔姪)의 정리라고는 하더라도 부자(父子)의 은혜와 조금도 차이가 없었습니다. 어린 나이 때부터 밤에서 낮에 이르기까지 가르침을 받은 것이 수십 년이었으니, 일마다 마음에 간직하여 잊지 않고 말마다 마음에 새겨두었습니다. 홀로 그 종통을 얻었으니, 어찌 타고난 성품이 어질고 착하며 타고난 성질이 단아해서 그렇지 않았겠습니까. 저희 선부군께서 돌아가셨을 때 이 아우는 나이가 어려 사리에 어두워 상사(喪事)를 당하여 예절을 정중히 하는 일에 대해서 몰랐는데, 형님께서는 서글픔이 천지 사이에 미치시었고 상례(喪禮)와 제례(祭禮)의 제도와 집안의 모든 일과 제사를 받들고 손님을 맞는 일에 있어서 자기 집의 일과 다름없이 담당하였습니다.

형님께서는 아우에 대하여 나이는 맞지 않았지만 항렬은 같았으니, 우애는 더욱 돈독하였고 가르침은 더욱 엄하셨습니다. 아우는 재주와 덕이 모두 거칠어 만의 하나도

---

79) 대롱……헤아리는 : 아우인 자신이 형인 회와의 큰 뜻을 헤아리지 못한다는 겸사(謙辭)이다. 반고(班固)가 지은 <유통부(幽通賦)>에 "표주박으로 바닷물을 헤아리고, 대롱 구멍으로 하늘을 본다. [旣傾蠡而酌海 遂測管而窺天]"라고 하였다. ≪庾子山集 卷2≫

80) 후사(後嗣)가……잇게 : 회와의 아우인 유태(愈泰)에게 후사가 없으니, 둘째 아들인 수미(秀渼)를 양자로 보내어 대를 잇게 하였다.

효과를 얻지 못하였지만, 간곡하여 돌보아주시는 정을 모르지 않았습니다. 엄한 아비처럼 두려워하였고 친 형처럼 공경하면서 별달리 뜻을 어긴 적이 없었습니다. 혹시 추운 겨울에 문안을 드리면 "춥지 않은가?" 물으시고 곧 땔나무를 등에 져서 보내주셨고, 혹시 춘궁기에 정다운 이야기를 주고받으면 "굶주리지 않는가?" 물으시고 곧 몇 말의 곡식을 대어주셨습니다. 자꾸 생각이 나서 잊지 못하겠습니다.

아! 슬픕니다. 아우는 티끌세상에 있으니, 집안에 종가(宗家)의 일이 쌓여 견딜 수 없고 문자에는 의아함이 생기면 어디에서 풀이하고 해결하겠습니까. 이 몸이 무탈하니 얼마나 다행입니까만, 저희 선부군을 뵌다면 평상시 생각하시듯이 이 몸이 무탈함을 아뢸 것입니다. 생각이 이에 미치니 어찌 슬프고 서럽지 않겠습니까. 형님이 돌아가심에 곡을 하는 것은 비단 형님께서 돌아가심에 곡을 하는 것일 뿐만 아니라, 이 아우 스스로에게 곡을 하는 것입니다. 말하자니 마음이 아프고 눈물이 날 뿐입니다. 글로는 정을 다할 수 없고, 곡으로는 슬픔을 다할 수 없습니다. 거친 술 한 잔 올리며 감히 얕은 정을 서술합니다. 영령께서 모르지 않으신다면 흠향하기를 바랍니다. 아! 슬픕니다.

제문 祭文

유세차(維歲次) 숭정(崇禎)81) 기원후 다섯 번째 기축년(1889, 고종26) 7월 을사삭(乙巳朔) 14일 무오(戊午)는 곧 우리 종숙(從叔) 회와(悔窩) 선생의 대상(大祥)을 마치는 날입니다. 전날 저녁 정사(丁巳)에 종질(從姪) 수엽(秀葉)이 삼가 변변치 못한 제수를 갖추어 영연(靈筵) 앞에 곡(哭)하며 다음과 같이 아룁니다.

아, 애통합니다. 슬프면 반드시 곡을 하고 곡을 하면 반드시 눈물을 흘리는 법이니, 사람이면 누군들 그렇지 않겠습니까만 종질은 종숙님께 유독 심합니다. 증자(曾子)의 확고함은 노둔함으로 인하여 이르게 되었고82) 안씨(顔氏)의 즐거움은 가난함을 편안

---

81) 숭정(崇禎) : 중국 명(明)나라의 마지막 황제 의종(毅宗)의 연호(1628~1644)이다.

82) 증자(曾子)의……되었고 : ≪논어(論語)≫ 선진(先進)에 "시(柴)는 어리석고 증삼(曾參)은 노둔하고 자장(子張)은 치우치고 자로(子路)는 거칠다."는 공자(孔子)의 평가가 있는데, 증삼이 바로 증자이다. 한편 그 주(註)에 "증삼이 마침내 노둔함으로써 도(道)를 얻었다."는 정자(程子)의 말이 있고, 주자(朱子)의 ≪대학장구(大學章句)≫ 서문에도 "공자의 삼천 제자가 그런 말씀을 듣지 못한 것이 아니건마는, 증자가 전한 것만이 홀로 그 종지(宗旨)를 얻었다."는 말이 나온다.

하게 여겼지만,83) 이것이 어찌 옛날에만 오로지 아름답겠습니까. 지금에 있어서 오직 공은 정제한 금(金)과 같은 자질에 연마한 옥(玉)과 같은 재주를 지니셨으니, 도학(道學)으로 말하자면 실로 표주박으로 바다를 재는 것처럼 궁구할 수 없고, 문장으로 말하자면 어찌 키질할 겨와 쭉정이가 있다고 하겠습니까. 지극히 어진 것이 기린(麒麟)이고 덕(德)을 보는 것이 봉황(鳳凰)인데, 기린을 알아보는 자도 드물고 봉황을 알아보는 자도 거의 없습니다. 공처럼 배운 바를 실제로 행하는 이는, 비록 성조(聖朝)에서 표창하며 높이는 일이 없다고 하더라도 어찌 나를 알아보지 못한다는 탄식을 하겠습니까. 대체로 뜻이 있는 자가 공경하는 까닭은 기린과 봉황을 알아보지 못해서가 아닙니다.

공은 옛날에 제 황고(皇考)이신 성와(省窩) 선생84)에게 가르침을 받으셨고 소자는 공에게 가르침을 받았으니, 마음속에 새긴 것이 모두 지금껏 40년이 지났습니다. 공은 처세(處世)에 있어서 극기(克己)와 반구(反求)85)를 온 가문의 표준으로 삼고, 명성이 널리 알려지는 것을 구하지 않았으며 예(禮)를 자기의 임무로 삼았습니다. 다시 무슨 마음에 부족한 것이 있어서 그러했겠습니까만, 자연히 비통한 일이 남아 있었으니 맏아들이 세상을 떠나고 현명한 손자가 요절하였습니다. 이미 순수한 자질과 전일하게 정밀한 학문은 태산(泰山)과 북두(北斗)처럼 엄연하였으니, 귀의(歸依)하는 바가 있다고 하겠습니다. 뜻밖의 병이 빌미가 되어 여러 달을 누워 있다가 뜻을 알기 어려운 하늘로 돌아가셨으니, 장차 그 현명함을 사랑하여 내려와 부르신 것입니까. 돌아보건대 이렇게 노둔한 조카는 불행히도 일찍 부모님을 여의고 또 형제도 없으니, 자주 문후를 여쭈

---

83) 안씨(顏氏)의⋯⋯여겼지만 : 안씨(顏氏)는 공자의 제자 안회(顏回)이다. 공자가 이르기를, "어질다, 안회여. 한 그릇 밥과 한 표주박 물을 마시며 누추한 집에 사는 것을 사람들은 근심하며 견뎌 내지 못하는데, 안회는 그 즐거움을 바꾸지 않으니, 어질도다, 안회여."라고 하였다. 즉 이 구절은 안회(顏回)가 안빈낙도(安貧樂道)하는 생활을 가리킨다.≪論語 雍也≫

84) 황고(皇考)이신 성와(省窩) 선생 : 성와(省窩)는 이 글을 지은 김수엽(金秀曄)의 조부 김기일(金基一, 1790~1857)의 호(號)이다. 황고(皇考)는 선고(先考) 즉 돌아가신 자신의 아버지를 일컫는 말이므로, 여기에서 황고는 황조(皇祖) 혹은 황조고(皇祖考)의 오기로 보인다.

85) 극기(克己)와 반구(反求) : 극기는 극기복례(克己復禮)로, 자신의 사욕을 이겨 천하의 공도(公道)인 예(禮)로 돌아오게 하는 것을 말한다. 수제자 안연(顏淵)이 공자에게 인(仁)에 대해서 묻자, 공자가 "극기복례가 바로 인(仁)이다. 하루라도 극기복례를 할 수 있게 되면, 온 천하 사람들이 그 인에 귀의할 것이다." 하였다. 반구는 반구저기(反求諸己)로, 원인을 자신의 몸에서 돌이켜 찾는 것이다. 맹자가 이르기를 "행하여 얻지 못한 것이 있거든 모두 반성하여 자신에게서 원인을 찾을지니, 제 몸이 올바르게 되고 천하 사람이 귀의할 것이다." 하였다.≪論語 顏淵≫ ≪孟子 離婁上≫

며 가르침을 따랐습니다. 공께서 돌아가셨으니 다시 누구에게 의지하겠습니까.

단 샘물에는 근원이 있고, 지초(芝草)가 있는 골짜기에는 향기가 있습니다. 둘째 아들인 사촌 미(渼)[86]가 원고 쓰기를 마치고 편집하여, 영원히 후손에게 덕행을 남겨주는 계책으로 삼았습니다. 책을 펼치기를 여러 차례 되풀이하니 손때 묻은 자취가 더욱 새로워, 얼굴을 맞대고 받드는 듯하니 감격과 그리움에 어찌 끝이 있겠습니까. 세월이 빨리 흘러 대상(大祥)의 기일이 다하게 되었습니다. 짧은 제문(祭文)을 짓고 변변치 못한 제물을 마련하여, 같은 목소리로 통곡하며 영원한 이별을 고합니다. 삼가 바라건대 존령(尊靈)께서는 흠향(歆饗)하소서. 아! 통탄스럽습니다. 적지만 흠향하소서.

---

86) 사촌 미(渼) : 회와의 둘째 아들인 김수미(金秀渼, 1851~1922)를 가리킨다. 회와의 아우인 김유태(金愈泰, 1831~1892)에게 후사가 없어서 김수미가 양자로 들어가 대를 이었다.

행록(行錄)

선부군행록 先府君行錄

　부군(府君)의 휘(諱)는 민태(玟泰), 자(字)는 문옥(文玉)으로 경주인(慶州人)이다. 고려말(高麗末)에 판도판서(版圖判書)를 지낸 휘 장유(將有)께서 고려말의 정치가 어지러움을 보고 보은(報恩)으로 세상을 피해 숨었다. 자손들이 이로 인하여 이 고을 사람이 되었다. 우리 왕조에 들어와 대대로 벼슬을 지냈다. 중엽에 이르러 휘 천우(天宇)가 과거에 급제하여, 의정부 사인(議政府舍人), 홍문관 전한(弘文館典翰)의 벼슬을 지내고 부제학(副提學)이 증직되었다. 종숙(從叔)인 충암(冲庵) 문간공(文簡公)을 스승으로 섬겼다. 대곡(大谷) 성 선생(成先生)[87]을 매부(妹夫)로 삼았다. 그 훈도(薰陶)와 조예(造詣)가 우뚝하여 다른 사람이 미칠 바가 아니었다. 성담(性潭) 송 선생(宋先生)[88]이 그 묘소에 명(銘)을 새겼다. 바로 공의 9대조이다. 조(祖)의 휘는 상형(商亨)이다. 지극한 행실이 있었으며 몸소 농사를 지어 부모를 봉양했다. 토지를 팔아 책을 샀다. 고

---

87) 대곡(大谷) 성 선생(成先生) : 조선 중기의 학자인 성운(成運, 1497~1579)을 가리킨다. 본관은 창녕(昌寧). 자는 건숙(健叔), 호는 대곡(大谷)이다. 선공감 부정(繕工監副正) 세준(世俊)의 아들이며, 어머니는 비안 박씨(比安朴氏)로 사간 효원의 딸이다. 1531년(중종 26) 진사에 합격, 1545년(명종 즉위년) 그의 형이 을사사화로 화를 입자 보은 속리산에 은거하였다. 그 뒤 참봉·도사 등에 임명되었으나 곧 사퇴하고, 선조 때도 여러 차례 벼슬에 임명되었으나 취임하지 않았다. 시문에 능하였으며 은둔과 불교적 취향을 드러낸 시를 많이 남기고 있다. 서경덕(徐敬德)·조식(曹植)·이지함(李之菡) 등과 교유하며 학문에 정진하였다. 그가 죽자 선조가 제문을 내려 애도하였으며, 뒤에 승지에 추증되었다. 저서로는 『대곡집(大谷集)』3권 1책이 있다.
88) 성담(性潭) 송 선생(宋先生) : 성담(性潭)은 송환기(宋煥箕, 1728~1807)의 호(號)이다. 본관은 은진(恩津), 자는 자동(子東), 호는 심재(心齋), 성담이다. 송시열(宋時烈)의 5대손이다. 저서로는 ≪성담집(性潭集)≫이 있으며 시호는 문경(文敬)이다.

(考)[89]의 휘는 기대(基大)이다. 형님을 모시기를 엄한 아버지처럼 하였다. 나이 61세에 몹시 추운 겨울과 한여름에도 반드시 이른 아침에 나아가 뵈었으니, 연로하다는 이유로 조금도 쇠함이 없었다. 집에 혹시 특별한 반찬이나 새로 나온 맛있는 음식이 있으면 직접 바쳤다. 비(妣)[90]는 교하 노씨(交河盧氏)로 학생(學生) 암(巖)의 딸이다. 정숙한 덕행과 지극한 행실이 있었다.

공은 순묘(純廟) 계미년(1823, 순조23) 3월 9일, 삼성리(三省里) 집에서 태어났다. 어렸을 적부터 효성과 우애가 우뚝하게 빼어났다. 대여섯 살에 이르렀을 때, 모부인(母夫人)께서 길쌈하고 물을 긷고 절구질하느라 고생하는 것을 보고 마음을 늘 안타깝게 여기고는, 아이들과 어울려 놀지 않고 늘 곁에 있으면서 오직 명령만 기다렸다. 만약 시키는 일이 있으면 말을 마치기도 전에 받아들이고 따랐다. 혹시 아이들과 어울려 놀도록 시키면 반드시 명령할 것이 있는지 물어본 이후에 갔다. 조모(祖母) 유씨(柳氏)가 늘 하루에 한 번씩 와서 번번이 집안일을 점검하였는데, 집안이 가난하여 맛있는 물건을 바칠게 없었다. 집에서 농사지은 메밀이 많아도 네댓 말을 넘지 않았다. 모부인께서 직접 곱게 찧어 미리 깊숙한 곳에 갈무리해두었다가 찾아올 때마다 반드시 국수를 만들어 바쳤는데, 해를 이어 일상적으로 하면서 하루도 바치는 것을 빠뜨리지 않았다. 하루는 공이 곁에 있었는데, 조모께서 절반도 드시지 않고 공에게 먹으라고 했다. 공은 굳게 사양하며 먹지 않았다. 조모께서 가신 뒤에 모부인께서 회초리로 꾸짖기를 엄히 하면서, 훗날에는 나가서 아이들과 어울려 놀도록 훈계하였다. 이 뒤로 조모의 곁에 있다가 국수를 바칠 때가 되면, 아이들과 나가서 놀면서 그림자도 보이지 않았다. 이것이 비록 모부인께서 가르치는 방도가 있었던 것이지만, 또한 어찌 효성과 우애가 우뚝하게 빼어나서가 아니겠는가.

7세에 백부(伯父) 성와공(省窩公)에게 나아가 가르침을 받았는데, 휘는 기일(基一)이다. 타고난 성품이 정직하고 엄숙하여, 비록 절친한 교분을 맺은 동년배라고 하더라도 감히 게으른 모습을 보이지 않았다. 늘 사람들에게 말하기를 "내가 밖에 나가도 서책과 문방구를 바꾸지 않았으므로, 방석과 돗자리에 앉아서 담벼락이 먼지에 더럽혀지지 않았다. 이 아이만이 가상하고 가르칠 만하다." 하면서 가르침이 매우 엄하였으

---

89) 고(考) : 돌아가신 아버지를 가리키는 말이다.
90) 비(妣) : 돌아가신 어머니를 가리키는 말이다.

니, 원대함을 기약하였다. 공의 재주는 이치를 탐구하는데 능하였지만 글을 짓는 데에는 부족하여, 늘 분하고 원통하게 여기는 것을 그만두지 않았다. ≪서경(書經)≫을 일천 번을 읽으니 전체의 내용에 통달하여 문장력이 크게 늘었고, 일을 맡아서 향하는 것마다 뜻대로 되지 않음이 없었다. <기삼백(朞三百)>[91]과 선기옥형(璇璣玉衡)[92]의 주해(註解)를 연구하여 스스로 깨달아 조금도 틀리는 것이 없었다. 외제(外弟)인 박재덕(朴載悳)[93]은 문장을 잘하는 선비이다. 한 번 와서 보고는 크게 경탄하며 이르기를 "오늘을 생각하지 못하였는데, 비로소 내형(內兄)[94]의 재주의 수준이 이처럼 뛰어남을 보았다." 하였다.

공은 일찍이 이르기를 "나와 같은 무리는 부모님께서 비록 설사 내게 유학(遊學)하게 하더라도, 어찌 차마 부모님께서 친히 농사 짓고 길쌈하는 수고를 하도록 하면서 편안히 서실에 앉아 강독에 전념할 수 있겠는가." 하였다. 강론하는 겨를에 간간이 일을 하였으니, 보리타작을 하고 밭 갈고 김매면서 몹시 심한 더위에도 괴롭게 여기지 않으며 이르기를 "사람의 자식인 몸으로 이와 같이 한 연후에 마음이 비로소 편안하다." 하였다. 늘 집안사람들을 단속하여 부모님께서 이를 알지 못하도록 하였으니, 공에게 학문을 하도록 하면서 집안일은 알지 못하도록 하는 것이 매우 엄했기 때문이다. 공은 매일 맑은 새벽에 부모님이 계신 곳으로 가서 안부를 살피기를 예법대로 하였다. 이어 부모의 곁에 모시고 서서, 옷의 이 [蝨]를 반드시 없앤 뒤에 잠자리로 나아가 자세히 살핀 뒤, 문을 닫고 마당을 반드시 깨끗하게 쓴 뒤에 그쳤다. 초저녁에는 혹은 고

---

91) 기삼백(朞三百) : ≪서경(書經)≫<요전(堯典)>에 "기삼백육순유육일(朞三百六旬有六日)"이라는 말이 있는데, 이것은 1년의 날수를 가리킨 것이다. 그 주에 역법(曆法)을 설명한 것이 있는데, 예로부터 어려운 대목이라고 알려져 있다.

92) 선기옥형(璇璣玉衡) : ≪서경≫<순전(舜典)>에 "선기와 옥형을 살펴 칠정을 고르게 하였다. [在璇璣玉衡 以齊七政]"라고 하였다. 선기옥형(璇璣玉衡)은 하늘의 도수를 측정하는 기구이다. 천문(天文)을 살펴서 백성이 때를 잃지 않게 하도록 다스린다는 뜻이다. 대부분의 학자들은 천체의 구조와 변화를 이해하기 위하여 선기옥형을 이용했으며, 이에 대한 기록이 ≪서경≫<순전>에서 나온 이래로 많은 사람의 관심을 받았다. 특히 주희(朱熹)의 제자인 채침(蔡沈)에 의하여 ≪서경≫을 새롭게 주석한 ≪서경집전(書經集傳)≫이 나오고, 이것이 보편화됨에 따라, 그 주석에 대해서도 많은 해석이 가해졌다.

93) 외제(外弟)인 박재덕(朴載悳) : 외제(外弟)는 여기에서는 고종사촌 아우를 가리킨다. 회와의 고모부가 죽산인(竹山人) 박광천(朴光天)이고, 그 아들이 박재덕이다.

94) 내형(內兄) : 앞의 외제(外弟)와 상대되는 말로, 여기에서는 '외종형(外從兄)'을 가리키는 듯하다. 박재덕에게 회와는 외종이 된다.

금의 역사를 토론하며 그 기쁨을 다하였고, 혹은 세상일을 이야기하는 것은 거의 보고 듣기 어려우니, 적막함을 위로하며 집안에 화락한 기운이 무성하였다.

신유년[95] 봄에 공의 선부인(先夫人)이 여러 달 병환을 앓아 점점 위급하기에 이르렀다. 구호하는 방도와 의약(醫藥)의 절차, 바치는 음식은 반드시 직접 바치느라 힘을 다하였으니, 집안사람이 돕는 것을 기다리지 않았다. 밤낮으로 곁에서 모시기를 거의 달포에 가깝게 잠자리에 들지 않았다. 만약 혹시라도 입에 맞는 음식을 찾으면 저녁이나 밤중이라도 직접 다니며 구했다. 집안사람들이 공이 애쓰는 것을 안타깝게 여겨서 늘 잠자리에 들기를 권하였는데, 공은 낙심한 표정을 지으며 이르기를 "사람의 자식인 몸으로 이 세상이 끝날 것 같은 비통한 한(恨)은 오직 이 때에 있다. 비록 잠자리에 들고자 하더라도 그게 가능하겠는가." 하였다. 결국 모친상을 당하여 상례(喪禮)를 한결같이 주문공가례(朱文公家禮)에 따랐다. 최마(衰麻)의 상복을 몸에서 벗지 않았으며, 채소와 과일을 입에 가까이하지 않았다. 집 왼쪽 선영(先塋)에 장사지내기에 이르러, 아침부터 저녁까지 살피러 가기를 여묘(廬墓)[96]보다 심하게 하였다.

공의 선부군(先府君)도 5년 동안 고질병을 앓았는데, 점점 구하기 어렵게 되었다. 공은 밤낮으로 허둥거리면서 오직 약을 바치는 것만을 일삼았으며, 먹고 마시는 것과 바치는 물건을 모두 거행하지 않음이 없었는데, 더운 여름에는 상하거나 쉬기 쉬웠기에, 집에 차고 맑은 샘이 있었는데 깊이는 몇 길 남짓 되었다. 죽통(竹筒)에 담아 샘 안에 담갔다가 찾을 때마다 길어다가 바치기를 깊은 밤에도 게을리 하지 않았다. 근심스럽고 절박한 심정을 마음속에 스스로 그칠 수 없었다. 당시 음력 12월을 맞아 목욕재계하고 집 뒤의 산골짜기 안의 정결한 곳에 깊이 들어가, 저녁부터 새벽까지 북극성에 정성을 바쳤는데, 그 축사(祝辭)는 원집(原集) 중에 있다.[97] 그 뒤에 아버님의 병환이 조금 나았다. 후년(後年)인 갑자년[98] 8월 1일, 결국 천명(天命)을 마쳤다. 상례(喪禮)는 한결같이 이전처럼 하였다. 상례와 장례는 소월안(小月岸)에서 치렀다. 아침부터 저녁까지 슬피 울며 곡(哭)을 하는데 바람과 눈을 피하지 않았으니, 감탄하지 않는 사람들이 없었다.

---

95) 신유년(辛酉年) : 1861년(철종12)으로 회와가 39세 때이다.

96) 여묘(廬墓) : 상제가 무덤 근처에서 여막(廬幕)을 짓고 살면서 무덤을 지키는 일이다.

97) 축사(祝辭)는……있다 : ≪회와집(悔窩集) 지(地)≫에 <북극성에 기도하는 축문 [禱辰祝文]>이 실려 있다.

98) 갑자년 : 1864년(철종15)으로 회와가 42세 때이다.

공은 석촌 함장(石村函丈)[99]의 조예가 자세하고 깊이가 있다는 소식을 듣고, 여러 차례 경전의 의미와 변례(變禮)의 아래로부터 배워서 진보해 나가는 방도에 대해 질의하였다. 질의를 마치자 함장이 혀를 차며 칭찬하면서 더욱 공경하고 중히 여겼다. 그 뒤에 편지 두 통을 지어 속수지례(束脩之禮)[100]를 바치려고 하였다. 10년 동안 두 부모님의 병환에 이어서 또 6년을 여막(廬幕)에 거처하느라 이루지 못하였다. 평소의 뜻이 늘 절실하여 한탄하며 스스로 낮추며 호(號)를 지었는데, ≪주역(周易)≫의 22괘(卦)를 들어 기(記)를 지어 마음에 새기고 시(詩)를 지어 풍자하였다.[101] 왼편에 태극(太極)을 그리고 <태극도설(太極圖說)>의 글자를 가지고 <태극시(太極詩)>[102]를 지었는데, 이르기를 "무극의 참된 이치에서 태극이 만들어지니 [無極之眞太極成] 건도는 남자 곤도는 여자 변화와 생성 생기네 [乾男坤女化生生] 음과 양이 기운을 움직여 서로 뿌리를 세우고 [陰陽動氣交根立] 수와 화가 때를 나누어 골고루 펼쳐져 운행하네 [水火分時順布行] 군자가 신묘함을 궁구하여 그것을 닦으니 길하고 [君子窮神修以吉] 성인은 해와 함께 그 밝음을 합하셨네 [聖人與日合其明] 미미한 형체가 어찌 천성대로 살 수 있을까 [微形焉得安天性] 시초를 고찰하고 마지막을 궁구하니 의리가 정밀하네 [原始反終義理精]" 하였다. 오른쪽에는 순(舜)임금과 도척(盜跖), 성인(聖人)과 도적의 판별[103]과 인심(人心)은 위태롭고 도심(道心)은 미묘하다[104]는 뜻을 그리고, 늘 눈에 닿는 곳에 두

---

99) 석촌 함장(石村函丈) : 석촌은 박성양(朴性陽)이다. 함장(函丈)은 원래 스승과 강론하는 자리를 이른다. 옛날 스승을 모시고 강론할 때에 거리를 한 길(丈)쯤 떨어지게 하였으므로 생긴 명칭이다. 여기에서는 스승이라는 의미로 쓰였다.≪회와집 지≫에 <운창 박성양 선생 석촌 장석께 올리는 편지 [上芸窓朴先生 性陽 石村丈席書]> 두 통이 실려 있다.

100) 속수지례(束脩之禮) : 제자가 되려고 스승을 처음 뵐 때에 드리는 예물이다. 예전에, 중국에서 열 조각의 육포를 묶어 드렸다는 데서 유래한다.

101) 기(記)를……풍자하였다 : ≪회와집 지≫에 <회와기(悔窩記)>가, ≪회와집 천(天)≫에 <회와시(悔窩詩)>가 각각 실려 있다.

102) 태극시(太極詩) : ≪회와집 천≫에, <재실에 거처하던 겨를에 염계 주돈이 선생의 <태극도설>을 읽고 감흥의 마음이 일어나 <태극도설>의 글자를 사용하여 이 네 운자를 이루고, 스스로 경계하는 뜻을 거두어 동쪽 벽에 썼다 [齋居之暇讀濂溪周先生太極圖說有感興之心而用太極圖說字成此四韻斂以自警之意書于東壁]>라는 서(序)와 함께 실려 있다.

103) 순(舜)임금과……판별 : ≪맹자(孟子)≫<진심 상(盡心上)>에 "순임금과 도척의 구분을 알고 싶은가? 그것은 다름이 아니라 단지 이익을 탐하고 선행을 좋아하는 그 사이에 있을 뿐이다."라는 맹자의 말이 나온다.

104) 인심(人心)은……미묘하다 : 순(舜)임금이 우(禹)임금에게 선위하면서 "인심은 위태하고 도

고 맹렬히 경계하고 반성하였다. 돌려가며 사서(四書)를 자세히 읽기를 그치지 않았으며, ≪심경(心經)≫ ≪근사록(近思錄)≫ ≪주서(朱書)≫ 등의 책을 더욱 마음속에 담아 두고 잊지 않았다. ≪심경≫ ≪근사록≫ 두 책에서 절박하고 가까운 격언(格言) 44대 조목을 골라서 뽑아내었고, 또 <영대 주옹 문답(靈臺主翁問答)>을 지어 때때로 경계하고 반성하며 맑게 깨어 있다가 세상을 떠난 뒤에야 부지런히 힘쓰는 것을 그만두었다. 공은 여러 차례 과거에 응시하였지만 급제하지 못하다가, 끝내 삼월(三刖)[105]의 탄식을 면치 못하였다. 그렇지만 마음에 담아두고 신경 쓰지 않으며 태연하게 처신하였다. 부모님을 여읜 뒤로는 마침내 저자거리에 출입을 끊고 자연으로 자취를 감추었다. 자신의 몸을 단속하고 수행하며, 후진들을 격려하며 이끄는 것을 낙으로 삼았다.

병인년[106] 겨울에 양요(洋擾)가 일어나 주군(州郡)이 크게 들썩였다. 공은 마음속의 근심을 가누지 못하고 시를 지어 이르기를[107] "초야 백성은 궁핍 생각보다 나라 걱정이 먼저 [野民計乏國憂先] 채소 반찬만 오십년인 줄 비로소 깨달았네 [始覺素餐五十年] 성군께서 무위하며 지금 위에 계신데 [聖主無爲今在上] 먼 곳의 오랑캐는 무슨 일로 감히 변방을 침공하였나 [遠夷何事敢侵邊] 모신들은 북궐에서 계책을 논의하고 [謀臣北闕紆籌議] 전사들은 서강에서 칼을 베고 잠들었네 [戰士西江枕釰眠] 어떻게 당나라 이광필의 손을 빌려 [焉得大唐光弼手] 유연을 격파하듯 서양인의 난리를 쓸어버릴까 [掃洋亂若破幽燕]" 하였다. 당시에 관가에서 각 면(面)의 집강(執綱)을 골라서 향병(鄕兵)을 규합하고 민심을 어루만져 안정시켰다. 온 고을이 가마솥에 물 끓듯이 떠들썩하였으니 두려운 낯빛으로 피하는 자가 열에 여덟아홉이었다. 공은 홀로 의로움을 낯빛에 드러내면서 이르기를 "이는 군사를 몰아대어 전쟁에 나아가게 하려는 것이 아니라, 참으로 민간으로 하여금 군사를 점검하여 소요를 일으키는 폐단이 없도록

심은 은미하니, 오직 정밀하고 전일하여야 진실로 그 중도를 잡으리라."라고 하였다.≪書經 大禹謨≫

105) 삼월(三刖) : 다리를 세 번 잘린다는 뜻으로, 재주를 품고 있으면서도 인정받지 못하는 것을 말한다. 초나라 사람 변화(卞和)가 옥 덩어리 하나를 얻어 여왕(勵王)과 무왕(武王)에게 바쳤으나 거짓말을 하였다고 하여 두 다리를 잘렸다. 문왕(文王)이 즉위하자 변화가 또다시 옥 덩어리를 안고 형산(荊山)의 아래에서 통곡하자, 왕이 사람을 시켜서 그 옥 덩어리를 쪼개 보라고 하였는데, 과연 아름다운 옥이었다. ≪韓非子 和氏≫

106) 병인년 : 병인년은 1866년(고종3)으로 회와가 44세 때이다.

107) 시를 지어 이르기를 : ≪회와집 천≫에, <서양인의 난리 때 짓다 [洋亂時]>라는 제목으로 실려 있다.

하려는 것이다. 마을의 어리석은 사람들이 어질게 감싸주시는 은혜를 모르고, 도리어 사려 깊지 못한 의심이 생겨났으니 참으로 가소롭다. 또 설령 만일 위급한 일이 생겨서 군사를 몰아대어 전쟁에 나아가게 하는 상황에 이른다면, 마땅히 끓는 물에 나아가고 칼날을 밟더라도 결초보은하는 것이 바로 신하된 백성의 도리이다. 어찌 구구한 목숨을 가지고 그 죽음이 아까워 살기를 도모할 수 있겠는가." 하면서, 집강의 명색을 사양하지 않고 마을에 돌려가며 알려서 근심을 방비하는 규칙을 만들고 조처하는 방도를 마련하였다. 오직 의(義)로만 바라보았으니 조리가 정연하였다.

공은 속리산(俗離山)의 승려들이 한 문공(韓文公)[108]의 소상(塑像)을 만들어 불당(佛堂)에 거꾸로 매달고 아침저녁으로 욕을 보이며 배척 받았던 원수를 갚는다는 소식을 듣고는, 분하고 원통함을 가누지 못하고 편지를 써서 고을에 알리며[109] 이르기를 "한 문공이 표(表)를 올려 극력 배척한 것은 실로 우(禹)임금이 홍수를 막았던 것이나 맹자(孟子)가 이단을 물리쳤던 것과 천 년 세월을 넘어 마치 부절(符節)을 합한 것과 같았습니다. 곧 어두운 거리에 밝은 촛불을 잡고 차갑게 식은 재에 붉은 불이 붙은 것과 같았습니다. 실로 유가(儒家)에 공을 세웠는데 도리어 불가(佛家)에게 욕을 보게 되었으니, 무릇 유건(儒巾)을 쓰고 유복(儒服)을 걸치고 하늘을 이고 땅 위에 선 사람으로 누군들 마음이 떨리고 몸에 소름이 돋지 않겠습니까. 감히 여러 유생(儒生)들께 통문(通文)으로 알리오니, 부디 사유를 갖추어 관가에 여쭌 연후에 속히 향교의 종들을 시켜서 거꾸로 매달린 소상을 풀어서 정결한 곳에 묻고, 승려들의 죄를 처벌하도록 우선 감영(監營)의 처분을 기다리길 바랍니다." 하였다. 그 뒤에 승려들이 두렵고 위축되어 소상을 철거하고 감히 다시 만들지 못했다.

을해년 조정에서 식년(式年)에 선비를 천거하라는[110] 명이 있었는데, 본읍의 유생들이 공을 효행과 학문을 들어 으뜸으로 천거한 것이 세 번이었다. 첫 번째는 '이렇게

---

108) 한 문공(韓文公) : 한 문공은 당(唐)나라의 문인으로 당송팔대가(唐宋八大家) 중의 한 사람인 한유(韓愈, 768~824)이다. 원화(元和) 14년(819)에 불골(佛骨), 즉 부처의 사리를 맞이해 오던 날에, 한유가 <논불골표(論佛骨表)>를 지어 극력 반대하였다.《三峯集 卷九 佛氏雜辨》

109) 편지를……알리며 : 《회와집 인(人)》에, <척불 통문(斥佛通文)>이라는 제목으로 실려 있다.

110) 을해년……천거하라는 : 을해년은 1875년(고종12)으로 회와가 53세 때이다. 이는 향천(鄕薦)의 절차이다. 향천은 원래 각 도(道)에서 식년(式年)마다 연초에 명성이 있는 도내의 선비를 천거하여 올리면 참봉(參奉)에 의망하였던 절차를 가리킨다. 여기에서는 그 전 단계로 각 고을에서 도에 추천하는 단계를 말하는 것으로 보인다.

진실하게 학문을 하였으며, 하늘이 감동하도록 정성껏 효도하였다 [恁地實學 感天誠孝]'라고 하였고, 두 번째는 '문학과 행실이 일찍 드러나, 명성이 사림들에게 알려졌다 [文行夙著 名聞士林]'라고 하였고, 세 번째는 '이미 어사가 표창하였으며, 효행과 학문이 뚜렷이 드러났다 [已有繡褒 孝學表著]'라고 하였다. 대체로 김명진(金明鎭) 공이 충청 감사(忠淸監司)를 맡았을 때 유생들의 천거로 인하여 이미 포제(褒題)가 있었기 때문이다. 공이 이 소식을 듣고는 며칠 동안 근심하고 두려워하기를 마치 잃은 것이 있는 듯하였다. 혹자가 그 까닭을 물으니 공은 낙심한 표정을 지으며 이르기를 "적합하지 않은 사람을 천거하는 것은 비단 조정의 본뜻이 아닐 뿐만 아니라 사림(士林)의 수치이니, 그야말로 어떠하겠는가. 또 실정에 지나친 명성과 소문이 멀리 가까이 헛되이 전파되어, 위로는 조정을 속이고 아래로 선비들을 속이어 몸과 마음을 속이는 것에 가까우니, 근심스럽고 두려운 충정을 어떻게 스스로 그만둘 수 있겠는가." 하고는 이어 시(詩)를 지어 뜻을 보이기를,[111] "고을 사람들이 늙은 농부 이름 세 차례 천거하니 [鄕人三薦老農名] 명성과 소문이 실정에 지나침이 다시 부끄러워라 [聲聞還羞過本情] 지금 공부는 이러한 진실함이 없으니 [到地工無恁地實] 하늘 속이니 참으로 하늘 밝을까 두려워라 [欺天信有畏天明]" 하였다.

공의 집안은 비록 넉넉하지 않았지만 힘을 다하여 재물을 모아서, 중조(中祖)에서 부모의 산소에 이르기까지 정성과 힘을 다하여 석물(石物)을 세우고 수도(隧道)를 표시하였다. 처음부터 끝까지 수십 년 만에 비로소 공을 이루었음을 고하며 이르기를 "저의 뜻과 바람이 이루어졌습니다." 하였다. 이어 약간의 메마른 땅을 조상의 각 위(位)에 나누어 정하며, 자제들에게 말하기를 "부(富)는 본래 사람이 바라는 바이다. 그렇지만 자손들에게 부지런함 [勤]과 검소함 [儉]을 남겨주는 것만 못하다. 어찌 나머지를 남겨두어 게으름 [怠]과 사치 [侈]를 남겨줄 수 있겠는가." 하고는 <근검당기(勤儉堂記)>를 지어 경계하였다.

병자년[112]에 왜노(倭奴)가 우리나라에 강화(講和)를 요구하였는데, 조정의 의논에서는 강화가 편리하다고 여겼다. 공이 이 소식을 듣고는 분하고 원통함을 가누지 못하고 걱정하며 탄식하기를 "우리가 좌임(左袵)[113]을 하겠구나. 장차 상소를 지어 대궐문

---

111) 시(詩)를……보이기를 : ≪회와집 천≫에, <을해년에 향천에 들고 짓다 [乙亥入鄕薦作]>라는 제목으로 실려 있다.

112) 병자년 : 1876년(고종13)으로 회와가 54세 때이다.

에서 외치면서 불가함을 극언하겠다." 하고는 이르기를, "저들의 화의에 대한 조약 13가지를 대략 보면 우리나라에게 대단히 탈이 생길 것은 아닌 듯하므로 의논하는 사람들은 "우선 그 청을 들어주어 우리 백성을 편히 쉬게 하자."라고 합니다. 그렇지만 멀리 내다보고 생각하여 말하자면 크게 그렇지 않습니다. 신이 청컨대 한두 조목을 들어 그것이 그렇지 않다는 것을 밝혀보겠습니다. 저들은 우리나라 여러 포구에서 물화를 유통시키도록 청하였고, 또 통신사를 왕래하자는 청이 있었습니다. 신은 장차 그렇게 될지 모르겠습니다만 이미 그러한 것으로 전제하고 말해보겠습니다. 옛날 세종(世宗) 때에 문경공(文敬公) 허조(許稠)가 이르기를 '왜노는 갑자기 신하 노릇을 하다가 갑자기 배반하니 그 마음을 헤아리기 어렵습니다. 어찌 오랑캐의 무리들을 우리 문화의 고장에 끼게 할 수 있겠습니까. 뒷날 나라의 해로움이 될 것입니다.'라고 하였습니다. 과연 그 말은 삼포(三浦)에서 왜가 늘어나 제거하기 어렵게 되었던[114] 데에서 증명되었습니다. 이것이 여러 항구에서 유통시키지 않아야 할 분명한 귀감입니다. 옛날 신라 때 박제상(朴堤上)이라는 사람이 일본(日本)으로 들어가니, 추장들이 박제상에게 신하가 되라고 꾀었습니다. 박제상이 말하기를 '차라리 신라의 개나 돼지가 될지언정 왜국의 신하가 되지는 않을 것이다.'라고 하였습니다. 죽음에 이르러서도 이를 되돌리지 않았습니다. 이것이 통신사를 왕래하지 않아야 할 지난날의 교훈입니다. 아! 임진년에 어가(御駕)가 북쪽으로 옮기고 치욕이 능침(陵寢)에 이르렀으니, 신하된 자로서는 차마 말할 수 없고 차마 들을 수 없었던 불공대천(不共戴天)의 원수입니다. 어찌하여 굳이 이렇게 구차하게 화의를 강구하여 천하와 후세에 비웃음을 사겠습니까. 지금 적들이 여기로 온 것은 바로 전하께서 원수를 갚고 공을 세울 때입니다. 순(舜)임금이 완고한 자들을 70일 만에 항복시켜 문덕(文德)으로 가르치시고, 제(齊)나라 양공(襄公)이 9세의 원수를 갚으니 ≪춘추(春秋)≫에서 장하게 여겼습니다. 신이 전하께 바라는 바가 어찌 순임금이나 제나라 양공의 아래에 있는 것이겠습니까." 하였다. 상소는 원집 중에 있다.[115] 도보로 대궐로 가서 만의 하나라도 충성을 바칠 생각이었지만, 마침

---

113) 좌임(左衽) : 미개한 상태를 이르는 말이다. 북쪽의 미개한 인종의 옷 입는 방식이 오른쪽 섶을 왼쪽 섶 위로 여몄다는 데서 유래한다.

114) 삼포(三浦)에서……되었던 : 삼포왜란(三浦倭亂)을 가리킨다. 1510년(중종 5)에 제포, 부산포, 염포의 삼포에서 왜인들이 활동 제한에 불만을 품고 일으킨 폭동. 왜인들이 쓰시마 도주의 지원을 받아 제포와 부산포를 함락하고 염포에 침입하였으나 곧 이들을 평정한 뒤에 삼포를 폐쇄하고 왜인을 쓰시마로 쫓아내었다.

내 몇 달 묵은 병 때문에 이루지 못하였다. 이 해에 심한 기근이 들었는데, 집에서 농사짓는 곳도 죄다 흉년이 들어 추수할 것이 거의 없었다. 이에 인근에 통문(通文)을 보내고 먼저 곡식 몇 섬을 낸 뒤에, 종족(宗族) 중에 조금 넉넉한 자를 뽑아내어 합하여 10여 섬으로 인근의 구렁에 빠진 목숨을 구제하였다. 사람들이 어여삐 여기고 감탄하지 않는 이가 없었다.116)

공이 본 향교(鄕校)의 장의(掌議)로 있을 때, 처음 오는 선비가 아무 위패인지 구분하지 못하고 봉심(奉審)하거나, 교생(校生)인 자가 또한 아무 아무의 위패인지 구분하지 못하는 경우를 보면, 이에 지면(紙面)에 아무 위패라고 정서(精書)하여 본래의 위패 옆에 표시하고 이르기를 "선비가 아무 위패인지 구분하지 못하고 봉심한다면 어찌 선비의 실례가 아니겠는가." 하였다. 본 향교의 지면은 공으로부터 시작되었다. 와서 보는 사람으로서 칭찬하며 기리지 않는 이가 없었다. 공은 다만 시비(是非)에 있어서는 본래 의리가 귀결된 바가 아니면 비록 어깨를 드러내고 옷을 벗는다고117) 하더라도 아무 것도 못 본 체 하였다. 하루는 공이 몇 벗과 아무게 집에 가서 조문하였다. 아무게 집은 본래 이 고을의 아무게를 가리킨다. 고을 안의 아무게, 아무게도 벗을 바라보고 모두 와서 조문하였다. 한창 점심밥을 먹는 즈음에 마침 여론의 시비가 거론되어, 상인(喪人)과 손님들이 모두 밥을 먹지 않고 어지럽고 시끄럽게 서로 다투었다. 공은 홀로 단정히 앉아서 식사하기를 태연하고 숙연하게 임하였으니, 마치 아무 것도 보지 못한 듯하였다. 주인과 여러 선비들이 거의 모두 부끄러워하며 엎드려 이르기를 "지금 이후로 유자(儒者)의 조예의 깊이를 알게 되었다." 하고, 서로를 향하여 사죄하며 이르기를 "우리들이 서로 다툰 것은 실로 김 아무개가 보기에는 부끄러움이 있다." 하였다. 공은 인근 문하의 선비들과 함께 춘추강회계(春秋講會稧)를 만들어 향음주례(鄕飮酒禮)와 상읍례(相揖禮)를 행하였다. 선비들과 서로 예법을 행한 뒤 경전의 뜻을 강론하고 분하고 원통한 마음을 계발(啓發)하고, 아래로부터 배워서 진보해 나가는 방도에 솔선수범하

---

115) 상소는……보인다 : 상소 원문은 ≪회와집 지≫에, <상소(上疏)>라는 제목으로 실려 있다.

116) 사람들이……없었다 : 원문에 '人莫不難之'로 되어 있어 이렇게 번역했는데, '어렵게 여기지 [難]'를 '감탄하지 [歎]'로 바꾸면 더 자연스러울 듯하다.

117) 어깨를……벗는다고 : 원문은 '袒裼懶頂'인데 ≪맹자(孟子) 공손추 상(公孫丑上)≫에 " "너는 너고 나는 난데, 비록 어깨를 드러내고 옷 벗은 채 내 옆에 누워있다 한들, 네가 어찌 나를 더럽힐 수 있겠느냐. [尔爲尔 我爲我 雖袒裼裸裎于我側 尔焉能浼我哉]"라고 한 것에 근거하여, '懶頂'을 '裸裎'으로 바로잡아 번역하였다.

였다. 박 운창(朴芸窓) 함장(函丈)118)이 명성을 듣고 찾아와서 며칠 동안 강론한 뒤 더욱 존경하고 감복하여 이르기를 "비단 노숙할 뿐만이 아니라 학문을 좋아하는 것이 더욱 사랑스럽다. 진실한 학문을 실제로 행하니, 속된 선비에 견줄 바가 전혀 아니다." 하였다. 오랫동안 서로 어울리며 이로부터 도의(道義)로서 교유하였다.

만년에는 우리나라 선현들의 문집을 보는 것을 좋아하여, 혹은 새벽까지 낭독하며 읊기를 그치지 않았다. 격언 중에 절실하게 필요한 일에 이르러서는 반드시 자제들에게 펼쳐 보이기를 반복하며 그치지 않았다. 공은 한 명의 아우와 여러 사촌 형제들과 우애가 더욱 돈독하여, 근심과 즐거움을 함께 하였고 굶주림과 질병을 서로 구제하였다. 아침부터 저녁까지 평상을 대하여 마주 앉으면서, 하루라도 보이지 않으면 마치 몇 날 몇 달을 보지 못한 듯 여기면서 늘 이르기를 "내가 다른 사람의 집안을 보건대 점점 미약해지는 까닭은 모두 우애하지 않음에서 비롯된다. 심하게 우애하지 않으면 형제자매 보기를 길을 가는 사람처럼 보니 두렵지 않겠는가." 하였다. 인근의 잔치와 같은 곳에서 마을과 고을 사람들이 서로 의논할 때에는 반드시 나란히 행동을 같이 하였다. 행동거지를 오직 공이 시키는 대로 하면서, 조금도 어기지 않았으니, 가법(家法)으로 여기지 않는 사람이 없었다.

공은 정해년119) 7월 14일, 정침(正寢)에서 고종(考終)120)하였다. 향년(享年) 65세였다. 여러 달을 병으로 자리에 누워 근력이 쇠약해졌지만, 정신은 줄지 않고 또렷했다. 사람을 접하여 대답을 할 때에는 나태하지 않았다. 평소에 늘 '자기 몸을 단속하고 수행하며 종족(宗族)과 화목하라.'는 좋은 말을 하였다. 이날에 이르러 또 거듭 간곡하게 자손들을 경계하였고, 또 여러 사촌 형제와 아우들에게 이르기를 "죽고 사는 것은 일상적인 이치이니 참으로 한스러울 것이 없다. 다만 한스러운 것은 여러분들과 서로 헤어지는 것이다. 오직 바라건대 여러분은 힘쓰고 힘써서 가문의 복이 쇠퇴하지 않도록 하라." 하고는 훌쩍 세상을 떠나면서 조금도 슬퍼하는 뜻이 없었다. 그해 예월(禮月)121)에 신함림(新含林) 용왕동(龍王洞) 간좌(艮坐) 언덕에 장사지냈다.

---

118) 박 운창(朴芸窓) 함장(函丈) : 앞의 석촌 함장, 즉 박성양(朴性陽)을 가리킨다.

119) 정해년 : 정해년은 1887년(고종24)이다.

120) 고종(考終) : 오복(五福)의 하나로, 제명대로 살다가 편안히 죽는 것을 이른다. 고종명(考終命)이라고도 한다.

121) 예월(禮月) : 초상(初喪) 뒤에 장사 지내는 달. 천자는 일곱 달, 제후는 다섯 달, 대부(大夫)는

배(配) 함양 박씨(咸陽朴氏)는 학생(學生) 성화(聖和)의 따님이시다. 공보다 4년 앞선 기묘년(1819, 순조19) 12월 25일에 태어나, 공보다 14년 뒤인 경자년(1900, 광무4) 11월 8일에 세상을 떠났다. 부군(府君)의 묘에 합장하였다. 3남 2녀를 낳았다. 장남 수형(秀瀅)은 공보다 먼저 세상을 떠났다. 차남 수용(秀溶)[122]은 곧 불초(不肖)이다. 숙부에게 출계(出系)하였다. 삼남은 수요(秀漾)이다. 딸은 이교영(李喬榮)·유해규(柳海奎)에게 출가하였다. 수형은 2남 2녀를 낳았는데, 창희(昌熙)·무희(武熙)이다. 창희도 공보다 먼저 세상을 떠났다. 딸은 홍재삼(洪在三)·송익수(宋益洙)에게 출가하였다. 불초는 2남을 낳았는데, 혁희(赫熙)·철희(喆熙)이다. 수요는 3남 1녀를 낳았는데, 재희(在熙)·운희(運熙)이고 나머지는 어리다. 딸은 안동인(安東人) 김호직(金好直)에게 출가했다. 손자 창희는 2남을 낳았는데, 교설(教契)·교열(教說)이다. 나머지는 어려서 다 기록하지 않았다.

아! 부군은 몸가짐이 단정하고 엄숙하였고 기량과 도량이 듬직하였으며, 언어는 과묵하고 식견은 탁월하였다. 그 성품을 말하자면 온화하되 굳세어 범하기 어려운 기운이 있었다. 그 행실을 말하자면 담백하여 명예를 가까이하는 흠이 없었다. 처세함에는 정성을 위주로 하였고, 사람을 접함에는 겸손하고 공손함을[123] 법도로 하였으며, 아랫사람을 부림에는 엄숙하고 공경하는 모습으로 하였다. 지조와 행실의 독실함과 자신을 단속하는 엄정함에 이르러서는 조금도 잘못이 없었다. 몸에서 행하는 것은 태만한 기운이 없었고, 입에서 나오는 것은 저속하고 막된 말이 없었다. 은혜와 의리가 두루 흡족하여 친척들이 사랑하고 그리워하였고, 예절바른 몸가짐이 바르고 엄숙하여 고을과 아웃이 존경하여 감복하였다. 의리가 있는 곳이면 일이 비록 크더라도 꺼리지 않았고, 물건을 사양할 만하면 받은 것이 비록 작아도 반드시 조심하였다. 깊이 탐색하는 공부는 늙을수록 순결한 자질을 깊고 독실하게 하였다. 유행하는 풍속에 부합하는 것을 부끄럽게 여겼다. 올바른 행실과 경학(經學)은 참으로 선비들이 존경하여 복종하며 늘 이르기를 "다행이 이 세상에 나와 오직 바라는 것은 소인이 되는 것을 면하는 것이다." 하였다. 날마다 맑은 새벽에 반드시 옷깃을 여미고 앉아서 먼저 ≪맹자(孟子)≫의 "새벽에 닭이 울자마자 일어나서 부지런히 선행을 힘쓰는 자는 순(舜)임금의 무리요,

---

석 달, 선비는 한 달 안에 지냈다. 앞에 실린 김세희(金世熙)의 <제문(祭文)>에 따르면 이해 8월 28일에 회와를 장사지냈다.

122) 수용(秀溶) : 족보나 ≪회와집≫의 다른 글에는 '수미(秀渼)'로 나온다.

123) 겸손하고 공손함을 : 원문은 '慊恭'인데 문맥을 살펴 '慊'을 '謙'으로 바로잡아 번역하였다.

부지런히 이익을 구하는 자는 도척(盜跖)의 무리이다."124)라는 구절을 외우며, 더욱 경계하며 깨우쳤다. 또 사모하는 정성이 어버이를 여읜 뒤에 갑절이나 간절하여, 소나무와 삼나무, 잣나무와 밤나무 등의 물건을 직접 심어서 갱장(羹墙)을 사모하는데125) 덧붙였다. 일과처럼 산소를 살피니 나무꾼이나 목동들도 모두 감복하여, 서로 경계하고 권면하며 한 번도 침범하거나 베지 않았다. 만년에 이르러 울창하게 숲을 이루었다. 매년 선조의 기일(忌日)이 될 때마다 반드시 미리 재계하고 고기반찬을 먹지 않았다. 재계를 마칠 때에 이르면 이후 이틀도 여전히 고기반찬을 먹지 않았으니, 연로하다는 이유로 조금도 쇠함이 없었다. 한 아우와의 우애는 끝내 후사가 없어 출계(出系)하였지만, 두터운 우애를 나누며 평생을 하루처럼 하였으니, 다급한 말과 황급한 기색을 한 적이 없었다. 거듭 이치에 어긋나는 일을 만나서, 장손에게 곡(哭)하고 또 맏아들에게 곡하였다. 고자(孤子)126)를 어루만지며 장례를 도모하고 정을 억누르던 중에도 남을 대하여 말을 할 때에는 슬픈 심정을 보이지 않았다. 위기(爲己)와 조존(操存)127)으로 성찰하고 단속하는 공부에 느슨해진 적이 없었으니, 상중에 있을 때라도 집안사람들이 모두 합당함을 얻어서 감히 애도하고 한탄하는 말을 하지 않았다. 어떤 사람이 혹시 조정의 득실이나 수령의 시비를 말하면 그때마다 금지하며 이르기를 "이는 우리들이 할 이야기가 아니다. 마땅히 강론하고 연마하며 서로 경계하고 잘못한 것은 넌지시 훈계해야 하지만, 이는 다만 간곡하게 충고하고 자상하게 권면하는 친구 사이의 본분이다. 위에서 해야 하는 일을 어찌 굳이 분수에 벗어나 말을 하는가." 하면서, 잠시도 언급하

---

124) 새벽에……무리이다 : ≪맹자≫ <진심 상(盡心上)>에 "새벽에 닭이 울자 마자 일어나서 부지런히 선행을 힘쓰는 자는 순 임금의 무리요, 새벽에 닭이 울자 마자 일어나서 부지런히 이익을 구하는 자는 도척(盜跖)의 무리이다. 순 임금과 도척의 구분을 알고 싶은가. 그것은 다름이 아니라 단지 이익을 탐하고 선행을 좋아하는 그 사이에 있을 뿐이다." 하였다.

125) 갱장(羹墙)을 사모하는데 : 어진 이를 사모한다는 말이다. ≪후한서(後漢書)≫ <이고전(李固傳)>에, "순(舜)임금이 요(堯)임금을 사모하여, 앉아 있을 적에는 요임금을 담에서 뵙는 듯하고, 밥 먹을 적에는 요임금을 국에서 뵙는 듯했다." 하였다.

126) 고자(孤子) : 아버지의 상중(喪中)에 있는 사람이 자기를 이르던 말이니, 여기에서는 이 글을 지은 회와의 차남 김수미(金秀渼) 자신을 가리킨다.

127) 조존(操存) : 위기(爲己)는 위기지학(爲己之學)을 가리킨다. 조존은 마음을 다스려 올바른 방향으로 길러 나가는 것을 말한다. ≪맹자(孟子)≫ 고자 상(告子上)에 "마음이라는 것은 잡아두면 있고 놓아 버리면 없어지는 것으로서, 나가고 들어오는 것이 일정한 때가 없으며, 어디로 향할지 종잡을 수가 없는 것이다. [操則存 舍則亡 出入無時 莫知其鄉 惟心之謂與]"라고 한 공자의 말이 인용되어 있다.

지 않았다. 오랑캐가 침범하여 기강이 나날이 떨어지자 마음속으로 근심하면서 개탄하지 않은 적이 없었으니, 초야의 한미한 자라 하여 차이가 있다고 여기지 않았다.

아! 공의 효행과 우애, 올바른 행실, 재주와 기량, 훌륭한 인망으로 의당 세상에서 쓰였어야 했지만, 운명이 원수와 함께 모의하였다. 오랫동안 성시(省試)에서 낙방해 막혔으니 일찍 과거 응시를 단념하였다. 여러 차례 천거해 올렸는데, 포상하는 은전은 받지 못하였다. 운명인가, 하늘의 뜻인가! 이것이 온 고을 선비들이 익숙히 듣고 안타까워하는 것이니, 실로 불초가 사사로이 관여할 일이 아니다. 이에 감히 평소에 배우고 보고 들은 것을 모아 정리 기록하여, 훗날 지식과 덕행을 널리 알릴만한 군자가 나와 채택하여 살펴보고 믿게 되기를 기다리며, 또한 지나치게 칭찬하는 말을 하여 선부군의 은둔하시던 겸허한 덕에 누를 끼치지 않으려 조심할 따름이다.

역자 후기

역자 후기

김우철(국사편찬위원회 편사부장)

2013년 가을, 십여 년의 강원도 동해 생활을 정리하고 서울로 올라왔다. 오랜 동안 떠나있던 서울은 역시 낯선 도시였고, 그 거대함과 차가움에 익숙해지기 힘들었다. 그런 와중에 대학 입학 30주년을 기념하는 동기들의 모임이 있었다. 모임은 일회적으로 끝나지 않고 지속되었는데, 그 모임 안에는 여러 가지 소모임들이 있었다. 이를테면 선호하는 운동이나 취미를 같이하는 동호인모임 아니면 이웃에 사는 동기끼리 친교를 나누는 지역 모임 등이었다. 본래 낯선 사람들과 어울리기를 즐기는 편은 아니었지만, 좋아하던 자전거를 타기 위하여 동호인 모임에 합류하였다. 동기 모임이라 좋았던 것이, 으레 다른 모임에는 있기 마련인 위계가 없었다. 뒤늦게 합류한 나를 아주 따뜻하게 맞아주었고, 나이 50 넘어서 처음 보는 사이에도 너나들이 할 수 있는 허물없는 벗이 될 수 있었다.

김현모는 그러던 중에 만난 친구이다. 돈도 되지 않는 역사를 전공하고, 남들 알아주지도 않는 번역으로 밥벌이를 하면서 이런저런 무시는 많이 받아왔고 또 어지간히 단련이 되어있던 터였는데, 그 친구는 조금 달랐다. 내가 하는 일에 대해 많은 관심을 가지고 이런저런 질문을 해대었다. 대화를 나누던 중에 그가 충북 보은 출신이고, 경주김씨 판도판서공의 후예라는 사실도 알게 되었다. 충남 연기 출신이고, 경주김씨 계림군의 후예인 나와는 학연에 이어 지연·혈연까지 겹치는 셈이었다. 꼭 그 때문은 아닐지라도 우리는 금세 친해졌다.

언젠가 현모가 자기 6대조 김민태 선생의 이야기를 하면서 그의 문집 ≪회와집≫ 이야기를 꺼내었다. 전해 내려오는 자랑스러운 조상의 문집을 후손들이 내용을 알지 못해 안타까워한다는 말도 하였다. 내가 번역을 할 줄 아니 ≪회와집≫의 번역을 맡아주었으면 하는 뜻을 은근히 전하기도 하였다. 하지만 그 때만해도 그저 의례적인 인사로만 들었다.

2016년 봄이 되어 현모와 함께 그 집안의 세거지인 종곡을 방문할 기회가 있었다. 종산의 품에 의연히 자리 잡은 회와 선생께 내려진 정문을 보고, 세덕사와 모현암을 찾아보면서 내력이 깊은 이 집안에 대해 관심을 갖게 되었다. 종곡의 집안 어른들을 찾아뵈면서, 그들이 나를 이미 ≪회와집≫의 번역자로 대접하는데 적잖이 당황하였다. 하지만 번역을 하기로 결심하는 데에는 많은 시간이 걸리지 않았다. 무엇보다도 온 집안이 십시일반으로 문집의 간행에 관심을 갖고 나선다는 데에 감동하였다. 대체로 문중의 일은 어떤 재력 있는 유력한 후손 한 분이 거금을 쾌척하면서 진행되는 경우가 다반사이다. 물론 그러한 경우도 의미가 있지만, 모든 집안이 자발적으로 나서는 것에 비할 수는 없기 때문이었다.

종곡을 다녀와 겁 없이 번역에 뛰어들었지만, 그 과정은 지난하였다. 나름대로 생업을 따로 가지고 있었던 터라, 틈틈이 짬을 내어 일과 후와 주말을 이용해 번역하였지만 절대적인 시간이 부족하였다. 또 역사자료의 번역에는 어느 정도 익숙하였지만, 운문이 중심인 문집의 번역은 생소한 분야였다. 또한 ≪회와집≫ 원본의 행방이 묘연해진 터라, 복사본으로 전해지는 원문의 상태가 좋지 않아서 판독되지 않는 글자가 많았다. 때문에 약속했던 날짜를 차일피일 미루게 되었다. 그때마다 채근하지 않고 묵묵히 믿고 기다려준 집안 어르신들께 미안하고 고마운 마음이다.

회와 선생의 생애와 ≪회와집≫의 내용에 대해서는 간행사에서 상세하게 설명하고 있으므로 굳이 이 자리에서 첨언할 필요를 느끼지 못한다. 문집에 실린 내용을 찬찬히 살펴본다면, 그의 삶과 생각에 대해서 자연스럽게 느낄 수 있을 것이다. 부족한 시간과 모자란 실력 탓에 더 좋은 번역을 보여드리지 못한 점은 두고두고 안타까움으로 남는다. 다만 이웃 고을 계림군의 후예가 거칠게 틀은 잡아 놓았으니, 이제 판도판서공의 후예에서 회와 선생의 뜻을 잇는 준재가 나와서 그의 생애와 사상을 더욱 빛내길 바랄 뿐이다.

2018년 초가을
역자 삼가 쓰다

김민태 시문집 悔窩集

초판 1쇄 인쇄일	2018년 9월 12일
초판 1쇄 발행일	2018년 9월 20일
지은이	김민태
번역자	김우철
펴낸이	정진이
편집장	김효은
편집/디자인	우정민 박재원 정구형
마케팅	정찬용 이성국
영업관리	한선희 우민지 장 여
책임편집	장 여
인쇄처	국학인쇄사
펴낸곳	국학자료원 새미(주)
	등록일 2005 03 15 제 406−3240000251002005000008 호
	경기도 파주시 소라지로 228-2 (송촌동 579-4)
	Tel 442−4623 Fax 6499−3082
	www.kookhak.co.kr
	kookhak2001@hanmail.net
ISBN	979-11-88499-66-3 *93810
가격	70,000원

詩

悔窩詩

學無通古馬牛襟飽暖四旬卽迓禽動在乾坤愚莫
蠢居微歲月走如駸污塵欲復磨精鏨極地猶遲下
頂針身毎有慾心毎立此身修自此心歇

呈广南二首　金在珏

詩工四十未成家況復從今棄在笆返作農夫田野
蚩強為詞客石峰孳入神敢望篇盈黠知病不如句
下了字二碩經高眼日風霆捷肇莫辭加

2

繡臟吾兄寶噓成鏗鋥一首駡醫迎老年敦律多奇

格盡日歌喳戢批康尺鷃難從鵬翠海甦駡莫及贖

登程兩題今昨連聞吾詩興猶餘萬竅觬

次呈鄭歷窩丈晬宴韻二首 名玨 河東八

有文有德六旬全各計百篆二十年儼著繼袍清甫

座新成見錦壽傳篇在鄉尊達無如齒至老康寧不

遠仙晚節麒麟天抱送獻盃此日舞班逖

三達莫如齒德全癸進年是甲日年黃甤遠汁南天

極絳縣餘算左氏篇化國日長生且老壽盃霞泛飲

如仙文章家裡文章子繞膝班衣喜舞逖

3

罷研韻 下三首代晃作

幸與同心照鵬卅酒分匏酌食分簞詩吟夜月光

桂禮讀秋燈記在檀笈襁陳田難得格襪香入室久

聞蘭遇賢今日寧無塊內咎庸才素履安

做字難當黠下毋古風肇筆愧牧兒簞長丫句：皆貞

翰火杖朝く未免檀反我猶知生囊橐傍人不耐佩

杳蘭文章何日成真格先樂父心子亦安

歙甕樽白割觚毋今日點心勝一簞縱有吐珠題滿

糈恨無食麵造成檀懸燈更讀總閒竹同研交情添

并蘭吾遒吾師蒙善轂政邁一頓教承安

4

設接時從叕牧母迕來三夏點心簞講開西里今壇

杳生長東國吉方檀臨別兩情念遠樹夏逢後約結

香蘭高風百倍蟬清日日不忘與報安

贈求仁宗人

仁山省獄屬東西花樹春風各自棲麗藻幸投盈紙

玉祥苤有驗隆蕐奎研開一席末年願酒之三盃此

此攜乃相照兩心如對鏡逢時有瑩別時迷

苦多侵物反自安之

自生何物不逢春好底意着總利人終夜蚊雷明兩

耳及朝暉陳護全身安增弅氣跳岁賴體倍肉肥喙

蝎親推擴此心臨萬事眥無一皺任天真

寬洞我行吉洞來冒風半日遇山臺逢時喜把慇懃

被到處恨無妙理杯火照天如紅藥爛雪飛春似白

梨開袴邊慮覺離家惱永夜水聲客意催

南客始登坐隱臺江山文焰菌中浮早開書室成高

手遍入詩義出上頭抱策理行湖五里題橋誓渡洛

陽洲賀君此日吾將發酒意還家煩與謀

景光異昔使人驚歲色三周此地行煙接雲邊藏古

山旦水同榮作高成主簽好百春似暖客路關心雨

未晴詩料其於無酒奈強題短句和新聲

緩踏龍潭古月邊主賓喜對有情遊雨燕士氣占豐

降風激水聲自遠傳屋北書隣多出士地慳靈境半

成偃花姑未鮮眺遊意雲孚仲春晴日天

宿飛鴻二首

鍾戀茫羼訪鴻來飛業春聲五六袋逢中欣把慇懃

衶哈後笑頌妙理盡山水幾經行客旆花林遠繞逸

民臺誓渡洛陽題柱路賀君文藻出摩材

逢迴林遠主人家懶步欲尋多照斜壇書春風千尺

昏山平雨露數瞬麻強哈詩不磨奇玉渴吸酒如瀨

紫霞萍草一逢還惜別帰節夜渡月中沙

回頭韵

人何舜畏舜何人　新又日新日又新　善自吾先吾自

善仁行彼後彼行仁　上懷民意民懷上　親愛子心子

愛親學以勤成勤以學　身修為我為修身

寄瀅兒出接韵

離闈何似僑閭嘆有優頻〃　各報安工貴比年今勝

昨戒存惜日易堪難久覷漸達針如犯專意要期石

亦顧達此寧無欺父罪无宜勿自汝心讓

壬戌秋七月凱塋代人作用前
赤壁賦字

登山何羨泛江壬羆客和歎不絶音有月少為盈洗

酌取風歌止坐清襟化仙赤壁于秋斑壑美西方

一德臨天地中間觀造物前人遊樂更斯今

雛內寒泉

冬何溫兮夏何寒地伏陰陽造化觀咨嗟難影沉雲月

碧櫺櫨聲慾暮朝檻盜貪血惡心隨變廉潔要頂志

自安深樞誰能清者出古人喻學今人嘆

蔔蔔

真方品五大宛三無種吾居小屋南誕節還如蒙楚

菖蘊香何羨上元柑團二貫玉光青黑箇二成九味

烈甘馬教龍鬚棋可愛會頂嘉客和清談

過　文簡公遺墟碑

天生夫子知非偶要使能傳古聖猷從政明時忠節

至著工實地道心休千秋象像高山在一脈淵源活

水流手樹貞珉歡勤美徘徊萬念自悠悠

　端午

一年最勝天中節無限戲遊此日多江女浴蘭香入

水野兒鬥草綠添坡鳳綠圖畫初登扇鶯辟鞦韆暫

此梭誰與其稼風物好柴羹乂酒和清歡

　次　歙納公題石泉書齋韻

泉石居然三百歲　先賢陳蹟問山靈地要流水岩

雲鎖人欲清照水月冷勝景真為高士樂遺風能使

後生醒此遊今日還多感不覺衿欄淚自零

代人次崔叟根家焚黃祭後會賓韻

最符　仁天雨露恩泉冶生色柏堦尊纘蹟堂緒賢

麋替迪教宜榮孝永言何代無徵烏集端主人有喜

紫泥痕趂時縱未叅佳會遠頌德門繼肖孫

癸丑九月二日代人次流觴韻集蘭亭記字七言

近體一首在此五言絕句二首五言近體二

首見下

癸年餘未期春日　可樂此遊賢至畢流水帶林曲乙

長清文和箚人：述娛懷豈異古今亭俯仰無終天

地室為感短脩不自由幽情於萬相陳一

次黔窩徙龍潭着病畴韻

厚德人逢厚德人巅湖百里去來身大承氣甚經三

夏益智粽要返一春莫向任他尋好主且應從延待

佳實章吾兩慶茶茗菖為勉交情語吐真

次呈黔窩韵

白皙少年降自庚交遊半世氣生清風流每作湖西

客家業久為巅右岷手錬金册期世壽腦藏錦繡使

人驚一杯菊酒詩華蚤達慶於吾最厚情

12

成生員晬宴韵

四始之初萬物先此人凱日試周年圖成古老清湖

筆琴搜閒仙永夜絃壽域遠連星照極晬盤長擬酒

住蓮短詞願賀魚避福兄弟子孫叔侄遊

與友對飲西和丙辰七月十六夜

強吸濁醪旦食鹽雲春月半宛如鑣友交益厚心相

照詩到漱緊口自鉗時適古人遊赤壁夜長鄰女對

紅盞雨聲初歇風聲至戶外峰光霧裡尖

父主命次忠州族兄晬宴韵 戊午三月十三日

君兄我後甲今回共值明時壽域開早歲之遊同里

13

霰曉年亦喜叽鄉未老星遠照民星野三月夏期四

月盃賢兄誠深靳永福斑衣繞膝正佳哉

以慈愍度了文村丈製送四韻故次荅 庚申冬

侍病不住意所之格天孝區夏加痴七年未艾三年

久一日未蘸藥痊日屢積雪難移冬溫氣回春願與歲

新期綠斯莫餞西帰路屬嶺此身悵望時

立春

門闢青陽苌 聖君丹黃瑞藥舊新分物生動自消

寒雪嵗色居然送白雲樂倍他辰除累意詩冠此夕

出清文幸何佳節逢良友酒抱三盃即一醺

14

或有譽已者作此以著其濫入虛譽

飽暖逸居即近禽四句徒事馬牛衿未嘗非是先為

已無實亦多內愧心進步難頇山到峻置身畏岩水

臨深君今稱美斯何誤退縮逡巡意默沉

次圍碁韵

紋楸移得繡紋炅白子如鷗黑子烏點列中星出

象時顧後瞻狐埶參勝敗相援鎧道有縱橫細

吐蛛絲甫圍潰南出夜夜誰知雌馬是神駒

次石泉庵移建落成韵

回憶先生講道年十青統一堂前樑何摧奐今洙

泗棟亦甚然古石泉待後加營經歲久有孫肯構繼

家傳舊楹移揭新籬外秋月寒潭夏照圓

與文義柳友往新江和韻癸亥暮春

少年文藻絕奇之撰頌主人種德基俗客花侵山客

袚詩朋筆染酒朋危闌情臨草陽舒地勝會拔蘭景

晚時別路盧多清渭柳持將相贈兩三枝

往新川和朴友韻癸亥三月

九曲肇陽一脈深新川最近繞雲林省：有舊幽人

旬步之尋真遠客心掬草春餘香過廬蔚登坮歲矢字

成翁由旬逢別嗟萍水強和豪朋絕調吟

從俗離採沙夆

頂戴黃冠背負籠匏漿簞食兩三同少峩泚笑新川

此老禪不迎古寺東採藥手多傷險石穿林髮幾掛

溪巖此心易覺經難後世路皆然憂縞綹

次好忍堂韻

日用深工忍最難好難好者簡中完移暇嚐味能嘗

皆惟耐熱亦耐寒對我豎些無怒憤當人儔慈惠

寒窻書成百忍今張宅　天孽尚遲揭西欄

上趙明府二首 丁卯

東閣文章日月懸風流剡眼主賓遊臥治百里無為

俗坐對三山不遠仙樹敲地蒲何有政琴冝楼竹復

聽絃雲屏十二開新晝出廣霞別境緣

朝寮夕燈瑩似燈年光虛度讀書冬心從極緊探玄

黙身之贈筆愧素封幸值政碑傳口誦要將壽斗脫

眷供敢言進息明倫地此樂生涯隱在農

送淺兒讀山房而聊自詠懷 戌辰秋

愛吾身亦愛吾廬斆復自先卜此居世態欲醒斟酌

酒課工難喫傳経書黃花露濕香堪啜老木秋生影

益踈勉汝山房今進學歸時以實徒時虛

和山房諸益

璦據箇：滿箋奇起賀諸君達早時熟講真儒毋壅

字幾題妙岐白紈詩庵烟細繞金仙慧澗月留明丈

石危更問何書勤著意笵林晓濕露團枝

贈遊山容惠州咸雍辰十月

容飾遠踏海之東千里俗謠辨異同寒暑氣侵全體

上江山影帶兩眸中登程可惜沾冠雨逛旅得噎滿

袖風幸接今宵清意味勸歸鄉里免身窮

會遊書堂戊辰七月

山房雲榻不雜仙老釋行盂醉別天避暑涼棚烹伏

狗蓋清遠樹悵秋蟬題詩小葉沾新雨如西前村起

點烟分袂歸程君我意異時宙約此時逰

與書堂讀書諸雅步䶸

今人講學古人堂千載幽林道氣長靜坐薰陶能養

性久苗蘭室不聞香䕘䕘秋露為誰松栖歲寒迎獨

蒼顧得諸賢磨濯僧家般若醉三觴

鶴

仙人道士興為孳氣以相求辭以分王白潔翎先警

露砂丹側傾遠窺幾年寄衛書餘檢明月報曾孝

有閣碧漪青山十里闢芝田飛下戲菲茖

齋宿鄉校 丁卯 九月

願入聖人數仞宮尚餘千五百年風泰山夢頹殻樑
真治水脈清魯酒通自是先王觀詋教遂念俊士習
成工晚生有感齋居夜秋月寒潭影岩空

和懷仁金雅

仁山㿱苦又能文年少奇名早有閒碁局何須閒士
趣褄語寂勝錫朋欣淡交終日臨清水悵別遠天送
白雲一閣陽春歌和席酒分藍尾兩唇齰

詠懷

隱居自擬碩人寬山水漁樵素優安歌桅穩成春夢
懶者書暫得老情歡梅妻耐雪粧凝白桂姥愁雲影

掩丹歲月因何於我促勉工猶惜日三千

驚蟄

物性畏寒蟄古塘自從雨水暖春長為官始聽鳴蠢

苑沈竈幾餘產晉陽積月口緘言卷黙待時舌掉信

無總憐渠何眾難容世瞠眼喘脈隱草荒

織席

扶桑若木立東西萬里重虹亘半空電似閃光天鼓

動雨如注腳趾維窮椎頭霹靂復標擊釬口蛇龍萬

緯通不讓天孫梭上織兩仙造化手中工

和米院洪友

好朋襟帶好時回情話且晡兩接杯滿地一般共意

草先天萬斛貯香梅賓遊於此青眸拭公道其向白

髮催流水高山清遊樂夏期三月廣霞拾

粵在癸亥余年及不動心兩歎學業未進成追

悔前一律因以為騂矣逆于今耳順之期緣餘

三歲兩顧我學業六未有加於前日則其曰追

悔者不過借虛名而已心功自怩中鄉射臺之

連式鴬我至三至四疣為傍觀之有識見者共

喚此更用前韵以自諷詠而益勉未者之可追

云甬是始年之工耳

惕然正我六旬裱裁功心箴乃戮禽聽待舜鷄中夜
起阿邇顏驥遠程駸況今斗建旋寅柄恐後車齷亞
午釷弍緣何名四鶯悔曾無似更加歇
之夜入鄉鶯作

鄉人三鶯老農名聞聲還拳過本情到地工無德地
實欺天信有畏天明闇中謹節平生事分外稱譽半
世榮祗卜餘年先咎兆朝之起坐洗心清

李綰鐘見右詩作序曰拳拳大於養志學莫要
於修身今我悔何金先生業有養志修身之實
以常情欬且美之笑曰余婆雙懽恩隨現光生有繩之襃
行西郡郡賢之忘世鶯與不鶯於我光
生無所損蓋也平生工夫典于謙退二字聞此
素志則不求聞達過于鶯二字於聞此

鄉人之譽而不以為喜詠以新詩自言見志先
生之所守尤寶介于石清如水美金花是起致
觀感粗述此語俾無晚花先生卓越之志邪繼
以歌詩以美之有賢士室譽其名學以治身孝
譽情滿座春曰和氣暢澤秋月道心明久知
林下修齊士不動塵間冨貴業仁為平生行義
逍百年山水照人清

次广南無有詩韵

兄豈無為實有為之為無虞有違時奉慈事佰勤無
已生子貽孫保有之無數諸兒皆有教有情交友訏
無詩世無知者惟吾有有為有無憨許為
俗離事蹟碑重修后禊會韵　戊寅十月
道氣猶高仰此山貞珉新閣洞天間百千年後先生

蹟五十人中太守顏消息虹橋前路問縱橫斜篆舊

痕斑吾儒正脉崇賢禊秋月寒潭共洗運

一旄能言萬古山遊人慣耳嶺湖間算修幸借賢侯

文斑彬之興起蕊州士禊自今冬勝會還人代他作

手欽慕如承大老顏仙鶴翩翻松益偃老龜吞吐石

右湖第一落霞山生色貞珉立此間兩正曾遺專美

蹟羣賢畢集整齊顏期曲四九華邃禊工了丹青西

筆斑龥復新楷明府記其逢雲後夕陽遷人代他作

閒居偶吟

杳然俯仰兩儀間有志深樓道運山白屋阿坊寒士

熊青編如對古賢顏塞邊失馬誰云得靜裡聽禽我

自閒天地無窮仁意思四時夏值一春還

鐘山

化翁大手鑄金青懸在南天一脉渟不待坡仙餘石

記且從艙客古城聆聲申激水鳴三派㧖末歸雲西

九屏老同　何夜警心工我亦夢初醒

和活山申友牙鳴谷金友韻

休言老少不齊年雲樹餘懷悵望邊運衿瀘風清非野

俗心無塵累即神仙山東遊客相慈雨巉上文章肯

食烟渾是悠己念世廬山總畫日主翁眠

己巳流月為散蓋之丘柮哼韵寓藏

壽杏村西豪士治西三年少研初開蟬歔惱雨停高

樹收遥軒傷聽蓉梅為教稚孫工自篤作時晚節語

多氣諸君莫謾悲泣酒㤀我心要在欣杯

夏雨初晴野邑佳賣棒蕭篇春朝街三農事業平生

樂八對詩篇老去懷间日喜迎松上鶴達宵嚴聽草

中蛙山家滋味多新物範葉沙蔘碧繞階

夢中未得筆生花虛老人间白髮斜魯不扼才惟業

物今何修德最尊家添承自苦多朝露揮手莫開巐

日霞物工得生天地氣山青野綠眼前奢

開我方塘半畝田種來君子古溪蓮無心難妙終朝
詠有事寧甘八夜眠欄外御風初返列房中近月不
離仙讀而復耕二復讀禀兩生涯裡固然

埋麻

橫縱山畝藝春麻時斬不頂白露茄火熊殷二雷動
地水漚皎二月明沙績登禹貢纖繩豫功此矮耡蔽織
昂巳終日七棄機上女粧成銀漢好逢車

幽居獨樂

主人事業古猶今塵染無污灑落標虛影江山風月
字默觀天地益輿心獨斟康節三酡酒誰識伯牙一

閒琴復恐閒蹤城市露故教種樹繞邨深

偶唫

冒聖深工日省三地名偶合半虛南人情進退多寒

暑世味吐舍闐苦甘中後或無王相李外金誰賣越

杭樹全貪平目吾何恨且眾榮期早畎男

涼雨

三休嚟無酷熱炎又重寒涼數旬蕭慧風忽闖中霄

戶逐日未乾近午簷百穀惱森間有兔赤松行兩太

無廩雖人不見高人絕或乏炊薪或乏鹽

三旬森雨蔽乾支難得韓公手變分田未草儕奴自

懶厨艱薪藝妲無欲詩吟是憂今康節舊解何須後

子雲兒始詠敬孫橐字進成惟在暮朝勤

遂懷

始知四十七年非講樹春空習鳥飛白首還甘樸野

笈中身虛送著儒衣塞翁失馬先推福康節閒閭驢暗

察棧世事參差多偃偬古今一夢夢依依

小溪繞似古潯江處士清風卧業聰托志幽閒吾樂

獨持心远出世稀襄舉春意驅巢鸞喧吠夜聲戒

老猷不掩自家豪邁氣青山任踏白雲蹊

和舟浦宋友

世味欲圓不欲方生涯強半付農桑有情相對還無

語回憶難逢政挽裳鷄報午陰高唱和蟬乘秋氣引

聲涼喜聽村社新開宴籃尾尚蓬送渭鮞

　秋興

天地有聲義氣百年一瞬小学頭仙宇安在三山秋

界此者如斯萬里洲近日欣、嘉客接峽村事之主

人嫩明、心照寒潭月、夜雲無半點慈

　和羅浮李友

幸襟初歷小長威戚、緗笠伴青衫海登憑仲精神

月山對鄰賢氣像岩金粉曉明勤讀室暖峯新吐鎰

32

香函玄楼覽得生：物籬落紫黄品異凡

李友來苗鄰家寄詩余即答

已經七月火流紅雨宿猶沾屋角東杜寄青蓮詩酒

契元尋白傳氣心同江山雲翳朝曒日宇宙秋悲夕

起風喜聽翠音禧奉百厲籬短述吐懷中

與米院洪少年

黄妙客來八月初文談半照露心虛青春肇筆翰才尤

美三夏松亭做不踐少昊金裳風在葉端織雲髮月

登硫後生百晨還為愛余我白鬚漸老松

和嶰山金雅

遠峀捲雲碧落晴燈親韓氏讀書城夕陽客到前春

約秋水我懷白露明八月家、、賓鶯謝業風隊之暮

鴻鶩黃花有代黃槐葒何處不忙奉子行

乾坤一割淪累波從古英雄老奈何世遠韓歐論大

道士生藥趙和悲歗谷深幽址怎樓坐夜矢如年別

念多安得人間知已友埽除岩壑酒中酡

上宗丈晬宴韵

二萬二千瑞日昕於中事業德兼文且看晚節黃花

蓁最得光隂白髪欣杷老採根仙味飽姑麻送酒壽

鮠鱸子趨孫拜斑衣舞送蓬需天淡之雲

乙巳九月十五日觀光于右詩越翌日七日終

塢後辛溪兒登此樓次巡相閡公致庠前韻二首

沙白水蒼錦耀奮飄然高坐似仙家待宵僑樞皎逮

月滿謀鳴楓紫勝花攀巔穩苗詩士肇清歌幾上舞

姬釵千年熊頭闹都會业供洛城一路餘

毋楓黃菊眼前奢欄外暮炯點々家依业望京星拱

斗繞西鋪錦浪生花老賓遠杖鶘鳴檻少枝高繁鳳

下釵秋士壯觀今日可渾総歸路雨中賒

送蛹造郎先墓下逢岡州族人和韻

萍浦水回傍蹰沙嶺湖客選日將斜一年多感凄霜

35

露九月最奇桑樹花抱罷中身硯惜老信筍秦夕好

還家去留酸饙秋聲咽終關卻門遠磨歇

山房護書兩歸相與和韻

緇笠哦哦素儜安寒灰點火一心毋着書共剪三更

燭進步擬露百尺竿永夜竹聲學瑟唱滿天星影壁

奎團後生欲講先生學今日更登昔日壇

東南大島九龍峨天地曆人白雲歆聽馨幽林同坐

廣泛舟學海各分波心專教子還怱己志在慕賢豈

任他酒後清詩時物感澗松園竹繞營多

和尹大雅永郁幽,居韻,

殊塗一轍指南惝天假鳴文此世禱到臺春風和氣

是初無白玉點瑕非深口酒巷堪簞食大夢草堂卧

布衣漁樵抱甕在可尚高山流水繞如圍

在書堂雜詠五首

寒膃影掛上天圓月満金蟾日火烏茅一山川遊太

史堂中樓閣卧堯天短長何預昆爭鶴黑同細分紫

亂朱稻飯菜羹添浩氣懶依宇宙擊氷壺

百家者術不同門一脉吾儒道彌尊捱井要須清淂

水達枝惟在好培根楉聯益友芝蘭臭石帶先生

秋傳痕剩與三餘遊息暇六經微義與君論

志幽間故取幽關何等此閒隱此間鹽谷李生苗古

蹟蓮峰周老宛真顏有術立觀流水鴻無心卧數列

呈漯學浔老驪殊吸吐年矢欲窮竟忘還

措大眼中僅識丁太平東國一民松壇水鶴清風

夢桃府金鷄半夜聆藜子形親和尚塔題翁名出美

人屏百年自作奇衡態指燭誰能照不寘

風戰破驄雪打裳周星屬昂步推唐夢驚今古桑東

海身寄乾坤米太倉剖竹與圉君實宋解經後世子

雲揚靜言此夜寒天涯白鬢向心對卷黄

題卷壁寓感

百家者術不同門一脈斯文道脈尊湖左清名高地

位置中贖理見天根竹風宛帶絃歙韵茗石如銘杖

優痕願聞　先生曾卿樂仁山智水總無言

贈別尹永郁李漢鍾

一龍哥憂浮三儔首尾相連瑞彩優文絡壁奎天欲

轉武弟泉石地難留悵歙騰雪梅花砌好約春風鶯

子樓心鑑高懸明月夜夢中此會更何幽

和尹永郁韵　元

賀君才罴以詩能翔復秋團鮮穎登寧賀晉唐高雅

士平生管鮑許心朋萬言花裡經三翔千仞峰頭更

39

一層題柱昇仙橋上誓文章司馬古今禍

或以琴知音者或以酒托契者今吾昇兄以文

為友再得遊息於此豈其偶然也我聞仁者送

人以言吾雖不得仁者之號而送人以詩亦可

以永言乎

又相和

詩不復能飲復能薄醪釀菜小盤登聲聲可讀停諸

少色邨談得一朋古澗氷堅寒更凜羣山雪積白

加層樂辛辛得今宵暇君亦稱之我亦稱

年矢月弦屋甬東光陰為斬壁屺中寒翁得氣春先

告遠大無聲野似窿公道其何霜鬂白真工猶未鵺

心紅已干尚可遊　　　熱流水高山大谷虬

病中作二首

前川花柳翠紅兼畫眉訪隨似不廉取景成詩摹物

感際春陰西七分添天地閒情山繞疊男兒用意非

無纖清風客愈頭風主絕譜聽來捲午簾

憐疾光陰石火勳信筆朝畫一巡藩遊子穩驚來友

路主人亞蕩樂賓軒踏花行後春紅惜藉草為崗夏

綠繁老去生涯觀理三山日月百家村

癡嫻吟

出以夜玄入日紅春秋況去來鴻絲如蠶吐相終若

始網得虫飛自業東深伏陰河能避暑高張天半不

慈風工夫着在無聲處滿腹經綸造化中

元朝 辛未

天地與人此日新斗旋寅次歲回辛萬家爆竹朝烟

鎖三靭飲椒古俗循賀拜誰非相敬長逢佳我点倍

思親工無進步徒添齒更勉是身養本真

書堂破的韵

山屏如畫繞庵青上座半多白髮星高士詩談花欲

吐先生藻跡竹餘馨六通佛教清心浴三洗仙方

42

爽骨汗七月前遊今末伏狗叢腹潤酒顏醒

惜別李友

逢亦可奇別亦奇　為他日更逢期花生炎夏題詩

筆星歛曉天滿旬碁雲樹千枝寒蟬咽溪程一舍去

驕騎今年有進前年勝噢着工夫豈曰達

偶吟

雲帆萬里閱乾門好月今宵勝上元塔下雜枝風葭

意籬邊菊竟而露見鷗閒頻多忘機石魚養程公察

理盆老去嗟吾無厚德何田體得載輿坤

身藏書室遊息焉辛未近推癸末年今者世情非曾

者已照我事驗怜然每逢明月思良友穩夢白雲卧

老仙長樂辱榮逢處可歎心寧不畏皇天

洋乱時

野民詠之　國憂光拾覽素籠五十年　聖主無為

今在上遠夷何事敢侵邊謀臣止閫紆籌議戰士西

江桃釣眠焉得大唐光彌手掃洋乱若破幽燕

夜雨

聲如玉露落金盘桃出詩人意萬端滿地海潮終夜

聽滿雲河漢暗天首伏焉收氣三庚暑風與用權兵

月寒豈暇歡顏天下疟自家容得一身寬

詠懷

青卯业步白頭峰南垳乾坤淑氣鍾邦化檀箕千年
繼師門安辭一源重尚今文物補中華自古風謠範
俗容此地此生虚作老總由平日做心慵

詠月

來若有期最易求何須李白下榆州市多騷客還山
美人不知吾照鐥幽明出先生齋海夜輝揚廬士晉
山秋主人最浮今宵樂高臥村西近水樓

西淡韵

太極末分衆太玄至理坐彈太古絃擬待鳴風圓塊

45

假惡謔登月上天懸形如卅寶知其霸色取碧桃食

君仙捧獻吾　王真味其綿々聞簫永千年

弦尾詩

少年卷慶老時摩手不釋時自琢磨石品兩丁山骨

蒼田分黃白土風和口中慎戒緘金廟月下潮流學

海没安欲成鶏心欲拊付之一曲世浪沙

惱寒

天地雪風冷砭肌梁園尚不苐寒知焦桐懸壁生聲

夜破絃鳴腮習戰晴灰管三春和氣待洪爐一點義

工思惕中苦衆人何恨男子歎餘薰老嚻

老杏韵

古人種此々村居不入馬陵研白晝驚語噦春生業
密鶴翩過雪老枝鍊坊溪節度威功後壇等宣尼習
禮初壽萬千八歆勿伐天皇木德圆圄獨歟

與尸永郁朴源泰和韵

二客文章一邑加相尋檀杏主人家天嫌无冷冬無
雪月欲増明夜憐霞雖拙酒因襟意潤以貧詩獨錦
心奢今君其與今年去金玉其音夏不避

悔題

我生天地養生東又値 聖明偃草風逞々降神山

47

積翠朝々凝瑞日迎紅俗誼千里人純古物理兩端

士執中自媿此身居此土年今至老學專空

贈別泉悟朴源泰

強把謠琴上雪樓涯山三疊時雨流雲隨故客飛生

足石解送人拜點頭孟酒最深同樂日文章苗待立

功秋進情更結重連約二月春風勝地遊

送讀書諸少

別意玉壺美酒攜還春覺女頰紅啼春風氣像形曾

鳳晨夜工夫聽舜堂翻文人三月講山深處士百

年棲良朋他日何處得非業此非東卜在再

除夕

歲辛巳去歲主歸曆數先天運一機爆竹淡烟迷夕
影扶桑新迴待朝輝少時心不青春畫公道頭何白
髮飛四十九洲今忽覺終宵柏酒半醺微

元朝

曆家年紀在壬午曉整衣冠跪坐端萬物春生今日
始七朝寅次上天觀迎新自有休膺至敬長亂非禮
意寬頌溢椒花斟柏葉更占豐樂此身安

壬申正月既望

次梁友晬宴韵
析箕籌得廠初生二萬一千六百成商洛山深仙跡

隱兒衙日出老歓耕時迎正月東皇駕酒抱七星業

斗鉞第侄子孫何昕祝疆蓬遽壽格天平

以國名述懷

平生不願識韓荆敢望鄒賢遠見梁天賦厰初才荟

魯人情太半説荒唐詩書講浮経蔡楚忠敬兼行尚

夏商萬古師門餘一漢至今秋月照潭明

李瀟鐘自泰仁来苗宿一宵和韵六首

好賓迎上主人姶四歲深期二月来鐘藏含聲懸在

箧詩山傳律蘭沚濃樂朋春意花將彀悦客天心雨

不開五星何夜奎纒聚舉濶賀君繾籍才

三夏做工始自今老年不懶托經林遊山夜動峰人

曲天地春回孕物心萬古明來金鍧照兩情傾到玉

壺深東風二月定夫出嵐之先鳴得氣禽

物：春心西裡明有期詞客此明逕寓之山水桃詩

興鳴者醒蝴讖酒情劬柳光陰風舞舞惜花身世兩

新晴況當二月今初九天地中間樂我生

飽林終日坐高軒斷之、詩歌義以論白傅吟賦春暮

社卯葯醉卧日晡罇方塘闊鑑明吾照前路驅車戒

或瓢野客薔薇山客吞東風花事繞深邨

短篛逐水入山深俗士幻成道士襟互答樵歌來夕

照止觀佛教尚緇林鳥啼三月清和韵花發東風藴

籍心一襪暮春咸少長蘭亭餘詠慕庵吟

恣儇登臨昨日吟捌怢清澗洗塵心蒼聲侵雪呵詩

肇大壯飽風瀧涓襟夜雨神功欲瑞麥舂謊消息爰

陽林拾沙欲笑涯山路法海三千去深

歲會山房永日消債餘歸榻坐清宵研同春夏明當

約湖隄西南路發遙三月花闹鵑下樹千秋松老鶴

棲梢至人無事探玄蹟句五御風短祇飘

乾坤無事卧空樓月與好朋此夜笛取水精神要自

澳閒花時節惝何此生居一氊湖西咸仙似三山海

外洲富貴讓頭當道士闲中物理反身求

獨坐夜愿欵無對討者因誦與東西銘而嘆靈 大學

臺主人問答前賢之實學成此韻

老守山愿覺夜長遣消千慮坐焚香無言闇是金繊

惧獨處何妨木訥強心上殘銘推理氣吾頭曾學统

條綱间中今古吾儒事嘆主灵怡問答嘗

和文山柳雅韵二首

有客於文不讓頭初些問答韵先求少年楽事花闲

野三月佳辰嚶賀楼放曠漁歊觀亦達清高詩格學

咸優言之慈起间翁意前夕今朝悦袖岀

老年歡踏古虹橋一斷其何百歲迢遙暖氣陰崖花發

柔春心兩野穀苗　最多酒思茶杯代強和詩歡徵

商招辛頻佳賓濃睡覺草堂連日對相消

和新淺羅雅韻二首

客眉滿帶好江山早歲為遊任雅間淚秩何妨清灞

渡詩椎快碎古鐘還驚歌驚語三春閏雲夜霞冠百

里間最愛友乙文喬博主翁暫閑意城閑

老年壞愛少年勞況復蒔工煥有章蓋勉書中縈著

味更要座上久聞香地澒仙客三山落天借花姑一

閏糚歸苦春堂查誼原原来住不相總

和斗山申雅韵

毓灵勝地〻君文〻冨家風示許居夜過嵋岑衿帶

月昨遊進兵足生雲館延弧蔦情充孚心照氷壺樂

莫欣兩洗青山塵世路客催故蓆忍相分

　罷研韵

郊墟秋氣入颸蕭一兩足雜落九霄文藻裏年珠莫

吐方塘半卧鑑猶昭竹蘭交砌枝〻葉花樹同些暮

暮朝白酒青笊仙味具喜迩高友景塵消

　鄉約韵五首

文治一夏大湖鄉齊魯遺凧倍有光撰讓相迓賓禮

美選歌笙簧樂聲長士林元氣十秋脉講樹清陰八
月場濟濟儀容毛氅席啐尊嚟肺尚餘香
五十三州禮飲鄉旬宣治化倍生光藍田舊約條
列粟谷遺風世世長賓主相酬揚觶席師生對講簧
槐場鐘山威會中秋節烹狗東方肺味香
同約湖中五十鄉勸修德業士林光從今南土民風
孕賴是東方國祚長濟濟衣冠松檜社洋洋詩樂鹿
羊海仲秋禮飲斜陽薄　送嘉賓座有香
君子之風草偃鄉家德業日新光萬年東國仁天
覆千里湖西活水長奉懌信忠倫叙地秋冬春夏禮

行塲三山郡業鍾山下講案詩臺染墨香

漢南地勝錦南鄉明燭昏衢處光鹽栗餘條千載

繼蒲拳慮敏樹一春長禮行賓主東西嘗詩較文章甲

乙塲最貴方塘閒寶鑑心經講罷畫薰香

八刑三物約周鄉移教湖西復有光栗谷清風千載

飲塲興起吾儕欸誦意甘棠治化老槐香

永滄州活水一源長歷賢言語經花案賓主永冠禮

有客來宿以突寒所致不寐而去故作

天氣今當至月寒家無樵夜厨寒主人穩宿非專

爐客子通宵不耐寒尚未熄冰生壁凜何復嚴霄打

總寒還著寒士蕭條態去後休言此突寒

室人晬辰韵

同是新羅舊國孫儀安美禮早成婚餞寅號歲床琴

叶絳甲今朝勝酒溫籌借東滇仙女屋芷生南極老

人村顧將此日無疆福世之吾家錫後昆

自成晬日韵 癸未三月初九日

不德不仁晬日當天胡錫戎壽期長感追 父毌勛

勞室肯受兒孫獻祝鵤霜髩偏多塵俗累水聲虛送

浪沙光金蘭花樹三春會暫得慛摸式燕臺

仁门壽福連其當天眷臨何日日長白首康寧

初度宴班衣獻祝萬年觴三山種藥應當味南
樞着星炯有光北賀人間偕老樂琴瑟無憾在
堂中
　　　右尸上舍永郁
壽是德门世阼當體泉流泒發源長籌騰麻海
盈三蛋頌入周崗溢萬觴文褫藍田聯玉彩孝
根楸道耀珉光仙漿酬酢賓俱醉賀慶新詩滿
旧堂
　　　右李友維會
花阐花甲晬辰當樺蘷園鶯賀語長京澜丹田
家衆里昔儒彩筆賦靈光山厨梨熟齊眉案庭
植槐陰頟壽鶴逡福振卜湛栥地辦香遠客許

升堂

也仁也德得其當花暖今春慶日長家在三山
超俗地壽頌于歲老仙鶴鴈高騫嗅良辰閒鶴
峙鶯停好景光如我巳為阿怙恃回頭却羨祝
遊堂

　　　　右韓查穉圭

　　　　右族人金永祿

李叔世睦辰韵

六十年周壽格天照閏箕翼爛祥禮斑衣三胤祈眉
始舞袖舉孫繞膝前涸釀深泉仙狗杞盤登永歲瑞
龜蓮況兼介婦新于禮更祝年之樂此年
與巳未正朝詩大同小異然存諸心者只此爰

韻更唫而自勉餘日之工　庚辰

卧運心籌﹦暮甲申身添八值庚辰舜之為善時分

子顏不違仁月建寅期使歡車行正午何嫌苦海濟

艱辛世間榮辱皆天倘理順餘年戒益申

龍湖韓友未共飲詠

恨未芳春此禊修一宵奇會好賓苗松綠栖鶴千年

立谷出邊鷲四月幽攜酒登山安石屐愛吟觀物卸

翁洲廬霞深處仙靈降早晚待君約一遊

故作

舍林居黄　　金　　兩老人未共飲而相和

61

二客初邀進一盃敢尊未至信誠開人情莫不三春

泉天氣居然四月東午近梅陰前砌覆風將柳絮短

瞻回鶴林後約鐘山會十分願輸萬倍懷

詩

聞八域儒生伏閣作倭跪有感而作

士氣乾坤賴不虛決雲天漢待陽舒□巽倫皆秉吾儒

教邪說誰傳外國書閣下懸誠同犬馬劉中取義辨

熊魚賤名錐末參踈末願討島茅麥掃除

讀劉齋集至忠壯公墓旋宸褒感而作

百世芳名一畝公墓旋宸褒　聖恩隆漲流忽涉原

天孝漢水徒憑貫日忠醫試鍼瘳世疾庵從踰嶺

頁宸弱先生肇下□□蹟動浮人□激昂風

64

溪兒以治病次在酒城時韵

子疾惟憂古聖心況居旅館六旬深最難戞壯燃膚

艾多畏一毫壓氣針蠱癠治身雞積冬大方有衛幸

逢今莫成第五終宵寐天必於渠下鷃陰

與南碩士敬心韵

青城勝界擅朱城雲樹仙僑別㠜營千里南遊風致

杅三山東近地形成自怱老物交情薄無仰高朋雅

同清別又瘳治迷息崇活人星照曉天明

興申大雅真韵

天閡福地隱居躘孝悌家風溫雅容山水清衿仁者

智田園獨樂士而農同庚交誼年幸暮送子貽嘉臘
霄冬一舍永程難進步夢醒情話警晨鍾

次李大雅士準晬宴韵

南極星躔早降身老年氣像少年春莫如齒德尊三
達晟得聲期業素貧五世選祺詒翼舊羣仙神術伐
毛新碧池流永鍾山出添寄墨痕遠祝辰

獨坐偶吟

源桃川柳縷紅青雨後新光活畫屏奉世人稀能識
已此身年更難丁事業心中樂物外闹甲繁孝耳外
聽曉日舒長總下影好着草色不徐庭

新基羅友兄弟未相與和

一氣昆崙稟萬殊泂然森在我懷夫敢言吾友十秋
史匪功奇遊八域圖惠雨無聲兄物潤乘春活意化
翁俱有時樂與嘉賓歡釀得深樽不待沽

與韓友祥圭和

知人知己即真知進約多年不越時佳會蘭亭春暮
節好期桂殿月圓枝何揖小酌清云聖願借大方感
此詞前夜餘懷今夜短起着星色已西馳

青山句題迲律韻故代青山人作

不煩梅閣〻鈴鳴有腳春風里百行漢業分憂末作

67

寧湖西為政最高名澄清白水無埃影樵牧青山藹

誦聲自在羣民和氣裡熙末穰去樂吾生

正朝作癸未

二萬一千六百籌〻余頭上日光流五朝治下安

居化三世家中壽永休弧矢曾違先考志箕裘何

授後生儔皇天假我餘年歲擬付殘編息且遊

次松湖宋友致方晬宴韵

庚兄與我癸年生老去臺屛照浔清龜石支床連極

宿松湖釀酒錯仙觥承歡庭畔班衣舞和柴堂中友

瑟聲繼末同參初度宴遠祈溢慶叙深情

乙酉十月逕墓幕與任友期會不遇而作

鳴節一舍我行東智水仁山別界中宜土成林松檜

樹吞人樓屋嶺湖風酒清洗我污塵肚霜厚添君感

墓裏好約嗟達高士遇叢薆攺路浪吟空

丙戌二月涯青山晚鳴謁朴山丈時路中作

兼三尊連降天褒景幕今行自岳勞渡水虹橋逍息

好仰山賫土積成高愧無工業曾時務幸賴賢明並

世遺樸酒之　茅塞意顧從函席浮薰陶

丁亥三月彌造即譜聊作

乙譜餘規子姓同新羅源脉古京東汗青萬考三長

肇演白人多四浩風雍旒敢心微雨裡乾坤和氣暮

春中一團花樹無窮樂幸得今朝嵩嵩紅

渙兒與李友竹南遊嵩陽兩還謁余詩軒故若

于次之

皇廟

嵩陽山水秘藏迢迢待煌二　帝降期祭楚儀文茅

屋創念周風詠洌泉懲瓔明下照　神逆池萬折東

流廟檜搗　在老先生忠義壯至今岩立泣兮詩

　　擎天壁

壁擎青天九萬長傍行日月大明光決知韓子雲章

70

白功倍嫣皇石補蒼中有先賢題品字上闖仙客樂

遊場此身更功瞻仰意一曲清流泛酒觴

巴串

天作字形串與巴神工未借史皇家溪深九曲流觴

酒石帶先賢彩筆花鹽之鑑來山影倒眠之即出月

光斜我行昔日觀回瀾活水源頭調不遷

詠春

春風桃盡士心豪豪青光地出屯時值沂雲曾詠

脈天長日月歷懸騷川雲淡淡將隨柳谷水源之更

桃覓都是乾坤和氣釀老夫興致岩开高

乾坤春色展新圖物々中間病骨雖鴝似遊棧翁獨

立鶯何有信友相呼根栽二本連墻竹枝向八方象

卦梧山繞溪回城市闤自家必清累崔無

歸大麥深青野色新世詭隼之文以富物吾與也賦

春雨春風事々春方春意思樂春人好花皆紫山容

無負願成春脈優遊志沂水源長萬古濱

待竹南雨詩軒先至故次二首

我在鍾西待竹南詩篇先到畫清談筆頭景好光明

野軒百先生月照潭然後令吾賢友得簡中移物老

夫探卧壑何止江山畫敏羅章々樂自湛

總閣青山白髮額雨中尚晚我朋回去時盃酒襟懷
吐阿廬詩歌笠頂樓放鶴邊賓門外報送驚呼反路
邊媒先成短律同聲應派之交情愧之才

雨中即景

生花枝下彩花明春色先天化雨晴工此述蛾其上
舞學如習鳥此澗鳴梅占即宅觀休兆蓮說周漢備
實情萬語經林餘一朵我行东賞遊得情
隆陽動氣天地交雨下濛濛自我郊最愁花峰同入
穴太羊夕鳥各投巢雲燈月白深掩霞妬青山疊
：包正是家々晴後梨野蔬採熟勝魚羞

自石硯歸次年詩會韵

夕陽榜腹復焦唇踰嶺重〻汗濕巾餘酒栢峰憑木
陽寒花榜覷懇岩崗少年風致闻何壮晚節詩游〻與
盖新也擖深宵無寐卧鵑紅蟻綠意中春

次兒輩詩會韵

老年胅次古今闲伍鼕鐘聲坐夜闻人氣逼踈容一
世仙緣庶幾隱三山生涯如覺春風夢交契無多囘
日顧俚喜兒孫文會友登臨佳句夕陽還

與广南

東坡去後广南半降自嵋山草木枯古澗鳴春闻鳥

樹前川慈雨訪花逢文靜甚是雍容士義氣並補大
丈夫朋有遠來吾亦樂風榭月簡夜無孤

自嘲

無可奈何托隱居年光荏苒謂五旬餘不巾漸懶閉依
楊著鏡屢懼老看書迂拙經營詩士酒蕭條儀儀野
夫裾古歌孺子今歌我清濁滄浪自取諸

自譽

勿求諸物反未諸昭曠原頭灑落裾山水風雲今我
管湯文周孔古人書青氈排布治無乏素履安閒樂
有餘與朋傳習忠而已三省曾工舊卜居

和月崖新僑金雅韵

即謂宿儒作老農兩滋今日頓雲龍薰飈吹麥秋初

穰溉水移秧野色濃避暑籧篨相聚柳愛吟睡榇衣

依松踏石歸卧諸賓席大讀周官掌夏冬

乾坤物理自生〃我亦此中樂太平曉節仍補閑士

趣初遅幸接其賓行清風夜洒苗題誦伏暑朝闻感

會烹座末能無嘆少一農歌終夕雨餘耕

七月初吉

竹簾槐桄動微凉天漢西南卓有章梧葉近秋前夜

落葩花舍露待朝黃老阿將至多流水客倍懷歸每

76

陟岡更教兒孫工勿憗青灯稍讀可書堂

遊龍潭作

終朝客坐雨聲中一席生薰酒後風鏡鬢還起縣雪
半氷心傾倒玉壺空林廬超俗雲深白花砌奉仙露
潤紅逢處歡情雅處感浮萍流水各西東

坐龍湖夜吟

此走龍湖氣熱雄爭文與我白頭翁朝晴漁水江山
濕秋雲旺金宇宙空此夜同賒無價月幾年願立有
聲風主人高致諸賓樂藍尾盃青上而紅

繼以醉吟

77

習習生風兩腋輕青山芒屩踏雲行江流千里環如
帶石壁四圍等以城月下浮沉金璧影秋来亂動
興聲是時中虜其鳴主盡入清閒感詠情

臨歌呼韵

主人進盞製長荷衣坐數羣山列似兒詩心寫盡酒心
許宿留尋来生面知臨溪跰綱魚苗喜故路寒枝虬
響悲離席懸慇逢約在楓黄八月奉此時

歸家又贈龍潮韓友

毋廟青衿美少年復踞個個有聲傳一宵塵夢仙庄
是三省山名鄒洞熱南些舍程非遠隔等兄查題托

78

深緣文朗在座平安否清福人间賀两賢

科行又過龍湖作

七月故節八月末溪山慣向暮登岵主人笔落圖成

陣客子詩吟韵之才喝有何嫌終夜苦鷄知忙奉向

晨催君行忠邑吾行洛恨未同場獵酒回

過陰城作

涉未萬水越十山手裡短笻半寸删路出陰陽梘竹

上行同父子弟兄间雲從詞客忙馳步花似酒婆笑

劝顔五十勤工今日志漢城一鲜友湖還

齋居之暇讀濂溪周先生太極圖說有感興之

心而用太極圖說字成此四韵欲以自警之意

書于東壁

無極之真太極成乾男坤女化生之陰陽動氣交根

立水火分時順布行君子窮神修以吉聖人與日合

具明微形寫得兹天性原始反終義精理

乾月兌東包丈詞

謹厚人為積善門隱居山邃水迴村孝溪斷楷因天

性學在操心堂俗喧和樂家風同四世康寧醫德達

三尊於吾最有情知密汪送冊銘向九原代伯父主

乾老谷族叔丈詞　墓瑞氏

80

舍兄永與我公故從此一門愛熟依食力常頂勤稼

禧寨言自是慎樞棧孝原百行為今最壽享七旬在

古稀肖子賢咸諸令抱晚隨祖道月光微主 代李叔父

厚德我公歷世煩見今汀老羊餘存永先篤志推源

孝守拙平生在慎言真簡人非俗士況貽肖子典古

諸孫泉培歸路儀形屬遠寄家詞拭淚痕 代族叔主

轍族人秀晚詞

能成大壽尚餘嗟未到天年何等恨奉老永終若不

終況垂白髮高鬢恨常情多子亦鐘慈忍總庭蘭孤

嵤恨喑向瓦他園療悲倍增仁者歸泉恨 代李叔父

渾世為心盡陰騭公曾平易異於凡風和一室孝悌

誼孝養业堂格至誠天不壽仁誰造厄人逢运理語

還蘭潛潛涙作妻妻雨此日乾非濕兩裣泰代從弟寅

乾活山申生貞詞名興權

十五年間孝向進進時情語兩從容堂臨親老曾終

孝家有導兄永保宗蘭立雙枝春帶綠花回古甲雪

侵彤即吾次息惟婚帳對活山曉公月峰代父主

乾玉臺族兄大詞名憲明

庚降主歸淂西申鐘山暮月九漢濱澗西先祖詔賢

嗣海左古家柴逸民持已嚴儀難犯雪接人和氣渾

生春化臺更等藏琴側孝子肖孫執紳晨

七十三年老聖時養愉生子﹖生兒隱居山水漁樵

或槳在等瓢食餘其卜得新庄話業啓掃除先墓孝

心追吾家後進將安仵藏露啓程崑月悲代人作

輓族人通政大夫秀光詞

性賦對明體健充世傳篤孝德峰中文章子近奎峯

落琴瑟友故寶韵空鄉黨達尊仁壽得國朝廣典爵

恩長孫奠幣奴曾哭曉月蒼凉古崁東蒙﹂

半世　　又

豐隱百年西巷貧我於賢瀧研幾閱賦詩春

輓族尼晉泰氏詞

絕古家風續祖先一生勤儉福綿綿或歌山水漁樵
地且桑麻雨露天子孫詒裕慶夫之婦之享
高年嶽鐘自發淒涼響慰送雲邊遠駕仙

輓族兄樞鉉氏詞

六十光陰少二年淒涼古岸月先天對人鄭重言無
蜀郡地周旋事有便半世留名歌在巷三山歸跡籍
添仙德峰叔氣神維降孝子肖孫繼繼傳

文清申柳兩少年未故作

間日文清兩少來我家初閱覷賓恰非凡人物寧馨

出有得山川秀氣同花嶔經林着勿息聲聞書壁樂

無衰顧余白髮何歎及夏為後生各勉哉

小雪韵

小雪初凇小雪天不於其後不於前向經處暑無多

日漸近立春過此年至理細推灰管動信時有恢曆

勸兒孫讀書、堂故勸兒同性　乙亥冬李潢鍾數人来讀書

書傳從風亂霰西腮撲歇桃永宵每覺眠

灝經典重訛非空勉汝兒孫最用功為補短籤治淂

竹研藏小櫃斷成桐腮熖夜黯身粧白灯孕陽精影

吐紅起步南天奎筆蟄山房消息兩生同

85

絕句

偶吟

道氣欲蔚此夜深徽音誰鏘復齋琴應應半世閒居

蒼白髮何煜坐讀林

聽狐自戒

寒齋夜聽有狐鳴俗詭災祥驗厥聲祥可逆來災可

戒戒於何事不由成

眠頭韻

時夜月斜素桂花明近水家明近水家詩詠

罷詩詠罷時夜月斜

86

扇對格

昨宵山月鉤新掛　澗意懇懇送好賓　今早雪花瓊滿散　詩辭洋溢贈幽人

又　非同日作

昨夜月波田漑稻　受朝不少亂鳴蛙　今朝露幹墇嵒棋　返哺還養父啄鴉

晚移

侵晨出種蹯昏歸　農服士心表裡達　士者首民農者本　何閑野女隔溪譏

呈六南

敬攀玉兔挾護語起舞長吟彿馬裾沸惜一趨如一
末詩談姝舍酒先釅 以虫鳴秋
與諸見戲吟
蟬收落日樹陰斜亂繼寒蛩閙萬家微物最先秋氣
得尚何孤節傍黃花

菊草
古人穀種草餘田種草今何好前圓食不飽吾徒烟
吸以燃何草不生烟
幾謹
生自崙西漸至東崗光猶未四邊同戒盈自古賢君

子此夜最宜仰碧虗

既望

昨盈今更欲虧西始覺盈虧限一鵝安得明光長不

松火

鐵山宵海底誊連齊

沸代燈書案永宵堂

叅之五行取諸陽烹餁養朝莫此良氐二剖松滔有

雲橋月

秋月寒潭謾逐寒燭明消息復難問蒙熬坐我昏衢

裡誦盡聖賢古文在

在

枣

種于安邑核中仁味勝仙桃品勝榛月八今日幽野
剝家々新薦享先神

螢火

暮天流去墮星明斷岸忽飛遠燦驚简々拾来灯影
摟讀書秋夜々生清

索繩

右手纏々左手增兩條交虚以麻乘織龍鬚席餘三
把繩我有慈得正曾
行中履獎

步步俯前常目在　有時脫拳手摩挲　登程不怠安詳

復十里行間五里過

汪眥

似筍無節一尋長　五裂三分織布房　毋戒兒童無械

意待迎嘉賓座餘香

夜犬

不有甫聲不覺眠　必隨人跡啄從前　吠非共主終宵

守物性亦多理自然

惜春吟

少年心事無狂春老去尋常過一春何獨尋常春事

遇此身惜未久為春

肇峰晨月　此下八首詠八景

睡覺寒牕夜氣清東方淡淡半輪生閒中坐羨婆娑
影心境悠然此自明

墨嶼夕輝

斷靄殘霞暮景閒長竿斜照半哾山堪惜黃昏無限
好鳫聲遠處鳥聲還

立巖春花

潤花雨濕縱花風畫出春岑錦繡紅萬朶千香誰最
勝會須山客水仙同

良溪夏柳

長夏裊裊十里溪含烟惹霧綠陰低農夫相與戀炎

避不待湯閑客出西

大谷秋竹

頓擗一根種我庭此

百草摧殘萬木零凌霜瘦幹獨青之信知不可居無

省岳冬松

唐子種來閱百年誰知高節歲寒前柯如銅鐵根如

石猶自蒼之摶雪天

甘同樵客

93

帶鐮荷斧兩三羣　百答長歌後先分
起刈楚蔞繅繆

束斜陽故路鎖烟雲

旨涇耕叟

蒲長吞滋古畎春　飯牛野叟起清晨
不耕安得秋時

穫永日勤工雨露瞵

入坊鄰一夜枸囚

生平污樹省吾身今夜誤爲福室人何
恨治長繯繏

茬無端橫連有時臻

杳亭

千年元吞歷羅麗十抱老根百丈枝碎
錦坊須唐節

94

度歙絃壇慕魯宣尼

題自居三省窩

三省村中等小窩省身果與地名阿日三雛槐曾賢

志但守此窩岁月多

幽蘭歙

甬綯珮一堂任自狂

丹頲紫芽冠衆芳細抽庭畔久聞香甬如君子吾如

白雲洞

懶逐白雲入洞深白雲耒去鎖青岑數家花竹閑靈

境使我能忘俗世心

水碓

一低一仰非人力吐吸龐濤學海龍日夕不休舂万

斛聲＝依岩擊洪鐘

星

蹡如碁列光生白爛岩花開影照紅顧得民星無限

數獻吾聖主阜吾東

川獵

細江一帶滙山出數里逐流盡日漁其奈無竿無網

其反朝綠木欲求魚

川獵故路

細江日暮漁歌歌歸路倦迢鐵嶺高最限吾遊無酒
興臨流餘賦嘯登皋

月夜讀書

秋夜河腮隨月讀白雲何事斂其明眼着莫案青編
字不覺古端漸止聲

又

雲師為古泰神化吞吐月光任暗明是夜人隨江步
讀花箋對案有無聲

乙卯八月十一日從懷德歸路宿塔山宗人家
別時作七絕二首

97

總斜微風影半射永宵多惆讀書家有時欲止咿唔
響緣是牽鐵細剪花

雨

大雨適來小雪天簷鈴亂耳未成眠共裝篋裝斁文房
會不向寒江獨釣舟

除夕送諸盍
對案三冬讀此山餞邑祇隔一紗問休言今日情輸
畫桌在少年去復還
上文邨文
水同一泒湖源源阿日曾無斗作心願接芳憐花樹

下頒承朝畫不踐音

謹次龍潭朴知事韵

三秀靈芝種宅邊先天開落百今年主人摘得成丹

目修鍊神工伴列仙

瓦坪趙碩士未誦前作韵故唱和

遠林眾峀繞如螺喜逢嘉賓入此間聽盡詩談皆絕

譎鄙腸支洗水聲溪

次晁草立春韵

乾坤理氣靜中催此歲春心此日開日新人点而今

始指水深盟挹一盃

石村歸路塔山迴休邃江回別界開遠向明師尋道

去莫追　賢祖感心來

有意吾行來此地貞珉自立塔山西　先生去蹟銘

兹在忠義千年卓犖兮

丙辰七月八日勸龍兒讀書

歲月於人不自由苗新涼漸入舊郊秋顧余每恨時離

案為汝更尋夜讀樓

與龍潭朴秀才韻

奇才知不偶然敦十八春蛩動管灰豔甫前程騏步

逸將隨李白上鳳臺

往文郁中路作一首　庚申三月臨日

客自鍾山到沽山風行電邁儵焉間男兒從此優遊

意月窟天根躍欲還

閏三初吉

送盡三春又一春化翁剗借賞春人晟年佳節前年

倍昨日餘光今日新

勸兒讀書　庚申十月

教兒勤讀自凉秋為惜芸愍歲月流況值　聖朝升

士國學於中庠於州

燈

戲贈柳郎

瀟灑東床一榻塵　穀朝故客更逢新冰清玉潤光相

暎自許翁家快得人

除夜憶亡孫　壬午

爾年何短我年脩　忍別青年白髮囚回憶兩生能事

我此宵無寢淚泉流

洞柳臺之夭逝而作

于敢之曉兩年故更不敢字卽大敢、

向嗟辛昌月汝旋敢

與長兒傷恩而嘆辭

庚寅、無敢

不慈不孝理達天難免吾家獲戾天安得更為慈孝

道此倫人類續倫天

庭前有大小柿故作 丁亥夏病中作

東有大柿西小柿不愛小柿愛大柿不愛者全愛者

落世事無非此養柿

勸溪兒讀書 丁卯

惠味淂書中見效新

勉甬工夫倍去春翔今責在已成人課程嚴立無時

莘陽鶴巢臺韻

仙禽昔日有緣飛一夢誰驚道士衣強倚塵龕其上

103

上半天虛影白雲歸

卧龍巖

瑞甲蜿蜒躍在流暮朝兩三鷗峒高諸鴛曾驚去居

地高起睢翁更過州

次石泉菴落成韵

山高水迥址夫子書室為十種春色好四星歲星移

甲寅重建議已卯餘禍悲嗟我生此後未叅落成之

又

嵋雪千仞色忠貞此堂々棟材擬支廈楝櫋匡返鄉

幽澗高閣去新欄感心長見今辈如島僕公朝鳳翔

次蘭亭流觴韵

癸年修禊興託遠會稽崇情叙羣賢樂文固盛世風

地雖山水異事與古今同況又娛懷日管絃曲未終

又

五十八賢同風流於此盛快然水竹清儘又絲歇俉

今有古人娛秋依春日詠仙靈在廣霞搞筆相為慶

又

修禊會今亭攀賢同此日悵然林竹清況又管絃畢

又

人異昔年人日異昔年日會人相詠文無異昔年述

往文邨路中作庚申三月臨日

渭酒一盃氣雲行熊洞中倒松依壁翠燗藥映波紅

又

蝶色形之異鳥聲處之同莫強今日畫花待閏三紅

米院前路遇女僧

衣襟認男子聲音是女人信心何處淂昨夜到玄津

花下醉吟

一年飲中樂寂適花照樓已毀優昨會未聞待明遊

題名俗離隱瀑洞詩一絕 丙子四月日送浅兒劇兩題

洞名。隱瀑志隱記吾名。隱永千載運優一世榮

呈六南

務農時析草間研晚吟花有濁有清酒斷嗟吾友遊

尼月

嫦娥莫容滕繡過齊影天理髮梳全體照顏鏡半邊

和陰竹李大雅

鄉達敬尊齒盃分交孚情陽春歆未和陰竹业歸程

文邦宗文晬宴韵

珎重吾宗長六旬齒尊也應繼續壽綜甲老乾坤德

輇族楹鉉氏詞

九世同居誼幾年慢許心慕賢菴上月惝然滿西林

107

回文雙聲

心專因學進學進因心專無慾自務善務善自無慾

解字詩

殘盃頂䤃酬方夜丰妻周佛火茶徐溫察寒稼記秋

集齋生惜念窒道近心慈高膚人閒世勿江倒迹倫

戒龍兒出倭韻 辛自夏送于朱城先祖墓下

離我朝戒任他脫輻輿做難浮妙句讀宣徒骰書

緊著頂真實浪遊莫偽虛人要成畢竟孰不在當初

即以從師發止於會友昌宇期智者勝但徑凡人如

亦易分台呂何難辨魯魚誠從課業遂懶致工夫踈

108

冀似唐陶覩擬登漢石渠欲占單變豹莫謾随遊豬

朝獵塵篇蠹夜吟月桂餘酒踈浮緑蟻飯喫青咀

題出必先摧簟鋪筐後屠見尊禮此在少敬工獵歟

手裡彤毫把腹中紫錦儲退分為彼下進寸則吾餘

望父或瞻彼有朋其桌且山連磨針杵田可帶経鋤

樹緑時飛鳥雲青晚出驪重乾河以辨無妄當而畬

不是根源固居然日月除冥閉學士聞況着吾儒裾

撒業此中務高名然後誉古齋依棟宇先塋感邙墟

連綿二升危下帷三歳舒懷中恒念及詩上勉思諸

今有古筞汝使余西踌躇

即事

雨霽雲猶濕風來夜漸清高軒時静坐蟋蟀報秋聲

乾月崖東面丈詞 <small>承父主俞</small>

隱居八十春自作亭之人斷指補純孝存心養本真

平生謹厚語半世文章身惇族華親誼齊家樂素貧

鄉曾薦學行官亦嘆仁淳簡立嘉姜茹竹脩梃一箇

石塘今夜月誰為更精神

乾筆亭惇坐丈詞秀玉 <small>承父姓俞 玉氏主僉</small>

鐘山生老地五十六年間劉戈事能斷隱居身自閒

惇宗特禮懇盡孝在和顏每喜友交會不雖家道艱

仁慈兼渾厚文雅察機關儘養鳥飛鷂曉嘆魚有鱗

惜枝修葉茂蘭芷一莖攀德續澗西裕病何京業還

善人天底奪吉址兒猶慳落日永歸路滿衿孋淥潛

夜亥子前後卯辰年送近釀戍椒柏酒獻喬壽業堂龀

乙卯除夕夜半

輓老谷族叔丈詞 代父命

性酖身亦健天賦不全貧老去益無偽平生曾養真

孝深原百行禮畫接諸賓有德尊三達存仁享八旬

乏窮常恤族長短不論人裕後能貽業奉先在克禮

慈勤諧長幼恭儉範鄉鄰歎美同朋友表揚自邑巡

111

嗟逢天癘農日忍見地藏春花竹別園古栢杉幽宅新

熊南先祖（兆）下淥灑籤欲晨

乾族人秀晚詞

吁嗟仁者近誰典託吾心勤懇果純古信徇希見今

事從堅緻物言出黙溪音養志孝原備睦親惇謹尋

四旬過忽～一路闌泅～棐族盡零膽時人魚游襟

詬神何造厄推埋亦難諶家有兄裘繼瑩高嚴老臨

田園誰復藝花木護醫陰二弟一咸並哭隨登鐵岑

己未春登鍾山

半天懸似鍾遺響閱千冬山上有靈在應期遊客逢

書堂落成韻 三首

先生嘉遯藐天山在昔有明萬曆間物外風標豪邁

志靜中氣宇絪縕顏德星聚縣羣賢從秋月照潭百

世還瞻棟長懷多吉會解揚今少意安閒

歔澗搆巖隱此山世人莫此溺沮間做工寶地揆經

吉謝命初年拜聖顏依咨一門同講討花潭諸友

共遊還僦依新額追陳蹟若奉先生侍燕閒

藥策智水又仁山歷世初年大谷間蓁圪賢名自古

躅恨無遺像儼真顏地餘舊宇今重建人遊前川更

不遑濟三升堂文雅席松風槐月剩清閒

113

伏惟臣以荒野愚民生於覆載之間地寒人蠹寄命
食土歌堯衢之耕田鑿井樂宋世之山高水清一膚
一髮于今无恙者五十有餘年而不知共業之苦則
莫非我 聖朝體天用地含弘廣大之德所被也傾
葵之忱恒功于中不能自己而歲月之內少而日
時之間雖至赴湯蹈刃磨頂方踵思報 國家洪恩
之萬一矣今聞倭奴以猖狂之習不知逆順之義
又踵至辰之傳惡浮泊沿海邊近沁都一國之臣民
有血氣者孰不無敵勵奮填之心争次想 殿下夏

深夜霄旰之間則以若臣之愚迷愛君殉國之誠自

有同於犬馬不避愞越冒死上陳於乙夜之覽伏願

殿下留神而精察焉切惟我　國之有倭奴猶中

國之有虜奴也獨則來冦輒則請和反覆無常請以

中國論之在周逐出西議者以為得策及宋講和而

議者以為失計前人之見嘗無所據而然孰我東之

見侵於倭者在羅在麗非一非再欽惟我　太祖大

王運神籌奮威武視賊若蚊蝱之侵一戎東征建功

覷業集成大統而逮至　明宗朝彼又八冦湖南諸

郡時府尹臣李潤慶出兵擊却之隊有李德堅者來

自賊營致賊之言曰若給軍會則便當退去云府尹
令斬德堅於軍中以徇之大破逐出兩朝之事此
周家之得策于有光矣嗚呼壬辰之秋清罍业移
辱及陵寢為人臣子者不忍言不忍聞而不共戴
天之讐此以宣祖朝之明断幸頼天朝之助又
有左右輔翼之贊相名將重恢全疆装鯨鯢校之徒今
年通和明年復反至於丙午回答使之行条判臣尹
安性詩曰此日和親意未知二陵松栢不生枝左
祖臣李德馨詩曰臣子未涓陵寢辱簡書先入大
羊天此皆為本　朝痛入骨之言而監于宋朝講和

118

之失計也今當我殿下履祚十餘載治教溢於八

域信義聞於四方且在邊之臣曾無昔于老對倭使

塩奴嬲婢之戲言而敢為来警諸浦則俊不過驕兵

貪兵也兵驕者敗兵貪者亡之說記在漢史天理之

固然以我之應兵聲其罪西底天之誅則此春秋所

詡義戰也功惟、聖主之睿筭公輔之遠圖交等於

廟堂之上召募之神速組練之精銳行陳之整齊

約誓之申嚴罡械之利堅備禦之鎮密不待交鋒彎

弓而賊自退去矣細聞中外傳播之說則朝廷之

議或有講於和之一字未知其果然否若果其然則

殿下之意疑其士卒之不願戰而然歟慮其粮饋
之不足反而然歟業欲鎮靜人心而然歟更欲解弛
賊謀而然歟切聞砲軍之應募者勇健顧戰社穀之
預儲者充溢足反則復何疑慮之有予周察人心則
皆有東築而賣國之誤計至於太息流涕
上所以鎮靜人心者反不為鎮靜細推賊謀則必多
餙詐而以和為歡我之長技專於奸計陰密我亦云
餙弛賊謀者反自為解弛也此豈非内哃吾民忠義
之志而外開彼奴窺伺之路我朱子曰祖宗之讎萬
世臣子之所必報而不忘者其在進攻所攘之道實

120

是萬口一辭之公論也豈可容髮於其間哉昔漢高
祖與匹奴和親唐太宗與延陀和親以二帝之英武
橫亂除殘剗造大業則豈無累於進撃必勝之策乎
然而其心皆以為中國新定且非祖宗之讎則姑為
安集流散以休天下之心也與殿下雪先王之
恥之事不可同日而論也蓋兵者凶器也聖人不得
而已用之則不可先舉往征彼今自来請罪者乎畧
見彼之和條十三事似非大段生頗於我國故議
者以為姑許其請安息吾民以外面言之則或者其
然而以遠慮言之則大為不然臣請舉一二条而明

121

其不然之目役有通貨於我
國諸浦之請又有通
信徒来之請臣未知其將然而試言其已然粤在
世宗朝文敬公許禍曰倭奴下臣乃叛其心難測豈
可使鱗介之流間我衣冠之鄉為後日國家之患
果驗其言三浦之倭滋蔓難圖此所以不通諸浦之
明鑑也在昔羅朝有朴堤上者八日李則諸酋誘朴
為臣堤上曰寧為新羅之犬豚不作倭國之臣子至
於死而不反此所以不通信使之前轍也惟我仁
祖朝而于龍馬來圍都城危及廟社而當時忠良
之臣有曰朝鮮之人旦知戰與危不知和與生比求

舍魚取熊之義也以今準古強弱之勢安危之分不
待臣言而殿下已先處斯其緩急而輕重矣魯有
戎賊是膺之頌而鄒夫子證述之曰周公方且膺之
今此島夷惟我太祖明宗朝之曾所膺者乎夫
君臣之義天理民彝之大也為人上者苟正其心而
裝虩施令則為人臣者安知無唐之巡遠宋之岳宗
乎若使本根未固形勢未振則姑為退守之計以待
後日之大備者可也劬惟我國家本根不固不為不
矣形勢不為不振矣伺苦西必為此區之講和而
見笑於天下後世者乎秖與不和之義與不義宋之

晦翁詳陳於封事者亦已先矣以其事則古猶於今
而以其勢則今勝於古不待智者之辨而皦若青天
之白也今臣之所奏非必窮兵瀆武惟冀斤和致
討斤和致討即是内修外攘譬如直内方
外内修不如直内則民心内搖外攘不如方外則仇
敵外侮伏願 殿下閟悟聖智修綱紀據義理順天
意合人心而以今於四都八道則雖瘡痍跛躄之人
亦且增百倍之氣矣而況忠臣義士之勤 王者予
今賊之來此乃 殿下淵鑒立功之秋也虞舜格七
旬之頑而教以文德齊襄復九世之讐而大之春秋

124

臣之所望於
殿下者豈在於虞舜齊襄之下哉陸
贄曰理或生亂、或資理之業在於堯勵而謹
修之此正殿下堯勵謹修之日也殷之仲虺贊揚
成湯不稱其無道而稱其改過周之吉甫歌誦宣王
不美其無闕而美其補闕以岩微臣之見閭此之仲
虺吉甫不翅天壤之間而狂夫之言聖人擇焉在今
殿下擇臣之言西所和致討翻然改過補闕則殷
湯周宣豈可專美於前武伏願　殿下旋收講和之
議西亞下討伐之令以正其謫則內自公卿輔弼外
堂方伯守令下及閭巷兆庶孰不感激而報効　國乎

125

孰不敢憤而獵賊乎然則破倭之策指日而可期矣

臣本不肖之一匹夫身伏南峽嘗嘗憤憤心懸业

關勤勤懇懇萬死剖瀝血以效古人食芹炙背之獻

伏願

殿下垂憐誠悃或可采擇則不唯微臣效忠

實為

宗社無疆之幸罪死罪死誠惶誠恐百拜謹

言

策三 政士戌夏

臣謹對於戲臣以草萊寒種生於煦嫗化鎔之中燦

〻憤〻耕鑿於康衢之烟月矣恭惟我 聖神文武

主上殿下 親策枞雷霆之威及蕘瓷之詢

八域之士皆飲之然莫不精白以承休德伏逗二

之可三之之何四也臣謹雙擎聖策敢忘猥越僭

叩謹百拜拜手稽首於　睿問之下臣實誠惶誠恐

自不容犯臣伏讀　聖策首問有國大政四字此誠

天地神人之福也臣聞昔魯哀公問政於孔子孔子

對曰文武之政布在方策其仁存則其政舉其人亡

則其政息天道敏生地道敏樹人道敏政夫政也者

蒲蘆也待化以成故為政在於得人取人以身修道

以仁之者人也親之為大義者宜也尊賢為大親之

之殺尊賢之等禮所生也禮者政之本也是以君子

127

不可以不修身思修身不可以不思事親不可

以不知人思知人不可以不知天下之達道有五

其所以行之者三曰智仁勇之謂也天下之達德

所以行之者一也今顧下之言及此顧目有三此

三者亦天下之大政也其在經國理民宣無蒲蘆之

敏乎然則有國有家者所以維繫民心紀綱政事本

根之大要此克授人時春作秋成則田也有賦矣兩

征有苗班師振旅則軍必有籍矣虞有米廩尚齒養

老則積必有穀矣厥田有青黃赤之五色厥賦有上

中下之九等夏后之貢也武陽征葛伯四束咸俟高

宗伐鬼方三年乃克殷人之軍功也鄉里之委積以

恤艱阨墊隘之委積以待羈旅周官之掌穀必尚矣

唐虞之遺蹟三代之篤盧難徵無論絀以中國歷朝

問穀出入責治粟內史漢文帝之三政也復收民田

言之春間籍田賜民今年租夜拜宋昌領衛南此軍

三十兩祝一與錯調兵吳楚之伏誅克溢露積太倉

之腐粟漢景帝之三政也是以西漢之治至於文景

七十餘年之間國家無事獫戎我至若漢之掊克

初籌商車唐明皇之病衛段為飛騎魏武帝之積倉

起於屯田則惇其觀亂蹩如何此極以臣微見覺識

不暇遠引博援也在昔箕聖東封朝鮮始以洪範九

疇之龜文敷于海左八域之貊俗盖推疇類之列九

乃畫井田之洪八而九疇之序有三曰農用八政八

政之中有一曰食八曰師則東方之有三政自箕聖

而始也故稱小中華而羅麗之末廢到極矣天運循

環無往不復惟我本朝開國定鼎漢陽卜年萬億

而今近五百則祖宗勤造之良法嫩制臣不敢容

喙其間此然而以言于田賦則始量在於宣廟朝

甲辰段量在於肅宗朝庚子其歲籠有二十之悞而

不泰之襄敉末知自何時而然此土有六等之分年有

九等之分者亦祿之不均而然也及其無別亦未知

自何時而然也以言于軍籍則自

十衛之法中度為五衛之制廢於壬辰以後三

營始敢矣上舊之規粵在正廟朝以調國之不贍权

布始此皆列聖朝隨時料酌臨事吻協之前後一

樸也歷何敢詳言其沿革得失于以言于還穀則夏

謗之補春省耕而補不足秋省歛而助不給者復行

於我朝而西京之方春議振貸展鰥寡孤獨之恩

圖專美於前嬺其陳、腐紅又有常、經貴故春給

秋還取耗補用亦皆用權得中之制也臣伏讀聖

策自法久弊生止疲則通之義也臣聞董子曰琴瑟

不調甚者必解而更張之乃可鼓也為政而不行甚

者必變而更化之乃可理也此亦變化之始也又曰

臨淵羨魚不如退而結網臨政願治不如退而變化

更化則可善治此亦善治之漸也天下之事有緩急

之勢朝廷之政有緩急之宜當緩而急則繁細苛

察無以存大體而朝廷之氣為之不舒當急而緩

則怠慢廢弛無以赴事幾而天下之事日入於垝竊

觀今日之勢當急而不可緩也田不收賦無以供上

軍不檢籍無以衛邦遷不儲穀無以振民豪勢兼并

經界紊矣則鄭聖之論雖今不講而甲庚之量宜可
復行矣狡黠逃竄尺籍虛矣則司徒之眾挽古大比
而伍兩之數亦可盡充矣奸得舞弄法壞矣則朱
子之策似是合理而蓄積之備不可不豫矣抹正之
道不外乎是矣臣伏讀聖策自莠念此舉左右掣
礙止恝視民國之昏陷于危也臣聞朱子曰天下之
有事本有末正其本者雖若迂緩而實易為力抹其
末者雖若功至而實難為功是以昔之善論事者必
深明夫本末之所在先正其本、正則末之不治非
所憂矣本者心也此末者事也先正其心以治其事豈

有不成之理也伏願　闕下以二帝三王相傳之心
法明斷於潟四詢四之際則豈有左右之掣礙乎人
才雖不逮古天地元氣旦萬世而毓靈豈可借於異
乎什得人之要在於旁未辨財之方貴予節用何患
人之不得財之不辨宁授托之間丁宁盡括簽常平
之倉穀不可蠲湯旦以今日之事論之上則天心未
豫餞饉荐臻下則民力已彈人心勤揻誠䬿下宵
衣肝之食時凶在下之仁人君子豈可坐視其然而
不為圖回之術宁臣伏讀　聖朵自予以寮德止予
將親覽為臣聞謹受益是乃天道又聞若保赤子以

大禹謨受之德效周王保赤之政昧爽丕顯則何患

平民之不存何憂乎國之不存臣本無毒讒當此

緊朝求言之時敢茲頃囯到盧以漢然無所有似之

說胃危耕進水 乙夜之覽誠惶誠恐罷免冗臣謹

對

宣教郎墓表公

鍾山之南小月旡卯坐即公幽宅始也祖諱將有版

囯判書慶州人麗末居報恩高祖諱慶庸都染署丞

贈兵曹參判曾祖諱曾孫司雍院判官祖諱碧副

司直 贈左丞旨考諱天宇嘉靖戊子司馬戌登

嵩歷踐舍人典翰掌樂正贈副提學妣

人慶州李氏副司直裁之女公其弟二子也薛可宗

字靖南宣教郎配安東權氏全州李氏俱無子側室上黨

孫氏有三男長曰瀚先后次曰滁次曰涉元后滁生二男

長舜哲次震哲歷四世无后毋哲生二男長舜望視

孫仁燦壽爵贈護軍次太望舜望生三男長喜元

視子贈護軍次志遵次志行太望生三男長志郁

次志雲次志敦壽爵通政以下不可盡錄噫世為清

寒又無遺跡之效徵可惜而至今子孫繩之永系者

豈非公之積慶種德源深之麻乎余不肖不勝感泣

敢告父兄宗族暨此貞珉以表墓道云

書
上 石村文席書 芸窓朴先生慵陽

幼學金較泰謹齋沐裁書請絢束脩拜之禮于

銀臺丞吾石村山文函席之下致秦伏聞民生於三

西君也父也師也達尊者三而爵也齒也德也然雖

有君父生食之恩而師不教之則事君事父之道難

可知此縱有爵齒朝鄉之施而德不修之則尊爵尊

齒之禮或以頒也伏惟明公既承師門賢祖之箕裘

又為士林諸生之山斗以德尊之地位、虔師教之實

任也此今日遠近之士所以仰宗下風莫不有一侍
文席之願而以菽麥微賤螢爝之心竊慕明師盛德
不敢悉畫宵旦晏之間此本以僻倚下品之資生此
窮僻狹中之地聊聞所見不過為酒肆雜技牧童俚
譫而不知操心治己之為何事修禮行義之為何物
不反得此倫於草木禽獸糞土之中是以自不勝其
慨嘆憤悱之切以為安得一朝一夕侍立明公滕下
願承詢之教誨師法其盛德之萬一庶幾可以改
過遷善虛懷實歸而能免後人之橘為悖類也伏謹
明公不以淺陋為可棄而置之門人弟子之末列以

供瀨憚之役則幸甚幸甚今欲再拜堂下而未永可

吾之愈先以書敢達于將愈者而立於門外無任僧

越惶恐之至

又

伏以生窮居箴學無所肖似竊嘗自憤不知攸由近

得心經一部三復者過始乃覺了為學之深工莫如

一箇心字欲為求放操存則或有善心微發之時而

傍有利心處言又有正心暫養之暇而忽有私心反

攻以一日十二時計之善心正心不過一二而利心

私心無出於十又重之善心正心僅存一二時者惟

待勉強而致之利心私心之常在十時反作習成伏
自料度善為客利為主正居後私居先與古人為已
之學若是其相皆此耶謂淵渝天飛隨坑落塹內愧
之心反不如不見心經時不知心之為何物也言之
痛心若事若事恐未知天賦此區之淺資之初不以
正不以善而然耶人皆有是心而獨不得吾心之終
善且正何以立於天地間而自許人類我此無奈溺
於見聞之固兩泪於生涯之鄙吝曾不從明德君子
以為學問講磨者于伏惟丈席早得師門之正脈乃
為儒家之宗匠精一於人心道心危微之間主宰於

140

良心本心神明之舍一日之工子兩夜一月之工朔

兩晦一歲之工春而冬存諸中而發於外克纘无

翁老先生之心學故此上自朝家下及士林禮以

遇之誠以尊之此生亦竊嘗有慕仰之心八月初十

日拜於膝下見其一動一靜一語一默果非晚生之

腹所能料而使人如在春風和氣中此生性本迂拙

未敢問為學之道又以故期之甚意因即拜達侍右

倏忽月餘拳之心豈可一日少弛或中夜以興誦丈

席座右至微本心難保一己私意難徐之銘嗟嘆曰

丈席此工於此可想其到底矣竊有百一侍之願敢以

狂妄之說汗呈於函席之下伏願丈席容此僭越之

眾諒此憤悱之情姑實膝下而試教之如其不可則

後乃棄之伏望伏望 故而未果 右二書乙卯秋欲上而執摯有

上文村文 族兄義泰 士戌

詩

家主一心屋一身　任他靜裡養精神

儘着梧影登襟月　如入蘭香滿室春

尚志其為仁者士　着工不已作之人

屬居二舍東西地　祗恨無多受誨辰

傳曰欲修其身者先正其心心在昔聖賢猷不從這裡

上敬得耶惟我高明之言恒以利慾為戒謹慈自務

則其素昕畜積者存中發中而然也択悍馬於橫牲

之路駐龗車於淪沒之界八牕洞開六塵不侵故容

貌端嚴儀風懾悚首曰家主一心屋一身者是也易

曰岌靜吉靜裡乾坤邵子𡚶以體易道也乾坤之理

亦從靜中而動君子之盖取者豈不慎也顯先養子

精粹之姿老於林木幽邃之地神明之氣寓諸姿閑

琴書之業送日月俯仰天地次曰任他靜裡養精

神者是也先儒贊曰梧桐霽月周岡之梧拳之姜之

西吉士鶡龍門之桐鬱結輪囷而古人材用則士

之賢材乃是梧之良材也千載之月枝之上翠影業

遷蒼光氣像如霽瀧落乎照人脆襟故曰虛者梧

影登襟月是也夫子語曰如入芝蘭之室久而不闻

其香之遠闻者莫若芝蘭也雖生幽谷亦闻十里

故詩曰風蘭舞幽香又曰蘭苑不改香今反不闻者

霏香之無此則有之而闻之者久則吾之一身便

是蘭也以蘭闻蘭豈勝亂吞人之闻善言即如闻香

蘭故曰如入蘭香滿室春是也闻之曰士何事曰尚

志何謂尚志仁義而已矣蓋士為四民之首仁為五

常之先志為一氣之卿則士生斯世高尚其志仁為

邑任斯仁至矣志無虛邪可謂士矣衣縫掖冠章甫

可以居宋魯故曰尚志其為仁者士是也有之曰人

皆像之作之不已乃成君子蓋人之着工夫庸始難

強作而今日作之明日之作勝於今日今

日之作勝於昨日以一日論之則自朝

以一日論之則自鞉作之至於矓以一年論則自正

作之至於矓今年勝似去年則習與性成其作也君

子故曰着工不已作之人是也憶高明之正心修身

於靜裡者到底故望之岩梧月之氣像聞之有蘭香

之言語尚志着工真箇有士君子之風雨以淺洒之

窺測居在二舍之遠不得頻承教誨於朝晝之業故

欽之曰屬居二舍東西地祗恨無多受誨辰是也疇
昔指喻之說嘗竊感銘西向因晉拜侍右見一書聞
一話自不掩誠慨之切敢伏夜枕以穿辭鑒說妥且
攢頌泒不知僭越之極而亦豈無容受之恕乎天氣
向和更祈膺時保重以慰磨仰三月初九日心制族
弟玖泰拜上

上磨隱文書

玖泰窮居孤西自傷多狀竊嘗惟安得一侍士君子
之左右曉此蒙愚焯其昏昧矣垂聽业末諸客之言
則莫不攢頌高明之惇行純德以岩玖泰之迋拙欽

作高風固非一日向因晉拜半旬承諭儘皆的當之
敏而無此子底意松便吾胸中洞然無疑至於笑樓
記中君子小人之際其較量勝負尤為詳密洵夫陰
陽消長之蹟善惡虛實之間文理貫脈辭義浹髓兩
翅復磨字上做工夫講之煩熟明之極精本末該備
始終曲全果非之腹邪能料此想此存諸中者發於
外也亦宣李心志之底縕而特在乎言語文字之間
乎且復處己而接物也公平寬雅誠信質實自儉而
檢人自治而治人伏不勝景慕之極竊觀今之為士
者狃於偷薄浮華之習而詐欺巧偽之姦作為耳需

147

目染以陷溺其良心而不自知則豈非浮眾於高明

之下者哉高明德行純備實求淺陋耶能辱管而於

仁恕謙虛之際尤有拳之之深伏陳鄙誠 四月六日

上謝文村丈書 是歲壬戌冬文村丈製送三者記以

玖泰賦性偏駁身暴致棄憎然坐了寅漠之中還甫

馳於佻輕之间不知省工之為何事虛玩歲月而倀

笑伏蒙眷庇之恩辱枉手肇之記不以凡陋為可

棄狂妄為可斥過補微軀虛譽淺行蓋這裡省字上

下工夫其到地踏實真如曾氏之聖然後可以追其

一簣至若玖泰之愚不肖其難可試者如勺海之蠡

不勝任者便負泰之蚊屢曰逡巡退縮自誦鄒夫子

聲聞過情之訓而已然伏察其立言措意上自宗族、

泛數下遠私賀斯人無一言一字不出於天理人倫

之大也正是見聞之所不及忠慮之所不至曰講心

釋三復三嘆愛而教之；義存乎警而戒之之旨著

爲感先之懷繼爲孝親之心簡爲一以有養愧之色

外見於面一以有惕屬之意內功於衷腸襟灑落鄙

吝消剝誠不意古人頑廉懦立之效乃於吾身見之

於是作而咨嗟曰士之求仁固當以反求諸己爲務

然豈不曰受其高明之訓云哉竊恐自揣己學之無

本如七八°之兩集鑄澮其涸可立而待也月且醫之

之駁雜旬外遷來者不勝其挈則真所謂一齊衆楚

一曝十寒安得續永此正大之名教得遂變化其躁

廑朴愚之質以為附驥之愧也不勝憤悱之悈方竊

洗心以待

　又代書

公患道青山幼學生金義泰謹齋沐百拜上書于

大院位大監閤下伏以生瘝郷寒種生長於堯舜之

世今當老氉毓育於周公化之其為愛賜於聖

朝者亦凸大矣生以不孝之故得罪於生之先祖其

在庶庸勞苦之甚必呼父母天地者人之常情也玆
敢冒昧僭越裹足顛倒號訴於院位閣下生竊伏
聞書曰天叙有典天討有罪言夫有亂其天叙之典
者必致其天討之罪可也生之六代祖贈戶曹判
書月城君行司憲府平金元亮即先正冲庵文簡
公之族孫也先正沙溪文元公之弟子也方其幼也
目濡耳染於家庭貽遺之忠孝及其長也口誦心究
於師友訓善之義理忠孝中操守謹勅義理上識見
精深及至癸亥．仁廟朝攙亂反正之時密囑舉義
惕賚決策自以書生不堪於鷹揚虎闞云而竟不赴

151

渭橋之迎　仁廟受命改王知其功多故特侖侖勳紀
三登官授六品上跪力辭竟不得免而自上至有
志操可尚之教則　聖意之隆眷毉可知矣況當時
朝之初義理晦塞綱常頹弛與同事諸人密勿商確
明世嫡之大義以與天下萬世而無愧其功其力為
如何哉噫不幸為賊黜之訏誣身陷大戮洎至甫
廟朝以大臣議追錄勳爵毋書鐵券輝煥於千古十
行絲綸感激於九泉為其子孫者豈不欲隕首結草
以劾涓埃之報也且其　聖教中有曰祠版不祧嫡
長世襲不失其祿大教　王言正與書詔謂賞延于

世之義若合符節此又蒙
恩以故自生之五代祖至于曾祖世龍〓而奉奈矣後
孫零替　賜貹田六十結在廣陵月城君墓下者盡
為見失流落鄉取瘠居草昧祠宇晝額不避風雨祭
田無餘毖絶香火　朝廷無記記憶道臣無記啟聞
不得藉祿者既歷三世生之不肖無狀忝先墜業之
眾可謂不肖人不忝也不意近者伏聞怪鬼不逞
之人金。。幾視生之孤子又欺勳府之堂上假補
月城君嗣孫如郭崇韜之於汾陽王冒録於忠勳府
圂添蔭官其為乱人紀滅天倫者莫此之甚也生之

家遭疫之同櫬姑舍

聖朝錄勳勿督之典今復何

在耶以坐之零丁祖先之勳緒一朝見奪於他人畫

宵畫蠱傷心腐骨冷者此伏願

院位閤下特垂燭幽

之明於生以秩天叙之典而於彼以致天討之罪則

生之至冤伸矣先祖之幽懟雪美情勝文短言無先

後誠惶誠恐不勝猥越屏伏之至

上芸聰文書

謹伏問殼春道體多連享萬康伏淥區之不任頌

禱之帆此昨秋以後癈崇婁身伏問何違就伏白記

之力思剗戈已久而病未能晉闢今兹戈以家至秀

淺見不勝悚惶之極幸送下頂伏謹伏謹大谷集亦
為付下伏企耳天氣向暖更乞衛道保重餘不備伏
惟下監上候書竊有所懷仰呈別紙下覽伏謹耳

別紙

伏以生本以愚魯下品早縈功令末得成家且以十
年親庭蒙薦遭外内艱忱惕歲月奄至四十曾不趨造
於大人先生之門得聞薰陶之訓無庸憤悱切有追
悔之心妾自悔以補歸記之吟之欵勉為己之實之
笑追今耳順賤齒又零五數而反已求之亦無一分
悔字上餘效不過覆載閒棄物何等俯仰愧怍乱謂

155

追悔前叢脫以仰厠於函席之下文多穿鑿伏望語
之煩茗聲之濫者遠之斤正更惠亭當之教警此惴
昧則雖在芻苑之年不負古人朝聞夕可之語伏不
勝僭踰猥越之至　丁亥二月

上趙明府

伏問風高雪戲公山行次平安迭返西氣體候康寧
伏漆不任下惘民草偃於風下而已基子呈上顒想
宜圍於公退之暇而亦是坪中有東海伏念有術於
觀水也不備伏惟下鑒上書

上文村文

老炎如燕謹伏問體候一享萬康宗抱亦男侍耶伏
懇不任頂祝之惆悵弟支迤一疾棄至入木雛付天
俞西但恨世此更不承顏接辭也龍伏白向盡舍從
喬涉吾派譜牒之即出則司果公茅四子諱說秋下
寫出無前之一次于教下令咸兩然耶蓋父子天也
父母生之子受血肉燮膚者也安有地隔湖海年過
二百之後稱以父子耶莫是郭崇鞫之於汾陽王乎
戴天倫亂人紀莫此為甚似是吞先不是孝先伏功
痛嘆淺見若是故敢茲仰白難免六責之深耳餘病
席代草不備白

上芸窗史書

伏問肇夏

函體候連享萬康伏切區區之慕不仕祝之誠生一
心慰於函席之間恒主於敬若承謦之教誨是豈
非受賜於下風者乎以若無似彌切伏感就伏自慚
賢記文伏想制成已久而顧此殘且兼要棐未得勇
進以承任秀凌覒替送何等悚惶之極　下涼休谷
而付送俾準剖楷之役伏望耳晋謁之期姑竢秋間
伏計餘不備對時萬安不備伏惟
下覽上候書

拜違月改景慕彌切謹伏問春餘

函體候連享萬康伏溱區〻不仕頌祝之誠生疎以

無似自怨偺諭行侍丈席於高明之下以遲甲鄙者

風昔之願歸而伏枕旱頌德彌盛禮彌恭也記文膝

為伏呈耳天氣向暖更乞為道保重不備伏惟下鑒

上書

鄒經序

余嘗讀孟子書嘆篇首濶大全序文矣晚因後生之
教竊以己意敢綴七篇之大指總論以解之盖孟夫
子以徇世亞聖之學當戰之時上則王澤已竭而諸
侯竊儞下則聖學已遠而邪説横流安可不以道自
任此説以汲之於大人之事尊王道而黜霸功過人
欲而存天理語治化則必補堯舜語征伐則必法湯
武語私力則必斥桓文語異端則必闢揚墨以仁義
禮智為急務以功利誠滛為深戒遊於齊梁之間而

不遇其時誦以詩書之文而不行其說便是方其栖
而圓其鑿豈可合亍於是歸與章丑之徒問答祖述
帝王之遺法講論君臣之大義與夫伊呂出處之正
耒惠清和之偏緒之以孔子之集大成贊其太和元
氣之流行四時處至於政事之施則定經界班爵祿
禮樂之設則論喪祭聞鍾鼓交際之間辭受之分莫
不畢舉比於顏曾道德學問若是宇班而為天下後
世之功則不下於大禹之抑洪水何其盛欤今復浮
以詳言之方其幼也親衭三遷之教長及其也私淑
子思之门遂成大儒者不過一箇心字上得矣夫大

161

人者不失赤子之心之既先正則人危道微之間惟
精惟一性復其善氣養其浩氣之以五常之倫四端
之懿無不從此心出未近以一身之動静遠以天下
之事為豈有苟然者我故曰不動心曰格君心而以
盡心終之此其那以為孟子也鳴呼孟子既沒其書
雖存其道不行以漢之馬遷取其何必曰利之言而
嘆以贊之其見狀不明矣兩列傳於荀卿驅衍之徒
何其誤哉至唐韓子以其道上接于堯舜禹湯文武
周公孔子之統千載之下知孟子者獨韓子而已也
自是以降世裏道微傳奇老佛斯文掃地盡矣一記

則一治天地吾泰之理陰陽消長之道也聖朝右文

賢儒倍出惟我朱夫子繼開程之緒引惟諸說考證

舉學章以次之句以釋之然後一節之義昭然可明

西聖學復起師道不墜遠及我東朝家寧以文廟

使其書為治國之大本而下及儒家者流人莫不誦

以習之不至於眽左社而言侏離鳴呼休哉余本愚

惜旦蔑學問而自益俗踰之罪猥以穿鑿之說別紙

附書於私州之首以腼子若孫初學之蒙者也

　中國圖序

余早有遊覽中國之志而放諸禹貢見得山川名畫

暑涉地脈難分輦轄及按輿誌之圖曾不崇朝坐而
大觀即費長房耶謂能縮數萬里坤軸聚在目前不
待堅庭之步自业極何如司馬之遊至南淮此於是
為歷帝王之疆理窮宇宙之寥廓河通于天目臨號
出之渚洛中於土手指龜員之洲震帝巡轍之迹五
巖出雲夏后鑒斧之痕九川走海都莫東西前圍後
漢京分南业距燕坼吳州國郡縣列在十二者之間
而上應二十八宿之分真王者之神罡此崖瓊浮在
大瀛西瀕然如芥沙漠僻處窮荒西寒為不毛尚何
論我長城延褒萬里蔡虛等也西域遠在一方漢何

通爲降自崑崙周覽古人遊賞之勝景杜少陵之丞

峽巘東坡之壁江李謫仙之彩石王子安之滕閣及夫

鶴樓鳳臺鑑湖以西廬山以南無非騷人詞客之助

興此亦可寓感巫山秋雨吊帝妃之魂沅湘夜月慰

屈子之忠逐鰐之潮韓公巨笔牧豎之海鶁節孤節

趙顧起想奉目東魯尼山降神泗水載靈聖人來時

受衙而爲師百世亙今義教尚遺膚化如攀千載之

下願爲弟子之列而左視朝鮮此亦小中華其非箕

聖之風不泯而繼之以我朝之感化歟余乃闯中

出之素險追古人之善惡必有所勸懲而喻之以學

然則是圖也豈特為案上遊覽之一物也哉歲在庚

午歐月藝卧病林聊為之序

竹南序

大凡物之有美者莫不得人而著其名如柳之於陶

先生蓮之於周君子松之於鄭盧士柏之於冠萊公

之類皆是也而況乎竹之充美者乎曾為漏於離騷

而愿之者必有待於今日而托之也夫吾友有李君

名綜鍾字聖鐸者其為人也固而直栗而剴忠而義

嚴而有節謙而進德長於文而不拘於時之縈纍嘗

從遊息有年矣歟曰竹南問是誰之翁耶李唐叟戲

懷之意於言辭之表而敬對之曰昔吾先伯父以是
錫嘉而今雖違於佩韋蓋多規戒也余亦正衿
曰然則已於君有託驗之矣夫竹之為物也其根甚
蟠結而其立不附依者即君之柔而剛也中虛而無所
軟而及長乃勁堅者即君之固而貞也始生則浮
隱斂上聳而有節連秀者即君之忠而義也當霜落
雪杆之冬不為見摧而其業蓋脩者即君之嚴而有
節也遇木數草簫之日不與爭先而其幹已成者即
君之謙而進德是以閱四時之寒暑溫涼而不變其
色即君之不拘於時之榮悴也此皆體也至若剝之

為冤用之擧歸無所往而不宜亦類乎君之長於文
而待有用於世也其體與用果如此則知不遠於先
伯父之遺戒而佩之於心上不忘善乎古之人有名
其樓名其亭名其軒名其漢者其名不一而昌若辛
名其人之親切者辛戒故曰詠竹儘美而詠不如愛
、竹儘美而愛不如知之竹儘美而知不如身自為
竹也然則殼事之孤齋連之畫行其義而也君岩易
地廢可以兼兩行之也唐白之養宋黃之題志其賢
也而君岩同時豈可以讓其賢也哉惜辛藏於凡草
木之中龢知夫此君之為美也真可謂歲寒然後乃

168

知其勁節貞操今何以人之知不知有愠不愠於自

家之心子豈不辭於君之請而姑為之序更加勉焉

前程之歇撝～而有斐於功礪磨琢者寧有媿於九

仞之一簣也哉

霞隱序

東方茅一地有山跨立巔湖問謹之如碧霞滿天名

之曰廣霞～之氣脈轉囘西南距由旬許高峰巋然

特秀鎮吹風之野拖繞月之岜無宿雨新晴朝旭初

射巔上餘霞濃紫郁～紛之若將鯢靈而降神也支

麗直下一里強而有村曰樓乃吾族人金世熙世居

之址也业有

文簡公讀書之遺卷南有都事公殉

節之旋楔在今春肯構一堂於此間扁其楣曰霞隱

兩字本受之於判府事申公之手筆尤可欽尚此然

霞之取右如隱之義相友君以舉駿之姿傑鷔之氣

妙年遊洛篧自即秩職後司果者迄今有年則結末

蒙陞庸勢此而就信其隱乎謂其大隱乎朝市之意

耶謂其後退之意耶吾知之矣隱之為言避世之謂

也世之多器避而不参合糊於藏否之間緘金於是

非之際視聽言動違勿旗於非禮則有似顏氏之樂

酒巷也洞磬戴銳守如瓶於司戍川無違於丘翁之

告靈坮也進退出處都附天俱而養吾隱才存吾隱

德欸斯眼斯亘兄亘弟愛吾愛吾諳詔子諳詔孫則是可

吾亦為君云歲在黃虎火流月下瀚悔何族玟泰序

門不獨於詩可觀也古人有曰亭亭物表皎皎霞外

曰閒中今古靜裡乾坤衡顧人之澗蟹陳盧士之衡

同苦錄序

同樂可守樂則易溺同利可半利則反吾興其樂而

易溺利而反吾寧同苦可也詩曰誰謂荼苦其甘如

薺同甘於苦者以其同聲相應也羹畫東南朋得西

南冠者七人童子五人以文相會於九龍峰下一孤

171

庵是卷本先賢之遺臺而因以為後學講讀之用古
之黨有庠家有塾者是也於是乎下廣川之帷磨崖
山之杵同為喫苦於作之讀之之間其作者四經之
解義四書之質疑其讀者伏勝之噩韓固之興此
以魯論契六藝之袊以漢史照百世之鑑至於紫陽
朱夫子墻根達枝小學之方長者得堪喫連參之苦
幼者得忍受夏楚之苦夜驅睡魔之苦朝咬菜根之
苦何乃自苦如此盖玉不琢不成咒纋不操不成絃
或有始駕之馬或有初述之蛾者欲免於草木糞土
之苦比兩期使莊子之圖鵬回笑及鷄韓云之為龍

反著一猪企及於業學之陳良南遊之漢遷可謂華

豹之變喬鶯之遷乃知昨日之苦今日之甘豈歟良

菓苦口利於病之效歟吾必曰不同樂不同利而同

苦此云甬

上元踏橋序 作

漢兒與衡九洪碩士景澤同遊故

逮夫廣陵極麗之設傳幽錄於葉仙吳臺繁華之遊

闖清歌於范子泊兹戍寅之建寅朔三元之上元宵

楊連秀之作娛幸無三衢之衡雨藕子瞻之鼓舞永

泳一堂之冷風月舉初明夜色宣朗恭惟我賢太守

郡後水山之勝治高嶺湖之問武城之絃歌劉牛雞

兩為用滁州之酬宴集禽鳥而不知瞑在退公之幾

迨素七月之既望過宋曆而在于中秋之佳辰逢克

世兩亭午最是今夜釋佛舍利於陀國金吾弛禁於

京城重麵官廚置帖子兩相勝蠟炬鈴閣結燈影兩

蓋明邑飛銅章趨令擧吏之單鶴畫錦氅儼臨明府

之儀觀又令衡賢龐文雅早成儀貌儘美驥展千里

期作當世之俊豪鳳飛三輝沁稱古人之兄弟何其

仁厚不忘三冬同啻之情以若愚憎悍恭一夜共遊

之樂於是辛毅雜果品酒引盃巡如聞勾天聲庭奏

諸伶之六律或裝洿界樣陽挺老陣之意身卜蓮榮

於良辰唱踏歌於阿池三山列左右樓蓬壺於海中
二橋橫東南亘虹霓於天半瑤池万里依如畫圖之
成銀河三更況巖烏鵲之聲簇立前後影倒水而婆
婆緩步往來形依天而俯仰興餘雪舟之王氏返若
星樓之張翁更上近水之樓賓主同進士女如堵仰
首蟾蜍露出恒城之糚下臨龍川瀉照琉璃之鏡蓬
指圓輪其邊薄其邊厚豫驗今歲何道偹何道豐自
怱狹洒之衿褪喬高明之座蒙此厚眷頌以短詞詩曰
一年最勝上元宵雲掃甲中天月色昭燈掛東軒千里疊
槲路通南市万安橋踏歌前後兼絲竹巡酒四三栢
斗柄始覽嬅織遺此東主人高致眾賓邀

乙卯六月初吉日記序

心者一身之主萬化之原而聖賢所以相傳經典亦
以發明皆在於此也然有於而不知求者有危而未
為安者故而不求則昏怠生焉危而未安則囿禍至
矣可不戒哉人於世間日用事為之際任他聲色臭
味之情縱其貪慾奸險之意先欺自家後罔他人不
知事親敬長之為何事修禮行義之為何物天理滅
矣人道絕矣此孟子曰人之所以異於禽獸之幾稀
者不幸而近之矣鳴呼余自髫年侍我伯父覺學
通史小學七書至於聖賢格言養心治己之句絕未

當不嗜歡而誚余之感而銘心終不敢入於酒斛難
技矣二十以後每冬夏之時遊息山房與諸益專務
科工性本淳拖才亦鹵鳥雖知向亏恨未入妙難兊
半塗之歡雖然詞章不過酒後虛影失吾本心豈可
專為於是手尋去聖賢之下工夫處從何而得乃覺
人皆有是心之初無不善欲為求敢則如墮坑落塹
或升戓飛黄能做著敬曰讀朱書百選一二篇之暇
又得看心經近思兩部理會其取物易知之言延日
抄記即更思索閱似有之蓋於心靜未樟物之時
而時至於起居坐作易為傾倚昏息出入步趨難要覔

177

重端莊及其臨事待人喜怒言笑自多票輕而習性
妄發而取禍故棄置小冊子自今為始記其日之所
為自為點檢有過即改事我君西庶幾不歸於下
愚之倫云

余曾悔不講讀故致多般底悔事近觀大易有悔序
者二十有二卦而姑舉其晷爻吾追悔之道豫三之
遲有悔陰而居陽也盡三之小有悔子而順父也咸
四之悔也貞而感無私也恆二之悔也中而德之勝
也大壯之悔也以貞居四也家人之悔也以法開始
也復三之無祗悔速於反善也晉三之方蔚悔終以
獲吉也晉三之悔也有順從上也節三之悔也損過
從中也睽初之悔也同德相照也夬四之悔也牽羊
以從也先二之悔也不失自序也渙三之無悔將以

180

身濟也重巽之悔亡四順於上下也未濟之悔亡四

加以貞固也周公是資六爻分為貞悔之說孔子乃

作十翼明其悔吝之義程氏演經傳悔過之道朱子

玩義本占悔之辭蓋悔者憂之象也言乎其小疵也

是故憂其悔則存乎介之者辨別之謂也辨其善惡

則其得失於善則吉失於惡則凶悔者其事之變

生于動者也動豈可不察乎夏書之欲離悔言其難

可追也箕範之著曰悔吝用稽耶誑也顏子之悔不

貳過仲由之悔喜聞過胡惜莫憲毛氏耶以戒悔也

過言不再戴禮耶以記悔也悔是一悔字悔之乚道

各殊其軌從郎自家過改及於成功則莫非傲得一
悔字來余年至不動心前三十九年之事悔之無及
注者己矣來者可追昨日非矣今日欲是黃金之疵
銀而有章白玉之瑕磨而至溫況乎在人豈無鍛磨
之工乎曰心致誠圖惟厥終專意猛省思克厥愆有
過有悔有悔有改有改至於無悔時而就日日而計
月月而積年年思追而恐或罔念故因而記焉云
成先生書堂記　丁卯七月
報恩之北廣霞之西有鍾山山之後有大谷谷之中
有小間間之上有先生讀書之遺堂也先生諱運享

達叔夏城人生于有明弘治丁巳年三十五俱中

生進當時諸名賢稱以　廊廟大器乙巳遭仲氏羅

禍遂趨然有遯世之志卜此地而構堂因地名而自

虢曰大谷儻佯于泉石之間不獨樂其山水而已惟

以講道玩理自樂其耶樂有曹南寅徐花潭嘗從游

講論許以道義交　朝廷屢徵以官謝　倚即還至

萬歷己卯栗谷李先生吉曰處士成其卒噫先生

吾先祖司直公諱碧之女媠不幸無嗣以夫人元子

丞旨公諱可菱為侍養托其後事後之人亂不慕其

賢至若吾金尤自有別矣涓兹屢葺是堂者為其行

先師而勉後學也今幾顛覆故救議重建任而成之

者族兄極鉉氏也屬予以記之義不敢辭然先生之

藴學銘在墓前貞珉不敢贊也

山房讀書記〔己巳十一月讀大谷書堂西記〕

眾犀珠玉琭惟之物有悅於人之耳目而不適於用

金石草木絲麻五穀有適於用而用之則敢取之則

竭悅於人之耳目用之而不敢取之而不竭者惟書

于古人豈欺余哉余自弱冠居此山房每秋冬以讀

之春夏以作之者十有年矣奉老人事連以侍病繼

以終喪藝於家眾不違眼讀束閣經喪亦餘一紀今

已傳家黙念前工盡為芭籬邊物沈收之所謂眼不
讀書者此也豈無心内之惕君子自忘鬚髮之星霜
摩溪兜熙孫復工山房則文明詞伯濟之奠接使王
僧出曾所藏詩書易三帙朱夫子曰易以通幽明之
故書以記政事之實詩以導情性之正為學之道豈
有大於是我上自帝王下至士庶持心最難故特取
虞書南然開卷讀帝曰人心惟危道心惟微惟精惟
一允執厥中章三復翫味以義著而解之乃知西山
真氏心經首題此章者實為緒逄聖開未學也先立
此心武觀易而通幽明或詠詩而導情性或講子書

而推聖賢之問答武閣史冊而通古今之治亂不唐

寓之於書而然也寓之物仁者何以樂山智者何以

樂水松之於直竹之節不以物觀物以吾心度物則

是亦學也無奈　大谷成先生耶以講道於此址耶

以若無似之姿難道前拈之蹟而幸有耶寸進則廢

有效於用之不敢取之不竭云甫

先夫人交河盧氏葵山記

本郿三山東北距三十里有天皇峰卽金岡餘脈嶺

湖雄鎮層臺聳翠上出重宵落為千仭盤紆鬱結而

南走一脈為馬寺西聳萬尺而來為五峰元主名曰

書堂峙盖曰冲庵先生古址也又北爲壯巖又北起
爲筆峯又北走爲鍮頂東北臨細江也仍爲九郎峴
其下西麓有先祖判軍器寺事公墳山也又北起爲
書堂峙盖曰成大谷先生讀書遺址也又北爲水鐵
嶺距俗離十五里也折而西向爲松茸巖腰有棋路
通舍林驛也又漸西落南一反爲鍾山也又漸西
爲古音南峴其下西北有古音南邨故曰以爲號也
南下有篤祚洞洞中西北有寺基洞盖曰古有寺也
又西馳高立而南落一大峯其峰分爲三脉一爲三
省村玉峰一爲中峰峰下有三巖二西名托我洞一

187

爲艮龍而一結其下小岜我洞又一結爲坎癸其下
德高峴路通栗枝峴上有城墌墌上有櫟木折而南
走止風吹峴上折處南起爲圓岑直爲乾亥入首分
爲八字㖨而下風藏陽溫乾坐巽向得甲破丙卽我
先夫人交河盧氏萬年之幽宅也在峴下爲茅一麓
盖山體不高不早不大不小不險不夷依如禽鳥之
飛宛若鷄鳳之坐南臨甘同坪越磨月嵒村大鳥峰
爲抽笔之勢桃李山如彈琴之形安巽亭辛酉四月己
未朔初三日辛酉巳時也

族人金宣傳秀 馨修德亭記 戊寅春

188

周子曰德愛曰仁宜曰義理曰禮通曰智守曰信蓋

仁也義也禮也智也信也德之體也愛者也愛

之宜之理之通之守之皆爲修德之方而目以爲用

者也無仁義禮智信五者之名則孰能立德之體于

又不能隨其名而修之則無邪施其德之用也惟我

之金有名秀馨字君瑞者　壯庵冲庵二先生爲其

十一代祖也當世咸稱以大德君子而繼之以竹軒

公之傳識藏拙公之篤學以德傳德源深而流長矣

君素以斯文之雅望博覽經傳輒皆成誦至於諸家

書東國史莫不閱眼而撐腹矣竟不得早舉於公車

而晚登虎榜其亦命也夫投笔之是歲直隆宣傳官
越明年又中重試等前程之達應有斷次而況宇氣
其觀德之才者予雖燕不以武夫自處新等德基搆
成一堂扁之曰修德是豈非素邪蓋積者聖經賢傳
之㫝訓而以德為本者耶觀今之人室宇有毀則必
修葺之永冠有斃則必修飾之獨於一心之上萬化
之原厥德有失而不知其修存之何不推其類而擴
充之于此夫子耶謂德之不修是吾之憂者豈欺我
我書曰顧德允修詩云聿修厥德先王之修德治國
苟矣勿論石易之蹇象曰君子以反身修德孟子又

日行有不得反身修德當蹇之時君子之行有耶不
得則固莫如反其身而修其德也然則君子之以修德
二字揭之者真可謂著力於下工夫處也竊觀古之
修業者必先進德修行若必先慎德豈有古今之異
武戱不為修修其德者修之本也武戱不知德德必修
者德之至也非德何修德何德顧名思義至於用
力之久則日用事為之間無耶洼而非德笑嗚呼休
武余之於君行雖諫於寸遠之叔徑情則同於堂内
之兄爭尤有感於修德之風而亦功於儒士之效詩
曰人之好義視我周行者此歟自忘其譾拙而為之

先考妣回婚記

是年泰惟我

大王大妣戮舟梁之日甲也　朝家之慶莫此為大

其在野民訖不繫扞而驚賀更祝無疆之祺于鳴呼

惟我先考妣卺禮之日亦在是歲仲春初三追慕之

心萬倍他辰經曰有天地然後有萬物有萬物然後

有夫婦婚姻之禮生民之始萬福之原切念先考妣

之生辰俱在戊午而計至己卯則二十有二歲矣縱

符古人冠笄之恨以今人之成婚見之猶為晚也越

192

五年癸未生不肖又九年辛卯卯君生外他婷妹皆
見傷憾雖不曰子而乘不云振振不肖生三男曰
秀澄秀渼秀溁澄兒生二男渼兒生以先考妣遺命出
系於箏溁兒生一男長孫昌熙生一男此後之又生
幾男姑未預期而見今祖子孫曾其八人溯其源則
始於考妣爸曰之餘慶也古人耶謂生民始者宣有
欺哉嗚呼考妣春秋曾為六旬有餘而下世則亦可
曰享壽然而與考妣同庚之族老尚今生存若使考
姒天假遐齡同為在世而復當此日一室之慶刼復
如何哉此耶以深恨而感泣者也敢以是曰謹告于

193

考妣之祠龕而又俾子若孫得知有生之原始於此
也云己卯二月三日即我先考妣回婚之日不肖子
玟泰遂感而記之

室人睟辰記

歲在黃亮建丑之月短星之日即室人朴氏之周甲
也三子三婦皆稱壽觥長孫及婦次茅介着余欣然
袞坐於睟盤之北三幼孫雙裸曾左抱右膝取火棗
交梨之楪各賜一二顆使之或唶武弄畢余亦連飲
三四盃一室之樂可謂戲之如也詩曰妻子好合如
鼓琴琴又曰子子孫孫勿替引之康娛嬉之於吾家

而翔復斂之於一曰子因追叙先考妣之餘慶惹先
考妣登禮之甲亦在是年二月三日生之始福之源
肇基於此左功感慕也越五年癸未三月初九卯余
蓬桑之日長及十七歲己亥春季儕於朴氏與之養
親而育子迄于今四十一年偕老縱有欠於夫夫婦
婦各盡善道豈不宜於夫夫婦婦且湛和樂我假如
我在而妻亡則不見此日之樂又如妻在而我歸則
不見此曰之樂矣幸我夫婦俱為無憾在世而暑設
浅箪之溫味式燕以教是可曰集輩之慶而粤昱又
囬季叔母之眸朝无為一門之慶也兹為之記
七

自記

癸未三月初九日即余生朝也有追感之聊以

恭惟我　曾祖考享年六十一　曾祖妣享遐壽八
十一　祖考享年六十　祖妣享年六十六粤我
先考享年六十七　先妣享年六十四伯父壬享
年六十八伯母壬享年七十　季叔父享年六十
二雖皆不得期頤之壽不可曰不得壽也是豈非作
善耶致于　季叔母年今六十五尚此康寧恒切頌
祝以若不肖之弱姿殘稟曾自黯契難得免夭而於
為甲日今回竊伏思之儳是　先蔭之餘庥也不勝

196

追感然以其父母劬勞之日為樂者不亦古人耶戒

余亦感焉逐自零初又長孫之天喬在靈凡末女之悌

繞過癢埋無非傷心處也但耶難達者兒輩與諸娚

之情私不得深責其耶請許以約設小酌而親山兩

位之石具適成故特以是日追伸衛墓而歸諸孫回

雙曾戲嬉於前乃自念懷此耶謂一悲而一喜也回

連我族親與知舊之年邵者儘及情話云

鍾山三者記 月城居宗孫義泰作硯西遺我亦錄

離嶽之西有鍾山鍾山之西有三者焉即我同九代

族弟玫泰肯搆肯堂世守之耶也盖我國山川村里

之號名皆有證據而或因物形或以人事不可一一

盡記而余於鍾山之勝概三者之美號自火間知而

至老見記為奇武奇武鍾山之鍾山也離藏一脈邊

迤盡曲于二十許左盤右旋薪爇而四圍者鍾閣也

奇奇壘壘磅礴團圓而中秀者乃其鍾也其吾金至

今奠居者十數世而當初言之不過堂內一室也或

以德行而升用焉或以文章而科窆焉武以名節而

隱處焉于斯時也地閟之煬著世德之連延承門雍

睦教戒之嚴截不惟舉世之推許而況我子孫之感

江石頌之于嗚呼天道廢常時運不齊盛則衰盈則

斷理耶固然而何至於極也世遠人亡曠眷焉不知

家庭之學怠惰焉不學與自修之道荀生於樵牧之間

而性心泯滅爭利於市井之中而廉恥倒盡不但為

宗族之嗟歎而忘先遺親之過余亦不克而隳身痛

汪者也何幸三者之村有其名而世守其地堂揭其

號而人修其行吾見昏夜之一燭而將有繼日之望

也亦宜偶憩也戢意我，先祖德位學行不盡其傳

而惟以三者之工世傳世習遺號遺址以至于斯人

傳習之無窮者斯何則曾子早悟一貫之旨晚加三

省之工終喻手足之啟全而歸之則宗聖平生之工

豈但曰為人謀而不忠乎與朋友而不信乎傳不習
乎朱子註曰曾子晚年工夫蓋嚴有些子查滓去未
盡在學者則當随事省察而非但此三者而己將
氏又曰若夫學者之耶者又不止此事親有不足於
孝而事長有不足於敬歟行或愧於心而言或浮於
行歟懲有耶未塞念有耶未懲歟推是類而曰省則
曾子之誠身廢乎踐及矣尹氏又曰諸子之學愈遠
而愈失其真獨曾子之學專用心於内故傳之無斃
觀於子思孟子可見矣其嘉言善行不盡傳於世也
而其幸存而不泯者學者其可不盡心乎噫曾子之

於斯人澌然為數千載之遠而瞭然如昨日之事省
察之工可勝言哉省於祭先事親之節省於御家接
人之道省於出入語默之間省於是非得失之際日
省而又日省日新而又日新無弗處不省則不偉為
三省之工而曾子之重渾去未盡耶曾子之誠身致
不及耶曾子之善行傳未習耶孔子曰視其所以觀
其所由察其所安人焉廋哉人焉廋哉雖以余暗昧
之識見視其孝親則曾子之謀忠自可移矣觀其悌
長則曾子之友信從可知矣察其精學則曾子之傳
習亦可篤矣羹但為三省之工也策絕曾子之動容

自斯遠暴慢矣正顏色斯近信矣出辭氣斯遠鄙倍
矣亦可謂今世之曾子歟義蒙粹記三者而以前所
補爲吾宗族之泛歟而以後野補爲吾致私 於斯
人也

春秋講會記

歲在丙戌秋余以風丹跨至數朔方在病榻矣一日
許君萬弼自青山晚鳴受 朴山丈之舍而來若秋
冬讀書於 大谷戚先生遺堂則請坐其人延旬衍
相揖禮而因爲聽講問義爲 教云其人卽余陋劣
也不勝驚悚惕驚而敬荅曰以若憧昧曾幾學問之

之實不習禮讓之儀何敢承此越分之　教也別後

不過幾許曰轉聞許君遭其山訟箅當叩盆養黃庭

云余自心歎其好事多魔及至臘望許君來謂曰余

既有蒙丈席之盛教則不可無一番講會也設施

於書堂故強扶寒疾踏靈萋蔾則其折旋周旋之中

規矩陟降階再階之相拜揖儘美矣恭惟斯堂之斯

禮堂豈非成先生平縣啓者歟繼以聽講而罷泊今

平蒱日之立春不通於前講者有憤悱之心更設講

會此所謂知恥者也心甚嘉之而業為許喬然自愧

經義之不能明辨於問荅也如前行禮受講畢會議

以為此實有補於獎觀後進之工而永覩之計莫如結禊即為修成禊案名曰春秋講會禊夐余翹設之言窃念此設從自卟山㝵之下風則宣不感頌哉

略記其始終如此云

勤儉堂記

夫勤者怠之反也儉者侈之反也而才離勤則至於怠矣為儉則必於侈怠之罔淺窮則已矣侈之敬漸斯止矣然則怠而窮者果何如不怠而不窮乎修而厚者更何似不修而不屑乎蓋勤之言何也存吾心修吾身齊家農桑灌汲豫而已矣怠者反矣焉儉之

言何也尚其志操其身省其用衣服飲食節而已矣

修者反光焉故聖賢所以克勤克儉無怠無修者良

有以也凡今之人見其勤者儉者反為非笑之曰何

不姑為安逸而孳麗也竟失其祖業自喪其身勢悲

夫恭惟我父母曾戒於怠者修者而克勤克儉以致

十有金先封位上乃詔我不肖安得継父母之志而

亦以勤儉守之今茲書此字號尋數卜數在扁價真

買年如右後來子孫亦以此意繩之而勿墜則其始

庶幾乎

庚申元月二十一日　玟鑫書于勤儉堂而以

勤儉題名云甫

本郡校宮會儒記

歲在甲戌孟秋文會于本郡之　校宮實賴我

朝宗崇儒之化綱周學之乞言傲曾泮之伊教者也

咸集少長其羨東南方領圓冠士禮相見信甲義檽

儒行之有中古人云其爭也君子岩子士之莫若校

甲乙之詩也於兹焉統以山内山外為為水東水西

西邊長李斯文奎溥氏東邊長其斯文璨氏也于時

奎彩爛夜文虹起天以姸日蓄銳之精各目以為大

將乃此地交鋒以勝果誰能專上功此則先甲三日

之盛事豈無後甲之息焉遊焉者乎蓋振古美禮誰

不能盡舉而至於鄉飲酒義則吾濟之最為坊近而

易行者也立賓主以象天地立介僎以象日月迎門

至皆三讓升正席揖牌四面坐以導吾鄉人士君子

而濟之險險則夫子所謂觀於鄉知王道之易之者

此也又是鄉射掌秋以會民射于州序朌牟合六時

而得其地者乎習射上切習鄉上遠賢之尊之義備

在其中矣先倡者誰仕大雅海準甫也以若茲先資

參任有司之仕未嘗不興感于則記此穿鑿之說云

甫

嗚呼慟哉惟我

伯母古家闔閭夏山君孫丹城公

姪賦得淳性生有淑姿暨女則早隸閨儀二十來嫁

四旬偕老嗣我家範順厥婦道孝養舅姑禮導襄祭

宜爾家室爰及似偁饋惟酒食功執桑麻志在勤儉

歸不靡奢學須二子織任三女情不溺愛教有循序

門庭雍睦家道暢和惟德所致何福不那嗚呼慟哉

天難諶斷理或違之中年遘疾穀詢調治長龍之逝

孫耦之孅蜉日有命忍見送理盧婦之慘具室之夭

心燬憂燥淚結恨抱哭丁崩城艱辛保家年齒漸邵

勞心益加壬冬一疾五月重沉冢婦深誠次子孝忠

莫回天日奄別陽界哭何逮及慟靡所屆嗚呼哀哉

小姪生年伯母于歸自髮之燥如只依憘戲隨側

顧復抱懷孩提荏傍恩驚無差蒙年入學伯父是

師于朝于夕無時內有惠養外受嚴教曰動曰靜是

剴是效仰若山高欲報海淺書未畢記誠難盡展日

月流邁祥春至隋敢薦芯奠　靈廞歆格嗚呼哀哉

尚饗

祭文

祭從弟文　顯泰

維歲次癸丑正月丙午祖初十日乙卯卽我從弟顯

泰之小眷也前夕甲寅從兄玟泰哭告于靈座曰嗚

呼我從西至斯耶一門之慟九族之溫玉光浸芳蘭

質委世業招損家運受否昌不使余哭之失聲追想

儀形為述平生四代宗孫一個端人氣質剛健天賦

不負早侍　嚴父勤學經床長從盖友優遊詩壇年

少文筆微文佳士壯大志意承家肖子洞﹍屬﹍孝

養父世功﹍愚﹍善交朋友有時傑氣驍歘展步任

渠蒙意鵬將擊羽故舊補羡親戚愛情擬大刎間期

縈弟宅神不福善天不壽仁如何一疾遽至八旬直

夫先伐哲人永斷焉歸九原生縫卌歲如夢待覺非

真似鴈天耶兒耶盡心痛骨白髮爺孃斃至明喪雪

滂雨淚千呼萬傷青年杷婦哭至傾城雛蘭孤立時

依長成嗚咿我從其知此耶其不知耶噫之嗟如

我愚昧為君從兄自初迄今同研一齔年多七歲才

下十倍若親兄弟頼君友愛之南之業連袂同行于

朝于夕對顏輸情而今安在不與我同自君之去廢

余之之活我之言今猶在耳誠自不足使君至此炎

211

涼遠代今已及春徒舍悲意未獲陳辭已矣已矣哀

哉我哀我不昧靈其庶幾歆來尚饗

祭德峰文 族人必庚

維歲次庚申三月乙丑朔初五日己巳即吾宗德峰

先生觀化樂周之日也前二夕丁卯族人硏下致奠

謹以玉文之果江史之尾再拜哭諔于靈筵之下曰

嗚呼惟公文章粵自髫齡奎章凝精筆出鍾靈袞篤

六書當會羣經學富縹緗義分渭涇碎金積玉彩露

輝星人是齊偉世補寧馨駿驁聲價湖嶺瞻聆期折

蓮柱擬大門庭歲躔次戊家運厄丁尊嚴泣滁兩袞

肖形惟余至瞻頼公欷惺以族親誼如苫師聽自附

騘幗幾同山扁我程未畢公輪化寅丘從夢寐悅見

典型崆月盧白墓草毋青靈若有知庶幾歆寧尚饗

祭盧公文〔內舅〕

蜾蜾金玖泰母拜哭告于伯舅盧公靈座之下曰嗚

呼慟哉天不欲使我外氏之门保定耶不然何以此

劉敦仁善之人不能享期頤之壽耶仁者必壽善有

餘慶天理然此而以之安然之理未見必然之效天難

諶裡莫信此粤辛亥春遭伯表兄先夫之慘俞耶鬼

邪逆天之慟毖至喪明悲念之中常曰先者已矣無

依孤孫誰可教育未成李子時能成娶幸望役蒼者

天假我一十年則教孫娶子庶得畢矣然後乃可瞑

目而敏矣嗚呼慟哉素志未遂而至於斯境此龍公

之聊以懼心不忘於扎泉此甥種本以愚蠢之資豈

敢有側管傾蠡於窺天旬海此常侍慈盅承聞慨數

之翕曰嗟汝外王考淳孝之德介潔之行末克承裕

於後昆者析獨何我慟矣慟矣為教而姪尚未覺目

前晉拜飛鴻妹世主而亦以外氏之門為歎果如慈

世之教爲則如之何仁愛之天終不降福於積善之

家耶然兩從猶能竭孝侍奠諸孫亦皆忝頊善長恩

必以公之神明陰隲子孫於冥冥之中也荏苒之間

小舂則聖嗚呼慟哉文維拙矣辭甚懇惻奠雖薄矣

情則深矣伏冀明靈庶垂歆格

　　祭府君墓文

維歲次甲子十一月戊戌朔十五日壬子不肖子玹

泰伏以泣血之餘尊滴脆之寬辭百拜哭告于

顯考學生府君墓位之前曰嗚呼痛哉傳曰生事之

以禮死葬之禮以祭之以禮可謂孝矣此曰可謂者

聖人以此非謂盡美而僅得為孝之道此夫嗚呼痛

哉以子玹泰之不肖事吾　先考於平日者無一合

215

禮幼而蒙昧金念顧我復我之恩而未效陟屺節之懷橘長而懶殘罔報勤斯罔斯之勞而不有曾賢之進饑四旬遊手未成工業則徒貽父世之憂早年折肱敢怠頇步則亦戲父世之體晨昏侍寢不能愉色怡聲於定省之間朝夕趨庭亦闕先意承顏於惟諾之際鳴呼七齡勤力多非裕昆之計半日養志未遂事親之誠天性稟仁宜享期頤之壽神道不隤乃得沉痼疾自旱五年前呻吟之崇應有時之痛而寂然不知其痛賢作二月後濃潰之膿漸至急之疹而於是乃問其疹肅年調藥皆失其方數朔乜醫不逢

216

其人他家已治之藥劑之而難治他處見效之際顛
之兩無效此皆小子不孝之致至于八月初一日申
時之喪豈可回生事之以禮予鳴呼痛哉　先考之
遺俗勿為入歛於他人山壓近廬不肖雖在皇之塋
亡之中而不至忠域故借待一壙之地於小月峴之
西大島峯之東宗人金秀宇旁高祖山後麓卯坐以
十月二十八日寅時占擇癸期矣及其二十七日癸
斡族人金世熙云為狎逼於彼之祖毋山兩誣訴官
庭使人來示挺來題辭不肖忿處之際未及哭告於
靈位之前即泄泄兩造不幸遺官　恩威淹篤著枷枸幽

217

嗚呼哀哉，先考之靈旂輀之時不知不肖之去歲
則豈不鬱然而歎乎若知不肖之在處寧不慘然而
悲乎離家漸遠不肖不隨臨壙漸近不肖不送則不
徒不肖之恨實廓無涯應為　先考之恨幽明有餘
不得拜訣於奉幣之時又未舉袋於題　主之席
靈於真？之中柩不肖不已矣思不肖不已矣以平
日慈愛之情雖不淫責於事棧之或然在異時幻化
之面何敢更見於貞宅巳著枷之辱日久可忘此幽
囚之厄年深可忘此至於大歸之晨哭訣之不余得
罪於天地神祇天地有知豈不為之加罪乎神祇有

218

明亦不為之降眾乎加眾也降眾也是那甘心而一

胚之中結之又結之痛不解於百年之內矣不可曰

庖癸之以禮也嗚呼不肖亦未得蒙放於入日之夕

西妻生我鞠我之時父西之言嘗曰此是祭我初獻

扣胞泣血無速及當其返魂疇依而歸享其初虞疇

之材而亦香之床覓不肖而不見灌酌之席呼不肖

而不來告祝之文名不肖而不聞胡可謂祭之以禮

子痛矣痛矣初一日未省墓那則儀形永隔遠若萬

里聲音難聞遽作千古悠悠蒼天胡不相昂嗚呼潛

兒昔親出去之眾難容而姑以熙孫之長善為奇愈

莪無嗣孤棲之狀可矜故曾以漢子之孿養已許嗚
呼先考仁純之德孝友之性勤儉之風雍睦之行
和溫之志淳謹之意殆非不肖言辭之末所可盡頌而
竊悼不孝於永訣之地故畧舉情私未伸之至痛伏
地哭告于壽藏之前嗚呼哀哉　皇考之靈庶幾臨歆
格尚饗

　　朞長孫昌熙文

維歲次壬午八月甲寅朔十二日乙丑朞孫昌熙
之小朞巳前一日甲子老祖因夕奠哭告于靈莚曰
嗚呼慟哉惟汝生世　先考甲年稟姿秀魏賦性深

淵離汝慈懷來宿我食朝　受學時　聽箴自加元
服儀貌端肅美珠登席良玉蘊櫝博奕酒色常戒外
道起居勤靜有似老成日夕眺懃大門閭族親咸
桶朋儕相譽嗚呼慟哉緣及廿四身嬰恠疾直木先
代崇蘭委貿道無福善天難諶斯仁不得壽理何違
之門運不稱家道未昌非汝復疾由余釁狹自汝大
歸夢來相眠食淚添流傷心如燃衣衾簟席待汝歛
藏定省溫清賴汝安康聲音無聞形影永隔吾家雖
日昨年今夕嗚呼慟哉早年委禽娶婦羅門心性貞
淑容儀嬋媛連生二男曰敦契褆契習童蒙褆无歧

凝汝雖夭斯遺慶後昆於千萬年子々孫々嗚呼慟

哉汝父宿業施今未穌幽明雖異情理不渝其在真

々宣無憂色默運誠意俾安寢廳嗚呼食我汝向化

玷侍曾考妣克敬克勤善終善始恒在左右無違

孝心能事悠久曰月九跳墓草初宿我反掃除月五

月六匝卒契曾慟哭徃未六旬老物髮白心摧略綴

荒辭道此悲臆神若有知其廞未格嗚呼慟哉尚饗

祝文

祷辰祝文

癸亥十二月父主宿患沉重屢至待時半夜至三有洞山谷中祷業業至辰

昔武王弗豫而周公冊祝孔子有疾而仲由請祷黙

222

屢父病而稽顙業辰此皆為君為師為父聖人君子

至誠惻怛之意也以若不孝之致泰豈敢跋及其萬

一之微效戟然今致泰之老父遘此虐疾迄至周歲

而未得見效不知迎醫合藥之不得非盡其宜致其

誠而愈此且闾禱是正理自合有應想必有應者亦

謂有誠者之人此顧此無誠豈竟有應其在為子迫

切之地自忘其無誠而庶幾其有應照之監臨之下

容此滌禱之际而默祐冥冥之中俾此致泰之老父

疾瘳復常之地萬拜泣禱

義士　公祝文　代本孫作

恭惟

先祖立志卓異有君有師生三危二身雖義

塚魂敀索鄉如水在地左右洋洋翔伊大倫造𦾔托

始陰陽配德幽明一理琴瑟相友永世是依澤流裔

孫有光芳徽暎掃封塋不勝感愴鷰誠洞酌謹告尚

鄉食

祭補知事文〈外舅〉

惟公恥菴英苗御史令緒上黨東起鯀至靈於百年

之前大江业流吸其源於千里之遠聰明耳目賦不

負於洪匀純仁性心習與成於君子儀表鄭重言辭

周詳亚心以正家先彰章於惇族事生餘事兂終身

224

慕於孝親琴瑟之友刑妻以御于塤篪之吹愛兄並
敬此仁延得壽福用期頤於斯老於斯生歷七朝之
聖世莫如齒莫如爵受二品之高資星明祥疆遠
昨南極之老籌添深屋久作東海之仙慶餘詒誤計
桂種德宅分過五子自效陸大夫之達觀堂高頜諸
孫何羨郭令公之感致崔門昌太無非新掃之恩曾
氏孝仁並皆養親之志理在觀化翁曰考終即翁精
神達玄理於臨沒周老蹤跡望紫氣於乘歸江雨未
晴淚欲沾於今夜墓草初宿食有切於前春幸於德
門托以微翁粵在建亥之歲即是委禽之朝特垂眷

之情曾侍有日每受申之教更待何時慎候難
承恨來訣於易簀之際襄期亦催歎不哭於執綿之
前荒謀無倫歘侑敢薦鳴咊襄我尚饗

孝子

贈童蒙教官朝奉大夫金公行狀

為百行之原而幾希出天之性故人鮮能盡孝而
而惟公能盡其孝宣沘出天之性宇公諱基瑞字景
祚姓金氏慶州人其先新羅宗姓也敬順大王之后
有諱日將有官麗朝版圖判書至七世孫諱天宇
嘉靖戊戌登第選入玉堂歷踐舍人典翰　贈副提
學於公為八代祖巳高祖諱舜望　贈副護軍曾祖

226

諱志邁祖諱道燦考諱俊亨妣金海金氏生父諱德

耆生妣金海金氏生公于正廟癸卯九月十二日

以幼入系本生叔父南及九歲丁外艱居喪逾節幾

危僅甦者一日屢度長老歎其至孝之出天爰及其

事世夫人也殫誠致養不以家貧而或廢不以歲久

而或懈世夫人以痁疾危重難救公不翅嘗藥禱元

每宵晝號泣禱天祈神願以身代者凡十餘日鑿氷

求魚別雪得筍猶為餘事小節也世夫人皆迷中泣

而告之曰俄者氣陷之際汝之先親來而謂余曰阿

兄之誠既到極處天地感祐元氣雖盡終當復甦矣

果自其日病疹有減更延二載以天年終公執喪三

年日至墓新盡哀而返愛兄以敬痛其早殤事嫂如

兄嫂老懷疾自灸而分痛進藥而得效及夫奉先之

道買蓋祭田惇宗之誼周恤粮穀莫不以孝惟之嗚

呼休哉公即沖庵文簡公與麋村劉憩公之旁裔也

無乃求孝子於忠臣之門歟　哲廟丁巳十月一日

卒壽七十五明年戊午正月十六日葵于古音南曾

祖兆下貟寅之原于後士林以公孝行屢呈　警邑

至于　啓聞而今　上五年丁卯　特命旌閭越四

年年庚午　贈　童蒙教官朝奉大夫　朝家褒美之盛

228

典於斯至美公之前配新平李氏後配星州全氏徙

夫　贈令人李氏生一男三女長適延日鄭惟天次

適驪興閔福烈次適新平李世哲子極泰性純趾義

而曾委禽于宜寧南氏南氏來嫁亦養舅至孝及當

其舅之喪號泣三年飲水不食而猶為保生此古女

行罕有其儔果以孝婦同其舅得旌褒之恩是

可曰家傳之孝矣惟我先伯父曾有耶撰公之孝行

故竊有追感私敢為序次其蹟如右以待立言者云

甬歲在辛未孟春下幹族侄金玟泰謹狀

伯父省窩先生行狀

伯父先生諱基一字磻錫月城人新羅敬順王之後
代有簪纓逮于麗季牒圖判書公諱將有其始祖也
舍人典翰公諱天宇其中祖也高祖諱太謹曾祖諱
志雲祖諱後爀世以仁善補鄉考諱崗亨自恨無文
家雖貧實人賣經史則極力貿得美姓文化柳氏諱
文瑞之女德性和柔勇自素嫁勤於蠶織僅兒黧窘
而正廟庚戌三月二十九日生先于三省里萃生端
雅清秀八歲入學其師雪村池先生晚年也善為文
章擅名當世教有嚴課每以通史斷案試諸兒吾先
生讀無礙滯題出觀漲有無前瀑沛出山谷之句時

總十歲雲村大加歡賞未幾雲村沒先生哭甚慟哀
廬於棲息山房玩味子書無戲談不惰容儀若老成
同研弟為學子美祖世驪興閔氏尚在世壽享八耋
有餘黃髮兒齒先生在家則每肯員出入人皆稱美
十有八委禽於慶州李氏西溪先生世七孫正源之
女皆禮反而又上山房講磨詩書兒少來學者多敬
亦不倦嘗一日以忌故故家行事之明山房去路大
村家之喧闹闻皆失鶏云意疑樵群之祈為矣上山
房則僧與諸接頻皆殊常乃覺前村失鶏是樵中作
亂先捷從弟諸少年齊務皆聽受楗此豈非性嚴峻

直之所由亨仍接廣霞寺或接來雲卷有九曲詩工

於賦遂咸舉業二十以後遊於京洛縉紳先生皆以

端士許之與名士同遊樂有三小千里客業上夕陽

楼之句晉之半年客枕寂寞主人名埠惧以青娥當

期之夜補病不見有明道心無妓卜商色芳資之句

累年應舉未折蓮桂人皆惜之　純廟甲申丁外憂

居廬三年哀毀踰節越甲午遭內艱執喪如前奉祀

遵禮遂次意廢科隱身養志不關於時人凫短鶴長

之說　憲廟辛丑有三從妹　命雄之教他無主張

者先生慳力鳩財為之揭板撰其孝烈錄知舊莫不

難之庚戌甲曰誦袤云父世生戒劬勞之詩著序敘

懷至丁巳七月偶然呻嚌漸成沉痾一日顧二弟曰

吾兄弟相友之情可謂篤焉年皆六旬吾行在先豈

非順理牢生寄也死敢此是亦常理復何恨乎又召

子侄曰子孫若有雜技者勿參吾祭晉我先考之訓

也汝皆銘念終於八月二十六日天年六十八十月

八日奘于家後先夫人兆左岡艮原憶先生賦性

劉直用心淡雅謹敕於言語之間明察於正邪之分

節儉質素自有家法之成公平潔白曾無物慾之獘

奉先不以遠祖而不誠睦族必自宗孫而益敬接親

閒無戲龍喧笑對小兒不憚慢屑狎嘗曰博奕猶賢
於游云者聖人豈教人博奕也哉但戒其不遊也今
之年少輩專事爭博賭奕兩曰博奕猶賢於遊此皆
籍聖人之言自弄者也吾不取為無教子侄曰學書
卯以正心修身也時人縱讀一卷史則脾致常漢勤
奪多財訴呈官家好訟非理至於欺心戮身此輩不
如不學之反愚汝曹溪戒毋娶慶州李氏文靖公之
後奇勸女三娶昌寧成氏夏山君之後義健女二男
三女長顯泰才罷傑驚二夫益篤矣木幸二十四大
逝先生心自痛歎衿常添淚然而未嘗對人言兒憐

也次寅泰女李寅榮其國和金炳觀顯泰一男秀葉

余自醫髮受學至於三十有幾年無教經傳因聖賢

格言解義勸勉而才本魯蔡不得效其萬一

慶州金氏孝行狀

云〻介子推之割服蓋功為君之忠也蘋李子之刺

服徒為主己之功也此皆丈夫之事而猶為戴之於

史鑑者以其行之難也而況婦女之孝於其舅自割

其股若宰本郎有一至孝夫人為即沖庵金先生之

伯士人商學李女也訥齋朴先生之裔孝子潤恒家

婦也賦性溫良至行貞淑自髫絲歠初誠功於愛親

進果而悅口及笄總以後志順於從夫果案而齊眉
其於事舅姑之禮一遵內則之範衣之燠寒食之甘
苦寢之定省安其體適其口養其志無愧於古人之
宗族稱之鄰里贊之矣孝哉金氏其舅痾得一疾而
挾六朔金氏衣不解帶坐不離側奠糜而進飲煎藥
嘗味洞屬扶護終始不渝其舅體膚盡脫脾胃受損
沉痼濱危魚肉之屬一不得近口補養難至於疾
掌金氏焦遑歸泣祝天乞俞適有一女僧來言曰如
非人肉無可回生云而因忽不見金氏聞此言黙思
之潛入私房右執刀左褰衣割其股肉如大豆葉廣

煎進注口有頃回甦更救十餘日之僉孝哉金氏蓋
婦女梳首兩落一髮則必自愛惜釵瘇而入一毫則
身自戰慄惟此金氏當其自割之時瀄若出血而不
動於必及其進煎之際晏然忍痛而不見於色是豈
非出天之孝予金冲菴受僉之忠朴孝子斷指之誠
集兩義成一覘故前城主題音内承緒於先賢趾美
於媳觀為教者此也然則唐夫人之乳姑康寧陳孝
婦之養姑慈愛此於金氏雖若疏節柳毗傳之世而
彰之淮陽閭之朝兩後之今此割股延僉之孝獨不
彰於世而聞於朝乎推此以觀夏侯令女之蒙被斷

曼奉天實氏之極崔桁於說咸易地則皆然矣是殊

謂孝著原於百行兩首於六德也詩云孝子不匱永

錫爾類金氏之夫萬根感室人之孝挺三鱉於丈水

之折以養其親萬根之妾朴姓效適妻之孝得新菜

於尺雪之孚以進其姑皆為病中之效亦可曰天格

而神感也古今天下若有卓異之行則必蒙褒賞之

之典故金氏大敏之後士林屢呈前官尚未蒙轉報

啟闻闡揚褒旋之恩切有欠於　聖朝廣蕩之典

也今復枚舉稔闻飽諳之實績齊聲仰籲於孝理之

地伏願城主行颺孝樹風之政採公議報巡營俾此

238

窃吉金氏之孝得蒙

朝家特旌之典、千萬伏祝〻

上樑文

粵以丁卯之年癸卯之月重建　大谷成先生講學
之遺堂因以尚慕其賢而敢述此文云
逮夫澗阿幽邃松竹清閒挹鍾岳之高顛落金崗之
遠脈武夷古址問晦翁之寒棲冨春山深留嚴子之
高躅在昔卜居大谷寫號先生巓湘間處士家
明宣朝尊賢地在三山北賴搆成東洲知縣之初接
五峯南與隣　金冲庵講道之後洎于後生踵武攀
户編而同帰多士聞風瞻棟宇而咸集叅韺秋禮躍
磨四時之工山高水長欽仰千載之蹟至若穰桷杇

壞毛黌飄零諸生未斯嗟無肄業之耶先賢去矣誰
尋棲息之踪夫是吾金宗族之親踈隱成妻侄之當
商經營禋久韵謀僉同仍舊日之德基廣先師之仁
宅他山攻玉石等成階除古澗舍翠松斷為樑棟且
況以待風雨盖取大壯之占為步昏星既照營室之
移如鳥斯革覽高飛於春風有鷺未棲賀新成於至
月此乃工師勝任君子收驕斯聚斯歆盡是圓冠方
領宜投宜詠融非羨主嘉賓先生之風在茲慕賢
之心益坫阿郎偉地稞東居然泉石九龍中澗芝園
竹幽人興依舊春光綉翠紅阿郎偉拋稞西德星擬

243

待色相丝精金羡玉千秋像爛出洞天點點崒阿郎

偉抛稞南一歷貞珉釜岳嵐當世皆稱廊廟罷古

銘　伴新庵阿郎偉抛稞北　兩朝

尚吾高志占嘉縣能使後人追

歸然獨立高山仰始

此享阿郎偉抛稞下逝者如斯流水鴻濁足清纓濯

戯功恨未先生於

阿郎偉抛稞上

我斯當年剩得琴書暇伏願上稞之後經震蘭箧更

勸講誦之媚工纓弄升堂仔見文物之休運諄諄啓

廢之教雖云邈然玫玫憒悱之誠亦可盡矣哲人卓

遑之後簷宇重新文士輩出之時蓮桂期拆

斥佛通文

斥佛通文　閭俗雅寺僧徒懸韓公塑像於佛臺云故卓此通文以雪其耻

云云宋賢石守道有言曰天地純剛至正之氣在唐

為韓文公佛骨表夫是佛者無夫婦父子君臣三者

之性西虛張廣大慈悲之說戕世誣民蠹財敗倫故

在元和迎骨之日抗表力排實與大禹之抑洪水孟

子之闢異端越千載若合符節也知子齋梁陳魏事

佛漸謹之後便是昏儜之明燭寒灰之骨火遂使天

下後世之愚夫愚婦皆知佛法之為無益而儒道之

高有正向耶謂天地純剛至正之氣者豈欺余哉是

以惟東　國亦追享於文廟者幾百年矣則冠儒眼

一

245

儒戴天立地之人孰不欽慕我韓昌黎先生者乎今
聞僧徒之言則以佛骨之故範鑄一塑指曰韓愈倒
懸於廣霞山佛堂朝夕示辱以報其見斥之讐吾儒
之聞此言見此像者如有義理之前則不覺心戰而
身粟也蓋韓公之本意以為道之大原出於天上自
堯舜禹湯文武下至周公孔顏曾思孟相傳數千百
載不為老莊揚墨荀申之學所奪竟至佛家之學乎
奪而吾道掃地直矣是以不惜萬死之身以祈一朽
之骨永絕根本斷天下之疑杜後世之惑此所以原
天之道未墜於地也實有功於斯文而反見辱於佛

門此非徒吾鄉之耶恥也不可使聞於隣邑以著無

似者之見聞豈有義理之端敢為通告于僉斯文挾

吾道之座不審高明以為如何若曰即可鄰言幸頃

具由稟官於後丞使校隸解倒懸之優埋安精庵

而僧徒之戲罪則姑待營邑之處分以雲韓公萬世

之恥則純到至正之氣猶不滅於今之天地也千萬

幸甚

一連輪吉文 丙子次傳令於民故本里亦作此安靜 本官作五家統成冊

人心入

鳴呼惟我

國朝粵自

祖宗永傳

神聖篤信義

247

曾無侮慢隣國之交謹守封疆罔有侵伐他邦之舉
基萬世而主道萬萬課八域而民物熙熙今開東倭
猖狂之流自恃日本之險阻鯨鯢之醜復踵年前之
蠢頑來泊沿邊迫逼都下渠敢以逆天之命我必有
底天之誅彼不過貪兵者止此豈無應兵者勝欽惟
我聖上赫怒視賊若蚊蝱之侵謀臣輸忠選將以
熊虎之勇嘗聞仁無敵於天下何患惡相黨於島中
國家鴻功宣無窮一戎策兆庶棐塈方待綏萬邦
之期況于左湖之間中一國而浦遠三山之峽參十
勝而地幽幸賴巡察使之冶風撫鎮列邑　賢太

守之政教懷保羣黎檢束嚴規專施下車之始字牧
仁聞己瀹收稅之黨顧我內外鍾谷之村遠近金門而
之族惇睦之誼自先世而有貽救恤之方此他隣而
益篤煞則推以天時地利不如人和雖有德士男夫
堂若仁道自念學之以習當惜分寸之陰食哉有時
況值平秩之日同心同力克勤耕種之功不動不擾
豫備樵薪之積先了正供之納無浮罪於官家莫
隨浮浪之徒乃稱善於民俗禮無不敬尤有序於長
幼之間慎可其嫌邪以男女之際鄖其飲食無至之
粮之夏雖在飢離勿有嗇物之意　官民相愛宜思

報國之遠圖胡越同心何嫌他姓之間有言離拙

而分利豈聽焉忽而同先生

白墟通文

通告事　大谷書堂即　先生講學之野而來商欽

崇之地也爰至頹坦爛議鳩僝之財重營修葺訖成

鳥革之工以今初七擇吉落歈之辰而以前和六試

設輊藝之墟茲以發文雷告幸望蓋銳雲會以效先

歸儲蒙之昭訓更勉詞伯觴罰之盛擧千辛萬甚

通文秋丙寅

嗚呼　先祖簽判公之血孫至於屢數百名種蔡之

250

誠妥享之禮不翅有哉受而亦宜遵勿失也今年彌

造即有司但出一人又非血孫則承家之法壞矣奉

先之道廢矣是豈非舉家之寒心冷骨者哉此非鄒

夫子呀論喪祭從先祖之訓也止是孔聖吾不與祭

如不祭之義也鄒苓敢茲據義發文雷告事一次宗

會帰正而日子迫甚伏望僉宗監通後擇其血孫中

可堪之人二負指名書逹則自鄒中仔稟門長然後

以行夐重歲享千萬幸甚

　　鍾谷金門宗約火賊時壬戌夏

噫三山之譜鄒魯者指此鍾谷而言也鍾谷之譜鄒

曾鄉者顧吾慶金之稱也何者惟我　先祖沖庵文

簡公坐於斯長於斯遂成一世之大儒亦為千載之

宗師翔復壯巖公之篤志黎奉公之邃學典翰公之

清名義士公之大節滄邱公之直道澗西公之藏拙公

之篤信師門竹軒公之博識箕山公之隱德剛愍公

之守正者彬彬繼出於三山之鍾谷向耶謂鄒魯者

宣不為金氏準備語予逸今雲仍寒微葳謙雖不效

皇祖萬一之遺範兩亦何敢染入於亂民之類哉生

此盛世上有　朝家之治化下有牧守之徃徃則惟

我生生之此士誦孔孟之書農務炎稷之教泅泳於

浹洽之下欣忺於肸蠁之中可也奈之何諸郡縣頑

悖無賴之輩自不知義理之亭當又不畏刀鋸之嚴

加發遍裂黨傷人焚人家本以兩班之後裔渾入

常漢之眾叢鮮冠緌巾惝不知愧古今天下未聞如

此之駭馳也不翅而聞而見之率起而況有朝家

先斷後啟之嚴教予坐頂我禽宗無論內外邨老

少人讀者讀農者農安靜不動若有亂類之入於此

洞則齊力吶意一不雜入於顧黨聚於緊要處牢柝

前而以義理之說對立相討我直彼曲豈有見屈之

理于設有不分曲直之漢惹閙官人即使洞任縛呈

官家以待治眾則有何不可之事乎如此則一以無

承先之德二以有保宗之策竟為聖世之良民豈

不勝於起民之百倍者我以此約有不可者而皆宗

入彼則諸宗齊聲劃宗亦為者官不留此洞可已他

姓之居於此洞者亦以此約為當而願同避害云則

許而偕之以此意聞官隨即以為吾宗深約幸甚

鄉約通文

德者體也得於身而為業之本業者用也施於事而

成德之效古人呀謂德崇業廣者是此才難於德業

則便陷於過失毫釐之差千里之繆也是以周之先

王以鄉三物教之而勸其德業以鄉八刑糾之而懲
其過失漸摩於禮義之俗救濟於患難之際也恭惟
我國朝休治于周有光道善民以德勸見以業戒至
今日矣況又湖西文物即古鄒魯之鄉名公碩賢往
々輩出興起斯文郁々彬々豈不為後學之欽仰而
景慕者乎今我巡相間下旬宣是于周年有奇而治
化大行張公之於濠州條約從簡而謹教生徒李相
之於常州飲鄉導禮而畫傳孝友棠野之詠間專於
古蘄湖之教後行於今一變之道如風偃草故公山
之俞章南損盂呂氏朱子與我東方諸先生已行之

鄉約綜核悉備要暑該括輪示于五十三州實是十

載之一勝事也鄰復我明府躬莅校宮會士從公推

擇約長與公正其於勸德之道業至美盡也古有司

約而掌邦國大小之約濾皆有序次亦有黨正而屬

民入春秋之鄉飲無失齒位今之所推約長古之所

謂司約也古之所稱黨正今之所擇公正也非徒講

信之約束嚴截也所教書所習禮無非盡出於亭當

尤為棘敬而惕厲也鄰本慵儒蔑識之流見今約長

之責誤歸於此豈不貽笑於一邑也裁然不趨辭不

獲己功恐罰且及身敢茲輪告約束之文幸頂食座

不以人蠢而辭拙依約施行無至獲罰於譖邑千萬

幸甚、

傳火賊檄文　乙酉冬

襄子添頭飲凂豫壘廁兩欲為報仇伍負掘墓鞭尸

申致書而明甚賣罪雖為家國之前忿難免忠孝者

深誅況吾儕治世平民曾無得罪於座下窮衡寒士

常自寬理於書中稱之以權雖銖兩必爭輕重之際

如非其義在纖芥不肯取予之間豈有彼此之殊壘

是為古今之通義念諸君雖未知誰誰其其之翹想

不過磊磊落落之倫四民之中自有柴地萬化之外

胡作凶人雛曰攢穴隙之徒古有梁上君子或為峯
淵藪之黨角稱將軍綠林柰之何無前日之嫌掘者
山之此宅兆先世之怨斬白骨於化坮不畏于天可
敬者鬼頭王敬秦政之墳為報滅楚舊惡清帝剖魏
操之棺乃明莽漢芟山胡無一資半給之相閔敢為
千金萬財之柝勒囚為積狹於萬年神道不得共戴
於一天日光眾浮于發越人惡諭於剝奪吏已徵高
兼為怨喝真昕謂盜憎主人攟奪而責以刀銳亦宣
氷賊及荷杖今茲營邑嚴戰棄如腐鼠枯雛天地神
明罰以暴雷投海乩有長喜則踣之禍莫及香臍反

嗟之歎兹為功戒怡終廢或勿憚改過

上標文□長宅辛巳二月□日

嗚呼惟我旁祖泰校公即吾金之宗孫兩不幸無嗣

辛養吾先祖承旨公第三子別坐公別坐公亦無嗣

孫有成均司馬許公諱憤其亦无后墓在鍾山南釜
女適柳氏

谷文化柳氏兆之前唇丑坐之原吾金為甥館之戚

迄于今數百年雖掃墓庭而不無古墓無子孫之歎

曾於魯城公派以床石之故既有垂年之唐掃未得

稱禮此兹為六半舊甾位土兩擾以人石俾亦香火

之成樣一以為感一以為幸恐或有後日之主榘成

259

辛巳二月日　上門長標文

文如右納券于門長宅永為憑攷事

輪告文　丙寅十月十三日

天以我大邦　朝鮮克肖其德治教休明廉有辜芳

其間故百姓未見兵革者或至數百年矢敢南西洋

須覩侵陵近歲見今江都失守凶黨泊船沿海兀為

臣民而有血氣者孰不憂　國之心兩敵王師

悚于幸我　明侯從此三山越兹再舉環境治風比

古循吏聞變以後鑄鍊兵黨點諸庠伍以應召募勸

課農功安保黎元伴無離散規模縝密誠信懇到前

後傳令莫非視民如子之至意則兒童誦之愚槙贅

之是豈上天陰騭下民並生之時于今又百家作統
之念不翅準古之灑於家於里於統於連相愛相保
相守相應始言犯科之罪中言備賊之道終之以安
心樂業若夫人不犯罪則可以無刑此賊不入境則
可以此亂此貲其心樂其業則蹈舞之效亦可期此
其在輔　國之道廣為一助之方美以若玩泰之愚
以殘芳是何一連之公議謂敀之名執網之名不勝
猥越之至夫是鍾山粵在麗李吾先祖避世之地兩
暨呈壬亂辟禍八年迄今雲仍尚存可謂吾金之福
地也舍此何適問有他裡兩亦皆結媱信友無異鄉

九

親必同心合意不為浮言所動不為訛傳所搖男樵
女織以備禦冬朝飯夕粥以繼來春晝諫夜巡以拒
益賊東呼西應以救鄰里雖逢禍患而無失長幼之
序縱在急遽而亦有男女之別不以私嫌居公議不
以小利相狠爭謹身而節用則亦可曰人和美在亘
耶先者公納必精鑿還末畢納於閒倉之後體辦稅
錢應徵於出統之歲無得眾於官家則臧主之愛
護吾民者亦復如何裁茲以輪告於一連之內幸謹
貪宗與賢君子不以人御言拙而妄之更惠亭當之
論以脩此蒙幸甚

四里相約

一一連有事會議時各以年齒為序正衣冠跪坐以
效古人莫如之義而無至雜亂相越無為戲謔相譁
容貌必致恭言語必致敬以為爛確事

一或有酒酬酢雖嗜不過一盂以效古人一獻百拜
之禮而醉氣不上於面融談不出於口無至橫戾
爭鬪競為債事

一里內有不仁之人則里司道之以仁統下有不善
之人則統首諭之以善執綱有不義之事則連中
曉之以義無論執綱里司統首統下獨之已見不

263

導物議者不以親掩之論眾若　官以傳廈分事

一无可禁者雜技也古人云博奕不養一不孝也博
奕亦秋而況於現錢于投一賭百無異盜賊其在
禁止之道不可不嚴截事

一無論貧富人皆曰若此時節財何為姑為用姑為
食也勤何為姑為遊姑為逃此是不祥之言夫居
家日用財恒不足為民生活勤最其本雖當此時
在可節用致勤事

一其為長老者各勸子弟焚膏讀書荷鋤析薪各執
其業以為永久之計事

一若有不虞火賊出於暮夜則放砲石相應以救患亂

單子乙丑七月　願納時

同難桐濟事

恐鹽伏以周經靈臺庶民自來曾作閟宮萬民是

若今我　朝家景福宮管建之事即周之靈塔曾之

閟宮凡為臣民者豈不子來而是若也況又　城主

詎知比邑上以補　公家之役下以莩民牧之生自

春屆秋前後傳令無不懇至而明照故環境之民莫

不出力願納矣以若罪民之蔑識淺見宿講親上之

義則豈不盡忠彈誠以副　城主補　國萬一之意

哉伏竊罪民本以不贍不幸十年親憂荐以六朞蹇

勢貲產罄竭中止親之歸日屬在一旬皇之急邊之

際無路如繫辨出祇以三十縋縻備納伏不勝擬

越悚惶之至伏望城主特加包容之意俾此孤衆之

民無至抵罪之地千萬祝　題俟而納捧上

單子　丁卯秋

恐臚伏以民學無宿講禮無早習賀之晟識蠡之蒙

愚很忝　校宮之任恐受儒林之笑竊念以昏濁之

質難久留清甫之地茲敢仰單特為速逓千萬懇禱

至之

辛未時洋亂

維我民生不見外事而安於畎畝衣食以樂生送死
者皆由於上之切德休養生息涵育五百年之澤也
古人有言曰兵貪者破兵應者勝今彼洋頑利土地
貨寶而來侵疆境則是貪兵也豈無自破之理乎撝
我　國家整其毋車兵杖而備禦賊苗則是應兵也
必有可勝之道憶吾蠢愚之徒雖居草野不得分
國家纖芥之憂而賦得血氣於有生初則亦豈無激
義懷憤敵王所愾之心乎夫是妖參之起今至數月
而民不知有兵者賴被　朝庭撫輯和綏之洪恩也

又我城主咸和百姓團束一境故邑村之間晏然無

援耕織之功至於有成凡我同運之人上以體

朝家之上政下以顯　明候之雅望慎勿信動訛言

亦勿勤傳浮說百家之人棄堵如古四業之民課初

益耕立應調庸之役各保性命之軀則是可謂　聖

代之純民而亦必有補於　國家之萬一云爾

通文丙子十月日

右逼為通告事當此灾歲顧我貧族生活之道難於

上天餓莩之期瞩庄不日其於睦族之道不忍視如

秦瘠故茲為輪通望須僉宗以明日早朝齊會于

鍾谷齋舍爛議救恤之方十萬幸甚

此亦中非但我京雛異姓其於同開相恤之道

不可認然不參亦為幸甚

右輪通于

江清　安養

尼坪　鍾東

江新　鍾南

樓底　鍾西

松村

月芚

269

幽居山川賦

箕潤銀河分八域於海左縣峙奎府開三山於湖西

水晶溪源注十里而宗歸漢金劃遠脉落一支而廣浮

霞舭環四邊陶得混沌之姤鐘懸萬古鑄出乾坤之

中庶民淳風播南州而接嶺天皇元氣依此半而望

京雲白石白之下天慳靈區山青水青之間人居幽

地抽筆峰而磨墨峴漱寒泉而濯良溪麗精騰山積

西南之軒崑紛葳洞玉秀震巽之雜孤鶴鳴過西林

遠聞晨響大鳥飛下平地暫雷雙翮八仙同遊之綜

離俗人遠矣九郎入隱之址避世者真耶考在澗阿

大谷琴書之堂依舊居然泉石冲菴杖屨之鄉近
今三株春槐種焉王氏魏東之宅十年老杏講學尼
師沐上之壇谷遶峯回遶遶吹盧之風惡水近樓闌
閒迎繞岳之月輝種桃成林之源或來漁容誅茅作
亭之下已去賢人忍百之風張公同世里省三之學
曾氏嘅主之堂五卽墻下森時誦鄒賢之下十樹安
邑棗夜揮太史之亳春夏秋冬觀萬千之勝縈東西
南北統大小之醫屏中扃其間下學而上
菀彼始林在彼城西維天降神夜聞金鷄王使來視
嗟之兒啼

賦也蔚者鬱然而盛也始林東京林名城西金

城之西也降神天降神興之兆也金鷄白鷄也

王新羅脫解王也嚏了啼聲

此詩新羅王金氏之後孫追述其始祖諱閼智

之事而美之言彼蔚然之始林則在彼金城之

西矣皇天降神明之兆而夜有鷄鳴之聲故脫

解王使其神飆公來視則有啼兒聲於櫃中其

武問人必有孕生之本而今有櫃出之兒理或
就吾曰神人之降于檀木高夫梁之出於三穴
也此頗也楛樓之生鳳凰之出本無其種天地
之化生至於生民之初櫨出神明之人
有何異哉

兒嘑開櫃碩膚且黑誕養長官多藝多智有商生契

有邰生棄多

賦也櫃金櫃也碩膚壯健頫誕大也養叹養官

中也藝才藝也智智昮也史氏所謂姿頫奇偉

有智昮故命之曰開智者是也契商之始祖也

棄周之始祖也

言開金櫃之兒則為人碩膚且神異矣逆叹養

長大松宫中而有此藝智之多即商之契也周

之棄也商周之所目出而今此櫃中之兒為羅

金之本源則越于

戴若合符節實

274

商契邰稷摩基王迹、維我皇祖、亦既卜宅王錫土姓

迄至惟辟矣

賦也肇始也王迹王者之績業也我詩人自我

也皇祖指關智卜宅卜筭其所居之宅也王

亦指脫解也土姓田氏也言其改始林曰

鷄林而封之焉出金櫃故賜姓金也迄本也辟

王也及至六世孫味鄒代沾解而為王也

言契封邰而摩基二代之王迹也維我

始林之皇祖亦紹商周而既得卜宅之吉兆也

故脫解王錫以土姓至於後世為王也按新羅脫智

垂勢漢漢生阿道 阿道生首留 首留生郁甫

郁甫生仇道 追焚文王 有子三人 長味鄒王代

沿解而立金氏為王 始此次角于大 而次賢文

末仇末仇生奈勿王 相傳三十八世 尼九一百九

十二

平矢

始林三章章六句

此詩一章言天降神明之人而又有金鷄神

異之兆也二章言不唯有異兆又多智藝為

金始祖與契稷相同也三章言果如商周之

肇基而至于子孫有此王家之休也

飽腹詩

悲不克谷離我如醉召贈詩於止所止釋茲念茲

白雲歌客待清風故人遲仁者樂智者樂琴亦宜碁

亦宜平生一毛心支諾幸逢兩知己癸疑帝治王治

講四代史聖道儒道尋萬古師李樹十載壇舊禮難

習竹林七賢帝似仙似佛在澗在阿衛考□之寬軸

似仙似彿藕東坡馬居眉文章郁郁彬彬行餘力則

以朋友偲偲功功敬興交久而身歛朝露果南山隱

豹詞圓明珠箇箇或巨海吐蝸天偃鳴孟郊韓學士

曾送地鈖靈陳楊徐儒子後期每允懷問忘爸美謂

美乃自詡伊阻何斯達斯雲影愀月影悽夜夜猿聲

氣鳳群斷時時奇遊羨酒浩唱光好嘉賓善主為信

諠客之漸畜笑語歡之解頤少年放曠逷半老逹觀

儀望之然去悠之哉悲嗟乎及哺也其若夢還痴詠

噫

甲寅至月朔朝

經曰奉先事孝傳云爰子必教何謂孝奉薦以香火

也何謂爰教授以文字也惟我五代祖考祖龕在於

從伯父家而曾有位田數畆矣再巖九寸叔成娶時

賣用云今無可言而去已庚年結契息利買寘數三

石受贖之土又畜零數貿得一二帙若干之編斯可

以薦香火授文字也則向所謂孝奉爰教者於是焉

庶得其薦一也此皆吾伯父懃懇之教吾親誠力之

致而託之以不肖也噫比見時人或賣會其位上又

賣其簡帙者每慮守之為難耳吾宗族及子孫中若

有此舉則沒不可參於　五代祖祠塋之前矣可不

戒哉

甲寅至月下澣

嗚呼保氏教有六儀而一曰祀箕範農用八政而三

曰祀夫祀事者違上下通古今不易之羲禮也至於

微物薦報本鷹鶹知祭則為人不重祀事不如禽

獸也亦遠矣可不戒哉噫我祖宗以來為先之孝報

本之事豈可以不余肖孫之能為資述者哉然吾泒

為先之事曾不無小助而至於　高祖父以後事則

吾雖支孫在於吾行亦為居長故憫然有休暢之心

280

先禀於諸父後詢肇從始為結禊欲辦日後香火之資廢幾保宗孫奉　先祖也云

稽古迄今萬化一心以聖傳聖天君得正卓彼先覺

為開末學工頂大成存吾至誠腳踏實地這箇好意

體用講討原天大道四時元春生之仁浚源酌水

必精惟理志在強勉最樂為善持心從直得之為德

裏面至行主一致敬如井掘之動清者患衣冠齊整

危坐拳靜舍闢神明敬見實情禍福之門一話一語

錐在豆隱尤當致謹造次沉工尤執厥中舛跖之異

孜孜善和消長有因君子小人慶狹化彙積善積惡

逃於無遺徃虛末實到地位上江河之量至叢自晰

臨事克勤肩背直竦宰義謂勇果敢剴殺山如湧泉

臭香味滋克己之私不妥喜怒旦夕戒懼主之無顡

自未有患或坐或起凝重舉止張珫仍呂正大出處

安此素分窒慾懲忿就義後先可謂實見有物有則

判自太極其歸其伸誰歆見神聞琴聲辨雖微終顯

心洗德浴然後寡欲鸚鵡言額透得名利勿旗為禮

禁止非禮五經古匣春秋大法學半惟數隨材施教

教不理料難免見笑天爵之安不待從官水必源從

治在立從

心思抄總目　四十四條

心　德　君子小人患　舉止
正　敬　善惡　出處
學　思　虛實　念慾
誠　静　識量　慾
意　情　勤　實見
道　言語　勇　太極
仁　謹慎　氣　鬼神
性理　中　已私　隱微見顯
善　善利　戒懼　寡欲

利
禮法
教
見笑
從官
宗法
心身

心思抄總目終

心

朱子曰莊子所謂其熱焦火其寒凝氷凡苟先者皆

幸也動一不動便是墮坑落壍危孰甚焉 _{出心經帝曰人心惟危道}

_{心惟微章}

_{下二章同}

勉齋黃氏曰念慮之頃或升而天飛或降而淵淪

西山真氏曰人心之發如鑽燧如悍馬有未易制馭

者故曰危道心之發如火始然如泉始達有未易充

廣者故微

明道先生在澶州時修橋少一長梁曾搏求之民間

後曰出入見林木之佳者必起計度之心曰心苟

286

出心經 所謂修身在正 其心 章下六章同

明道先生曰閑機事之久機心亦生盖方其閑時亦

亦喜既種則如種下種子

朱子曰古人言志帥心君須心有主張始得

朱子曰攝心只是欲不欲看做甚麼事登山亦只遠

箇心入水亦只遠箇心

伊川先生曰吕與叔有詩云學如元凱方成癖文似

相如始類俳獨立孔門無一事只輸顔氏得心齋

伊川涪陵之行過灩澦波涛汹湧舟中之人皆驚惶

失措獨伊川凝然不動岸上有樵者属辟問曰舍去

如斯達去如斯欲答之而舟已行

程子曰聖人之心如明鏡止水者出心經孟子曰大人之心不失其赤子之心
章

范純夫之女讀孟子操存章曰孟子不識心之豈有

出入伊川先生聞之曰此女雖不識孟子卻能識心出心經孟子曰牛山之木嘗美矣章下六章同

蘭溪范氏曰養以寡欲使不誘於外此存心之權輿

也

程子曰人心作主不定如一箇翻車流轉動搖無頃

刻停

程子曰與其為中所亂卻不如一串數珠之愈也

朱子曰嘗記少年時在同安夜聞鍾聲聽其一聲未

絕此心已走作因起警省

朱子曰心之全體雖得其半而失其半矣然其所得

之半又必待安排布置然後能存故存則有擺留助

長之患吾則有舍而不嘗之失

朱子答許順之書曰夫人心活物當動而動當靜而

靜不失其時則其道之明矣乃本心全體大用如何

須要棲之谵泊然後為得

朱子曰仁者心之德也程子所謂心譬如穀種生之

性乃仁也即此意也

性乃仁也即此意也　出心繼孟子曰仁人心也　入洛也章下二章同

朱子曰收心只要存得善端漸能克廣非如釋氏徒

使空寂而已

朱子曰如今要下工夫且頂端莊存養獨觀昭曠之

原不頂枉費工夫蹟紙上語

永嘉鄭氏曰覽鏡而面目有汙則必滌之振衣而頷

神有坵則必濯之居室而几案緫壁有塵則必拂之

不如是則不能安焉至於方寸之中神明之舍汙穢

坵塵日積焉而不知滌濯振拂之察小而遺大察外

而遺內其為不能克其類不亦甚乎　出心繼孟子曰　本有無名之指

荀子曰耳目鼻口曼能各有接而不能相也夫是之謂

天官心居中虛以治五官夫是之謂天君聖人清其〔出心統公都子問曰均人心此章下二章同〕

荀子曰虛堂而靜謂之清明心者形之君也而神明

之主也出令而無所受令

朱子曰心之虛靈無有限量如六合之外恩之即至

前乎千百世之已往後乎千萬世之方來皆歷歷目前

人為利欲所昏所以不見此理

朱子曰一者無欲今試看有無欲之時心豈不一人只

為有欲此心便千頭萬緒

明道先生曰今以外物之心而求照無物之地光反

鑑索照也下三章同<small>出近思二卷</small>

伊川先生曰聖人感天下之心如寒暑雨暘無不通

无不應者亦貞而已矣貞者虛中无我之謂也

明道先生曰頂是大其心使開闊譬如為九層之臺

頂大做腳頂淂

橫渠先生曰求立吾心於不談之地然後若淩江河

以利吾往

明道先生曰子在川上曰逝者如斯夫不舍晝夜自

漢以來儒者皆不識此義此見聖人之心純亦不已
也　出近思四卷　下三章同
伊川先生曰學者只要鞭心註朱子曰學者不立箇
心恰似作室無基址今求此心正為要立基址
伊川先生曰安有箕踞而心不慢者呂與叔六月中
來緱氏閒居中某嘗窺之必其儼然危坐可謂篤駕
矣
伊川先生曰人於夢寐間亦可以卜自家所學之淺深
如夢寐顛倒即是心志不定操存不固
明道先生曰獵自謂今無此謂今無此好周茂叔曰

何言之易也但此心潛隱未叕一日萌動後如前矣

出近思五卷

十二年目見果未知也

正

朱子看糊窓云有些子不齊整便不是他道理朱季

繹云要好看却淀外糊黄直卿云此自欺之端也 心

出

經樂記是子曰禮

樂不可斯須去身章

朱公掞為御史端笏正立嚴毅不可犯班列肅然籍

出心經樂得

子瞻語人何時打破這敬字 其道章

出心道章

思慮雖多果出於正亦無啻名伊川曰且如在京廟

則主敬朝廷則主莊軍旅則主嚴是也如敬不以時

294

紛然無度雖正亦邪 <small>出近思錄四</small>

學

朱子曰學者須是為已譬如喫飯寧可逐些令飽為

是乎寧可鋪攤放門外報人道我家有許多飯為是

乎又曰學者不為已圖好看如南越王黃屋左纛聊

以自媉耳 <small>謂誠其意辛 出心經大學听</small>

程子曰今之學者往々以游夏為小不足學然游夏

一言一事却揔是實後學者之好高如人游心千里

之

上蔡謝氏曰實就上面做工夫来凡事須有根屋柱

無根拼却便、到樹木有根雖剪條相次又叢枝 出心經孟子養

心寡欲章 心英善 於

伊川先生曰莫說道將一等讓與別人且做第二等

才如此說便是自棄 出心經周子通書曰聖可學乎章下一章同

龜山楊氏曰凡學者以聖人為可至則必以為枉而

竊笑之夫聖人固未易至若舍聖人之學是將何所

取則乎以聖人為師猶學射而立的

朱子曰莫若朱紫之間學者之所當辨者也 出心經范氏心

箴曰乾乾堪輿 章下一章同

朱子曰大抵聖人之學本心以窮理而順理以應物

誠

程子曰閑邪則誠自存如人有室垣墻不修不能防
寇之從東來逐之則後有自西入逐得一人一人後
至如垣墻則寇自不至故欲閑邪此邪存誠章出心經易乾門
朱子曰誠意是人見閑過此一關方會進學出心經易章
　下一
　章同
趙致道曰誠之動而之善則如木之自本而幹自
幹而末
劉氏曰誠之者可以開金石出心經索記為子曰誠不可揜福法貞章
意

周子曰膁前草不除興自家意思一般莡此 出近思 一卷

明道先生曰昔在長安倉中閒坐見長廊柱以意數之已尚不齊每數之不合不如令人一之聲言數之乃與初數者無差則知越著心把捉越不定 出近思 四卷

道

朱子曰古人刀鉅在前斧鑕在後視之如無物者盖綠只見得遠道理在正其心章 出正其心章

伊川先生曰如百尺之木自根本至枝葉皆是一貫 出近思

伊川先生曰聖人之道坦如大路學者病不得其門 出近思 一卷

298

耳無遠之不可到也求入其門不由於經乎今之治

經者亦衆矣然而買櫝還珠之徒人人皆有先經所

以載道也誦其言辭解其訓詁而不及道乃無用之

糟粕耳 二卷下一章同 出近思

伊川先生志道懇切註有志於道懇惻切至固誠意

也脉迫切之過而至於欲束助長則反害乎實理如

春生夏長秋成冬實固不容一息之間斷亦不能一

日而遽就也

伊川先生曰心通然後能辨是非如持權衡以較輕

重 下二章同 出近思三卷

伊川先生曰子在川上曰逝者如斯夫言道之體如

此這裡須是自見得註朱子曰天地之化往者過來

者續無一息之停乃道體之本然也然其可指而易見

者莫如川流故於此發以示人欲學者時時省察其

毫髮之間斷也

伊川先生曰詩書載道之文春秋聖人之用詩書如

藥方春秋如用藥治病

仁

伊川先生曰仁所以能恕所以能愛恕則仁之施愛

則仁之用註恕者推於此愛者及於彼仁譬泉之源

七把則泉之流出度則泉之流澤 _{出通思} 二卷

性理

慈溪黃氏曰酌水者必浚其源浚其源為酌水計也

反舍其水而不酌何義也食實必溉其根為食實地

也反熏其實而不食何見也正躬行者必精性理性

理為正躬行説也反置躬行於不問何為耶 出心經 朱子尊

德性齊銘章 下一章同

臨川吳氏曰今以往一日之內子而亥一月之內

朔而晦一歲之內春而冬常見吾德性之昭如天之

運轉如日月維未

明道先生曰孟子言性善是也夫所謂繼之者善也

者猶水流而就下也皆水也有流而未遠固已漸濁有出而

甚遠方有所濁有濁之多者有濁之少者清濁雖不

同然不可濁者不為水也如此則人不可以不加澄

治之功故用力敏勇則疾清用力緩怠則遲清及其

清也則却只是元初水也水之清則性善之謂也

出
近思
卷一
思

伊川先生曰聖賢之言不得已也盖有是言則是理

明無是言則天下之理有闕焉如彼耒耜陶冶之器

一不制則生人之道有不足矣聖賢之雖欲已得言

辛二卷出近思

橫渠先生曰有氣質之性善反之則天地之性存焉

故氣質之性君子有不性者焉註朱子曰性譬之水

本皆清也以淨器盛之則清以污器盛之則濁澄治

之則本貌之清未嘗不在出近思 二卷

伊川先生曰凡解文字但易其心目見理乙只是人

理甚分明如一條平坦底道理下一出近思三卷 章同

問致知先求之四端如何伊川曰求之情性固是切

於身脈一草一木皆有理須是察

303

善

朱子曰有不善未嘗不知之未嘗後行真是顏

子天資好如至清之水纖芥必見　曰不遠後无祗悔

德

朱子曰屏山先生曰吾於易得入德之門焉所謂不

遠後者乃吾之三字符也　出心經後之初九　不遠後无祗悔章

橫渠先生曰德未成而先以功業為事是代大匠斷

希不傷手也　二程遺書

伊川先生曰人時人看易皆不識得是易何物只就

上穿鑿若念得不識興就上添一德亦不覺多就上

減一德亦不覺少譬如不識此丁子若減一隻腳亦

不知是少若添一隻腳亦不知是多若識則自添減

不得也 出近思

三卷

敬

程子曰敬是主一主一則既不之東又不之西如此

則只是中既不之此又不之彼如此則只是內 出心經易

庸言之信章 乾之九二曰

上蔡謝氏曰敬是惺之法 出君子敬以直內章

朱子曰敬譬如鏡義是能照底 出心經坤之六二曰

朱子曰主敬是衝之眼藥消磨了這疵 出心經仲弓問仁章

305

龜山楊氏曰翟林逆伊川西遷道宿僧舍坐虜背塑

像先生曰今轉椅勿背森曰豈以其徒敬之故亦當

歟邪先生曰但其人形貌便不當嫂 曲心絕而不可斯須去其章

程子曰朱公掞在洛有書堂兩旁各一牖乞各三十

不敬思無邪中處之此義亦好

六横一書天道之要一書仁義之道中以一榜書毋

朱子曰無事時敬在裏面有時事敬在事上有事無

事吾之敬未嘗間斷也 曲心絕畫子曰中常義矣章

朱子曰程夫子言涵養必以敬而進學則在致知此

兩言者如車兩輪如鳥兩翼未有廢其一而可行可

飛者也

程氏曰蓋是經所訓不出敬之一字故其語約而義

精其功簡而效博誠所謂障川之柱指南之車燭幽

之鑑

伊川先生曰上下一於恭敬則天地自位萬物自育

氣無不和四靈何有不至此體信達順之道

伊川先生曰敬只是主一也主一則既不之東又不

之西如是則只是中既不之此又不之彼如是則只

是內

思

伊川先生曰思曰睿之作聖致思如掘井初有渾水
久後稍別動得清者出來人思慮始皆溷濁久自明
畯下一章同
出處思三卷
横渠先生曰心中有所開即便劄記不思還塞之矣
註疑義有所通隨即劄記已得者可以不忘未得者
可以有進不記則思不起猶山經之蹊間不用則茅
塞之矣

静

邵康節先生於百源山中闢書齋獨處其中王勝之
常乘月訪之必見其燃下正衣襟危坐雖夜深亦如

朱子曰主靜夜氣一章可見

伊川先生曰靜後見萬物自然皆有春意 註明道詩

萬物靜觀皆自得四時佳興與人同腦中躁擾誰識

此意 出近思
卷四

情

伊川先生曰心本善發於思慮則有善有不善若既

發則可謂之情不可謂之心譬如水只可謂之水至

於流而為派或行於東或行於西却謂之流 出近思
一卷

言語

謝顯道云昔伯淳教誨只管著他言語伯淳曰興賢

說話却似扶醉漢救得一邊倒了一邊只怕人執著

一邊 出近思
二卷

伊川先生曰聖人之言其遠如天其近如地 出近思
三卷

謹慎

朱子曰雖至隱微人所不知而已所獨如尤當致謹

如一毛止水中間有一點動處此最緊要著工夫處 出心經中庸天命之謂性章

中

伊川先生曰中字最難識心且試言心且試言一廳

則中央為中一家則廳中非中而堂為中言一國則
堂非中而國之中為中推此顏可見矣如三過其門
不入在禹稷之世為中若居陋巷則非中也居陋巷
在顏子之時為中若三過其門不入則非中也思一
卷

善利

朱子曰不是冷水便是熱湯無所中間溫吞煖處也心出
經西子曰鷄鳴
而起章下一章同

朱子曰利與善之間若終有心要人知要人道好要
以此求利祿皆為利也這箇極多般樣雖所為皆善

311

但有一毫歆慕外物之心便是利了如一塊潔白物

事上面只着一點黑便不得為白矣

君子小人

明道先生曰克夫解他山之石可以攻玉玉者溫潤

之物若將兩塊玉來相磨必磨不成須是得他箇麤

底物方磨出譬如君子與小人處為小人侵陵則修

省畏懼動心忍性增益預此便道理出來

善惡

程子曰天下有一簡善一簡惡去善即是惡去惡即

是善譬如門不出便入

臨川吳氏曰凡人昧然於理欲善惡之分者欲從作

樂如病狂之人蹈水入火安煦不知為非蟲之蠢之

宣頑不靈殆與禽獸無異

朱子曰遷善當如風之速改過當如雷之猛 出心經 益之象

章下一 章同

朱子曰遷善如滲淡之物要使之白改過如黑之物

要使之白

西山真氏曰善惡之相為消長如水火然此盛則彼

衰矣 不可斯須去身 出心經案記禮案章

明道先生曰有人腦中常若有兩人焉欲為善有惡

313

以為之間欲為之不善又若有著惡之心者本無二人

此正交戰之驗也拂其志使氣不能此大可驗要之

聖賢必不害心疾 出近思四卷

見夫惡鏡何嘗有好惡也 出近思五卷

明道先生曰磨如好物來時便見夫好惡物來時便

虛實

明道先生曰虛罡入水之自然入若以一罡實之以

水置之水中水何能入來蓋中有主則實三則外患

不能入自然無事

識量

伊川先生曰今人有斗筲之量有釜斛之量有江河
之量江河之量亦大矣有涯有涯亦有時而滿惟天
地之量則無滿故聖人者天地之量聖人之量道也
鄧艾位三公年七十處得甚好及因下蜀有功便動
了謝安聞謝玄破符堅對客圍棋報至不喜及歸拆
屐齒強終不浮也更如人大醉後益恭謹只益恭
謹便是動了雖與放肆者不同其為酒所動一也又
如貴公子位益高益早謙是便動了雖與驕傲者不
同其為所動一也十卷　出近思

伊川撰明道行狀曰先生之言平易之知賢愚皆獲

其益如羣飲於河各充其量

出近思
十四卷

勤

朱子病中接應不倦左右請少節之先生厲曰備

懶惰教我也懶惰 出心經書記孔書 不可斯頃去身章

有人勞伊川先生曰先生謹於四五十年亦甚勞且

苦矣先生曰吾日踐安地何勞苦之有他人日踐危

地乃勞苦也 出心經尼子 常浮其道章

黃直卿勸朱子且謝賓客數月將息病朱子曰天生

一箇人便須著管天下事若要不管須是楊氏為我

方浮其却不曾去學得這般學 出心經牛山之 美之章

有人治園圃役力甚勞明道先生曰益之象君子以
振民育德君子之事有此二者餘無他二者為已為
人之道也 _{出近思}
_{二卷}

勇

朱子曰顏子之勇譬言如賊來是進步與之廝殺教 _出
_{絕仲弓}
_{問仁章}

氣

五峯胡氏曰氣感於物蔽如奔霆狂不可制惟明者
能自反勇者能自斷 _{出心經損之象曰山}
_{下有澤章下一章同}

朱子曰孫權云令人氣如山

明道先生曰飢食渴飲冬裘夏葛若致此私客心在
便是廢天職五卷 出世思

戒懼

畏聖人之言 出心經梁記梁石此 須去身章下一章同

朱子曰和靖尹公一室名三畏齋取畏天命畏大人

朱子曰陳才卿問程先生如此謹嚴何故諸門人皆

不謹嚴某蓉云处程先生自謹嚴諸門人自不謹嚴

干程先生何事某所以嚴此者正欲才卿渡思而得

反之於巳如尉之劉身皇恐發憤無他自存思其所

巳私

以胲之故

明道先生曰古之人耳之於樂目之於禮左右起居

盤盂几杖有銘有戒 四卷 出近思

明道先生曰且畏尖物此事不得放過便與克下室 出近思 五卷

中辇置尖物須以理勝他尖必不賴人也何畏之有

患

呂與叔嘗言患思慮多不能驅除明道先生曰此正

如破屋中禦寇東面一人來未逐得西西又一人至

矣左右前後驅逐不暇盖其四西恐疎恣固易入無

縁作得主定 四卷

舉止

有學者每相揖畢輙縮左手袖中朱子曰公常之縮着
一隻手是如何也似不是舉止模樣

身
章

出虞

伊川先生曰蠱之上九不事王侯高尚其事象曰不
事王侯志則可也傳曰士之自高尚亦非一道有懷
抱道德不遇於時而高潔自守者註云伊伊耕於莘
野太公釣於渭濱是也有知止之道進而自保者註

云張良疏廣之類是也有量能度分安於不求知者

註云徐孺子申屠蟠之類是也有清介自守不屑天

下之事獨潔其身者註云嚴陵周黨之類是也所處

錐有得失大小之殊皆自高尚其事者也　七卷

念慈

慾如填壑懲忿悠如摧山

朱子曰觀山之象以懲忿觀澤之象以窒慾又曰窒

實見

伊川先生曰執卷者莫不知說禮義又如王公大人

皆能言軒冕外物及臨利害則不知就義理却就當

貴如此者只是說得不實見及其蹈水火則人皆避
之是實見得頃是有見不善如撼湯之心則自然別
昔曾經傷於虎者他人語虎則雖三尺童子皆知虎
之可畏終不似曾經傷者神色攝懼至誠畏之是實
見得也 出近思 七卷

太極

朱子曰上天之載無聲無臭而實造化之樞紐品彙
之根柢也故曰無極而太極非太極之外復有無極
也 出近思 一卷

鬼神

朱子曰風俗尚鬼如新安等處朝夕如在鬼窟鄉里

有所謂五通廟最靈怪其初還被京人煎迫今去不

往是夜會族人往官司打酒有灰下飲遂動臟腑終

夜次日又偶有一蛇在堦旁众人閧然以為不謁廟

之故其告以臟腑是食物不着關他甚事真枉了五

通中有某人是向學之人亦來勸徃云亦是從衆其

以從衆何為不意公亦有此語 在正其心章出心經所謂修身

橫渠先生曰至之謂神以其伸也反之謂鬼以其歸

也 一本出近思 隱微見顯

程子曰昔人彈琴見螳螂捕蟬而聞者有殺聲殺在

心人聞其琴而知豈非顯乎人有不善自謂人不知

之然天地之理甚著不可欺也如楊震四知也 經中

庸天命之
謂性章

寡欲

勉齋黄氏曰高城深池重門擊柝固足以自守矣内

姦外宄投隙伺便一有少懈而乘之者至矣良將勁

卒堅甲利兵掃除妖氣而乾清坤夷矣 黄善字寡欲
　　　　　　　　　　　　　　　　曲心經養心
章

利

上蔡謝氏曰透得名利關方是小歇慮令之士大夫

何足道能言真如鸚鵡也〔出心經五子曰鸚鵡而起章〕

禮

朱子曰說文謂勿字似旗腳此旗一麾三軍盡趨之〔出心經顏淵問仁章〕

夫只在勿字上終見非禮来則禁止之〔問仁章 出心經顏淵〕

朱子曰顏子後禮是一服藥打疊了這病〔出心經仲子問仁章 問仁章〕

法

伊川先生曰五経之有春秋猶法律之有斷例也〔出近思〕

卷三

教

横渠先生曰教人至難必盡人之材乃不誤人之觀可

及虛然後告之聖人之明直若庖丁之解牛皆知其

隙習投餘地無全牛矣

横渠先生曰為風雨為霜露萬品之流形山川之融

結糟粕煨燼無非教也

　見笑

謝湜自蜀至京師過洛而見程子之曰爾將何之曰

將謁教官子不答湜曰何如子曰吾嘗買碑欲識之

其毋怒而不許曰吾女非可試者也今爾求為人師

而試之乎為此嫗笑也湜遽不行　出邊思七卷

從官

伊川講退不曾請俸諸公遽牒戶部問不支俸錢戶部案前任曆子先生云其起自草萊無前任曆子遂令戶部自為出卷曆又不為妻求封范純甫問其故先生曰其當時起自草萊三辭然後受命豈有今日乃為妻求封之理問陳乞封父祖如何曰此事體又別弄三請蓋但云其說甚長待別時說 ^{出遺思卷七}

宗法

伊川先生曰立宗子法亦是天理譬如木必有從根直上一幹亦必有旁枝又如水雖遠必有正源亦必有

沈潛自然之勢也 <small>出近思</small> 九卷

心身

朱子曰心者身之主也撐船須用篙楔斬須用篦不

理會心是不用篙不使篦之謂也 <small>出心經所謂修其心者章</small>

程子曰善人治物也安得如身如枯木心如死灰 <small>絕西子曰牛山之木嘗義美章</small>

朱子曰身如一屋子心如一家主有此家主然後能

灑掃門戶整頓事務若是無主則此屋不過一荒屋

有 <small>出心經所子曰仁人心也章</small>

朱子曰人常須收歛簡身心使精神常在這裡似擔

百十亦搭似頃硬著筋骨搭同

余嘗讀心經近思兩部憮然有自愧之心惕然有

自警之惡擴取聖賢格言凡四十四條而心為萬

化之原故揭於篇首然心之用易及於邪曲戒之

以正之以進學能誠其意道可體矣仁亦行矣此

皆出於性理善於為德主敬致思養靜歛情言語

謹慎臨事執中則為善為利之間自有君子小人

之別而人亦指其善惡虛實實美自家腦中不無識

量以此勤止率義之勇剛毅之氣斷蔽已私魚以

戒懼憂患則舉止出虛自無怠惰之碍而有實見

效之矣里於太極見神而察其微顯此亦為蹇欤
必刑名利禮法之教不見笑於人泛宦之京推此
心保此身憶余於此議論稍知儕越而況以穿鑿
之文具賣為見笑於他人之目然功知其端倪之
閒元有遠留事故齋居之暇編次如志而贅首記
兒云爾

海崗集　卷

雜著　　鄉貢士

附

祭文

儒狀

悔詩

悔齋府君集

靈臺主翁問答

余嘗鷄鳴而起正冠斂襟開一尼靈臺致敬問曰主

人翁惺之否曰惺則惺矣曰余讀經傳之書茲慕聖

賢之道不無一蹴造域之願而日用事為之間逐之

没之火馳滅天終不移於下愚者無奈主翁指導之

不正耶主翁惕然不悅曰非翁也汝也汝之接物也

耳之於聲目之於色口之於味曼之於身之於便手

之所執足之所踐惟欲是窮惟利是趨不顧廉隅喜

怒氣樂言笑容貌起居坐作進退周旋受授問答出

而接人入而虛己有多妄歲亦多妄行不吻禮節錐

讀經傳書自書汝自汝終不離於下愚者不其然乎

翁則不然自以天君之正廣開神明之舍高臨昭曠

之原以四端為基址以五常為事業上以師克舜周

孔下以學周程張朱前乎千百世之已徃後乎千萬

世之方來摠在翁虛靈之中不差毫釐則豈有指導

之不正乎余性然盍蓋頭曰翁之所主則大矣翁之所

行異矣諸討其失不以一為德則二三其德千緒萬

頭若非焦火凝冰則遍後坠坑落壍如悍馬之奔易

取似飜車之所難停余縱接物其物也為利則翁為

之先不爲之後之東之西被人之譬無小無大致已

之過此皆主翁反鑑索啪買櫃運珠末得秋月之明

於方塘之活水而然也翁瞿然良久曰唯之翁之過

也目今以始翁欲克念改過肯聽吾余曰不命之云

敢不敬從乎曰翁以嚴汝亦嚴翁以正汝亦正汝事

父母教之以孝汝事兄長教之以悌使之致誠於奉

茶使之盡禮於接賓見利使之不貪臨事使之克勤

言欲信行欲敬禁其入於酒斗離技與夫色界滛乱

見富貴勿以爲美當貧賤勿以爲悲春夏務稼穡之

遺業秋冬勤詩禮之義工禪你聖世之淳民如何聽

聽說而日欲明盖暫於此時櫃發此心其亦可謂曰

善端之微存者乎

兄弟三人友愛二字奠遠其通詠行常戚戚之詩既

僉且湛欽常棣難韓之句孝嶂奉孝坐食既盡順

友之儀公綽與公権會齋乃講治家之濾相事有如

父子之義聚堂而相對敦睦之行不待緵肜掩戶而

自挪夭性不競短而爭長無相猶矣家政本懿親而

懷義豈歲怒馬伯芳叔芳李芳友也恭也順也共風

興夜寐自無忝甬之所生相外禦内親豈有他人之

末侮兄為即弟為史縱之古人之榮伯吹埙仲吹篪

自有吾家之樂平生不言我善屬否而老去盍坊兇

受矛恭每慨侍人之雖云怠難實自相睨于墙内故

教子恆曰泌以勿較惟冀雍睦於家中有倫有序者

得未鴈之行列載飛載鳴矣瞻彼脊鶺之在原兄所

謂知徵其兇豈可曰不念于荓谷不貧而不富足以

忘憂於老年又有子而有孫兇知積善之餘慶此非

兇子之私贊實美夫鄉人之共知

　　庚戌二月初吉不肖子玟泰拜贊于

父主

伯父主

李父主前

題八

高祖祿

人莫親於父母而右罯八　高祖即余　父母之所
自出凢為人子而不知、父母之所自出則烏可得
以為人乎故各位之下謹序薛姓本以自繫警親之
義焉

睦恤方

周人以鄉三物數民而有曰睦曰恤以鄉八刑科民
而有不睦不恤蓋睦者親族之謂也恤者憂貧之謂

也其在豐樂之歲尚此親其族而憂其貧翔尤大無
之年豈可不親而不憂乎在今旱災無霜饑事發壁
民生之多艱孰不皆然載是本洞地峽土瘠元無溉
洪之滋瀨澤之潤果為一邑之尤甚及至秋成穫稻
家十無八九若使閱搜貧戶截無搭石室皆懸磬艱
辛生涯不繼糊口呼庚歎息徒無榻賑赤手且空幾
半濱宛之境黃面其浮何以得沽之路亦謂稍居者
本無陳之相因則當此歎荒亦無餘粮若有朝飯
夕粥之計則惻隱之心人皆有之豈可坐視其族親
流離滿橋轉半溝壑而不顧哉此陳古靈之於親戚

救其貧窮范文正之於宗族恤其饑寒者也凡我同
約之人以周鄉睦恤之教為濟而若違此法則難免
上之人之施以科刑矣其可怨慢而背約乎言念斯
心雖至異姓與常民同開相居則亦豈無相恤之誼
半推以一例並為圖生於穿壞之間而以待明春將
受厥明於上帝云爾

丙子十月下澣　金玟泰書

內洞義宅

判軍器寺事公齋舍

別有事　金國熙

洞任下人高厚金

341

敬次悔軒原韻

為問緣何悔晚標青春學業習飛禽好是仙庄閒事

著於異說久駸駸匕石能言觀世士大車指路試

南針新臺氷玉清而冽百歲心工主一歆

晚廳尹永郁謹稿

敬次

兒然道宰灑然襟行意難專尊巖翁無愧山林盟興

鶴不虚歲月庚加晨學工真熟燈餘業禾德兒金成頼

屬汁丁艾高汗銘以海耆年賣地更如歆

已巳臘月旬七日　研下生　李續腫再拜稿

杏壇詞伯悔軒原韵

有悔無愆是素衿下風肯學信天禽焉知鸑鷟東方

荔乜類駒驎此海駿儀衰幻未磨玉尺文章補得貫

星剝別茲渾淪平生嗜萬古猶餘一兮歟

辛卯臘月哉生明越翼日晚進泉悟朴源泰謹稿

敬次悔軒原韵

一生端坐整齊襟每覽琴劻窺柱禽書社青燈時獵

臺農家白髮歲弃駁驚餓鳶渴庚申研正路導行子

午卧矮曲小軒牘悔宇原天性善出於歟

戊寅臘月初吉　查下生羅右容謹稿

本郡儒生鄉薦文

光緒八年　初薦

光緒十年

光緒十二年

恩地並貝學感天誠孝

文行夙著名聞士林

已有繡褒孝學表著

本郡儒生上書　金鳳魯等

繡永閣下伏以孝者出於天倫之常典而原於百行

344

學者成於人工之極致而合乎萬善故壹世有興孝
之法而以勸民俗先王有悖學之化而以升儒賢何
則忠信也禮義也雖殊其道推其孝則皆可諉美修
道非一而莫善乎養志也為學之方雖多而儘義乎
齊也治平也縱異其方優於學則並可行實為孝之
正心也幸值我 聖朝興孝悖學之世有本郡士人
金致泰即舍人典翰公之英苗冲庵文簡公之旁裔
也孝惇忠信自有古家之遺風學業文章尚餘先賢
之美績天性真純覺親之誠自少至長人稟勤篤稽
古之意以晝繼夜先意承顏是順父母之志講道究

理　細推聖賢之心十年親齋隨侍湯不出戶外再丁

親喪逐日省墓還在廬中則此皆平日養志之孝卒

於侍病與親喪者也六旬講讀第一工夫堯典欽亏

百家經傳日三省工曾賢省亏則此皆平生正心之

學得於克欽與曾省者也中夜澄山祈禱天神魁回

病父幾絕之命而後述一其清晨隱几噢靈臺問答

主翁澄警之語而年排家欲夹所謂漢之孝廉亦無

愧来之正學錐黙如金緘所過者有感人之效常坐

如泥塑所存者有八人之澄自號以悔序大易二十

二卦之悔字盖門之獲吉以其方勵悔後之反善以

其无忏悔之頼也自任以顏子之悔為其不貳過仲

由之悔為其喜聞過手不釋者必経近思兩部則賢

弎斯人隱居行義不求聞達實行之著庄記述戚不

見人故以若干之說姑為攄證齊聲呼籲於　勸奖

之下伏願　閣下細察此人之行俾至襄

啓以故古咨典孝悌学之此十萬神想之至襄有颓

左道報恩郡儒生崔炳九等證齊沐上書于死後

巡相閣下伏以源於百行者不越乎孝之一字而苟

非有得於天賦著力於學問者則未敢與議於孝悌

347

上實行也明矣夫以曾子之大賢親炙聖門事親之
道一以養志為本有非後世餘人之所可企及而鄙
夫子有事親若曾子者可也之訓由是觀之孝豈易
言哉然惟十載歸來苟或有事親者居則致其敬養
則致其樂病則致其憂喪則致其哀祭則致其嚴五者
之行能盡其道足以為法於頹世有補於風教則少
有素矣奚之天者孰不先景行歎歎期欲襃善行於昕
代樹風教於永世也哉本郡故學生金致泰卽典翰
公之令喬冲菴先生之僑孫也賦性純粹天姿高邁
自在髫齓動遵禮法事親供歡靡有不極式有不安

節削不脫巾帶無或翔晝宵侍湯至誠禱天甦四
病父幾絕之命後逆十季凡於滲湭之道備盡甘旨
之供悅親志及其遺銀哭泣之辨不絕於三霜裹
麻之末不脫於一日不有祭祀未嘗入內家雖貧窶
殫竭誠力豐儉得宜於喪祭之時禮制無憾於幽明
之育曼祖以下至於親山皆立石儀以表隧道身冒
風霏日省親墓如非純誠之根於天者惡能若是以
言乎其學則終日端坐鄙俚之言未嘗出諸口性理
之書未嘗釋於手逐月講學誘進後學常以心經附
註大學講義等書潛心翫味撮賾義理又以儀禮修

349

輯朱書考訂等篇參互演繹溪究體得左心圖右皇
極而無非實地上踐履也繩其直準其平而莫非學
問中造詣也遠近山丈書贈其悔窩之號本郡士友
咸推其鄉薦之舉盖此金公之懿行無愧於上所稱
五者行之七十年如一日豈不章之尤卓之尤哉如
右實行尚未蒙天褒故本郡士林齊聲聞官無皇編
衣屢蒙褒題可見公議之未泯而今當式年至於啟
聞惟閣下事也伏乞參商教是後使此金公之至行
轉達天陛期蒙褒炎之典以樹風教千萬伏祝無任
祈懇之至

鄉校齋會儒生崔成未等謹齋沐上書于
城主閤下伏以國有萬姓賢為之紀人有百行孝為
之源是以朝家有登崇褒旌之徽典士林有蔽揚
薦刻之公議然而或不兊遺逸終泯沒無聞者只緣
公議之廢格以致徽典之欠闕也豈非識者之所齎
贊而嗟惜者哉本郡故學生慶州金公諱致泰即中
庵先生旁孫而典翰公之後承也世襲庭訓克紹厥
美至公而尤以賢孝著聞早自髫齔至行卓異其事
親也定省溫凊節澁溆甘毳之供隨時適宜必徵動
遵禮則不以表爆其侍病也躬執刀圭不脫巾帶晝

夜禱天延其親命絶而復甦者前後凡三度其居喪
也口不絶哭泣之聲身不觧裏麻之脈終三朔如一
日不少懈日省親墓未嘗以祈寒暑雨有間斷立石
袁隨道遠及先代莫不備其殫竭心力不顧家勢之
貧寒苟非誠孝之根天惡能若是其終始純篤乎其
好學也老而益勤鄙俚之言未嘗道性理之書手未
嘗釋爲心經附註大學講義及儀禮修輯朱書考訂
等篇肵致力研究脈習者也勸勉後進少無倦色
時從大司憲朴山丈遊源源講討朴公甚愛之名其
肵居里曰孝村號其齋曰悔齋書以贈之此其爲學

之梗槩而不可誣者几兆以一鄉多士逐歲公議屢

舉鄉剡屈而不伸終老于林泉及其沒也五呈譽

邑連簽僉題尚未蒙　褒旋之重典夫以

如金公之賢孝將不兄掌乇木卒泯沒無聞則可謂

士林之著而公議之廢裕此兮於釋真後兹敢齊聲

仰籲伏願　參商教失後以此金公卓異之行報于

巡營轉達　　天生埋蒙寰范之典千萬神忌之至

題音　乙未二月　日

賢哉悔窩孝兩能學多士歆慕可謂後人所師如此

卓異之行何不報警而及於　天聽哉方今　朝野

有事之餘無暇此等事矣俟安靜　向事

繡衣題音甲戌十月

孝既卓異學又精逐昌勝歟歟　啓聞體重盍採公

議　向事

又辛卯十月

孝行學問之實蹟如此而尚未闡揚多士齋戞誠有

司之過也可勝慨惜公議所發自當聲聞于天　向事

巡相題音丁亥十月

孝行若是到底甚為嘉尚章甫公議齊發自有廣揚

354

向事
　　掌禮院題音

奏聞旌閭向事
　掌禮院立案

右立案為孝子旌閭事掌禮院　卿臣趙定熙謹　奏卽接

忠清道內儒生孝用斌等粘連府郡題辭呈單則以

為報恩故學生金玟蔡賦性純粹天安高邁自在髫

齔動遵禮法事親供歡靡有不極或有不安節則不

脫巾帶晝宵侍湯至誠禱天甦回幾絕之命復延一

碁及其遭艱哭泣不絕於三霜衰麻不脫於一日不有

祭祀未嘗入內家雖貧窶婁彈竭誠力喪祭之節一尊禮制

且其學則手不釋性理之書曰帝心經附註大學辨義等

書又以儀禮修輯未書考訂等篇參互演繹究體得五

心圖右皇極而無非實地上戕履也絕其肯準其平而莫非

學問中豈諸也云矣金玟奏之孝行實蹟院普多士之陳籲

先驗府郡之褒題特施旌閭之典恐合閭風之政而係干　恩典

臣院不敢擅便

古依所奏施行事　上批下教是置旌門竪立時材木匠手依省官例

　　　上議何如謹上　奏光武八年四月十九日奉

舉行為旅其子孫家煙戶遼上等諸般徭役一併蠲除為遣合

行立案者

維歲次丁亥八月乙酉朔二十八日壬子即我

族

大父大歸之期也前夕辛亥族孫世熙謹具菲

薄之奠哭告于

靈怨之下曰嗚呼公風神秀朗言語峻正居家以敦

睦為本處世以恭敬為度奉先以孝訓後以行如彼

學行屢聘鄉解不能見利於世以若德彦遺義憍境

難免含究之歎天郁命耶天所難諶命亦難倚鳴

358

呼悲哉　公於我家派雖相分情則無間舍叔在世

源之相從去狄翻之來杖履之家何不幸我叔早逝

孤了此生繼其宛契有事仰議有誼就賁今春先事

督同相應世植杖於牙村同連狄於平浦俱走為先

姑來遂意矣何一堅遺至九泉幽明鍾異欣恨則同

嗚呼蒼天柰公何連非促　公家之淹滯實是諸宗之

寂寞鐘雲慘怛省月淒凉荒原霜凄秋山葉飛　靈軍

轎之丹旌飄之在他知舊尚為舍淚以我視之如壑

親之地平一聲痛哭萬事鳴咽有稍慰者三代令

抱犀角稍長鵬程可期二枚賢九駿毛特秀驥步丁

屢其為餘慶無乃公之積善者乎今當靈車離轂單

誅痛哭文不盡情哭不能盡哀靈如有知庶斯歆

格鳴呼哀哉尚

饗

輓詞

奎躔晦秒蕙摧芬遽甬幽明兩路分倘武炎州為斜

正瓦應地府關修文躬居陋巷但帝樂雜虜醫慶志

不羣痛哭西風人未見鍾山無語歸雲

族孫世熙再拜哭輓

祭文戊子七月小祥

維歲次戊子七月十三日癸亥夕門人李廷慶謹以

菲薄之奠哭告于

悔窩金先生靈迋之前曰嗚呼衾哉粵以乙卯之年

建辰之月擔負而去拊壹而作始受業焉示予楷子

置之丈席提耳之教面命之誨十有餘年矣其居家

也必以孝友睦婣其出入也必以端雜恭儉燕居之

處左必圖右皇極常以惺之為工終為一鄉之大儒

鳴呼若使先生早登南薰則曰夔曰龍晚承夫子

墻則惟賜惟商楊蔡可友劉尹可比而十年親劚百

日禱天三登道篤弄褒方伯一無喜胖之心反而戒

361

之曰聲聞過情君子恥之雲視富貴桔桔軒見樂彼
田園甘嚴竦水不求人知為己當為危坐一室尚友
十載其愉愉之言實實之誠不亦謂君子乎鳴呼氣
哉仁者壽而　先生溫厚之仁宜享百歲年未七旬
賢者樂而先生妻孥之樂且無惟殤中連慘殤莫知
者天難究者理我必知之矣夫子之聖馬而伯魚早
卒夏啟之賢馬而外丙早天惟我　先生雖有殤事
繹孫後都廣紬祖武鳴呼惟我所痛者恩德如海未
報一源教導如山所從半陵昔者受教至今有賴扶
危機於欤危未危之間僅先大愚保微浪於欤起未

362

起之際繼保危牀嗚呼哀哉今焉已矣瞻彼高堂儀

形莫睹謦咳無聞儼如靈座幃蒙甫高聲如大川喬

藏龍亡虎逝唉我門人豪憶難御熹一鬵而竟需瀝

吾肝而薜搆物錐薄而情厚文錐短而意悠嗚呼哀

哉尚　饗

　　祭文

維歲次戊子七月辛亥朔十四日甲子即我

從兄主悔廬高先生山碁之日也前夕癸亥從弟寅泰

謹以一盂薄觴再拜哭訣于

靈几之前曰嗚呼哀哉兄之於　兄主不翅以管窺

天以虛酌海兄主之生於斯世也六十有五年度幾
吾門之熾而昌奈何使之呂而塞也賦性公平潔白
曾無物欲之藏溫良謹勅自有制事之宜孝奉二親
先意養志友及一身終紬無嗣及於奉先之道不以
逮祖而不誠至於睦族之誼不以疏族而不和鳴呼
自我先府君言之則雖曰叔侄之誼少無異於父子
之恩自豪釋之年夜以紬愍承誨者數十年事之脈
廣言之躬心獨浮其宗豈非賦性仁善天賫端雅半
我先府君之殁此爲則年淺昧事不知慎終之事而
兄主痛及穹壤喪其禮制家間凡百奉祀接賓無異

自家當之兄主之於弟也年邁不敵行則同列而
友之先篤隨之蓋嚴才德俱華亦不得效於萬一非不
知眷之之情而畏之如嚴父恭之如親兄別無違逆
而武隆冬承候則問無寒乎即為頁薪送之咸房前
情話則問無飢乎即為手敕供之念念不愍嗚呼哀
哉昇柩慮世家累京事不可堪耐文与銀詐何慮解
破歩何幸此身之無慈而見我先府君則告及此身
之無慈也想如帝時言念及此痛丁不悲哀哭兄主
之沒不徒哭兄主之沒哭此弟之私也言之痛心
有淚而已書不盡情哭不盡哀一盞薄觴敢叙淺情

靈如不昧庶幾歆格嗚呼哀哉

祭文

維歲次

崇禎後五巳十七月乙巳朔十四月戊午即我從叔

悔窩先生終祥之日也前日夕丁巳從侄秀葉謹具

菲薄之奠哭告于

靈筵之前曰嗚呼痛哉氣必聚聚必淚人孰不然從

侄之於　叔主縈獨甚矣曾子之磽困曾致而顏氏

之樂以貧為妄夫豈專美於古也在今惟公精金其

質珠玉是工以言乎道學則實非蠡測可究以言乎

文章則豈曰糠粃所簸至仁者麟也覽德者鳳也而
知麟者亦鮮知鳳者亦空以□　公之踐實錐無
聖朝襃崇豈有莫巳知之歎也盖於有志者所歎其
非莫知者□之麟鳳也耶　公受業於箬我皇考省篙
先庄小子受業於　公而脇於中昔凡四十年于茲
矣　公於虜世特以克巳反求為一門之表準而不
求聞達以禮為巳任後何有缺於心狀而自有畫傷
者存焉長子之逝賢孫之夭尅巳純粹之姿專精之
學儼若山斗謂有依歸先妾一崇沉綿累朝歸于雖
謹天特愛其賢而下君也哉顧此曾侄不幸早孤又

無原鵑之飛而源乙承候惟訓是従　公其汲実後

誰依之釀泉達源芝谷有香次子淺従脱稿編集永

為裕昆之謨開卷累復手澤盍新面命加承感慕何

極居諸迅駃祥期將盡短誄薄賛一聲痛哭千古永

訣休惟尊靈歆思格思鳴呼痛哉尚　饗

府君諱致泰字文玉慶州人麗末有版圖判書諱將

有見麗季政亂避世于報恩子孫因為縣人入我

朝奕世冠冕至中葉有諱天字登第官議政府舍人

弘文館典翰　贈副提學師事從叔冲庵文簡公先生

吳谷成先生為妹婿其薰陶造詣迴非餘人所及惟

潭宋先生竊其墓是公九代祖也祖諱尚古有至行躬

耕養親賣士屢見書考諱基大事伯氏如嚴父年幾望七

雖隆冬盛暑必早朝進謁不以年老少衰家或有別饌新

出之味則親自遺之姊交河盧氏學生望嚴之女也有淑德至

370

行公以　純廟癸未三月九日生于三省里第公自在齠齔孝
友出倫至五六歲時見母夫人織絍升勻之勞心常問之不與群
兒遊常之在側惟待命令若有所使則語未畢而諾從或使
之與群兒遊遠問命令之有無以後去祖母柳氏當一日未每
檢家間之事而家貧無供旨之物家之所農木麥多不過四
五年母夫人親自精鑿預為渼貯每往臨時必造麵進之繼歲為
常未嘗一日之供一日公在儗祖母食未半與公食之公固辭不
獲祖母之去後母夫人撻責之甚嚴戒以後日出遊泰
後在祖母側麵進之時則與兒出遊未嘗見影此雖母夫人教
道之有方亦豈非孝友之出倫子七歲就學于伯父省齊公諱基

賦性正直嚴肅雖同年切偲之交無敢設惰慢儀容嘗語人

曰吾於外書冊與文房之具不為虐亦不妄處几席牆壁少無塵汚

惟此恐庄可喜房可教之之其已嚴期以遠大矣公之才能於究理而

短於制述帝憤悱不已讀書經千遍而沒論全袟文刀大肆

沒之所向無不如意蓍三百與璇衡註解研究自曉小無

差錯矣外氣朴公載焉文章士也一求見之天加驚歎曰不料

今日始見内兄之才分如此出類公嘗曰如我少之距軍父母雖縱

我遊遂學堂忍使父母親執耕織之苦且要坐書曰室專事講讀

学講論之暇間之服役扑麥耘耦下以炎熱而苦曰為人子者如

此難後心乃安正帝勅家人不令父母知是則便公縱學不令

知

家間事甚嚴故也公每旦清晨先就父母之所省問如儀因侍立親側衣裳必除塵後雜事章必詳審後欵門屏必精洒後止初白則戒禹權古本極其悅豫或達傺世間美聞空見以慰斿寂門庭之內和氣調供辛而春公之先夫人累月沉綿漸至危急救護之道醫藥之節與夫平雉食飲必親供以竭刀瘶不待家人助之晝夜侍側殆近月餘暫不就寢如或導通口之味則錐暮夜中親自周章家人為其努勞皆勸就寢公憮怀曰人子終天之恨惟在此時錐欲就寢豈可得乎竟至遘速艱晝夜禮一依朱文公家禮裏麻不脱性身菜果不近炷至奠于家左壤昕夕省徃甚於盧墓也公之先府君亦以五載沉痾

之疾漸至難救公晝夜遑遑惟刀圭是事食歇與供進之物

靡不畢舉而炎夏易敗瘼家有列泉漿數丈餘盛以竹

筒沉于其中隨頁覓陋汲旬旬夜不息僾迫之情不能自已于

史時值臘月冰浴致齊溪公家後宏容中精潔虧虖自暮至曉

獻誠于北辰其祝辭任原集中茲後親齋小愈誠明年甲

子八月一日竟以天年終喪禮一姉前喪民及奠于小月哳夕象

哭不避風靈人莫不感歎迎公聞石村矍文之造詰精溪數以経

義與夫愛禮下學修建之方就質畢呼于嘖三稱奇

益石發重其後裁之書曰欲納東悴之禮以十載兩堂之惠維又

居廬六年未逆素志恒勤歓眼自悔以辦業天易卄有二卦

374

記以鉻詩以訓左圖太極而以太極說字作太極詩曰無極之真

太極成乾男坤女化生之陰陽動氣交根立水火分時順布行君

子窮神修以古曰聖人奧目合其明微形焉浮安天性原始反終

義理精右圖舜招聖盜之判人心道心微危之義於常目慮猛

加發言省循環四書曰熟讀不已而尤孝三悲心經近患朱書曰守書

抄出心思兩書曰功近格言四十四条文作靈臺主翁問答時之警言

省焉惺之焉以螢死而後已黽勉焉公累舉不中終未免三月之歎

供不以介於懷虛之以呈安然一自孤露立後逐絕城市飲跡林以膚躬

修行英睪後進為東丙寅冬浮攬起州那天震公不勝隱憂詩曰

野民討之國憂先姑覺素餐五十年聖主無為今在上遠夷何

375

事敢侵邊道謀臣北闕紆籌議戰士西江枕餓眠為淳大唐光

弱手掃洋奴若彼必無時自官擇各面之執網斜合鄉兵撫顧

民心一縣昂沸畏慄色避者十八九獨義形於色已此非欲驅

軍赴戰正使民間欲無黙軍搖撼之敝失村間愚人不知在此

之息反生不憲之疑甚可笑也又設有為之急至于驅軍赴

戰之地當赴湯蹈刃隕結圖報惟是民臣之趨昌可以過之

命惜其死圖其生乎不辭執網之名造連內備虞之規

措畫之方惟義是視條理井之此公聞俗離僧徒鑄韓文公

望像倒縣於佛堂朝夕悔厚以報見乍之雖言云不勝憤怒折

簡告鄉曰韓文公之抗表力排每貢與大禹之析洪水孟子之闢異

端越千載若合符節便是昏衢之明燭寒灰之母火實有功
於斯文西見辱於佛家几屈儒服儒戴天立地者孰不心戰
身粟敢為過焉斯文幸頃具由具稟官然後重使皁隸
解倒懸之像埋安精廬而憎徒之戰罪則姑待營邑之虞分云
云共後僧徒畏民縮撒去塑像不啟更鑄乙亥自朝家有式年
薦士之命本鄉諸儒以公孝學薦首者三百億地實學感
天誠孝二曰文行風著名聞士林三曰巳有綢褒孝學表著
蓋金公明頴按郢于湖西時因章甫之擧巳有疢衣題之故也公聞
之憂懼數目如有所失或問其故公愀作曰薦非其人名惟
朝家之本吾士林之耻倘復如何且因情之教耳聞虛播遠近

上欺　朝堂下欺士友近欺身心憂懼之禾安得自已乎因詩見志

曰鄉人三薦老農名教每聞還著過本情到地工無怠地實欺天

信有畏天明公家鎮不賄彈力鳩財自中祖至親山殫竭誠力立

石表衛首尾數十年始得告成曰吾之志願畢矣因分封如千薄

士於祖先之各位語子姪曰當固金所頒然不若遺子孫以勤儉

昌可存贏餘以怠與修遺之哉你勤儉堂記戒之

要我國講和　南堂之議以講和為便公聞之不勝憤怒繼以憂

歎曰吾其左衽矣將措疏叫閣輕言不可以為君見彼之和條十

三事似非大段注獎於我國故議者以為姑詩其請安息吾民

然遠書應言之則大為不然臣請舉一二条而明其不然之目役有

通貨於我國諸港之請又有通信往來之請臣未知其將然否

試言其已然則方在世宗朝文敬公許稠曰倭奴乃臣乃叛其心

難測豈可使鱗介之流間我永匿之鄉為後日國家之憂果驗

其言三浦之倭滋蔓難圖此所以不通諸港之明鑑也在

昔羅朝朴堤上八日本則諸酋誘朴為臣堤上曰寧為雞

羅之犬豚不作倭國之臣子至於死而不返此所以不通信使之

前轍也嗚呼壬辰之秋清彝北移辱及陵寢為人臣子者

不忍言不忍聞而不共戴天之讐言也何苦而以為此區之講

和而見笑於天下後世乎今賦之來此方厥下立功渭雙言之秋也

虞舜格七旬之頑而敷以文德寬裏復九世之讐言也大之春秋

臣之所望於　殿下者豈在於虞舜齊襄之下哉疏見原集中

徒步詣闕歌效萬一之忠為計竟以宿紫之數月末果是歲

大饑家之平歲農畫為赤地秋成無幾乃發通隣近出穀幾

石後抄出宗族遂間稍饒者合為十餘石以濟隣近清塾之命

人莫不難之公為本校掌議時見士子之初來者不分其位而

苹審為校生者亦不分其位之奉審豈非某位于紙面標之于

本位傍曰士子不分某位乃精書某位于紙面標之于

而自公始女士林之來見者莫不稱賞公於只是非自非義理之

矛到則雖桿褐懶頂若無所視百公與數友徒吊某家某家

自是此鄉之措某者也鄉中某之望友亦皆赴而方年假之際通

380

發世論之是非至於喪人主之德亦皆廢食紛爭競公獨端

拱危坐食之有若庸然臨之若無所覩夫人與諸士友反拳比

慚伏曰今而後知儒者造詣之淺深相向謝罪曰吾輩之相

頡實有愧于金景之見矣公與隣近造門之士共設春秋

講會樸衍娜欣相揖與士相禮後講論經義啓發排憤以

下學修進之方躬先章之朴遜文藝窓聞名來訪講論數

目益加敬服曰非徒老而好學无可愛也實行實學迥非俗

儒之比也源二相從自以道義之交許焉晚年好者東國先賢

文集或達曙朗讀諷誦不已至於格言切要虔近開示子

徑反復不已公與二弟群從友愛尤篤直愛樂共之鼠病相濟昕夕

而鄉隣敬服義之所在則事雖大不悍物之可辭則受雖小必謹玩服

索之王老而眾篤純潔之資恥合流俗行誼經學先為士友啟

嘗曰辛生此世惟望兒少人之歸矣每日清晨必整衣於坐必先誦

孟子鶏鳴而起孜孜為善者舜之徒孜之為利者拓之徒益加警

惺為又患慕之誠倍功於孤露之後松杉與柏眾之物親自栽種

以篤奕墻之思課日省楸荒兒牧豎亦皆感服互相勉一不侵

刈泪乎晚年蔚然成樹林每值祖先之諱日則必稼齊食素至

於罷齋後二日亦告食素不以年老小裹友于一異終系無嗣

而款洽是視平生如一日未嘗以疾言遽色加之荐遍遇理哭

長係未幾又哭長子撫孤課爽惟情文鄭中而對含言語未嘗

見悲戚之事為已操存未嘗弛省檢之工雖在喪禍之中歲
得其宜不敢悼恨為言人或有　朝廷浮失土王非是為言則
輒為之禁曰此非吾輩所當說話但當講磨相規諷戒失
祇是坦懷問本分上所當為何必微分外語去聲不掛齒至於外
戎陵侵綱紀曰隆汙未嘗不隱憂慨歎不以草野寒微有間也
憶以公孝友行誼刀器雅望宜見用於世而命與仇謀久屈省
試早絕赴举屢參薦剡未獲褒典命耶夫耶此是一鄉士友
之所習聞而嗟惜者此實非不肖之阿私孰敢撫辱平日
素所習眼見聞者以俟後日知德立言之君子有所採擇考信
焉亦不敢為蔓辭溢語以累先府君幽潛揚謙之德云甫

對樹一日不見則如隔時月嘗曰吾見人家所以漸微者莫不
由不惇不惇之甚者視同氣猶路人可不懼哉如隣近宴會
洞鄉相議之時必聯袂以行行坐擧止惟公便是視少無違許人
莫不注家謂之公以丁亥七月十四日考終于正寢享年六十五
寢疾累月筋力雖衰而下而精神不少爽接人酬答毋設惰慢乎
日每以餙躬修行敦宗睦族為雅言至於是日文申之戒子孫
且謂群從奧弟曰死生常理誠不足恨也祇眼與諸君相離
也惟願諸君勉之勉之勿令門戸裏替也懶然而退少無恒
化意用其年禮月葵子新人舍林龍王洞艮坐原配咸陽朴氏
婢生聖和之女生先公四年巳卯十二月二十五日後公十四年庚子

384

十月八日没附葬于府君墓生三男三女長秀澄先公卒次

秀澄即不肖出系于叔父次秀澄女李喬榮柳海奎秀澄

生三男三女曰昌熙曰武熙昌熙亦先公卒女洪在宋益洙

不肖生三男曰赫熙曰喆熙秀澄生三男一女曰任熙曰運熙

縣幼女安東金好且孫男昌熙生三男曰教契曰教說餘幼不

盡屋嗚呼府君儀容端蕭器度凝重言語寡默識見超

適諧其性則溫而毅然有難犯之氣語其行則洽然無近名

之東慮世以誠恪為主接人以慊恭為度御下以莊敬為容而

至於操履之篤律己之嚴不失尺寸設於身者無惰慢之氣

出於口者無鄙悖之言恩義周洽而親戚咸愛慕焉禮貌正肅

영인 자료